Anfang Dezember erhält Claire per Post eine Schneekugel – ohne Brief, ohne Absender. Doch sie weiß, dass es sich um eine Botschaft ihres Vaters handelt. Er will sie und ihre Geschwister zu Weihnachten treffen, zu Hause in Le Val, einem kleinen Dorf in den französischen Alpen. Also reist Claire in ihr Heimatdorf – im Gepäck eine Biographie über den Verhüllungskünstler Christo, die sie übersetzen soll, und viele Dinge, über die sie sich klarwerden muss: ihre zerbrochene Ehe, ihre fast erwachsenen Töchter, die sich mehr und mehr von der Mutter abnabeln, das komplizierte Verhältnis zu ihren Geschwistern und die Erinnerung an das dramatische Ereignis, das ihre Familie auseinanderbrechen ließ.

Claudie Gallay, 1961 im Département Isère geboren, ist eine der populärsten Schriftstellerinnen Frankreichs. Ihr internationaler Durchbruch war der Bestseller »Die Brandungswelle«, der monatelang auf der französischen Bestsellerliste stand, mehrfach ausgezeichnet wurde und in weiteren elf Ländern erschien.

Claudie Gallay bei btb

Die Brandungswelle. Roman

Die Liebe ist eine Insel. Roman

Ein Winter in Venedig. Roman

CLAUDIE GALLAY

Ein Stück vom Himmel

Roman

Aus dem Französischen von
Michael von Killisch-Horn

btb

Die französische Originalausgabe erschien 2013 unter dem Titel
Une part de ciel bei Actes Sud.

MIX
Papier aus verantwortungsvollen Quellen
FSC® C014496
FSC
www.fsc.org

Verlagsgruppe Random House FSC® N001967
Das für dieses Buch verwendete FSC®-zertifizierte
Papier *Lux Cream* liefert Stora Enso, Finnland.

1. Auflage
Deutsche Erstveröffentlichung Dezember 2015

Umschlaggestaltung: semper smile, München
Umschlagmotive: © Barrett & MacKay/Getty Images; mycteria/
Shutterstock; sangaku/Shutterstock; GSerban/Shutterstock
Satz: Uhl + Massopust, Aalen
Druck und Bindung: GGP Media GmbH, Pößneck
MP · Herstellung: sc
Printed in Germany
ISBN 978-3-442-74988-1

www.btb-verlag.de
www.facebook.com/btbverlag
Besuchen Sie unseren LiteraturBlog www.transatlantik.de!

Es hängt von dem ab, der vorbeigeht,
Ob ich Grab bin oder Schatz,
Ob ich rede oder schweige.

Paul Valéry

Montag, 3. Dezember

Es war drei Wochen vor Weihnachten. Ich war mit dem einzig möglichen Zug nach Le Val gekommen, dem um elf Uhr. Alle anderen Haltestellen waren gestrichen worden. Um am Ende ein paar Minuten einzusparen, hatte man mir gesagt.

Wo war dieses Ende? Und wie sah es aus?

Der Zug fuhr über die Brücke und verlangsamte seine Geschwindigkeit in der Kurve. Er fuhr am Hundeheim vorbei. Ich drückte die Stirn an die Scheibe und erkannte die Gitter, die Hundehütten, die Hunde. Weiter hinten das dunkle Sägewerk und die gerade Straße. Gabys Bungalow, Sams Laden, die Briefkästen auf Pfählen, die Autowerkstatt mit den beiden Zapfsäulen und Franckys Bar.

Hundert Meter hinter der kleinen Schule hatte man triste Häuser gebaut. Die Wintersportorte lagen weiter oben, auf anderen Hängen.

Ich nahm meinen Koffer. Zog ihn bis zur Tür.

Le Val-des-Seuls ist weder der schönste noch der entlegenste Ort, nur ein ruhiger Marktflecken an der Route der Skipisten mit Sommerchalets, die ab September schließen.

Der Zug fuhr in den Bahnhof ein.

Ich betrachtete den Bahnsteig.

Ich fror.

Ich friere immer, wenn ich nach Le Val zurückkomme. Einen Augenblick lang hatte ich schreckliche Lust, im Zug zu bleiben.

Ich bin hier geboren. Ich komme aus einem Bauch und aus diesem Ort. Eine Geburt aus Beckenendlage und ohne einen Schrei auszustoßen. Meine Mutter vergrub meine Nabelschnur im Wald. Sie hat mich dazu verdammt, immer an denselben Ort zurückzukehren und ihn zu fliehen, sobald ich dort bin.

Zweimal im Jahr machte ich mit dem Vater der Mädchen die Reise. Manchmal im Zug, meist mit dem Wagen. Saint-Étienne, Vienne, Lyon, und dann weiter nach Osten, Chambéry, Saint-Jean-de-Maurienne. Wir blieben nie lange, ein paar Tage manchmal in den Ferien, an Ostern oder im schönen Sommer. Tage, für die wir Urlaub opfern mussten, aber wir wollten, dass die Kleinen das Land kennenlernen, dass sie Yvon, Gaby und die Göre treffen. Dass sie eine Ahnung vom Boden, vom Blut bekommen. Und von der Familie.

»Sobald ich die Gipfel sehe, verkrampft sich mein Herz«, sagte ich zum Vater der Mädchen. Ich hielt stets fünf Minuten am Ortsschild an, immer in derselben Kurve, im Schatten, hinter der Kapelle. Die Hand auf dem Schild. Ich brauchte frische Luft. Tief den kalten Wind einatmen, die Augen zum Himmel erhoben, die Füße im Graben.

Ich hielt auch auf der Rückfahrt. Die gleiche Stelle. Auf der anderen Seite.

Letzten Sommer war ich allein hier.

Der Zug hielt am Bahnsteig. Ein Bahnhof ohne Schalter. Die Fenster waren mit Leichtbausteinen zugemauert.

Philippe erwartete mich. Sein Wildhüter-Anstecker glänzte am Revers seiner Jacke. Sein Gesicht war kreuz und quer von Falten durchzogen, sein Haar war strubbelig, er trug einen Dreitagebart und hatte ein paar Kilo zu viel.

Philippe ist mein Bruder.

Außer ihm war niemand da.

Gegenüber, auf dem anderen Bahnsteig, ebenfalls niemand.

»Wie geht's?«

»Ganz gut.«

»Nicht zu lang?«

»Nein.«

Der Zug setzte sich wieder in Bewegung. Er fuhr weiter nach Modane, hinter der Grenze, und Bardonecchia.

Ein weiterer würde in vier Minuten kommen. Richtung Chambéry. Er würde nicht anhalten.

Philippe wollte, dass wir auf Gaby warteten. Wir setzten uns auf eine Bank. Die Uhr über der Tür hatte nur einen Zeiger, der Minutenzeiger hatte sich gelöst und lag auf dem gewölbten Boden des Zifferblattes.

Die Glaskugel befand sich in meiner Tasche, ich holte sie heraus und drehte sie in meiner Hand. Eine Schneekugel, wie sie für Touristen hergestellt wird, gefüllt mit Wasser und künstlichem Schnee und einem Schaukelpferd darin. Während der Fahrt hatte ich sie auf das Tischchen gestellt, die Stöße des Zuges hatten die Flocken in der Kugel tanzen lassen.

Philippe warf einen Blick darauf.

Diese Glaskugel hatte Curtil mir geschickt. Ich hatte sie vor acht Tagen bekommen, in Saint-Étienne.

Philippe hatte seine hier bekommen, Gaby ebenfalls.

Er hatte mich angerufen: »Hast du sie bekommen?« – »Ja. Was hast du vor?« – »Was soll ich tun?«

Ich war gekommen. Sofort. Sehr schnell. Was hatte ich erwartet? Dass Curtil da wäre, mit ausgebreiteten Armen?

Curtil ist unser Vater.

Wir nennen ihn so, wenn wir zusammen sind. Wenn ich an ihn denke, nenne ich ihn ebenfalls so. Er wollte uns sehen. Wir wussten nicht einmal mehr, wo er wohnt. Eine Absteige etwas linkerhand von Nantes, sagte er. Gut möglich, dass er nie in Nantes gewesen war und das nur Träume, Geschichten sind.

»Warum will er uns sehen?«, fragte ich.

»Keine Ahnung.«

»Er hätte anrufen können.«

»Du weißt ja, er und das Telefon ...«

»Man könnte meinen, er zitiert uns zu sich.«

Philippe zuckte die Achseln.

»Das hat er doch immer getan.«

»Was, glaubst du, will er uns sagen?«

»Keine Ahnung. Vielleicht will er uns einfach sehen.«

Ein Auto näherte sich, die Reifen in den Pfützen, Kiesgeräusch und die Motorhaube des Volvos.

Gaby kam auf uns zu, sie trug ihre unvermeidliche Pelerine, einen groben Wollmantel, den sie von November bis Ende April anhatte.

Etwas gebeugt schlurfte sie zu uns.

Sie rieb meinen Kopf zur Begrüßung.

»Alles okay?«

»Alles okay.«

Sie musterte meinen Koffer, die Aufkleber, die Computertasche, die daneben stand.

Sie setzte sich zwischen uns.

»Ich hatte nicht geglaubt, dass du kommst.«

Ihre Stimme war heiser. Das war seit dem Brand so, ihre Lungen pfiffen, ihr Hals kratzte die Töne, riss ihnen die Oberfläche ab, es klang wie ein Reibeisen, rau, als kämen ihre Worte ohne Vokale aus.

Sie stellte die Einkaufstasche zwischen ihre Füße. Darin ein Arbeitskittel und Pantoffeln. Sie zeigte mir ihre Glaskugel, in ihrer war Nizza mit ein paar blauen Wellen, in denen ein Delphin schwamm.

Philippe sagte nicht, was in seiner war. Er starrte auf die Gleise.

Die vier Minuten verstrichen. Der Zug kam. Er fuhr langsam vorbei. Hinter den Fensterscheiben dösten Reisende. Manche sahen uns an, ohne zu lächeln.

»Wenn es nach mir ginge«, sagte Gaby, »würde ich sie hinterherlaufen lassen, um ihnen etwas Frohsinn beizubringen.«

Wir folgten dem letzten Waggon mit den Augen.

Nachdem der Zug vorbeigefahren war, sprangen die Hühner auf das Gleisbett, scharrten im Kies und pickten mit den Schnäbeln im Moos.

Gaby holte Brot aus ihrer Tasche und warf den Hühnern Krumen zu. Die Vögel rangelten sich um die Brocken. Sie stellten sich ungeschickt an. Wenn Gaby zu weit warf, fanden sie die Krümel nicht und pickten ins Leere, die runden Augen zum Himmel erhoben, dann kamen sie wieder in Bewegung und folgten den Gleisen. Sie waren zu sechst, gefolgt von einer mageren, die sich abseits hielt.

Gaby beobachtete sie.

»Ich weiß nicht, ob es am Gras liegt, das zu hoch ist … oder ob sie kein Gedächtnis haben … man könnte meinen, sie haben vergessen, was sie suchen.«

Hinter der Mauer war Geflüster zu hören. Unterdrücktes Lachen. Ich drehte mich um. Das waren die Söhne des Onkels, drei arme Teufel, die ohne Kinderstube aufwuchsen. Der Älteste war keine elf. Dieser Bahnhof war ihr Revier, sie hatten sich einen kaputten Waggon auf dem stillgelegten Gleis eingerichtet.

Philippe holte Karamellbonbons aus seiner Tasche. Weiche, in durchsichtiges Papier eingewickelt.

»Was machen wir?«, fragte ich.

»Was sollen wir deiner Meinung nach machen?«

»Wir warten«, sagte Gaby.

Philippe gab uns Karamellbonbons.

»Wie lange kannst du bleiben?«

»Ich habe Zeit … aber ich habe nicht vor, Weihnachten hier zu verbringen.«

Er nickte.

Er hatte begriffen.

Mit dem Messer zerteilte er das Karamellbonbon, das noch auf der Bank lag. Er achtete darauf, es in gleiche Teile zu schneiden.

»Wie lange haben wir ihn nicht gesehen?«

»Drei Jahre.«

»Drei Jahre und fünf Monate«, präzisierte Gaby, »seit Mamas Beerdigung.«

»Er muss alt geworden sein.«

»Er war vor drei Jahren schon alt.«

»Wir wirken alle gealtert, wenn wir einen Verstorbenen begraben müssen.«

Nach der Beerdigung unserer Mutter hatte Curtil uns gesagt, er würde mal kurz weg sein. Wir waren das gewohnt. Bereits als wir noch Kinder waren, hatte er uns immer wieder verlassen. Wir blieben dann wochenlang ohne Nachricht von ihm. Und dann, eines Morgens, brachte der Briefträger unserer Mutter eine Glaskugel mit einer Plastiklandschaft im Innern. »Curtil kommt zurück«, sagte sie nur. Sie sagte nicht euer Vater, sie sagte seinen Namen, Curtil. Manchmal sagte sie auch nichts, aber wir sahen die Kugel auf dem Tisch, mehr brauchten wir nicht, um zu begreifen.

Die Kugel kündigte seine Rückkehr an. Es war eine Frage von Tagen. Unsere Mutter bereitete sich dann für ihn vor, sie öffnete ihre Schränke, holte ihre Kleider heraus, wählte das schönste. Sie lackierte ihre Fingernägel, ein wunderschönes Rot, das sie im Supermarkt kaufte und das sie ihr »Chanel« nannte.

Jeden Morgen backte sie einen Kuchen. Immer den gleichen. Mit Schokolade.

Sie sagte, das sei Curtils Lieblingskuchen.

Jeden Morgen machte sie einen neuen und überließ uns den vom Vortag.

Nur diesen.

Manchmal verzögerte sich jedoch Curtils Rückkehr, und wir konnten diese ständigen Kuchen nicht mehr sehen und verschenkten sie an Freunde. Hunde. Bettler. Und wenn auch diese sie nicht mehr wollten, stellten wir sie nach draußen, aufeinandergeschichtet an die Mauer. Ich schaute zu, wie sie verschimmelten. Ich habe nie etwas Merkwürdigeres gesehen als diese dunklen Kuchen, die sich im Laufe der Zeit mit Schimmel überzogen. Nach und nach verwandelten sie sich, verschmolzen miteinander, wurden zu einem einzigen großen Kuchen, einer lebendigen Pyramide, die in sich zusammensank, zusammenfiel und schließlich über den Boden kroch und am Ende mit der Erde eins wurde.

Jeden Tag entfernte unsere Mutter, nachdem sie den neuen Kuchen in den Ofen geschoben hatte, den alten Lack auf ihren Fingernägeln und überzog jeden Nagel mit einer neuen Schicht. Der Geruch des Nagellackentferners drang durch das ganze Haus und vermischte sich mit dem süßeren der Abfälle im Mülleimer.

Unsere Mutter wartete. Kümmerte sich nicht mehr um uns. Das konnte tagelang dauern, je nachdem. Manchmal waren es Wochen.

Und Curtil kam.

Er kam immer.

Ich weiß nicht, ob er diesen Kuchen jemals probiert hat. Manchmal beobachtete ich ihn, wenn er in der Küche war. Am Tag seiner Rückkehr und auch am Tag danach. Ich habe ihn nie auch nur ein Stück essen sehen. Heute denke ich, dass diese Vorliebe nur im Kopf unserer Mutter existierte und dass das Vergnügen, das es ihr bereitete, diesen Kuchen für ihn zu backen, genügte, um sie in dieser Idee von der Vorliebe unseres Vaters für den Kuchen zu bestärken.

Wenn Curtil zurückgekommen war, ging das Leben weiter. Solange er im Haus war, blieb die Kugel auf dem Tisch. Sie konnte lange dort stehen, so dass ich manchmal dachte, er würde nie mehr fortgehen.

Und dann, eines Tages, ging er wieder fort.

Er ging immer fort.

Unsere Mutter entschuldigte ihn mit den Worten: »Das sind die Dämonen, die ihn zwingen!«

Sie nahm dann die Kugel vom Tisch und verbannte sie in ihr Zimmer zu den anderen.

Auf der Küchentischdecke blieb ein runder Staubrand zurück, ein etwas klebriger Kreis, den wir nicht berührten. Ich kann mich nicht erinnern, ob unsere Mutter es uns verboten hatte oder ob wir selbst es uns versagten.

Mit der Zeit verschwand dann die Spur.

Philippe setzte mich bei meiner Unterkunft ab, er hatte noch zu tun, und Gaby wollte schlafen.

Francky hatte den Schlüssel hinter dem Fensterladen gelassen. Eine Zweizimmerwohnung, die an die Werkstätten des Sägewerks grenzte, elektrisch beheizt. Ich legte den Koffer auf das Bett. Den Computer.

Die Glaskugel.

In meiner Tasche das dicke Buch über Christo, das ich zu übersetzen hatte. Eine achthundert Seiten dicke Biographie, ein Künstler der amerikanischen Land Art. Das Buch ähnelte einer auf Dünndruckpapier gedruckten Bibel.

Der Stromzähler befand sich in einer Nische in der Mauer. Leitungen hingen herab, die Steckdosen waren schwarz. Doppelbett, Sprungfedermatratze, dicke Daunendecke, in einer Ecke des Zimmers. Darüber ein geweihter Buchsbaumzweig, seine vom Staub weißen Blätter waren wohl vom fernen Palmsonntag übriggeblieben.

In den Wandschränken fanden sich noch ein paar Lebensmittel.

Der Boden war mit grünem Teppichboden bedeckt. Die Zwischenwände waren dünn, ich vernahm die Geräusche der Werkstatt nebenan bis hierher. Ich hatte das Gefühl, die Maschinen befänden sich in meinem Zimmer, samt Brettern, Sägen, Motoren und Männern.

Ich ging hinaus.

Ein mit Bauholz beladener Laster fuhr über die Straße und ließ die Wände erzittern, Weihnachtsgirlanden blinkten in der Fahrerkabine. Ein anderer Laster rangierte vor dem Sägewerk, seine Räder zerquetschten die Rinden, und er leerte die mit Sägemehl gefüllte Ladefläche am Ende des Weges aus.

Ich überquerte die Straße.

Vor dem Tante-Emma-Laden warteten Frauen, sie starrten mich an. Eine beugte sich vor und flüsterte den beiden anderen etwas zu. Diese nickten immer wieder, während sie zuhörten.

Der Laden befand sich unmittelbar neben der Tankstelle. Daneben die kleine Autowerkstatt. Auf dem Parkplatz Autos.

Ich ging zu Franckys Bar. Ein Vordach, ein Holzschild, *La Lanterne*. Es gab andere Bars im Tal, doch diese war die älteste und nach Meinung aller auch die schönste. Das Schild quietschte, sobald etwas Wind aufkam, also fast immer.

Ich öffnete die Tür.

Es war die sich träge hinschleppende Tageszeit, die schlimme, die des mittleren Nachmittags. Männer leerten ihre Gläser, ins Leere starrend, mit unnahbaren Blicken. Sie drehten alle den Kopf, als ich eintrat. Da waren Kuhhirten, die für Buck arbeiteten, Alte und ein paar andere Typen. Manche erkannten mich. Man erachtete mich eines grüßenden Kopfnickens für würdig.

La Lanterne, das waren drei große, lange Räume und ein undefinierbarer Geruch, eine Mischung aus Bier und Tabak, die sich in der feuchten Wolle der Pullover festsetzte. Der dritte Raum diente den Holzfällern als Kantine. Wenn Francky guter Laune war, stellte er im Sommer Tische auf die Terrasse.

Das Schild *Réception* über dem Tresen stammte noch aus der Zeit, als die Bar auch Stundenhotel gewesen war.

Ich wählte einen Platz an der Glasfront.

Diego döste vor sich hin, eine Hand auf einem Wischlappen, die andere auf einem Puzzle aus winzigen Teilen, das den ganzen Tisch vor ihm bedeckte. Es war seine Pause. Sein Küchenhilfe-Kittel hing an einem Nagel. Er öffnete ein Auge einen Spalt. Als er mich erkannte, hob er die Hand und winkte mit dem Tuch.

Francky berührte meine Schulter.

»Freut mich, dich zu sehen, Carole ...«

Von Francky hatte ich die Wohnung gemietet.

Er fragte mich, ob ich eine gute Reise gehabt hätte, ob mit der Wohnung alles in Ordnung sei, ob ich irgendetwas brauche, ich sagte ihm, es sei alles okay, ich hätte Hunger, und er machte mir ein Sandwich.

Er hatte einen Computer in das Regal nahe dem Tisch, auf dem Diegos Puzzle lag, gestellt. Über der Tür ein Schild, *Kos-*

tenloser Internet-Zugang. Das war neu. Er sagte mir, wegen der Berge funktioniere das nicht jeden Tag, und deswegen hatte er vor *Kostenloser* das Wort *Unregelmäßiger* hinzugefügt.

Es gab eine Jukebox. Für ein paar Cent konnte man Jetons kaufen und sich alte Platten vorspielen lassen. Ich kannte die Codes auswendig, E4 war Nino Ferrer, *Le Sud*, das Lieblingslied des Vaters der Mädchen.

Ein gewaltiger Hirschkopf hing darüber, staubbedeckt.

An der Scheibe klebte ein Plakat: Wagenumzug am 21. Dezember! Seit 1884 war das eine Tradition, man feierte die Wintersonnenwende. Die längste Winternacht des Jahres. Jedes Viertel präsentierte seinen Wagen im Wettbewerb mit den anderen, es würde denjenigen von Le Val-des-Seuls geben und die der benachbarten Gemeinden.

»Isst du heute Abend hier?«, fragte Francky.

»Nein, ich bin fix und fertig, ich gehe früh ins Bett.«

Am Telefon hatte ich ihm gesagt, dass ich eine Woche bleiben würde. Vielleicht länger.

Curtil hatte mich in diese Bar mitgenommen, ich war ein paar Stunden alt gewesen, er hatte mich auf den Tresen gestellt, um mich allen vorzustellen. Ich war seine erste Pisserin, seine Sonne, sein Azur! Er hatte allen eine Runde spendiert. Hatte mich mit Wein getauft, auf seine Weise, ein Tropfen Rotwein, der meinen Magen beschwert hatte, um mich an die starken Sachen zu gewöhnen, hatte er gesagt.

Er hatte so viel getrunken, dass er am Tisch eingeschlafen war. Franckys Vater hatte mich zu meiner Mutter zurückgebracht.

Philippe war bereits geboren. Gaby kam nach mir. Ich war zwischen den beiden.

Ich habe Bars immer geliebt.

Ich habe das von ihm.

All das ging mir durch den Kopf, während ich mein Sandwich aß. Anschließend spielte ich dreimal hintereinander *Le Sud*. Beim dritten Mal richtete Diego sich auf, er sah aus wie der riesige Indianer, der mit Nicholson in *Einer flog über das Kuckucksnest* gespielt hatte.

Ich entschuldigte mich.

Ich kehrte zu meinem Tisch zurück.

Francky brachte mir eine frische Blaubeermilch in einem großen Limonadenglas. »Ein Geschenk des Hauses!«

»Dann stimmt es also, was man sich erzählt?«, fragte er, während er mit dem Lappen über den Tisch wischte.

»Was erzählt man sich?«

»Dass er zurückkommt.«

Ich nickte.

Ich rührte mit dem Strohhalm im Glas und genoss saugend den wohlschmeckenden, frischen Geschmack der Milch und der Blaubeeren.

Ich spähte auf die Straße.

Am Ende ihres Lebens, im Heim, hatte meine Mutter auch den Asphalt angestarrt. Der Briefträger kannte sie, er gab ihr ein *Gratuit*, und sie behielt es auf den Knien und glättete das Papier mit der flachen Hand. Mit der Zeit wusch ihre schweißige Handfläche die schwarze Tinte ab.

Die Krankenschwestern sagten, es täte ihr gut zu warten.

Bei manchen Kranken sei das Warten besser als alles andere.

Ich kehrte in meine Unterkunft zurück. Ich packte meinen Koffer aus. Es dämmerte, und der Schulbus hielt vor dem Haus. Die Türen zischten, und Jugendliche stiegen aus. Die

Jugend von Le Val. Sie zerstreuten sich rasch. Ich erkannte die Göre mit ihrer peruanischen Mütze, sie entfernte sich in Richtung Bungalow.

Ich fand Decken. Kopfkissen. Einen Fernseher gab es nicht. In einem Wandschrank entdeckte ich ein altes Transistorradio, ein Batteriegerät, die Sender stellte man ein, indem man ein Rad drehte, das einen Zeiger bewegte. Die Antenne war verbogen, auf dem Kühlschrank empfing sie Nostalgie und Culture, in der Nähe der Tür RTL.

Ich ging hinaus und füllte eine Tüte mit Sägemehl, die ich Gaby brachte.

Ihr Bungalow war eine klapprige Konstruktion, zwischen der Straße und dem Fluss gelegen. Eine Hütte aus Blech, verstärkt mit Brettern, die zahlreichen Wintern getrotzt hatte. Gaby warf nichts weg. Draußen türmte sich alles Mögliche, übereinandergestapelte Kartons, ein Buffet, ein Fahrrad, Kästen mit Werkzeug, ein alter Fernseher. Einige Gegenstände wurden mit großen braunen Planen vor der Witterung geschützt. Der Rest war dem Regen ausgesetzt. Ein schmaler Durchgang erlaubte den Zugang zur Tür.

Über drei Stufen aus Leichtbausteinen gelangte man ins Haus.

Als ich ankam, saß die Göre draußen auf einem der Sitze der Schaukel. Siebzehn, smaragdgrüner Blick und kleiefarbene Wangen, das einzige blonde Mädchen des Marktfleckens. Sie grub in einem Kürbis und riss das Fruchtfleisch heraus, eine klebrige Masse, die weiße, flache Kerne umhüllte.

Die Göre war weder Gabys noch Ludos Tochter. Als ich sie zum ersten Mal gesehen hatte, hatte sie gerade Laufen gelernt. »Ich passe auf sie auf, während ihre Mutter arbeitet«, hatte Gaby gesagt.

Im Jahr darauf war die Göre immer noch da.

Und im Jahr darauf auch.

Ein Mädchen mit einem so blassen Teint fiel hier auf. Ich hatte es wissen wollen, hatte mehrfach Fragen gestellt, aber Gaby hatte ausweichend geantwortet. Und Philippe hatte auch nicht mehr dazu gesagt. Das hatte mich lange Zeit genervt. Eines Sommers hatte Gaby verraten, die Mutter der Göre habe ihr diese eines Morgens vor die Tür gelegt und sei nie zurückgekommen, um sie zu holen. »Was ausgesetzt wird, gehört dem, der sich darum kümmert. Und ich kümmere mich um sie.«

Und dieses Fazit, kurz und bündig, hatte ihr genügt, eine Mutter, die ihr Kind aussetzt und nicht wiederkommt.

»Ich bringe Sägemehl«, sagte ich zur Göre und deutete auf die Tüte.

Sie hob den Kopf.

Gaby tauchte aus der Dunkelheit auf. Hinter dem Bungalow lagerte ein Haufen Müll, den sie mit einer Harke sortierte. Fünf nebeneinander eingerammte Pflöcke, ein angefangener Zaun. Daneben noch der Hammer und eine Schachtel mit Nägeln.

Gaby kam zu mir und steckte die Hand in die Tüte.

»Sägemehl, das nicht vom Regen nass geworden ist«, murmelte sie lächelnd.

Eine große rote Plane auf dem Dach hatte sich gelöst und knatterte im Wind.

»Du solltest hinaufklettern, um das Plastik wieder zu befestigen«, sagte Gaby zu der Göre gewandt.

Die Göre zuckte die Achseln.

»Da musst du Diego bitten.«

»Wir können nicht wegen allem Diego bitten.«

Gaby ging zur Tür. Sie deutete auf die dunkle Öffnung.

»Kommst du fünf Minuten rein?«

»Nein, ich gehe zum Fluss.«

Sie schlug ihre Stiefel gegen die Stufen, damit die Erde abfiel. Schob die Tüte ins Innere.

Draußen war ein Sofa aus Kunstleder dem Regen ausgesetzt, obwohl es unter dem Vordach stand.

»Würdest du mir helfen, es hineinzubringen?«

Es war kein großes Sofa, aber die Tür war schmal.

»Es wird nicht durchpassen, sage ich dir.«

»Letztes Jahr mit Ludo hat es durchgepasst.«

Ich hob es auf der einen Seite hoch und sie auf der anderen. Die ersten Versuche scheiterten. Wir mussten es noch mal versuchen. Als wir das Sofa drin hatten, stellten wir es vor den Fernseher. Es berührte das Bett. Das Kopfende war eingeklemmt. Rechts der Tisch. Die drei Stühle. Der Kühlschrank, die Spüle mit der Kaffeemaschine, das zweite Fenster verrammelt. Zu nah, sie würden sich die Augen verderben.

»Nächstes Jahr lässt du es draußen und kaufst ein kleineres«, sagte ich, während ich die Kissen zurechtrückte.

»Es ist fast neu.«

»Fast, ja …«

Eine Sauerstoffflasche stand in der Ecke des Zimmers. Daneben eine Maske.

Hinten die Käfige.

Sechs Käfige mit Eichhörnchen darin. Dreimal pro Jahr rasierte Gaby ihren Schwanz. Aus den Haaren machte sie Pinsel, die sie im Laden des alten Sam verkaufte.

Gaby kam näher. Wir betrachteten die Eichhörnchen.

Wir wussten nicht so recht, was wir sagen sollten. Ich ging wieder hinaus. Die Stelle, wo das Sofa gestanden hatte, war jetzt leer.

Das Hundeheim der Baronin lag, nicht weit davon entfernt, wie eingequetscht zwischen der Eisenbahnlinie und der

Straße. Der Wind, der aus dem Westen blies, trug das Bellen der Hunde heran.

Ich blickte auf meine Uhr. Zu spät für den Fluss. Die Göre war mit ihrem Kürbis fertig, sie schnitt die letzten Zacken heraus und stopfte das Innere mit Zeitungspapier aus.

Auf der anderen Seite beobachten uns die Söhne des Onkels. Ihren Gesichtern war die Verwandtschaft anzusehen, sie glichen einander aufs Haar. Die beiden Älteren trugen das Hemd offen, ein Aussehen wie James Dean, zotteliges Haar und eine rebellische Stirn. Der Kleine hieß Marius. Er wirkte irgendwie anders. Zarter. Er hatte den Oberkörper eines kleinen Kindes, Arme wie Flügel, große Augen und einen fast kahlen Schädel.

Sie lebten gegenüber, in einem einfachen Haus mit einem Hof, auf dem kein Rasen wuchs. Ihre Mutter war eine merkwürdige Frau. Wenn sie sprach, senkten sich ihre Lider, sie wieder zu heben, kostete sie eine ziemliche Anstrengung, das ganze Gesicht verkrampfte sich dabei, und trotzdem schlossen sich die Lider immer wieder. Manchmal musste sie sogar mit den Fingern nachhelfen.

Sie war die zweite Frau des Onkels. Sehr viel jünger als er. Man erzählte, sie habe den Brautschleier der ersten Frau zerschnitten und daraus die Vorhänge für die Fenster genäht.

Die drei Jungs entstammten dieser zweiten Ehe.

Wir beobachteten uns. Aus der Ferne. Wir redeten nicht miteinander. Dabei sind sie immerhin unsere Cousins, da der Onkel Curtils Bruder ist.

Ich ging die Straße hinauf. Ich spürte ihre Blicke in meinem Rücken. Die roten Neonlichter spiegelten sich auf dem öligen Asphalt an der Tankstelle. Als ich das Schild erreicht hatte, drehte ich mich um. Die Göre hatte das Feuer im Inneren ihres Kürbisses angezündet. Im Halbdunkel erkannte ich den Bungalow, das flammende Lachen des Teufels und die Jungs des Onkels, die wie drei vertrocknete Bäume auf der anderen Straßenseite standen.

Zurück in meiner Unterkunft, wollte ich Kathia anrufen, doch das Netz war schwach. Kathia ist die Sekretärin der Behindertenwerkstatt, in der ich arbeite, und sie ist auch meine beste Freundin. Ich versuchte es mit einer SMS.

Ich schüttelte die Glaskugel und betrachtete den fallenden Schnee.

Die Straße durch die Kugel.

Die Bäume.

Die Laternen.

Ich bin Kochlehrerin in Saint-Étienne, Spezialgebiet Pâtisserie. Nicht verbeamtet. Meine nächste Vertretung war für die Zeit vom 7. bis 15. Januar vorgesehen, danach eine längere vom 24. Januar bis Ende Mai.

Bis dahin hatte ich nichts. Deswegen übersetzte ich in der Zwischenzeit Christo. Jeden Morgen hatte ich mich an die Arbeit gesetzt, Kapitel für Kapitel, noch ein Monat, und ich wäre fertig, das hatte ich mir vorgenommen, weitermachen, während ich auf Curtil warte, und nach Saint-Étienne zurückkehren.

Pierre Doxel hatte mir diese Übersetzung angeboten, ein Freund des Vaters der Mädchen, Verleger in Clermont-Ferrand. Er hatte mich eines Abends spät angerufen, sein Übersetzer habe ihm gerade abgesagt, um nach Varanasi zu fahren… Varansi, stell dir das mal vor, nichts als Tote und Leprakranke dort!

Er hatte mir erklärt, Christo, die Land Art, die Schleier, die Stoffe, ein Typ, der Monumente verhüllt und in der ganzen Welt berühmt wird. Willst du dich da nicht dranmachen?

Mich an was dranmachen? Wenn du ja sagst, rettest du mir das Leben!

Ich hatte bislang noch nie jemandem das Leben gerettet. Ich übersetzte ihm die ersten Kapitel, er überwies mir einen großzügigen Vorschuss und bat mich weiterzumachen.

Wenn ich gerade keine Vertretungen habe, suche ich mir kleinere Jobs und warte, bis man mich ruft. Ich spreche perfekt Englisch, meine Mutter wollte, dass ich zwei Sprachen beherrsche, sie sagte, früher oder später würde mir das helfen, das würde mir neue Welten erschließen. Dank ihr habe ich Hunderte von Gebrauchsanweisungen für Staubsauger, Roboter, Bohrmaschinen übersetzt, Anleitungen, gedruckt auf dünnem Papier und zusammengefaltet, die man ganz unten in den Kartons findet. Ich hatte die Montageanleitung einiger Ikea-Möbel übersetzt und die Dosierung der kosmetischen Produkte, Sanoflore, die drei Zeilen auf der Rückseite des blauen Flacons, das bin ich, *Organic ancient rose floral water. Clarifying toner for her face. Revitalized and radiant skin. Suitable for sensitive skin.*

Ich habe am Fließband gearbeitet, in einer pharmazeutischen Fabrik, acht Stunden habe ich Vignetten auf die Medikamentenschachteln geklebt. Ich war auch Hilfskraft in einer Froschaufzucht. Zu sensibel für diese Tätigkeit, steckte ich die Amphibien jedoch in meine Taschen, um sie in die Tümpel zurückzubringen.

Zum Schluss war das Gedächtnis meiner Mutter auch Land Art. Ganze Teile ihres Lebens wurden vom Vergessen umhüllt. Sie wanderte durch die Gänge, weiße Wände, weiße Fußböden, makelloses Steingut und Krankenschwesternkittel, ich kaufte ihr einen knalligen Morgenrock, damit sie uns nicht verlorenging. Seidenstoff, ein wahres Feuerwerk an Farben! Wir haben sie trotzdem verloren. Für immer eingeschlafen am Stadtrand von Grenoble, im Schatten eines Baumes auf der zwölften Parzelle an der Hauptallee eines Friedhofs, dessen Namen ich ständig vergesse.

Dienstag, 4. Dezember

Ein Sauwetter am frühen Morgen. Die Augen noch nicht offen, quälte ich meine Beine aus dem Bett. Ich stellte den Thermostat der Heizkörper höher. Von der Fahrt hatte ich noch Kekse übrig und einen Rest Kaffee im Wandschrank.

Ich verschob den Tisch, um ihn vor das Fenster zu stellen. Ich wollte bei der Arbeit die Straße sehen können, ohne mich bewegen zu müssen, nur, indem ich den Kopf hob.

Ich begann ein Kapitel zu übersetzen.

Ich sah Gaby vorbeifahren, ihr vorgebeugtes Profil im Volvo. Sie arbeitete im *Edelweiss*, einem Berghotel drei Kilometer entfernt am Ufer des Sees. Komfortabel. Funktionell. In dem Urlauber und Handelsvertreter übernachten, die zwischen Grenoble und Turin unterwegs sind.

Gaby ist Zimmermädchen. Sie arbeitet vormittags. Die Direktion stellt ihr einen Kittel, sie muss ihr Haar sauber halten, man zwingt sie nicht, es abzuschneiden, sie muss es lediglich zusammenbinden.

Jean kam ein paar Minuten nach sieben, er ging über den Erdwall zu den Werkstätten. Er trug eine dunkle Jeans und ein dickes kariertes Jackenhemd. Ich hatte ihn letzten Sommer kaum gesehen. Und im Sommer davor auch nicht. Ich wartete einen Augenblick, ich dachte, er würde wieder herauskommen.

Um zehn machte ich eine Pause. Ich presste eine Orange über einem Glas aus.

Ich trank den Saft.

Auf dem Buffet lagen Zeitungen vom Frühjahr mit Artikeln, in denen davon die Rede war, dass der Bürgermeister die narbenartige Spur der Lawine in eine Skipiste verwandeln wollte. Die erste von Le Val. Eine Abfahrt, die beim Steinhügel von Maldavie anfangen und am Bauernhof von Buck enden würde. Es war die Rede von Skiliften, von einem Skiverleih und mehreren modernen Hotels. Le Val würde mit den anderen Dörfern konkurrieren, wachsen und eines Tages ein richtiger Wintersportort werden können. Ein Sommer hatte genügt, dass alle sich schließlich einverstanden erklärten, diesen erstaunlichen Plan Realität werden zu lassen.

Von der Schwelle aus konnte ich den Korridor, den die Lawine hinterlassen hatte, sehen, ein zweihundert Meter breiter und viertausend Meter langer Schmiss, der Hunderte von Bäumen niedergemäht hatte und im Fluss endete. Ein Abgang, der, wie es hieß, auf die Temperaturabweichung der Tage zuvor zurückzuführen war, das Wasser war unter den Schneemantel gedrungen, Platten hatten sich gelöst, waren vertikal hinuntergestürzt und hatten Erde und Asphalt mit sich gerissen.

Die Kellnerin von Francky wohnte in einer Wohnung über der *Lanterne* mit grauen Fensterläden und einem eisernen Geländer.

Um elf trat sie auf ihren Balkon und schüttelte ihre Laken aus.

Ich kaufte ein paar Vorräte in dem kleinen Tante-Emma-Laden, Kaffee, Zwieback, Marmelade … Was den Rest betraf, so war ich entschlossen, zum Essen in die *Lanterne* zu gehen.

Der Besitzer legte meine Einkäufe in einen Karton.

»Ich freue mich, Sie bei uns zu sehen … Bleiben Sie bis Weihnachten?«

Die Kunden in den Gängen blickten auf, spähten nach meinen Einkäufen und warteten darauf, dass ich etwas sagte.

Ich erwiderte, dass ich nur ein paar Tage bliebe.

Ich brachte meine Einkäufe nach Hause.

Es war schönes Wetter.

Ich nahm das Buch. Es war schwer. Ich wollte draußen in der Sonne lesen. Ich dachte daran, Seiten herauszureißen. Nur mit denen des aktuell zu übersetzenden Kapitels hinauszugehen.

Es war Angeltag an der Feule. Ich ging zu der Stelle, wo die Angler ihre Angelruten ausgeworfen hatten. Der Fluss machte eine Biegung und stürzte sich unter die Brücke. Die Korken trieben. Die Nylonschnüre verloren sich in den Reflexen. Man starrte mich an, weil ich mit einem Buch draußen war. Und auch, weil ich Curtils Tochter war.

Die Feule ist ein schöner, aber kein einfacher Fluss. Sie kann Wutanfälle bekommen, aber auch todlangweilig sein. Einmal, als das Tauwetter eingesetzt hatte, hatte ich gesehen, wie sie den Kadaver einer Kuh mit sich geführt hatte, ein schweres Tier mit aufgeblähtem Bauch, das der Schnee freigegeben hatte. Im Sommer drauf hatte ich es auf dem Trockenen liegen gesehen, zusammen mit Forellen, die im Schlamm steckten, und Fischen auf seinem Bauch, die die Leere schlürften.

Ich las, den Rücken der Sonne zugewandt. Ein paar Zeilen schilderten den unendlichen Kummer, der Christo beim Tod seiner Mutter übermannt hatte. Der Maler hatte tagelang geweint, ohne sich beruhigen zu können. Dieser Kummer, der unermesslich zu sein schien, hatte seine Frau verwirrt. Sie hatte Christos Vater angerufen. Der alte Mann hatte ihr anvertraut: »Christo trauert nicht um die alte Dame, die gestorben ist. Christo trauert um die junge Frau, seine Mama, als er ein kleiner Junge war.«

Ich las den Satz noch einmal. Halblaut. Mehrmals. Um welche Mutter hatte ich getrauert, als Mama starb? Um die Mama, die mir, als ich noch keine sechs war, Geschichten erzählt hatte? Nur um sie? Oder um die alte Dame? Oder doch um die andere, die vom Tag des Brandes? Oder um diejenige, die das Warten auf Curtil zu einem wesentlichen Bestandteil ihrer Liebe gemacht hatte? Um welche Mutter? Um die fröhliche Mutter, die in der alten Dame verborgen war?

Die Bahnlinie führte über hundert Meter am Fluss entlang. Ich schob einen Grashalm als Lesezeichen zwischen die Seiten.

Ich ging zur Brücke. Unter ihr gab es in den Strudeln eine Forellentreppe.

Diego angelte in der Mitte, die Beine in Anglerstiefeln. Wenn er Zeit hatte, kam er her, um seine Angel in die Feule zu tauchen. Die Strömungen rissen seine Angelschnüre und die Korken mit sich.

Die Pfeiler, die sich auf das Ufer stützten, waren von Gestrüpp überwuchert, Zäune versperrten den Weg, ein Hindernis aus Beton, eine mit Graffiti besprühte Platte. Um an das andere Ufer zu gelangen, musste man mutig sein und es wagen, diese Brücke zu überqueren, oder den Umweg über eine andere weiter südlich nehmen.

Hochwasser hatte die erste, in den 1880er Jahren errichtete Brücke weggerissen. Man hatte eine zweite, modernere gebaut. Aus Stahl. Ebenfalls weggerissen. Diese war mit Rost bedeckt, man nannte sie Pont-Rouge, sie schälte sich wie ein Aussätziger. Ich kratzte am Pfeiler und nahm unter meinen Fingernägeln etwas von der ursprünglichen silbergrauen Farbe mit.

Vom Fluss zurückgekehrt, schaute ich bei Gaby vorbei, doch sie war nicht da. Ich ging in die *Lanterne*. Ich öffnete die Tür. Die Gespräche hörten abrupt auf, als ich eintrat, die Köpfe drehten sich zu mir.

Francky nickte mir zu. Er organisierte eine Tombola, es ging darum, auf den Tag zu wetten, an dem der erste Schnee fallen würde. Der Sieger würde ein Fass Wein gewinnen. Das Fass stand auf einem Tisch, darüber die Definition: »Man kann sagen, dass es schneit, wenn die Schicht dicker als zwei Zentimeter und der Boden durchgängig bedeckt ist.«

Ich schrieb meinen Namen neben den 31. Dezember.

Und dann gingen die Gespräche weiter.

Philippe kam, er parkte seinen Pick-up links vom Schild, das Vorderteil am Blumenkübel. Ein Dienstfahrzeug, kakifarben, riesige Räder, ein Kotflügel und die beiden Stoßstangen verbeult.

Als er sah, worauf ich gesetzt hatte, lachte er mich aus und versicherte mir, der Schnee würde viel früher fallen. Vermutlich um den 20., man brauche sich doch nur das Fell der Tiere anzuschauen.

»Beim großen Umzug der Wagen wird alles weiß sein, das sage ich dir!«

Er setzte sich an seinen Tisch.

Früher hatte er sein Büro im Forsthaus gehabt, doch die Lawine hatte alles fortgerissen, die hübsche Bruchbude und ihren kleinen Zaun. Sie hatten das Archiv und die ausgestopften Tiere retten können. Sie hatten auch ein Herbarium bergen können, Hunderte von Aktenordnern gefüllt mit getrockneten Pflanzen und Blumen. Philippe hatte alles bei sich zu Hause in einem Raum im Keller zwischengelagert, der früher für die Zucht von Seidenraupen benutzt worden war.

Bis das Haus wieder aufgebaut worden war, benutzte er einen Tisch in der *Lanterne*, immer denselben, am großen Fenster, mit Blick auf die drei Räume und den Parkplatz.

Er ließ seine Stifte und Hefte in der Schublade. Durch eine stillschweigende Übereinkunft war der Platz für ihn reserviert. Wenn er nicht da war, blieb der Tisch frei.

Er nahm seinen Anstecker ab. Er fuhr sich mehrmals mit den Händen übers Gesicht. Ein paar Typen an der Bar warteten darauf, mit ihm sprechen zu können. Es war eine Frage der Geduld. Solange der Anstecker auf dem Tisch lag, näherte sich ihm niemand.

»Was möchtest du?«, fragte Francky ihn.

»Einen Kaffee … Ein Zitronentörtchen, eine Scheibe Cake … Nein, zwei … zwei Scheiben … und eine Kugel Eis.«

»Sorgen?«

»Nicht mehr als sonst.«

Die Kellnerin räumte die Tische ab und sang mit der Musik mit. Francky bedeutete ihr zu schweigen. Sie war ein ganz besonderes Mädchen. Die Haut einer Rothaarigen. Orange gefärbtes Haar. Sie hatte ein Bein aus Plastik, wodurch sie etwas hinkte.

Überall woanders hätte ein solches Mädchen lasterhafte Gedanken geweckt. Hier weckte sie Träume.

»Salut, schöner geheimnisvoller Mann …«, sagte sie und stellte das Tablett vor Philippe.

Er blickte auf und lächelte, ohne etwas zu erwidern. Trotz dieses Beins, oder gerade wegen ihm, waren alle Männer in sie verliebt, in ihre Rüschenblusen, ihre Halsketten aus falschen Diamanten und diesen merkwürdigen, oben an ihrer Hüfte befestigten Schenkel, der ihr einen ganz persönlichen Charme verlieh.

Er verschlang eine Cakescheibe und dann die zweite. Das Törtchen, die Eiskugel, den Kaffee. Nach dem letzten Bissen saß er reglos da. Er sah abgespannt aus, hatte den müden Blick eines Menschen, der schlecht schläft.

Mit den Jahren hatte er den Schlafzimmerblick eines alten Cockerspaniels bekommen.

Philippe verwaltete den Nationalpark Vanoise, er schien

alles zu kennen, was in diesem Park lebte und krepierte, die Spuren, die Pfade, die Unterschlüpfe, die Tiere. Dass er hier geboren worden war, verlieh ihm eine natürliche Legitimität, die ich verloren hatte, als ich Le Val verlassen hatte.

Schließlich nahm er seinen Anstecker und hielt ihn ein paar Augenblicke in der Hand, bevor er ihn am linken Revers seiner Jacke befestigte. Das war das Zeichen. Ein erster Typ ging zu ihm, ein Stämmiger mit runden Augen, er schimpfte auf die Skipistengegner, die ihr Spruchband vor seinem Haus entrollt hatten.

Das war das einzige Gesprächsthema. Die Skipiste. Treffen hatten stattgefunden mit Partnern mit weißen Krägen, sie waren im September gekommen, Leute aus der Stadt, Bauunternehmer hatten mit Buck gesprochen, damit er seine Wiese verkaufte.

Sie würden mit Bulldozern kommen, noch bevor der erste Schnee fallen würde. Sie würden Felsen sprengen, eine erste Skihütte in der Nähe der Sablons errichten und Unterhaltung in dieses Reich bringen, das bisher keine gekannt hatte.

Andere Männer redeten mit Philippe. Wenn er konnte, gab er ruhig einen Rat. Manchmal gab er keinen. Nickte. Machte sich Notizen, bekritzelte die Ränder des Papiers.

Ich wartete, bis er fertig war, um mich zu ihm zu setzen. Auf dem Tisch Krümel des Törtchens, die Tasse, ein Stück Zucker.

»Es wird mächtig gewildert in der Gegend der Croue«, sagte er.

Die Croue ist eine wunderschöne Schlucht direkt über unserem früheren Haus. Er hatte Reifenspuren und Reste von Gerippen gefunden. Die Wilderer schlachteten die Jungtiere und die Mütter ab, manche waren schlechte Schützen, so dass die Tiere langsam und qualvoll verendeten.

Er klappte sein Heft zu.

»Ich habe Geduld, es wird vielleicht den ganzen Winter dauern, aber ich werde diejenigen, die das getan haben, schnappen.«

Eine Frau kam herein, sie wollte den Schlüssel seines Hauses, um an die Herbarien zu kommen. Er kramte in seinen Taschen und holte einen Schlüsselbund heraus mit einem Schlüsselanhänger aus Glas, in das eine Kornblumenblüte eingeschlossen war.

»Hast du Nachrichten?«, fragte ich ihn, als ich seinem Blick begegnete.

Er schüttelte den Kopf.

»Wann, glaubst du, wird er da sein?«

»Keine Ahnung.«

Mit seiner Fingerspitze schob er einen Krümel in langsamen Spiralen über den Tisch. Er zeichnete einen Kreis mit dem Wasser, das auf den Tisch geschwappt war. Ich zeichnete eine Raute daneben. Als Kinder hatten wir das immer so gemacht. Derjenige, der nichts mehr zeichnen kann, verliert.

»Ich hoffe, dass er bald kommt.«

»Das hoffe ich auch.«

»Wie alt ist er jetzt?«

»Zweiundsiebzig.«

Wir hörten mit unserem Spiel auf. Philippe steckte sein Heft ein.

»Mach dir keine Sorgen.«

Er lehnte sich auf seinem Stuhl zurück. Sah mich lange an.

»Du solltest Gaby besuchen.«

»Ich besuche Gaby.«

»Du solltest zu ihr gehen, dir die Zeit nehmen.«

»Ich war gestern bei ihr, wir haben das Sofa hineingetragen.«

»Aber du bist nicht geblieben. Du hast auf die Uhr geschaut. Das machst du immer …«

»Hat sie dir das gesagt?«

Er nickte.

Ein Seufzer.

Unser Blick verlor sich draußen, der Parkplatz, die Autos und die Straße mit den schnurgeraden schwarzen Leitungen.

Diego kam mit seinem ganzen Angelzeug zurück.

Philippes Telefon klingelte. Es war ein altes Modell mit der Musik der *Vier Jahreszeiten* von Vivaldi. Er stand auf, um das Gespräch anzunehmen.

Philippe hatte eine Leidenschaft für Wege. Mit zwanzig hatte er einen Weg für die Tiere angelegt mit Zugang zum Ufer, dem sich die Jäger nicht nähern durften. Anschließend hatte er im Gebirge kilometerlang einen Pfad vom Gestrüpp befreit, der angeblich der Wasserscheide entsprach.

Jetzt wollte er den genauen Weg rekonstruieren, den Hannibal genommen hatte, als er mit seinen Elefanten die Alpen überquert hatte. Diesen Pfad auszuschildern war zu einer Obsession geworden, er schwor, er würde erreichen, dass er damit in die wichtigsten Führer aufgenommen würde.

»Du siehst aus, als wärst du unter einen Zug gekommen«, sagte ich, als er das Gespräch beendet hatte.

»Das war Emma … Sie bleibt in Dijon, ihre Mutter ist krank.«

»Du solltest ein paar Tage überleben können.«

»Ja, ja, mach dich nur lustig.«

»Ich mach mich nicht lustig.«

Er nahm sich eine Zigarette und riss ein Streichholz an. Ich blies es aus.

»In Bars wird nicht geraucht.«

Er riss ein neues an.

Ich blies es aus. Mehrmals. Schließlich platzte ihm der Kragen.

»Hör auf, das ist nicht lustig!«

Ich hörte auf.

Wir waren angespannt. Das war immer so, wenn wir uns wiedersahen, wir mussten uns erst wieder aneinander gewöhnen.

»Und Jean, was treibt er so?«

»Jean? Was soll er schon treiben?«

»Ich weiß nicht… Ich habe ihn heute Morgen flüchtig gesehen.«

»Er treibt, was wir alle so treiben…«

Ihm blieb keine Zeit weiterzusprechen. Die Tür hatte sich geöffnet. Ich spürte den Luftzug eiskalt im Kreuz.

»Dein Sohn«, sagte ich.

Yvon kam herein, eine Kamera in der Hand. Neunzehn. Groß, eine Bohnenstange mit schlurfendem Gang. Er kam zu mir und umarmte mich.

»Du bist gekommen. Das wusste ich nicht… Wie lange bleibst du? Bist du Donnerstag noch da? Ich suche jemanden, der mich zum Holzeinschlag hinaufbringt.«

»Hast du Donnerstag keinen Unterricht?«, fragte Philippe.

»Es wird gestreikt.«

»Ich bin mit dem Zug gekommen, ich habe kein Auto.«

»Du kannst Emmas Wagen nehmen«, bot Philippe ihm an. »Es ist ein Käfer, eine ziemliche Schrottkarre, aber für kürzere Strecken noch ganz brauchbar.«

Wir verabredeten uns für zehn Uhr vormittags. Er ging in den Raum daneben, in dem Flipperautomaten und Tischfußball standen.

»Was macht er mit dieser Kamera?«, fragte ich.

»Er ist im Abiturjahr, er hat Film gewählt… Er hat beschlossen, den Verlauf der Skipiste zum Thema seiner Reportage zu machen. Danach will er nach Bangladesch. Dazwischen will er versuchen, das Abitur zu bestehen.«

»Er wird es bestehen.«

»Er hätte es schon letztes Jahr machen sollen. Ergebnis: durchgerasselt, nicht einmal die mündliche Nachprüfung geschafft.«

Ich fragte nicht weiter nach.

Fleischgeruch drang aus der Küche. Ich bedeutete Diego, mir einen Tisch fürs Abendessen zu reservieren.

Am Abend war ich müde, aß rasch zu Abend bei Francky und ging früh schlafen.

Ich dachte an die anderen Körper, die in diesem Bett gelegen hatten. An die Unbekannten im Schlafzimmer. Ich hatte das Gefühl, ihre Gerüche, ihre Feuchtigkeit wahrzunehmen.

Ich stand auf und bezog die Matratze mit einem zweiten Laken.

Als ich das Licht ausgemacht hatte, begann auf dem Speicher ein Tier herumzulaufen. Kleine schnelle Schritte, die mich nicht einschlafen ließen.

Mittwoch, 5. Dezember

Am Morgen waren Pfützen vor der Tür. Ringsum, überall, Ton in Ton, alle Grauschattierungen, das Gebirge, die Felswände, der Wald und die Straße.

Ich schaltete das Radio ein.

Ich trank meinen ersten Kaffee am Fenster.

Die Holzfäller waren alle gegenüber, im Speiseraum bei Francky. Ich sah die hellen Lichter und die gebeugten Gestalten. Der Bus wartete draußen. Der Fahrer im Innern. Diego lud die Wasserkanister und den Mittagsimbiss ein.

Ich schlug das Buch auf, schaltete den Computer ein und machte mich an die Arbeit. 1963, Christo ist in Paris. Ich fing an, die Periode zu übersetzen, in der er sein Konzept fand und seine ersten Objekte verhüllte.

Die Holzfäller gingen hinaus. Manche stiegen in den Bus, sie waren Hauer, Anschläger, Kranführer. Die anderen überquerten die Straße. Sie setzten die Maschinen in Gang. Ich hörte das Geräusch der Sägen auf der anderen Seite der Trennwand.

Jean kam. Er parkte seinen Jeep. Er trug dasselbe Jackenhemd wie am Tag zuvor. Ich hatte das Gefühl, dass er, als er ausstieg, zu meinem Fenster blickte.

Bei Tagesanbruch war das Gebirge rosa gefärbt. Um schneller mit der Arbeit voranzukommen, müssten die Wände dicker sein, es dürfte keinen Blick nach draußen und keine Personen zum Betrachten geben.

Ich las erneut das erste Kapitel, Christos Kindheit, Bulgarien, Wien.

1970. Der Künstler spannt einen safranfarbenen Stoff und verhüllt ein ganzes Tal im Bundesstaat Colorado. Stoff, empfindlich wie Haut. Tausende von Menschen reisen an, um es zu sehen.

Eines Tages verpackt er einen Baum.

Ich übersetzte ein Interview, in dem Christo erklärt, dass man die Dinge auch zeigt, indem man sie verbirgt.

Um elf Uhr erschien Franckys Kellnerin auf ihrem Balkon. Wie am Tag zuvor schüttelte sie ihre Laken und Kissenbezüge aus.

Pierre rief an. Er fragte mich, wie weit ich sei. Ich erwiderte, es ginge voran. Ich zog die Vorhänge zu. Der Benzinlieferant füllte die Tanks an der Tankstelle. Ein Laster lud Stämme vor dem Sägewerk ab, Dutzende von Douglastannen, nackt, ohne Äste und ohne Rinde.

Am Nachmittag brachten sie die Bulldozer, zwei riesige Dinger, die sie am Ende des Geländes parkten. Sie stellten sie nebeneinander. Die Schilde zur Straße. Damit würden sie im Frühling die Piste planieren.

Ich ging nach draußen. Ich lief ein gutes Stück über die Brücke hinaus. Als ich zurückkam, sah ich den Volvo vor Gabys Haus. Ich klopfte. Leise. Ich öffnete die Tür. Sie döste auf dem Sofa vor sich hin. Ihre Hände lagen auf ihrem Bauch, ineinander verschränkt, sie hoben und senkten sich im Rhythmus ihres Atems.

Gaby öffnete die Augen einen Spalt.

»Ich bin eingeschlafen«, sagte sie.

Sie war von der Arbeit nach Hause gekommen, hatte gegessen, geschlafen, eine Folge von *Feux de l'amour* angeschaut und einen Pudding gekocht. Erneut geschlafen.

In einer Kiste lagen Äpfel. An der Kühlschranktür Fotos. Der Motor ließ das Blech vibrieren. Die nördliche Wand war mit Pappe tapeziert, die mit Teer verstärkt worden war.

Auf dem Boden eine Ledertasche, neben der Spüle, mit offenem Reißverschluss, darin zerknitterte Kleidungsstücke.

»Das sind Ludos Sachen«, sagte sie.

Ludo war ihr Mann. Nicht sehr gesprächig, aber ein Vorstrafenregister so lang wie die Bibel. Den ersten Eintrag hatte er mit fünfzehn bekommen, als er ein Mofa geklaut hatte. Ein kleiner Gauner, aber kein schlechter Kerl. In einem bunten Rahmen stand ein Bild von ihm.

Gaby holte eine Schachtel Kekse mit Feigenfüllung aus dem Wandschrank. Sie legte die Schachtel auf den Tisch.

»Ich habe ihn gestern besucht.«

Die Besuchszeiten im Gefängnis waren streng geregelt. Sie durfte ihn einmal im Monat besuchen. Sie nahm einen Tag Urlaub, redete zehn Minuten mit ihm und kam mit schmutziger Wäsche zurück, die nach Knast stank. Wenn sie ihren Tag verpasste, musste sie einen Monat warten, bis sie ihn wieder besuchen durfte.

»Wann kommt er raus?«

»In sechs Monaten.«

Ich war Ludo ein paar Mal begegnet. Ein magerer Kerl mit schwarzem Schnurrbart und dunklen Augen.

Sie leerte die Tasche. Sie hatte auf alle Kleidungsstücke ein Etikett mit seinem Namen nähen müssen.

Ich blieb in der Ecke am Fenster stehen. Das Wasser, das vom Dach hereinsickerte, hatte rostige Furchen gebildet. Große Wasserflecken zogen sich bis zu den Wänden, die beim Trocknen rote Landschaften zeichneten.

»Ich frage mich, wie du dich an ein Leben hier drin hast gewöhnen können.«

»Ich habe mich nicht gewöhnt.«

»Das sind bald zwanzig Jahre…«

»Gewohnheit entsteht nicht durch die Jahre.«

Sie aß einen Keks. Zwischen den Tischbeinen löste sich das Linoleum in großen Stücken.

»Und wodurch entsteht Gewohnheit?«

»Durch Verzicht.«

Mehr sagte sie nicht. Sie nahm einen zweiten Keks.

»Ludo sagt, wenn er rauskommt, werden wir ein Steinhaus haben, mit zwei Schlafzimmern, eins für uns und eins für die Göre.«

Ein Steinhaus, das war ihr Traum. Mit einem Ziegeldach und einem weißen Zaun. Das hatte sie sich immer gewünscht. Und soweit ich mich zurückerinnern kann, hatte Ludo es ihr immer wieder versprochen.

»Ludo verarscht dich.«

»Denk, was du willst.«

Sie stand auf und ging zur Spüle. Trank Wasser. Sie hatte Wurstfinger, und Fleischwülste schlossen sich über ihrem Trauring.

»Wirst du Curtil sagen, dass er noch in Varcès eingesperrt ist?«

»Mal sehen.«

Sie drehte den Kopf. Diego kam auf seiner Solex.

»Eine Silberforelle!«, sagte er und zog eine Forelle aus seiner Umhängetasche.

Er hatte sie am Morgen geangelt, ausgenommen, aber den Kopf und die große Gräte drangelassen. Er hielt sie hoch, den Zeigefinger wie einen Haken in eine Ohröffnung gesteckt.

Gaby drehte die Forelle in ihren Händen und schnüffelte an

ihr. Ihre Augen leuchteten. Sie wusste nicht, wie sie Diego danken sollte, daher gab sie ihm die feigengefüllten Kekse, alle, die noch in der Schachtel waren. Da er sie nicht nehmen wollte, schob sie sie ihm mit Gewalt in die Tasche.

»Ich werde versuchen, noch mehr zu fangen!«, versprach er, während er wieder zu seiner Solex ging.

Er musste heftig in die Pedale treten, damit der Motor ansprang. Er trug große Stiefel, und wir mussten lachen.

Wir sahen ihm nach.

Gaby legte die Forelle auf eine Platte. Sie spreizte die Finger, glänzende Schuppen klebten an ihren Handflächen. Im Kühlschrank lagen Karotten, Mortadella und jetzt diese große Silberforelle, die wie ein Mond glänzte.

Die Göre kam fünf Minuten, nachdem Diego gefahren war.

»Ich bin dem Indianer auf seinem Moped begegnet«, sagte sie und löste ihren großen Schal.

Gaby wollte ihr sofort die Forelle zeigen, sie nahm sie am Arm und zog sie mit sich.

Sie erstarrte.

»Bist du wieder am See gewesen!?«

Sie riss ihr die Mütze vom Kopf. Unter der Wolle fielen die Haare herab, strohig, pitschnass.

»Was hast du bloß im Kopf?«

Die Hose war unten ebenfalls nass.

»Wer hat dich nach dort oben mitgenommen, hm, sag's mir!«

»Niemand.«

»Hat die Baronin dir das Pferd geliehen?«

Die Göre antwortete nicht.

Gaby drückte sie auf einen Stuhl. Zog ihr die Schuhe aus. Unter den Strümpfen waren die Füße blaugefroren.

»Wenn sie erfroren sind, fallen sie ab wie trockenes Holz!«

»Schrei nicht …«

»Ich schreie nicht.«

Sie nahm ein Handtuch und rubbelte ihr das Haar trocken. Ich hatte keine Lust zu bleiben und mir ihren Streit anzuhören. Gaby schimpfte, dass es wichtige menschliche Prinzipien gäbe und dass das erste laute, den anderen nicht auf den Wecker zu gehen.

»Aber manche haben das noch immer nicht begriffen!«

Sie rubbelte heftig. Das Gesicht der Göre verschwand unter dem Handtuch.

»Ich sollte zusehen, wie du dir den Tod holst, dann würdest du vielleicht endlich zur Vernunft kommen.«

Sie schaltete das Zusatzheizgerät ein, ein kleines Zibro, das mit Öl betrieben wurde und beim Einschalten mächtig stank.

»Du wirst das Leben nicht verstehen, indem du dich ertränkst«, sagte sie.

»Ich will mich nicht ertränken.«

»Was willst du dann?«

Das Haar war voller Knoten. Gaby löste sie mit einer Bürste, deren Stahlborsten auf der Kopfhaut kratzten.

Die Göre verzog das Gesicht.

»Du tust mir weh!«

»Alle fühlen den Schmerz«, erwiderte Gaby, »die Guten, die Bösen, die Reichen, die Schönen, die Könige ... selbst die Arschlöcher!«

Ihre raue Stimme kratzte ebenso wie die Bürste. Es dauerte eine Weile, dann beruhigte sie sich.

»Der Schmerz ist die einzige Gerechtigkeit«, flüsterte sie.

Sie hängte das Handtuch über die Schnur.

»Du gehst in die Schule, du lernst, mehr wird von dir nicht verlangt.«

»Und der Rest?«, fragte die Göre.

»Welcher Rest?«

Gaby nahm ihren Kopf zwischen ihre Hände und blickte ihr tief in die Augen, als wollte sie ihr einen Gedanken einpflanzen.

»Es gibt keinen Rest«, sagte sie.

Sie entfernte die Haare, die sich zwischen den Borsten der Bürste verfangen hatten.

»Deine Füße müssen immer sauber und trocken sein, vergiss das nie, sonst …«

»Sonst was?«

»Sonst wirst du Lepra kriegen.«

Sie hatte es ausgesprochen.

Die Göre musste lächeln.

»Lepra …«, murmelte sie.

Das Lachen blähte ihre Backen auf. Ihre Zähne waren gerade und strahlend weiß. Sie zog wieder ihre Strümpfe an, wobei sie sie an den Absätzen hochzog.

Gaby zuckte mit den Achseln. Sie warf die Haare in den Mülleimer und kehrte zur Spüle zurück.

»Die Seen sind nichts für die Lebenden.«

Sie hatte das griesgrämig gesagt, und die Göre senkte den Blick. Bleierne Stille trat ein, zum Schneiden, in der keine von beiden ein Wort sagte.

Gaby legte die Bürste auf das Regalbrett zurück. Der Streit hatte sie atemlos gemacht.

»Es ist sinnlos, dass ich mich aufrege, man bringt einen Esel, der keinen Durst hat, nicht zum Trinken.«

Sie drehte sich zu mir, den Kopf vorgebeugt, das Haar wie ein Vorhang vor dem Gesicht.

»Geht es deinen Töchtern gut?«

»Es geht ihnen gut. Sie sind in Australien.«

»Australien, das ist dort, wo die Känguruhs sind?«

»Richtig.«

»Ganz schön weit weg.«

»Ganz schön weit weg, ja.«

Sie waren beide gegangen, mit ein paar Wochen Abstand nur, Julie hatte eine Stelle in einem Restaurant gefunden und einen Jungen kennengelernt, und Zoé war zu ihr geflogen. Sie sagte, ihre Schwester habe ihr zu sehr gefehlt, Sydney sei eine unglaubliche Stadt, man könne fantastische Dinge dort erleben.

Sie hatten geplant, ein Jahr zu bleiben, danach würden sie weitersehen.

Das alles erzählte ich ihr.

Dass die Situation sich entspannt hatte, nutzte die Göre, um sich aufs Sofa zu setzen.

Gaby nahm Ludos Kleidungsstücke, die in einem Haufen vor der Spüle lagen, und stopfte sie in die Trommel der Waschmaschine.

Sie stand auf und hielt sich das Kreuz.

»Ich verbiete dir, zum See zu gehen, damit ist Schluss, dieses Jahr und alle weiteren Jahre … Alle weiteren Jahre deines Lebens! Verstehst du?«

»Ich verstehe.«

»Versprich es …«

Die Göre zog eine Decke über ihre Beine. Sie schaltete den Fernseher ein.

Gaby ging zu ihr und nahm noch einmal ihren Kopf zwischen die Hände. Sie ließ sie schwören, als könnte es ohne dieses Versprechen keine Versöhnung geben.

»Ich verspreche es«, stieß die Göre schließlich hervor.

Mein Handy vibrierte, es war Philippe, der mich vor meiner Unterkunft erwartete, um mir Emmas Wagen zu übergeben.

Ich ging zügig nach Hause.

Der orangefarbene Käfer parkte vor der Tür.

Philippe erklärte mir alles, den Anlasser, die Bremse, die Gänge und wie man den Benzintank öffnet. Er ließ die Schlüssel stecken und machte sich zu Fuß auf den Rückweg.

Kein Fernsehen, kein Kino, keine richtigen Bars.

Ich wartete auf Curtil. Sobald ich meine Übersetzung beendet hätte, würde ich zurückkommen. Ich hatte es Pierre gesagt, ich arbeite, ich mache sie fertig, ich komme zurück.

Ich dachte an die Mädchen.

Ich hatte ihren Vater geliebt. Er hatte mich ebenfalls geliebt. Wir hatten Pläne gehabt, manche hatten wir realisiert, aber wir waren nicht imstande gewesen, weiter miteinander zu leben. Eines Tages machten wir Rast in einem Restaurant am Ufer des Genfer Sees, ein Tisch auf der Terrasse, die Sonne über dem See. Er wollte, dass wir uns nebeneinander setzten, »um beide den Blick auf die Boote zu haben«. Der Kellner sah uns komisch an.

Während des ganzen Essens fragte ich mich, was mit uns geschehen war.

Beim Dessert waren wir immer noch zusammen, aber nicht mehr wirklich, wir waren eher mit dem See. Beim Kaffee sagte er mir, er habe Lust, ein Segelboot zu kaufen. Ich erwiderte, ein Segelboot sei das unbequemste Mittel, um sich von einem Ort zu einem anderen zu begeben. Er blickte einen Augenblick mit seinen schönen Augen auf den See, und dann gestand er mir, für die Dauer eines Segeltörns mache ihm die Unbequemlichkeit nichts aus.

Er war eine Zigarette rauchen gegangen am Ende des Anlegestegs, und der Kellner hatte mir die Rechnung gebracht.

Das war der Anfang vom Ende, dieser Wunsch nach einem

Segelboot, danach war allmählich alles in die Brüche gegangen. Stückweise.

Keine Lust mehr auf die gleichen Dinge.

Keine Lust mehr auf uns.

Der Sonntage überdrüssig.

Selbst für Zärtlichkeiten gab es keinen Platz mehr. Wir hatten zu lange zusammengelebt, wir waren müde.

Am Abend hatte ich keine Lust, noch einmal auszugehen. Ich aß eine Linsensuppe von Knorr.

Ich machte das Licht aus, und das Tier auf dem Speicher scharrte wieder über den Boden. Eine Katze oder ein Steinmarder, vielleicht auch eine Ratte. Ich knipste das Licht wieder an, und das Geräusch hörte auf. Sobald ich es wieder löschte, ging es von vorn los.

Donnerstag, 6. Dezember

Yvon kam zur vereinbarten Zeit, seine Kamera über der Schulter.

»Du siehst furchtbar aus«, stellte er nach einem kurzen Blick fest.

»Ich habe einen Steinmarder auf meinem Speicher, er hat mich am Schlafen gehindert.«

»Die Steinmarder kommen und gehen.«

Er ging weiter zum Sägewerk.

»Begleitest du mich? Ich brauche eine Genehmigung zum Filmen.«

»Ist das zwingend nötig?«

»Nein, aber es ist besser, wenn ich sie habe. Und die Genehmigung bekomme ich von Jean ... Wenn du bei mir bist, wird er sie mir nicht verweigern.«

Ich folgte ihm. Das Sägewerk war ein Labyrinth aus Maschinen, Männern und Lärm. Früher hatten sie Särge hergestellt, die dafür berühmt waren, die Zeiten zu überdauern, nach Jahrhunderten angeblich noch wie neu in den Gräbern. Einige standen immer noch hinten unter einem Pultdach. Es waren auch dicke Buntstifte und Kegel für Kinder produziert worden.

Jean war ganz hinten in einer Werkstatt. Er überwachte eine Bandsäge, die einen Stamm in Längsrichtung zersägte, neun Bretter aus demselben Rundholz mit Rinde, das brachte das Sägeblatt zum Kreischen.

Wir gingen weiter. Der Lärm war ohrenbetäubend. Staub flog herum.

Er sah uns und winkte. Seine Bewegungen waren ruhig, seine Schenkel kräftig wie Pfosten. Inmitten all dieser Bretter wirkte er wie ein biblischer Zimmermann.

Yvon erzählte ihm von seinem Projekt, eine Reportage über die Piste, die Natur nach der Lawine und die Arbeit der Männer filmen. Wegen des Lärms verstanden sie einander nicht, und Jean führte uns in sein Büro. Ein verglaster Raum mit einem Tisch. Schränke. Postkarten an den Eisentüren, Meer, Sonne und der Strand der Balearen.

Yvon erklärte, dass er die Holzfäller auf der Schneise der abgeholzten Fläche begleiten wollte. Jean war nicht allzu begeistert über die Anwesenheit dieses jungen Mannes zwischen seinen Männern.

»Meine Leute sind keine Stars.«

»Es handelt sich doch bloß um Bilder und ein paar Fragen.«

»Eben, Fragen mögen sie gar nicht. Und außerdem ist es gefährlich, überall sind Sägen.«

»Ich werde aufpassen.«

»Aufpassen reicht nicht immer. Man kann sich am Kopf verletzen, ein Ast genügt da schon. Es gibt Beispiele in Le Val von Typen, die sich das Kreuz gebrochen haben. Und die waren gewiefter als du.«

Yvon wusste es.

Jean zögerte.

»Die Arbeiter mögen es nicht, wenn man ihnen im Weg ist.«

»Das werde ich nicht. Ich habe einen guten Zoom, mit dem ich aus der Ferne filmen kann.«

Jean drehte sich zu mir.

»Geht's dir gut?«

»Geht so.«

»Urlaub?«

»Nicht wirklich.«

Er sprach erneut mit Yvon. Das Fenster hinter ihm ging auf den Parkplatz. Es beleuchtete sein Profil. Ich sah einen Haufen Bretter, Pflöcke, Stämme und die beiden reglosen Bulldozer.

Jean trommelte mit der Spitze eines Bleistifts auf der Ecke des Tisches.

»Du kannst filmen, was du willst, aber du fragst sie. Und wenn sie nicht wollen, bestehst du nicht darauf.«

»Einverstanden.«

»Und wenn sie dir sagen, du sollst aus dem Weg gehen, dann lässt du dir das nicht zweimal sagen.«

»Ok. Darf ich die Maschinen filmen?«

»Darfst du.«

Yvon ging mit der Kamera hinaus. Im Vorbeigehen zwinkerte er mir zu.

Ich blieb noch eine Weile bei Jean. Wir hatten seit Langem nicht miteinander geredet. Grüße aus der Ferne, ein paar Worte, wenn ich mit dem Vater der Mädchen gekommen war. Heute war ich allein, das machte es leichter zu verweilen.

»Ich freue mich, dass du da bist«, sagte er.

Ich errötete. Er drehte den Kopf, weil jemand hereingekommen war, Gurte, auf die sie gewartet hatten, waren geliefert worden. Jean musste es im Auftragsbuch überprüfen.

»Wirst du Yvon zu den Holzfällern begleiten?«

»Ich weiß nicht … ja, vielleicht …«

Das Telefon läutete. Er ging dran. Während er sprach, betrachtete er mich. Er kritzelte ein paar Notizen auf ein Blatt, bevor er auflegte.

»Du hattest diesen Pullover schon beim letzten Mal … Die Bärentatze …«

»Ja, das stimmt.«

»Mein Vater hat mir gesagt, dass ihr Curtil erwartet?«

Ein Holzfäller steckte den Kopf durch die Tür, er entschuldigte sich, er habe Post auf dem Tisch gelassen, einen dicken Maschinenkatalog. Ein anderer folgte ihm dann, es gäbe ein Problem mit der Einstellung an der Hauptsäge, eine Rolle, die nicht funktioniere, Jean müsse sich das ansehen.

Das Telefon klingelte erneut.

Eine riesige Uhr an der Wand zeigte die Zeit an durch das Durchlaufen großer schwarzer Zahlen. Eine Zeitmessung, die keine Spuren hinterließ und einem das Gefühl vermittelte, es habe weiter keine große Bedeutung, es handele sich bloß um einen ewigen Neuanfang.

Das Telefon klingelte zum dritten Mal. Es wurde schwierig zu bleiben. Jean ging dran, er deckte das Telefon mit der Hand ab. Es täte ihm leid, sagte er, er befände sich in einem Tunnel, er habe für gar nichts mehr Zeit.

»Wann fährst du wieder?«

»Ich weiß nicht …«

»Wir müssen einmal miteinander zu Abend essen.«

»Ja, das müssen wir …«

Ich traf Yvon draußen im Lagerschuppen, er filmte die offenen Lager. Bretter, die von einem Kran hochgehoben wurden, drehten sich am Ende einer Kette. Überall waren Lastwagen, Pfützen, Männer.

Wir nahmen die Straße, die nach dem Waschplatz in Serpentinen hinaufführt. Wir fuhren an dem Hotel vorbei, in dem Gaby arbeitete. Ein alter Traktor mit roter Fahrerkabine und freiliegendem Motor. Wegen der Kurven war es unmöglich, ihn zu überholen, wir mussten ihm folgen und betrachteten die schwankende Fahrerkabine vor uns. Danach wurde die Straße schmaler. Ganze Waldstücke waren durchbohrt. Der

Wagen hatte ein niedriges Dach. Philippe hatte mich gewarnt, man müsse auf die Löcher aufpassen.

Die Bahnlinie verlief weiter unten, und der Fluss schlängelte sich zwischen den Bäumen dahin, glänzend wie falsche Diamanten, die reinste Postkartenansicht. Yvon wollte einen Zug filmen, der in der Ferne vorbeifuhr.

Ich parkte den Wagen auf der letzten Kreuzungsplattform. Von dort hatte man einen ausgezeichneten Blick auf die künftige Piste. Eine schwindelerregende Abfahrt. Das Gerücht ging um, dass man sie la Grande Valeuse nennen würde, ein Name, der ihr einen Ruf eintragen würde, welcher mit den Nachbarpisten, denen der stolzen Gemeinden, konkurrieren könne.

Es hieß, nach dieser werde es weitere geben. Leichtere, für Anfänger. Pisten für Schlitten. Dass es die erste sei, die zähle. Das Gerücht verbreitete sich. Manche sahen die Vorteile, ein allzu ruhiger Marktflecken werde endlich in einen Wintersportort verwandelt, andere dagegen gründeten einen Verein, um die Ruhe von Le Val zu retten.

Ich lief den Pfad entlang. Der Motor der Winde brummte, die Kabel spannten sich wie die Wanten einer Fregatte, sie rissen die Stämme aus dem Schlamm, zogen sie ganz auf den Hügel hinauf.

Die Holzfäller entwurzelten die Baumstümpfe mithilfe von Ketten, die an Traktoren befestigt waren. Sie trugen alle die gleichen orangefarbenen Blousons mit fluoreszierenden Streifen. Weiße Helme. Dieser Aderlass war ein Witwenmacher. Seit Monaten arbeiteten sie hier oben, und entlang der Schneise standen immer noch Hunderte von geköpften Bäumen. Manche zerstückelte Stämme wirkten wie riesige Splitter. Die noch verbliebenen Bäume sahen wie Klettermasten aus.

Ich habe lange geglaubt, diese Landschaften, die mich hatten aufwachsen sehen, würden sich nie verändern, doch wenige

Minuten hatten genügt, um diesen herrlichen Wald in ein trostloses Gebiet zu verwandeln.

Yvon machte eine Aufnahme von der Winde auf der Plattform. Ich sagte ihm, wenn er seine Hand auf den Stamm lege, würde ihn das unter den Schutz von Atar stellen. Er schenkte mir ein spöttisches Lächeln, er glaubte nicht an Sagen, und diese war eine druidische, archaischer noch als alle anderen. Trotzdem legte er seine Hand mit gespreizten Fingern auf einen Stamm. Anschließend filmte er die rote Rinde in den Pfützen.

Mittag. Die Männer sammelten sich und holten den Wasserkanister und den von Diego vorbereiteten Mittagsimbiss hervor. Wir gingen zu ihnen. Einer sagte, nachdem die Motorsäge drübergegangen wäre, würde ein völlig glatter Hügel übrigbleiben, Jungfrauenärsche. Wir mussten alle lachen.

Ich ging den Pfad wieder hinauf. Ich bin hier, auf diesen Höhen geboren worden, ein Weiler mit Namen Malfondière, die Gegend ist die der Terres-Sombres. Mein Elternhaus steht zweihundert Meter weiter oben. Ein schmales Gebäude aus grauem Beton. Zwei Räume im Erdgeschoss. Darüber drei Schlafzimmer. Vier Fenster, zwei Dachluken. Ein nüchternes, solides Haus. Eine Treppe, die abgebrannt war. Man betrat unser Grundstück durch ein weißes Tor, vorne wuchs Gras, es gab eine steinerne Außentreppe und einen umzäunten Garten. Ringsum der Wald.

Wenn Curtil nicht da war, schoben wir die Möbel beiseite und spielten im Wohnzimmer mit Stöcken Golf, der Fußboden war von unseren Schlägen gestreift, wir zogen den Teppich darüber, damit er die Streifen nicht sah.

Von unserem Haus sind nur noch Mauern übrig, ein gewaltiger Kamin inmitten des Schutts und alles, was ich in meinem Gedächtnis behalten habe. Besondere Jahre, bis zu meinem sechsten Lebensjahr und bis das Feuer alles zerstört hatte.

Ich öffnete das Gittertor.

Kleine Buchsbäume säumten die Mittelallee. Die Erde hatte Steingutsplitter, Teller oder Schalen an die Oberfläche gebracht. Winzige leere Schneckenhäuser. Meine schöne Fichte, ein Trieb, der der Nummer 347 einer *Pif Gadget* aus dem Jahr 1975 beilag. Ich hatte ihn in einen Topf gepflanzt. Als die ersten Blätter kamen, pflanzte ich ihn in die Erde. Das Reis war zwanzig Meter groß geworden, und seine Nadeln bedeckten den Boden. Ich schmiegte mich an den Stamm. Schlang meine Arme um ihn. Bäume sind lebendig, derjenige, der sie pflanzt, wählt einen Platz für sie, und die Wurzeln halten ihn für immer fest.

Dieser Baum war das erste Lebendige, worum ich mich gekümmert habe.

Immer, wenn ich nach Le Val komme, gehe ich zum Haus hinauf. Ich gehe einmal rundherum. Ich setze mich.

Weiter oben sind der Hof der Bosons und der einer anderen Familie mit zahlreichen Kindern. Noch höher das Haus der Witwe, meiner Tante, denn sie ist Curtils Schwester, sie herrscht über ein paar Hektar Wald und vier Töchter, von denen eine hässlicher ist als die andere. Ihre Töchter sind meine Cousinen. Und wenn man die Generationen noch weiter zurückverfolgt, findet man einen Vorfahren, der die Zukunft aus den Därmen von Tieren las.

Drei große Eichen erhoben sich unterhalb, auf einer Waldfläche, auf der nur Tannen und Birken wuchsen. Sie hatten der Lawine getrotzt, doch ihre Stämme waren mit einem Kreuz markiert.

Ich machte kehrt. Der Himmel war schwarz geworden. Ich spürte ein paar Tropfen. Ich ging quer durch den Wald wieder hinunter. Ich glitt aus, mein Arm stieß gegen einen Felsen, und ich erreichte meinen Wagen mit einem schmerzenden Ellbogen und zehn Zentimeter lehmiger Erde unter meinen Sohlen.

Ich setzte Yvon ab und schaute in der *Lanterne* vorbei. Francky hängte gerade Girlanden über der Bar auf. Er hatte Weihnachtsmänner aus rotem Samt und phosphoreszierende Rentiere auf alle Tische gestellt.

Ein Typ stand ganz allein am Tresen.

Philippe war da. Ich nahm die Zeitung und kaufte drei Postkarten mit Umschlägen und Briefmarken. Zwei für die Mädchen. Die dritte für die Concierge, die während meiner Abwesenheit die Post aus dem Briefkasten nahm, die Pflanzen goss und den Igel fütterte.

Ich bestellte einen Campari und Erdnüsse. Ich schrieb meine Karten an Philippes Tisch.

Fünf Wanderer saßen zusammen, sie waren durch das Tal heraufgekommen und wollten vorbei an Les Bardeaux und der Schlucht La Joule weiter zum großen See. Sie hatten eine Karte ausgebreitet und sahen sich die Strecke an.

Francky hörte ihnen zu, während er die Tassen spülte. Philippe überschlug sein Jahresbudget. Schließlich hob er den Kopf und riet ihnen, nicht dorthin zu gehen, das Wetter sei zu unsicher.

»Es wird regnen«, sagte er und deutete auf die schwarzen Wolken am Himmel.

»Man hat uns gesagt, es würde sich halten.«

»Man muss nicht alles glauben, was einem gesagt wird.«

Sie hatten Rucksäcke, Plastikumhänge und Hüte dabei.

Sie wollten es versuchen.

Wir schauten ihnen nach, als sie hinausgingen.

Philippe vertiefte sich wieder in seine Akten.

»Die können einem schon Angst machen, all diese Idioten …«, sagte er.

Ich lächelte.

Er nicht.

Ich schob meinen Ärmel zurück. Ein Bluterguss hatte sich an der Stelle gebildet, an der ich mich gestoßen hatte, die Haut hatte sich dunkel gefärbt und näherte sich der Farbe der Erde an, auf der ich ausgerutscht war. Als er das sah, holte Philippe eine Tube Salbe aus seinem Pick-up.

»Die schmierst du fünfmal am Tag drauf.«

Sie roch nach Kampfer.

»Der Geruch ist für die Engel«, sagte er.

Ich benutzte die Creme. Schrieb die Karten für die Mädchen fertig. Meine Finger stanken nach Kampfer. Ich dachte, die Postkarten würden auch danach riechen.

Philippe hob den Kopf. Zum Lesen trug er eine Halbbrille. Er blickte mich über die Gläser hinweg an.

»Feierst du dieses Jahr Weihnachten mit uns?«

Er sagte, Emma würde sich darüber freuen. Und Curtil würde bestimmt kommen.

Ich sagte, ja, vielleicht, mal sehen. Er blickte mich einen Augenblick an, als wäre ich ein Problem.

»Vielleicht ist keine Antwort.«

Einer seiner Kollegen kam herein. Ich nahm meinen Campari und meine Erdnüsse und ging zu Diego, um mir sein Puzzle anzuschauen. Die Ränder waren fertig, sie legten die Größe fest, mehr als einen Meter lang und achtzig Zentimeter breit, alle übrigen Teile waren noch zusammenzufügen. Ein Beutel war voller Teile, andere waren vorsortiert.

Ich fuhr mit der Hand über die bereits zusammengefügten Oberflächen. Dunkle, fast schwarze, flache Teile lagen neben solchen in blau-grauen Tönen. Verstreute Fragmente. Kleine

Details. Die Lichter in der Nacht zu sein schienen. Scheinwerfer? Laternen? In einer Schale lagen orangefarbene und gelbe Teile.

Diego legte das Puzzle, ohne vorher das fertige Bild gesehen zu haben, das er entdeckte, während er die Stücke ineinanderfügte.

Als er ins Geschäft gegangen war, hatte er von der Verkäuferin ein Puzzle der Marke Ravensburger mit dreitausend Teilen verlangt. Sie hatte, ohne etwas zu verraten, das Puzzle aus den sieben vorrätigen ausgesucht. Er hatte sie auch gebeten, den Deckel der Schachtel, auf dem das Bild abgebildet war, und das Blatt mit der Reproduktion, das sich in der Schachtel befand, zu behalten, ohne sie ihm zu zeigen.

Er hatte den Laden mit dem Beutel, den Teilen und dem Boden der Schachtel verlassen.

Seitdem folgte er seinem Instinkt.

Ich ging um den Tisch herum. Die Männer hatten obszöne Dinge in das Holz geritzt, Mädchenvornamen, »*Ich liebe Anitas Arsch*«, »*Isabelles Pussy*«, »*Maria*«, »*ich lieb Lucie*«, »*Finette ist gut*« … Mit der Spitze des Taschenmessers eingeritzte Buchstaben, die Verlangen ausdrückten, »*ich bin in dich verknallt*« …

Als der Vater der Mädchen gegangen war, war auch ich in ihn verknallt gewesen. An dem Tag, an dem er mich verlassen hatte, hatte ich mich im Spiegel betrachtet. Weil er mich verlassen hatte. Noch am Tag zuvor hatte er mich an sich gedrückt, seine Hand zwischen meinen Schenkeln. »Du hast mir zwei Töchter geschenkt und die ganze Liebe deines Bauches.« Sein Gesicht ganz nah an meinem, hatte er das geflüstert, als wollte er mich noch einmal bespringen, in einer letzten Reise in mich eindringen, mich lieben und mir zugleich sagen, ich gehe. Als er durch die Tür hinausgegangen war, hatte ich die Augen nicht geschlossen. Ich hatte alles sehen wollen, bis zum bitteren Ende, seine Koffer, seine Schlüssel, seinen Blick. Ein Kuss, ein letzter. Ich spüre immer noch seine kratzige Wange auf meiner müden Haut. Er verließ mich nicht wegen einer anderen, sondern wegen einer Vorstellung von Freiheit. Er ließ Dinge von sich im Schrank, seine Winterschuhe und seine schönen Kaschmirpullover. Ich habe die Laken lange Zeit nicht gewaschen. Ich habe mich in ihnen gewälzt, Geruch, Schweiß, Sperma, die Illusion seines Geruchs. Ich erzählte den Mädchen, wie schön es gewesen war, ihren Vater geliebt zu haben, und von der wunderbaren Chance, von ihm schwanger gewesen zu sein. Ich wünschte ihnen, eines Tages ebenso zu lieben. Blind. Absurd.

Und dann war auch sein Geruch fort. Die Schwierigkeit danach, ohne ihn zu sein, in dem Lebensraum, den er aufgerissen hatte. Wegen der Schuhe und seiner schönen Kaschmirpullover sagte ich mir, er würde wiederkommen.

Francky gab mir die Verbindung. Ich löschte aus meinem E-Mail-Account alles, was ihn verstopfte. Ich beantwortete ein paar Mails, Freunde aus Saint-Étienne, die mich einluden, den Neujahrstag mit ihnen zu verbringen. Ich antwortete, vielleicht, aber ich könne es noch nicht sagen. Ich brachte alle mit meiner Unschlüssigkeit zur Verzweiflung. Terraillon bot mir ein paar Übersetzungen an, darunter die der Gebrauchsanweisung ihrer jüngsten Personenwaage mit Speicher und Body-Mass-Index-Rechner. Sie wollten sie so schnell wie möglich. Das hieß sofort. Mit den Anleitungen, das ist immer so, unverzüglich.

Ich kehrte auf die Startseite zurück. Eine Pipeline hatte in einem Slum in Guinea geleckt, Delfine waren gestrandet.

Ich suchte, was man über das Gedächtnis der Hühner wusste, um es Gaby erzählen zu können.

Ich schrieb meiner Tochter Julie eine Mail, weil sie Geburtstag hatte. Ich konnte sie gerade noch verschicken, dann brach die Verbindung ab. Unmöglich, sie wiederherzustellen.

Francky sagte, die Pannen würden in der Regel einen Tag dauern, dann wäre die Verbindung wieder da.

Die ersten schräg fallenden Tropfen schlugen gegen die Scheiben. Die Wolken platzten innerhalb von Sekunden, und der Regen strömte auf die Straße. Die Scheinwerfer glänzten im Regen.

Es war ein wirklich scheußliches Wetter. Der Bus brachte die Holzfäller vom Holzeinschlag zurück.

Es vergingen weitere lange Minuten, und dann kehrten die Wanderer zurück. Sie gingen gebückt, die Regenmäntel über den Köpfen, das Plastik troff. Als sie die Tür öffneten, waren sie derart klatschnass, dass sie aussahen wie Ertrunkene.

Francky bat sie, ihre Rucksäcke und auch ihre Regenmäntel draußen zu lassen. Anschließend drängten sie sich um die Heizkörper und bestellten Schokolade. Ihre Pullover dampften. Niemand sagte ein Wort, doch es blieb ihnen nicht verborgen, dass wir uns über sie lustig machten.

Als sie wieder hinausgingen, hörten wir sie schimpfen, denn die Hunde hatten sich über ihre Rucksäcke hergemacht und die Lebensmittel herausgenommen.

»Geschieht ihnen recht«, sagte Francky und polierte den Tresen.

»Die kommen nicht wieder«, murmelte Philippe.

Er sprach langsam, gleichgültig, nervtötend.

»Du bist kein normaler Kerl«, flüsterte ich, weil das hier geschehen war, direkt unter seinem Fenster, und er alles gesehen haben musste, es aber nicht verhindert hatte.

Er klappte seine Brille zusammen und schob sie ins Etui.

»Bist du etwa eine normale Frau?«

Wir sahen uns ein paar Augenblicke herausfordernd an.

Bevor er ging, stellte er mir dreißig Euro für die Restaurierung des Herbariums in Rechnung. Eine Mordsarbeit. Mehr als zehntausend Pflanzen mussten von ihren alten Untergründen abgelöst und auf neue geklebt werden. Material war nötig, Papier und Etiketten. Der alte Sam half ihm an manchen Nachmittagen.

»Dein Name wird an einem der Regale stehen«, sagte er, während er die Scheine in seine Brieftasche steckte.

Er zog seine Jacke an und ging hinaus in den Regen.

An dem Tag, an dem Mama gestorben war, hatte es ebenfalls geregnet. Ich war in der Schule, der Direktor ließ mich in den Korridor hinausrufen. »Ihre Mama ist gestorben.« Ich konnte sofort gehen und bekam ein paar Tage schulfrei.

Ich beendete trotzdem meine Unterrichtsstunde. Mit meinen Schülern baute ich ein Krachgebäck, eine Torte aus mit Creme gefüllten Windbeuteln, der Zucker hatte zu karamellisieren begonnen, man musste ihn rasch vom Feuer nehmen, bevor er hart wurde.

Das Unwetter dauerte nicht lange. Ich ging die Straße entlang. Ich steckte die Postkarten für die Mädchen und für die Concierge ein.

Der alte Sam betrieb einen Ramschladen, gleich nach dem Briefkasten, eine baufällige Baracke, deren Wände zitterten, wenn die Laster vorbeifuhren. Er betrieb den Laden allein. Er war auch Jeans Vater.

Ich brauchte Pantoffeln und hoffte sie bei ihm zu finden.

Ein Schild *Zu verkaufen* hing am Türsturz.

Ich erinnerte mich an das Erstaunen, das mich überkommen hatte, als unsere Mutter uns drei vor dieser Bude hatte halten lassen und uns an sich gedrückt hatte. »In diesen vier Wänden hat eure Mutter ihre Jungfräulichkeit verloren.«

Sie hatte gesagt: »Eure Mutter«, um von sich zu sprechen, und sie hatte uns gezwungen, eine Weile, die mir wie eine Ewigkeit vorgekommen war, gerade und stumm dazustehen.

Das war, bevor unser Haus abgebrannt war, wir waren noch kleine Kinder gewesen, und keiner von uns dreien wusste auch nur annähernd, was »Jungfräulichkeit« bedeutete. Unsere Mutter hatte das Wort derart feierlich ausgesprochen, dass ich es später, wieder zu Hause angekommen, etliche Male vor mich hin flüsterte. Und auch später noch, in anderen Wohnungen.

Jedes Mal, wenn wir an dieser Bude vorbeigekommen waren, hatte unsere Mutter von uns dieses reglose und respektvolle Stillstehen verlangt.

Ich war erwachsen geworden und hatte diese Gewohnheit beibehalten. Hüte, Gürtel, Skulpturen, wertlose Halsketten, Wollkleidung … Mit den Mädchen kaufte ich dort Honig, und wir brachten Töpfe davon nach Hause, die uns den Winter versüßten. Man bekam dort auch Pasteten, Eingemachtes, Rillettes. Die Mädchen gaben ihr Taschengeld für allen möglichen Schnickschnack aus. Ihr Vater und ich füllten Kartons mit Lebensmitteln.

Der verzauberte Ort roch jetzt nach feuchtem Keller.

Der alte Sam stand neben seiner Kasse. Er beobachtete mich. Die gleichen Augen wie Jean. Die gleiche ruhige Gleichgültigkeit.

»Ich freue mich, Sie zu sehen.«

Er trug eine Jacke aus grober Wolle, die mit Hornknöpfen zugeknöpft war. Ein Inventurbuch lag aufgeschlagen auf einem Karton. In den Regalen lagen Dinge, die keinen Preis trugen, ein paar Kissen, Traumfänger, Chalets aus Holz und Dutzende von Kuckucksuhren, die zu verschiedenen Uhrzeiten stehengeblieben waren und die der alte Sam nicht mehr aufzog.

Ich sagte ihm, dass ich warme Pantoffeln brauchte. Er antwortete mir, dass er welche gehabt hätte, dass sie aber ausverkauft seien. Ein fahrender Händler würde am nächsten Dienstag nach Le Val heraufkommen, er würde mit seinem Wagen morgens auf dem Parkplatz stehen.

Er begleitete mich zur Tür. Beim Gehen stützte er sich rechts auf einen Stock aus glänzendem Holz.

»Ich wusste, dass Sie da sind … Seit drei Tagen sehe ich Sie … Sie gehen vorbei … Ich habe mich gefragt, ob Sie hereinkommen.«

Der Himmel war reingewaschen.

Ein Rebhuhn nahm Reißaus zwanzig Meter von uns entfernt, es hatte weiße Federn, obwohl noch kein Schnee gefallen war. Die Ankunft der Flocken vorauszuahnen ist für die Tiere wie für die Menschen eine Frage des Überlebens. Manche lassen sich täuschen, sie vertrauen dem ersten Frost und wechseln die Farbe zu früh.

Wir schauten ihm nach.

»Die Tyrosinase …«, sagte der alte Sam. »Aber jetzt kommt die Kälte, nicht der Schnee. Dieses Rebhuhn hat sich geirrt …«

Wir gingen bis zum Zaun. Das Rebhuhn hatte sich draufgesetzt und hob sich viel zu weiß von der dunklen Wiese ab.

»Philippe hat mir erzählt, dass Sie ihm helfen, das Herbarium zu restaurieren.«

»Ein Staubfänger … Aber ich mache das gern. Wussten Sie, dass die letzte Pflanze 1892 aufgenommen wurde, ein Frauenschuh, den ich gestern mit den entsprechenden Vorsichtsmaßnahmen abgelöst habe.«

Es war kalt. Wir machten kehrt. Er öffnete die Tür seines Ladens einen Spalt.

»Wissen Sie, dass sie die drei Eichen fällen wollen?«

»Ja. Ich habe die Kreuze an den Stämmen gesehen. Es ist wegen der Piste …«

»Wegen der Piste, ja … Angeblich stehen diese Bäume im Weg.«

Er lachte höhnisch. Er hob seinen Stock zum Himmel empor. Der Stock wirkte wie die Verlängerung eines Arms. Holz, das trockener, fleischloser Knochen geworden war.

»Die Eiche ist der majestätischste Baum, die Menschen verehren ihn seit Urzeiten. Schon zur Zeit der Druiden … Selbst die Philosophen sind sich einig, dass sie ein heiliger Baum ist.«

Ohne die Stütze des Stocks zitterten seine Beine.

»Die Etrusker flehten um Regen, indem sie ihre Äste schüttelten, und Cäsars Soldaten weigerten sich, sie zu fällen.«

Er schwächelte ein bisschen und stützte sich wieder auf seinen Stock. Er wandte mir den Rücken zu und ging in seinen Laden.

»Drei prächtige Eichen. Und ausgerechnet mein Sohn wird sie fällen.«

Ich hörte das Scharren seiner Sohlen und das Klopfen seines Stockes, wie ein dritter Schritt.

Gaby puderte das Innere ihrer Stiefel gerade mit Talkum. Am Morgen hatte sie, als sie zur Arbeit ging, eine Jalousie am Straßenrand gefunden. Noch im Karton. Er musste von einem Laster gefallen sein. Sie hatte sie mit zwei ins Blech geschlagenen Nägeln am Fenster befestigt.

»Du riechst komisch«, sagte sie, als ich hereinkam.

»Das ist der Kampfer … Eine Salbe.«

Ludos Wäsche trocknete auf dem Plastikständer, Männerhemden, Hosen. Unter der Spüle lagen noch ein paar Kleidungsstücke auf einem Haufen neben der Tasche.

Ich zog die Lamellen der Jalousie auseinander. Das Unwetter hatte Pfützen um den Bungalow herum hinterlassen. Der

Onkel war in seinem Hof, ich erkannte seinen kahlen Schädel über der Palisade. Seine drei Söhne, die von der Schule nach Hause gekommen waren, kickten einen Ball.

Trotz der Straße konnte man alles, was bei ihnen vor sich ging, sehen, die Besuche, die Mahlzeiten unter der Lampe, zu fünft zusammengedrängt wie Fliegen, die Filme, die Schlafenszeiten, Gaby wusste alles von ihren Streitereien, ihrem Intimleben, alles über die Wäsche, die über den Söhnen trocknete, die Menstruationen mit den zu großen Höschen und auch was die Körper machten, nachts, im Sommer, wenn die Fenster offenstanden und der Onkel röchelte.

Gaby versteckte sich nicht, wenn sie hinüberglotzte. Sie lehnte sich auch nicht auf. Es war eine Nachbarschaft voller Feindseligkeit aufgrund einer gemeinsamen, eng miteinander verknüpften Vergangenheit, ein altmodischer Groll, offen, geradeaus, tief verwurzelt in der kalten Asche unseres Hauses.

Die drei Brüder liefen auf der Straße.

»Was machen sie?«, fragte Gaby.

»Sie überqueren die Straße vor den Autos.«

»Warum?«

»Um sie zu zwingen, langsamer zu fahren.«

»Diese Idioten, eines Tages wird einer noch totgefahren.«

»Sollen wir es ihnen sagen?«

»Wir sagen ihnen gar nichts, sollen sie doch alle krepieren.«

Sie stellte ihre Stiefel an die Fußleiste.

»Willst du Talkum in deine Schuhe?«

Ich wollte keins.

In der Spüle standen zwei Tassen. Geschmolzener Zucker auf dem Boden. Ein Rest Kaffee.

Sie packte ihre Sommersandalen in Zeitungspapier und schob sie unter das Bett.

»Die Baronin ist am frühen Nachmittag dagewesen. Dieses Jahr hat sie sich entschlossen, sie präsentiert einen Wagen beim Umzug. Sie wird auch Marshmallows rösten lassen.«

Sie setzte sich wieder. Blätterte die Seiten des Fernsehprogramms durch.

Sie bekam die Fernsehzeitschrift von Philippe. Er hatte ein Abo. Gaby las immer zuerst das Horoskop und dann, was über Le Val-des-Seuls geschrieben wurde. Danach wurden die Seiten für die Schalen benutzt oder sie dienten dazu, den Schlamm von den Schuhen abzuwischen.

Ein Eichhörnchen drehte sich in seinem Rad, die Nase im Wind.

»Du solltest sie freilassen«, sagte ich, »das ist nicht sauber, und außerdem stinkt es.«

Sie zuckte die Achseln. Sagte, es würde weniger schlimm als der Kampfer stinken. Und die Gerüche seien, wie alles andere auch, eine Frage der Gewohnheit.

Sie nahm drei Pinsel aus der Schublade.

»Fass mal an, wie weich sie sind.«

Sie ließ nicht locker. Schließlich berührte ich sie. Das ist gar nicht so weich, dachte ich.

»Und?«

»Ich weiß nicht … Ich bin keine Expertin.«

Sie hielt die Pinsel ins Licht. Es gab mehrere Modelle in verschiedenen Längen.

»Für gute Griffe und die Technik braucht man Geduld, aber für die Haare braucht man gute Eichhörnchen.«

Das Holz glänzte, zwei Schichten Lack, den sie im Abstand von zwölf Stunden auftrug. Sie erklärte es mir.

»Die Luft, die der Lack einschließt, lässt sie glänzen … Die Blütenblätter der Butterblume glänzen auch, Philippe sagt, das liegt an der Luft, die zwischen den Farbschichten eingeschlossen ist.«

Sie kniff die Augen zusammen.

»Sie sind schön, die Butterblumen … Im Sommer wimmelt es von ihnen auf der Müllkippe.«

Ihre Pupillen träumten, als wäre Juli.

»Ein guter Pinsel ist wie eine Verlängerung der Hand.«

Auf jedem Pinsel klebte eine Blume. Der gleiche Aufkleber befand sich auch auf dem Deckel des Kartons, in dem die Pinsel lagen.

»Sam verkauft sie alle für mich. Er hat eine extra Vitrine in seinem Laden. Er schließt sie mit einem kleinen Schlüssel ab. Er sagt, solche Pinsel seien wertvoll und verdienten das Gütesiegel *natürlich extra fein.*«

»Hast du schon mal Bilder gesehen, die mit deinen Pinseln gemalt wurden?«

Sie schüttelte den Kopf. Sie hatte nie welche gesehen.

»Aber ich glaube, dass sie schöne Dinge wie Gefühle malen … oder feuchte, neblige Landschaften … oder sie kleben Blattgold auf die Bilder in den Kirchen.«

Ihre Augen wurden nass vor Rührung.

»Angeblich gibt es welche, die so weich sind, dass man die Rücken der Stars damit massiert.«

Sie berührte leicht meine Wangenknochen mit dem letzten Pinsel.

»Man glaubt, das ist nichts als Haare und Holz. Das ist es auch, aber nicht nur … Es ist etwas Lebendiges. Wenn mir einer gelingt und er wirklich schön ist, schön buschig, das macht mich glücklich … glücklich, als hätte ich ein Mehr an Seele.«

Sie sah mich an.

»Hast du nie dieses Gefühl?«

»Was? Ein Mehr an Seele?«

»Ja.«

»Nein, das kenne ich nicht.«

»Aber wenn du Dinge tust. Selbst kleine Dinge?«

Ich dachte bei mir, dass ich das früher gefühlt hatte, wenn ich mich in die Arme des Vaters der Mädchen geschmiegt hatte. Wenn ich mich von ihm hatte wiegen lassen und sein Leben in meins übergegangen war.

Ich erwiderte, das könne vorkommen.

Ohne weitere Details.

Curtils Glaskugel stand auf dem Tisch, auf dem *Closer* vom September, auf dessen Titelbild Kate Middletons flache Brüste abgebildet waren.

Ich blätterte in dem Magazin. Betrachtete die Fotos.

»Gestern habe ich ein graues Eichhörnchen gefangen«, sagte Gaby. »Eins mit dickem Fell … es hat mich gebissen, das Miststück!«

Sie schob ihren Ärmel hoch, um mir die Verletzung zu zeigen.

»Hast du die Wunde desinfiziert?«

»Nicht nötig …«

Sie schimpfte, weil die Wilderer ihre Fallen zerstörten, sie wollten niemanden in ihrem Wald.

Auf dem Tisch stand eine Schale mit salzigen Keksen, so etwas wie gelbe Fritten, sie nahm ein paar mit den Fingern.

Die gefangenen Eichhörnchen starrten uns an, den Rücken an den Gitterstäben.

»Später lasse ich sie frei«, sagte ich.

»Später krepieren sie.«

»Natürlich krepieren sie … Ich habe eins gesehen, das den Fluss durchschwamm … Es wird auch eines Tages krepieren.«

Sie stand auf.

»Stört es dich, wenn ich was tue, während du da bist?«

Es störte mich nicht.

Sie spülte die Tassen. Reinigte den Rand der Spüle mit einem Schwamm. Der Wasserhahn tropfte, sie legte einen Lappen darunter.

Sie öffnete ihr Portemonnaie und verteilte Geldscheine in drei längliche Umschläge. Einen für die Miete, einen für das Leasing des Fernsehers, der dritte für die Schulkantine und den Schulbus.

Den Rest steckte sie in ihr Portemonnaie zurück.

»Irgendwann wird die Armut mal ein Ende haben«, sagte sie.

Sie schob die Umschläge unter die Matratze.

»Ich werde den Volvo verkaufen müssen.«

Ein Laster kam. Ein Kühllaster, mit rotem Logo.

»Das ist der Tiefkühlkostlieferant. Er hatte mir gesagt, dass er um sechs käme. Er ist pünktlich … aber es ist nicht der, der sonst kommt.«

Der junge Mann kam herein und legte zwei Pizzas auf den Tisch und einen Löffel aus Edelstahl als Geschenk dazu.

Gaby füllte einen Scheck aus, fünf Euro dreißig für die beiden.

Sie trennte den Scheck entlang der Perforierung ab. Der Lieferant gab ihr einen Weihnachtskatalog und sagte, er würde am 17. wiederkommen, um sich zu erkundigen, ob sie etwas brauche.

»Warum stellst du einen Scheck für eine so kleine Summe aus?«

»So klein ist sie nicht.«

Sie legte ihr Scheckheft in die Schublade. Die Pizzas ins Tiefkühlfach.

»Früher nahm ich kleine Portionen, aber das war zu wenig, ich musste was dazu bestellen, Chips oder Salat.«

Freitag, 7. Dezember

Die Temperaturen sanken während der Nacht. Als ich aufstand, waren die Fenster und die Windschutzscheibe bereift.

Ich fing ein neues Kapitel an.

Kurz vor acht sah ich Gaby vorbeigehen, entgegen ihrer Gewohnheit ging sie zu Fuß zum Hotel.

Um elf öffnete Franckys Kellnerin ihre Balkontür. Sie trug ein rotes Kleid. Ihre Arme waren nackt. Sie schüttelte ein erstes Laken aus, brachte es zurück und schüttelte das zweite aus, den Bauch an dem Balkongeländer. Dann klopfte sie ihre Kopfkissen, mit der flachen Hand und auf beiden Seiten.

Sie hatte das bereits am Tag zuvor getan. Und auch am Tag davor.

Die gleichen Gesten. In der gleichen Reihenfolge.

Ich machte mich wieder an die Arbeit.

Mittags hörte ich die Sirene des Sägewerks, drei kurze Töne, die die Mittagspause ankündigten.

Gaby kam zurück. Sie blieb mit ihrer Tasche vor meiner Tür stehen.

»Es ist mein Wagen, ich habe fast kein Benzin mehr …«

»Brauchst du Geld?«

»Schulden sind Ketten.«

»Ich kann dir welches geben …«

»Man hat mir nie etwas gegeben, ohne dass ich es zurückgeben musste.«

Gaby trat von einem Fuß auf den andern. In ihrer Tasche war ihr Nylonkittel.

»In den Zimmern gibt es große Spiegel, ich kann mich im Ganzen sehen«, sagte sie unvermittelt.

Sie fügte hinzu, dass sie mit ihrem Hauptschlüssel Zugang zu allen Zimmern habe. Sie bringe die Böden zum Glänzen, ziehe die Laken straff, es dürfe keine einzige Falte auf der Matratze geben. Sie mache die Fenster weit auf, gehe mit dem Staubsauger unter die Betten, und wenn sie vorzeitig fertig sei, poliere sie die Geländer, die Türgriffe, die Chromteile, die Fußleisten … Magnard überprüfe alles, er kontrolliere die Handtücher, den Staub und die Proben im Badezimmer.

»Ich bringe Ordnung in die Unordnung, das ist meine Arbeit. Aber Magnard ist ein Perverser, selbst den Boden der Badewannen überprüft er mit dem Finger. Er sagt, ein Zwei-Sterne-Hotel müsse die Qualität eines Drei-Sterne-Hotels haben.«

Sie trat noch immer von einem Fuß auf den andern.

Ihr Lappen bringe die schwarzen Fliesen zum Glänzen, während die weißen matt blieben, sie habe es Magnard gesagt, der ihr aber keine Erklärung für diesen Unterschied habe geben können, den er als rätselhaft bezeichnet habe.

Auf der anderen Straßenseite dekorierte der Besitzer des Tante-Emma-Ladens das Schaufenster für Weihnachten.

»Philippe sagt, ich solle Handschuhe anziehen, eines Tages würde man Chemikalien in meinem Blut finden wegen all der Chlorbleiche, die ich benutze.«

»Er hat nicht unrecht.«

»Ich sage dir, eines Tages wird man ihn im Bauch eines Wolfs finden, weil er ständig allein in den Wald geht.«

Sie steckte die Hand tief in ihre Tasche und holte eine Handvoll kleiner, in glänzendes Papier gewickelter Bonbons heraus.

»Das kontrolliert Magnard nicht. Ich muss zwei davon auf

die Kopfkissen der Gäste legen, aber das mache ich nicht immer … Ich nehme sie für die Göre mit.«

Unter dem Kittel verbarg sich auch ein Naturjoghurt und drei Minigläser Konfitüre. Eine in Plastik eingeschweißte Brioche.

»Das ist kein Diebstahl, das ist das, was auf den Tabletts liegenbleibt.«

Der Regen vom Vortag hatte das Sägemehl zusammengepresst, und der Haufen war wie eine Halde mit einem kegelförmigen Schatten. Um die Bulldozer herum gruben sich braune Pfützen in die Erde, die mit faulender Rinde gefüllt waren.

Gaby schielte nach Emmas Käfer.

»Hast du eine Ahnung, warum er zurückkommt?«

»Curtil? Ich habe keine Ahnung. Er ist alt, vermutlich will er seine Fußballschuhe an den Nagel hängen.«

Sie sagte, vom Bügeln im Stehen tue ihr das Kreuz weh.

»Ich werde einen Abstecher ins Hundeheim machen … Soll ich dich absetzen?«

»Gern. Grüß die Baronin von mir …«

Am Eingangstor ein Schild, *Freiwillige willkommen*. Dahinter eine kiesbedeckte Mittelallee, weitere schmalere Alleen und die Käfige.

Das Wetter war schön, eine strahlende Sonne an einem eisigen Himmel.

Ich ging weiter.

Die Hunde hörte man, bevor man sie sah. Es waren mehr als fünfzig hinter den Gitterstäben. Alle im Käfig, mit Ausnahme von dreien, die mit einer Kette an einer Hundehütte festgebunden waren. Diese waren sanfter und wurden öfter gestreichelt als die anderen.

Das Hundeheim war um einen Kastanienbaum herum errichtet worden, den der Blitz gefällt hatte. Man nannte es das

Heim der *Hungrigen Esel*, wegen zweier Esel, die vor langer Zeit Holz gezogen hatten und sich in einem Sturm verlaufen hatten. Sie waren wochenlang verschwunden geblieben. Man hatte sie hier, auf dieser Wiese wiedergefunden, dermaßen abgemagert, dass man sie für tot hätte halten können.

Die Baronin war am Ende der großen Allee, sie harkte die Blätter zusammen, die die Rinnsteine verstopften. Die Hunde bellten, als sie mich sahen. Sie wandte den Kopf um. Sie war eine kleine gedrungene Frau mit schweren Hüften. Soviel ich wusste, hatte sie keine Familie, doch Philippe behauptete, ihre Eltern hätten ein Schloss an der Loire. Er behauptete auch, sie sei verheiratet gewesen und habe ihren Mann an dem Tag rausgeschmissen, an dem sie ihn am liebsten getötet hätte.

Sie schüttelte mir die Hand, ein ehrlicher Händedruck, begleitet von einem breiten Lächeln. Ein rundes Gesicht und glatte Augenbrauenbögen. Keine Brauen mehr. Als Jugendliche war sie vermutlich der Mode gefolgt und hatte sich die Augenbrauen so stark gezupft, dass sie sich alle Wurzeln ausgerissen hatte. Diese fehlenden Brauen verliehen ihr das Aussehen eines erstaunten Clowns.

»Ich wusste, dass du da bist! Ich freue mich! Geht es dir gut?«

»Es geht so.«

»Bleibst du eine Weile?«

»Ein paar Tage, ja …«

Sie zog mich sofort mit sich, blieb vor jedem Käfig stehen. Da waren Lahme, Tiere, die sie am Tor gefunden hatte, jeder Grund ist recht, um auszusetzen, was stört, ein Herrchen, das ins Krankenhaus muss, das Alter, Geldmangel, Paare, die sich scheiden lassen, und diejenigen, die ein allergisches Kind haben.

»Man erkennt den Wert eines Menschen daran, wie er die Tiere behandelt«, sagte sie.

Neben den Hunden hatte sie auch ein Pferd aufgenommen.

»Wenn die Göre keine Schule hat, kümmert sie sich darum, sie bürstet es und reitet es auf der Koppel.«

Die Baronin lebte dort, ihr Haus lag auf dem Gelände, zwei Fenster mit Vorhängen, umgeben von einem Garten und ein paar Blumentöpfen. Sie entfernte sich nie von ihren Hunden, behauptete, der Urlaub fehle ihr nicht. Im Februar organisierte sie eine Lotterie und verkaufte Aufkleber mit dem Bild eines abgemagerten Esels, fast alle Einwohner von Le Val hatten einen solchen Aufkleber auf ihrer Windschutzscheibe. Sie erhielt auch Fördergelder von Unternehmen und Spenden von Privatpersonen.

»Die Freitagsbesucher adoptieren oft welche«, murmelte sie und deutete auf einen einzelnen Mann, der vor einem Setter kniete.

Sie fügte hinzu, am Wochenende würde man die Einsamkeit weniger gut ertragen.

Hammerschläge drangen aus der Garage neben ihrem Haus, jemand pfiff im Innern.

»Ich mache dieses Jahr einen Wagen, ich habe junge Männer, die mir helfen …«

Eine Plane war gespannt, um den Wagen vor neugierigen Blicken zu schützen.

»Die Idee ist, Bretter zusammenzunageln, eine große Kiste mit sechs Abteilen zu zimmern und Bullaugen anzubringen, aus denen die Hunde ihren Kopf stecken können, das Ganze auf einem zweirädrigen Wagen, der von einem Traktor gezogen wird.«

Sie lachte. Nach einer kurzen Pause lachte sie erneut.

Dann nahm sie ihre Schubkarre.

»Machen wir weiter …«

Und sie kehrte zu ihren Hunden zurück.

Ich brachte den Wagen nach Hause zurück. Danach ging ich am Fluss entlang, der Boden war mit Kieseln bedeckt, die die eisige Welle schillern ließen. Ich tauchte meine Hand ins Wasser, die Linie meiner Finger brach sich, ich holte einen weißen Stein heraus, schimmernd, glänzender als die anderen, doch außerhalb des Wassers verlor er seinen Glanz. Ich legte ihn zurück ins Wasser, und er schimmerte erneut.

Der Bungalow war ganz in der Nähe, ein hellerer Fleck unter den Bäumen. Gaby hatte Müll verbrannt, und es rauchte.

Ich ging an der Brücke vorbei. Als ich zurückkam, sah ich die Bögen im Gegenlicht, perfekte Linien, die Pfeiler fast rot. Philippe sagte, wegen der Piste würde sie abgerissen werden. Man würde eine neue bauen.

Die drei Jungs des Onkels hatten die Brücke überquert, sie lagen auf der anderen Seite im Hinterhalt, im Gras, heimtückisch, fast unsichtbar. Sie hatten Vogelfallen aufgestellt. Das waren zwischen zwei Äste gespannte Nylonschnüre, eine unerbittliche Falle für Beine und Flügel der Vögel.

Ich beobachtete sie.

Hier wie anderswo lässt die Langeweile einen zum Schwein werden.

Am Freitag schlossen die Werkstätten früher. Als ich zur Hütte zurückkam, waren die Tramps in ihrem Lager, Baracken am Ende eines Wegs, die Lichter von ein paar Lampen.

Kleidungsstücke trockneten auf den Motorhauben der Wagen. Dieser Ort wurde der Kreisel des Schafotts genannt, wegen eines Baums, der früher zum Hängen benutzt worden sein soll.

Die Tramps waren Wanderholzfäller, großgewachsene Landstreicher der Wälder, laut, ein wenig prahlerisch, es gab unter ihnen schwere Jungs, halbseidene Typen, Dichter, Träumer, welche, die kein Glück gehabt hatten. Lauter Kerle mit starken Charakteren, imstande, wegen eines bösen Blicks ihre Zelte abzubrechen. Sie waren da, um die Piste zu trassieren. Zu Beginn des Sommers gekommen, hatten sie ihre Wagen nebeneinander geparkt. Es hieß, manche würde mit dem ersten Schnee weiterziehen, andere etwas später.

Am Abend scharrte der Steinmarder nicht auf dem Speicher. Ich dachte, das läge am Kampfer, er würde den Geruch nicht mögen.

Samstag, 8. Dezember

Das Sägewerk war geschlossen. Kein Lärm, keine Maschinen, keine Männer.

Ich übersetzte die Kapitel, die ich am Vortag gelesen hatte.

Gaby ging zu Fuß ins Hotel.

Um elf erschien Franckys Kellnerin auf dem Balkon und schüttelte ihre Laken aus. Das erste war geblümt. Sie trug ein blaues Kleid. Es war ein langes Kleid, man konnte ihr Bein nicht sehen.

Diese Kellnerin war schön wie die Monroe. Es war mir unmöglich, ihren Körper zu betrachten, ohne an dieses Bein zu denken. Ich stellte mir diese Unvollkommenheit vor und die Pflege, die sie vermutlich erforderte. Narben und Amputationen übten eine morbide Faszination auf mich aus.

Ich nahm meinen Fotoapparat, eine blasslila Digitalkamera, die die Mädchen mir geschenkt hatten. Das zweite ausgeschüttelte Laken war gelb mit riesigen Blumen, es sah aus wie eine Wiese, die im Wind vom Balkon flog.

Ich richtete die Kamera auf das Mädchen.

Mit dem Zoom rückte sie ganz nah heran.

Ich fotografierte, wie sie mit dem flatternden Laken dastand.

Mittags aß ich in der *Lanterne*. Ich hatte das Buch mitgenommen und las beim Essen ein Kapitel.

Am Nachmittag besuchte ich Gaby.

Als ich zu ihr kam, rieb sie ihren Nylonkittel in Seifenwasser. Die Spüle in der Küche diente ihr als Waschbecken. Zwei Zahnbürsten standen in einem Glas auf dem Regalbrett, ein Deo und ein Fläschchen mit Talkum. Außerdem Shampooproben und ein Stapel kleiner Seifen in Pappschachteln.

»Ich habe dich vorhin gesehen, auf der Straße, mit deinem Buch, du bist zu Francky gegangen. Du hängst immer noch bei Francky rum …«

»Nicht immer.«

Sie rieb den Kragen mit Seife.

»Ich gehe auch hin, nachmittags. Hast du gestern die Baronin gesehen?«

»Ja.«

»Und wen noch?«

»Die Söhne des Onkels, sie haben Fallen aufgestellt.«

»Im letzen Sommer haben sie ein Stück Blech an der Brücke befestigt, sie benutzten es als Surfbrett. Man kann immer noch das Seil sehen, das herabhängt, und das Stück Blech, das über das Wasser gleitet.«

»Sie sind stark«, sagte ich.

»Sie sind ebenso stark wie bescheuert«, murmelte Gaby und zog den Kittel aus dem Wasser.

Sie spülte ihn und legte ihn in die Duschwanne. Sie hatte das Zusatzheizgerät eingeschaltet.

Sie trocknete sich die Hände mit dem Küchentuch ab.

»Philippe will, dass wir Weihnachten bei ihm feiern.«

»Ich weiß.«

»Wirst du kommen?«

»Vielleicht.«

»Emma wird uns ihre süßen, kleinen Leckereien zubereiten …«

»Wenn sie zurückkommt«, sagte ich.

Ich entschuldigte mich, sagte, das sei ein Scherz gewesen, Gaby erwiderte, damit mache man keine Scherze.

Sie drehte den Kopf, eine Wagentür war zugeschlagen worden. Einen Augenblick dachte ich, es wäre Curtil. Er wäre endlich da! Ich spürte mein Herz klopfen.

Doch der Typ, der ausstieg, war nicht Curtil. Er trug einen langen Mantel, aus Armeebeständen.

Gaby schob die Hand unter die Matratze.

»Das ist der Admiral«, sagte sie.

Sie holte den Umschlag mit der Miete hervor. Die beiden wechselten ein paar Worte auf der Türschwelle.

Gaby mietete ihre Wohnung ohne Quittung, direkt in die Hand. Auch der Fernseher war geleast. Den Kühlschrank hatte sie beliehen. Nur der Volvo, den sie vor langer Zeit gebraucht gekauft hatte, gehörte ihr.

Die Göre kam unmittelbar danach mit einer großen Jutetasche in den Armen. Sie sagte, Francky habe gerade ein ganz neues Dartspiel bekommen, er habe es an die Wand genagelt, an die Stelle des alten.

»Er sagt, die Piste würde die Massen anlocken, und man müsse schließlich mit der Zeit gehen.«

Sie ließ ihre Schuhe zu Boden fliegen und stellte die Tasche auf den Tisch.

Gaby beugte sich vor.

»Was ist da drin?«

»Das hat der Onkel mir geschenkt.«

Gaby knurrte.

»Der Onkel verschenkt nie was.«

Die Göre zuckte die Achseln.

Gaby öffnete die Tasche. Unter den dicken Falten versteckte sich ein rotbraunes Kaninchen.

»Warum hat er es dir geschenkt?«

»Keine Ahnung. Er sagt, man könne es essen.«

»Und was hat er von dir dafür verlangt?«

»Nichts.«

»Das glaube ich dir nicht.«

»Das ist nur ein Kaninchen, da ist doch weiter nichts dabei«, sagte die Göre.

Die Göre fläzte sich vor den Fernseher. Sie zappte, bis sie auf einen jungen Burschen in einem poppigen T-Shirt stieß, der sich an einem Swimmingpool in Pose warf.

Das Kaninchen steckte seinen Kopf aus der Tasche und schnupperte. Gaby betrachtete es und sah dann die Göre an.

»Warum hast du es genommen?«

»Weil ich Lust hatte.«

»Was ist das für ein Benehmen … Und die Lust ist kein Kriterium! Die Lust ist Gift, eine Schippe, um dir dein Grab zu schaufeln und Erde auf dich zu werfen. Hörst du? Tonnen von Erde … Es gibt nichts Schlimmeres, vergiss niemals, was ich dir sage!«

Die Wangen der Göre hatten ihre kindliche Rundung behalten.

»Das klingt nach Proust«, murmelte sie.

»Ja, genau, mach dich nur lustig …«

»Ich mach mich nicht lustig …«

»Du hast dich benommen wie eine Bettlerin, meine Kleine, wie eine richtige Zigeunerin!«

Die Göre wurde puterrot.

Gaby starrte durch die Lamellen der Jalousie hinüber zum Haus des Onkels.

»Wenn er glaubt, er könnte sein Gewissen mit drei Kilo Fleisch reinwaschen …«

»Es ist vielleicht eine Buße«, sagte die Göre.

»Wovon redest du?«

»Ein Abbüßen der Sünden, das ist was Religiöses … Jesus

hat für allen Blödsinn der Menschen gebüßt, indem er sich an ein Kreuz schlagen ließ.«

»Der Onkel ist nicht Jesus! Und ich will ihm nichts schuldig sein.«

Gaby hob die Tasche hoch. Das Kaninchen war im Innern versteckt.

»Du wirst es zurückgeben.«

Die Göre rührte sich nicht.

»Sei nicht blöd, Gaby«, sagte ich.

»Mit Geschenken macht man Sklaven.«

»Und mit Käfigen macht man wilde Tiere, ich weiß, Curtil hat das immer gesagt.«

Gaby nickte.

Curtil hatte so seine Lebensweisheiten, die eine oder andere hatte ich mir gemerkt: »Wenn du glücklich sein willst, darfst du über niemanden etwas Böses sagen, musst die Zügel schleifen lassen und darfst niemals gegen den Wind spucken.«

In einer weiteren ging es um einen Fisch in einem Brunnen. Ich hatte den Spruch sehr gemocht, und trotzdem konnte ich mich jetzt nicht an ihn erinnern.

Das Kaninchen scharrte in der Tasche.

»Du tötest es, du isst es und machst dir weiter keine Gedanken«, sagte ich.

»Ich koche es, aber glaube ja nicht, dass ich davon esse.«

Sie richtete ihren Blick auf mich.

»Und glaube ja nicht, dass ich es töte.«

Das war wie eine kalte Dusche. Die Göre kauerte sich zusammen. Gaby öffnete die Schublade des Wandschranks und kramte lautstark darin.

Sie holte ein Geschirrtuch heraus, in das ein scharfes kleines Messer gewickelt war. Mit einer herausfordernden Kinnbewegung sagte sie:

»Das gehört Ludo, er wird nicht merken, dass wir es benutzen.«

Ich versuchte zu lächeln. Ich war nicht fähig zu tun, was sie unausgesprochen von mir erwartete. Ich habe immer schon die totale Feigheit derer kultiviert, die Tiere essen, aber über die herziehen, die sie schlachten.

Ich wandte die Augen ab.

Gaby legte das Messer hin.

»Wir töten es nicht, wir geben es nicht zurück … Was tun wir also?«

Das Kaninchen rührte sich nicht.

Die Göre schien sich nicht mehr für uns zu interessieren.

Ich blickte mich um, die Kleidung in den Kartons, die Mäntel, die an Nägeln hingen. Neben dem Sofa Stapel von DVDs.

Gaby schloss die Schublade wieder. Sie kehrte zum Tisch zurück, legte eine Hand auf den runden Rücken des Kaninchens und packte es am Fell, ich dachte schon, sie wollte es betäuben, ein heftiger Schlag gegen die Wand, und ihm unvermutet den Hals brechen. Doch sie hob es unvermutet aus der Tasche und sperrte es in einen Käfig. Einen viel zu kleinen Käfig, in dem es eingequetscht war.

Gaby faltete die Jutetasche zusammen. Sie deutete mit dem Finger auf die Göre.

»Solange du unter meinem Dach lebst, will ich nicht mehr, dass du mit dem Onkel redest.«

Auf dem Bildschirm hatte der gutaussehende Bursche einem Mädchen im Badeanzug Platz gemacht.

Die Göre erhob sich vom Sofa und schmiegte sich an Gabys Rücken, ihre dünnen jungen Arme zärtlich um deren Bauch geschlungen.

»Bist du böse?«

»Das weiß ich noch nicht.«

»Wirst du weggehen?«

»Warum sollte ich weggehen? Nur weil die Leute sich streiten, verlassen sie sich doch nicht, andernfalls …«

»Andernfalls was?«, fragte die Göre.

Gaby presste die Tüte an sich.

»Andernfalls wäre schon seit Langem niemand mehr mit jemandem zusammen.«

»Erzähle niemals einem Fisch, der in einem Brunnen lebt, vom Meer, er würde dich nicht verstehen!« So lautete Curtils Spruch, den ich vergessen hatte. Er fiel mir wieder ein, als ich den Bungalow verließ.

Im Bistro herrschte helle Aufregung. Alle waren gekommen, um das neue Dartspiel auszuprobieren.

»Setz dich nicht da hin«, sagte Francky, als ich eintrat, »das ist der Tisch deines Bruders.«

»Aber mein Bruder ist nicht da.«

»Schon möglich, aber es ist sein Tisch.«

Ich bestand nicht weiter darauf und setzte mich woanders hin.

Hinten, im zweiten Raum, ließen ein paar Holzfäller Mäuse zwischen zwei Brettern laufen.

»Die Langeweile tut den Kerlen nicht gut«, sagte Francky, als er sie schreien hörte.

»Sie tut niemandem gut«, erwiderte ich.

Er war meiner Meinung.

Mädchen kamen herein.

Yvon filmte die Pfützen in der Dämmerung und die Streifen, die der Regen auf den Scheiben hinterlassen hatte. Er machte Aufnahmen von den Brioches unter der Glasglocke, den Zuckerwürfeln in einer Schale, dem großen Ofen in der Mitte des Raumes und einer Fliege auf einer Fensterscheibe.

Am Tresen wurde über die Valeuse und die Chalets gesprochen, die im Süden gebaut werden würden. Das lockt Leute her, sagte Francky. Die Leute bringen nichts als Ärger. Die Leute bedeuten auch Arbeitsplätze!

Die Piste beherrschte alle Gespräche. Hoffnung oder Krieg, für manche kam es absolut nicht in Frage, dass man ihre Erde zubetonierte.

»Wir werden eure Bulldozer in die Luft sprengen«, verkündete ein Mann am Ende des Tresens.

Er holte einen Zigarettenroller aus seiner Tasche. Er war ein Bürschchen, das wie sein eigener Schatten wirkte. Die Gläser machten die Runde.

Draußen wurde es Nacht. Die Tage sind kurz Anfang Dezember.

Über den Fernsehbildschirm flackerten Bilder von der Wahl der Miss France, einem Mädchen aus der Bourgogne mit einer wunderschönen Krone, die Diamanten sahen aus wie echt. Tränen rannen über die glatten Wangen der Schönen. Die Wimperntusche hielt. Neben ihr machten die Kronprinzessinnen gute Miene zum bösen Spiel.

Die Schönheit der Mädchen ließ die Männer verstummen.

Danach wurde eine Reportage über eine Fabrik gesendet, die zumachte. Francky stellte den Ton leiser.

Diego steckte sein rotes Gesicht durch die Durchreiche und fragte, wie viele zu Abend essen wollten. Man sollte seinen Namen auf die Schiefertafel schreiben.

Sie sprachen erneut über die Piste.

»Sie werden unsere Erinnerungen in ein Massengrab werfen«, sagte der Typ mit dem Zigarettenroller.

Er hatte dicke Hände.

Er hat nicht unrecht, dachte ich.

Sonntag, 9. Dezember

Am Morgen fand die Messe statt, ich hörte die Glocken der Kirche von Le Val läuten.

Ich hatte ein paar technische Kapitel beendet und machte mich an die Begegnung zwischen Christo und seiner Frau. 1964 sind sie dreißig und emigrieren in die Vereinigten Staaten. Sie arbeiten zusammen. Die meisten Arbeiten sind mit ihren beiden Namen signiert. Als Jeanne-Claude stirbt, macht Christo allein weiter. Das Kapitel handelte von diesem besonderen Moment, da er ohne sie ihr Projekt *Over the River* in Dakota fortsetzt. Ein gewaltiges Tuch, das der Künstler über einem Fluss ausbreiten will. Ein Projekt, das er mit ihr begonnen hat und das er allein beenden wird.

Ich machte eine erste Rohübersetzung auf Papier.

Ich sah Gaby mit dem Volvo vorbeifahren, sie hatte wohl tanken können.

Um elf schüttelte Franckys Kellnerin ein erstes Laken aus, eins mit Blümchenmuster. Sie klopfte die Kopfkissen, deren Bezüge im gleichen Ton waren. Ich nahm den Fotoapparat, den Finger auf dem Auslöser, wenn ich abdrücke, wäre ich gezwungen, es jeden Tag zu tun, dachte ich. Dieser Mechanismus der Gesten.

Ich richtete die Kamera auf die Kellnerin. Mit dem Ast, dem Laken, dem Balkon. Ein erstes Foto ist nichts, es ist das zweite, das zählt, dasjenige, das einen zwanghaft jeden Tag weiterfotografieren lässt.

Ich hatte das schon einmal gemacht, ein ganzes Jahr lang, ein Tisch in einem Bistro in Saint-Étienne. Dreihundertfünfundsechzig Tage. Dreihundertfünfundsechzig Fotos, derselbe runde Tisch, Marmorimitation, ein einziger Fuß. Ein Café in der Nähe des Gymnasiums, ich hatte meine Gewohnheiten, ich ging vor dem Unterricht hin. Ich hatte alle Fotos abziehen lassen. Man sah den Tisch, eine Tasse oder ein Glas, eine Zeitung, ein Feuerzeug, einen Stift. Ich erlaubte mir nur die Hände, nicht die Gesichter. Es kam vor, dass der Tisch nicht besetzt war, dann fotografierte ich den leeren Tisch. Ein Foto pro Tag. Ohne einen Tag auszulassen. Um die Serie nicht zu unterbrechen, kam ich sogar an den Morgen, an denen ich keinen Unterricht hatte. Montags war das Café geschlossen, dann machte ich das Foto durch die Fensterscheibe.

An dem Tag, an dem die Serie der dreihundertfünfundsechzig Fotos beendet war, war ich aufgewühlt, ich hatte es dem Vater der Mädchen erzählt. Ich wechselte das Café.

Die Kellnerin verschwand in ihrem Zimmer. Sie kam mit dem anderen Laken wieder heraus.

Wenn ich dieses zweite Foto machen würde, würde ich weitermachen müssen. Bis Curtil käme. Und an den folgenden Tagen. Solange ich da wäre.

Und danach?

Vielleicht hat der Vater der Mädchen mich deswegen verlassen. Wegen der Dinge, die ich tat und die er nicht verstand.

Die Kellnerin hob das Laken hoch und rollte es an ihrem Bauch zu einer Kugel. Sie blickte in Richtung Sägewerk. Über ihr, in den Ästen, die letzten roten Blätter eines zu Ende gegangenen Herbstes.

Das Interesse, das man den Menschen entgegenbringt, ist auch eine Frage der Wiederholung.

Ich richtete die Kamera auf sie, den Finger auf dem Auslöser. Es gibt Entscheidungen, die streng persönlich sind, murmelte ich. Mir war bewusst, dass das alles absurd und keine Lösung war.

Die Kellnerin wandte sich ab, eine sehr langsame Bewegung.

Ich machte das Foto von ihr und dem mitgenommenen Laken.

In der folgenden Stunde fuhr ich mit Emmas Wagen zum See. Ein Gebirgssee, umgeben von Bergen. Drei Kilometer entfernt war die Grenze. Drei Kilometer und zweihundertfünfzig Meter ganz genau.

Als Folge der nächtlichen Minustemperaturen hatten sich die ersten Eisplatten auf dem See gebildet. Das kalte Wasser irisierte an der Oberfläche. Noch ein paar weitere eisige Nächte, und bald würde man sich draufwagen und hinübergehen können.

Ich ging am Ufer entlang.

Karpfen fraßen Plankton im rauschenden Wasser, sie hatten weiche Mäuler.

Curtil würde kommen. Danach würde ich wieder fahren. Vermutlich würde er eine Weile bleiben. Lähmen alle Väter ihre Kinder? Meiner zwang mich zu einem Stillstand, der mir tödlich vorkam.

Als ich nach Le Val zurückfuhr, begegnete ich der Baronin, sie führte vier Hunde Gassi, kurze Beine, gewaltige Schnauzen.

Sie hielt sie straff an der Leine. Zwei Leinen in jeder Hand. Sie führte sie täglich Gassi, immer abwechselnde Hunde, selbst bei eisiger Kälte.

Ich hupte. Um mich zu grüßen, hob sie die Hände, ohne die Leinen loszulassen.

Ich parkte den Wagen vor meiner Unterkunft.

Die Jungs des Onkels amüsierten sich an der Bahnlinie. Der Älteste lag auf dem Bahndamm, den Kopf auf der Schiene, als der Zug kam, rollte er zur Seite. Unter den fassungslosen Blicken seiner Brüder.

An den Sonntagen hatte Francky zu unregelmäßigen Zeiten geöffnet. Manchmal nur nachmittags. Manchmal öffnete er auch gar nicht, dann hängte er ein Schild an die Tür, *Heute geschlossen*.

Ich bestellte einen Kaffee. Ich hatte das Buch über Christo mitgenommen. Ich versuchte zu lesen. Die Holzfäller spielten Karten. Jugendliche ließen Dampf ab beim Tischfußball. Am Tresen wurde über das Wetter geredet. Dasjenige, das vorbeigeht. Dasjenige, das herrscht. Dasjenige, das bleibt. Man redete auch über die *Marine*, die manche gewählt hatten, weil sich was ändern musste.

Jean stand am Ende des Tresens.

Die Kellnerin beendete ihren Dienst. Sie ging mit ihrem eigentümlichen hüftlahmen Gang zwischen den Tischen hindurch. Jean folgte mit den Augen dem Saum ihres Kleides, der an der Seite aufgetrennt war.

Das taten sie alle. Eine so schöne Kellnerin an einem so tristen Ort.

Der Typ mit dem Zigarettenroller blieb noch.

»Man könnte meinen, Sie warten auf jemanden?«, fragte er und drehte sich auf seinem Hocker um. »Darf ich mit Ihnen warten?«

»Nein, das ist nicht nötig …«

»Vielleicht warten Sie ja auf mich …«

»Vielleicht, ja.«

Er ließ es dabei bewenden.

Ich begegnete Jeans Blick im Spiegel hinter den Flaschen,

er lächelte mir zu. Die Kellnerin grüßte in die Runde und verschwand hinter der Personaltür.

Jean warf einen Blick auf seine Uhr. Er trank sein Glas aus.

»Morgen wird ein anstrengender Tag«, sagte er zum Abschied zu Francky.

Er blieb an meinem Tisch stehen. Seine Finger berührten leicht den Umschlag des Buchs.

»Yvon … kommt er mit seiner Reportage voran?«

Ich stammelte, ja, es laufe gut. Er zögerte, der Zipfel seiner Jacke berührte das Holz.

»Ich muss nach Hause«, sagte er.

Er machte zwei Schritte zur Tür. Kam zurück.

»Willst du ein Glas mit mir trinken?«

Und so fanden wir uns beide am Tresen wieder.

Er gab ein Zeichen, und Francky nahm eine gelbe Flasche mit einem schottischen Schloss auf dem Etikett aus dem Regal. Mit Korken. Zwei Zentimeter Alkohol in unsere Gläser. Eine Schale. Eiswürfel.

Jean schob die Schale von sich.

»Alter Whisky schmeckt trocken besser …«

Ich trank.

»Und?«

»Mild. Nichts Besonderes.«

»Weil du zu schnell trinkst.«

Er zeigte mir, wie man das Glas in der Hand schwenkt, in einer kreisförmigen Bewegung.

»Siehst du, nach ein paar Runden rinnt der Alkohol hinab und hinterlässt Spuren auf der Innenseite.«

Er hielt sein Glas ins Licht. Der Alkohol blieb haften, zähflüssig, und floss wie langsame Wellen.

»Die Tränen«, sagte er. »Man nennt sie auch Beine. Und der Abstand zwischen den Beinen erlaubt, exakt das Alter der

Spirituose zu bestimmen und die Qualität des Fasses, in der sie gelagert wurde.«

Ich schwenkte mein Glas. Ein paar Burschen gingen. Beim Hinausgehen grüßten sie Jean. Er antwortete mit einem Namen, Fred, Greg, Jordan, Manu …

»Und jetzt probier. Ganz langsam … Wer einen Whisky zu trinken versteht, gewinnt ein Stück Ewigkeit. Nimm nur ein paar Tropfen in den Mund und lass sie über deine Zunge fließen. Der Alkohol reist, er muss in die Papillen dringen, ohne eine einzige auszulassen.«

Der Whisky glitt in meine Kehle. Langsam. Der Geschmack schüttelte mich. Es war stark. Überraschend.

»Das ist gut.«

Jean lächelte.

»Und jetzt atme ihn ein … Spürst du ihn?«

»Ich spüre ihn.«

Der Teil der Engel, dachte ich. Wie beim Kampfer.

Ein Mädchen, das ganz allein an einem Tisch saß, beobachtete uns. Erstaunlich männlich. Schwanger.

Ich trank in kleinen Schlucken. Jean trank sein Glas aus. Es waren noch ein paar Männer da, wir beide und dieses Mädchen.

»Ich habe einen Steinmarder, es gelingt mir nicht, ihn zu vertreiben.«

»Warum willst du ihn vertreiben?«

»Er hindert mich am Schlafen.«

»Bist du sicher, dass es ein Steinmarder ist?«

»Ich bin mir in gar nichts sicher.«

Ich nahm einen Schluck. Das Buch lag aufgeschlagen auf dem Tisch. Jean brachte es zum Tresen.

»Christo, wie Christus …«

Er blätterte die Seiten um und verweilte bei der Aufnahme der Verhüllung des Pont-Neuf in Paris, die gewaltigen Bögen gehüllt in ein riesiges ockergelbes Tuch. Er wollte verstehen. Ich erklärte es ihm.

»Ganz Paris ist gekommen, um diese Brücke zu sehen. Nach der Ausstellung hat Christo den Stoff zerschnitten und die Stücke an jeden verteilt, der eins wollte.«

»Und was macht er jetzt, dein Dichter?«

»Er bedeckt den Fluss Arkansas.«

Er blickte mich über das Buch hinweg an.

»Nicht gesagt, dass das den Forellen gefällt …«

»Nein, nicht gesagt.«

Er interessierte sich für die Doppelseite mit den riesigen Sonnenschirmen, geöffnete Schirme, die entlang einer Autobahn in den Ebenen Japans aufgestellt worden waren und identisch waren mit denen, die er auf der anderen Seite des Ozeans in Kalifornien aufgestellt hatte.

»Seine Idee war, diese Sonnenschirme zu einer symbolischen Brücke zwischen Ost und West zu machen, ein Werk, das die beiden Küsten des Pazifiks miteinander verbindet, wie ein Band zwischen zwei Kontinenten mit einem Ozean dazwischen.«

»Und wozu soll das gut sein?«

»Zu nichts. Das ist ein Kunstwerk … Nomadenkunst.«

Jean nickte.

Auf sein Zeichen hin füllte Francky erneut unsere Gläser. Die Nomaden sind der Zeit unterworfen, eines Tages brechen sie ihre Zelte ab und gehen. Wie die Tramps. Christo packte alles wieder ein, sobald sein Werk beendet war, er ließ keine Spur zurück, kein Loch, nichts, die Natur war unversehrt nach jeder Ausstellung.

Jean beugte sich über die Sonnenschirme.

»Es sieht aus, als wäre niemand unter den Regenschirmen. Ist er berühmt?«

»Ja.«

»Er verdient Geld?«

»Eine ganze Menge …«

Er blätterte um.

Das Porträt von Jeanne-Claude, Christos Frau. Beide am selben Tag desselben Jahres geboren, am 13. Juni 1935, er in Bulgarien, sie in Marokko.

Er blätterte weiter.

»Hast du das alles gelesen?«

»Fast.«

»Und du übersetzt es?«

»Ja.«

»Gefällt es dir?«

»Anfangs nicht … Jetzt so la la.«

Er schloss das Buch. Nahm sein Glas.

»Wohnst du immer noch in Saint-Étienne?«

»Immer noch.«

Er sah mich mit einem ironischen Blick an.

»Und wo willst du wohnen, wenn du groß bist?«

Ich musste lächeln.

Ich trank mein Glas aus. Ich war Alkohol nicht gewöhnt, ich war wie benebelt.

Das Buch verschwamm vor meinen Augen.

»Ich schließe gleich«, sagte Francky.

Er hatte bereits die Stühle auf die Tische gestellt und die Lichter im Speiseraum und im zweiten Raum ausgemacht.

Zwei einsame Typen und dieses Mädchen, das wie ein Junge aussah, waren noch da.

Francky ließ uns noch fünf Minuten, dann warf er uns alle hinaus.

Ich schwankte, als ich durch die Tür ging. In meinem Schädel summte es. Ich versuchte mich an mein Geburtsdatum zu erinnern, an die Namen der Heiligen Drei Könige und an Dostojewskis Vornamen. Zwei heilige Könige fielen mir ein, Melchior und Balthasar, der dritte fehlte mir. Und auch der Vorname Dostojewskis fiel mir nicht ein.

Der Boden schwankte unter meinen Füßen.

Ich atmete die kalte Luft ein.

Jean zerknüllte seine Zigarettenschachtel, sie war leer. Ich reichte ihm meine.

»Braves Mädchen …«, sagte er ironisch, als er die Filter sah.

Er biss den Filter ab und spuckte ihn zur Seite. Wir entfernten uns von den Laternen, wir wollten die Sterne sehen. Ich hatte den Geschmack des Whiskys im Mund. Ich hatte ihn auch auf dem Elfenbein meiner Zähne.

Ich dachte, bei ihm müsse es genauso sein.

Wir hörten nicht weit entfernt eine Eule schreien, vielleicht war es auch ein Tramp im Lager.

Der Himmel war bewölkt, wir konnten die Sterne nicht sehen.

Montag, 10. Dezember

Acht Tage war ich jetzt schon hier, und wir hatten noch immer nichts von Curtil gehört.

Der Wecker auf dem Tisch zeigte sechs Uhr. Ich erhob mich von der Matratze, das Kopfkissen gegen den Bauch gepresst. Ich hatte einen schweren Kopf. Der Steinmarder hatte spät gescharrt. Er hatte mich mehrmals in der Nacht geweckt. Außerdem hatte ich zu viel getrunken, ich fühlte mich wie benebelt. Ich trank einen starken Kaffee, um meine Lebensgeister zu wecken, er hinterließ einen Geschmack wie von kalter Asche in meinem Mund.

Ich sah mich im Spiegel. Der Anblick war nicht berauschend. Ich machte die Augen weit auf. Ich kannte alle Details meines Gesichts, manchmal suchte ich darin Hinweise darauf, was ich bin. Ich ging noch näher heran, die Wimpern berührten fast mein Spiegelbild. Ich suchte meine Seele. Meine Seele oder etwas, das irgendwo sein musste.

Ich erinnerte mich an einen falschen Spiegel, den die Mädchen in einem Scherzartikelgeschäft gekauft hatten. Sie hatten ihn im Badezimmer aufgehängt. Ein Spiegel ohne Belag, wenn man sich betrachtet, ist da nichts, ich hasste es.

Ich zog eine Decke über meine Schultern und trat hinaus auf die Türschwelle. Der glänzende Mond beleuchtete noch immer Le Val. Die Kälte hatte die Halterungen des Fensterladens mit Eiskristallen überzogen.

Bei Francky gingen die Lichter an. Männer rauchten auf

der anderen Seite der Straße, ich sah sie nicht, hörte aber ihre heiseren Stimmen. Sie drängten in den Speiseraum. Jean kam. Noch nicht sieben. Er parkte seinen Jeep vor dem Sägewerk.

»Fjodor«, murmelte ich, »Dostojewski heißt Fjodor.«

Ich zog meinen Blouson an und überquerte die Straße. Die Holzfäller saßen alle im Speiseraum, kräftige Männer, über Schalen gebeugt.

Ich öffnete die Tür. Dahinter undeutliches Stimmengewirr, es klang wie Psalmen, die sich mit dem Klappern des Bestecks, dem Scharren der Stühle und dem heiseren Klang der Stimmen vermischten.

Ich warf einen Gruß in den Raum und schob mich zwischen den Tischen hindurch. Niemand achtete auf mich. Der Imbiss war fertig, Würste, Schweinekoteletts zwischen Brotscheiben, Käseportionen, das alles in Tücher gewickelt und in Kisten verstaut. Man musste am Abend zuvor bestellen.

Ich suchte mir einen Platz abseits. Für fünf Euro konnte man sich nach Belieben bedienen, Kaffee, Brot, Butter, Fleisch, alles, was man wollte.

Sie wollten die drei Eichen fällen. Schöne Stämme, die von einem Reeder gekauft worden waren und als Schiffsrumpf enden würden. Diejenigen, die sie zersägen würden, saßen am Ende des Tisches. Sie waren weder die Ältesten noch die Kräftigsten, sondern Männer, die die Bäume im Blut hatten. Von dieser außergewöhnlichen Sorte, der man nachsagt, sie würden die Eichen fällen, wie man Frauen flachlegt, sanft und voller Kraft und ohne sie zu verletzen.

Jean kam herein, ging zu den Vorarbeitern und trank einen Kaffee mit ihnen. Anschließend erhoben sich die Männer, nahmen ihr Mittagessen und stiegen in den Bus.

Drei junge Burschen warteten in der Nähe des Ausgangs, neben dem großen Heizkörper. Jean stellte zwei von ihnen ein, um die Äste einzusammeln und die Baumstümpfe zu verbrennen.

Die Göre wartete abseits. Auch sie wollte einen Job. Jean ging zu ihr.

»Gehört sie dir?«, fragte er und deutete auf ihre Motorsäge.

»Geliehen.«

Er tat so, als glaubte er ihr.

»Wie auch immer, Mädchen haben beim Holzfällen nichts zu suchen.«

»Ich weiß.«

»Was tust du dann hier?«

»Ich bin genauso stark wie sie.«

»Es ist keine Frage der Stärke, du solltest in der Schule sein. Du schwänzt den Unterricht.«

Er deutete auf den Gürtel ihrer Hose.

»Gürtel beim Holzfällen sind wie ein Seil zum Erhängen.«

Sie entfernte den Gürtel und warf ihn auf den Boden, der Stahl der Schnalle stieß gegen das Gusseisen des Heizkörpers.

Jean seufzte.

»Und keine Schuhe mit Schnürsenkeln und keine Schals.«

Er machte zwei Schritte zur Tür. Er kam zurück. Zögerte.

»Und außerdem bist du minderjährig, selbst für das Feuer brauchen wir die Erlaubnis deiner Mutter.«

Die Göre hob ihren Gürtel auf.

»Ich habe keine Mutter«, erwiderte sie.

Ich ging nach Hause. Machte mich wieder an die Arbeit.

Um elf blickte ich zum Balkon. Die Kellnerin kam heraus. Ich machte das Foto. Es war das dritte.

Anschließend wollte ich mir das Fällen der Eichen anschauen. Ich stieg zu Fuß hinauf, mit zügigem Schritt. Die Motorsägen dröhnten. Ganz oben auf dem Hügel verbrannten die jungen Burschen die Baumstümpfe, sie sahen aus wie Liliputaner auf dem Hang der Welt.

Als ich ankam, hatten die Holzfäller angefangen, den Raum um die Eichen freizumachen.

Ich ging weiter bis zu unserem Haus.

Ich dachte an all die Wohnungen, die wir gehabt hatten, die Arbeiterunterkunft in Modane, die Wohnung direkt neben der Textilfabrik, die Kaserne in Chambéry. Danach, in der Tarantaise, ein Loch im Erdgeschoss, ein enges Tal, wir hatten einen Garten, anschließend ein anderes Haus, woanders, ich weiß nicht mehr, wo, Curtil stellte Federn für Gartenscheren her, er fand sie schön und brachte sie uns mit, als wären es Schätze.

Er ergatterte kleine Jobs auf Baustellen und lebte mit uns bis zu dem Tag, an dem er wieder ging. Er küsste uns dann alle, umarmte uns fest, ich komme bald wieder, das war sein Ding, weggehen, sehen, was sich ergibt, und zurückkommen, er ließ uns auf dem Treppenabsatz zurück, wir klammerten uns ans Geländer, uns blieb keine Zeit zum Heulen, er stürmte die Treppe hinunter, und wir hörten die Tür zuschlagen.

Mit der Zeit wurde ich zur Nomadin durch ihn und all diese Orte.

Durch ihn vor allem.

Die Väter sind verantwortlich für die Schwächen der Töchter.

Ich setzte mich auf die Mauer. Im Sommer war dieser Garten ein Fleckchen mit Margeriten und Mohnblumen, deren Blütenblätter an den Fingern klebten, es gab auch merkwürdige Blumen, die Chrysanthemen ähnelten. Ein ganzer Teil meiner Vergangenheit bleibt mir unzugänglich. Ich würde mich gern an die Zeit erinnern, als ich ein Jahr alt war und laufen lernte. Mich erinnern an das, was mich zum ersten Mal zum Lachen gebracht hat, an meine erste Angst, mein erstes wirklich großes Staunen.

Eines Tages fand ich meine Mutter vor einer eisernen Schüssel voller winziger roter Kugeln. Sie rührte darin, die Ärmel bis zu den Ellbogen hochgekrempelt. Ich hatte mich auf die Zehenspitzen gestellt. Ich hielt es für Beeren, für Johannisbeeren. Doch keine Marmelade oder irgendetwas anderes Süßes. Als meine Mutter die Hände herausnahm, sah ich Tausende von Marienkäfern, die in einer dicken Flüssigkeit zappelten. Sie hatte beschlossen, aus diesem Massaker eine starke Farbe zu gewinnen, mit der sie unsere ganze Winterkleidung rot färbte.

Ich dachte an die Mädchen.

Ich dachte an mich, als ich das Alter der Mädchen gehabt hatte.

Ich berührte die Erde.

Diesen Ort, von dem ich komme.

Nach dem Brand wurde ich angeblich melancholisch. Das hat man mir gesagt. Es war ein wiederkehrendes Thema in den Gesprächen während der Mahlzeiten. Carole, so ist sie eben, hieß es. Das ärgerte mich. Und machte mich neugierig.

Ich fand es verwirrend und sehr merkwürdig, dieses sanfte Wort »Melancholie«.

Ich fand es auch schwierig.

Ich ging über den Kies.

Gaby hatte geweint, als sie den Rauch gerochen hatte. Man gelangte in den Speicher über eine einfache Leiter, die zu einer Falltür führte. Es war eine Stiege mit zwölf Sprossen, die mit zwei Eisenhaken an der Decke befestigt war.

Wir hatten die Gewohnheit, dort hinaufzusteigen, wenn unser Vater nicht da war.

Meine Mutter kletterte als Erste hoch, sie klappte die Falltür zurück, die auf die Decke fiel und Staub aufwirbelte. Sie stieg wieder herunter und half uns, indem sie uns mit beiden Händen am Hintern festhielt. Philipp war der Erste. Ich folgte. Meine Mutter kam nach mit Gaby in den Armen. Sie erzählte uns Geschichten.

Sie nahm uns das Versprechen ab, Curtil niemals zu verraten, dass wir hier hinaufstiegen.

Die Leiter war steil. Hinuntersteigen war noch riskanter. Es gab kein Licht, meine Mutter stieg als Erste hinunter, wir folgten ihr, den Bauch gegen die Leiter gepresst, sie umklammerte unsere Knöchel, beruhigte uns durch die Berührung ihrer starken Hände, führte unsere Füße und stellte sie vorsichtig auf die Sprossen. Sie hätte mich in die Hölle führen können, ich wäre ihr gefolgt, Stufe um Stufe.

Mein Gedächtnis speichert diese Dinge.

Diese fernen Dinge.

Details, die mich belasten, ja, vielleicht.

Eine entwurzelte Esche lag neben den Trümmern des Hauses, Termiten liefen über ihren Stamm. Hunderte kleiner runder, undurchsichtiger und identischer Insekten.

Ich kniete mich hin. Ein starker Geruch stach mir in die Nase, eine Mischung aus Erde, Lebenssaft und Pilzen. Unsere Mutter hatte uns das gelehrt, Philippe, Gaby und mich. »Alle grünen Insekten sind essbar«, pflegte sie zu sagen.

Man musste lecken und sie rasch zerquetschen, bevor die Termiten beißen können.

Ich rieb die Rinde. Ich bugsierte die Tiere zwischen meine Zunge und meinen Gaumen.

Ich schluckte sie hinunter.

Ich begann von vorn.

Die Überlebenden auf dem Stamm waren in Panik. Zwei Schmetterlinge flogen über sie hinweg mit Flügeln wie Blütenblätter.

»Indiana Jones im Sturmangriff auf die schrecklichen Termiten!«

Ich hob den Kopf. Das grelle Licht des Himmels tat in meinen Augen weh. Jean war zu mir heraufgestiegen und beobachtete mich mit einem amüsierten Lächeln.

»Machst du das oft?«

»Nicht oft …«

»Und schmeckt es gut?«

»Nussig …«

Ich wischte mir den Mund mit dem Handrücken ab. Stand auf.

Jean streckte die Hand nach meinem Gesicht aus. Ich wich zurück. Instinktiv. Bevor er mich berühren konnte. Eine Reflexbewegung, fast brutal. Seit dem Vater der Mädchen war es so, ich blockte jede Annäherung ab.

»Ein Überlebender …«

Ich spürte seine Finger auf meiner Wange. Er ließ die Termite auf seine Handfläche gleiten.

»Es geschieht nicht jeden Tag, dass man ein Leben retten kann … Es macht Freude, auch wenn es nur das Leben einer Termite ist.«

Er legte dieses Leben zu den anderen zurück. Kaum befreit, verschwand es in der Menge.

Die Holzfäller waren unten. Einer von ihnen entrollte ein Kabel. Jean ging zum Graben, um zu sehen, ob alles in Ordnung war.

Ich ging zu ihm. Die drei Eichen waren direkt unter uns, ich konnte das Laub sehen. Elf Meter Holz mit einem Umfang von zwei Metern, hatten sie am Morgen im Speiseraum gesagt. In einer Stunde würden sie auf dem Boden liegen und in fünf Jahren auf dem Wasser.

Zwei große Vögel, Bussarde vielleicht, kreisten am Himmel.

»Jean?«

»Hm?«

»Wir haben viel getrunken gestern Abend?«

Er zögerte.

»So viel war's gar nicht … Du verträgst nur nichts.«

Er drehte sich um zu den Trümmern.

»Ich erinnere mich, als es gebrannt hat, man sah die Flammen von unten. In der Nacht hatte man den Eindruck, der ganze Wald stünde in Flammen. Ganz Le Val war draußen.«

Er trug Sicherheitsschuhe mit eisernen Spitzen. Das Leder war so dick, dass die Säge es nicht ansägen konnte.

»Mein Vater war Feuerwehrmann, er hatte Wache. Er war ganz erschüttert. Es war ein Kurzschluss, nicht wahr?«

»Eine elektrische Girlande.«

Ein erster Wagen kam, dann ein zweiter, die Leute von Le Val kamen herauf, um die Eichen fallen zu sehen, und parkten am Straßenrand.

Jean warf einen Blick auf seine Männer.

»Ich habe mich immer gefragt, warum deine Eltern es nicht wiederaufgebaut haben … Ihr hättet weiter in Le Val leben können. Stattdessen habt ihr die Gegend verlassen.«

»Das war nicht unser Haus.«

»Wie das?«

»Wir waren nur Mieter. Ohne Quittung, ohne Papiere. Eine Vereinbarung, per Handschlag, und die Sache war geritzt.«

»Und der Besitzer hätte es nicht wiederaufbauen lassen können?«

»Hätte er … Aber er hatte es nicht versichert. Als es abbrannte, haben wir alles verloren … und er auch.«

Unsere Blicke begegneten sich.

Unten wurde eine Motorsäge angeworfen. Der Holzfäller, der ausgewählt worden war, um die erste Eiche zu fällen, löste sich aus der Gruppe.

Jeans Walkie-Talkie rauschte.

»Ich muss gehen …«

Er machte ein paar Schritte und kam zurück.

»Wer war der Hurensohn, der euch dieses Haus vermietet hat?«

»Willst du es wirklich wissen?«

»Würde ich gern, ja.«

Ich zeigte ihm am Straßenrand, etwas abseits, einen grauen Kangoo, und, mit dem Rücken an der Wagentür, ganz allein, den Onkel, der prüfend den Wald betrachtete.

»Er.«

Das Sägeblatt glitt über die Rinde. Die Zähne drangen ins Holz ein. Jean stürmte den Hang mit ein paar großen Schritten hinunter. Am Straßenrand waren alle verstummt.

Es brauchte eine Weile, bis das Laub zitterte und die erste Eiche fiel. Der Aufprall ließ die Erde beben, ich spürte die Wirkung des Sturzes in den Beinen. Hörte das Rascheln der Äste. Eine Sägemehlwolke stieg vom Boden auf, goldener Staub, den der Wind zu uns trieb.

Philippe hatte seinen Wagen hinter den anderen abgestellt. Er kam zu mir, die Jeans in die Stiefel gesteckt.

»Schlechte Zeit für die Eichen«, sagte er.

Die Holzfäller umringten den Stumpf. Ein paar Sekunden standen sie noch stumm da, dann gaben sie sich einen Ruck. Die Arbeit ging weiter.

Zwei Meter von uns entfernt, zog ein Vogel mit hellem Schnabel einen langen weißen Wurm aus der Erde.

Die Kälte kam. Feucht. Eisig. Philippe schlug mir vor, mit ihm hinunterzufahren und bei ihm einen Kaffee zu trinken. Unterwegs begegnete ich dem Blick des Onkels. Er nickte, ich reagierte kaum.

Vor seiner Tür gab es drei Stufen, der Beton der letzten war gerissen. Ich dachte, die Spalte müsste sich mit Wasser füllen, wenn es regnete.

Ein Simca parkte neben dem Tor.

»Das ist Sam, er ist es gewohnt, er weiß, wo der Schlüssel ist.«

Philippe hatte eingekauft, die Tüten standen noch auf dem Tisch. Armenisches Papier, Brioches Pasquier, Streichhölzer … Ich stellte die Milch in den Kühlschrank. Die Fächer waren vollgeräumt. Schälchen stapelten sich im Tiefkühlfach. Die Einkäufe einschränken, das ist eines der ersten Dinge, die man lernen muss, wenn der andere geht. Ebenso wie die Kleidung neu über die Regalbretter zu verteilen. Filme anschauen, Musik hören. Wieder Kontakt mit den alten Freunden aufnehmen.

Als der Vater der Mädchen gegangen war, wusste ich nichts von diesen Dingen und kaufte ebenso viel ein wie vorher.

Philippe machte Kaffee.

Sein Haus hatte einen offenen Kamin, es gab noch Glut, und ich legte Holz nach.

Nach dem Brand hatte man uns Kleidung geschenkt, weil unsere verbrannt war. Teller auch, die nicht zusammenpassten, Besteck, Dinge für einen Neuanfang. Was hat man sich danach über uns erzählt? Wie hat man über uns geredet?

In den Jahren darauf hatte Curtil gewollt, dass wir die Sommerferien in Le Val verbringen. Er parkte einen Wohnwagen bei der Witwe. Das waren ganz besondere Zeiten. Philippe sagte immer, es wäre, als lebte man in einem Park. Mit achtzehn war er aufgekreuzt und hatte einen Job gefunden. Ein paar Jahre später eine Stelle im Hotel für Gaby.

»Woran denkst du?«

»An die Vergangenheit.«

»Und?«

»Und nichts.«

Er goss kochendes Wasser über das Kaffeepulver.

»Wirst du ein neues Leben anfangen?«

Ich musste lachen. Man fängt kein neues Leben an. Man trifft Entscheidungen für manches, und man lässt bestimmte Dinge. Manchmal denke ich an diejenigen, die ich lasse. Die Entscheidungen, die bleiben. Alles, was man nicht erlebt. Man bräuchte zusätzliche Leben, um manche dieser Dinge zu erleben.

Der Kaffee lief langsam durch. Der Geruch verbreitete sich im Raum.

»Magst du den Regen?«, fragte ich.

»Nicht besonders.«

»Es regnet oft in Nantes.«

»Warum erwähnst du Nantes?«

»Curtil hat gesagt, dass er in Nantes lebt.«

»Du weißt ja, was Curtil so alles sagt …«

Ich stellte mich mit dem Rücken zum Feuer. Die Flammen wärmten mein Kreuz. Vielleicht kommt er deswegen zurück, dachte ich. Er braucht vielleicht einen Ort. Einen Ort zum Sterben, wie die Elefanten.

»Könnten wir ihn anrufen?«

Philippe lächelte merkwürdig.

»Wo willst du ihn anrufen? Er hat kein Handy.«

»Ich hatte seine Nummer, in Le Creusot.«

»Die hatte ich auch. Aber er wohnt nicht mehr in Le Creusot. Und wenn du die Nummer tippst, geht niemand dran.«

»Er könnte uns anrufen.«

Philippe lachte. Es war nicht Curtils Art, sein Kommen anzukündigen, er hatte nie eine seiner Verspätungen erklärt und würde bestimmt nicht jetzt damit anfangen.

Er stellte drei Tassen auf das Tablett. Ein paar Zuckerwürfel. Eine Tafel dunkle Schokolade.

»Ich muss am 7. im Gymnasium sein.«

»Und?«

»Ich werde nicht ewig auf ihn warten.«

Philippe sah mich über die Tassen hinweg an.

»Es ist nicht ewig, Carole, es sind nur ein paar Tage.«

Ich ging über die eiserne Fabriktreppe in den Keller hinunter. Man musste vorsichtig sein und den Kopf einziehen, um nicht mit der Stirn gegen den letzten Balken zu stoßen.

Der Archivraum. Ein klappbares Oberlicht als einziges Fenster. Zwei lange Neonleuchten erhellten den Raum.

Der alte Sam war da, über die Seiten eines großen aufgeschlagenen Herbariums gebeugt. Er trennte die Blätter einer Pflanze von der Unterlage, eines nach dem anderen, löste sie mit unendlicher Vorsicht ab, indem er die dünne Klinge eines Cutters darunterschob. Auf dem Tisch Stahllampen, Gelenkarme mit drehbaren Kugelgelenken.

»Guten Tag, Sam ...«

Er sah mich ein paar Sekunden schweigend an und setzte dann seine Arbeit fort.

Ich ging im Zimmer umher. Überall lagen Herbarien, auf den Regalen, vom Boden bis zur Decke, zusammengebundene Aktenmappen, dicke, gewölbte Umschläge. Archivschachteln in verblichenen Farben. Auf jeder Schachtel Etiketten mit Namen.

Es roch nach Staub und alter Pappe wie in alten Museen. Und muffig wie in ungelüfteten Kammern.

In einem Schrank mit Glastüren standen ausgestopfte Tiere, alle Arten kleiner Vögel. Ein Waschbär thronte in majestätischer Haltung auf einem Regal. Daneben ein Fuchs, zwei Wiesel und eine Fledermaus mit ausgebreiteten Flügeln.

»Das hätten Sie nicht tun dürfen …«

Ich drehte mich um. Der alte Sam hatte das letzte Blatt abgelöst, die ganze Pflanze war von ihrer alten Unterlage getrennt. Er legte sie auf ein neues Blatt Papier und gab dem Stiel eine Form, indem er ihn so gut wie möglich ausbreitete.

»Das hätten Sie nicht tun dürfen …«, wiederholte er.

Er schnitt einen kurzen Streifen Tesafilm ab, den er quer über den Stiel klebte. Einen weiteren Streifen, um das erste Blatt zu fixieren.

»Ihr seid Voyeure des Todes … Als wäre es ein Schauspiel, eine Eiche fallen zu sehen.«

Ich ging zum Tisch zurück.

»Das waren alte Bäume, Monsieur Sam, man musste sie fällen. Aus ihren Stämmen werden der Rumpf, die Rippen und die Spanten eines Schiffs gezimmert …«

Sein Blick ging durch mich hindurch, blau, fast durchsichtig.

»Schließlich müssen die Menschen segeln, nicht wahr?! … Sie wiederholen nur, was mein Sohn sagt.«

Er klebte ein Etikett zur Identifizierung auf. Er schrieb die Erläuterungen mit einer liegenden, langsamen, sorgfältigen Schrift auf, Steinklee, genannt *Trifolium saxatile*, es folgten das Jahr und der Fundort und die Erdart, in der die Pflanze gewachsen war.

Er legte seinen Kugelschreiber hin.

»Ich werde Ihnen etwas sagen … während der großen Sintflut sind alle Tiere gestorben … Nur ein Wolf hat überlebt. Er war auf den Gipfel des Bergs gestiegen, und als er sah, dass der Berg nicht hoch genug war und das Wasser ihn ertränken würde, verwandelte er sich in ein Eichenscheit und trieb auf dem Wasser. Das dauerte Tage. Als das Wasser sich zurückzog, war er am Leben geblieben und heiratete eine Eiche, und aus der Verbindung dieses Wolfs mit dieser Eiche entstanden die Menschen.«

»Wölfe heiraten keine Eichen, Monsieur Sam …«

»Und große Männer fällen keine Eichen«, entgegnete der Alte.

Wir sahen uns an. Uns blieb keine Zeit, mit unserem Disput fortzufahren, denn Philippe erschien mit dem Tablett und den drei Tassen. Er legte freundschaftlich die Hand auf die Schulter des alten Sam.

»Alles okay?«

»Ja. Wir müssten Klebstoff und Papier kaufen.«

Philippe nickte. Er nahm seine Tasse, zwei Riegel Schokolade und setzte sich vor seinen Computer.

Sam trank seinen Kaffee.

Ich nahm den meinen.

Ich hörte das Geräusch der Tastatur. Das Vibrieren der Neonleuchten.

Hunderte von Bänden standen dort. Das Herbarium war 1886 von einem Briefträger begonnen worden, der sich für Botanik begeisterte und Pflanzen sammelte, während er die Post austrug. Die Sammlung war von seinem Sohn, der ebenfalls Briefträger war, und von den nachfolgenden Generationen bis in die siebziger Jahre fortgesetzt worden, bis sich schließlich niemand mehr darum kümmern wollte.

Ich holte einen Band heraus. Blätterte die Seiten um. Es musste alles sortiert, eingeordnet und klassifiziert werden. Gerettet werden, was zu retten war.

Ich blätterte weiter, Echte Arnika, Walliser Flockenblume,

Steinbrech, Schneeheide, Alpen-Akelei, genannt *Aquilegia alpina*, Jupiternelke, schöner Name, aber behaarter Stiel. Die trockenen Blätter knackten. Manche, die schlecht konserviert waren, zerbröselten.

»Falls du dich nützlich machen willst…«, sagte Philippe.

Die restaurierten Pflanzen waren mit Pergamentpapier geschützt, das durchsichtig genug war, um sie zu erkennen.

Der alte Sam war mit seiner *Trifolium saxatile* fertig, stand auf und trug das schwere Herbarium zu einem der Regale am Ende des Raumes.

Er zog seine Jacke an.

»Sie müssen mich noch mal in meinem Laden besuchen, bevor er verkauft wird.«

Ich versprach ihm, am nächsten Tag vorbeizukommen, am späten Nachmittag.

Zurück in meiner Unterkunft, ließ ich Badewasser ein, aber es war lauwarm. Der Boiler funktionierte nicht richtig. Ich musste Wasser in Töpfen erhitzen und mich mithilfe einer Schüssel waschen.

Am Abend rief mich die Concierge an. Sie sagte, es sei kalt in Saint-Étienne, und erzählte mir von den Nachbarn und dem Clochard, der sich unter ihrem Fenster eingerichtet hatte.

Sie sagte, der Igel bleibe eingeigelt und fresse nicht.

Sie dankte mir für die Postkarte. Erkundigte sich nach den Mädchen. Es sei Post für ihren Vater gekommen. Was sie damit tun solle? Ich sagte ihr, sie solle sie zusammen mit meiner liegen lassen, ich würde sie ihm nach meiner Rückkehr nachschicken.

Dienstag, 11. Dezember

Es war noch dunkel, als Francky öffnete. Das Abflauen des Windes hatte die Luft mit Feuchtigkeit gesättigt. Ich hatte meine Stiefel draußen gelassen, sie waren klatschnass.

Die Laternen brannten. Meine Wohnung in Saint-Étienne lag zur Ringstraße und zum Industriegebiet. Nachts sah ich die Buchstaben eines Motelschilds an meiner Decke blinken.

Ich setzte meine Arbeit fort.

Gaby fuhr am Steuer ihres Volvos vorbei, die Stirn an der Windschutzscheibe, mit gesenkten Schultern.

Um elf erschien die Kellnerin. Ich schob eine Karte in grellen Farben zwischen die Seiten. Ich machte das Foto in dem Augenblick, in dem das Laken sich entfaltete.

Der Wind hatte den Himmel gefegt, und mittags wurde es sonnig. Ich ging hinaus. Der Straßenhändler, von dem der alte Sam gesprochen hatte, stand mit seinem Wagen auf dem Parkplatz. Er kam jeden Monat nach Le Val herauf. Ein paar Tage vorher fanden die Leute Kataloge aus leichtem Papier in ihren Briefkästen vor oder auf der Theke des Besitzers des Tante-Emma-Ladens.

Ich näherte mich.

Das Vordach war aufgeklappt, das Innere vollgestopft mit Werkzeug, Regenkleidung, Stiefeln, Leitern, Nägeln, Haushaltswaren, »das Beste zu kleinen Preisen«, versicherte mir der Mann mit dem dichten Bart.

Ich fragte ihn nach einem Steinmardervertreiber, und er verkaufte mir ein Ultraschallgerät, um Maulwürfe zu vertreiben, das stand jedenfalls auf dem Karton.

»Was bei Maulwürfen funktioniert, funktioniert auch bei Steinmardern«, sagte der Bärtige.

Ich kaufte eine Taschenlampe und dazupassende Batterien. Zwei Paar dicke Socken.

Ich sah mir die Filzhausschuhe an. Ich entschied mich für Pantoffeln, die ich weiblicher fand.

Ein Wagen kam, es waren die vier Töchter der Witwe, meine Cousinen. Die Älteste kam zu uns, sie war korpulent wie ein Bär, jedoch nicht die gewalttätigste der vier.

Wir küssten uns, sie drückte mir zwei heftige Küsschen auf die Wangen.

»Wie geht's?«

»Gut.«

Die Zweite drückte mich an sich, eine kurze, heftige Umarmung. Sie hatte kurze Beine, den Kiefer einer Wölfin, man sagte ihr nach, sie habe die Sprungkraft einer Schlange und könne jemanden mit bloßen Händen erwürgen.

»Man hat uns gesagt, dass du da bist.«

Wir wechselten ein paar Worte über das Wetter. Ich erkundigte mich nach ihrer Mutter.

Die anderen blieben im Wagen. Ich winkte ihnen zu. Sie erwiderten meinen Gruß.

Angeblich schlief die Jüngste auf einer Matte vor dem Bett ihrer Mutter, und man dürfe ihr nicht in die Augen schauen. Sie habe einen Schatten, man nannte sie die Nasse.

Vier Schwestern ohne ein Lächeln, die wie Dornengestrüpp wirkten.

Ich stellte meine Einkäufe zu Hause ab.

»Du kommst gerade recht«, sagte die Baronin, als sie mich kommen sah.

Man hatte gerade einen Hund vor ihrer Tür ausgesetzt, angebunden ans Gitter. Sie hatte die Käfige gereinigt, als sie den Wagen gehört hatte. Sie hatte alles stehen und liegen lassen, den Eimer, den Besen, und war losgerannt, doch während sie die Allee entlanggelaufen war, waren die Mistkerle schon wieder weggefahren und hatten einen zitternden Griffon zurückgelassen. An seinem Halsband ein Zettel: *Ich bin acht, und ich bin mit allen Impfungen auf dem Laufenden. Mein Herrchen ist gestorben, ich habe niemanden mehr, der sich um mich kümmern kann.*

»Der Tod ist ein bequemer Vorwand«, schimpfte die Baronin.

Sie brachte den Griffon ins Haus. Im Flur hingen Leinen, Karabinerhaken, ein paar breite Halsbänder und Regenkleidung.

Sie setzte den Hund auf ein Kissen neben dem Heizkörper. Ein Wassernapf. Manche werden mit einer Medaille, einem Tragekorb, einem Plastikknochen, einer Decke ausgesetzt. Die meisten ohne alles, sie kommen ohne Namen und ohne Vergangenheit. Manche, wie dieser, mit einem Zettel.

Sie hatte eine ganze Schachtel mit diesen kleinen Begleitbriefchen. Manche waren mit Heftzwecken an der Wand befestigt. *Ich heiße Pilou, Herrchen und Frauchen ziehen um und können mich nicht mitnehmen … Ich heiße Bouba, Esprit, Rex, ich heiße Thémis, ich habe Angst vor Lärm … Ich bin auf einem Ohr taub … Ich bin sanft, krank, einäugig, brav … Ich beiße Briefträger … Ausreißer … Hautkrankheit …*

»Einmal hat man mir einen dagelassen, der hieß Esprit … Esprit, stell dir das mal vor.«

Sie betrachtete den Griffon.

»Schön und gut, aber wir müssen einen Namen für ihn finden.«

Sie kaute auf ihrem Stift. Der Griffon zitterte noch immer. Kurze Zuckungen, die seine Pfoten zappeln und seinen Rücken beben ließen.

»Upuaut …«, sagte sie nach einer Weile.

»Upuaut?«

»Das ist der Name eines schwarzen Gottes mit Hundekopf bei den Ägyptern, er wehrt feindselige Kräfte ab.«

Sie rückte ihre Brille zurecht.

»Reste von Bildung, mein Vater interessierte sich leidenschaftlich für das alte Ägypten. Aber wir werden ihn Poum nennen, das ist kürzer.«

Sie öffnete ihr Eintragungsbuch, hauchte die Kugelschreibermine an und schrieb den Namen auf die letzte Zeile, hinter all die anderen. Das Datum der Ankunft und was sie über ihn wusste.

Mit einem Holzlineal zog sie einen langen Strich darunter. Sie schloss das Buch wieder. Blickte den Hund nachdenklich an.

»Wir werden uns gut um dich kümmern …«

Sie ging wieder nach draußen zu ihrer Schublade, dem Eimer und dem Schaber.

Ich ging ihr nach.

»Soll ich dir helfen?«

Sie sah mich ein paar lange Sekunden an. Die Käfige reinigen bedeutet die Scheiße entfernen und in den Eimer tun und den Beton abkratzen.

»Die Stiefel stehen im Flur«, sagte sie schließlich.

Ich kehrte ins Haus zurück und zog Stiefel an. Im Sommer konnte man die Käfige abspritzen, doch bei dem Frost war das nicht möglich. Ich reinigte einen Käfig, dann nahm ich mir den nächsten vor.

Ich machte das eine Stunde lang. Die Kälte war unangenehm, für die Hände und für das Gesicht, der Geruch ebenfalls. Manche Hunde waren schlau und versuchten auszureißen.

Bevor ich ging, warf ich einen Blick hinter die große Plane. Der Wagen war im Augenblick noch ein Brettergerüst, eine große Kiste mit sechs bullaugenförmigen Löchern.

»Das ist Magnards Frau, einmal im Jahr leert sie ihre Schränke und verschenkt ihre alte Kleidung.«

Gaby nahm aus der Tüte ein Madonna-Sweatshirt mit Pailletten, eine Leinenhose, einen gestreiften Pullover mit goldenen Knöpfen.

»Kleine Größen … Alles für die Göre …«

Ein modischer Rock, ein T-Shirt mit scharlachroten Blumen, ein Liberty-Hemd. Kein Ramsch. Nur schöne Sachen. Ein Pullover in türkisgrünen Tönen.

Das ist die Modefarbe dieses Winters.

Sie faltete alles auseinander, dann wieder zusammen. Ein T-Shirt aus Baumwolle, kleiner runder Kragen. Ein Schal.

»Magnards Frau hat alles im Personalraum gelassen. Die anderen Mädchen haben sich auch was ausgesucht. Was hast du gestern gemacht, ich habe dich nicht gesehen?«

»Ich bin in den Wald gegangen, sie haben drei Eichen gefällt.«

Sie zuckte die Achseln.

»Mir sind die Eichen egal.«

Ich wusch mir die Hände. Ich roch nach Hund. Sie leerte die Tüte. Ganz unten war noch ein weißes Kleid. Kurzer, gerader Schnitt. Ein matter Stoff mit Spitzen und Ajourarbeit an den Ärmeln. Ein Etikett von Chanel.

»Das ist schön, hm?«

»Es ist schön, ja… Erinnerst du dich an Mamas roten Nagellack?«

Sie erinnerte sich nicht. Sie breitete das Kleid auf ihren Schenkeln aus und glättete den Stoff mit der flachen Hand. Ich verstand nicht, warum sie dieses Kleid genommen hatte, sie würde es nie tragen können, und es war nicht der Stil der Göre.

Ich füllte ein Glas mit Wasser.

Auf dem Tisch stand ein Damespiel. Das Damebrett und die Steine. Ich drückte mit einem Finger auf einen weißen Stein und schob ihn über das Brett. Dann verschob ich einen zweiten. Bis alle auf ihren Feldern standen. Das Gleiche machte ich mit den schwarzen. Diejenigen, die verlorengegangen waren, wurden durch Knöpfe ersetzt.

Der Schulbus fuhr vorbei, in seinem Innern brannte Licht. Gaby faltete das Kleid zusammen, stopfte es in die Tüte und ließ das Ganze im dunklen Schatten des Kleiderschranks verschwinden.

Sie erhitzte Milch. Holte eine Dose Kekse heraus. Auf dem eisernen Deckel ein Dorf mit zwei Bäuerinnen. Die Kekse lagen in Abteilen aus durchsichtigem Plastik.

Als die Göre kam, war die Milch heiß und in Schalen gegossen. Sie zog ihren Parka aus. Als sie die Kleider sah, packte sie alles aus, den modischen Pullover, das Madonna-Sweatshirt, das Liberty-Hemd…

Sie trank die Milch.

Gaby beugte sich über die Käfige und fütterte die Eichhörnchen. Bei einem grauen, das sie im September gefangen und einmal rasiert hatte, wuchsen die Haare nicht nach, der Schwanz blieb glatt wie Haut.

»Ich werde es nicht lange für nichts und wieder nichts durchfüttern«, murmelte Gaby.

Sie öffnete die Waschmaschine. Nahm die Wäsche aus der

Trommel, sie schleuderte nicht mehr, die Kleidungsstücke waren gewaschen, aber schwer vom Wasser.

»Das Programm ist nicht mehr in Ordnung… man kann sie nicht mehr reparieren, Diego sagt, ich soll eine neue kaufen.«

Sie wrang den rosa Pyjama, die Unterhemden, die Geschirrtücher und die Waschlappen, einen für den Körper, einen für das Gesicht, über der Spüle aus. Sie hängte alles auf Plastikstangen über der Duschwanne. Ein Vorhang verbarg die Wanne, er war blau wie der Julihimmel.

Das Wasser tropfte von den Ärmeln und Socken, es bildete Bäche im Becken zwischen den Kalkstreifen.

»Ich kann deine Wäsche mitnehmen, ich habe eine Maschine, die gut schleudert.«

»Nicht nötig.«

»Es wäre besser… zumindest wäre sie sofort trocken.«

»Es müsste bloß die Sonne ein bisschen mehr scheinen«, sagte sie, »das würde schon reichen.«

Die Göre starrte Gaby an, den Blick auf ihren Nacken gerichtet. Schließlich drehte Gaby sich um.

»Schau mich nicht so an. Die Jugend gibt dir nicht jedes Recht.«

Die Göre wandte den Kopf ab. Sie nahm die Kleidungsstücke, die sie behalten wollte, und trug sie in ihr Zimmer auf der anderen Seite des Vorhangs.

Sie zog wieder den Parka an und ging hinaus.

Die Maulwürfe hatten die Erde um den Bungalow herum aufgeworfen, ein Dutzend dunkler Kegel. Die Göre setzte sich auf die Schaukel.

Gaby beobachtete sie.

»Wir haben uns heute Morgen gestritten. Sie will einen Job für die Ferien. Ich sagte ihr, du gehst in die Schule und lernst. Hab ich nicht recht?«

»Ja.«

»Warum sagst du es nicht?«

»Ich sage dir, du hast recht.«

Gaby nickte. Das Kaninchen atmete in seinem Käfig, ohne sich richtig bewegen zu können. Ich traute mich nicht, es anzuschauen.

Gaby berührte meinen Arm.

»Wollen wir eine Partie spielen?«, fragte sie und deutete auf das Damebrett und die aufgereihten Steine.

»Nein, ich habe keine Zeit …«

Am Abend aß ich in der *Lanterne* ein Hachis Parmentier. Ich bezahlte Francky die Miete für die Zeit, die ich in der Unterkunft gewohnt hatte, und sagte ihm, dass ich noch eine Woche bleiben würde.

Ich ging spät schlafen. Der Steinmarder scharrte wieder. Er fing an, sobald ich das Licht ausmachte. Kleine langsame Schritte, winzige Bewegungen, denen schnelles Laufen folgte. Das Gerät, das ich gekauft hatte, funktionierte mit einer Batterie, die von der Sonne wiederaufgeladen wurde. Ich musste auf die Sonne warten. Ich wollte den Steinmarder vertreiben. Ich warf meinen Pantoffel, er knallte gegen die Decke und fiel auf die Daunendecke zurück.

Es wurde ruhig.

Ich wartete, die Augen weit offen. Dann schloss ich sie. Kaum war ich eingeschlafen, fing das Gerenne wieder an.

Mittwoch, 12. Dezember

Ich las alles durch, was ich am Vortag übersetzt hatte. Das nächste Kapitel begann mit der sehr genauen Beschreibung eines Baums mit rundem Laubdach, den Christo mit einem durchsichtigen Stoff bedeckt hatte. Der Stoff war an der Basis des Stamms zusammengezogen, verhüllte das gewaltige Laub und ließ die Äste und Blätter durchscheinen.

Das Foto war von einem Interview begleitet.

Ich blickte nach draußen. Der Reif ließ die Innenfläche der Fensterscheibe irisieren. Der Mond im rechten oberen Viereck des Fensters sah aus wie ein leuchtender schmaler Bogen. Die Kälte stieg vom Boden auf und drang durch die Fliesen. Die Pantoffeln, die ich gekauft hatte, hatten zu dünne Sohlen. Ich schob ein Kopfkissen unter meine Schuhe.

Die Laster manövrierten unter meinem Fenster, sie wurden mit Brettern beladen und brachten Stämme aus dem Wald herunter, solange es noch möglich war. Durch die Kälte wurde alles verlangsamt, unmöglich.

Das Bett stand in der Ecke des Zimmers. Ich verschob es, damit es sich genau in der Verlängerungslinie des Fensters befand. Ich wollte, an die Kopfkissen gelehnt, die Straße, den Parkplatz und die Taverne sehen können. Von vorne. Eine vollkommen reglose Landschaft, wie ein Poster, ein Bühnenbild, ein Gemälde.

Ich stellte das Gerät, das den Steinmarder vertreiben sollte, auf das Fenstersims, damit die Sonne es auflud.

Um elf machte ich das Foto vom Balkon und der Kellnerin.

Curtil kam nicht. Philippe versicherte mir, er würde vor Weihnachten bei uns sein.

Ich ging ins Hundeheim. Poum war direkt neben dem Eingang angebunden. Ich streichelte ihn. Er zitterte nicht mehr.

Als die Baronin die Hunde bellen hörte, erschien sie auf der Türschwelle. Sie trug einen dicken Pullover, der sie beengte, und eine unförmige Samthose. Halbstiefel. Sie legte keinen Wert auf ihr Aussehen und schien vor langer Zeit aufgehört zu haben, sich für das der anderen zu interessieren.

»Tut mir leid, wenn ich dich nicht im Reifrock empfange …«

Sie hielt einen Brief in der Hand. Sie hatte einen Antrag gestellt, um die große Nachbarwiese zu pachten, hatte Briefe ans Rathaus von Le Val und Kopien an den Präfekten geschickt. Das war zwei Monate her. Sie wollte eine Antwort noch vor Weihnachten, deswegen hakte sie nach.

»Wenn alles gut geht, werden meine Hunde im Frühjahr ohne Leine herumlaufen können …«

Sie hatte einen Gitterzaun geplant, zwei Meter hoch, aus kräftigem Draht.

»Ich muss Burschen finden, die mir den Zaun errichten.«

Sie blieb auf der Schwelle stehen, während sie mir von dem Wagen erzählte.

»Sobald das Gerüst fertig ist, geht alles ganz schnell«, sagte die Baronin. »Jean muss die letzten Bretter bringen, um das Dach zu schließen. Er war gestern da, wir hatten ein Problem mit der Pferdebox.«

»Kommt er oft, um zu helfen?«

»Wenn ich ihn brauche oder wenn er an manchen Sonntagen allein ist … Seine Frau hat als Krankenschwester komplizierte Arbeitszeiten. Sie kümmert sich um die Hunde, wenn sie Spritzen bekommen müssen. Sie hat Gaby im letzten Winter gepflegt.«

Ich sah die Baronin an.

»Was hat Gaby gehabt?«

»Eine ordentliche Erkältung, sie hat sich auf die Lunge gelegt … Und du weißt ja, sie hat eine empfindliche Lunge.«

Ich mochte es nicht, wenn man von Gabys Lunge sprach. Ich mochte es ganz allgemein nicht, wenn man von der Lunge sprach, das erinnerte mich immer an den Brand. In meiner sind keine Spuren von dem Rauch zurückgeblieben, in Gabys aber schon. Wenn ich zur Kontrolluntersuchung im Radiologiezentrum bin, sagt das Mädchen immer: »Nicht mehr atmen!« Egal, welches Mädchen. Einmal bin ich aus der Haut gefahren und habe meinen Pullover wieder angezogen. »Ist Ihnen eigentlich klar, was Sie da verlangen?!« Ich hatte die Tür zugeschlagen. Danach musste ich das Zentrum wechseln, denn ich schämte mich, das Mädchen wiederzusehen, doch im darauffolgenden Jahr forderte man mich in dem anderen Zentrum ebenfalls auf, nicht zu atmen.

Wir gingen in die Küche. Die Baronin steckte den Brief in einen Umschlag. Die Spüle war voll mit schmutzigen Näpfen. Sie ließ Wasser ein.

»Machen wir weiter«, sagte sie und rieb sich die Hände.

Sie schob mich beiseite, weil ich ihr im Weg stand.

Sie begann die Näpfe zu spülen, eine Zigarette zwischen den Lippen, an der sie immer wieder zog, der Rauch ließ sie die Augen zusammenkneifen, und die Asche fiel ins Wasser.

Sie spülte alles zusammen, ihr Geschirr und die Näpfe der Hunde.

Das Wetter war schön, ich nahm eine Leine und ging mit Poum Gassi. Als ich am Fluss war, löste ich seinen Karabinerhaken. Er lief bis zur Brücke und kam zurück. Ich warf einen Stock. Wir spielten eine Weile. Dann ließ er den Stock links liegen, um herumzuschnüffeln.

Der Fluss hüllte die Brücke in einen grauen Nebel, auch die Pfeiler wirkten verhüllt. Der Hund wollte an den Pfeilern vorbeilaufen. Ich folgte ihm.

Als ich zurückkam, schimpfte die Baronin, weil ich ihn von der Leine gelassen hatte.

»Durch zu viel Vertrauen gehen uns Tiere verloren«, sagte sie, während sie Poum zu seiner Kette führte.

Die Baronin ging kaum unter die Leute. Sie war der Meinung, der Mensch sei nicht gut, es sei reine Heuchelei zu sagen, er sei es, es jedoch zuzugeben würde dazu führen, dass man einen wichtigen Teil unseres Beziehungssystems infrage stelle, und das würde früher oder später zwangsläufig zum Verlust der Menschlichkeit führen. Es sei daher von wesentlicher Bedeutung, dass die Gesellschaft diese blinde Naivität pflege.

Wir gingen zum Haus zurück.

»Könntest du in die Stadt fahren und das Trockenfutter für die Hunde kaufen? Fünf Tüten à fünfzehn Kilo, sie sind bestellt.«

Ich sagte, ich könne das tun. Gewöhnlich kümmerte sie sich darum, doch wenn jemand es für sie erledigte, war ihr das lieber.

»Ich bräuchte auch Augentropfen und Betadine, ein Produkt zur Behandlung von Ohrenentzündungen. Ich schreibe dir den Namen auf. Könntest du morgen gehen? Am Donnerstag geben sie bis mittags fünf Prozent Ermäßigung.«

Sie sah mich an.

»Du denkst daran, dir Rechnungen geben zu lassen?«

»Ich werde dran denken.«

Sie schlug die Stiefel zusammen, bevor sie ins Haus ging.

»Nächsten Montag muss eine kleine Spanielhündin zum Sterilisieren gebracht werden. Sie muss vor acht dort sein … Könntest du das übernehmen?«

»Es würde mich wundern, wenn ich Montag noch da wäre.«

»Aber wenn du da bist?«

Als ich wieder zu Hause war, wollte ich ein Bad nehmen. Ich legte meine Sachen bereit, ein trockenes Handtuch, Meersalz, mildes Shampoo.

Als ich das Wasser einließ, war es erneut lauwarm.

»Es gibt ein Problem mit dem Boiler, Francky … Das Wasser kommt kalt, und das schon seit drei Tagen.«

Es tat ihm leid. Er könne nichts machen, der Installateur von Le Val sei im Urlaub. Er bot mir an, die Dusche in einem der Zimmer über der Bar zu benutzen, bis der Installateur zurückkäme.

Ich lehnte ab. Ich würde das Wasser wieder auf dem Gasherd erhitzen. Als Entschuldigung spendierte er mir eine heiße Schokolade mit einem guten Zentimeter Schaum drauf.

»Findest du nicht, dass meine Sitzbänke klebrig sind?«

Ich fuhr mit der Hand über das Kunstleder, schlechtes Skai mit Brandflecken von Zigaretten.

»Ich weiß nicht … Ja, ein bisschen … Vielleicht …«

»Ich möchte sie austauschen, aber sie wollen nicht. Mit neuen würden die Mädchen kommen. Wenn sie nur wollten, könnte man die Arbeiten im Frühjahr machen.«

Er holte einen Katalog hervor, blätterte und zeigte mir verschiedene Modelle.

»Sie machen jetzt tolle Sachen … Und wenn die Piste kommt, wird man sich eines Tages entscheiden müssen.«

»Entscheiden wofür?«

»Na, mit der Zeit zu gehen!«

»Du solltest nichts ändern, Francky.«

Er blickte in den Raum. Wenn nur ein Einziger damit einverstanden wäre, würde er sofort bestellen. Mir waren seine Sitzbänke herzlich egal, ich wollte ein heißes Bad. Er ließ nicht locker, und schließlich hoben sich Köpfe, wurden Blicke auf uns gerichtet.

Er nahm mich als Zeugen.

»Würde euch das nicht gefallen, neue Sitzbänke? Hm, sag es ihnen, wie modern sie in der Stadt sind!«

Ich musste lachen.

»Ich setze mich nicht auf deine Bänke, Francky... und außerdem mag ich deine Deko, sie erinnert mich an früher. Ich habe das Gefühl, dass die Zeit stillsteht bei dir.«

»Sie vergeht trotzdem ...«

»Ich weiß, Francky... Ich weiß ...«

Er blätterte weiter.

»Und die Jukebox?«, fragte er mit leiserer Stimme.

»Was, die Jukebox?«

Er deutete mit dem Finger auf eine funkelnagelneue Jukebox.

»Die da ist ein wahres Wunder! Hundert Titel! Du kannst mehrere Platten hintereinander programmieren, und der Klang ist klar wie im Konzert! Und dazu ein ultramodernes Design... Wäre das nicht genial hier!«

»Du solltest die Jukebox nicht austauschen, Francky.«

»Sie ist zwanzig Jahre alt... Seit zwanzig Jahren spielt ihr immer dieselben Lieder.«

»Tu das nicht, Francky...«

»Zwanzig Jahre, Carole!«

»Wenn du austauschst, lässt du wenigstens *Le Sud*?«

»Wenn ich austausche, tausche ich alles aus.«

»*Le Sud* …«

Er schüttelte den Kopf.

»Wenn ich wegen *Le Sud* nachgebe, werde ich auch wegen allem Übrigen nachgeben müssen.«

Er legte den Katalog in die Schublade unter der Kasse zurück. Die Jukebox passte zu der Piste, zu den drei Eichen und zu allem, was verschwand. Sie passte zu Curtil. Zu Le Val, wo ich geboren worden war und das sich veränderte.

Die Schokolade in meiner Tasse war kalt geworden. Francky faltete sein Geschirrtuch zusammen. Ich begegnete seinem Blick, und plötzlich hatte ich einen Verdacht.

»Hast du sie schon gekauft?«

Er schüttelte den Kopf.

»Aber ich werde sie bestellen.«

»Sie werden dich umbringen, Francky …«

»Sie werden mich nicht umbringen …«

Er legte sein Geschirrtuch auf den Tresen. Stapelte die Bierdeckel.

»Ich werde den richtigen Augenblick abwarten, um sie aufzustellen.«

»Es gibt keinen richtigen Augenblick.«

»Es gibt immer einen richtigen Augenblick.«

Ich ging hinaus und machte ein paar kleine Einkäufe im Tante-Emma-Laden.

»Sie hätten gestern zu mir kommen sollen …«

Der alte Sam sah mich durch seine Brillengläser mit seinen kurzsichtigen Augen näher kommen.

»Sie kommen mit einem Tag Verspätung.«

Sein Körper war dürr, Falten durchzogen seine Wangen. In seinem kleinen Fernseher lief gerade die Übertragung eines

Schachturniers. Das Spiel war fast beendet, es standen nur noch wenige Figuren auf dem Schachbrett.

Ich sah mich in der ersten Regalreihe um.

»Haben Sie vielleicht Wasserkessel?«

Er deutete vage nach hinten. Ich suchte in den Regalen. Die Gänge waren schmal, die Regale ziemlich leer.

Ich entdeckte die Wasserkessel inmitten von Angelbedarf, Angelhaken, kleinen Dosen, Nylonrollen. Zehn standen da. Ich nahm einen.

Ich wählte zwei Halsketten, die ich den Mädchen schicken wollte, Honigkuchen und eine lange grüne Stola. Der Vater der Mädchen hatte mir eine geschenkt, aus reinem Kaschmir, ich hatte sie in der Maschine gewaschen, als ich sie herausholte, war sie schrecklich eingegangen, und ich hatte sie ganz hinten im Schrank versteckt, damit er sie nicht fand.

Ich kehrte zur Theke zurück. Eine rotbraune Katze schlief zu einer Kugel zusammengerollt auf einem großen Sessel.

Gabys Pinsel lagen nebeneinander in einer Vitrine, es waren zwölf Stück, ausgestellt auf einem Samttuch. Eine Glasscheibe schützte sie.

Sam stellte den Fernseher leiser. Er verfolgte das Turnier weiter. Der Bildschirm spiegelte sich in seinen dicken Brillengläsern. Hinter ihm ein Fenster, Brandfackeln aus Holz. Ein Poster, das den dichten Flug zahlreicher vollkommen identischer Schmetterlinge darstellte.

Auf der Ecke einer Zeitung rechnete er zusammen, was ich gekauft hatte.

»Ihr Vater war ein guter Schachspieler, ich habe ihn ganz allein spielen sehen, ohne Partner. Es war erstaunlich, wie er es schaffte, für zwei Personen zu denken.«

Ein Läufer wurde geschlagen. Einer der Spieler drückte auf die Uhr. Eine schnelle Bewegung. Alles ging jetzt ganz schnell.

Wenn man gegen sich selbst spielt, muss ein Teil des Gehirns ignorieren, was der andere weiß. Man muss auch mit der Zeit umzugehen wissen.

Drei Züge, und der König wurde hingelegt. Die Partie war beendet. Die Spieler reichten sich die Hand.

Sam schaltete den Fernseher aus.

»Das ist eine Kunst, die keine Spuren hinterlässt. Ob man gewonnen oder verloren hat, am Ende einer Partie wird alles ausgelöscht, und man räumt die Figuren weg.«

In einem Regal standen ein paar Bücher. Er erzählte mir, dass man in einem von ihnen die Reproduktion eines Fotos von unserem Haus finden könne, bevor es abgebrannt war. Er wusste nicht mehr, in welchem, aber er würde es suchen.

»Haben Sie früher Honig verkauft?«

»Früher ja. Jetzt macht Jean ihn, aber er verkauft ihn nicht. Wollen Sie Tee?«

Ich mochte keinen Tee, aber ich hatte Lust, noch ein wenig zu bleiben. Ich sagte, bei dieser Kälte, ja, ein heißer Tee …

Er legte seine Brille auf die Theke. Er ging ins Hinterzimmer, einen kleinen als Küche eingerichteten Raum, der vom Laden durch einen Vorhang aus Plastikstreifen getrennt war, dessen Farben sich an den Stellen, an denen sie häufigen Kontakt mit den Händen hatten, schwarz verfärbt hatten.

Ich blätterte in den Büchern, erkannte den Marktflecken, wie er früher war, das Arbeiterlager während des Baus der Brücke, Alltagsszenen mit der Eisenbahn, den Legenden von Le Val und Frauen am Waschplatz.

Der alte Sam kam mit dem Tee zurück.

»Sie sind schön, diese Schmetterlinge«, sagte ich und deutete auf das Poster.

»Diese Schmetterlinge, wie Sie sagen, sind *Danaus plexippus*, Lepidoptera aus der Familie der Nymphalidae … Monarchfalter, wenn Sie lieber wollen. Sie sind viel mehr als nur schön … Sie sind imstande, Tausende von Kilometern zurückzulegen, um sich fortzupflanzen, und anschließend den ganzen Weg wieder zurückzufliegen, vom Süden in den Norden.«

Er stellte das Tablett auf den Tisch.

»Ein Monarchfalter allein kann diese lange Reise nicht machen, er stirbt, und ein junger tritt an seine Stelle und setzt die Reise fort … Mehrere Leben sind also notwendig, um einen Zyklus zu vollenden.«

Er goss Tee ein. Das Getränk hatte eine rostrote Farbe. Ich mochte seinen Geruch nicht.

»Wenn die Monarchfalter fliegen, klingt es wie das Rascheln von Stoff. Man erzählt, das Geräusch ihrer Flügel brächte den Lebenden die Worte der Toten.«

Er öffnete eine Schachtel Kekse, Petit Lu de Nantes.

»Meine Frau ist vor ein paar Jahren gestorben, und ich kann mich nicht daran gewöhnen, dass sie nicht mehr da ist.«

Ich trank einen Schluck Tee. Der Geruch ließ mich erschaudern. Ich zwang mich zum Trinken. Ich hatte das Gefühl, ihn kalt zu trinken, sei noch schlimmer.

Der alte Sam tauchte die Petit Lu in den Tee, sie zerkrümelten in seiner Tasse.

»Ich will nach Mexiko reisen, um den Flug der Monarchfalter zu hören, wenn sie sich in den Seidenpflanzenwäldern sammeln.«

»Verkaufen Sie deshalb Ihren Laden?«

»Ja, deshalb.«

»Glauben Sie wirklich, dass die Flügel der Schmetterlinge Ihnen die Worte Ihrer Frau bringen werden?«

»Warum nicht?«

»Weil die Toten tot sind, sie reden nicht mehr mit uns.«

Er schenkte sich etwas Tee nach und trank langsam zwei lange Schlucke.

»Manchmal können Sie grausam sein.«

Er stellte seine Tasse ab. Auf dem Boden meiner Tasse verblieb ein rötlicher Rest, der an gemahlenen Pfeffer erinnerte.

»Es gibt die sichtbaren Dinge, und es gibt alle anderen. Und wenn es nur eine Chance gibt, dass so etwas möglich ist, dann muss ich es versuchen.«

Er steckte seine Hand in die Schublade und holte eine Platte heraus. Er schob sie zu mir, bis sie meine Hand berührte.

»Das ist eine Aufnahme ihres Flugs. Hören Sie es sich an ... Und sagen Sie mir dann, was Sie denken.«

Die Tür ging auf. Jean kam herein. Er zögerte kurz, vermutlich überraschte es ihn, mich hier zu sehen.

Er kam zu uns. Streichelte die Katze. Die Rotbraune schnurrte unter dem sanften Gewicht seiner großen Hand.

»Solltest du den Laden kaufen, warne ich dich, der Alte wird mit verkauft.«

Jean nahm ein Petit Lu aus der Schachtel. Er wollte einen Kanister Öl und konnte nicht bleiben, die Holzfäller erwarteten ihn. Er entdeckte die Platte.

»Eine Schraubenmutter mit zwei Flügeln«, sagte er und ahmte mit den Händen den Flug eines Schmetterlings nach.

Ich blieb im Wagen sitzen. Ich schob die Platte in den CD-Player und hörte ein leises, eintöniges Rauschen, das Flügelschlagen sein konnte, genauso gut aber auch Wind in den Blättern, der Stoff eines Kleids, den man knittert, oder ein einfacher Lappen. Auch das Abspielen der CD konnte dieses Geräusch verursachen.

Ich dachte über das nach, was der alte Sam über die Worte der Toten gesagt hatte, die die Flügel der Monarchfalter bringen.

Ich hörte zu, und ich vergaß den Wind, das Kleid oder die Lappen, ich vergaß den Flug der Monarchfalter, was ich hörte, konnte mehr als ein Rauschen sein, sehr viel mehr als ein fantastisches Schlagen von Milliarden Flügeln.

Dass ich hier war, ließ mich akzeptieren, dass es etwas anderes sein konnte, gemurmelte Worte, Flüstern, die Toten, die endlich zu den Lebenden sprachen.

Ich hörte es mir bis zum Ende an.

Und ich wollte an den Traum des alten Sam glauben.

Am Abend schob ich das Gerät, das den Steinmarder vertreiben sollte, durch die Falltür in den Speicher. Die Sonne hatte nicht genug geschienen, die Batterie war nicht genügend aufgeladen.

Donnerstag, 13. Dezember

Sie brachten die drei großen gefällten Eichen herunter und legten sie in den Schlamm, abseits von den anderen, noch umhüllt von ihren Tauen.

Ich sah Gaby heute nicht im Volvo vorbeifahren, wie es ihre Gewohnheit war.

Ich wartete, dass die Kellnerin auf ihren Balkon herauskam. Ich machte das Foto.

Danach fuhr ich in Emmas Wagen in die Stadt hinunter, um das Trockenfutter für die Hunde zu kaufen. Ich fuhr schnell. Ich musste vor Mittag da sein, um die fünf Prozent Ermäßigung zu bekommen.

Ich durchquerte die Dörfer Saint-André, Saint-Martin, Saint-Julien. In Saint-Michel sah ich das Schild nach Valloire, zum Col du Galibier, und gleich danach das zum Col du Lautaret, dort hatte ich das Skifahren gelernt, herrliche Ausflüge.

Überall in der Stadt hingen Girlanden. Große Tannen standen da mit künstlichem Reif.

Ich kaufte das Hundefutter.

Ich ließ die sechs Fotos ausdrucken, die ich von der Kellnerin gemacht hatte. Ich fand einen Laden, der sie mir innerhalb weniger Minuten drucken konnte. DIN-A4-Format auf mattem Papier. Sie waren perfekt, fast identisch. Immer die gleiche Einstellung, der Balkon, die Balkontür und die Kellnerin, der Ast der Baums auf der rechten Seite, ein Stück Dach, die geneigte Antenne und drei Zentimeter Himmel. Ich hätte sie im Tante-Emma-Laden des Marktfleckens drucken lassen können, die machten das dort, doch der Besitzer hätte unweigerlich die Kellnerin erkannt und allen erzählt, ich würde irgendetwas Merkwürdiges machen.

Ich fuhr wieder nach Le Val hinauf. Ich brachte die Tüten ins Hundeheim. Die Baronin war in der Box, sie mistete aus und verteilte Stroh.

Das Pferd stand mit gesenktem Kopf da.

»Wenn du Lust hast, es zu reiten, das würde ihm guttun ... Das Einzige, was du wissen musst, ist, dass es nicht über Brücken geht, ansonsten ist es ziemlich brav.«

»Und was mache ich, wenn eine Brücke kommt?«

»Du reitest um sie herum.«

Sie brach in lautes Gelächter aus.

Die Sonne strahlte. Ich sattelte das Pferd. Ich testete es, indem ich es auf der Koppel ein wenig traben ließ. Jean kam, als ich durch das Tor ritt. Er brachte die versprochenen Bretter für den Wagen.

Er hielt das Pferd am Zügel fest. Schob seine Hand unter die Mähne.

»Du reitest aus?«

»Ja.«

»In welche Richtung?«

»Bis zur Wasserscheide.«

Er überprüfte meinen Sattel, zog meinen Fuß aus dem Steigbügel und hob den Lederriemen hoch.

»Vermeide den westlichen Pfad nach Sourdeval, dort gibt es Geröll.«

Er zog fest am Sattelgurt, das Leder knackte und spannte sich. Jean steckte meinen Fuß wieder in den Steigbügel. Ich spürte den Druck seiner Handfläche durch meinen Stiefel.

Ich erinnerte mich an Sourdeval. Ein fast verlassener Weiler. Wir waren fünfzehn, und wir waren dort oben, als die Pferde kamen. Eine wilde Herde, angeführt von einem prachtvollen Hengst, dem man die Stute weggenommen hatte. Wir hatten uns in einer Scheune versteckt, sie hatten Türen aufgesprengt, wildes Ausschlagen! Von unglaublicher Heftigkeit.

»Hast du ein Funkgerät?«

»Ein Handy.«

»Nach der ersten Kurve hast du kein Netz mehr.«

Er holte ein Walkie-Talkie aus seinem Parka.

»Wenn es ein Problem gibt, ziehst du die Antenne raus und drückst da.«

»Es wird keine Probleme geben.«

Er schob den Sender in meine Tasche.

»Es kann immer was passieren.«

»Wenn ich anrufe, gehst du dran?«

»Nein.«

Er schloss die Klappe meiner Tasche. Drückte die Druckknöpfe zu.

»Du bringst es mir zurück, wenn du wieder da bist. Sollte ich nicht in der Werkstatt sein, lässt du es in meinem Wagen, er ist immer offen. Du vergisst es nicht, hm, ich werde es morgen ganz früh brauchen.«

Ich sagte, ich würde es nicht vergessen.

Wildgänse flogen über uns hinweg, ihre chinesischen Schatten glitten über die Wiese. Wir sahen ihnen beim Fliegen zu.

Er löste seinen Schal. Reichte ihn mir wortlos, damit ich ihn um meinen Hals schlang.

Er gab dem Pferd einen Klaps auf die Kruppe.

»Sei vorsichtig … Und lass dich nicht von der Nacht überraschen.«

Ich folgte dem Pfad hinter der Kapelle. Ein Aufstieg in Serpentinen zwischen den Wiesen. Ich atmete in den Schal. Das Pferd schritt munter voran. Wir kamen an einen ersten See, er war ausgetrocknet. Man erzählte, der Oger hätte ihn geleert, ein verliebter Riese, der seine Schöne suchte, er glaubte, sie sei ertrunken, deswegen trank er das Wasser aller Seen und spuckte es woanders wieder aus, wodurch er andere Seen bildete, die er erneut austrank und dann wieder neue bildete. Und endlos immer so weiter.

Ein Hippiepaar hatte sich an seinem Ufer niedergelassen. Sie lebten in einem Kombi, der mit Büchern vollgestopft war. Ich war ihnen bereits im Tante-Emma-Laden begegnet. Ich unterhielt mich mit ihnen. Sie erzählten mir, sie würden auf das Ende der Welt warten, und boten mir ein Glas Champagner an. Der Mann war Universitätsprofessor gewesen, er hatte sein Abschlusszeugnis verkauft, um den Kombi zu kaufen. Er war unschlagbar, was den heiligen Pachomius betraf.

Das Mädchen war jung und hatte blau lackierte Fingernägel.

Ich setzte meinen Weg fort.

Nach dem See wurde der Pfad schmaler, uneben und steinig. Ich ging neben dem Pferd her. Der Himmel war blau, die Gipfel weiß.

Die Landschaft öffnete sich, längliche Steine waren zu einer Reihe ausgelegt. Von hier aus war der Weg von Gras überwuchert, und ein paar wenige Bäume dienten als Grenzsteine.

In weiter Ferne, kaum zu erkennen im Flimmern, wurden weitere Seen und Gletscher sichtbar. Das grelle Licht ließ die Landschaft urzeitlich wirken.

Die Wasserscheide war irgendwo unter meinen Füßen. Je nachdem, ob sie auf der einen oder der anderen Seite dieser Linie fallen, erreichen die Regentropfen den Po oder die Rhône.

Venedig oder Marseille.

Die Insel Elba oder Torcello.

Auf manchen Landkarten ist sie eine gestrichelte Linie, auf anderen existiert sie nicht.

Ich ging hundert Meter und stieß auf ein altes hölzernes Hinweisschild, *Wasserscheide*, ein Pfeil zeigte im Osten zur Adria, im Westen zum Mittelmeer.

Das Pferd pisste zu Füßen des Pfahls, der dampfende Urin schlängelte sich zwischen den Steinen hindurch.

Die Nacht war bereits hereingebrochen, als ich das Pferd zurückbrachte. Ich brachte es ins Trockene. Rieb es ab. Legte ihm eine Decke auf den Rücken. Gab ihm Heu, Hafer und Wasser.

Ich klopfte an das Küchenfester, um der Baronin zu sagen, dass alles in Ordnung sei.

Ich stieg in Emmas Wagen. Ich musste Jean das Sprechfunkgerät und den Schal zurückbringen. Die Werkstätten waren geschlossen. Das Sägewerk lag im Dunkeln.

Der Jeep war nicht mehr da.

Um zu Jean zu fahren, musste ich Le Val verlassen und nach rechts abbiegen, nach dem ehemaligen Brotofen. Sein Haus befand sich am Ende eines Weges, der in eine Sackgasse mündete. Der Hof war von einem niedrigen Bretterzaun begrenzt. Ein Brunnen.

Er teilte sich mit seinem Vater die beiden Flügel desselben Hauses.

Ich sah den Jeep. Ich parkte daneben.

Der alte Sam kam heraus.

»Mein Sohn, das ist die andere Tür«, sagte er, »aber ich glaube, er ist zu seinen Bienen gegangen… Sie können drinnen auf ihn warten.«

Ich überlegte mir, das Sprechfunkgerät auf den Sitz zu legen und wieder zu fahren.

Ich öffnete die Haustür. Eine große Küche, eine Decke mit sichtbaren, weiß vergipsten Balken, große Fenster gingen auf eine abschüssige Wiese.

Auf dem Tisch Zeitungen, ein Korb voller Nüsse, Mandarinen, ein paar Äpfel mit fleckiger Haut.

Es war warm. Im Kamin brannte ein Feuer.

Ich legte das Sprechfunkgerät hin.

Auf einem runden einbeinigen Tischchen lagen eine Halskette und ein Schal. Schlüssel. Über der Rückenlehne eines Stuhls eine helle Jacke mit geblümter Borte.

Weiter hinten ein zweisitziges Sofa. Ein Nähkasten mit rostfarbenen Wollknäueln und Stricknadeln.

Eine Mundharmonika. Ich berührte das kalte Metall.

Eingerahmte Fotos. Zwei Jugendliche in einer Straße in Paris, dieselben Jugendlichen etwas älter. Ein Frauenporträt in einem Lederrahmen. Dieselbe Frau in einem Nudelherzen. Jean mit ihr in einem Garten. Auf allen Fotos sahen sie glücklich aus.

Ich hörte Stimmen draußen und das Schlagen von Stiefeln. Auf dem Weg zur Tür stieß ich gegen das Tischchen, und der Schal glitt auf den Boden.

Jean kam mit einer Tanne herein. Ich musste zurückweichen, damit er vorbeikam.

»Dein Vater sagte mir, ich könnte drinnen auf dich warten.«

»Schön …«

Er stellte die Tanne in eine Ecke des Raumes.

»Ich habe sie gerade geschlagen … Sie ist für Sandrine … Das wird eine Überraschung für sie morgen.«

Die Tanne blieb nicht stehen, er musste sie an die Wand lehnen.

»Ich muss sie auf ein Kreuz nageln. Und, die Wasserscheide?«

»Ich habe sie gefunden. Endlich habe ich das Schild gefunden.«

»Und?«

»Es ist schön.«

Er wusch sich die Hände und öffnete den Kühlschrank. Er nahm eine Scheibe Pastete heraus, Käse mit dunkler Rinde, eine Flasche Wein und einen Rettich.

Er hob den Schal auf, streifte den Staub ab und legte ihn wieder auf das Tischchen.

Ich ging zur Tür.

»Wohin gehst du?«, fragte er.

»Ich gehe …«

Er setzte sich an den Tisch. Deutete auf den Platz gegenüber von sich.

»Iss mit mir.«

»Ich habe keinen Hunger.«

Er schälte den Rettich und schnitt mehrere dünne Scheiben auf einen Teller. Die Schale war schwarz, das Innere weiß. Er schob den Teller zu mir.

»Mit Salz, Brot und Butter … Meine Frau hat heute Nachtdienst, und ich hasse es, allein zu Abend zu essen.«

Er machte einen zweiten Teller zurecht.

»Das ist ein bisschen lästig, wir haben versetzte Arbeitszeiten … aber wir kommunizieren viel über Post-it.«

Er deutete auf die Dutzende kleiner gelber Zettel, die auf den Türen des Wandschranks klebten.

Ich ging zum Tisch zurück.

»Spielst du?«, fragte ich und blies in die Mundharmonika.

»Ja … Es ist gar nicht so schwierig, man braucht kräftige Lippen, muss seinen Atem kontrollieren und bis zum Schluss mit der gleichen Kraft spielen.«

Im Regal lagen 45 rpm Vinylplatten. Hüllen mit dem Namen von Cesaria Evora.

An dem Tag, an dem Cesaria starb, war ich in einem Café in Saint-Étienne. Es war überfüllt, und plötzlich rief jemand, Cesaria Evora ist tot! Der Mann, der das gerufen hatte, war zutiefst erschüttert. Er beschimpfte die jungen Leute, die gerade an ihrem Tisch lachten. Er sagte ihnen, an dem Tag, an dem Cesaria Evora gestorben sei, könne niemand glücklich sein. Eine Frau am Nachbartisch erwiderte, glücklich sein sei ein Akt der Höflichkeit und das sei man Evora schuldig.

Die gewaltige Pendeluhr schlug. In einem Glas auf dem Buffet schwamm ein Fisch. Mit fünf hatte ich mir ein Pony gewünscht, mein Vater schenkte mir einen Goldfisch in einem runden Aquarium, mit Kies auf dem Boden und Plastikalgen. Der Fisch schwamm die ganze Zeit im Kreis. Eines Nachts stand ich auf, um zu sehen, was er tat, und natürlich schwamm er im Kreis.

Jean schenkte mir Wein ein.

»Bitte setz dich ...«

Ich setzte mich. Ich aß mit ihm, den Rettich mit dem Brot, der Butter und dem Salz. Er erzählte mir von der Mundharmonika.

»Mein Vater brachte mir bei, Partituren zu lesen. Ich übte im Laden, wenn niemand da war. Am Anfang produzierte ich grauenhafte Töne. Kennst du Stevie Wonder?«

»Nein.«

»Ich muss dir was von ihm vorspielen. Was hast du in all diesen Jahren gemacht?«

»Ich war in Jakutsk.«

»Jakutsk?«

»In Sibirien. Dort ist es noch kälter als hier. Eines Morgens war ich auf der Straße, Tränen rannen über meine Wangen und froren, riesige Perlen, sie rollten unter meinen Fingern, es war wie Kristall, hätte ich eine Schnur gehabt, hätte ich daraus eine Halskette gemacht.«

Er begann die Pastete zu essen.

»Du übertreibst.«

»Nein. Und du, erzähl mir von hier …«

»Letzten Winter ist ein Mann in den Fluss gefallen, er ist herausgekommen und losgelaufen, und während er lief, fror er ein. Im Stehen erfroren … Während er lief.«

»So etwas gibt es nicht.«

»So etwas gibt es.«

Ich schüttelte den Kopf, weil ich ihm nicht glaubte. Wir lachten. Er erzählte mir von den Bienenstöcken und den Imkern, die die Königinnen töten, wenn sie nicht genug Honig produzieren. Königinnen, die alt geworden sind und die die Arbeiterinnen verjagen. Er behalte seine Königinnen, egal wie alt sie seien.

»Es kommt vor, dass die junge und die alte miteinander kämpfen, und in diesem Fall gewinnt immer die junge … Das Höchste ist, wenn ich einen Schwarm auf einem Ast abschneide, die Bienen werden verrückt. Man muss sie dann sehen, wenn sie in den Bienenstock drängen, alle auf einmal, es ist, als kämen sie von einer langen Reise nach Hause zurück.«

Wir aßen die Pastete und den Rettich auf. Wir teilten den Käse. Dann klingelte das Telefon.

Es war seine Frau. Sie unterhielten sich. Er sagte, es sei alles in Ordnung. Dass ich, Carole, Philippes Schwester, da sei … Er erklärte die Sache mit dem Funksprechgerät und dem Ausritt. Sie beschlossen, Weihnachten Reh zu machen. Wenn sie morgen früh nach Hause komme, habe sie drei Tage frei.

Jean legte auf.

Der Vollmond schien durch das Fenster.

Wir hörten einen Schrei, ein langes, kraftvolles Heulen. Jean öffnete die Tür.

Die Feuchtigkeit des Abends klebte auf der Straße und gefror. Das Heulen hörte auf und begann von neuem, es kam von den Gipfeln. Die große Wiese war leer.

»Das ist ein Wolf… Ich lasse ihn in Ruhe, und er begnügt sich damit zu heulen. Das haben wir so unter uns abgemacht. Eine Art Pakt…«

Der Ruf ertönte noch einmal. Jeans Hund kam und schmiegte sich an seinen Schenkel. Ich zog meine Kapuze über den Kopf, wenn ich mich bewegte, raschelte das Plastik, die Hälfte meines Gesichts wurde von ihr verdeckt.

»Geht's dir nicht gut? Du zitterst…«

»Es ist kalt.«

»Es ist kalt, ja… Die Kapuzen sind praktisch«, fügte er hinzu.

Freitag, 14. Dezember

Es war ein paar Minuten nach elf, als Franckys Kellnerin auf ihren Balkon trat. Ich machte das Foto des fliegenden Lakens, der roten Haare und des regennassen Geländers.

Nachdem ich das Foto gemacht hatte, änderte sich plötzlich das Licht, es glitzerte und funkelte, ich dachte daran, ein zweites Foto zu machen, doch das hätte zwei Aufnahmen am selben Tag bedeutet, und ich wollte keine Doubletten in der Serie.

Zwei Anrufe in Abwesenheit. Ohne Nachricht. Es war Philippe. Ich bemerkte sie erst mittags. Ich dachte, Curtil sei endlich gekommen. Ich konnte mir keinen anderen Grund für seinen Anruf denken.

Er war nicht bei Francky, also ging ich zu ihm. Ich fand ihn im Archiv. Er maß den Schnabel eines Bussards mithilfe eines kleinen Bandmaßes aus verchromtem Metall. Er schrieb die Maße in ein in Kunstleder gebundenes Heft.

Er blickte nicht auf.

»Wozu hast du ein Handy, wenn du es nicht einschaltest?«

»Es war eingeschaltet.«

»Du bist nicht drangegangen.«

»Ich hatte kein Netz. Gibt es was Neues von Curtil?«

Er faltete das Bandmaß zusammen.

»Nein. Es ist Gaby.«

»Wie, Gaby?«

»Sie ist suspendiert worden.«

»Gaby?«

»Am Mittwoch hat sie die Göre ins Hotel mitgenommen, damit sie ein Schaumbad nimmt.«

Ich musste lachen.

»Ist das alles?«

»Sie hat sie durch den Dienstboteneingang geschmuggelt … Sie hatte geglaubt, niemand hätte sie gesehen … Aber Magnard war da. Als er ins Zimmer kam, plätscherte die Göre in den duftenden Schaumwolken. Acht Tage Suspendierung. Sie kann ganz schön nerven, die Gaby!«

»Acht Tage, das ist nicht das Ende.«

»Nein, aber wenn sie ihre Arbeit verliert, was machen wir dann?«

»Soweit ist es noch nicht.«

»Ist dir das egal?«

»Nein, es ist mir nicht egal.«

Er nahm ein Päckchen M&Ms aus der Schublade und zerriss es mit den Zähnen. Er schüttete die bunten Pastillen in seine hohle Hand.

»Die Treets früher waren besser.«

»Alles war früher besser.«

Er dachte darüber nach.

»Vielleicht ja«, murmelte er schließlich.

Curtils Kugel stand neben seinem Computer. Im Innern Bambi. Ich nahm die Kugel und drehte sie um. Der künstliche Schnee heftete sich an die Wand und fiel auf den Rücken des Kitzes.

»Curtil hat Humor, wenn er will«, sagte ich, auf Bambi gemünzt.

»Ja, wenn er will.«

Ich merkte, dass er das nicht witzig fand.

Seine Gedanken waren immer noch bei Gaby.

»Magnard ist kein schlechter Kerl, aber Gaby hält ihn für einen Idioten … Weißt du, dass sie Marmelade von den Tabletts klaut? Seife, Shampoo, sogar Toilettenpapierrollen …«

»Das ist nicht wirklich Diebstahl.«

»Und wie nennst du das dann? Man kann ihr nicht alles durchgehen lassen! Sie übertreibt … Ich weiß nicht!«

Er zerknüllte sein leeres Päckchen M&Ms.

»Du solltest mit ihr reden …«

»Reden mit wem? Mit Gaby?«

»Na ja … Sie ist immerhin deine Schwester … Unter Mädchen ist es einfacher.«

Ich musste lachen.

»Glaubst du das wirklich?«

»Du gehst nie zu ihr, wie soll ihr das helfen … Wo warst du gestern?«

Ich gab keine Antwort.

Eine Karte der Gegend war mit Heftzwecken an der Wand befestigt, der Parc du Mercantour, der Parc des Écrins, der Parc de la Vanoise. Die Grenze zu Italien. Farbige Heftzwecken markierten den mutmaßlichen Weg Hannibals. Daneben ein Stich, eine endlose Kolonne von Männern und Tieren, die zu einem Nachtlager am Lac des Estaris kamen.

Philippe legte zwei, drei Dinge in die Schublade seines Schreibtischs.

»Wenn du von ihr redest, sagst du Gaby. Wenn sie von dir redet, sagt sie meine Schwester. Sie nennt dich immer so, meine Schwester, wohingegen du nur Gaby sagst.«

»Und was beweist das?«

»Nichts, aber das ist ein Unterschied. Du solltest sie besuchen, sage ich dir.«

»Aber ich besuche sie!«

»Gestern bist du nicht bei ihr gewesen.«

Ich fuhr mit dem Finger über den dunklen Schnitt eines Herbariums, dessen Pflanzen von Zeitungspapier geschützt wurden, die Tinte hatte die Tafeln entfärbt und geschwärzt.

»Schon gut, ich werde zu ihr gehen.«

»Ich sag das nicht grundlos.«

»Ich versprech's … Ich gehe jetzt gleich zu ihr.«

»Du hältst deine Versprechen ja doch nie …«

Ich blätterte ein paar der großen Seiten um. Auf manchen Zeitungen konnte man Überschriften, Daten lesen.

Philippe öffnete ein zweites Päckchen.

»Und die Picorette, erinnerst du dich?«

»Ich erinnere mich, ja.«

»Die Serien von Abziehbildern … wir klebten sie auf ein Dekor, man musste hinten mit einem Stift reiben … Es gab Minitafeln in den La-Vache-qui-rit-Schachteln.«

Ich sah ihn an. Seine Gedanken wurden schnell chaotisch, wenn Emma nicht da war.

»Wann kommt Emma zurück?«

»Ich weiß nicht … In ein oder zwei Tagen.«

»Es ist seltsam, dass sie nicht da ist.«

»Und? Was willst du hören?«

»Bist du allein?«

»Du bist ebenfalls allein …«

»Ja, ich bin allein.«

»Also wo ist der Unterschied?«

»Doch, es gibt einen. Ich bin es gewohnt … Selbst wenn ich mit dem Vater der Mädchen zusammen war, war ich allein, du siehst also …«

Ein Herbarium lag aufgeschlagen auf dem Schreibtisch. Eine Rolle Tesafilm und kleine, sorgfältig in einer Reihe angeordnete Werkzeuge. Mehrere Stifte und eine Schere mit langem Griff.

Philippe machte am eisernen Türsturz Klimmzüge.

»Dein Mann, wie lange ist es her, dass er gegangen ist?«

»Zwei Jahre.«

»So lange dauert die Schwangerschaft eines Elefanten.«

Wir mussten lachen.

Ich blätterte die Seiten des Hebariums um.

»Was passiert mit dem Pollen, wenn er sich löst?«

»Kommt drauf an. Wenn man genug Geduld hat, sammelt man ihn und klebt ihn nebenan auf. Wenn nicht, bläst man ihn weg. Warst du gestern Abend bei Jean?«

»Überwachst du mich?«

»Ich überwache dich nicht, ich kam zufällig vorbei, ich habe Emmas Käfer gesehen.«

Ich klappte das Herbarium zu.

»Ich habe ihm sein Sprechfunkgerät zurückgebracht.«

»Das dauert eine Stunde?«, fragte Jean und hielt seinen Klimmzug mit angewinkelten Armen.

»Du bist wirklich ein Idiot!«, schimpfte ich.

»Ach, da bist du ja …«, sagte Gaby und hob kurz den Kopf.

Sie stand vorgebeugt da, sie trug dicke Handschuhe, die bis zu den Ellbogen reichten. Unter ihrer Hand hielt sie ein Eichhörnchen auf dem Tisch fest. Die fünf Finger wie Gitterstäbe über dem Rücken.

Das eingeklemmte Eichhörnchen rührte sich nicht.

»Hat Philippe dir Bescheid gesagt?«

»Was?«

»Wegen meiner Arbeit?«

»Ja.«

»Du schimpfst nicht mit mir?«

»Warum sollte ich mit dir schimpfen. Das hat er bestimmt schon für mich erledigt …«

Sie neigte den Kopf zur Seite. Lachte leise. Sie griff nach dem Rasiermesser.

»Mein Traum ist ein Marder, es gibt nichts Besseres für Pinsel, aber Philippe sagt, die Marder sind geschützt, und nur in meinen Träumen könnte ich welche haben.«

Sie setzte die Klinge an. Die Haare fielen über eine Länge von zwei Zentimetern.

»Wenn er mich mit einem Marder sieht, sperrt er mich ein.«

Sie rasierte weiter, schnell, konzentriert, ohne ein Wort zu sagen. Als sie fertig war, blieb das Eichhörnchen reglos unter ihrer Hand sitzen. Sie tat es in seinen Käfig zurück, zusammen mit Körnern und Wasser.

»Wenn ich zu früh rasiere, sind die Haare kurz, und das ergibt keine guten Pinsel.«

Sie sammelte die Haare in einem Tuch und legte das Tuch in die Schublade.

Auf dem Tisch eine angebrochene Packung Kekse, Medikamentenschachteln und das Damebrett, auf dem die Steine durcheinander lagen.

Gaby holte einen Kuchen aus dem Gefrierfach. Die dicke weiße Sahneschicht klebte am durchsichtigen Deckel der Verpackung aus Plastik.

»Ich hatte ihn gestern gekauft, aber da du nicht gekommen bist …«

Sie bestand darauf, dass wir ihn aßen. Ein Kuchen für sechs. Eis, Baiser. Sie stellte ihn zwischen uns, mit zwei Löffeln. Er war nicht schlecht. Eher unerwartet.

Die Kälte kam, und der Beschlag auf den Scheiben verwandelte sich in eine dünne Eisschicht. Ich war gerade nach Hause gekommen, als ich ein Klopfen an der Tür hörte. Jean stand vor mir, einen Werkzeugkasten in der Hand.

»Francky hat mir von deinem Boiler erzählt …«

Er kam herein.

»Darf ich ihn mir anschauen? Ich bin kein Installateur, aber ich habe zu Hause den gleichen. Es scheint, dass er nicht mehr heizt?«

»Ja … und manchmal heizt er zu sehr.«

Er nahm den Deckel ab und suchte in dem Gerätebauch aus Röhren. Er überprüfte alles, bis ins Kleinste. Da es nicht funktionierte, versuchte er es weiter.

Er hatte die Ärmel seines Hemds hochgekrempelt, seine Unterarme waren muskulös.

»Wenn ich komme, ist es kaputt, und wenn ich gehe, funktioniert es … Na ja, meistens. Das ist schön, denn die Leute lächeln dann wieder.«

Nach einer Weile richtete er sich auf und sagte, er sei repariert. Er überprüfte es, und das Wasser lief heiß. Er setzte den Deckel wieder an seinen Platz und räumte sein Werkzeug ein.

Er schloss den Werkzeugkasten.

»Das hätte ich gern zu meinem Beruf gemacht … Kleinigkeiten reparieren.«

»Und Termiten retten?«

»Termiten retten auch.«

Er betrachtete meine hübschen Pantoffeln und das Kopfkissen unter dem Schreibtisch.

»Hast du was von Curtil gehört?«

»Nein.«

Ich erzählte ihm von dem Steinmarder.

»Mein Bruder sagt, dass er schlau ist und dass ich ihn vertreiben muss.«

Jean nickte. Er ging zu der Falltür. Die Batterie des Gerätes, die es betreiben sollte, lag draußen, auf dem Fenstersims. Er betrachtete sie mit ironischem Misstrauen, wie mir schien.

Ich reichte ihm seinen Schal.

»Ich hatte ihn vergessen …«

Er schlang ihn sich um den Hals.

»Wenn er wieder kaputtgeht, rufst du mich an, hm … So kann ich dich wiedersehen.«

Als er weg war, wollte ich ein Bad nehmen, doch er hatte die Gasflasche zu fest zugedreht, und so sehr ich es auch versuchte, ich bekam sie nicht auf.

Samstag, 15. Dezember

Ich wurde von Geräuschen unter meinem Fenster geweckt. Ich schaute durch die Spalte des Fensterladens, da waren Leute, ich konnte nicht sofort erkennen, was sie machten, doch dann begriff ich, sie sprühten Graffiti auf die Bulldozer, *Nein zur Piste!* und *Wir lassen Le Val nicht zubetonieren!* stand in großen roten Buchstaben auf den Schilden der Bulldozer.

Das Tageslicht lockte die Leute an, alle kamen, um sie zu sehen.

Ich versuchte zu arbeiten, Christo, New York. Nach dem Tod seiner Frau setzte er die gemeinsam geplanten Projekte allein fort.

Es fiel mir schwer, mich zu konzentrieren.

Die Söhne des Onkels trieben sich bei den Bulldozern herum. Die beiden Ältesten kletterten auf die Stämme und sprangen von einem zum anderen. Marius schaute ihnen zu. Andere Kinder schlossen sich ihnen an. Das Sägewerk war geschlossen, es war niemand da, der sie ausgeschimpft hätte. Gelenkige Jungs mit ausgebreiteten Armen, ich sah sie im Gegenlicht, die Finger gespreizt, es sah aus wie der Flug von Staren.

Dann verschwanden alle, nur Marius blieb. Einsam ging er an den Stämmen entlang und ließ die Hand über die Ringe gleiten.

Er zählte die Ringe. Kletterte auf den dicksten Stamm, lief wie ein Seiltänzer auf ihm und setzte sich ans Ende, die Beine in der Leere baumelnd. Er trug eine rote Hose mit Hosenträgern über dem Pullover.

Er starrte auf einen schmächtigen Kapitän, der in der Ferne reglos am Bug seines Schiffs stand.

Die Kellnerin verspätete sich mit dem Ausschütteln ihrer Laken. Ich fragte mich, was ich machen sollte, wenn sie nicht herauskäme. Welche Entscheidung sollte ich treffen? Ich beschloss, dass die Serie nicht unterbrochen werden dürfte und dass ich, auch wenn die Kellnerin nicht herauskäme, trotzdem das Foto des Balkons machen müsste.

Es war genau elf Uhr siebenunddreißig, als die Balkontür endlich aufging.

Ich machte das Foto.

Ich notierte die Zeit in meinem Heft. Auf diese Weise könnte ich auf die Rückseite von jedem abgezogenen Foto die Uhrzeit und den Tag der Aufnahme schreiben.

Die Sonne beleuchtete die Bergkämme, doch Le Val blieb im Schatten. Ich machte einen Spaziergang. Der Himmel war milchig. Gestank lag in der Luft. Ein strenger, beißender Geruch. Unmöglich festzustellen, was es war und woher es kam.

Ich ging den Fluss entlang bis zu der Biegung, wo er sich verbreitert und ein Bett aus weißen Kieseln bildet, das der *Strand der jungen Damen* genannt wird. Die Erde war hart gefroren. Otter hatten am rechten Ufer des Flusses ihre Winterquartiere bezogen. Von hier aus hatte man einen Blick auf die am stärksten verfallene Seite der Brücke. Im Fluss treibende abgestorbene Äste sammelten sich an den Pfeilern. Ein Mann zog sein Boot ans Ufer.

Philippe sagte, ein Weg ist nichts ohne Menschen. Er existiert nur, wenn Menschen ihn benutzen. Das Gleiche gilt für ein leeres Haus. Und auch die Dinge sind erst dann real, wenn man sie benennt.

Ein Hirsch durchquerte die Biegung unter der Brücke, eine tiefe Stelle, das Wasser ging ihm bis zum Bauch, ein herrliches Tier, mit einer Widerristhöhe von einem Meter, ich fotografierte ihn mit meinem Handy und schickte das Bild den Mädchen, mindestens hundert Kilo mit einem gewaltigen Geweih!, schrieb ich ihnen.

Zwischen den Bäumen erkannte ich den Bungalow und Gaby, draußen, in einem der Sessel, sie hatte eine Decke auf ihre Beine gelegt und schlief in der Sonne.

Etwas weiter oben auf der anderen Seite des Flusses sah ich erneut die Söhne des Onkels, dort, wo ich sie ein paar Tage zuvor ertappt hatte, als sie ihre Fallen aufstellten. Vögel waren in den Nylonmaschen gefangen. Rotkopfspechte, die sich zu befreien versuchten. Insgesamt zehn Vögel. Der Älteste befreite einen, hielt ihn in der Hand und zeigte ihn den beiden anderen, ich hörte ihn lachen, als er den Schädel des Vogels zerquetschte.

Er machte noch einen los und dann noch einen.

Marius starrte seine Brüder an, drei Meter hinter ihnen, die Arme an den Körper gepresst.

Es war nur noch ein Vogel in den Maschen, als sie sich umdrehten. Sie riefen ihn. Sie schubsten ihn von hinten, damit er vorwärtsging. Stießen ihn mit dem Kopf, damit er endlich tat, was sie von ihm wollten.

Marius bildete mit seinen Fingern eine Zange und löste den letzten Vogel. Ich sah seine Geste vom anderen Ufer aus. Die Bäume ringsum, den weiten Himmel und den Fluss. All dieses Licht, das auf ihn fiel. Ich rief ihm zu, es nicht zu tun. Er sah mich an. Seine Lippen bewegten sich. Ich war nicht sicher, ob er mich gehört hatte.

Er schloss die Augen und drückte fest zu. Vermutlich viel fester, als nötig war, um den zarten Kopf zu spalten. Anschließend rührte er sich nicht mehr.

Seine Brüder gingen.

Er überquerte ganz allein die alte Brücke. Er hielt den Vogel noch immer in der Hand. Ich war nur ein paar Meter entfernt. Ich sah ihn vorbeigehen.

Er ging langsam.

Ich sprach ihn an. Er antwortete nicht.

Die Göre kam aus dem Schatten.

Sie ging in unsere Richtung.

Er blieb stehen.

In seiner roten Hose sah er aus wie eine Statue aus Ton, die am Ende des baumelnden Arms einen Hampelmann umklammerte.

Sie sah ihn an, salzige Tränen liefen über ihren Mund. Ein Kind, das ihr kleiner Bruder hätte sein können, ein schmächtiger Körper mit ein wenig Fleisch um die Knochen. Die Hand war immer noch um den Vogel geschlossen.

Sie nahm diese Hand und öffnete die Finger, einen nach dem anderen. Die Angst hatte die Federn an die Handfläche geklebt. Sie löste den Vogel, den sie an einem Bein hielt, und schleuderte ihn in die Büsche.

In dem Licht, das immer schwächer wurde, breiteten die roten Flügel sich für einen sehr kurzen Augenblick aus, und scharlachrot, schien der Vogel wieder zum Leben zu erwachen und erneut zu fliegen.

Die Göre erblickte mich.

Sie ging ohne ein Wort zu sagen.

Am Ende von Marius' Arm blieben die Finger der Hand, die den Vögel getötet hatte, gekrümmt, als wären sie klamm. In dem Busch sah ich ein paar leuchtend rote Beeren und den

Vogel, den die Göre hineingeschleudert hatte, eine Meise mit blauem Kopf.

Die Sonne ging unter, verschwand hinter dem Gebirge. Die Schatten wurden blasslila.

Gaby saß nicht mehr im Sessel.

Ihr Kopf hinter dem Fenster des Bungalows.

Sie bedeutete mir hereinzukommen.

»Ich habe ihm das Fell abgezogen.«

Sie hob den eisernen Deckel hoch, der den Topf bedeckte. Schwarze Stücke kochten in einer dunklen Sauce. Es roch nach Zwiebeln. Ein paar Lorbeerblätter. Die Augen auf der Vorderseite des Schädels waren gekocht.

Ich glaubte, das sei das Kaninchen. Es war nicht mehr in seinem Käfig. Ich drehte mich um, und sah es, frei, friedlich auf einem Stück Pappe liegend.

»Das ist das graue Eichhörnchen«, erklärte Gaby und rührte die Stücke um. »Seine Haare wuchsen nicht nach.«

»Du hast den Kopf mit reingetan …«

»Es ist alles essbar.«

»Das ist ekelhaft.«

Sie lächelte mich über den Dampf hinweg an.

»Der Ekel ist im Kopf der Leute.«

Sie schüttete eine Dose Champignons in die Sauce. Das Gericht köchelte weiter auf kleiner Flamme unter dem eisernen Deckel.

Ich setzte mich an den Tisch.

Das Licht der Glühbirne zeichnete eine gerade Linie auf das Linoleum.

Die Göre kam von draußen herein.

»Hier gibt es nie Sonne«, schimpfte sie.

»Heute Nachmittag hat es welche gegeben«, sagte Gaby.

Die Göre zuckte die Achseln.

»Selbst mit der Sonne ist es kalt.«

»Anderswo ist es schlimmer«, sagte Gaby.

Ich betrachtete das Gesicht der Göre. Ich dachte an das, was sie getan hatte, und fragte mich, ob sie uns von Marius und dem Vogel erzählen würde.

Gaby legte das Geschirrtuch zum Trocknen auf den Heizkörper.

»In der Stadt gibt es Leute, die leben in ihrem Auto.«

»Wenn wir woanders hingehen würden, hätten wir es warm.«

»Anderswo ist es genauso. Hier sind wir wenigstens zu Hause. Und es ist nicht sicher, dass wir in der Sonne glücklicher wären.«

Die Göre war schüchtern, sie sprach leise, aber sie ließ sich nicht beirren.

»Woanders ist es zwangsläufig besser.«

»Es kann auch schlimmer werden«, fuhr Gaby fort. »Und außerdem ändert sich das Klima, nur weil du am Anfang keine Sonne hast, musst du nicht nie welche haben.«

Sie öffnete den Kühlschrank, er war fast leer.

»Ich werde zu Lidl hinunter müssen …«

Sie nahm ein Päckchen Grieß aus dem Wandschrank. Sie drehte sich um, stand mit dem Rücken zur Spüle.

»Das einzige mögliche Anderswo wäre dort, wo sie *Kleine wahre Lügen* gedreht haben, weil es dort sowohl Bäume als auch Meer gibt.«

»Das ist nicht das Meer«, sagte die Göre, »das ist der Ozean.«

»Was ist der Unterschied?«

Die Göre wusste es nicht. Sie hob den Deckel des Topfes und atmete den Geruch ein.

Sie betrachtete die Käfige.

»Ich werde mit der Schule aufhören.«

Gaby drehte langsam den Kopf.

»Wenn du das tust, bring ich dich um«, sagte sie mit unterdrückter Wut.

Ich beobachtete die Göre. Ihr jugendliches Gesicht blieb regungslos. Nur ihre Wangen erröteten leicht.

Sie kuschelte sich aufs Sofa, die Beine angewinkelt unter sich gezogen.

»Francky sucht jemanden, er würde mich gern stundenweise für die Ferien einstellen.«

Gaby schien sie nicht gehört zu haben. Sie stopfte einen Scheuerlappen unter die Tür und schlug mit dem Fuß dagegen. Das würde die Kälte abhalten, blockierte aber auch die Lüftung.

Die Göre ließ nicht locker.

»Er braucht ein Mädchen, das die Mahlzeiten serviert. Diego schafft es nicht allein. Ich könnte doch, hm, ein paar Tage an Weihnachten?«

Gaby ging zur Spüle. Sie wusste, dass sie schweigen musste, das war die einzig mögliche Haltung. Sie hatte die Göre nicht in ihrem Bauch getragen, sie hatte sie nicht aus ihrem Körper gepresst, mit gespreizten Beinen, doch was das Übrige, was alles Übrige betraf, war sie wie ihre leibliche Mutter.

»Ich bringe euch alle beide um, mit derselben Kugel, das wirst du Francky sagen, hm, das wirst du ihm sagen?«

Die Göre streckte die Beine aus. Ihre Füße berührten den Boden.

»Ich bringe euch alle beide um und stecke euch ins selbe Loch«, erklärte Gaby und starrte auf das Geschirr, das in der Spüle einweichte.

Das war eindeutig. Unwiderruflich.

Die Göre nahm ihren Blouson und ging hinaus.

Gaby atmete heftig.

»Ich bin keine Leuchte, ich lebe in einem Haus aus Blech, und ich verstehe nicht alles, was die Leute erzählen … aber ich denke, eine richtige Mutter hätte das auch gesagt. Hm, stimmt's nicht?«

Ich nickte.

Sie starrte noch immer auf das schäumende Wasser. Ihr Schatten bedeckte die kleine Spüle und das Abtropfgestell daneben.

Nach einer Weile drehte sie halb den Kopf.

»Hast du ihn gesehen, den Film von Canet?«

»Ja, ich habe ihn gesehen.«

»Und wie findest du es dort unten?«

»Es ist Cap Ferret … Es ist schön, aber es ist teuer.«

»Hier ist es auch teuer.«

»Dort ist es trotzdem ein bisschen teurer als hier.«

»Aber dort ist es warm.«

»Es ist warm, ja.«

Sie setzte sich an den Tisch.

»Der Traum muss schließlich ein bisschen was kosten.«

Sie nahm Pinsel aus der Schublade. Die Haare steckten in einem Zylinder, der durch einen Messingdraht zusammengepresst wurde. Dreimal fest herumgewickelt.

Es roch nach Klebstoff. Sie tauchte die Pinsel in Wasser. Die Haare waren gewölbt wie Bäuche. Sie musste sie auf die gleiche Länge bringen, mit kleinen, leichten Schnitten. Sie musste es mehrmals wiederholen.

Ich hörte die Schere klappern.

Sie überprüfte alles im Licht. Kein Haar ragte mehr hervor. Die Köpfe waren vollkommen glatt. Sie wickelte die Pinsel in ein Blatt Zeitungspapier.

»Könntest du das zu Sam bringen, wenn du gehst?«

Der alte Sam schob die Pinsel zur Seite.

Er nahm Geld aus seiner Kasse, Scheine in einem Umschlag. Der Preis war vorher zwischen Gaby und ihm vereinbart worden.

Er reichte mir den Umschlag.

Er trug eine lange Wolljacke. Einen zusammengebundenen Schal. Eine Butathermix-Gasheizung erwärmte die Luft.

Er stand auf.

»Einen Tee, wie üblich?«

Es war erst das zweite Mal, dass wir gemeinsam Tee tranken, und das schien schon auszureichen, um von Gewohnheit zu sprechen. Ich mochte noch immer keinen Tee, aber ich liebte Sams Gesellschaft. Ich nahm das Angebot an.

Er ging in den kleinen Raum. Geräusche von einem Topf und Wasser. Die rotbraune Katze öffnete die Augen einen Spalt, zwei Lichtschlitze, sie seufzte, bevor sie wieder in ihre Träume versank.

»Ich habe mir die Platte mit dem Flug der Monarchfalter angehört.«

Sam schob die Riemen zur Seite.

»Bis zum Ende?«

»Bis zum Ende.«

»Sie sind die Erste.«

Er verschwand wieder hinter dem Vorhang.

Gabys Pinsel lagen auf dem Samt ihrer Vitrine. Die Schäfte glatt, lackiert. Ich fragte Sam, ob ich die zuletzt gelieferten dazulegen solle.

»Ich werde es später machen. Haben Sie bemerkt, wie kurz die Tage sind …«

»Ich habe es bemerkt, ja.«

»Im Sommer sind sie endlos … Man glaubt, sie enden nie … und doch enden sie. Die Sommer enden auch.«

Die Pinsel glänzten. Mein Gesicht spiegelte sich auf der Glasscheibe, die sie schützte. An manchen Stellen hatte der Samt Löcher. Kleidermotten hatten sich im Samt eingenistet.

»Im Sommer fühlen die Leute sich verpflichtet, sich zu bewegen«, sagte der alte Sam hinter seinem Vorhang. »Ein ständiges Gestikulieren … Wohingegen im Winter alles langsamer ist … aber im Winter langweilt man sich.«

Er redete, während er den Tee zubereitete.

»Hören Sie … Das ist der Zug, er hat seinen Fahrplan geändert … Das ist der Winterfahrplan, man muss sich daran gewöhnen.«

Der kleine Schlüssel steckte noch im Schloss. Ich drehte ihn. Ich hob die Glasscheibe hoch. Ein paar weiße Schmetterlinge flogen heraus. Der Flor des Samtes war an mehreren Stellen zerfressen, die Fibern zerfranst. Die Larven hatten dort ihr Nest gebaut und sich davon ernährt. Es blieben nur ein paar Fadenreste.

Ich hob eine Ecke des Stoffes hoch. Ich dachte, ich würde darunter weitere Motten finden. Larven vielleicht. Doch es waren weitere Pinsel. Dutzende. Verdammt ins Dunkel der Vitrine. Ich schob meine Hand hinein. Neue Pinsel, mit einem weichen Lappen poliert. Der ganze dicke Boden der Vitrine war mit ihnen gefüllt.

Ich drehte mich um.

Der alte Sam schob die Riemen beiseite und kam mit dem Tablett heraus.

»Der Tee ist fertig!«

Er sah die geöffnete Vitrine. Stellte das Tablett auf den Tisch.

»Kommen Sie, diesen Tee trinkt man nicht im Stehen.«

Er nahm die Verschlusskappe der Teekanne ab. Goss Tee in eine Tasse. Füllte die zweite Tasse, stellte die Teekanne hin.

Ich konnte mich nicht von der Vitrine losreißen.

Gabys letzte Pinsel lagen noch auf der Theke.

Ich sah wieder die Eichhörnchen. Dasjenige, das Gaby noch am Tag zuvor rasiert hatte, die Sorgfalt, mit der sie die Haare gesammelt hatte, darauf bedacht, nicht eins davon zu verlieren, und die Aufmerksamkeit, mit der sie sie anschließend zusammengefügt hatte. Sie stellte Fallen im Wald auf. Im Sommer ging sie jeden Tag hinauf, um sie zu kontrollieren, sie versteckte sich vor den Wilderern, besorgte sich Körner, Sägemehl und ertrug den Geruch, man gewöhne sich daran, behauptete sie.

»Ich verstehe nicht …«

»Es gibt nichts zu verstehen.«

»Erklären Sie es mir …«

»Was soll ich Ihnen erklären?«

»Sie lassen Gaby in dem Glauben, ihre Pinsel zu verkaufen!«

Er kam zu mir, legte den Stoff wieder an seinen Platz und schloss den Glasschutz. Er drehte den kleinen Schlüssel herum und steckte ihn in seine Tasche.

»Ihre Schwester ist eine schöne Person.«

»Und?«

»Und nichts. Es ist nur so, dass niemand ihre Pinsel will.«

Er kehrte an seinen Platz zurück.

»Man hilft den Leuten nicht, indem man sie belügt«, murmelte ich.

»Das ist, wenn Sie erlauben, billige Kleinkrämermoral.«

Er trank einen Schluck Tee. Stellte seine Tasse ab.

»Wenn es Ihnen lieber ist, können Sie es ihr jetzt sagen.«

Seine leicht graugrünen Augen hatten die graue Farbe mancher Salze.

Ich ließ ihn allein mit seinen zwei Tassen und den Keksen auf der Untertasse.

Als ich wieder zu Hause war, betrachtete ich eine ganze Weile durch das Fenster das langsame Ausklingen dieses Samstags in Le Val.

Ich nahm eine Orange aus dem Netz und schälte sie mit den Zähnen. Das habe ich immer schon geliebt. Die Schale wie eine Wilde abreißen und den bitteren Geschmack im Mund spüren.

Ich legte die Schalen auf die glühend heiße Oberseite des elektrischen Heizkörpers. Durch die Hitze wurden die Orangenschalen rotbraun, fast schwarz, sie verbrannten nicht, sondern verströmten einen angenehmen Zitrusfruchtduft.

Ich übersetzte ein Kapitel, in dem Christo erklärt, dass bei allem nicht das Endergebnis zählt, sondern der Weg dorthin, der ganze lange Prozess, der zum fertigen Werk führt.

Ich dachte an Gabys Pinsel, die unter dem Samttuch verborgen waren.

Ich hatte Orangenschale unter den Fingernägeln.

Er gelang mir nicht weiterzuarbeiten. Der Anblick der Pinsel hatte mich verwirrt, und diese Unordnung hatte in ihrer Bewegung andere Bilder in Bewegung versetzt, wie beim Mahjong-Spiel.

Am Tag des Brandes hatte Mama Orangen in einer Papiertüte für uns gekauft, wir hatten sie mit unseren Fingernägeln geschält. Normalerweise gab sie uns Kekse, runde, glatte Kekse, die sie *Chamonix* nannte, sie waren mit Orangenmarmelade gefüllt und umhüllt von einer glatten Zuckerschicht.

An dem Abend hatte sie nur Orangen. Fantastische Blutorangen, hatte sie gesagt. Mandarinen mochten wir lieber, denn sie waren süßer und einfacher zu schälen. Sie hatte erwidert, Blutorangen seien sicher nicht die besten Orangen, aber sie seien die schönsten, und deswegen müssten wir uns glücklich schätzen, sie zu essen.

Sie hatte die Schale zwischen ihren Fingern zusammengepresst, um den Saft hervortreten zu lassen, das hatte in unseren Augen gebrannt, und wir hatten gelacht.

Auf der Matratze lag eine Kunsthaardecke, die wir Pelzmantel nannten. Wir hatten sie über unsere Schultern gezogen, um uns zu wärmen. Wir hatten den Geschichten unserer Mutter gelauscht, uns wie Küken um sie geschart.

Doch plötzlich hatte sie aufgehört zu erzählen. Durch die geschlossene Falltür drang ein merkwürdiger Geruch. Sie hatte sie hochgehoben. Der Geruch von Rauch erfüllte den Speicher.

Aus dem Mund unserer Mutter drangen geschriene Worte, sie wollte, dass wir mit ihr durch die dunkle Falltür nach unten stiegen, doch wir hatten zu große Angst, um auch nur einen Schritt zu machen.

Also zwang sie uns, indem sie uns an den Armen zog. Gaby fing an zu brüllen. Philippe wich zurück.

Der Geschmack der Blutorange mischte sich in meinem Mund mit dem des Rauchs.

Die Falltür war eine Grube. Sie schrie immer noch, wir sollten ihr auf die steile Leiter folgen, sie zog uns, an sich gedrückt, umschlungen von ihren Armen. Sie versuchte uns alle drei mit sich zu nehmen. Ich habe später, als Erwachsene, mehrmals versucht, drei Kinder hochzuheben, die beiden Mädchen und eine Freundin, in dem Alter, in dem wir damals gewesen waren. Ähnliche Körper. Es ist unmöglich, das Gewicht wirft einen um.

Unsere Mutter ging zum Oberlicht. Das Dach war zu schräg. Ganz unten der kleine Hof. Wir stellten uns wieder mit dem Rücken an die Wand. Der Rauch drang in den Speicher ein, also öffnete sie das Oberlicht, hob Philippe hoch und drückte ihn an sich.

Anschließend starrte sie uns nacheinander an, Gaby und

mich. Gaby weinte. Sie weinte herzzerreißend, den Blick zur Decke erhoben, die Tränen tropften zwischen ihre Füße.

Ich erinnere mich an den Blick, den meine Mutter auf uns warf. Der von der einen zur anderen wanderte. Wir waren zwei. Sie konnte nur eine nehmen.

Seit Jahren verfolgt mich ihr Zögern. Manchmal vergesse ich es. Dann wieder, wenn ich es nicht erwarte, kehrt es zurück. Die Wand bestand aus Brettern. Ich hatte meine Handflächen dagegen gerieben. Hartes, raues Holz, ohne Grundierung, Splitter waren unter meine Haut gedrungen. Ich verzog keine Miene.

Ich sah meine Mutter an.

Sie stand erstarrt da. Ich sah, wie sie zögerte. Also starrte ich sie erneut an. Sie war nicht mehr unsere Mutter, sie war nur noch meine. Mein Blick hielt sie fest, zwang sie. Hinderte den ihren daran, sich abzuwenden.

Ein Blick, der alle Worte ersetzte, alle flehentlichen Bitten, alle Gebete.

Ich weiß nicht, wie lange es dauerte, doch plötzlich riss sie mich von der Wand weg. Dabei rieben meine Handflächen über die Wand, es war wie eine Ohrfeige, es fühlte sich an wie Nadeln aus Glas. Sie drückte mich auf der anderen Seite an sich, und ich umklammerte mit meinen Schenkeln ihren Bauch wie ein Schraubstock.

Meine Arme um ihren Hals geschlungen.

Meine Hände blutig.

Ich hatte ihre Wahl erzwungen. Ich hatte es getan, ohne es zu wollen, ohne es zu wissen. Ich war sechs.

Philippe war auf der anderen Hüfte.

Unsere Mutter sagte ein paar Worte zu Gaby, Worte, die besagten, sie solle warten, ohne sich zu rühren, ganz nah am Dachfenster bleiben, da gäbe es Luft, Worte, um auszudrücken, dass die Mama zurückkommen würde.

Sie nahm die Kunsthaardecke und bedeckte uns damit. Ein Teil ihres Körpers verschwand unter dem eigenartigen Umhang. In der Tüte waren noch zwei Blutorangen. In der Bewegung stieß ihr Fuß gegen die Tüte, und die Früchte rollten heraus. Ein dumpfes, langsames Geräusch auf dem Boden.

Unsere Mutter stürzte zur Falltür. Sie stieg mit uns hindurch. Mein ganzes Leben lang werde ich mich daran erinnern. Um die Hände frei zu haben und sich an den Sprossen festhalten zu können, nahm sie die beiden Zipfel der langen Decke, die uns schützte, zwischen ihre Raubtierzähne.

Ein sonderbares dreiköpfiges Wesen mit drei Rückenwölbungen war meine Mutter, zu einem schwitzenden Tier geworden, mit einem Teil ihres Wurfs siamesisch verbunden. Einem Teil nur, den sie zu retten versuchte.

Den anderen zurücklassend. Die Kleine.

Sie dem Schutz von ein paar Worten und der Luft überlassend, die durch das Dachfenster drang.

Ich klammerte mich an sie. Sie schloss die Klappe. Ihre Hände umklammerten die Sprossen. Ich hielt mein Gesicht an ihren Hals gedrückt. Während der ganzen Zeit, die wir brauchten, um nach draußen zu gelangen, behielt ich die Augen offen. Ich schluckte Rauch. Ich gab Laute von mir. Ich hörte Philippe stammeln, er wolle nicht sterben. Ich hörte das Tier atmen. Ich spürte den starken und glühendheißen Geruch ihres Atems.

Sie fand den Flur und die Tür dessen wieder, was unser Haus gewesen war. Sie brachte uns wortlos hinaus. Ihr Köper gekrümmt unter unserer Last.

Und dann die frische Luft draußen.

Unsere Mutter stürmte los, rannte weg von der Tür, bis wir außer Reichweite des Feuers waren, ihre Knie knickten ein. Sie stürzte zu Boden. Drückte uns weiter an sich, lange noch, nachdem sie gestürzt war, so, als hätte sie uns vergessen. Wir lagen ineinander verschlungen wie die Schlangen aus einer altertümlichen Sage.

Ich presste mich so fest an sie, dass ich glaubte, ich wäre wieder ihr Körper, unsere Häute wären miteinander verschmolzen, ich dachte, wir würden uns nie mehr voneinander lösen können.

Wir wären unsterblich geworden, weil wir durch das Feuer gegangen waren.

Und dann öffnete unsere siegreiche Mutter langsam die Zähne, lockerte ihren Kiefer, die Decke glitt zu Boden, unsere Körper lösten sich voneinander. Unsere Häute. Unsere Arme. Ich hörte die Sirenen. Ein Feuerwehrwagen. Stimmen von Männern.

Als ich den Kopf heben konnte, sah ich Gabys Gesicht dort oben, ganz allein hinter dem Dachfenster.

Später bildeten wir alle einen Kreis um sie, um sie zu betrachten.

Sonntag, 16. Dezember

Am Sonntag belebte sich Le Val erst spät, und da die Holzfäller nicht da waren, gestaltete sich der Tagesanbruch ruhig.

Das Warten wurde hart. Ich wollte nicht an Curtil denken. Denken, dass er kommen würde. Heute. Oder nicht. An einem anderen Tag. Oder nie.

Ich ging hinaus.

Es war Zeit für die Messe, ich begegnete schwarz gekleideten Frauen, die mit kleinen Schritten zur Kirche gingen. Die Jungs des Onkels lungerten auf den Stufen herum.

»Ich kann Wasser in Wein verwandeln«, erklärte mir der Älteste.

»Ach, sonst noch was?«

Er zuckte die Achseln.

Ich trat in die Kirche.

Eine Krippe.

Brennende Kerzen.

Weihrauchduft.

Ein großes Blatt Papier war mit Heftzwecken an der Tür befestigt: *Um das Gute siegen zu lassen, muss man das Böse kennen.* Darüber eine Abbildung des thronenden Christus.

Plastikblumen in einer Vase. Gipsstaub auf den Bodenplatten.

Im Kirchenschiff wurden das *Vaterunser* und *Gebenedeit sei die Frucht deines Leibes* psalmodiert. Die Ältesten beteten murmelnd den Rosenkranz. In der ersten Reihe kniend, sang ein Mädchen mit kristallklarer Stimme für die Versammlung.

Ich lauschte den Lobpreisungen und dem Evangelium.

Der Boden der Kirche war kalt.

Zusammen mit den Frauen schlug ich gegen meine Brust. Ich kommunizierte mit ihnen, mischte mich in ihre Gerüche, eine Mischung aus Naphtalin und Kölnisch Wasser, alter Haut, Schwielen, trockenen Haaren. Unter den Stoffen wirkten die Arme wie dünnes Holz. Drei von ihnen beobachteten mich, auf dem Betstuhl kniend, die Gesichter umrahmt von blasslila Schals.

Ich erinnerte mich an Mamas Beerdigung. Ein paar Gebete in einer Kirche, weil sie immer sagte, es müsste hinterher irgendetwas geben. All das für nichts und wieder nichts, das war völlig unmöglich! Ich glaube, im Grunde hatte sie Angst vor dem Tod. Im Spendenkorb am Ende der Messe lagen nur wenige Münzen. Als der Pfarrer das kümmerliche Ergebnis sah, schluderte er am Schluss, aber immerhin ein *Ave Maria*.

Er reichte mir den Weihwasserwedel, damit ich die Reise segnete.

Wir legten Mama in ihr Grab. Jeder warf eine Handvoll Erde hinein. Philippe ging. Gaby ebenfalls. Der Vater der Mädchen war nicht gekommen. Die Mädchen ebenfalls nicht. Ich war sehr traurig nach der Beerdigung und schaute mir deswegen einen alten Film von Giuseppe Tornatore an, *Cinema Paradiso*.

Nach der Messe kehrte ich nach Hause zurück.

Ein paar Minuten nach elf öffnete sich das Fenster, Franckys Kellnerin schüttelte ein Laken aus, zuerst ein großes und schönes apfelgrünes Tuch.

Das zweite war so weiß, dass es aussah, als schüttelte sie Licht.

Und die beiden Kissenbezüge.

Eine andere Garnitur als am Tag zuvor.

Ich machte das Foto mit dem weißen Laken.

Mich interessierte nicht nur die Kellnerin und auch nicht dieses stets unter ihren Kleidern verborgene Bein, ein Bein, das man erahnte, sondern die perfekte Wiederholung ihrer Bewegungen und die immer gleiche Zeit.

Ich erhielt eine SMS von Yvon, er wollte am späten Nachmittag vorbeikommen, um mir die Bilder seiner Reportage zu zeigen.

Ich überquerte die Straße und ging in die *Lanterne.* Diego war mit seinem Puzzle vorangekommen, hatte die Teile zusammengefügt, die das Ufer eines Flusses darstellten. Man konnte eine Stadt, moderne Wohnhäuser, eine Brücke erahnen. Ferne Hügel vor einem orangefarbenen Himmel.

Die Tramps nutzten den Sonntag, um Karten zu spielen.

Ich setzte mich zu Philippe. Die Titelseite des *Dauphiné* zeigte die beiden Bulldozer, die am Vortag mit Graffiti besprüht worden waren. Darunter ein Artikel. Ungefähr fünfzig Personen hatten vor der Unterpräfektur gegen das Projekt demonstriert. Auf einem anderen Foto waren brennende Reifen zu erkennen und ein Schild *Nein zur Piste!*

Am Tresen wurde diskutiert. Die Gegner prangerten die gewaltigen Summen an, die ausgegeben werden müssten, um die aus den Städten, die *Parigos* und die *British,* zu unterhalten. Sie sagten, dieses Tal sei gesegnet, ein vertikales Eden, und verglichen die Skilifte mit Banderillas, die den Stieren in den Rücken gerammt werden.

Diejenigen, die am ehesten zu Gewalt bereit waren, versicherten, dass sie die Bulldozer nicht vorbeilassen würden.

Philippe hörte ihnen zu, während er ein Blatt Papier zu einem Origami faltete.

»1969 gab es ein erstes Projekt, und wir hielten die Betonbauer auf«, sagte er, »wir werden sie auch ein zweites Mal aufhalten.«

Francky hielt dagegen.

»Die Piste gehört zum Lauf der Dinge.«

»Das wird aus dem Ruder laufen«, erwiderte Philippe.

»Das wird nicht aus dem Ruder laufen«, sagte Francky.

»Wie siehst du das?«

»Wie überall, die Streithansl werden schimpfen und schließlich klein beigeben.«

Philippe klappte die Ecken seines Blattes auf die gegenüberliegenden Ecken um. Er strich die Falten glatt.

»Du liebst Le Val nicht.«

»Ich liebe es genauso wie du, aber ich liebe auch den Fortschritt.«

»Du verwechselst Zubetonieren mit Fortschritt«, schloss er und stellte den Papierdrachen auf den Tisch.

Andere mischten sich ein. Die Meinungen flogen hin und her.

»Es wäre schön, wenn er heute kommen würde«, sagte ich und blickte auf die Straße.

»Es wäre an jedem Tag schön.«

Philippe stand auf und ging.

Wem gehört Le Val? Den Kindern, die geboren werden? Denen, die sich erinnern? Oder denen, die es nie verlassen haben? Wie viele Le Vals? Für wie viele Gedächtnisse?

Ein Fahrer kam herein, ein Einheimischer, flaches Gesicht, ein Kreuz auf den Arm tätowiert.

Er bestellte ein Bier.

Trank langsam ein paar Schlucke.

»Ballutti wurde angeblich in einem Bistro in Chambéry gesehen.«

Er sagte das gleichgültig dahin.

Ballutti war Ludo. Alle hoben den Kopf.

»Nicht möglich, er hat seine Strafe noch nicht abgesessen«, sagte Francky.

Der Tätowierte zuckte die Achseln.

»Es wird jedenfalls erzählt …«

»Wenn er das Château verlassen hat, wird er bald hier auftauchen«, fügte der Typ mit dem Zigarettenroller hinzu.

Francky wischte mit dem feuchten Lappen über den Tresen. Er blickte mich an. Ich erwiderte seinen Blick und breitete die Hände aus, ich wusste von nichts.

Dann hörte ich plötzlich nichts mehr, sondern spürte Blicke in meinem Rücken. Ich rührte mich nicht. Sie konnten sagen, was sie wollten. Dass Ludo vielleicht draußen war. Frei. Entlassen. Vorzeitig draußen. All ihre Vermutungen waren mir herzlich egal.

Gaby ging am Fenster vorbei. Sie kam, um ihren Kaffee zu trinken. Sie ging durch den Raum, den Kopf mit einer blauen Mütze gegen die Kälte geschützt.

»Ganz schön kalt heute«, sagte sie.

Sie ließ den Blick über die Tische wandern, über die Männer. Sie spürte wohl, dass irgendetwas nicht stimmte. Sie stellte sich an den Tresen. Francky machte ihr ihren Kaffee, eine Sahnehaube, die Tasse auf dem Tresen. Philippe pflegte für sie zu bezahlen. Da er nicht da war, fügte Francky einen Strich in einem Heft hinzu.

Sie rührte ihren Kaffee um.

Der Tätowierte trank sein Bier aus. Von Ludo war nicht mehr die Rede. Dennoch musste sie es erfahren, auch wenn es nur ein Gerücht war. Ich wäre am liebsten nach Hause gegangen und hätte mich wieder an die Arbeit gemacht.

Die Holzfäller hatten aufgehört zu spielen, sie steckten die Karten in die Schachteln zurück.

Im Fernseher liefen idiotische Sketche. Gaby schaute zu. Zugleich blickte sie sich um, als spürte sie das Gerücht, das im Raum stand.

Plötzlich brach sie in Gelächter aus, ein schallendes, törichtes Lachen.

»Also, das darf doch nicht wahr sein!«

Sie drehte sich zu uns. Wandte sich an uns, wie an Zeugen, an uns alle, Francky, die Alten, die anderen. Auf dem Bildschirm sah man einen großen Hund zusammengerollt auf einem winzigen Kissen, und direkt ihm gegenüber, im selben Flur, eine Katze auf dem großen Kissen des Hundes.

»Also so was!«, wiederholte sie und schlug sich auf den Schenkel.

Es drang aus ihrer Kehle, schüttelte sie. Ein unkontrollierbares Lachen.

Sie war meine Schwester. Was konnte ich ihr sagen? Wir hatten dieselben Brüste geteilt, die gleiche Milch getrunken. Die gleiche Kindheit gehabt. Worin ähnelten wir uns? In welcher Tiefe von ihr konnte ich mich wiedererkennen?

Und sie, in welchem Teil von mir?

Auf dem Bildschirm wechselten die Bilder. Ihr Lachen verstummte so plötzlich, wie es ausgebrochen war. Vorbei. Ihr Gesicht wurde wieder erschreckend ausdruckslos.

Die Stille, die folgte, war ebenso verwirrend.

Die Männer zuckten die Achseln.

Ich begegnete dem Blick des Typen mit dem Zigarettenroller.

Und dann trat Diego zu uns. Er stellte sich an den Tresen, rechts neben Gaby, Schulter an Schulter. Er redete mit ihr.

Jeder in der Bar wusste, was Diego ihr zu sagen hatte. Dieses Vertrauen in ein Gerücht.

Wir taten, als ob nichts wäre. Der Tag ging weiter. Ich steckte den Papierdrachen in die Tasche meines Parkas.

Diego kehrte in seine Küche zurück.

Gaby blieb noch ein bisschen.

Ich ging zum Bahnhof. Der Bahnsteig war menschenleer wie am ersten Tag, als ich hier ankam.

Ich ging auf den Eisenbahnschwellen weiter.

Ich dachte an all das, was mein Gedächtnis sich merkte, an all das, was es vergaß. An das, was es vergrub. An die Hydra von Lerna, der alle Köpfe abgeschlagen wurden. Für jeden abgeschlagenen Kopf wuchs ein neuer nach, daher brannten diejenigen, die ihren Tod wollten, die Wunden aus. Für keine Erinnerung, die unsere Mutter verlor, kehrte eine neue zurück. Manchmal denke ich, dass sie wie das Tier gestorben ist. Dass sie mit seinem Fluch belegt worden war.

Eines Tages öffnete ich die weiße Tür des Zimmers, in dem sie zuletzt war, sie saß in ihrem Sessel am Fenster. Als sie mich sah, öffnete sich ihr Mund ein wenig, dieser Mund einer Geschichtenerzählerin, es war ein sehr heißer Sommer, ihre Wangen waren frisch und rosig, sie trug ein Spitzenkleid, sie erkannte mich, ihr Blick deutete ein Lächeln an, ihre Lippen bildeten die erste Silbe meines Namens, »Ca…«, ihre Augen leuchteten auf vor Freude, sie hatte mich erkannt, und dann kippte plötzlich alles. Sie blickte verstört um sich, doch das Bewusstsein, das sie von mir hatte, war mit allem Übrigen versunken in der Grube all dieser Details, aus denen ihr Gedächtnis bestanden hatte.

»Ich bin's, Carole…«, murmelte ich. Das angedeutete Lächeln war verschwunden. Meine Mutter lebte und kannte mich nicht mehr. Ich schüttelte sie, ich wollte wiederkommen, ich war brutal, und sie erkannte mich wieder, erneut ihr Lächeln, ich war da, ich existierte noch, für den Bruchteil einer Sekunde, für sie, und dann erstarrte etwas, und das war der letzte Blick, in dem sie gewusst hatte, wer ich war, und danach war ich ihr für immer weggenommen.

Nie zuvor hatte mir etwas so wehgetan. Nie hatte ich mich so allein gefühlt. Selbst später, als ihr Körper starb, empfand ich keinen solchen Schmerz.

Die Krankenschwester sagte: »Es wird zurückkommen, bruchstückhaft, vielleicht, blitzartig.«

Nichts kam zurück. Alles war ausgebrannt.

Leise Geräusche. Ich blickte von den Schienen auf. Marius stand zehn Meter von mir entfernt, er beobachtete mich. An seinem Schenkel hing am Ende seines Arms die Hand herab, welche die Meise getötet hatte, eine gekrümmte Hand, teilnahmslos, schuldhaft, sie schien immer noch den Vogel zu halten.

Mit der anderen Hand warf er kleine weiße Steine, die vor meinen Füßen von den Eisenbahnschwellen abprallten.

»Carole!«

Diego rief mich von der Tür des Speiseraums. Er deutete auf eine große Schüssel. Fleisch für die Hunde. Die Abfälle der Woche. Hühnerflügel, Kaninchengerippe.

»Wenn du ihr das bringen könntest ...«, sagte er.

Er half mir, die Schüssel auf den Beifahrersitz von Emmas Wagen zu stellen, und ich brachte alles zur Baronin.

Als sie die Knochen sah, schimpfte sie: »Niemals Knochen für die Hunde!« Sie stellte die Schüssel auf den Tisch und begann das Fleisch abzuschaben.

Es war fett. Widerlich.

Sie machte mit einem anderen Stück weiter. Ich setzte mich ihr gegenüber. Ich nahm ein Messer und schabte ebenfalls. Das Fleisch kam in eine Salatschüssel, die Knochen warfen wir weg.

Wir sprachen über belanglose Dinge. Und andere. Über die Nachbarwiese. Sie hatte noch immer nichts gehört, und das machte sie nervös.

Ich gewöhnte mich an den Geruch.

Wir redeten über den Wagen. Mit der Spitze ihres Messers zeichnete sie auf der Tischdecke. Es würde ein schönes Fest werden, sie würde Marshmallowwürfel rösten, das würde etwas Geld bringen. Die Hunde für den Umzug waren bereits ausgewählt.

»Diego wird den Traktor fahren. Wir haben schon die Girlanden und die Kreppblumen gemacht…«

Wir schabten eine Weile, ohne zu reden. Ihre Fingernägel waren kaputt. Es sah aus, als hätte sie sich die Ränder selbst geschnitten.

Ohne das Messer wegzulegen, machte sie eine weit ausholende Handbewegung.

»Hunde malen, das wäre was! Hunde! Schön gemalt, mit lebhaften Farben!«

Sie lachte plötzlich.

»Es wäre fantastisch, wenn wir neben den Girlanden auch Zeichnungen haben könnten! Wenn unser Wagen der schönste ist, hilft das vielleicht auch hinsichtlich der Wiese…«

Sie hörte auf zu schaben. Mit der Mütze auf dem Kopf sah sie aus, als hätte sie ein Mondgesicht.

»Wärst du imstande, ein wenig lebensecht zu malen?«

»Ich weiß nicht…«

»Was meinst du?«

»Vielleicht, ja…«

Die Salatschüssel war fast voll. Während ich den Rest abschabte, kochte sie Nudeln in zwei großen Töpfen.

Sie redete weiter vom Wagen und der Idee mit den Bildern.

Ich wusch mir die Hände. Ich spülte auch die Messer. Auf

dem Buffet lag ein Buch von Jean-Claude Carrière. *Le Mahabharata.* Die Baronin glaubte an weitere Leben nach dem Tod und war davon überzeugt, dass sie eines Tages im Tierreich wiedergeboren würde. Als wildes Tier.

»Und du, was würdest du sein wollen, wenn du ein Tier sein müsstest?«

»Ich? … Ein Salamander. Sie haben keine natürlichen Feinde und sind ihrem Lebensraum treu.«

Sie runzelte die Stirn.

»Es ist gut, natürliche Feinde zu haben, das macht die Art stark.«

»Aber das Leben ist angenehmer, wenn man keine hat.«

Sie stellte das Feuer unter den Töpfen aus.

Die Nudeln waren gar, und sie fügte das Fleisch hinzu. Sie legte ein paar Fleischabfälle für ihre Mahlzeit beiseite.

»Es gibt nichts Schlechtes«, sagte sie.

Sie nahm die Näpfe heraus.

Ich reinigte den Tisch mit einem feuchten Schwamm. Da war noch der Knochenhaufen, den die Luft getrocknet hatte. Ich ging hinaus, um ihn wegzuwerfen. Der Himmel war fahl. Philippe hatte behauptet, binnen acht Tagen würde es schneien und wir hätten eine weiße Weihnacht.

Die Baronin wollte mir die Fortschritte zeigen, die mit dem Wagen gemacht worden waren, bevor ich ging.

»Vorhang auf!«, sagte sie und zog die Plane weg.

Der Wagen thronte auf einem zweirädrigen Karren.

»*La Cour des Miracles!* Das wäre doch ein schöner Name, hm? … Du könntest ihn in großen bunten Buchstaben schreiben … Ich habe mit dem Maurer gesprochen, er wird uns Farbenreste geben. Das könntest du doch tun, hm?«

Ich zögerte. Sie nahm meine Hände und drückte sie fest.

»Man muss manchmal an die Hunde denken …«

Ein Geigenkasten lag in einem Regal über der Werkbank. Staubbedeckt. Ich öffnete ihn. Sah die Geige.

»Gehört sie dir?«

»Ja.«

»Kannst du spielen?«

»Ich konnte es mal.«

Eine einsilbige Antwort. Ich fragte nicht weiter. Ließ aber trotzdem den Bogen über die Saiten kratzen.

Die Baronin ging noch immer um ihren Wagen herum und malte sich aus, wie er aussehen könnte.

Es war Sonntag. Es blieben noch fünf Tage, um ihn fertig zu machen.

»Wann wirst du sie haben, deine Gemälde?«

Yvon wartete vor der Hütte auf mich. Wir hatten vereinbart, dass er vorbeikommen würde, um mir seine Bilder zu zeigen. Er schob meine Sachen beiseite und setzte sich an den Schreibtisch. Die beste Reportage seines Jahrgangs würde in den Lokalnachrichten gesendet, und es musste unbedingt seine sein.

Er schob die Speicherkarte in meinen Computer.

Er musste sich auf sechs Minuten beschränken und nicht eine mehr.

Er hatte eine erste Sichtung begonnen, das Rohmaterial ausgewählt, das er unbedingt verwenden wollte, und den Rest aussortiert. Er ließ die Bilder ablaufen, die Schuhe, die Kabel, die Stämme, den Schlamm, die Ketten, ein Paar doppelter Handschuhe auf einer Kiste, Hintergrundgeräusche, eine ganze Reihe größerer Einstellungen mit Gruppen von Männern, ein paar schöne Aufnahmen des Krans, der Laster, des Sägewerks.

Und die Straße.

Zahlreiche Aufnahmen der Straße. Wunderschöne Aufnahmen, die sich jedoch wiederholten.

»Ich habe zu viele Dinge … zu viele Bilder … zu viel von allem!«

Es war viel zu lang. Ohne Zusammenhang. Es gab gute Ansätze, doch sie gingen unter. Er wollte meine Meinung.

»Was denkst du?«

»Es ist alles da, doch es hat keinen Rhythmus«, sagte ich. »Du musst kürzen.«

Er regte sich auf.

»Rausnehmen, was gut ist, wie soll ich das machen?!!!«

Durch die Aufregung bekam er rote Flecken auf der Stirn.

Er lenkte ab, indem er seine Lehrer der Inkompetenz beschuldigte, auf die empfindlichen Datenträger, die USB-Sticks, ja sogar auf die CDs schimpfte, es sei nicht mal sicher, ob das die nächsten zehn Jahre überleben würde!

Er behauptete, er könne nicht kürzen. Er schimpfte und beruhigte sich dann wieder.

Wir gingen alles noch einmal von Anfang an durch.

Er notierte in einem Heft:

Erste Einstellung, von vorn, ein Laster, der auf die Kamera zufährt.

Eine Reihe von Aufnahmen der Holzfäller, die mit ihren Motorsägen hinausgehen.

Mehrere Aufnahmen des Sägewerks, aus verschiedenen Blickwinkeln.

Gefilmt vom Laster aus.

Außen Tag.

Innen Nacht. Kein Ton.

Nahaufnahme eines Mannes, der seine Ausrüstung trägt, der Mechaniker geht an der Kamera vorbei.

Aufnahme eines Raubvogels, der am Himmel schwebt,

Aufnahmen von Wolken, der Piste, eines Lasters auf der Straße unten.

Ausgezeichnete Aufnahme eines Fuchses im Nebel.

Verschiedene Aufnahmen von Männern, die Material abladen, in den Bus steigen. Blicke. Hinten das Kettenfahrzeug und die Kabel.

Die Kamera folgt einem Mann.

Aufnahme von drei Jungs, die auf Dosen schießen. Dieselben Jungs am Straßenrand.

Mehrere Sequenzen der Piste und der hin und her fahrenden Laster, verschiedene Fahrzeuge.

Ton, Straßenatmosphäre, nicht synchron.

Serie vom Lager der Tramps. Aufnahme eines reglosen Pferdes. Bretterhütten.

Das Innere eines Wohnwagens.

Kamerafahrt, die Tramps, abends, am Feuer. Trübe Lichter.

Kamerafahrt, mit Brettern beladener Laster.

Im Speiseraum.

Das Sägewerk, die Sonne geht zwischen zwei Bergspitzen auf. Männer an den Lastern. Zoom zurück, bis sie im Nebel verschwinden.

Aufnahme einer Hand. Ein fallendes Blatt, es landet auf dem Wasser, wird von der Strömung mitgerissen, die Kamera folgt.

Drei Jäger gehen auf ein totes Wildschwein zu. Die Schuhe. Aufnahme des blutigen Rüssels.

Abschließender Zoom, die Kamera installiert auf dem Rücksitz des Wagens, die Bilder zittern.

Yvon nahm die Aufnahmen heraus, die sich wiederholten. Er nahm seine Uhr, stoppte die Minuten, er musste noch mehr kürzen.

»Du schimpfst wie dein Vater.«

»Nicht so viel wie er.«

»Genauso, sag ich dir.«

Er beschloss, für heute Schluss zu machen, er würde es später beenden. Er schaltete den Computer aus.

»Ich muss eine Arbeit abgeben … Ich soll über mich schreiben, meinen Werdegang, meine Werte … Ich habe von meinen Praktika erzählt, all das, aber die Werte, ich weiß nicht … Papa sagt, du könntest mir helfen …«

»Das sagt er?«

»Ja. Ich solle dich fragen.«

»Ganz schön dreist … Wie soll ich dir helfen? Das ist persönlich … Deine Werte, deine Überzeugungen … Wir haben nicht alle die gleichen.«

»Filmen, kann das ein Wert sein?«

»Filmen? … Ja … wenn du von dem Respekt sprichst, den du gegenüber demjenigen haben musst, den du aufnimmst … Nicht verraten, was du siehst … Nicht stehlen … Man muss darüber nachdenken, aber es gibt viel zu sagen … ja … das ist sogar ein interessantes Thema.«

Er schenkte mir ein schönes Lächeln. Er öffnete seine Umhängetasche, riss eine weiße Seite aus einem Spiralheft mit dem glatten Umschlag der Clairefontainehefte.

Er reichte mir das Blatt. Ahmte die Bewegung des Schreibens nach.

»Du machst mir einen kleinen Plan, These, Antithese, den ganzen Kram, und die entsprechenden Details … Wenn du das auch ein bisschen ausarbeiten könntest, denn ich …«

»Machst du Witze, Yvon?«

Er drückte einen Kuss auf meine Stirn. Ein paar Papierzacken lösten sich und fielen als Konfetti auf den Boden.

Montag, 17. Dezember

Am Montag musste die kleine Spanielhündin operiert werden. Ich hatte der Baronin versprochen, die Hündin in den Marktflecken zu bringen. Der Termin war vereinbart worden. Ich musste sie morgens sehr früh abgeben, die Baronin würde sie am späten Nachmittag wieder abholen. Ich ging in die Nacht hinaus. Scheußliches Wetter. Brutal. Schneidend. Kein Wind, aber beißende Kälte.

Die Schlaglöcher um das Sägewerk waren Spiegel.

Die Tramps rauchten im Schutz der Türen, ich hörte ihre groben Stimmen, ihr ordinäres Lachen.

Der Bus erwartete sie ein letztes Mal vor dem Speiseraum. Aufgrund der Kälte würden die Arbeiten eingestellt. Schon am Tag zuvor hatten sie Schwierigkeiten gehabt, die Winde in Gang zu setzen.

Ich nahm den Wagen.

Die Baronin erwartete mich am Tor. Das Glatteis verlieh den Scheinwerfern einen gefährlichen Glanz.

»Eine ideale Kombination, um aus einer Kurve rauszufliegen, die man nicht kennt …«, sagte die Baronin.

»Ich kenne alle Kurven.«

»Sei trotzdem vorsichtig.«

Ich nahm die kleine Spanielhündin in meine Arme. »Man wird dir den Bauch aufschneiden, damit du keine Jungen bekommen kannst«, flüsterte ich ihr ins Ohr. Während der ganzen Fahrt blieb sie auf dem Sitz still sitzen.

Ich gab sie rechtzeitig beim Tierarzt ab.

Der Himmel war sehr weiß. Es war kalt, Temperaturen nahe null Grad, und der Wind wirbelte die Tannennadeln herum, die Scheibenwischer fegten sie fort, doch andere kamen nach.

Ich hatte Angst, vom Schnee überrascht zu werden, deswegen hielt ich mich nicht weiter in der Stadt auf, ließ die Fotos 7, 8 und 9 der Serie ausdrucken und stieg wieder in den Wagen.

Auf der Rückfahrt verlangsamte ich die Geschwindigkeit an der großen Wiese vor dem Schild von Le Val-des-Seuls. Die Schneepflüge waren aus den Schuppen gefahren worden, die Scheinwerfer brannten, riesige Maschinen, umringt von geschäftigen Männern. Die Motoren liefen.

Jean saß auf der Raupe des Pistenfahrzeugs.

Als er mich sah, winkte er mir zu. Mit geschlossenen Füßen sprang er zu Boden. Er trug eine Fleecejacke und darüber eine wasserfeste Latzhose, wie Seeleute sie tragen. Schnürschuhe. In den Wintermonaten hatte er ein paar Nächte pro Woche Bereitschaft. Er walzte den Weg hinauf über Sourdeval, legte die Langlaufloipen über der Gemeinde an und fuhr anschließend weiter bis zum Steinhügel von Maldavie. Dort glättete er La Face, eine dunkle Piste, die steil zum benachbarten Wintersportort Les Essiers hinabführte. Er war einer der wenigen, die das tun konnten.

Er kam zu mir. Schmieröl hatte seine Kleidung verschmutzt, große schwarze Streifen auf dem Gelb, es sah aus wie Teer.

Er fragte mich, was ich bei einem solchen Wetter draußen mache, und ich erklärte ihm die Sache mit der kleinen Spanielhündin.

Sein Jeep stand da, im Innern sein Hund. Das Fenster war zwei Zentimeter geöffnet.

»Darf er nicht raus?«

»Es tut mir in der Seele weh, aber ich kann nicht auf ihn aufpassen.«

Wir gingen zu ihm.

»Wenn meine Frau da ist, lasse ich ihn zu Hause … aber wenn sie arbeitet, wäre er den ganzen Tag allein, das ist lang, deswegen nehme ich ihn manchmal mit. Abends lasse ich ihn laufen.«

»Können wir ihn rauslassen?«

»Fünf Minuten …«

Er öffnete die Wagentür. Es war wirklich ein schöner Hund, mit langem, sehr dickem Haar und einem treuen Blick. Sobald er draußen war, rannte er los.

»Wie heißt er?«

»Émilio. Er ist ein Schäferhund, ich habe ihn aus dem Hundeheim. Eigentlich war er ein Blindenhund, er ist in Versailles ausgebildet worden. Am Tag der Prüfung bellte er, weiß der Teufel, warum, und fiel durch. Als ich ihn in seinem Käfig gesehen habe, konnte ich ihn nicht dalassen.«

Der Hund rannte bis zum Schuppen, lief um ihn herum und dann die Wiese hinauf.

»In diesem Sommer fahren wir im Urlaub nach Italien, da muss ich ihn zehn Tage allein lassen. Meine Tochter wird kommen und sich um ihn kümmern … Er frisst nicht, wenn ich nicht da bin.«

»Der Sommer ist noch weit weg …«

»Na ja, Italien ist noch nicht endgültig.«

Jean holte sein Päckchen Zigaretten aus der Tasche. Er hatte Öl an den Fingern und auf den Handrücken. Er hatte auch welches unter den Nägeln.

»Soll ich?«

»Ja, gern.«

Er gab mir seine Streichhölzer. Ich hatte trockene Lippen, das Papier blieb etwas kleben.

Er machte einen langen Zug.

Der Hund kam zurück und schnüffelte an unseren Stiefeln.

»Schläft er im Haus?«

»Nein, aber ich hätte es gern. Er will nicht. Manchmal öffne ich ihm, rufe ihn, und er sieht mich an, als wollte er sagen, ich fühle mich draußen wohler ... Und um bei ihm zu sein, gehe ich dann raus.«

Als ich um die Schuppen herumfuhr, bin ich wohl über ein Stück Schrott gefahren, denn als ich nach Hause kam, war der Reifen platt. Das ärgerte mich, denn es war Emmas Wagen. Der Vater der Mädchen hatte mir in dem Jahr, in dem wir die Ferien im Nord-Finistère verbracht hatten, beigebracht, wie man einen Reifen wechselt.

Ich suchte den Reservereifen im Kofferraum. Unter dem Wagen. Marius trieb sich mit seinen Brüdern herum, sie kamen aus der Schule zum Mittagessen nach Hause.

Der Älteste deutete auf den vorderen Teil des Autos. Ich öffnete die Motorhaube. Der Reifen lag im Motor.

»Ich stell dich an, wenn du willst.«

»Ich bin doch nicht dein Lakai.«

»Und du?«, fragte ich und sah den zweiten an.

Er schüttelte den Kopf.

Marius trat von einem Fuß auf den anderen und entfernte sich von seinen Brüdern. Ich sah ihn kommen. Er ist leichter als mein Rad, dachte ich.

Seine Hand hing wie leblos an Ende seines Arms. Die gekrümmten Finger schienen die Form des Vogels bewahrt zu haben.

Er holte den Wagenheber aus dem Kofferraum. Die beiden anderen blieben zurück und beobachteten uns höhnisch lachend.

Mit seiner lebendigen Hand machte Marius die ersten Drehungen. Ich drehte weiter, bis der Reifen sich vom Boden löste. Um den Reservereifen herauszuholen, musste Marius auf die Stoßstange steigen.

Er fand den Nagel in dem kaputten Reifen. Am Ende waren seine kindlichen Handflächen schwarz, beide, die lebendige und die, die aufgegeben zu sein schien. Eine Hand, die eine Grabhöhle zu bilden schien.

Ich steckte ihm fünf Euro in die Tasche.

Seine Brüder kamen ganz ungezwungen näher.

»Du hast nicht zufällig eine Zigarette?«

Der Älteste hatte eng beieinander stehende Augen, er gab sich den Anschein eines Gangsterbosses. Ich fand ihn hässlich und anmaßend. Ich warf ihm ein Päckchen Kaugummi zu, das ich in der Tasche hatte.

Ich schloss die Motorhaube.

Er versetzte dem Reifen leichte Tritte.

»Du solltest den Reifendruck prüfen, er ist nicht sehr ausgeglichen. Und es fehlt bestimmt Luft… Außerdem solltest du dir Ketten besorgen, andernfalls könnte es in einer gefährlichen Kurve böse ausgehen, das wäre doch schade.«

Die Werkstatt war noch offen. Als er den Druck prüfte, bestätigte der Werkstattbesitzer, dass Luft in den Reifen fehlte, und füllte welche nach.

Den kaputten Reifen würde er reparieren, ich solle in ein paar Tagen wiederkommen.

Es war fast Mittag, als ich wieder zu Hause war. Ich ging sofort ans Fenster. Die Balkontür war geschlossen. Unmöglich zu wissen, ob die Kellnerin bereits wie gewöhnlich herausgekommen war, in diesem Fall müsste ich mich damit abfinden, dass die Serie eine Lücke aufweisen würde. Oder sie war noch nicht aufgetaucht, und in diesem Fall wäre alles wunderbar.

Die Uhr meines Handys zeigte 11:53 Uhr an.

Ich beobachtete den Vorhang. Nichts bewegte sich.

Keine Spur.

Kein Zeichen.

Ich hatte keine Möglichkeit zu erraten, ob die Kellnerin in ihrem Zimmer war oder ob sie dagewesen und weggegangen war und ob die Balkontür geöffnet und wieder geschlossen worden war.

Wenn nichts geschah, wäre die Serie durch einen Zweifel beeinträchtigt.

Ich wollte nicht riskieren, das Foto zu früh zu machen und die Kellnerin herauskommen zu sehen, nachdem ich es gemacht hätte. Ein einziges Foto pro Tag, zwischen elf und zwölf, es konnte keine zwei geben. Selbst ein unscharfes Foto durfte nicht noch mal gemacht werden.

Ich wartete.

11:57 Uhr.

11:58 Uhr.

11:59 Uhr.

Ich schoss das Foto drei Sekunden vor Mittag.

Als ich den Apparat weglegte, zeigte die Uhr 12:00.

Dieses Foto, das zehnte, war besonders und zerstörte die bis dahin bestehende Vollkommenheit der Serie.

Es schneite nicht, sondern regnete in Strömen. Einer dieser Regenfälle, die wie Schnee sind, ein plötzlicher Schauer, in dem, Ton in Ton, Gebirge und Himmel eins werden.

Ich arbeitete den ganzen Nachmittag. Begann über Yvons Aufsatz über die Werte, These und Antithese, nachzudenken.

»Ein Blaubeerkuchen, wie du ihn magst«, sagte ich zu Gaby. »Mit Limonade und der heutigen Zeitung.«

Ich stellte alles auf den Tisch.

Sie beugte sich über einen Topf, das Gesicht unter einem Geschirrtuch. Sie inhalierte Dämpfe, es roch nach Eukalyptus.

Sie hob den Kopf. Die Hitze färbte ihre Wangen rot.

»Das ist für die Bronchien …«

Sie schielte nach dem Karton. Hob den Deckel. Sah die dicke Schicht Blaubeeren.

»Gefüllt, wie ich es liebe«, murmelte sie.

Sie wollte mit dem Kuchen auf die Göre warten. Montags endete der Unterricht um fünf, und die Mutter einer Freundin brachte sie nach Hause, das ersparte ihr das lange Warten auf den Bus, und es war eine Gewohnheit.

Ich stellte den Kuchen in den Kühlschrank.

Ich gab ihr den Umschlag des alten Sam, der das Geld für die Pinsel enthielt. Ich traute mich nicht, ihr zu sagen, dass niemand ihre Pinsel *natürlich extradünn* wollte, dass die Haare ihrer Eichhörnchen niemals etwas malen würden und dass sie besser ihre Käfige öffnen sollte.

Ich stellte mich ans Fenster. Wasser perlte über die nördliche Wand, als würde sie schwitzen. Wenn der Fluss über die Ufer tritt, ist es hier ein Albtraum, das Gelände wird zu einem See, der Boden fault, und die Tür verzieht sich. Im letzten Frühjahr hatten die Linsensamen zwischen den Brettern gekeimt.

Der Onkel stand unter dem Vordach seines Hauses gegenüber von uns, er starrte zum Bungalow hinüber.

»Er hat seine Motorsäge seit Tagen nicht mehr gesehen«, sagte Gaby und wischte sich den Dampf ab. »Er glaubt, jemand hat sie ihm gestohlen. Was sollte ich mit seiner Motorsäge anfangen?«

Die Zeitung war eine Lokalzeitung, nur Nachrichten aus der Gegend. Sie öffnete sie auf der vorletzten Seite und warf einen Blick auf den Wetterbericht. Das Horoskop. Sie las ihres.

Sie hob den Kopf.

»Was bist du noch gleich? Waage, letzte Deka…«

Sie suchte in den Spalten.

»›Liebe: Venus wird Sie heute nicht entflammen, bleiben Sie liebenswürdig und nutzen Sie das, um mit Ihrer Arbeit voranzukommen.‹«

Sie lächelte, bevor sie weiterlas:

»›Familie: Sie leiden unter den familiären Zwängen, und das könnte Sie ein wenig bekümmern. Bekämpfen Sie ihre Neigung, sich in Nebensächlichkeiten und leerem Geschwätz zu verlieren.‹«

Sie fuhr mit dem Finger an der Spalte entlang.

»Mein Ludo ist Steinbock.«

Sie las stumm die ihrem Mann vorhergesagte Zukunft.

»Es gibt welche, die behaupten, sie hätten ihn in Chambéry gesehen.«

»Ich weiß …«

»Neulich im Besucherzimmer hat er mir nicht gesagt, dass er rauskäme. Aber so ist Ludo, er sagt nicht, was Sache ist.«

Sie blätterte die Seiten um. Übersprang die Artikel mit der internationalen Politik.

»Er muss einen Straferlass bekommen haben … Er wird seine Angelegenheiten regeln und zurückkommen.«

Ludos Tasche lag unter dem Bett mit den sauberen Sachen darin.

»Du solltest in Varcès anrufen.«

Sie wischte die Idee mit dem Handrücken fort.

Sie lächelte sanft.

»Bald ist Weihnachten, er will mich überraschen …«

Sie setzte ihre Lektüre fort, ruhig, voller Vertrauen, über die Seiten gebeugt, ihre großen Arme ineinander verschränkt. Sie kommentierte die Lokalnachrichten aus Le Val und den umliegenden Dörfern.

Das Kaninchen war unter dem Tisch, es hoppelte in abrupten Sätzen umher und schlug den Boden mit seinen Hinterpfoten. Ein Scheuertuch hing über der Wäscheleine.

Der Onkel war noch immer in seinem Hof.

»Glaubst du, er weiß, dass Curtil zurückkommt?«

Gaby blickte von ihrem Artikel auf.

»Der Onkel? Er weiß alles.«

»Ich frage mich, wie du es erträgst, ihn jeden Tag zu sehen.«

Sie zuckte die Achseln. Vertiefte sich wieder in ihre Zeitung.

Eine große, etwas schmutzige Bürste lag auf dem Regalbrett aus Glas. An der Kühlschranktür hingen Fotos: die Göre auf einem kleinen Rad, die Göre mit ihrem Schulranzen, ein Porträt von ihr als Schülerin mit Zahnspange, die ihr ein metallisches Lächeln verlieh. Ein Foto von Ludo am Steuer eines Wagens. Ein anderes von ihm mit seinem kleinen Schnurrbart in einer Straße in der Stadt. Ein Herz aus Blumen. Die Pastellzeichnung eines dunklen Wohnhauses, fünf Stockwerke mit Antennen, zahlreichen Fenstern und ein paar Balkons.

»Hat die Göre diese Zeichnung gemacht?«

»Ja.«

»Wo ist das?«

»Keine Ahnung.«

»Das sieht nicht nach hier aus.«

Der Strich war dunkel. Die Straße breit, menschenleer. Die Mauern mit Kreide geschwärzt.

»Hast du gesehen, sie hat ein Kreuz auf ein Fenster gemacht…«

Gaby las die vermischten Nachrichten, den Kopf auf die Hand gestützt.

»Das ist kein Kreuz, das ist ein Balkon.«

Sie richtete sich auf.

»Lauter Wichtigtuer«, schimpfte sie und deutete mit dem Finger auf ein Foto ehemaliger Minister, die jetzt in der Opposition waren. »Wählst du die etwa?«

»Nein.«

»Wen wählst du?«

»Ich wähle nicht mehr.«

Eines der Eichhörnchen drehte sich in seinem Rad. Ein anderes biss in die Gitterstäbe.

Ich wandte mich wieder den Fotos zu. Die Zeichnung dieser düsteren Stadt erinnerte mich an die Armenviertel von Saint-Étienne.

»Setz dich endlich!«, sagte Gaby, die es nervös machte, dass ich auf so engem Raum hin und her lief.

Sie schob den Stuhl mit ihrem Fuß unter den Tisch. Der Stuhl glitt über das Linoleum. Ich hielt ihn fest, bevor er kippte.

Sie schloss die Zeitung. Stand auf und schaute nach den Eichhörnchen.

»Nachts schnarchen sie«, sagte sie, »eines schnurrt sogar … Der Wald fehlt ihnen. Die Langeweile tötet Menschen wie Tiere.«

»Stellst du, wenn du weggehst, deswegen den Fernseher für sie an?«

»Deswegen, ja … Diejenigen, die stark sind, gewöhnen sich ein, aber auch sie krepieren irgendwann, und ich muss dauernd neue fangen.«

Ich dachte an die Pinsel in der Vitrine.

Gaby ging zur Spüle. Sie war groß. An einem so kleinen Ort zu leben, zwang sie zu langsamen Bewegungen.

Die Sauerstoffflasche stand neben ihrem Bett, die Maske lag auf dem Kopfkissen.

»Hast du sie heute schon gebraucht?«, fragte ich.

»Der Nebel ist für niemanden gut.«

Sie drehte sich um. Jemand näherte sich. Wir glaubten, es wäre die Göre, doch es war die Baronin, sie kam mit der kleinen Spanielhündin aus der Stadt zurück. Die Operation war gut verlaufen.

Sie wollte nicht bleiben, sie wollte mir nur sagen, dass der Maurer die Farben gebracht habe und ich kommen könne, um den Wagen zu bemalen.

»Aber wir trinken wenigstens noch eine Limonade«, sagte Gaby.

Sie servierte sie in kleinen, mit Abziehbildchen geschmückten Senfgläsern. Wir sprachen über den Wagen und diesen verdammten Winter, in dem es auf gefrorene Böden schneien würde. Wir sprachen über die Nachbarwiese und den Umzug.

»Ich werde an den Präsidenten schreiben«, sagte Gaby. «Er muss wissen, wie wir hier leben.«

»Das ist ihm egal«, sagte die Baronin.

»Ich werde ihm schreiben, dass ich ihn gewählt habe, und werde ihm danken.«

»Du willst ihm danken? Und wofür?!!! Er wird deinen Brief nicht mal zu sehen bekommen.«

»Angeblich liest er seine ganze Post.«

Die Baronin zuckte die Achseln.

»*Angeblich* hat er noch nie ein Mädchen aus der Scheiße geholt, denn das wüsste man!«

Gaby ließ sich nicht beirren.

»Angeblich ist er auch mitfühlend.«

Die Baronin trank ihre Limonade und stellte das Glas zurück.

»Mitgefühl ist eine Tugend. Die Bedeutung des Teilens kommt aus dem Lateinischen, *cum patior*, ich leide mit … und *patheia*, griechisch, Sympathie … *Patior, pati, passus sum*, erdulden, erleiden, das ist dieselbe Wurzel. *Passio* ist das Leiden. Mit all dem ist man nicht weit weg vom Mitleid.«

Gaby und ich sahen uns an.

»Die Reste einer Erziehung bei den Nonnen«, sagte die Baronin, als wollte sie sich entschuldigen.

Gaby war das Latein herzlich egal, sie träumte hinter ihrer trotzigen Stirn von einem richtigen Haus, und daher öffnete sie die Schublade.

Die Göre kam herein, als sie den Briefkopf auf ein Blatt Papier schrieb. Sie stellte ihre Schultasche auf den Boden, nahm ihre Strickmütze ab und setzte sich zwischen uns.

Gaby hörte auf zu schreiben. Wir aßen den Kuchen. Bekamen blaue Zähne von den Blaubeeren. Die Baronin tupfte sich die Mundwinkel mit ihrem Taschentuch ab.

Gaby stieß mich mit dem Ellbogen an.

»Das ist eine Baronin, hast du gesehen, sie hat gute Manieren … Sie ist mit Lackstiefeln geboren worden!«

Die Göre lächelte. Sie aß die Blaubeeren, die am Karton klebten.

Gaby zwinkerte mir zu.

Die Baronin ignorierte sie. Sie müsse gehen.

»Hast du Schwestern?«, fragte ich sie.

»Nein. Nur Brüder.«

Sie stand auf. Gaby entfernte die Kappe von ihrem Füller.

»Pass auf das Kaninchen auf, wenn du rausgehst!«

Gaby zeigte es ihr, es hockte zwischen Bett und Sofa und starrte auf die Tür.

»Es ist schlachtreif, wir suchen jemanden, der es tötet.«

Die Baronin musterte uns, Gaby und mich.

»Derjenige, der Fleisch isst, muss das Tier töten«, sagte sie. »Die anderen sind nichts als Feiglinge.«

Ich aß mit Gaby in der *Lanterne* zu Abend. Keine Menüauswahl, ein einziges Hauptgericht, nur das notwendigste Besteck. Rotwein in der Karaffe. Als Vorspeise Hors-d'œuvres nach Belieben, jeder musste sich selbst bedienen. Es war reichlich und nicht teuer. Überraschend.

Yvon bediente sich am Buffet. Solange Emma nicht da war, aß auch er abends hier. Er setzte sich zu uns mit einem Teller, der fast überquoll.

Diego war in seinem Element. Sein Paradies waren die Herde, das prasselnde Bratfett, das brutzelnde Fleisch. Er pflegte zu sagen: »Bevor das Essen Geschmack ist, ist es Musik!« Er sprach vom Zittern der Sauce, vom Fleisch, das sang, vom Summen der Eier.

Alle lachten. Man nannte ihn einen Dichter.

Er brachte Yvon eine Cola.

»Du solltest meine Gratins filmen, Junge!«

»Mein Thema ist die Piste, nicht deine Küche.«

»Die Piste und meine Küche, das gehört zusammen! Wie sollen die Männer mit leerem Bauch arbeiten? Sie essen, was ich für sie koche, und weißt du auch, warum? Wir hören Mozart, während wir unser Gemüse schälen. Stimmt's nicht, Francky?«

Francky drehte den Kopf.

»Stimmt's nicht was?«

»Dass wir Mozart hören!«

Francky bestätigte es.

Diego legte Gaby die Hand auf die Schulter.

»Alles okay? Hast du alles, was du brauchst?«

Sie sagte, es sei alles in Ordnung.

Zwei Tische weiter erzählte ein Typ, gebaut wie ein Sattelschlepper, unanständige Witze, über die niemand lachte.

Wir aßen die Vorspeisen und das Hauptgericht.

Gaby saß stumm da.

»Hast du zufällig ein Aspirin?«, fragte sie mich schließlich.

Ich hatte keins dabei. Sie umklammerte die Tischkante, richtete sich dann wieder auf und verließ den Tisch, um zu den anderen zu schauen. Sie ging von einem Kerl zum nächsten, schlug ihm auf die Schulter, machte so die Runde, bis einer mit Bart ein Röhrchen aus seiner Tasche holte.

Sie kam zu uns zurück.

Ein Rothaariger erzählte, Bucks Sohn habe in seiner Garage einen Schrank zusammengebaut, er habe ein paar Tage dafür gebraucht. Als er ihn in die Küche habe bringen wollen, sei es unmöglich gewesen, und er habe von vorn anfangen müssen.

Wir lachten alle, denn wir kannten Bucks Sohn.

»Er hat gefehlt, als Gott das Gehirn in die Schädel der Menschen getan hat«, sagte Gaby.

»Oder er war beim Militärdienst …«

»Und als er vortrat, um seinen Anteil zu verlangen, waren nur noch Krümel übrig.«

»Krümel sind besser als nichts«, sagte Diego und brachte Brotkörbe.

Alle scherzten, es tat gut.

»Krümel sind besser als nichts«, wiederholte Gaby.

Sie lachte ganz leise und wiegte den Kopf.

Sie stand auf und zog ihren Mantel an.

Als sie an der Tür war, lachte sie noch immer.

Diego kam und räumte ihren Teller ab.

»Die Königin kehrt in ihr Reich zurück«, murmelte er und blickte ihr nach.

Dienstag, 18. Dezember

Ein normaler Vormittag. Die Übersetzung machte gute Fortschritte, aber ich konnte noch nicht sagen, ob ich den Text in der vorgegebenen Zeit würde abgeben können.

Um elf öffnete die Kellnerin ihren Fensterladen. Sie trug eine dunkle Hose und einen weißen Pullover. Die Laken waren dieselben wie am Vortag.

Philippe hatte vor Franckys Bar geparkt. Ich überquerte die Straße, ich wollte ein Glas mit ihm trinken. Ich wollte ihm auch von dem Platten erzählen.

Ich nahm das Buch.

Ein Glas mit mir zu trinken, dafür hatte er keine Zeit.

Was den Reifen betraf, meinte er, das könne passieren.

Ich wählte einen Platz zwei Tische weiter. Ich las ein Kapitel und wartete auf den Lieferwagen des Bäckers.

Am Tresen erzählte ein Stammgast, eine Frau aus dem Weiler Les Houches habe telefoniert, um seine Mutter anzuzeigen, die halbnackt das Haus verlassen habe.

»Und?«, fragte Francky.

»Und nichts. Nur so.«

Ein anderer wagte sich vor. Seit einiger Zeit hinterlasse sein Nachbar obszöne Nachrichten auf seinem Anrufbeantworter, und deswegen habe er das Gleiche bei ihm gemacht.

»Ich erzähle es euch deshalb, damit ihr nicht denkt, ich hätte damit angefangen.«

Francky nickte, die anderen ebenfalls.

Philippe hörte zu, ohne von seinen Papieren aufzublicken.

Eine Frau stand in der Ecke des Raums, sie wartete darauf, mit ihm reden zu können.

Die alten Frauen hier sagen, die Kinder würden während der kalten Monate nicht wachsen, doch sobald es Frühling würde, holten sie ihre Zentimeter nach. Sie sagen auch, die Alten würden nicht mehr sterben, aber sie würden krumm, vertrockneten, würden kalzinierten Bäumen ähnlich.

Die Frau in der Ecke rang die Hände. Ihr Mann würde verrückt wegen dieser Pistengeschichte, vertraute sie Philippe an, als sie ihn endlich ansprechen konnte, und zwar wegen seiner Scheune, anscheinend wolle man sie ihm wegnehmen, um einen Mast zu errichten. Sie fügte hinzu, es sei dringend notwendig, ihm nicht zu erlauben, all diese Patronen zu Hause zu haben, denn sonst würde es noch ein dramatisches Ende nehmen.

»Ich bin kein Bulle«, knurrte Philippe.

Sie bestand auf ihrer Bitte.

Er sagte, er würde vorbeikommen.

»Die Entscheidungen werden oben getroffen und treffen die, die unten sind«, sagte die Frau, bevor sie hinausging.

Ein alter Mann kam, um anzuzeigen, dass in seinen Garten geschossen worden sei, er habe bereits acht Kugeln gezählt und wisse nicht, von wem sie kämen. Er hatte die Kugeln mitgebracht, um sie herzuzeigen. Er wollte, dass Philippe sie behalte.

»All das, weil ich günstig gelegene Grundstücke habe, das weckt Neid.«

Die Stimmung bei Francky war aufgeheizt.

Am Tresen wurde alles kommentiert, was gesagt wurde, der üble Klatsch, der Streit, der Hass, man wollte sich kein Wort entgehen lassen, es war besser als die Morgenzeitung. Sie sprachen über die noch lebenden Kälber, die die Wilderer über die Grenze brachten. Um sie zu töten, blendete man sie angeblich mit einer Lampe und schoss ihnen eine Kugel zwischen die Augen.

Der Lieferwagen des Bäckers parkte auf dem Parkplatz. Er kam zweimal in der Woche herauf nach Le Val. Ich brauchte Brot. Ich ging hinaus. Stellte mich in die Schlange.

Am Nachmittag nahm ich mir einen Augenblick Zeit, um mir Gedanken über Yvons Aufsatz zu machen.

Danach ging ich ins Hundeheim. Das Wasser in den Näpfen war gefroren, und die Hunde hatten Durst. Die Baronin war dabei, das Eis zu zerschlagen, sie gab den Tieren Wasser. Die Hunde tranken, und sie stand daneben und wartete, dass sie ihren Durst stillten, bis zum Hals eingemummelt in eine rosa Daunenjacke. Die Kälte färbte ihr Gesicht rot.

Eine Hündin kläffte in ihrem Käfig, ein anhänglicher Mischling, der dreimal adoptiert worden war und jedes Mal von seinen neuen Besitzern weggelaufen war.

»Sie ist heute Morgen schon wieder zurückgekommen«, sagte die Baronin, »wenn sie so weitermacht, wird sie noch hinter Gittern enden.«

Sie freute sich, dass ich gekommen war, um den Wagen zu bemalen. Sie ließ alles stehen und liegen und begleitete mich zur Garage.

Auf dem Weg dahin machte sie Poum los.

Das Gerüst des Wagens war mit einer zweiten Schicht weißer Farbe bedeckt worden.

Die Baronin ging um ihn herum, im Geiste entwarf sie bereits Bemalungen für ihn. Unter ihrem Blouson trug sie eine grüne Jacke.

»Ich habe einen Kittel und Lappen für dich bereitgelegt.«

Sie konnte nicht bleiben, es gebe noch Hunde, denen sie zu trinken geben müsse.

Sie öffnete die Plane einen Spalt.

Sie drehte sich um.

»Große Hunde, damit man sie von weitem sieht… Ich werde dir einen Kaffee bringen.«

Die Farbtöpfe standen auf der Werkbank. Ich öffnete die Deckel mit der Spitze eines Schraubenziehers. Die Farben waren mit einer dicken Haut bedeckt.

Ich zog den Kittel an. Die zweite Schicht Weiß hatte die Oberfläche des Holzes geglättet. Ich begann zu malen. Ein erster Hund und dann ein zweiter. Ich schmückte eine ganze Seite des Wagens.

In meiner Kindheit hatten wir eine Katze, sie hatte einen eigenartigen Blick, verschiedenfarbige Augen. Wenn sie im Winter die Kälte satt hatte, kratzte sie an den Türen. Unsere Mutter sagte, sie hätte wohl geglaubt, dahinter sei die Sonne, im Garten wäre es zwangsläufig immer Sommer.

Ich zeichnete die Katze in eine Ecke.

Ich malte weitere Hunde auf die andere Seite, in lebhaften Farben, die schnell trockneten, es war kalt, ich zog meine Handschuhe an. Ich zeichnete das Pferd und den Hund Poum, was sich anbot, weil er in die Garage gekommen war und mich regungslos anstarrte.

Die Baronin brachte Kaffee in zwei Tassen. Sofort erkannte sie Poum unter all den gezeichneten Hunden.

Am Ende des Tages, nach achtzehn Uhr, es regnete erneut, stieg ich wieder in den Wagen. Er war dunkel. Kalt. Die Straße glänzte im Licht der Scheinwerfer.

Ich wollte die Notizen, die ich für Yvons Aufsatz gemacht hatte, zu Philippe bringen.

Der Schulbus fuhr vor mir, er hielt am Wartehäuschen, Schüler stiegen aus. Sobald sie draußen waren, prasselte der Regen auf sie herunter.

Ich erkannte die Göre, sie schien es nicht eilig zu haben, die Kapuze über der Stirn und die Turnschuhe in den Pfützen.

Ich hupte. Als sie mich sah, drehte sie den Kopf, ihr Gesicht war wunderschön im Regen. Sie sprang auf den Sitz.

»In zwei Minuten bist du im Warmen«, sagte ich.

Die Scheibenwischer kämpften gegen das Wasser. Die Tropfen zitterten auf den Scheiben. Selbst mit dem Fernlicht war es schwer, die Straße zu sehen.

Ich erzählte ihr von der Wasserscheide dort oben, der Bestimmung der Tropfen, das Mittelmeer auf der einen Seite oder die Adria.

Sie hörte mir zu, während sie einem Tropfen mit dem Finger folgte, einem dieser neugierigen Tropfen, die die Scheiben hinaufsteigen, anstatt hinabzugleiten.

»Und die Noten, alles in Ordnung?«

»Alles in Ordnung.

»Es ist das Abitur in Französisch … Hast du abends viel Hausaufgaben?«

»Ziemlich …«

»Und liest du?«

»Ein wenig.«

»Was steht auf dem Lehrplan?«

»Rimbaud, Voltaire und die anderen …«

»Und weißt du, was du später machen willst?«

Sie wusste es nicht. Sie verfolgte weiter den zitternden Aufstieg der Tropfen.

Ich fühlte mich lächerlich mit meinen Fragen. Dennoch versuchte ich noch eine letzte.

»Und was wünschst du dir zu Weihnachten?«

Auch das wusste sie nicht.

Ich parkte vor dem Bungalow. Von der Scheibe fielen die Tropfen, die hinaufgestiegen waren, herab.

Die Göre nahm ihre Tasche. Sie sah mich an.

»Ist dir schon einmal aufgefallen, dass in den Kriegsfilmen die Pferde auf den Schlachtfeldern nicht sterben? Die Männer ja, aber die Pferde rappeln sich immer wieder hoch … Als würden diejenigen, die sie filmen, sich nicht trauen, sie sterben zu lassen.«

Bevor sie ausstieg, sagte sie mir, eines Tages würde sie ein eigenes Pferd haben.

Ich fuhr zu Philippe. Buck hatte ihm Holz geliefert, und er spaltete die Scheite mit der Maschine. Der Motor war laut, Philippe hörte mich nicht kommen. Seit Mamas Tod war er ein bisschen gealtert. Er hatte graue Haare bekommen, und die Haut seiner Wangen wirkte trockener. Aber es war etwas anderes, was mir auffiel. Das Leuchten in seinen Augen, die verrückte Jugend waren aus seinem Gesicht verschwunden.

Mein Körper hatte sich ebenfalls verändert, die Tatsache, dass der Vater der Mädchen mich verlassen hatte, hatte ihn ausgelaugt. Zu wissen, dass die Zeit vergeht, ist nicht alles. Philippe war die stämmigere Ausgabe von Curtil. Als Kinder kämpften wir manchmal miteinander. Ich war das Kind in der Mitte, eingeklemmt zwischen ihm und Gaby. Isoliert. Haben drei Geschwister es schwerer als andere Geschwisterkonstellationen?

Als Philippe mich sah, bat er mich, ins Haus zu kommen und Feuer im Kamin zu machen.

Ich ging im Regen über den Hof.

Zu beiden Seiten des Kamins waren Scheite und Reisig

aufgeschichtet. Ich zerknüllte Zeitungspapier und schob die Kugeln unter ein Reisigbündel. Ich riss mehrere Streichhölzer an. Das erste zerbrach. Das Papier war zu fest zusammengepresst, es brannte nicht richtig. Vielleicht lag es aber auch daran, dass ich nicht gern Feuer entfachte.

Als Philippe hereinkam, brannte es immer noch nicht. Er zog seinen Parka aus. Darunter trug er eins seiner schrecklichen Polohemden mit den runden Krägen, die er nur anzog, wenn Emma nicht da war.

Er entzündete das Papier, ein einziges Streichholz genügte bei ihm, fügte Reisig hinzu, und es brannte.

»Das kannst du Yvon geben«, sagte ich und reichte ihm das Blatt Papier, auf das ich meine Ideen geschrieben hatte.

Er fragte mich nicht, was es war. Vermutlich wusste er es. Mir kam es vor, als lächelte er.

Die aktuelle Zeitung lag auf dem Tisch, ich blätterte sie durch.

»Und Emma?«

»Was, Emma?«

»Kommt sie nicht zurück?«

Er seufzte.

»Emma wünscht sich Urlaub … dass ich sie hier raushole, dass wir ein bisschen wegfahren, sie sagt, das Leben vergeht so schnell … Wo soll ich mit ihr hinfahren, hm?«

»Keine Ahnung. Die Welt ist groß.«

Er legte ein Scheit in die Flammen, ein zweites darüber.

»Sie hat Vorstellungen, ich kann dir sagen …«

Ein Aschepartikel flog auf den Fliesenboden, rot, glühend, es leuchtete ein paar Sekunden, bevor es erlosch.

»Fahr mit ihr nach Berlin.«

»Was sollen wir in Berlin?«

Ich hob das Aschepartikel auf, das erkaltet war.

Ich ging im Zimmer umher. Das Poster mit dem Sonnenuntergang, die Kiefernmöbel, die Sammlung alter Kaffeemühlen und die runde Plastikuhr, zwischen deren Zeiger eine Bretonin mit Haube gemalt war.

»Und Venedig? Venedig ist schön, dorthin kannst du mit ihr fahren, es gibt Gondeln, Gondolieri, und es ist nicht weit.«

»In Venedig sind zu viele Menschen.«

»Und Barcelona?«

»Barcelona? Da ist es heiß, das wird sie nicht mögen.«

»Dann fahr mit ihr nach Jakutsk…«

»Jakutsk?«

»In Sibirien, dort stören dich keine Leute, und sie wird sich bestimmt nicht über die Hitze beschweren.«

Ich hätte am liebsten gelacht. Ich biss mir auf die Lippe.

Philippe zuckte die Achseln.

»Ja, mach dich nur lustig!«

Er krempelte den Ärmel seines Hemds hoch. Ein Heftpflaster klebte in der Armbeuge.

»Könntest du mir das abmachen?«

»Was ist das?«

»Eine Blutabnahme… Eine Untersuchung.«

Ich kratzte mit dem Fingernagel darüber. Das Heftpflaster klebte fest an der Haut.

»Cholesterin?«

»Ein wenig…«

»Gutes oder schlechtes?«

»Keine Ahnung. Könntest du dich bitte beeilen?!!«

Ich zog eine Ecke hoch.

»Du solltest weniger Croissants essen.«

Er knurrte.

Es gelang mir, eine ausreichend große Ecke zu lösen. Ich zog mit einem schnellen Ruck. Das Pflaster hinterließ einen schwarzen Rand auf der Haut. Eine rote Stelle dort, wo ich gekratzt hatte.

Ich faltete das Pflaster zusammen und warf es ins Feuer.

Am Abend hatte ich keine Lust, bei Francky zu essen. Ich machte mir einen Kartoffelsalat mit Schinkenstücken und schlug zwei Eier über getrocknete Champignons, die ich im Tante-Emma-Laden gekauft hatte.

Ich bekam eine SMS von Yvon, der mir für den Aufsatz dankte.

Mittwoch, 19. Dezember

Franckys Kellnerin ging auf ihren Balkon hinaus, aber sie war nicht allein. Ein Mann schmiegte sich an ihren Rücken, schlang seine Arme um ihren Bauch, die Hände unter ihrem Pullover, sie lachte aus vollem Hals und brachte es nicht fertig, das grüne Laken auszuschütteln, das sie an sich drückte.

Sie hatte Girlanden ans Fenster gehängt. Am Baum hingen noch ein paar Blätter.

Ich nahm sie ins Visier.

Der Vater der Mädchen und ich, wir hatten anfangs ebenfalls unsere weißen Hälse langsam aneinandergepresst wie Schlangen.

Ich machte das Foto von ihr mit den Girlanden am Fenster, dem vergrabenen Gesicht des Mannes und dem Laken in ihren Händen.

Ich kaufte Orangensaft und Sesamkekse im Tante-Emma-Laden. Ich nahm auch ein paar Früchte und die Marshmallowschnüre, die die Baronin bestellt hatte, zwei volle Kartons für den Umzug, ich hatte ihr versprochen, sie für sie abzuholen.

Ich stellte die Marshmallowtüten auf den Tisch der Baronin und ging in die Garage, um die Ausgestaltung des Wagens fortzusetzen. Es war mitten am Nachmittag.

Mein Kittel lag dort, wo ich ihn hingelegt hatte.

Ich zeichnete die Umrisse der Tiere schwarz nach, die Pfoten, die Krallen, die Falten auf der Stirn und auch die Gelenkfalten. Ich kreiste alles ein.

Die Baronin setzte sich auf die Kiste. Sie trug ein dickes, langes Kleid, das an der Taille von einem Stoffstreifen zusammengeschnürt wurde, eine Wollstrumpfhose und eine Mütze, sie sah damit aus wie der heilige Franz von Assisi.

»Eine schöne Arbeit«, murmelte sie. »Und Gaby, wie geht's ihr?«

»Einigermaßen.«

Keiner von uns beiden erwähnte Ludo und das Gerücht, das über ihn in Umlauf war. Sie erzählte mir von einem Wolf, der um das Heim herumstrich und ihre Hunde bellen ließ.

»Ein Wolf, der sich in eine Hündin verliebt hat«, sagte sie. »Im letzten Monat ist er unter dem Gitter durchgekrochen. Wir werden mit Sicherheit Mischlinge bekommen.«

»Blut von zwei Rassen, ist das möglich?«

»Ja… Wie Pferd und Esel. Wenn sie zusammen Junge bekommen, ergibt das Maulesel.«

Sechs Tage vor Weihnachten hatte sie noch immer nichts bezüglich der Nachbarwiese gehört.

»Ich weiß nicht, was ich davon halten soll…«

Im Rathaus hatte man ihr versichert, dass ihre Anfrage in der Präfektur geprüft werde, sie fand, dass es schon ziemlich lange dauerte, und wurde langsam unruhig.

In einer Ecke waren Teppichbodenplatten aufeinandergestapelt. Sie begann sie mit einer Schere zu zerschneiden, sie wollte sie vor die Hundehütten kleben, um die Hunde vor dem Wind zu schützen.

»Wir machen am Mittwoch ein kleines Weihnachtsessen, wenn du kommen willst… Es werden zwei, drei Freunde da sein… Jeder bringt mit, was er will.«

»Wird Gaby da sein?«

»Ich weiß nicht. Sie sagt, dass sie abends nicht mehr ausgehen will.«

Zwei Frauen kamen herein, die Arme voller Krepppapierrollen. Kartons, aus denen Blumen und Girlanden quollen. Sie stellten alles auf einen Tisch auf Böcken. Sie begannen, Eisendrähte um die Blumen zu wickeln. Ihr Schwatzen vermischte sich mit dem Klappern der Schere der Baronin. Dem Reiben meines Pinsels.

Ich zog die Umrisse des Pferdes schwarz nach. Die langen Beine und die Hufe, die Wellen der Mähne und den geschwungenen Schweif. Marsschwarz, das die Farben zum Leuchten brachte.

»Das ist keine Schmeichelei«, sagte die Baronin, »aber niemand sonst hätte das so schön hingekriegt wie du.«

Die beiden Frauen unterbrachen ihr Plaudern. Sie wandten den Kopf. Kommentierten leise das Kompliment, das durch das Wort »Schmeichelei« noch verstärkt wurde.

Dann wandten sie sich wieder ihren Blumen und dem Krepp zu.

Der Teppichboden war so dick, dass der Baronin die Finger wehtaten, ihn zu schneiden war nicht leicht, sie rieb die Hände an ihrem Franz-von-Assisi-Kleid.

»Bist du eine echte Baronin?«, fragte ich leise.

»Eine echte.«

»Aber dein Vater, was für ein Baron ist er?«

»Ein Baron wie alle Barone … Lucien de Meaux, Chevalier der Ehrenlegion, achtundachtzig am 22. Februar. Die Baronin Marie-Françoise de Meaux, dreiundachtzig am 6. März. Ihre Kinder, Baron und Baronin Michel de Meaux, Régis und Lucie de Meaux, Patrick und Catherine de Meaux, Clothilde de Meaux, ich, deine ergebene Dienerin … und ihre sieben Enkelkinder, Victor, Annabelle, Baptiste, Alice, Loïc, Aliénor, Éloïse.«

Sie holte Luft.

»Sie haben eine Familiengruft auf dem Père Lachaise.«

Sie nahm die Teppichbodenstücke und drückte sie an ihre Kutte.

»Ich bin die Erbin, wenn der Alte stirbt, werde ich sie zwingen, das Schloss zu verkaufen.«

Eine abschließende Bemerkung, die sie ohne Triumph geäußert hatte. Sie verließ ihren Platz.

Ich war fast fertig. Ich musste nur noch die Hohlbuchstaben *La Cour des Miracles* schwarz markieren. Es war kalt. Meine Finger zitterten.

Ich reinigte die Pinsel.

»Ich mache den Rest morgen.«

Die beiden Frauen rollten ein Laken um den Wagen und nagelten es fest, um die Räder zu verdecken. Unmittelbar danach hörten wir ein Motorengeräusch, und die Hunde fingen an zu bellen.

Wir gingen hinaus.

Es war Diego, der den Traktor brachte.

Gaby stand in der Tür, sie hatte ihr kleines Zusatzheizgerät nach draußen gebracht. Um die Gerüche zu vermeiden, stellte sie es draußen an.

»Wo kommst du bei dieser Kälte her?«

»Aus dem Hundeheim … Wir haben den Wagen bemalt.«

Wäsche trocknete auf der Leine, sie hatte vergessen, sie reinzubringen, das Laken war steifgefroren, der Stoff war hart wie Pappe.

Marius schaukelte auf einem der Sitze der Schaukel und gab ihm etwas Schwung in beide Richtungen, ohne dabei wirklich zu schaukeln.

»Seit einer Stunde sitzt er da«, sagte Gaby und betrachtete

ihn. »Was ist plötzlich los mit ihm? Ich werde ihn mit Fußtritten verjagen.«

»Lass ihn, er ist ein Junge.«

»Das ist das Blut der Bösen!«, knurrte sie. »Und das Blut der Bösen vererbt sich bis in die siebte Generation.«

Seit dem Brand ließ sie sich nicht davon abbringen, dass der Onkel ein Verfluchter war wie jeder, der von ihm abstammte, und sie hatte geschworen, dass es keine Verzeihung gäbe, solange sie lebte.

Sie brachte das Heizgerät in den Bungalow zurück. Die Göre beendete eine Hausaufgabe, ein Fragebogen über die Meere und Ozeane. Bis zu den Weihnachtsferien waren es noch zwei Tage Schule.

»Du solltest dich nicht mit ihm anfreunden«, sagte Gaby.

Die Göre blickte nicht auf.

»Ich freunde mich nicht an, er ist es, der kommt.«

»Du solltest ihm sagen, dass das hier nicht sein Zuhause ist.«

»Man kann ihm nicht verbieten, die Straße zu überqueren … und die Schaukel gehört nicht uns.«

»Die Schaukel gehört niemandem«, sagte Gaby.

»Eben«, erwiderte die Göre.

Gaby brummte vor sich hin.

»Du kannst sagen, was du willst, der Apfel fällt nicht weit vom Stamm.«

»Wirst du ihm denn niemals verzeihen?«, fragte ich.

»Doch, wenn die Hühner pissen.«

»Warum sagst du das? Pissen Hühner nicht?«

Die Göre lächelte.

Gaby nicht.

Die Göre war fast fertig, es war noch eine letzte Frage übrig.

»Ich muss beantworten, warum es im Meer Wasser gibt …«

Gaby drehte sich um.

»Wenn es kein Wasser gäbe, wäre es nicht das Meer.«

Ich bin nicht sicher, ob die Göre diese Antwort aufgeschrieben hat.

Sie schloss ihr Buch, dann ihren Ordner und räumte ihre Stifte weg. Sie verschwand hinter dem dicken Vorhang, der ihr Zimmer vor den Blicken anderer verbarg. Einen Augenblick später hörte man Musik, die Gruppe C2C, *FUYA*, ich erkannte den Song, die Mädchen hörten das ebenfalls. Sie waren im Konzert der Gruppe in Lyon gewesen.

Gaby und ich setzten uns einander gegenüber. Durch die Musik hindurch hörte man die Schaukel quietschen.

»Weißt du, Gaby, Curtil hätte eigentlich wissen müssen, dass das Haus nicht versichert war.«

Gaby senkte den Kopf.

»Alles, was ich weiß, ist, dass wir, wenn der Onkel die Dinge ordnungsgemäß gehandhabt hätte, Le Val niemals verlassen hätten.«

»Handhabst du die Dinge immer ordnungsgemäß?«

»Was willst du damit sagen?«

»Dein Bungalow, du mietest ihn, wie Curtil das Haus gemietet hatte, mit Umschlägen und von der Hand in die Hand.«

Sie wollte nichts davon hören. Sie stand auf und schlurfte in ihren Pantoffeln über das Linoleum. Sie streckte ihr Kinn dem Spiegel entgegen. Schwarze Haare sprossen auf ihm. Sie zog sie mit einer Pinzette aus.

»Du siehst aus wie Agnès Jaoui«, sagte sie, während sie mich im Spiegel betrachtete. »Wenn du so bist, mit deinen weit geöffneten Augen.«

»Mein Haar ist zu kurz, um wie die Jaoui auszusehen.«

»Das hat mit den Haaren nichts zu tun.«

Sie legte die Pinzette auf das Regalbrett. Kehrte zum Tisch zurück und schaute mich von unten an.

»Es ist eine Frage des Verhaltens … Und dann dein Mund, er ist wie ihrer, man denkt, du wirst gleich losschimpfen, man wartet, und es kommt nichts.«

Sie ging wieder zur Spüle. Das Geschirr vom Mittagessen weichte unter einem Schaum ein, der dunkel wie die Gischt des Meeres war.

»Ab Freitag arbeite ich wieder«, sagte sie.

Ich betrachtete durch das Fenster die Unordnung, die vor dem Bungalow herrschte. Ein alter Küchenherd, ein Fahrrad ohne Räder, ein klappriger Liegestuhl, ein Stuhl mit kaputter Rückenlehne …

»Warum hebst du das alles auf?«

»Irgendwann werde ich alles wegschmeißen.«

Sie tauchte die Hände in den Schaum und holte Besteck heraus.

Ich blickte auf meine Uhr.

»Das macht sie auch, die Jaoui … Sie blickt auf die Uhr und trommelt mit den Fingern, wie du. Das macht sie, wenn sie es leid ist, irgendwo zu sein. In den Filmen … Sie lächelt, um die Leute glauben zu lassen, dass alles in Ordnung ist, doch die Finger sprechen für sie … Ich mag es, wenn ich sie das machen sehe, das erinnert mich an dich. Und du, magst du die Jaoui?«

»Ich ziehe Bacri vor.«

»Bacri ist ständig sauer.«

»Ja … Deswegen mag ich ihn ja.«

Sie nahm einen Teller aus dem Wasser, dann einen zweiten. Als sie fertig war, zog sie den schwarzen Stöpsel, und das Abflussrohr schluckte grunzend den Schaum.

Auf der Spüle stand ein Abtropfgestell aus Plastik mit schwarzen Streifen, das war der Kalk, der alles bedeckte, das schlechte Wasser.

Ich betrachtete das Foto von Ludo an der Kühlschranktür.

»Wann hast du Ludo kennengelernt?«

»In dem Jahr, das wir in Modane verbracht haben.«

»Als Papa in der Textilfabrik gearbeitet hat?«

»Ja.«

Sie wischte die Ränder der Spüle trocken, dann hielt sie inne, mit leuchtenden Augen.

»Nachts weckt mich der Gedanke, dass er draußen ist, ich lausche auf die Geräusche, stelle mir vor, dass er nach Hause kommt.«

»Und Curtil?«

»Was, Curtil?«

»Denkst du an ihn?«

»Ich denke weniger an ihn als an Ludo. Und du?«

»Ich denke an ihn … Wo ist die Zeichnung?«

»Welche Zeichnung?«

»Die von der Stadt.«

Sie warf einen Blick zum Kühlschrank.

»Ich habe Wasser drübergegossen.«

»Und?«

Sie zuckte die Achseln.

»Wasser auf Papier … Sie war hin, nicht mehr zu retten, ich habe sie weggeschmissen.«

»Du hättest sie trocknen können! Es war eine schöne Zeichnung …«

Sie breitete das Geschirrtuch nahe beim Heizkörper aus.

»Sie wird andere machen.«

Ich beendete den Tag bei Francky. Philippe traf gleichzeitig mit mir dort ein.

Die Kellnerin stellte ein Glas dunkles Bier vor ihn hin. Eine Grenadinemilch für mich.

Er trank einen Schluck von seinem Bier.

»Ich habe Lust, eine Website einzurichten … um die Wanderer für die Verletzlichkeit des Parks zu sensibilisieren. Das Internet erreicht alle.«

Die Kellnerin trug ein ärmelloses T-Shirt mit dünnen Trägern, das die Schultern frei ließ. Aus dünnem Stoff, während draußen eine arktische Kälte herrschte und wir alle unseren Körper mit Pullovern schützten, die wir über dicke Hemden und die Verfrorensten sogar über andere Pullover anzogen.

Sie räumte die Tische ab, die Männer betrachteten sie. Ich dachte an die Fotos, die ich von ihr machte.

Sie verschwand mit einem Kasten leerer Flaschen im Hinterzimmer.

Die Holzfäller verließen das Sägewerk. Jean unterhielt sich mit ein paar Männern auf der anderen Straßenseite. Sie hatten ihr Tagwerk beendet und standen noch eine Weile beisammen neben ihren Wagen.

Philippe erzählte mir von seiner Website.

Jean entfernte sich von den anderen. Er ging, eine große Tasche über der Schulter, zu seinem Jeep. Er legte die Tasche auf den Rücksitz. Er war zu weit weg, um sein Gesicht erkennen zu können.

Philippe redete noch immer.

»Man bräuchte ein einfaches Konzept mit verschiedenen Rubriken. Man könnte jede Woche neue Fotos einstellen und einen Tag wählen, um sie zu aktualisieren, Mittwoch zum Beispiel … Mittwoch wäre doch gut, oder? … Die Leute würden sich daran gewöhnen, die neuesten Fotos anzuschauen und den Rest durchzugehen … Und dazu ein Forum für die Kommentare der Benutzer. Hörst du mir überhaupt zu?«

»Doch, ich höre dir zu.«

»Man könnte über den Weg von Hannibal reden … und andere Wege, all die, die heute verschwunden sind. Und diejenigen, die verschwinden werden, wenn man sie diese Piste anlegen lässt.«

Seine Papiere lagen auf dem Tisch, er sortierte sie.

»Könntest du mir nicht eine solche Website einrichten?«

»Nein, da musst du Yvon fragen.«

»Yvon!?«

Er seufzte.

»Im Augenblick hat er für nichts Zeit.«

Ein Jäger kam herein, um mitzuteilen, es sei Holz gestohlen worden an einem Holzeinschlag an der Südbiegung des Flusses, der Dieb sei gesehen und von einem Einwohner von Les Huches angezeigt worden.

»Und?«, fragte Philippe.

»Nichts und, die Sache ist geregelt worden, das Holz wird in den nächsten zwei Tagen zurückgebracht werden.«

Philippe nickte.

Er kam wieder auf seinen Plan mit der Website zurück.

Auf der anderen Straßenseite war der Jeep gestartet und fuhr langsam, den Pfützen ausweichend, über den Mittelstreifen. Ich sah ihm nach, bis er verschwand.

Philippe trank sein Bier aus.

»Das hier ist der schönste Ort der Welt, und das sollen alle wissen.«

»Das ist nicht der schönste, das ist das Ende … das Ende der Welt.«

»Aber auch das schönste.«

»Wir finden es schön, weil wir hier geboren wurden. Aber wären wir nicht hier geboren, würden wir einfach vorbeifahren.«

Einer seiner Kollegen brachte ihm die Ergebnisse der Zählung der Tiere, die im Park lebten: Hirschkühe, Hirsche, Wildschweine, Füchse bis hin zu den unscheinbaren, Elstern, Rebhühner, Lerchen. Die Zahlen waren ungenau, denn manche Tiere waren wegen der Motorsägen aus ihren Revieren geflohen, man würde sie nicht mehr wiedersehen, aber man durfte sie deswegen nicht als tote Tiere verbuchen, sondern musste sie als umgesiedelte Tiere betrachten.

Die Kellnerin durchquerte den Raum.

Die Männer verstummten, die einsamsten träumten von der milchigen Haut unter der veilchenblauen Baumwolle des ärmellosen T-Shirts. Sie bekamen einen träumerischen Blick, als dieses Mädchen, das wie im Sommer gekleidet war, zwischen den Tischen hindurchging.

Sie musste all diese Blicke auf ihrer Haut spüren. Sie spielte jedoch die Gleichgültige hinter ihrem ruhigen Lächeln und setzte ihren Weg auf ihrem Phantombein hinkend fort.

Ein Bewohner von Le Val sagte, er wolle seine Platanen fällen, da deren abgefallene Blätter die Dachrinnen seines Hauses verstopften. Der Bürgermeister habe sein Einverständnis dazu gegeben. Der Besitzer des Tante-Emma-Ladens meinte, wenn es so wäre, dann müsse man auch den Baum fällen, der sein Schaufenster in Schatten tauche.

Anschließend redeten sie über die Piste. Die Gerüchteküche brodelte, man würde Wiesen zubetonieren, Masten und Schlepplifte errichten, ein erstes Hotel an der Stelle des Waschplatzes bauen.

Der Fortschritt würde Fremde bringen. Ein Gemeindevertreter wurde angegriffen. Man müsse sich entscheiden, Le Val müsse endlich Nägel mit Köpfen machen, mit der Zeit gehen, er sah sich in vorderster Reihe, die Hand auf dem Herzen, er warf sich in die Brust, es müsse endlich Schluss sein mit dem abgelegenen Le Val, der Hochburg des Archaismus, man werde endlich Heizung im Festsaal haben, Kleinbusse für die Touristen, Mahlzeiten für die Alten und vernünftige Geschäfte.

Und wenn alles gut liefe, würde sich sogar ein richtiger Arzt hier niederlassen.

»Die erste Abfahrt machen wir mit Fackeln, und dieses Fest feiern wir jedes Jahr von neuem.«

Die Meinungen blieben geteilt, und der Gemeindevertreter gab eine Runde aus.

Ein Bursche am Tresen lehnte die Einladung ab, er sagte, er werde die Bulldozer in die Luft sprengen.

Der Vivaldi-Klingelton … Philippe ging hinaus, um zu telefonieren. Es war bereits dunkel. Ein blauer Vogel pickte an einer Vogelfutterkugel, die am Gittertor hing, mit den Beinen hielt er sich an den Maschen des Netzes fest, das das Futter umhüllte.

Philippe kam zurück.

»Das war Emma. Sie will, dass ich Weihnachen ein paar Tage mit ihr in Dijon verbringe.«

Er setzte sich wieder an seinen Platz, das Handy in der Hand.

»Was meinst du?«

»Ich?«

»Ja, du …«

»Was soll ich meinen?«

»Hältst du das für eine gute Idee?«

»Ich weiß nicht.«

»Ist es dir egal?«

»Nein, das ist es nicht … es ist dein Leben …«

Er deutete auf das Handy.

»Ich soll sie zurückrufen … Was soll ich ihr sagen?«

Er war etwas grau im Gesicht, das lag sicher am gelben Licht der alten Neonleuchten.

»Fahr zu ihr«, sagte ich. »Ja, fahr zu ihr, wenn du zögerst, fahr hin … Dijon ist schließlich nicht so weit.«

Er sah mich an.

»Du sagst mir, ich soll fahren, aber du würdest nicht fahren.«

»Ich nicht.«

»Warum sagst du mir dann, ich soll fahren?«

»Weil du nicht ich bist … und außerdem ist es besser … ja, ich bin sicher, dass es für dich besser ist … Wirklich, fahr zu ihr …«

Er hielt noch immer sein Handy in der Hand.

Ein Typ tauchte auf, mit flachem Gesicht, er war wütend, weil ein Tier seine Hühner getötet hatte, er hatte Spuren gefunden und behauptete, es sei ein Fuchs gewesen. Philippe entschädigte ihn für seine Hühner und verbot ihm, den Fuchs zu töten, »wir werden eine Falle aufstellen«.

Der Typ ging.

»Weihnachten ist in fünf Tagen«, sagte ich.

»Und?«

»Wenn Curtil kommt, und du bist nicht da, was mache ich?«

»Ich lasse dir die Schlüssel da. Sein Zimmer wird bereit sein, und im Kühlschrank wird genug zu essen sein.«

Er rief einen Kollegen an, um ihn über die Sache mit dem Fuchs zu informieren.

»Wirst du Weihnachten noch da sein?«

Ich zögerte.

»Ich weiß nicht. Ja, vielleicht.«

Ich hatte mich an den Gedanken gewöhnt, dass Curtil nicht vorher kommen würde.

Der Bus der Tramps parkte vor der Tür, die Männer stiegen aus und strömten in die *Lanterne*, mit ihren Motorsägen und ihren Stollenschuhen. Die Arbeiten wurden eingestellt, und für manche war es der letzte Arbeitstag.

Die meisten würden weiterfahren, also kamen sie, um etwas zu trinken.

Philippe stand auf. Er machte zwei Schritte. Ich hielt ihn am Arm fest.

»Ich habe es satt, auf ihn zu warten …«

»Na, dann warte nicht länger auf ihn.«

»Warum bin ich hier, wenn ich nicht auf ihn warte?«

Philippe antwortete nicht.

Draußen fielen ein paar Schneeflocken. Es waren die ersten. Sie machten mich für einen kurzen Augenblick glücklich.

Der blaue Vogel hob seine runden Augen zum Himmel empor.

Philippe kam wieder zu mir.

»Ich werde nach Dijon fahren.«

»Natürlich wirst du fahren.«

Er blickte mich etwas aufmerksamer als sonst an.

»Was hast du, was ich nicht habe?«

»Nichts, Philippe … Nichts … Ich habe vielleicht ein dickeres Fell, das ist alles.«

Mein Handy klingelte, es war Pierre, ich ging nicht dran, ließ ihn reden und hörte mir anschließend die Nachricht an, er wollte wissen, ob ich arbeitete und ob ich ihm bestätigen könnte, dass die Übersetzung wie geplant Ende Januar fertig wäre.

Ich hatte auch eine Nachricht von Kathia erhalten. Sie machte sich über meine Flucht in die Berge und meine Verbundenheit mit meinem Vater lustig und sagte mir so nette Dinge wie »Alle hier vermissen dich« und »Wir warten auf dich, weißt du«.

Donnerstag, 20. Dezember

Die Tramps brauchten eine gute Stunde, um ihre Sachen zu packen, eine weitere, um ein letztes Glas miteinander zu trinken, und eine dritte, um sich auszuruhen. Dann brachen sie auf, die Hände an den Wagentüren und grölend, dass sie wiederkämen.

Wir waren alle da, um ihnen nachzublicken.

Ihre Abfahrt war das Zeichen, dass der Winter jetzt wirklich anfing.

Sie hupten, in kurzen Abständen, weit über das Ortsschild von Le Val hinaus vernehmbar. Sie verschwanden zwischen den Bäumen, fuhren durch den Tunnel, etwas weiter entfernt sahen wir sie wieder, das Sonnenlicht schien die Windschutzscheiben ihrer Wagen zu zersplittern.

Und dann nichts mehr.

Wir verloren sie.

Es hieß, manche würden, wenn es wieder schöner würde, zurückkommen, um die Piste zu beenden, die letzten Baumstümpfe auszureißen und entlang der großen Narbe tabula rasa zu machen.

Einige blieben. Sie hatten Verträge mit der Werkstatt oder kleine Winterjobs in Aussicht. Sie rangierten ihre Wohnwagen nicht, sondern ließen sie stehen, wo sie vor der Abreise der anderen gestanden hatten, verstreut in den Pfützen am Ende der Allee, mit der Anhöhe dahinter.

Um elf erschien die Kellnerin. Ich wartete mit dem Foto, bis sie einen Kissenbezug ausklopfte.

Ich rief die Concierge an, sie erzählte mir das Neueste aus dem Viertel, von den Nachbarn, der Clochard verließe den Bürgersteig nicht mehr, also versorge sie ihn jeden Abend mit einer warmen Mahlzeit. Der Igel bliebe eingeigelt auf dem Teppich, er ertrage die Einsamkeit nicht, in der wir ihn zurückgelassen hätten. Sie bot mir an, ihn zu sich in ihren kleinen Garten mitzunehmen. Ich sagte, nein, es wäre der Igel der Mädchen, ich wollte mich nicht von ihm trennen, es sei nur eine Frage von Tagen, Curtil würde zurückkommen, Philippe habe gesagt, an Weihnachten, und dann käme ich zurück.

Und dann rief ich sie noch einmal an, um ihr zu sagen, sie dürfe ihn mitnehmen.

Danach hatte ich das Bedürfnis zu laufen.

Abgesehen von den Jägern war niemand mehr am Holzeinschlag. Ich lief immer weiter und fragte mich, wie lange ich so weiterlaufen könne, ehe mir jemand begegnen würde.

Ich ging ins Hundeheim und beendete meine Zeichnungen. Ich brauchte die Farbreste auf, indem ich eine zusätzliche Schicht auftrug. Der Wagen war bereit, und die Baronin war glücklich.

Ich machte einen Umweg über die Werkstatt und holte das Rad des Käfers ab.

Philippe war dabei, ein großes Fass in der Nähe eines Hühnerstalls, ein paar Schritte von den Mülltonnen entfernt, aufzustellen, eine Fuchsfalle auf zwei Rädern mit einem Fallgatter, das herabfällt, sobald ein Tier im Innern ist.

Ich ging zu ihm. Die Pfützen waren gefroren, der Springbrunnen ebenfalls, es wuchsen Pflanzen auf dem Brunnenrand, die man nirgendwo anders sah.

»Man darf den Füchsen nicht wehtun«, sagte ich.

Er wandte den Kopf in meine Richtung.

»Ach, du bist's.«

»Ja, ich bin's.«

Er holte zwei hölzerne Keile aus dem Kofferraum seines Pick-ups.

»Weißt du, dass Füchse Hühner töten?«

»Möglich, aber es war ein Fuchs, der die Menschen erschaffen hat, indem er mit der Pfote den Schlamm schlug.«

Er schob die Keile unter die Falle. Er richtete sich wieder auf.

»Das war kein Fuchs.«

»Mama sagte, es sei ein Fuchs gewesen.«

»Nein, sie sagte, ein Kojote … ein kleiner Kojote mit rotbraunem Fell.«

Er legte Stroh ganz hinten in die Falle hinein. Er holte ein lebendiges Huhn aus einer Kiste und klemmte es unter seinen Arm.

»Und er hat die Menschen nicht aus Schlamm gemacht.«

»Sondern?«

Philippe antwortete nicht. Er reichte mir das Huhn und deutete auf die Falle.

»Du schlüpfst hinein, hinten gibt es ein Gitter, du tust das Huhn dahinter und schließt es wieder.«

Ich weigerte mich. Er versicherte mir, dem Huhn würde nichts passieren. Ich drückte es an mich, sein Bauch war warm.

»Womit hat der Fuchs die Menschen gemacht?«

»Carole …«

»Sag es mir, oder ich lass das Huhn frei.«

»Aus Scheiße …«

»Ich glaube dir nicht. Du lügst.«

»Ich lüge nicht. Mama erzählte uns später alles, Gaby und mir.«

»Und was erzählte sie euch?«

»Die wahren Geschichten. Sie wollte nicht, dass wir es dir erzählen. Sie sagte: ›Sagt es nicht Carole, sie wird wieder schockiert sein.‹«

»Ich war nie schockiert!«

»Du warst ständig schockiert … Wegen allem. Immer … Bitte tu das Huhn hinein und mach das Gitter fest zu.«

Ich tat, worum er mich bat. Ich bückte mich. Im Innern stank es. Das Fass maß zwei Meter. Ich setzte das Huhn auf das Stroh und schloss das Gitter, das es vom Fuchs trennen würde.

Es blieb ganz allein mit seinen zwei runden Augen, die in der dunklen Falle glänzten.

Ich kam wieder heraus.

Philippe überprüfte das Fallgitter, indem er es mehrmals herabfallen ließ.

»Ich habe vor langer Zeit einen Hund gehabt, der Füchse jagte, er drang in den Bau ein, schnappte den Fuchs mit den Zähnen, und ich holte beide heraus, indem ich den Köter am Schwanz zog.«

Er klebte ein Schild auf das Fass, um die Betrunkenen vor den Gefahren zu warnen, falls sie ihren Rausch in der Falle ausschlafen wollten. Dann ging er zu seinem Pick-up.

Ich folgte ihm.

»Gibt es andere Dinge, Dinge, die ihr wisst, Gaby und du, und die ich nicht weiß?«

Er machte eine Handbewegung, mit der er mir zu verstehen geben wollte, es gebe viele.

Er öffnete die Wagentür und stützte den Ellbogen darauf. Sein Handy klingelte. Er meldete sich. Ich sah, wie er die Stirn runzelte. Er bedeutete mir zu warten.

Ich schlug meinen Kragen hoch und steckte die Hände in meine Taschen. Ein Laster mit riesigen Reifen fuhr vorbei. Autos folgten ihm mit eingeschalteten Nebelschweinwerfern. Ein Sattelschlepper mit gelber Plane.

»Ludo wurde vor der Raststätte an der Kreuzung von Marnèche gesehen«, sagte er, nachdem er das Gespräch beendet hatte.

»Ludo? Was hat er dort gemacht?«

»Keine Ahnung. Ein Kollege hat ihn gesehen.«

»Ist er sicher, dass er es ist?«

»Ja.«

Philippe ging zur Falle und kam wieder zurück. Die Raststätte war zwanzig Kilometer entfernt, ein praktischer Rastplatz für alle Lkw-Fahrer, die zwischen Frankreich und Italien unterwegs waren, man konnte dort billig essen und auch schlafen. Sie war bekannt dafür, ein etwas zwielichtiges Hinterzimmer zu haben.

»Ludo ist vielleicht ein Gauner, aber er ist kein Dummkopf. Und es ist nicht das Carlton der Unschuldsengel dort.«

»Wenn er wirklich in Marnèche ist, wird er irgendwann herkommen«, sagte ich.

»Er müsste schon hier sein.«

»Er wird seine Gründe haben.«

»Ja … Das ist das Problem. Er hatte noch sechs Monate abzusitzen.«

»Gaby sagt, er hat vielleicht einen Straferlass bekommen.«

»Sein Urteil sah keinen Straferlass vor.«

»Hat sie vielleicht eine Kaution bezahlt?«

»Wer? Gaby?«

Er sah mich ebenso betrübt wie ungläubig an.

»Sie kommt am Monatsende kaum über die Runden, wie soll sie da eine Kaution zahlen?«

»Ich weiß es nicht.«

»Nein, du weißt es nicht.«

Er ging zum Wagen.

»Ich werde heute Nachmittag mal hinfahren.«

»Was hast du vor?«

»Er versteckt sich … Vor wem, vor was, keine Ahnung, aber Ludo hat nicht nur Freunde auf dieser Erde.«

Er öffnete die Wagentür. Er müsse los. Dinge erledigen. Nach Marnèche fahren.

»Wir sagen Gaby nichts, hm?«

»Wie du willst …«

»Was sollten wir ihr auch sagen? Wir sind nicht mal sicher, dass er es ist.«

»Nein, sind wir nicht.«

»Wir werden es ihr später sagen, wenn wir sicher sind.«

»Okay.«

»Ist es dir egal?«

»Nein! Hör auf zu sagen, dass mir alles egal ist!«

»Wie? Stimmt es vielleicht nicht?«

Ich zögerte.

»Nein, es stimmt nicht.«

Er ließ sich auf den Sitz fallen. Startete den Motor.

»Was machst du jetzt?«

»Ich werde beim Bungalow vorbeischauen.«

»Wenn du willst, komm Samstagabend zum Essen zu mir. Ich öffne einen Bordeaux und mache uns ein Bœuf Bourguignon. Sag auch Gaby Bescheid …«

Marius saß auf einem Schaukelsitz und schaukelte, indem er sich mit den Absätzen seiner Schuhe an den Erdschollen abstieß.

»Du bist immer noch da?«

Es war kalt. Er trug eine Kapuzenmütze, die seinen Mund bedeckte. Ich konnte nicht sehen, ob er mir antwortete oder ob er vielleicht lächelte.

Die Schule war zu Ende, seine Schultasche stand an einen Baum gelehnt.

Im Bungalow war alles dunkel. Wegen der Strompauschale machte Gaby erst im letzten Augenblick Licht und begnügte sich mit der kleinen Lampe, erst wenn die Göre nach Hause kam, schaltete sie alle Neonleuchten ein.

»Mit den Türen gibt es nur Durchzug«, sagte sie und zog den Samtvorhang zu, der hinten hing.

Sie hatte die Fenster mit Pappe abgedichtet.

Sie hatte gerade den Docht des Heizgeräts ausgetauscht. Der Ölkanister stand noch auf dem Tisch. Sie musste etwas verschüttet haben, als sie den Tank gefüllt hatte, denn es stank.

»Du solltest das nicht benutzen …«

»Es ist billiger als Strom.«

»Aber es raubt dir deine ganze reine Luft. Riechst du den Gestank nicht?«

»Es gibt eine Sicherung, und ich lasse es nie lange brennen.«

Es war ein kleines Gerät, das sie mitten ins Zimmer stellte.

»Ein Kilo Öl verbrennt drei Kilo Sauerstoff, und du atmest genauso viel Kohlendioxid ein. Obendrein werden dadurch deine Wände feucht, deswegen schimmelt es bei dir.«

Sie zuckte die Achseln.

»Es wärmt mich auch.«

»Aber es ist eine feuchte Wärme.«

»Glaubst du, ich weiß das nicht?«

Ihr Ton war schroff.

Sie entfernte eine der Pappen, die die Fensterscheibe bedeckten. Die Kälte ließ die Straßen glänzen.

Marius war noch immer da. Ich dachte an Ludo, der irgendwo war, vielleicht immer noch in Marnèche. Ich fragte mich, was Gaby machen würde, wenn sie das erführe.

»Philippe lädt uns zu einem Bœuf Bourguignon Samstagabend ein.«

»Abends bin ich müde, ich werde nicht hingehen.«

Sie ging zum Tisch. Ein Eichhörnchen war in der Nacht gestorben, sein Käfig stand leer.

»Als ich aufwachte, spürte ich, dass es weniger Leben gab, also bin ich aufgestanden und habe es gesehen, steif wie ein Brett und der Bauch klatschnass von Durchfall.«

»Was hast du mit ihm gemacht?«

»Ich habe es nach draußen geworfen … Mit dem nächsten Feuer werde ich es verbrennen.«

Der Bus fuhr vorbei, Gaby schaltete die Neonleuchten ein und erwärmte die Milch.

Marius starrte von seiner Schaukel aus auf die Stelle, wo die Göre auftauchen würde. Als sie kam, bewegte er sich nicht mehr. Er sah aus wie ein Bettler, der zu Eis gefroren war.

Die Göre blieb ein paar Sekunden lang stehen, um ihn zu betrachten. Sie sagte kein Wort zu ihm. Dann ging sie in den Bungalow, warf ihre Tasche zu Boden und entledigte sich ihrer Mütze, des Schals und des Blousons.

Sie brachte rote Wangen und einen hungrigen Bauch aus der Schule mit.

Auf der Milch hatte sich eine dicke Haut gebildet. Gaby entfernte die Haut mit einem Löffel, die Göre lachte, als sie an ihren Zähnen festklebte.

Sie trank die heiße Milch am Tisch sitzend.

Sie sagte nichts zu dem Gestank des Heizgeräts.

Gaby wartete.

»Was hast du heute gelernt, hm? Was weißt du heute mehr?«

Das faszinierte Gaby, all die Dinge, die die Göre in ihr Gehirn stopfte.

Die Göre antwortete nicht. Sie trank den Rest der Milch. Gaby ließ ein paar Minuten verstreichen. Sie räumte die Flasche weg. Zweimal wiederholte sie ihre Frage. Zweimal überhörte die Göre sie. Beim dritten Mal gähnte sie. Schließlich erzählte sie irgendwas vom Mai 68 und von der Auftriebskraft und schilderte in allen Einzelheiten und mit monotoner Stimme, wie sie den Nachmittag damit verbrachte hatte, die Fallbewegung eines Tropfens Kaliumpermangants in Öl zu studieren, um daraus auf den geraden und gleichförmigen Charakter besagten Falls zu schließen.

»Das hat mit äußeren Kräften und dem Trägheitszentrum zu tun.«

Sie begleitete ihren Monolog mit einer Handbewegung von oben nach unten, um uns den Fall des Tropfens zu veranschaulichen.

Mit der anderen Hand beantwortete sie die Fragen eines doppelseitigen Preisausschreibens. Die ausgelosten Einsendungen würden die Dienste einer Putzfrau oder Gegenstände gewinnen, die Zeit sparen, wie Heizplatten oder Roboterstaubsauger.

Gaby beugte sich über ihre Schulter.

»Wozu machst du das?«

»Um etwas zu gewinnen.«

»Um nutzlose Roboter zu gewinnen?«

»Man muss das Glück versuchen, sonst geht es zu den anderen.«

Gaby spülte die Schale.

Auf dem Tisch lag eine Nummer von *Voici*, die Trennung von Vanessa Paradis und Johnny Depp. Sie waren beide so schön, sie eine echte Prinzessin mit langem, gelocktem schwarzem Haar, traumhaften Klamotten und ihre schmalzige Liebe. Ich blätterte um. Las alle Details. Ich hatte an ihre ewige Liebe geglaubt. Jetzt war es also zu Ende? Ich konnte nicht glauben, dass sie wie alle anderen waren, das Schloss verkauften, sich das Sorgerecht teilten und vermutlich trotzdem auch ein bisschen weinten.

Die Göre beantwortete noch immer ihre Fragen, den Kopf auf die Schulter geneigt.

»Hast du noch mehr Zeichnungen gemacht?«

»Ich habe keine Kreide mehr.«

Gaby packte ihre Arbeitstasche für den nächsten Tag fertig, der Kittel und die Pantoffeln und Kekse für die Zehn-Uhr-Pause. Die Göre war mit ihrem Preisausschreiben beschäftigt.

»Wie war meine richtige Mutter?«, fragte sie, ohne aufzublicken.

»Nerv mich nicht.«

»Ich frage doch bloß.«

»Es führt zu nichts, die Dinge zu verkomplizieren.«

»Ich verkompliziere nichts.«

»Was machst du dann?«

Die Göre antwortete nicht.

Als ich aufblickte, begegnete ich Gabys Blick. Mit dem Besen fegte sie die Krümel zusammen, die unter dem Tisch lagen, zusammen mit dem Staub, sie kehrte alles zu einem Haufen in der Ecke zwischen Wand und Spüle zusammen, wo bereits ein anderer Haufen lag.

»Wie war sie?«, fragte die Göre ein zweites Mal.

»Ich hab's dir schon gesagt.«

»Sag es noch einmal.«

Gaby stellte den Besen weg.

»Sie war schön, deine Mutter, mit langem Haar und grünen Augen, wie deine.«

»Und ihre Stimme?«

Gaby ging auf sie zu.

»Ich hab's dir tausendmal gesagt … Sanft, und die gleiche helle Haut, wenn man dich sieht, sieht man sie.«

»Ihre Kleidung?«

»Ein rotes Kleid mit Fäden, die wie Gold glänzten.«

»Du lügst.«

»Na und? Es gibt Lügen, die guttun. Es gibt sogar welche, die besser sind als nichts. Und außerdem hatte deine Mutter wirklich ein schönes Kleid.«

Ich starrte auf Vanessas Tunika aus Lamé. Den Haarreif aus Perlen.

Die Göre kuschelte sich auf das Sofa, das Kissen aus Kunstseide auf ihren Bauch gedrückt, sie ließ es unter ihren Nägeln rascheln, ein unangenehmes Geräusch.

Draußen war es inzwischen vollkommen dunkel geworden. Marius war nach Hause gegangen.

Gaby stand vor dem leeren Käfig des toten Eichhörnchens. Die Göre starrte auf ihren Rücken.

»Und wenn du stirbst, wie wird es sein?«, fragte sie.

Gaby zuckte die Achseln.

»Es wird ganz einfach sein. Ihr müsst mich vergessen … Und nicht weinen.«

»Alle beweinen die Toten.«

»Aber die Tränen der Lebenden halten sie zurück, sie hindern sie daran, dorthin zu gehen, wohin sie gehen müssen. Es ist sinnlos, an mein Grab zu kommen, ich werde nicht drin sein.«

Die Göre steckte die Hand in eine Tasche und holte Marshmallows heraus. Sie aß mehrere hintereinander.

»Wo wirst du sein?«

»Woanders. An dem Tag, an dem ich sterbe, werde ich in

den Wald gehen, meinen Arsch auf einen Stein setzten und warten.«

»Die Wölfe werden dich fressen.«

Gaby lehnte sich an die Spüle, die Arme über dem Bauch verschränkt.

»Na und? Die Wölfe sind sehr schön … Ich werde das Leben wie sie sehen.«

»Wenn sie krepieren, wirst du gar nichts mehr sehen«, sagte die Göre.

Gaby lächelte.

»Wenn die Raubvögel mich fressen, werde ich dorthin fliegen, wohin niemand geht.«

Die Göre stützte sich auf ihren Ellbogen.

»Die Raubvögel werden von den Autos angefahren und verwesen in den Gräben.«

»Dann verwese ich auch«, fuhr Gaby fort, »und werde zu einem Baum.«

»Hast du gesehen, was die Holzfäller mit den Bäumen machen?«

»Sie machen Schiffe daraus.«

»Nein, sie fällen und verbrennen sie.«

Gaby setzte sich neben die Göre, nahm ihre Hand und streckte langsam all ihre Finger.

»Dann werde ich Hitze und steige zu den Wolken empor, und vom Himmel aus werde ich immer noch deine schönen Augen sehen.«

Die Göre ließ ihren Kopf auf Gabys Schulter sinken.

»Hast du keine Angst?«

»Nicht besonders.«

Philippe rief mich am frühen Abend an. Er war an der Raststätte von Marnèche.

»Ludo ist nicht da, aber der Wirt sagt, ein Typ, der ihm ähnlich sieht, habe eine Nacht hier geschlafen. Das beweist nicht, dass er es war …«

Es gab eine Pause, in der ich Schritte vernahm, das Geräusch von Schlüsseln, eine Wagentür, die sich öffnete. Ich hörte den Verkehr an der Kreuzung. Die Wagentür schlug zu.

»Es gibt noch etwas …«, sagte er, als er im Wagen saß.

»Was?«

»Typen treiben sich hier rum, ein grauer Wagen mit schwarzen Streifen. Sie sind zu dritt. Sie suchen ihn.«

»Es gibt immer Typen, die suchen. In Saint-Étienne …«

»Wir sind nicht in Saint-Étienne.«

Ich konnte ihm nicht widersprechen.

Er startete den Motor, sagte, er müsse Schluss machen, wir würden uns später sehen.

Freitag, 21. Dezember

Das Fehlen aller Geräusche weckte mich. Eine merkwürdige Stille. Kein Auto, kein Laster, alles war still, man kam sich vor wie unter Wasser.

Ich öffnete die Tür.

Es schneite. Endlich!

Überall Flocken, in dichten Reihen. Alles war bedeckt, der Weg, die Bank, die Stämme, die Bretter und die beiden großen Bulldozer. Die Äste der Kiefern bogen sich unter dem Gewicht des Pulverschnees, und es schneite noch immer.

Ich ging hinaus. Es war wunderschön!! Unheimlich hell! Wo waren die drei flachen Steine? Die kleine blaue Schaufel? Wo die eiserne Gießkanne, der rote Ziegelstein?

Ich tauchte meine Hände in den Schnee, ich fand es wundervoll! Ich hatte geglaubt, dass ich den Schnee hier nicht erleben würde, dass Curtil käme, bevor er fiele.

Ich lief durch Le Val. Die Luft war kühl. Die Flocken sanken langsam auf den Boden, sie löschten meine Spuren aus.

Wegen des schlechten Wetters ging Gaby zu Fuß ins Hotel, ich sah sie mit ihren schweren Schritten hinaufgehen, es war noch lange nicht acht Uhr.

Ich ging zu ihr. Nahm sie am Arm.

»Endlich schneit es«, sagte ich und deutete auf die Landschaft. »Hast du gesehen, wie schön es ist?!«

»Das ist nur Schnee …«

»Es ist wunderschön, findest du nicht?«

»Es ist vor allem kalt.«

Sie machte sich von mir frei.

Ich ließ sie gehen.

Der Schnee blieb auf der Straße liegen.

Das Streufahrzeug kam vorbei, gefolgt von Autos mit eingeschalteten Scheinwerfern.

Ich setzte meinen Weg fort bis zum Ausgang von Le Val. Alles war sehr ruhig. Der Bungalow in der Ferne, unter den Bäumen, war isoliert.

Als ich zurückkam, herrschte helle Aufregung. Trotz des Schnees wurde der Umzug vorbereitet. Die große Straße war voller Menschen. Die Stände mussten errichtet, Tische aufgestellt und die Wiese abgeriegelt werden, auf der die Wagen parken würden.

Um elf kam Franckys Kellnerin auf ihren Balkon heraus, es dauerte nur ein paar Sekunden. Am Baum hing noch ein Blatt. Ein einziges Blatt an einem Ast, der schwarz aussah.

Ich machte das Foto von der Kellnerin mit den Girlanden an ihrem Fenster, dem weißen Geländer, den bunten Laken und den Flocken.

In den Straßen wurden die Lautsprecher getestet. Auf dem Programm eine Vorstellung im Gemeindesaal, der Umzug und danach der Ball.

Ich versuchte zu arbeiten.

Ich teilte eine Orange in zwei Hälften. Ich löffelte das Fruchtfleisch, wobei ich darauf achtete, die Schale nicht zu beschädigen.

Ich legte die Schalen nebeneinander auf das Regalbrett, neben die Glaskugel.

Mitten am Vormittag bemerkte ich Marius, er kniete neben den Stämmen. Ich ging zum Fenster.

Er drückte seine Hand mit gespreizten Fingern in den dicken Schnee. Anschließend betrachtete er den Abdruck, den sie hinterlassen hatte, und begann von vorn.

Seine Halbfingerhandschuhe lagen auf dem Pulverschnee.

Die andere Hand war noch immer leblos.

Es entstand eine Abfolge von fünfzig Abdrücken, und jeder war ein kleiner Lichtbrunnen. Das Ganze schien sich fortsetzen zu können, solange es eine ausreichend dicke Schneeschicht gab.

Doch plötzlich verschwand Marius, nachdem er einen letzten Abdruck und ein paar unleserliche Worte im weißen Schnee hinterlassen hatte.

Ich schlug meinen Kragen hoch und ging zum Hundeheim. Das Tor stand offen. Die Mittelallee war geräumt.

Der Wagen war wunderschön! Die Leute drängten sich um ihn, Freiwillige, die die Räder des Traktors mit Girlanden und Kreppzöpfen schmückten.

In der Küche schnitt die Baronin die Marshmallowschnüre in Würfel.

Sie hatte Spieße vorbereitet.

Das Holz für ihr Feuer.

Sie würde das alles rösten.

»Gaby erwartet ihren Mann«, sagte sie, als wir allein waren.

»Ja, ich weiß …«

Mehr sprachen wir nicht. Sie öffnete eine Flasche spritzigen Schaumweins, den sie Crémant d'Alsace nannte. Sie taufte den Wagen mit ein paar Spritzern.

Den Rest teilten wir uns alle in Pappbechern.

Ein Wildschwein war in die Fuchsfalle geraten. Ein fünfzig Kilo schweres Tier, ein zufälliger Fang und ein Höllenlärm im Innern. Philippe erzählte es, als ich in Franckys Bar kam.

Er hatte das Fass auf seinen Pick-up geladen und das Tier weiter weg freigelassen.

»Und das Huhn?«

»In der Falle gestorben. Der Schreck hat es getötet.«

Er entfaltete vor mir ein Papier mit Feldern und Pfeilen. Ein Entwurf für die Startseite seiner Internetseite.

»Yvon ist einverstanden, mir zu helfen, sie einzurichten, wir haben schon angefangen. Es wird ein ganz einfaches Konzept sein, mit verschiedenen Rubriken, den Lokalnachrichten, dem Leben im Park, einem Wetterbereich, in dem wir Informationen über den Zustand der Straßen geben werden ...«

Die Seiten enthielten Ideen für die Präsentation.

»Wir sind dabei, die Rubrik Geburten, Todesfälle, Heiraten vorzubereiten ... Er hat gute Einfälle. Ich freue mich, dass ich das mit ihm machen kann.«

Gaby kam herein. Sie ging zu ihm und zog ein Papier aus der Tasche, das sie ihm reichte. Er faltete das Papier auseinander und las es. Faltete es wieder zusammen und gab es ihr zurück.

Sie wechselten ein paar Worte, und sie ließ sich einen Kaffee am Tresen servieren.

»Gibt es ein Problem?«, fragte ich.

»Nein. Es war ihr neuer Vertrag, sie wollte ihn mir zeigen.«

Philippes Blick verweilte auf meinem Gesicht.

»Was hast du?«

»Nichts.«

»Dein geöffneter Mund, das bedeutet nie nichts.«

»Es ist nur, dass sie dir ihren Vertrag gezeigt hat, sie hätte ihn auch mir zeigen können, ich war da ...«

»Ihren Vertrag? Du wolltest ihren Vertrag sehen?«

»Ich wollte ihn nicht sehen … Sie hat ihn mir nicht gezeigt, das ist alles.«

»Du hättest sie nur zu fragen brauchen. Hättest du sie gefragt, hätte sie ihn dir gezeigt.«

»Hast du sie etwa gefragt? Nein … Und trotzdem hat sie ihn dir gezeigt.«

»Soll ich sie zurückrufen?«

Ich war angespannt. Ich wollte plötzlich abreisen. Saint-Étienne wiedersehen, meine Straßen, meine Cafés, meine Gerüche riechen, das beruhigende Rollen der Mülleimer am frühen Morgen hören, Leute sehen, in diese besondere Vertrautheit eintauchen, die Tür schließen und es mir in meinem Wohnungskäfig bequem machen, dieser Stadthöhle, in der alle meine Sachen auf mich warteten, meine und diejenigen, die mir von den drei Menschen geblieben waren, die gegangen waren, den Mädchen und ihrem Vater.

Der unvollkommene Kreis der Lampe spiegelte sich in meiner Tasse. Ich rührte in der schwarzen Flüssigkeit.

Ich betrachtete Philippe.

»Wann wird er kommen?«

»Wenn du aufhörst, daran zu denken.«

»Es wird langsam lächerlich …«

»Es gibt keine Verpflichtung, auf ihn zu warten.«

»Wartest du vielleicht nicht auf ihn?«

»Doch, ich warte auf ihn, Carole, aber weniger intensiv als du. Du bist nicht richtig bei uns. Wenn du willst, kannst du fahren, und ich rufe dich an, wenn er da ist, dann kommst du zurück.«

Ich spürte, wie die Wut in mir hochstieg. Hier zu sein stürzte mich ins Chaos. Es war ein Prozess. Wenn man an Curtil zweifelt, wartet man nicht mehr auf ihn. Und er kommt.

Oder auch nicht.

Ich wandte mich wieder Philippe zu. Er war so ruhig. Zu ruhig vielleicht. Fast gleichgültig. Unempfindlich. Wie machte er das?

Zweifel regten sich plötzlich, und ein Gedanke durchzuckte mich. Blitzschnell. Ich spürte einen Adrenalinstoß. Als wäre mir plötzlich etwas klar geworden.

»Das warst doch nicht etwa du?«

Er blickte mich über seine Halbbrille hinweg an.

»Was?«

»Die Glaskugeln …«

»Was meinst du?«

»Hast du sie geschickt?!!«

Ein Lächeln umspielte seine Lippen. Ein paar Augenblicke unerträglicher Vagheit.

»Warum sollte ich das getan haben?«

»Was weiß ich! Damit ich herkomme, bei euch bin! Um uns einander näher zu bringen. Du willst immer, dass ich mich gut mit Gaby verstehe, dass ich zu ihr gehe!«

Ich hatte laut geredet. Gäste drehten sich um.

Philippe nahm seine Brille ab.

Er beobachtete mich, den Kopf leicht zur Seite geneigt, mit ruhiger Herzlichkeit.

»Ich bin also eine Art Pfadfinder für dich, ist es so?«

Er lachte.

»Eine Rolle, die mir nicht sehr gefallen würde …«

Er setzte seine Brille wieder auf.

»Nein, Carole, ich bin es nicht gewesen. Die Glaskugeln hat wirklich er geschickt.«

Ich entschuldigte mich. Ich war von diesem Gedanken durchdrungen. Einer Idee, die gar nicht so absurd war. Was wäre mir lieber gewesen?

Ein Menschenauflauf hatte sich auf dem Parkplatz um einen Weihnachtsmann auf seinem Schlitten gebildet. Ein Schlitten ohne Rentiere, aber mit Glöckchen und einem Sack voller Geschenke.

»Philippe?«

»Was?«

»Glaubst du, dass Mama mich geliebt hat?«

»Natürlich hat sie dich geliebt.«

»Mehr oder weniger als dich?«

»Genauso.«

»Und Gaby?«

Philippe steckte seine Brille in ein Etui aus weichem Leder.

»Mama hat uns alle drei geliebt, sie hat nie einen Unterschied gemacht.«

»Es gibt immer Unterschiede.«

Die Kinder drängten sich um den Schlitten. Der flauschige Bart war schludrig angeklebt, er hing und machte diesen Weihnachtsmann nicht sehr glaubwürdig. Die Größeren merkten vermutlich, dass er falsch war. Die Kleinen rissen die Augen auf, geblendet von dem roten Traum. Die Wagemutigen streckten ihre Hände aus, die Schüchternen klammerten sich an ihre Mütter.

Sie trugen alle warme Anoraks.

Es war der Beginn der Ferien.

Ich betrachtete die Kinder durch das Fenster. Es ist einfach, glücklich zu sein, wenn man ein Kind ist, wir brauchen nur unsere ruhigen Eltern zu sehen und uns von ihnen geliebt zu fühlen, und dann wächst man in einer Höhle des Wohlwollens auf und hat unheimliches Glück. Doch wie kann man wissen, dass man wirklich geliebt wird? Ohne jeglichen Zweifel?

Ich erinnere mich, mit welchem Genuss meine ältere Tochter an den Weihnachtsabenden ihre jüngere Schwester belog, mit welcher Sorgfalt sie wiederholte, was man ihr erzählt hatte, indem sie das Glas Milch, eine Zeichnung und einen Keks auf den Kamin stellte und uns einen komplizenhaften Blick zuwarf, plötzlich groß geworden und als Erwachsene an der Weitergabe der Tradition mitwirkend. Sie, die aus dem Alter, in dem man alles glaubt, heraus war, bemühte sich, ihre jüngere Schwester zu verraten, sie stellte es durchaus geschickt an, wurde eine bessere Lügnerin als wir und empfand sogar Vergnügen dabei.

An einem dieser Weihnachtsabende hatte ich das Gefühl, sie würde sich rächen, aber wofür? Dass sie an die allzu schöne Geschichte geglaubt hatte und dass sie ihr weggenommen worden war?

Auf seinem Schlitten sitzend, holte der Weihnachtsmann Bonbons aus einem Karton und legte sie in die behandschuhten Hände. Die Kinder öffneten das Papier und fanden darin süße Kugeln, Fruchtgelee, Karamellen, Schokolade.

Etwas abseits stehend, beobachtete Marius im Schutz der Bäume die Gruppe, die Hand über den Augen, als versuchte er die Rentiere zu finden, die sich vermutlich ausruhten oder im Moos fraßen.

Festsaal.

Die Vorstellung begann um sechzehn Uhr. Vorher sollte ein Glöckchen-Wettbewerb stattfinden, man hörte die kristallklaren Instrumentenklänge der Teilnehmer, die hinter dem Vorhang probten.

Für ein paar Euro konnte man sich die Vorstellung und den Wettbewerb ansehen und einen Kuchen kaufen. Der Weihnachtsmann von vorhin saß jetzt auf einem Thron. Der Saal war überfüllt. Ich fand einen Platz in der dritten Reihe. Yvon war da und auch die Göre.

Marius. Seine Brüder, abseits, widerspenstig.

Ich sah Jean kommen, er kannte alle, schüttelte Hände. Er trug seinen dicken grauen Pullover mit dem Zopfmuster.

Er ließ sich neben mich fallen.

Er winkte Marius zu.

»Weißt du, wie viele Rentiere der Weihnachtsmann hat?«

Marius wusste es nicht. Jean sagte, er habe neun.

»Willst du sie sehen?«

Er ballte die Fäuste, Marius musste eine Hand wählen.

In seiner hohlen Hand erschien ein kleines Plastikrentier.

»Das ist Prasher«, sagte Jean.

Er ballte erneut die Fäuste. Marius deutete auf eine Hand. Darin ein zweites Rentier, dieses hieß Dancer.

Die Göre kam zu uns. Yvon ebenfalls. Weitere Kinder, neugierig geworden, angelockt, manche blickten aus der Ferne zu uns, zeigten schüchternes Staunen.

Die beiden Brüder hörten zu, an die Wand gelehnt.

Marius deutete, ohne zu berühren. Er lächelte nicht, aber bei jedem gefundenen Rentier blickte er Jean mit einem eigenartigen Blick an, in dem sich Ernst und Verblüffung mischten. Die Rentiere erschienen einer nach dem anderen, geboren aus einer zufälligen Wahl, und wurden auf die Bank gestellt. Da waren Prancer, Vixen, Comet, Cupid, Donner und Blitzen.

Jean holte einen Schlitten aus seiner Tasche und spannte die Rentiere davor.

Marius runzelte die Stirn.

Jean zählte die Rentiere, eins, zwei, drei… Er musste sich den Tatsachen stellen, das neunte fehlte.

Er betrachtete das Kind, seine schmalen Schultern unter dem Pullover, den zarten Hals. Plötzlich leuchtete sein Gesicht auf, er schnalzte mit zwei Fingern an Marius' Ohr, und dieses Schnalzen am Ohrläppchen zauberte das verlorene Rentier hervor.

Dieses hatte eine rote Nase, Jean sagte, es hieße Rudolph und diene als Führer in den Stürmen.

»Dank seiner findet der Weihnachtsmann den Weg zu allen Häusern, dank seiner kann er auch nach Hause zurückkehren, wenn seine Rundreise beendet ist.«

Er stellte Rudolph auf den Sitz neben den Weihnachtsmann.

»Er ist kleiner als die anderen, aber er ist der Wertvollste.«

Jean sah Marius' leblose Hand. Er sah mich mit einem fragenden Heben der Augenbrauen an, aber ich konnte ihm keine Antwort geben.

Er wandte sich wieder dem Jungen zu.

»Passt du auf diese kleine Welt auf?«

Er stand auf, um Popcorn zu kaufen.

Während Jean weg war, ließ Marius das Gespann nicht aus den Augen.

Am Abend fand das Lichterfest statt. Die kürzeste Nacht des Jahres. Diejenige der Wintersonnenwende. Man sah die Autos aus der Ferne kommen, aus dem Tal, aus fernen Gemeinden, manche kamen auch aus den Bergen herunter, von anderswo her, von dort oben, von anderen Orten, isolierten Weilern und Marktflecken.

Seit Tagen hatte man darauf gewartet.

Die Valeuse-Gegner versperrten die Straße, hielten die Autos an, um Flugblätter zu verteilen und die Schäden anzuprangern, die die Piste verursachen würde.

Es war Nacht. Alle waren draußen. Kapuzen auf dem Kopf. Aus den Lautsprechern ertönten in endloser Wiederholung *Stille Nacht*, *O Tannenbaum*, *Jingle Bells*.

Elektrische Girlanden blinkten in den Bäumen.

Die Wagen standen auf der großen Wiese am Eingang des Marktfleckens. Der Umzug begann dort und führte durch alle Straßen. Je länger er unterwegs war, desto größer wurde das Gewühl.

Die Menge flanierte dicht gedrängt durch die Straßen. Die Gesichter behütet von Mützen.

Der Tante-Emma-Laden war geöffnet und würde es bis zum Ende des Festes auch bleiben. Entlang der großen Straße waren Tische und Stände aufgestellt, an denen Suppe verkauft wurde und Brot, das mit Senf und Grillwürstchen gefüllt wurde. Vor einem Waffelstand hatte sich eine Schlange gebildet. Etwas weiter gab es einen merkwürdigen Verleiher von Wasserkesseln. Ein anderer bot Decken an. Nie zuvor war Le Val so sehr von lärmendem, wimmelndem, riechendem Leben erfüllt gewesen.

Es war eine Nacht, in der man schlang, ohne zu zählen, um den kürzesten Tag und alle, die noch kommen würden, zu feiern. Ich begegnete Leuten, Männern, Frauen, ganzen Familien, die sich mit Zucker vollstopften, hemmungslos in sich hineinschlangen, als erinnerten sie sich an frühere Hungersnöte, an Winter mit leeren Bäuchen, tiefliegenden Augen, viel zu dünnen Suppen, Hungersnöte, die sich nicht kannten, die aber im Gedächtnis weiterlebten.

Ich trank langsam Glühwein, der aus einem großen Topf ausgeschenkt wurde. Er durchdrang meinen Körper. Ich hätte mich gern an den ersten Wein erinnert, der durch meine Kehle geronnen war, als ich erst ein paar Stunden alt gewesen war und Curtil, wie man mir erzählt hatte, geröhrt hatte, das täte er, um mich an die starken Dinge zu gewöhnen.

Der Vater der Mädchen behauptete, die Zeit, die man damit verbringe, sich zu erinnern, sei Zeit, die man nicht mehr zum Leben habe. Meine Mutter starb, ohne sich an irgendetwas zu erinnern, mit schreckgeweiteten Augen, als sie die drohende Katastrophe begriff.

Alle Köpfe wandten sich um. Trommeln, Trompeten, Becken. Ein wirrer Lärm, in den sich Applaus mischte. Das war die Blaskapelle, die näher kam. Geschöpfe, halb Mensch, halb Tier, große Köpfe mit roten Backenknochen, Kasperle, Oger und Einfaltspinsel.

Lauter Krach war zu vernehmen. Irgendwelche Idioten hatten Knallkörper in Sodaflaschen explodieren lassen. Die Wagen folgten der Blaskapelle. Auf dem ersten thronte ein riesiger Bär aus schwarzer Wolle. Es folgte der Wagen der Förster mit Hannibal und seinem Elefanten aus Pappmaché. Philippe war auf diesem Wagen.

Die Kinder warfen Konfetti, das durch die Nacht flog. Als die Tüten leer waren, sammelten sie Kies auf.

Weitere Wagen folgten, von Autos gezogen.

Die Alten von Le Val hatten mutig einen Leichenwagen der Verstorbenen gestaltet.

Die Baronin hatte etwas weiter weg ihre Glut entfacht, direkt auf dem Asphalt. Sie grillte ihre Marshmallows, pastellfarbene Würfel, die sie auf Spieße steckte. Sie verkaufte sie pro Stück oder in der Tüte. Oder den Würfel zwischen zwei Kekse gesteckt, mit schmelzender Schokolade. Sie sagte, ein einziger reiche nicht, man brauche immer mehr, daher nannte sie sie S'more. Die Leute mussten sich anstellen, um welche zu bekommen.

Ich kaufte mehrere.

Die Oberfläche des Marshmallows war warm, karamellisiert. Im Inneren war er flüssig.

Ich setzte mich auf einen Strohballen am Straßenrand. Ich betrachtete die vorbeifahrenden Wagen, während ich die S'more aß. Der Wagen der Königin, jener der Schulen. Jener des Pfarrers mit ein paar Frauen, die sich als Nonnen verkleidet hatten und den fröhlichen Hit von Sœur Sourire sangen. Gruppen von Jugendlichen lachten laut, Paare gingen engumschlungen. Neben mir wärmte sich ein Schluckspecht mit Rum. Trotz der Kälte saugte ein Säugling mit hochroten Backen seine Milch an der entblößten Brust seiner Mutter.

Der Gesang der Nonnen entfernte sich.

Der Wagen der Holzfäller war ein Wald aus Pappe. Bunte Luftschlangen hingen an den Ästen.

Dann hörte ich die Hunde bellen. Ich sah Diego auf dem Sitz des Traktors, er trug eine Wildlederjacke mit Fransen und einen großen Hut. *La Cour des Miracles* mit ihm als Kutscher. Man konnte die Farbe des Traktors wegen des überreichlichen Blumenschmucks kaum noch erkennen. Durch die Bullaugen sah man die Köpfe der Hunde. Die Hälse. Schnauzen mit mächtigen Kiefern. Ihr wütendes Bellen hallte von den Fassaden wider, das Echo verstärkte es, übertönte die Musik und klang wie ein wildes Durcheinander von tausend Schreien.

Ich entdeckte meine gemalten Hunde.

Als der Wagen am Feuer vorbeifuhr, streckte die Baronin die Hände aus. Ihre Augen glänzten unter der tief ins Gesicht gezogenen Mütze.

Ich bemerkte Yvon.

Zweimal sah ich Jean vorbeigehen. Er war allein. Ich sah den Onkel und seine Frau. Seine Jungs. Marius.

Erneut Yvon.

Jean kam zurück. Er kaufte eine Tüte S'more und kam, um sie mit mir zu teilen.

Meine vier Cousinen gingen untergehakt vorbei, eine sah mich, die anderen nicht.

Alle folgten dem letzten Wagen in einer Prozession, mit Lampions, die an Stöcken befestigt waren. Aus buntem Papier akkordeonartig gefaltete Lampions, in denen eine Kerze brannte. Die Bewegung ließ die Flammen flackern.

Jean und ich schauten zu.

Jemand schoss aus dem Strom hervor und bewarf uns mit Konfetti. Es blieb auf unserem Haar und dem Kragen des Blousons hängen. Wir mussten lachen.

»Mein Vater sagt, die Menschen feiern dieses Fest, weil sie Angst vor der Dunkelheit haben«, sagte Jean.

Jugendliche schlenderten umher. Man verkaufte uns Lampions und Tombolalose. Wir blieben mit unseren brennenden Lampions sitzen. Das Papier war dünn, wir mussten aufpassen, dass es nicht Feuer fing.

Jean beugte sich ein paar Mal vor, um die Kerze, die schief stand, wieder aufzurichten. Die Flamme flackerte hinter dem Papier. Schließlich erlosch sie.

»Ich räume den Schnee heute Abend bis zum Weiler Sourdeval, danach fahre ich weiter bis zum Steinhügel von Maldavie, die Nacht wird in der Höhe klar sein …«

Er zündete die Kerze wieder an.

»Ich fände es schön, wenn du mitkämst. Das würde mich wirklich freuen.«

»Wirst du La Face walzen?«

»Ja.«

Wir betrachteten die Lichter der langen Prozession vor uns.

»Kommst du mit?«

Mein Blick flackerte unsicher.

»Ich weiß nicht …«

»Einmal in deinem Leben solltest du das gesehen haben.«

Er warf einen Blick auf seine Uhr.

»Ich brauche noch Zeit, um alles zu kontrollieren, in einer Stunde fahre ich los. Hast du Angst, dich auf eine Pistenraupe zu setzen?«

»Nein.«

»Schön. Dann tu es doch einfach.«

Mit seinen Händen deutete er die beiden Schalen einer Waage an.

»Sollen wir eine Münze werfen?«

Ich errötete. Heftig. Wir hatten das schon einmal gemacht, es ging um einen Kuss. An dem Tag, als die Pferde in Sourdeval wild geworden waren. »Kopf, und ich küsse dich!« Wir hatten uns nicht recht getraut, und dann hatte Jean eine Münze aus seiner Tasche geholt und sie hochgeworfen, die Münze war für einen Augenblick im Halbdunkel der Scheune verschwunden, sie hatte unser Schicksal im Dunkel gesucht, bis unter die Balken, wie mir schien, im Staub der Spinnweben, sie war herumgewirbelt und zu geheimnisvollem Tuscheln verschwunden.

Eine Ein-Franc-Säerin war hochgeflogen, um für uns zu entscheiden.

Und wieder runtergefallen.

Jean hatte sie mit seiner rechten Hand aufgefangen und auf den Rücken seiner linken gelegt.

Zahl.

Wie anders wäre mein Leben verlaufen, wenn sie auf die Kopfseite gefallen wäre?

Er beugte sich vor und nahm seinen Lampion.

»Ich muss los…«

Wir trennten uns einfach so. Er ging mit seinem Lampion, dessen Flamme am Ende des Stocks flackerte. Nach ein paar Schritten machte er, ohne sich umzudrehen, eine lässige Handbewegung, ein leichtes Tanzen der Finger, und ich hatte das Gefühl, die Säerin wirbele herum.

Ich nahm meinen Lampion. Die Flamme hatte das Papier innen angesengt. Ich dachte an all die Male, in denen ich nein gesagt hatte, und an die zahlreichen anderen, in denen die Dinge vom Zufall geregelt worden waren, ohne dass ich wirklich eine Entscheidung getroffen hatte.

Ich malte mir allerhand aus.

Ich fragte mich, was geschehen würde, wenn ich mit ihm dort oben hinaufführe. Es war noch nicht zu spät. Ich konnte immer noch zu ihm gehen.

Ich sah sein Haus wieder, den Schal, die Tanne, die er mitgebracht hatte, und die Fotos friedlichen Glücks in den Nudelrahmen. Was hatte ich in ihrer Geschichte zu suchen?

Die Leute feierten noch immer. Der Himmel wirkte sehr dunkel. Die Tage würden wieder länger werden, die Nacht zurückdrängen, nur ein paar Minuten noch, und eines Tage wäre der Winter vorbei.

Der Ball begann.

Ich kehrte nach Hause zurück. Ich hörte die Feiernden auf der anderen Straßenseite grölen. Die gedämpften Klänge des Balles. Ich sah die blauen und grünen Neonleuchten bei Francky.

Jean war wohl schon über Sourdeval hinaus, vermutlich war er inzwischen weit weg, vielleicht schon an dem Steinhügel. Es wird erzählt, dass um Mitternacht alle Oger des Waldes aus den Höhlen kommen und hinuntersteigen, um im Fluss zu trinken, die Menschen können dann in deren Höhlen eindringen und die Geheimnisse darin entdecken. Doch angeblich sieht man die Neugierigen, die sich hineinwagen, nie wieder.

Ich stellte den Lampion auf die Fensterbank. Es waren noch ein paar Zentimeter Wachs für eine flackernde Flamme übrig. Man hätte ihn für eine Laterne in der Nacht halten können. Ein Fanal am Ende der Welt.

Ich fühlte mich wie die Frau eines Seemanns, die ihren Kerl ziehen lässt.

Ich dachte an Jean. Ich legte meine Hand auf meinen Bauch. Er war warm, leicht gewölbt.

Ich schloss die Augen.

Als der Vater der Mädchen mich verlassen hatte, fragte ich mich, wie mein Leben ohne ihn weitergehen würde.

Meine Hand berührte meine Brüste. Ich erinnerte mich an die Zeit, da sie voller Milch gewesen waren. Spannten. Ich erinnerte mich an die Zeit, da ich Muttertier für meine Mädchen gewesen war. Feste Brüste, weil ich sie frei gelassen hatte. Ich erinnerte mich an die Männer, die sie gestreichelt hatten.

Der Steinmarder kam nicht, vermutlich war es zu spät, der Zeitpunkt war verstrichen.

Samstag, 22. Dezember

Ich brauchte Aspirin und andere Kleinigkeiten, die ich hier nicht fand, wie Minen für meinen Kugelschreiber und einen USB-Stick. Ich wollte auch die letzten Fotos der Kellnerin ausdrucken lassen und Pastellkreide als Weihnachtsgeschenk für die Göre besorgen.

Ich ging aus dem Haus.

Jean war draußen, mit einem Vorarbeiter, dabei war Samstag, die Werkstätten waren geschlossen, doch seit Tagen gab es Probleme mit einem Riemen an einer Maschine, und sie versuchten sie auseinanderzunehmen.

Ich nahm Emmas Wagen.

Als ich starten wollte, konnte ich es nicht, in der Nacht hatte es stark gefroren, und die Handbremse war blockiert. Ich versuchte es immer wieder. Nach einer Weile kam Jean zu mir.

»Wenn du es weiter gewaltsam versuchst, machst du sie noch kaputt …«

Er schaute nach und sagte, heute lasse sich da nichts mehr machen. Er legte ein Stück Pappe auf den vorderen Teil des Motors, rollte eine alte Decke um die Bremse und stieg wieder aus dem Wagen.

»Wir lassen ihn bis morgen in Ruhe.«

Er drückte die Spitze seines Zeigefingers an meine Stirn.

»Wenn es friert, zieht man nicht die Handbremse an, man legt einen Gang ein.«

»Kann man sie nicht auftauen?«

»Die Bremse auftauen? Womit?«

»Keine Ahnung … Indem man sie mit heißem Wasser betupft?«

»Wenn es dir recht ist, lassen wir das lieber.«

»Dann mit dem Föhn?«

Er ließ seinen Blick in die Ferne schweifen, in die Dunkelheit der Tannen.

»Es gefriert nie der Hebel, es gefriert unter dem Wagen oder auf der Ebene der Reifen. Wo wolltest du hin?«

»In die Stadt.«

»Wenn du etwas warten kannst, fahre ich dich … Ich brauche einen neuen Riemen.«

Er warf einen spöttischen Blick auf die Reifen.

»Ohne Ketten wärst du sowieso nicht sehr weit gekommen.«

Ich hatte noch Zeit, das Foto der Kellnerin zu machen, bevor Jean mich rief.

Er warf die Hundedecke auf die Rückbank.

Wir machten uns auf den Weg.

Er fuhr mit einer Hand, nannte mir die Namen der Bergspitzen, der Gletscher, sprach von den Hängen und Gipfeln, den wunderschönen Landschaften, den Sonnenaufgängen über Valmeinier, Val-Thorens und Les Menuires, in Luftlinie war das gar nicht so weit! Eine fantastische Landkarte in Lebensgröße.

»War der Himmel gestern Abend schön in Maldavie?«

»Wunderschön.«

Er sah mich von der Seite an.

»Hast du es bereut?«

»Ein bisschen schon.«

»Fehlt dir das Leben hier nicht?«

»Nicht wirklich.«

»Dabei ist es das Paradies …«

»Nach einer Weile langweilt man sich selbst im Paradies.«

Jean musste lachen.

»Dann bist du also eine echte Stadtbewohnerin geworden?«

Ich wusste nicht, ob ich es geworden war. Jean sagte, er liebe es, den Wagen zu nehmen, Le Val zu verlassen und durch die Gegend zu fahren. Sich zu entfernen gäbe ihm ein Gefühl von Freiheit. Als er, kurz bevor wir ankamen, sagte, manchmal sei er versucht wegzugehen, hörte es sich fast wie ein Geständnis an.

Er ließ mich am Platz vor der Kathedrale neben einer großen beleuchteten Tanne aussteigen.

»Ich hol dich um fünfzehn Uhr wieder ab, ist das okay? Ich gebe dir meine Handynummer, man kann nie wissen.«

Er beugte sich vor, suchte einen Zettel, fand keinen und kritzelte die Nummer auf eine Zigarette.

Hinter ihm hupte es.

»Schickst du mir deine als SMS?«

Dann war er weg.

Ich ging die Straße hinauf. Überall Weihnachtsvorbereitungen. Alle Schaufenster waren dekoriert. In einem Secondhandladen kaufte ich einen Lippenpflegestift und ein dickes Hemd der Marke Pendleton, hundert Prozent Wolle und *made in USA*.

Schokolade für Philippe. Eine Schachtel kandierte Maronen für Curtil. Die Verkäuferin pries ihren unvergleichlichen Geschmack und versicherte mir, es gäbe sie nur im Dezember und Januar zu kaufen.

Ich fand einen Comic, die Geschichte Hannibals von Johanna Johnston, mit Illustrationen von W. T. Mars, es war ein altes Buch, in einer Kiste, auf der »reduzierte Bücher« stand. Auf dem Umschlag reitet Hannibal auf seinem Elefanten voran, ihm folgen seine Truppen entlang einer Schlucht.

Ich kaufte das Buch und Neujahrskarten mit Silberpailletten, die auf den Bauch von Hirschkühen geklebt waren. Einen USB-Stick. Zeichenblätter und einen schönen Kasten Pastellkreiden und Zeichenkohle für die Göre.

Ich ließ die sechs letzten Fotos der Kellnerin ausdrucken.

Ich betrat eine Brasserie, große Glasfenster, Musik. Viele Menschen. Unbekannte Gesichter. Ich bestellte das Tagesgericht. Ich speicherte Jeans Nummer und sendete meine als SMS.

Leute flanierten über den Bürgersteig, die Arme voller Geschenke, ein Kind mit Kapuze, das seine Mutter an der Hand mit sich zog, Liebespaare, eine elegante alte Dame blieb stehen und überprüfte ihre Frisur im Spiegelbild der Fensterscheibe.

Ich beobachtete die vorbeigehenden Menschen und dachte, dass Curtil einer von ihnen sein könnte. Ein einsamer Passant, den ich plötzlich erkennen würde.

Ich telefonierte mit den Mädchen, bei ihnen war bereits Abend, ich vergaß immer wieder die Zeitverschiebung.

Jean erwartete mich zum vereinbarten Zeitpunkt an der Kathedrale. Er hatte seinen Riemen bekommen.

Ich zeigte ihm meine Einkäufe.

Wir brauchten eine ganze Weile, um nach Le Val zurückzufahren. Es war kalt. Die Straße war weiß. Die Schneeräumer waren dagewesen, es gab Schneewehen entlang der Straßen.

Ich könnte nicht sagen, worüber wir geredet haben. Plötzlich sahen wir eine Hirschkuh auf einer Wiese, mit den Beinen im Schnee eingesunken. Jean hielt an. Ich sagte ihm, dass er mich manchmal, in bestimmten Dingen, an meinen Vater erinnere.

Er antwortete, auch ich würde ihm ähneln.

Er setzte mich zu Hause ab und ließ mich schwören, nicht abzureisen, ohne ihm Bescheid zu sagen.

Ich fand Gaby am Tresen, mit krummem Rücken, sie rührte mit dem Löffel in ihrem Cappuccino. Ich setzte mich auf den Hocker neben ihr.

»Alles in Ordnung?«

Sie antwortete mit einem Lächeln. Ohne mich anzusehen. Ich bedeutete Francky, mir eine Erdbeermilch zu machen.

»Hast du heute Vormittag arbeiten können?«

»Was hätte mich davon abhalten sollen?«

»Der Schnee …«

Sie zuckte die Achseln. Rührte geistesabwesend in ihrem Kaffee. Starrte auf die Lichtreflexe des Löffels.

»Philippe sagt, dass du die Küste mit ausgeschaltetem Motor hinunterfährst.«

»Das ist die Anzeige des Tanks, sie blinkt.«

»Das ist kein Grund … Das macht deine Bremsen kaputt … Er schimpft.«

Sie zuckte die Achseln.

»Er schimpft immer, aber er liebt mich trotzdem.«

Ich musste lächeln.

»Ich habe gehört, du hast deinen neuen Vertrag unterschrieben?«

Gaby nickte. Ich merkte, dass irgendetwas nicht in Ordnung war. Ich trank einen Schluck Erdbeermilch.

»Magnard hat mich in sein Büro bestellt«, sagte sie schließlich.

»Und?«

»Die kleinen Seifen, alles, was ich in den Zimmern mitgenommen habe, die Brioches, die Marmeladen, die Toilettenpapierrollen, er hat alles gewusst.«

Sie seufzte tief.

»Als ich die Göre in ein Zimmer mitgenommen habe, habe ich eine unsichtbare Linie überschritten, die aber trotzdem existiert. Der Beweis, dass es Dinge gibt, die man nicht sieht, die aber da sind … Er hat die Linie rot auf ein Blatt Papier gezeichnet, um sie mir zu zeigen.«

Sie legte den Löffel auf die Untertasse. Das Porzellan gab einen hellen Ton von sich.

»Er will nicht mehr, dass ich in die Zimmer gehe.«

»Hat er dir einen anderen Posten gegeben?«

»Ja …«

Und sie erzählte mir, wie er sie am Tag zuvor in einen Raum im Keller begleitet habe. Dort sei bereits ein Mädchen gewesen, eine gewisse Nicole, sie habe ihr alles gezeigt, den großen Tisch, das Dampfbügeleisen und den Wagen mit der Bügelwäsche, Laken, Kissenbezüge, Kopfkissenrollen und auch Badetücher, Servietten und Tischdecken. Alles, was in einem Hotel aus Stoff sei, alles, was gewaschen werde, sei dagewesen.

»Das Bügeleisen ist schwer. Ich bügle nicht sehr schnell.«

Sie wandte mir ihr Gesicht zu. Ich begegnete ihrem Blick, in dem unendliche Müdigkeit zu erkennen war.

»In dem Raum gibt es Neonleuchten wie im Gefängnis, wenn ich meinen Ludo besucht habe.«

Sie zwang sich zu einem Lächeln.

»Der Anfang ist schwer, weil die Gewohnheiten sich ändern … Wegen des Dampfes muss ich ein leichtes Hemd mitnehmen. Magnards Frau kam zu mir, sie hat sich mit mir unterhalten und mir auch ihre Kleidung zum Bügeln gebracht. Während ich sie bügelte, hat sie ihre Maniküre gemacht.«

Sie hob die Stirn, entschlossen, das tapfer zu schlucken.

»Bügeln, ich weiß nicht, ob mir das gefällt … Erinnerst du dich, früher wollte ich bei der Post arbeiten … das war mein Traum, Briefmarken verkaufen, Briefe wiegen und stempeln.«

»Ich erinnere mich.«

Sie ließ zwei Stück Zucker in ihren Kaffee gleiten.

»Danach wollte ich Grundschullehrerin werden. Friseuse auch, aber nicht lange. Erinnerst du dich?«

»Ja, Gaby ...«

Sie trank ihren Kaffee. Er musste inzwischen kalt sein.

Sie stellte die Tasse zurück.

»Und dann habe ich begriffen, dass Wollen nichts nützt. Dass ich all das niemals sein würde. Man wird nur das, was das Leben will. Und das Leben wollte, dass ich die Betten der anderen beziehe. Mich um die Zimmer kümmern, das wollte ich nie machen, das Leben hat für mich entschieden. Und jetzt will es, dass ich Laken bügle.«

Sie kratzte die dunkle Paste ab, die sich aus dem geschmolzenen Zucker auf dem Boden der Tasse gebildet hatte.

»Es macht mir gar nicht so viel aus, nur hätte ich mir das niemals träumen lassen.«

»Hör auf, Gaby ...«

Sie leckte all diesen dicken Zucker vom Löffel. Legte den Löffel in ihre Tasse. Betrachtete die Bilder, die über den Bildschirm liefen.

»Wenn ich traurige Dinge träume, sehe ich sie in Schwarzweiß, aber wenn es fröhlich ist, sehe ich sie in Farbe. Und du, wie träumst du?«

»Was meinst du, wie ich träume?«

»In Schwarzweiß oder in Farbe?«

»Ich weiß nicht.«

»Du weißt es nicht?«

Sie griff nach ihrer Tasche.

»Gehst du schon?«

»Ich muss ins Sozialhilfebüro. Du kannst danach zu mir kommen, wenn du willst ...«

Sie ging zur Tür.

»Herrschaften …«

Leicht schwankend grüßte sie alle.

»Deiner Schwester geht's aber heute nicht besonders«, sagte Francky, während er ihr nachblickte.

Später ging ich zu Gaby. Man hatte ihr ein Weihnachtspäckchen geschenkt. Sie zeigte es mir, Bonbons, eine Dose Pastete, ein Fläschchen Eau de Toilette mit Veilchenduft und andere Dinge, die als Überraschung unter künstlichem Stroh verborgen waren. Sie hatte auch einen Einkaufsgutschein bekommen und hatte ein paar Einkäufe gemacht, Dinge, auf die sie Lust hatte, wenn sie in den Tante-Emma-Laden ging, Schokolade, die DVD von *La Vérité si je mens III*, ein Farbshampoo »kupfer mahagoni dunkelbraun«.

Und ein Sixpack Bier.

»Du trinkst das?«

Sie lächelte, mit zusammengekniffenen Augen.

»Nein, das ist für meinen Ludo.«

Sie stellte den Sixpack in den Kühlschrank. Das Fläschchen Eau de Toilette auf das Regalbrett.

»Er wird Weihnachten da sein.«

»Woher weißt du das?«

»Ich weiß es. Er wird kommen, wenn man ihn nicht erwartet.«

»Bist du nicht beunruhigt?«

»Nein. Und Curtil wird auch da sein. Sie werden beide bei uns sein.«

»Ich würde dir nur zu gern glauben.«

»Ich sage es dir. Beide. Und du wirst auch da sein! Wir werden bei der Baronin feiern!«

Sie sagte es lachend.

Sie zeigte keinerlei Ungeduld. War voller Vertrauen.

Sie räumte die übrigen Einkäufe weg, warf das künstliche Stroh zusammen mit den nutzlosen Dingen in den Mülleimer.

»Du bist heute Morgen mit Jean weggefahren? ... Philippe hat es mir erzählt.«

Ich antwortete nicht. Es ärgerte mich, dass sie über mich sprachen, wenn sie zusammen waren. Es ärgerte mich auch, dass wir ihr nichts von Marnèche sagten.

»Die Fliegen unterbrechen ihren Flug«, flüsterte sie wegen der plötzlichen Stille.

Sie öffnete das Fläschchen Eau de Toilette und tupfte etwas davon auf ihr Taschentuch.

»Bist du wütend, weil Philippe mir gesagt hat, was du gemacht hast?«

»Ich bin nicht wütend.«

»Wenn du dein Gesicht sehen könntest.«

»Was ist mit meinem Gesicht?«

»Es würde einen Grenzstein zum Lachen bringen.«

Sie atmete den Duft auf ihrem Taschentuch ein. Wir gingen hinaus auf die Türschwelle. Auf dem Dach des Bungalows lag eine ordentliche Schicht Schnee, ebenso wie auf dem Dach des Volvos.

»Wenn es nicht schmilzt, werde ich Diego bitten.«

Trotz der Kälte saß Marius auf der Schaukel.

»Du läufst zum Feind über?«, fragte Gaby ihn.

Er neigte den Kopf zur Seite. Der Schnee klebte unten an seiner Hose.

»Du weißt aber schon, dass das hier nicht dein Haus ist?«

Sie zog ihre Stiefel an, ging zum Briefkasten und holte Prospekte und einen Damart-Katalog heraus.

Sie kam zurück und öffnete die Tür. Bevor sie hineinging, drehte sie sich um.

»Und ich bin auch nicht deine Mutter … Und die Göre ist nicht deine Schwester.«

Sie legte den Katalog auf den Tisch.

Auf dem Gitter des Gasherds stand ein Topf mit Hühnerflügeln und gedünstetem Gemüse.

»Seit drei Tagen essen wir davon, die Göre schimpft schon …«

Sie sah das Kaninchen an. Und dann mich. Nacheinander. Ein insistierender Blick. Ich verstand die Andeutung.

Ich schüttelte den Kopf.

Sie brachte Wasser zum Kochen und ließ drei Eier hineinfallen. Es gab keine anderen Geräusche als das ein wenig heftige Atmen der Eichhörnchen und das Wasser, das kochte und die Eier gegen die Topfwand rollen ließ.

Sie blickte durch den Spalt der Pappe nach draußen. Zur Schaukel. Zum Onkel. Auch zur Straße.

Lange Minuten blieb sie so stehen.

Als sie zum Topf zurückkehrte, waren die vergessenen Eier geplatzt, und das Eiweiß war im Wasser gekocht worden, es trieb darin und sah aus wie Popcorn.

Kurz nach neunzehn Uhr war ich bei Philippe. Ich legte die Schokolade auf den Tisch, das Buch. Auf dem Tischchen ein Paar Handschuhe und die Post. Auf der Fußmatte lagen Strümpfe neben zwei abgetretenen Stiefeln.

Im Kamin brannte Feuer.

Philippe stand am Herd.

Das Bœuf Bourguignon war fertig. Die Stücke lagen in einer dicken Sauce, die auf ruhigem Feuer warm gehalten wurde.

»Es riecht gut bei dir …«

»Das kocht seit drei Stunden auf kleiner Flamme«, sagte er und nahm seine Schürze ab.

Er tat etwas Sauce auf einen Löffel. Ich probierte. Es war

köstlich. Mit ein paar zusätzlichen Drehungen fügte er noch etwas Pfeffer aus der Mühle hinzu.

»Es macht glücklich zu kochen, wenn man weiß, dass das Essen auf einen wartet... Danach ist alles schmutzig, die Teller, die Töpfe, selbst die Gerüche widern einen an, das ist traurig. Aber vorher, was für eine Freude! Schau mal, was ich gefunden habe!«

Mit dem Kinn deutete er auf eine Flasche Wein auf dem Tisch, ein Pessac-Léogan noir, Château Picque Caillou 2008.

Die Flasche war geöffnet, ich schnupperte daran.

Ich füllte zwei Gläser.

Der Pessac hatte Aromen von Moos. Schwarzen Früchten. Kirsche vielleicht.

Curtil hatte einen Weinkeller unter dem Haus gehabt, Dutzende von Flaschen, bei dem Brand sind sie alle explodiert. Er ließ uns glauben, es seien Grands Crus, doch es waren nur hübsche Etiketten oder schöne Namen, und Mama hatte keine Ahnung.

Philippe legte den Löffel auf den Topf. Er blätterte in dem Buch, das Papier roch muffig. Er verweilte bei einem der Stiche, Soldaten im Nachtlager zwischen zwei großen Bergen.

»Alle Elefanten sind gestorben, nur einer blieb übrig, und er wurde Hannibals Reittier.«

Er sah die Verpackung der Schokolade. Er drehte die Schachtel um, um die genaueren Angaben zu lesen.

»Du bist heute Vormittag mit Jean weggefahren?«

Ich antwortete nicht.

Er sah mich über die Brillengläser hinweg an.

»Hat dir Emmas Wagen nicht gereicht?«

»Ich hatte die Handbremse einfrieren lassen. Er musste einen neuen Riemen besorgen und hat mir angeboten, mich mitzunehmen.«

Er atmete den Wein ein.

»Du weißt schon, dass er verheiratet ist?«

»Du nervst, Philippe.«

»Ich sage es nur für den Fall, dass …«

»Wir reden miteinander, das ist alles.«

»Ja, ja, verarsch mich ruhig.«

Er probierte den Wein mit geschlossenen Augen.

»Ausgeprägtes Tannin, herzhaft. Dieser Jahrgang kommt direkt aus dem Paradies. Ich versichere dir, im Himmel gibt es Weinberge …«

Er stellte sein Glas ab. Holte Teller heraus und verteilte sie auf dem Tisch.

Ich trank langsam etwas von dem Wein.

»Weiß du, dass Vanessa Paradis und Johnny Depp sich trennen?«

»Ernsthaft?«

»Ja … Scheiße, hm?«

»Ja, Scheiße …«

Er hob den Deckel des Topfs hoch und rührte zweimal langsam um.

Das Essen war fertig.

»Und Emma?«, fragte ich.

»Was, Emma?«

»Wird sie nach Weihnachten wiederkommen?«

»Sie erledigt, was sie zu tun hat, danach kommt sie wieder, ja. Warum?«

»Nur eine Frage.«

»Was soll ich dir sagen, ihre Mutter ist alt!«

»Reg dich nicht auf.«

»Ich rege mich nicht auf, das bist du mit deinen Fragen!«

»Ich habe das nur so gesagt … Du bist komisch, wenn sie nicht da ist.«

»Inwiefern?«

»Du bist beunruhigt…«

»Ich bin nicht beunruhigt! Was du immer denkst!«

Die Atmosphäre lud sich auf.

Er holte zwei Servietten und Brot.

»Sie wird wiederkommen, und wenn sie da ist, reden wir weiter.«

Er stellte den Topf auf den Tisch. Füllte die Teller randvoll.

»Ein Bœuf Bourguignon zu machen ist einfach, aber es dauert.«

Wir redeten über die Weine aus dem Bordeaux und von anderswoher. Über den Picque-Caillou. Über andere.

Die aktuelle Tageszeitung lag auf dem Tisch. »Le Val-des-Seuls zieht in den Krieg.«

Es ging um die Piste. Die Anwesenheit der beiden Bulldozer hatte das Pulverfass zum Explodieren gebracht, und der Ton hatte sich verschärft zwischen denen, die den Park nutzen wollten, und denen, die man poetisch die Schützer der Gänseblümchen nannte.

»Seit einem Jahr werden die Spannungen zwischen dem Park und den Wintersportorten immer größer. Sie wollen ihre Gipfel nach ihren Vorstellungen nutzen, und dagegen organisiert sich zwangsläufig Widerstand.«

Der Wein passte hervorragend zu dem Bœuf Bourguignon.

Wir sprachen nicht über Ludo und Marnèche.

Philippe hatte einen kleinen Feldsalat angemacht, den wir mit Käse und Brot aßen.

Es war noch Wein übrig.

»Erinnerst du dich an den Kuchen, den Mama für Curtils Rückkehr gebacken hat?«, fragte ich.

»Ich erinnere mich …«

»Wie ist er in deiner Erinnerung?«

»Außen knusprig, innen weich. Es war kein sehr dicker Kuchen.«

»Und die Backform?«

»Aus Eisen. Sie brachte die Schokolade mit Butter in einem Topf zum Schmelzen und ließ ihn mich auslecken.«

»Sie nahm ihn mit einem Geschirrtuch aus der Form und tat ihn auf einen Teller.«

»Daran erinnere ich mich nicht.«

»Es war ein dunkler Kuchen, sie muss dunkle Schokolade benutzt haben. Jeden Morgen hat sie einen neuen gebacken, und sie hat uns verboten, ihn anzurühren … Sie sagte, das sei Curtils Lieblingskuchen, aber ich habe nicht ein einziges Mal gesehen, dass er ihn gegessen hätte. Du etwa?«

»Ich erinnere mich nicht. Wir durften den vom Vortag essen, er blieb drei Tage weich.«

»Sie tat etwas hinein, was war es noch?«

»Orangenschale.«

Ich drehte mein Glas zwischen den Händen. Der Wein leuchtete im Licht.

»Sie fügte dem Teig ein Pulver hinzu …«

»Zucker?«

»Nein, etwas anderes. Sie tat es auf einen Löffel, es sah aus wie Gold. Ich hielt es für einen Liebestrank. Der Geruch war wirklich besonders.«

Er ging und suchte im Küchenregal. Er kam mit einem Gewürzfläschchen zurück.

»War es das?«

Er ließ mich daran riechen.

»Ja, das war es. Zimt! Glaubst du, wir könnten einen backen?«, fragte ich.

»Was backen?«

»So einen Kuchen.«

»Wir haben das Rezept nicht.«

»Nein, aber wir haben unsere Erinnerungen, wir müssten sie bloß zusammenschmeißen … Wir könnten Gaby fragen.«

Er trank sein Glas aus, lehnte sich auf seinem Stuhl zurück und sah mich mit einem merkwürdigen Lächeln an.

»Man holt die Väter nicht mit Kuchen zurück, Carole.«

Ich wandte mich ab.

Auf dem Tisch lag ein Weihnachtskatalog. Darin Spielzeug, Puppen, eine perfekter als die andere.

An jedem Weihnachtsmorgen hatte unsere Mutter uns gefilmt, wenn wir die Treppe heruntergekommen waren. Sie hatte das jedes Jahr gemacht. Sie hatte sehr großen Wert darauf gelegt. Als wir achtzehn wurden, gab sie uns eine Zusammenstellung all unserer Weihnachtsmorgen.

»Hast du die Kopie noch?«

Philippe stand auf, öffnete das kleine Möbelstück unter dem Fernseher und kramte darin. Er hielt eine Kassette hoch.

»Schauen wir sie uns an?«

Er schob sie in den Videorekorder. In den ersten Sekunden sah man nichts, nur den grauen Bildschirm mit den zitternden Pixeln. Und dann erschien Philippe oben auf den Stufen, mit nackten Füßen, im Pyjama, gerade mal drei, wir mussten lachen. Dann das nächste Weihnachten, er ist noch immer allein. Danach ist er ein bisschen größer und ich bin hinter ihm, wir kommen nacheinander heraus. Bis zu meinem sechsten Lebensjahr ist es immer dieselbe Treppe. Wir hören Mamas Stimme, sie bittet uns, uns zu setzen. Wir setzen uns. Später ist auch Gaby dabei. Man sieht nie den Tannenbaum, nur die Stufen. Und dann ändert sich die Treppe, andere Tapeten, andere Wände, andere Häuser. Manchmal gibt es keine Treppe, nur einen Flur. Wir werden größer. Wir verlieren unsere Pausbacken. Beim letzten Weihnachtsfest sind wir Jugendliche, unsere Arme sind im Weg, keine Pyjamas mehr, so sehr Mama auch lächelt, wir lächeln nicht.

Ende.

Die Kassette klickte. Der Bildschirm wurde schwarz. Philippe stand auf.

»So ein Leben ist kurz, hm?«

»Ja, kurz.«

Wir machten uns über die Schokolade her.

»Philippe?«

»Hm?«

»Am Tag des Brandes, als Mama uns beide hinunterbrachte, woran erinnerst du dich?«

»Woran soll ich mich erinnern? Ich war in ihren Armen, ich blickte zur Tür.«

»An der Wand hing ein Spiegel, was hast du gesehen?«

»Ich sagte doch, ich blickte zur Tür. Du wirst doch nicht wieder damit anfangen?«

Die Schokolade war in Papier eingewickelt, ich warf eine Kugel ins Feuer.

»Mama näherte sich Gaby und mir, uns beiden, wir standen an der Wand des Speichers. Sie streckte die Hand aus.«

»Sie streckte die Hand aus, und?«

»Wie hat sie zwischen uns gewählt?«

»Sie hat nicht gewählt.«

»Sie muss zwangsläufig gewählt haben.«

»Das bildest du dir alles nur ein.«

Gabys Tränen fielen auf den Boden. Mamas Hand war nur ein paar Zentimeter entfernt. Seit Jahren denke ich daran.

Vor dem Brand hatte ich geglaubt, wir seien unzerstörbar. Dass der Zweifel etwas für die anderen sei. Unsere Familie sei ein Block, der durch nichts Risse bekommen könne.

»Was hast du in meinen Augen gesehen?«

»Wie, in deinen Augen?«

»Als ich Mama angesehen habe, wie waren da meine Augen?«

»Ich habe keine Ahnung, wie sollen sie gewesen sein? … Es waren deine Augen …«

Er legte ein Scheit auf den Kaminbock.

Er schob die Reisigzweige, die auf die Seiten gefallen waren, in die Mitte des Kamins.

Eine ganze Weile stand er da und starrte auf die glimmenden Holzstücke und die auflodernden Flammen, eine Hand auf dem Kaminsims, die Stirn auf dem Arm.

Das Licht beleuchtete einen Teil seines Gesichts.

»Du versuchst zu sehr, dich zu erinnern, Carole, du musst dich von all dem befreien.«

Sonntag, 23. Dezember

Um elf war das Fenster der Kellnerin noch nicht geöffnet. Ich wartete. Ich hatte beim achten Foto beschlossen, dass ich, auch wenn sie nicht da wäre, trotzdem eine Aufnahme machen würde.

Ich beschloss auch, dass diese in Abwesenheit der Kellnerin gemachte Aufnahme unmittelbar vor zwölf Uhr gemacht werden müsse. Dass nach zwölf kein Foto mehr gemacht werden dürfe.

Die Minuten verstrichen. Der Balkon blieb leer. Das letzte Blatt war vom Baum gefallen, auf dem Geländer lag Schnee.

Ich wartete.

Auf dem Regalbrett die Glaskugel, die Orangenschale und die Schachtel mit kandierten Maronen, die ich für Curtil gekauft hatte.

Die Fotos der Kellnerin in einem Umschlag.

Beim zehnten Foto war der Balkon leer geblieben, aber das hatte vielleicht an meiner Verspätung gelegen. An dem Tag hatte ich nicht wissen können, ob die Kellnerin herausgekommen war oder nicht, und das Foto würde mit diesem Zweifel behaftet bleiben.

Heute war es anders. Ich war nicht weggewesen, es war also der erste Vormittag, an dem sie tatsächlich nicht herauskam.

Ich wartete weiter, bis an die Grenze der Zeit, die ich mir gesetzt hatte.

Ein paar Sekunden vor zwölf musste ich mich entschließen, den Balkon und die geschlossene Balkontür zu fotografieren.

Ich trank eine heiße Schokolade in der *Lanterne*. Francky hatte die Aschenbecher ausgetauscht, nur jeden zweiten, aus Plastik und moderner in der Form.

Er hatte Girlanden um den Getränkeaushang gehängt, *Biere, Weine* …, es folgte ein weiteres Wort, das von der Girlande verdeckt war und das ich Dutzende Male gelesen hatte, an das ich mich aber nicht erinnern konnte. Ich starrte auf den Aushang, die verborgene Kalligraphie, und suchte einen Hinweis, ein Buchstabenfragment, das mir das ganze Wort verraten würde. Digestifs vielleicht …

Ich trank meine Schokolade aus.

Ein Angestellter der Gemeinde hatte den Tag des ersten Schneefalls richtig erraten, ein kleiner Mann, weder groß noch stämmig, solide und maßvoll, er hatte das Fass gewonnen und auf dem Tisch stehen lassen, ineinandergestapelte Plastikbecher daneben. Wein, den er mit den anderen teilen wolle, sagte er, ich musste mit ihnen anstoßen, um nicht als hochmütig zu gelten. Ich nahm ihn lächelnd in den Mund und trank, ohne eine Miene zu verziehen, ein ganzes Glas dieses Gesöffs, das nach Essig schmeckte und den guten Schokoladegeschmack zunichte machte.

Philippe kam plötzlich herein und direkt auf mich zu. Er fasste mich am Arm.

»Emma kommt zurück!«

Er zog mich vom Fass und vom Tresen weg.

»Ich werde sie in Dijon abholen, wir verbringen Weihnachten dort und fahren zusammen zurück.«

»Schön«, sagte ich.

Er sah mich erstaunt an.

»Wie, schön?«

»Na ja, das ist schön … Ich freue mich für dich.«

»Ist das alles, was dir dazu einfällt?«

»Es ist auch nicht … Ihrer Mutter geht es also besser?
»Nein, es geht ihr nicht besser. Es ist auch nicht was?«
»Was soll ich dir sagen? … Emma geht, Emma kommt zurück … Wann fährst du?«
»Jetzt, sofort.«
»Und Yvon fährt mit dir?«
»Ja, natürlich. Wir kommen Mittwoch zurück … Bist du dann noch da?«
»Ich denke schon.«
Ich fand die Abfahrt etwas überstürzt. Die Männer, die am Fass standen, betrachteten uns schweigend.
»Hast du Gaby Bescheid gesagt?«
»Ich gehe jetzt zu ihr.«
»Lässt du mir deine Schlüssel da, für den Fall, dass Curtil kommt?«

Unmittelbar nachdem er gegangen war, vernahm man Schritte und ein lautes Hin und Her auf dem Pfad, der zum Fluss führte.

Wir gingen alle hinaus, um zu sehen, was da los war. Dutzende von Frauen waren unterwegs zum Fluss. Andere kehrten von dort zurück, gekrümmt unter schweren Paketen, die sie in den Armen trugen. Die Stiefel gruben parallele Furchen aus Schnee und Schlamm in den Pfad.

Niemand sprach. Es war sehr merkwürdig. Alle strebten zur Eisenbahnlinie. Ich folgte ihnen, reihte mich in die seltsame Prozession ein. Ich hörte den knirschenden Schnee, das Rascheln der Nylonschals, das schnelle Atmen. Von Zeit zu Zeit ein Fluch. Ich versuchte zu erraten, was diejenigen trugen, die zurückkamen.

Ein Zug war auf den Schienen blockiert, in der Nähe der alten Brücke, eine Mauer aus Schnee türmte sich unter den

Rädern der ersten Lokomotive. In den Waggons befanden sich Reisende, die Gesichter gegen die Fenster gedrückt, Mädchen bewarfen sie mit Schneebällen, die an den Scheiben zerbarsten, sie riskierten nichts, aber sie wichen instinktiv zurück.

Ich ging am Zug entlang.

Ich begegnete menschlichen Gestalten. Kein Blick.

Der letzte Waggon, in dem die Waren gelagert waren, lag umgekippt im Schnee. Der Aufprall hatte die Türen geöffnet, das Innere stand weit offen, dem Himmel zugewandt. Und zu diesem dunklen Loch waren die Frauen unterwegs.

Von dort kamen sie auch zurück. Von dem, was auf den Schnee geschleudert worden war und was sie einsammelten und mitnahmen. Überall die gleichen Pakete, bleiche Dinge, gehüllt in durchsichtige Plastiktüten.

In jeder Tüte befand sich ein Truthahn. Das war es, was der Waggon ausgespuckt hatte. Ein Geschenk des Himmels in Form von Fleisch, unmittelbar vor Weihnachten. Eine glückliche Fügung, bestimmt für andere Tafeln. Und hier gestrandet. In Le Val-des-Seuls.

Herausgeschleudert.

Es war eine stumme Plünderung durch Frauen ohne Lachen. Ohne sinnlose Fröhlichkeit. Nur schwere Schritte, die den Schnee knirschen ließen.

Die Mütter bedienten sich in dem Haufen und beluden ihre Kinder.

Eine junge Reisende irrte benommen in dieser Menge umher, es war ein dickes Mädchen, das mit seinem Koffer in der Hand häufig angerempelt wurde und um sich blickte, ohne recht zu wissen, was es tun sollte.

Eine alte Frau holte tief Atem an einem Baum, ein kleines Wölkchen kam aus ihrem Mund, Mädchen umringten sie, sie wollten ihr ihre Beute wegnehmen oder spielerisch so tun, als ob, um sie zu quälen. Sie hob die Hand, schwang ihren Stock.

Der Schaffner sagte, der Zug würde erst in ein paar Stunden weiterfahren, ein Bus würde kommen und alle Reisenden in die Stadt bringen, dort könnten sie dann einen anderen Zug nehmen und ihre Reise fortsetzen.

Er empfahl, in die *Lanterne* zu gehen, dort würde man allen warme Mahlzeiten und Getränke servieren.

Ich sah Gaby, sie ging hinter anderen Frauen her, gebeugt, einen Truthahn unter jedem Arm, sie bewegte die Lippen, stibitzte psalmodierend dieses vom Himmel gesandte Fleisch.

Ich kehrte in die *Lanterne* zurück. Trotz der Uhrzeit war Diego wieder in der Küche. Ich bestellte das Tagesgericht. Ich hatte kein Kleingeld bei mir, Francky meinte, ich könne später bezahlen. Er war allein, seine Kellnerin war für ein paar Tage im Urlaub, ehe der Silvesteransturm einsetzte.

Das dicke Mädchen hatte seinen Mantel anbehalten, der Koffer stand neben ihm, es trug gestreifte Halbfingerhandschuhe. Es wirkte blass und müde. Die Männer am Tresen stießen sich mit den Ellbogen an und beschrieben das Mädchen mit obszönen Worten. Yvon ging zu ihr. Er nahm sie mit in den zweiten Raum, weg von den Männern.

Die anderen Reisenden verteilten sich um die Tische. Sie unterhielten sich miteinander. Was dachten sie von diesem ungastlichen Le Val, wo sie vollkommen unfreiwillig gestrandet waren? Von seinen Bewohnern, die Manieren wie Wilde hatten?

Sie saßen eine Stunde fest. Dann kam der Bus, und alle standen auf, sie konnten es kaum erwarten, wegzukommen. Auch das Mädchen ging. Yvon begleitete sie. An der Bustür wechselten sie ein paar Worte.

Das Mädchen stieg ein. Yvon winkte.

Es winkte ihm zurück hinter dem Fenster.

Die Hände des Mädchens in gestreiften Halbfingerhandschuhen.

Auf Gabys Spüle stand ein Teller mit abgenagten Knochen. Ein Filter voller Kaffeesatz. Eine Portion Bœuf Bourguignon, die Philippe ihr in einer Dose gebracht hatte, bevor er nach Dijon gefahren war.

Gaby stellte die Dose in den Kühlschrank.

Die Göre starrte auf den Bildschirm und löste die Blütenblätter einer Treibhausmargerite, die sie neben dem Mülleimer am Friedhof gefunden hatte.

Gaby beugte sich zu ihr.

»Du wirfst die Staubgefäße hoch, und diejenigen, die auf deinen Handrücken fallen, zeigen dir an, wie viele Kinder du bekommen wirst.«

»Ich werden keine Kinder bekommen«, erwiderte die Göre.

»Man muss welche haben…«, sagte Gaby, »denn wer wird sich sonst um dich kümmern, wenn du alt bist? Hm? Und wer wird dir deine Medikamente und dein Brot bringen?«

Die Göre löste ein Blütenblatt. Ein weiteres.

»Du hast keine Kinder…«

Gaby zögerte.

»Nein, ich habe keine.«

Die Göre warf die Staubgefäße hoch. Sie waren fettig und blieben haufenweise an ihren Fingern kleben.

»Ich sagte ja, ich werde keine bekommen!«

Gaby betrachtete einen Augenblick den Stiel der schicksalhaften Blume ohne Blütenblätter.

»Natürlich wirst du welche haben… Die Staubgefäße sind nicht unfehlbar… Und außerdem funktioniert das nur mit

Frühlingsmargeriten. Die hier ist im Topf und ist die der Toten. Du wirst es im Frühling wieder versuchen.«

Die Göre rieb sich die Hände. In der Stille hörte man das penetrante Quietschen der alten Schaukel, die Marius mühsam vor und zurück bewegte.

»Er ist ja immer noch da!«, schimpfte Gaby.

»Seit einer Stunde schon«, sagte die Göre.

Gaby brummte vor sich hin. Sie setzte sich an den Tisch und blätterte in dem Damart-Katalog, sie wollte sich einen BH bestellen, doch sie vergaß immer wieder ihre Körpermaße. Auf den Etiketten ihrer BHs war die Tinte verblasst und unleserlich geworden, durch das häufige Waschen war nur das kleine, etwas fusselige Stückchen Stoff übrig.

»Früher gab es eine Boutique in der Stadt mit einer Dame, die mich beriet. Die Boutique hat zugemacht. Ich bestelle nicht gern ohne Anprobe.«

Sie blätterte um. Bei einer Bestellung vor Weihnachten spendierte Damart eine Fleecejacke und freies Porto. Sie musste sich beeilen.

Zwischen den Worten hörte man das Quietschen der Schaukel.

Ohne ein Wort zu sagen, erhob sich die Göre vom Sofa. Langsam. Sie zog ihre Stiefel an, ihre Wolljacke und ein Cape mit einer gewaltigen Kapuze, das ich noch nie gesehen hatte.

Sie ging hinaus. Lief zur Schaukel. Baute sich vor Marius auf. Sie war erheblich größer als er und sah seltsam aus mit ihrer Kapuze.

Gaby und ich beobachten sie von der Türschwelle aus.

Die Göre nahm Marius' Hand. Sie drehte sie, Handfläche und Handrücken, in beide Richtungen. Die leblose gekrümmte Hand.

»Erinnert deine Hand sich an den Vogel?«

Marius nickte.

Die Göre blickte in die Ferne zu den Bäumen, wo der Nebel die Stämme verschwinden ließ.

»Soll ich dir sagen, warum die Vögel sterben? Wenn ich es dir sage, wirst du dann deine Hand wieder bewegen?«

Er nickte ein zweites Mal.

»Und versprichst du mir, dass du dann aufhörst, diese verdammte Schaukel quietschen zu lassen?«

Er schien es zu versprechen.

Die Göre blickte zum Himmel empor, die Sonne strahlte, doch es war wirklich kalt. Sie zog die Kapuze über ihren Kopf.

Sie drehte sich halb zu uns, um uns anzusehen. Ihr Gesicht lag im Schatten.

Sie wandte sich wieder Marius zu.

Begann zu erzählen.

»Früher gab es diese Straße und all diese Häuser nicht. Aber es gab die Götter. Eines Tages haben sie sich hier versammelt, am Ufer dieses Flusses, dort, wo der flache Felsen ist, kennst du ihn? … Den Felsen, der wie ein Tisch aussieht?«

Der Junge nickte.

Die Göre fuhr fort.

»Der Gott, der am mächtigsten von allen war, sagte: ›Ich werde einen Kuhknochen ins Wasser werfen, wenn der Knochen schwimmt, dann werden die Menschen und die Vögel unsterblich sein. Aber wenn der Knochen untergeht, dann werden die Menschen und die Vögel sterben.‹«

Sie hielt die beiden Teile ihres Umhangs vorn zusammen.

»Der Gott nahm einen Kuhknochen und warf ihn ins Wasser, und der Knochen schwamm. Daraufhin trat die Göttin, die am mächtigsten von allen war, vor und sagte: ›Wir werden es noch einmal machen, aber diesmal werfen wir statt des Knochens einen Stein.‹ Sie nahm einen Stein und warf ihn ins

Wasser. Der Stein sank auf den Boden des Flusses und verschwand.«

Die Göre schwieg. Sie wirkte wie eine Novizin, die ihr Wissen weitergibt, oder wie eine blutjunge Priesterin.

»Seitdem sterben die Menschen und die Vögel. Gleichgültig, was die Menschen tun. Gleichgültig, was die Vögel tun. Es ist das Gesetz der Götter, und es ist unabänderlich.«

Marius stand vor ihr, ohne sich zu rühren.

»Du konntest das Schicksal nicht ändern«, sagte sie.

Nachdem sie das Orakel ausgesprochen hatte, nahm sie erneut seine Hand. Untersuchte die gekrümmte Hand.

Marius' Finger zitterten leicht.

Sie wartete ein paar Sekunden, dann kam sie zu uns zurück.

»Seine Hand ist kalt«, murmelte sie.

Und dann setzte sie sich auf die Schaukel, stieß sich kräftig ab, mit weit geöffneten Augen, und am höchsten Punkt ihres Schwungs flog der Umhang, und ihre Stiefel schienen den Himmel zu berühren.

Montag, 24. Dezember

Der Tagesanbruch unterschied sich von allen anderen. Das Sägewerk lief nur mit reduziertem Personalbestand. Es fehlten die Geräusche, die Stimmen, die Gerüche. Der Erdwall wirkte wie ein verlassenes Lager.

Um elf blieb die Balkontür geschlossen. Ich wartete. Ich machte das Foto von dem leeren Balkon vor zwölf Uhr.

Ohne es so richtig gemerkt zu haben, war ich schon drei Wochen hier.

Ich machte mich mit der Schachtel mit den Pastellkreiden auf den Weg, die Verkäuferin hatte sie schön als Geschenk verpackt.

Marius ließ noch immer die Schaukel vor dem Bungalow quietschen. Dabei hatte er versprochen, es nicht mehr zu tun.

Die Göre saß drinnen am Tisch. Ihre Stiefel standen auf Zeitungen neben der Tür. An ihren Füßen Micky-Maus-Pantoffeln.

»Gaby ist nicht da?«

»Noch nicht.«

Sie machte eine Girlande aus leeren Patronen, bohrte zwei Löcher in das Plastik, schob eine Wollschnur hindurch, ein Knoten alle drei Zentimeter, sie variierte die Farben.

Sie hatte bereits andere Girlanden aus Etiketten gemacht, die sie von Konservendosen abgelöst hatte. Sie hatte sie mit Tesafilm auf die Fensterscheiben geklebt.

Das Kaninchen schlief auf einem eigens zurechtgemachten Stück Pappe.

Die Eichhörnchen waren träge, es war die Zeit ihres Winterschlafs, doch im Bungalow war es zu warm, die Gefangenschaft versetzte sie in einen Zustand benommener Schläfrigkeit.

Die Göre saß noch immer da, gebeugt über ihre Girlande, ihre gesenkten Wimpern sahen aus wie eine Seidenmantilla.

»Ich hab dir ein Geschenk mitgebracht …«

Sie blickte auf.

»Soll ich es dir jetzt geben, oder willst du lieber bis heute Abend warten?«

»Lieber jetzt.«

Ich legte das Paket vor sie.

Sie zerriss die schöne Verpackung. Entdeckte die Holzschachtel mit den Pastellkreiden. Sie öffnete sie und nahm die Stäbchen heraus. Probierte die Farben sofort aus. Die schwarzen, die braunen, die dunklen. Das Ocker verwischt über eine Fläche von mehreren Zentimetern.

In einem eigenen Fach befand sich Zeichenkohle.

Die Schaukel quietschte noch immer, es war unangenehm in der ständigen Wiederholung. Schließlich nervte das Geräusch die Göre. Sie setzte ihre Strickmütze auf.

Sie ging hinaus.

Seit mehr als acht Tagen wollte Marius seine Hand nicht mehr bewegen.

Sie sah ihn eine Weile an.

»Komm …«, sagte sie schließlich.

Sie verlor keine weiteren Worte.

Sie ging los und nahm aus dem Sammelsurium draußen eine kleine Schaufel mit.

Er kam mit.

Ich folgte ihnen.

Sie gingen zur Brücke. Weiter bis zu dem Ort am Fluss, an dem Marius den Schädel des Vogels zerquetscht hatte.

Die Göre fand das Netz wieder. Den Busch. Und den Vogel. Ein kleiner Körper mit roten Federn, der dort hängengeblieben war, wo sie ihn hingeworfen hatte, gekreuzigt an den Zweigen eines Weißdorns, dessen zahlreiche Dornen seine Stirn mit einer Krone schmückten.

Die Kälte hatte ihn gefrieren lassen.

Ich holte sie in dem Augenblick ein, in dem die Göre den Vogel aus dem Busch herauslöste.

»Schau, er ist da … er ist nicht mehr in deiner Hand«, sagte sie, während sie den Vogel befreite.

Er war von innen vertrocknet.

»Er ist nicht mehr in deiner Hand«, wiederholte sie.

Sie ging zu Marius zurück.

»Erinnerst du dich? Ist er es?«

Marius starrte auf den Vogel. Um sie herum rauschte der Wald, es klang wie flüsternde Stimmen.

»Willst du, dass wir ihn begraben? Wenn wir das tun, schwörst du mir dann, dass er danach nicht mehr in deiner Hand sein wird?«

Sie berührte ihn an der Schulter, schüttelte ihn heftig.

Marius antwortete nicht.

»Dann werden wir das machen«, sagte sie. »Du wählst den Ort.«

Er drehte sich um. Langsam. Deutete mit dem Finger auf einen Baum auf der Anhöhe, ein Platz zwischen zwei dicken Wurzeln.

Sie kniete an dem angegebenen Ort nieder, legte den Vogel auf den Schnee und entfernte das Reisig. Mühsam gelang es ihr, mit der Schaufel ein Loch, ein zehn Zentimeter großes

Grab an diesem Ort im Licht in die harte Wintererde zu graben.

Sie legte den Boden mit Rinde aus.

»Gib mir irgendetwas Weiches.«

Marius reichte ihr seine Mütze.

Sie legte die Mütze auf den Boden des Loches und darauf den Vogel mit ausgebreiteten Flügeln.

Sie bat Marius, den Vogel anzusehen, ihn lange anzusehen, denn danach würde er es nicht mehr tun können.

Der Vogel würde nur noch in seinem Gedächtnis existieren.

»Er ist jetzt in der Erde, wirst du dich an ihn erinnern?«

Sie ließ ihm Zeit.

Sie wartete, bis er den Kopf hob und murmelte, ja, er werde sich erinnern.

Jetzt erst bedeckte sie den Vogel mit Erde. Sie tat es langsam, zerkrümelte die harte Erde zwischen ihren Fingern. Als keine Erde mehr da war, drückte sie sie mit den Handflächen und danach mit der Schaufel fest, bedeckte sie mit Schnee und steckte ein Kreuz aus zwei Ästen darauf. Drum herum legte sie ein paar Steine.

»Erinnerst du dich?«

Ohne seine Mütze hatte Marius den Schädel eines Sträflings.

Sie ließ nicht locker.

»Wo ist der Vogel? Hm? Wo ist er?«

Sie ließ es ihn wiederholen, auf den Erdhügel deuten. Die Worte mit seiner zarten Stimme aussprechen.

»Der Vogel ist darunter, zusammen mit deiner Mütze, du darfst das nie vergessen. Er ist nicht mehr in deiner Hand.«

Die Hand hing noch immer reglos, wie vergessen neben dem Schenkel herunter.

»Wir werden sehr stark an den Vogel denken«, sagte die Göre.

Sie standen stumm nebeneinander und starrten auf den Erdhügel.

Und dann beschloss die Göre, dass es vorbei sei, schlug ihre Stiefel gegen einen Felsen, um den Schnee zu entfernen, und ging an den Rand des Wassers.

Marius stellte sich neben sie. Da standen sie, die Schuhe gleich ausgerichtet, die Spitzen berührten fast das Wasser.

Sie schienen mich völlig vergessen zu haben.

Die Göre holte ein Päckchen Schokoladenzigaretten aus ihrer Tasche, öffnete es und zog zwei Zigaretten heraus. Sie schloss das Päckchen wieder und steckte es in die Tasche zurück.

Sie reichte Marius eine Zigarette.

Er streckte die Hand aus.

»Mit der anderen«, sagte sie, weil sie wollte, dass er diejenige benutzte, die herunterhing.

Doch die Hand blieb tot.

»Ganz wie du willst«, sagte sie.

Sie knabberte die erste Zigarette. Biss dann ein Stück von der zweiten ab. Es war dunkle Schokolade, umhüllt von weißem Papier. Trockene Schokolade, die sie kaute, während sie den Fluss betrachtete.

Marius starrte auf ihre Lippen, die Zähne und ihre Finger. Er bekam Appetit. Schließlich hob er die Hand. Die unreine Hand, diejenige, die ihn an sein Vergehen gefesselt hatte. Er präsentierte sie, die Handfläche nach oben, wie ein Bettler.

»Zu spät«, sagte die Göre und zerbiss das letzte Stück.

Sie zerknüllte das Papier und warf es ins Wasser.

Das Papier schwamm einen Augenblick, dann versank es.

Marius rührte sich nicht.

Die Göre nahm ihre Strickmütze ab, setzte sie ihm tief ins Gesicht, packte ihn an den Händen und tanzte mit ihm.

Ich ging zum Essen nach Hause.

Am Nachmittag war es schön. Blauer Himmel. Der Schnee glänzte in der Sonne. Er schmolz auch ein bisschen.

Ich ging durch die Straßen von Le Val. In allen Häusern bereitete man Weihnachten vor. Die Männer des Ortes hatten ein Tauziehen auf der großen Wiese improvisiert. Ein Kräftemessen zwischen den Jungen und den Alten. Sie hatten ihre Blousons ausgezogen, die leuchtende Farbflecke auf dem weißen Schnee bildeten.

Ich sah Marius wieder, hinter seinem Haus mit seinen Brüdern, sie hatten Schneemänner gebaut, und die beiden Älteren schossen ihnen mit ihren Karabinern in den Kopf. Die Schrotkugeln, die sie verwendeten, drangen in die Böschung ein.

Marius schoss nicht mit. Er schaute zu, wie die Schneemänner in sich zusammensanken. Einer von ihnen war zusammengefallen und lehnte an einem anderen. Kein Mund mehr, der umgebundene Schal hing herunter.

Ich begegnete Gaby im Tante-Emma-Laden.

Wir sprachen über die vorangegangene Plünderung.

Sie erzählte mir, dass sie den zweiten Truthahn in einem Loch vergraben hätte, das sie nach Norden hin in die gefrorene Erde gegraben hatte. Sie beschrieb mir den Ort, hinter dem Bungalow, eine Grube mit Erde und Schnee darüber, schön festgedrückt, kälter als ein Kühlschrank. Sie hatte ein Brett über den Schnee gelegt, und auf das Brett hatte sie Steine gerollt.

Sie stellte ihre Einkäufe auf das Band: ein Fläschchen Nagellack, eine Baguette, in Plastik eingeschweißter Schinken und einen Weihnachtsmann aus Schokolade, in stark glänzendes rotes Papier eingewickelt.

Sie zögerte und ging noch mal zurück, um einen zweiten zu holen.

Sie bestellte einen Zwanzig-Liter-Kanister Öl für ihren kleinen Ofen.

»Es ist seit dem letzten Mal teurer geworden«, sagte sie.

»Alles wird teurer, Gaby.«

Der Ladenbesitzer steckte den Kalender für das neue Jahr in ihre Einkaufstasche. Sie kramte in ihren Taschen und suchte Münzen zusammen.

Gaby sprach nicht mit den anderen Frauen. Sie sahen sie nicht an. Sie stieg auf die Waage, ich sah, wie der große Zeiger sich bewegte.

Ich fragte sie, ob sie abends zur Baronin gehen würde, um Weihnachten zu feiern.

»Ich gehe, wenn du gehst«, sagte sie.

Ich versprach ihr hinzugehen.

»Und Philippe, wann kommt er zurück?«

»Er sagte Mittwoch.«

Sie spähte nach draußen. Sie konnte nicht anders. Sie war sich sicher, dass Ludo heute zurückkommen würde. Einfach so, unerwartet.

Sie beeilte sich, nach Hause zu kommen.

Ich kaufte Leckereien, Nougat, Feigen und kandierte Früchte.

An der Kasse tuschelten die Frauen über mich.

Am Abend holte ich sie mit Emmas Wagen ab, und wir fuhren zum Hundeheim. Anwesend waren die Baronin und zwei Typen, die sich um die Hunde kümmerten. Ein Mädchen, das zufällig vorbeigekommen war. Und wir drei, Gaby, die Göre und ich.

Gaby hatte sich die Haare gefärbt, kupfer mahagoni dunkelbraun.

Sie schenkte mir einen kugelförmigen Pinsel aus echtem Eichhörnchenhaar.

Die Göre gab mir eine Zeichnung, die sie mit meinen Kreiden angefertigt hatte.

Gaby hatte ihr einen modernen iPod gekauft, um die Songs zu hören.

Ich hatte den Mädchen Geld auf ihr Konto überwiesen.

Jeder hatte etwas zum Essen mitgebracht. Wir tranken Wein. Die Baronin trank keinen, nur Cola, aber aus einem Kristallglas mit Fuß.

Wir spielten Scrabble. Die Baronin kannte sich mit der Rechtschreibung aus, nicht aber die beiden Typen, und wir hatten kein Wörterbuch, um nachzusehen. Es gab Streit. Wir hörten mit dem Scrabble auf und spielten »Mensch ärgere dich nicht«.

Die kleine Spanielhündin schlief auf ihrer Decke. Sie hatte sich gut erholt, die Baronin behielt sie aber trotzdem im Haus. Sie sagte, sie sei der bravste Hund der Welt, aber das behauptete sie auch von Poum und allen anderen Hunden.

Gaby wollte nicht zu spät nach Hause. Um zehn Uhr bemerkte ich, dass sie unruhig und ungeduldig wurde.

Wir tranken einen Digestif.

Kurz darauf gingen alle heim.

Ludo war nicht gekommen, und Gaby war enttäuscht. Ich setzte sie und die Göre am Bungalow ab.

Ich war nicht müde.

Ich fuhr weiter.

Der Schnee erhellte Le Val und die Berge ringsum. Ich machte einen Umweg über die Anhöhen und fuhr über Bucks Wiesen zurück. Ich hielt an. Jeans Haus lag direkt unterhalb, von meinen Beobachtungspunkt aus hatte ich einen guten Blick ins Innere, konnte die erleuchteten Räume sehen, den Hof, den großen Raum, selbst die Schlafzimmer im ersten Stock.

Ich stieg aus dem Wagen. Ging ein Stück. Die Kurve lag über dem Raum, in dem gefeiert wurde, eine große Fensterfront ohne Vorhänge. Von meiner Anhöhe aus konnte ich alles sehen, den Weihnachtstisch, die Gesichter, die Gläser, die Karaffen, die Kerzen.

Die Tanne, die Jean mitgebracht hatte, bog sich unter den Girlanden. Kinder spielten. Ein einziges Funkeln.

Ich erkannte Jean, die Ärmel seines Hemdes bis über die Ellbogen hochgekrempelt, er schenkte Wein ein. Neben ihm eine Frau in einem Trägerkleid.

Das Essen war vorüber. Der alte Sam thronte da, gekleidet wie ein Lord. Ebenfalls in Hemdsärmeln.

Dienstag, 25. Dezember

Die Glocken der Messe läuteten, um den Weihnachtsmorgen anzukündigen. In der Nacht hatte es geschneit, und das etwas schmutzige Weiß des Vortags strahlte wieder in all seinem Glanz. Ich buchstabierte die Namen der Mädchen. Ich erinnerte mich an sie, sie waren so wunderschön, hinreißende junge Mädchen.

Ich schrieb den Namen ihres Vaters in den Beschlag der Fensterscheibe. Es hatte eine Zeit in unserem Leben gegeben, in der wir die gleiche Zukunft gewollt hatten, er und ich. Dann hatte ich sie immer noch gewollt, während er anderes im Kopf gehabt und einen Kabinenkoffer gewählt hatte, um schneller wegzukommen. Als er ging, suhlte ich mich in meinem Kummer.

Hatte er mich wirklich geliebt? Oder hatte ich ihn gezwungen, mich zu wählen, so wie ich meine Mutter gezwungen hatte? Hatte ich das auch mit ihm gemacht? Mit anderen? Der Schmerz kehrte in regelmäßigen Abständen zurück. Und mit ihm die Zweifel.

Er sagte, er habe mich geliebt, er habe mir zwei Töchter gemacht, aber er habe Lust auf etwas anderes. Hatte er sich gezwungen gefühlt?

Hatte er mich deswegen verlassen, weil er sich von diesem Blick befreit hatte, endlich frei auf der Türschwelle?

Ich verbrachte den Vormittag damit, Christos letztes Projekt zu übersetzen. Es ging um die Aufstellung der *Gates* in New York, siebenhundert Tore mit safrangelben Stoffbahnen auf einer Strecke durch den ganzen Central Park.

Das war 2004 gewesen.

Eine Galerie in Paris hatte die vorbereitenden Zeichnungen verkauft.

Ich fertigte eine Rohübersetzung des Interviews an, das Christos Frau am Tag der Eröffnung von *Gates* gegeben hatte. Sie sagte: »Der Grund, warum wir diese flüchtigen Werke realisieren, ist, dass wir denken, es wird wunderschön sein, und die einzige Möglichkeit, es zu sehen, ist, sie zu realisieren. Und sobald das Werk da ist, betrachtet man es, und es ist zehn Milliarden Mal schöner als all unsere Träume. Aber in diesem Augenblick sind wir keine Künstler mehr, der schöpferische Akt ist beendet.«

Würde ich irgendwann einmal etwas erleben, das zehn Milliarden Mal schöner wäre als alles, was ich geträumt habe?

Ich las das letzte Kapitel noch einmal laut, die beiden Sprachen überlagerten sich, ich übersetzte gut, doch ich hatte einen schrecklichen Akzent.

Ich legte das Buch weg. Ich musste unbedingt schneller arbeiten. Zehn statt drei Seiten übersetzen.

Ich betrachtete die Straße. *La Lanterne* war geschlossen.

Ich schoss das Foto des leeren Balkons. Es war mein viertes Foto des Balkons ohne jemanden darauf.

Ich kramte in den Schubladen und fand einen Lidschattenstift, einen Rosenkranz und eine Jungfrau Maria aus Plastik. Einen View-Master, das rote Modell. Das kleine Gehäuse erinnerte an ein Fernglas, ich schob eine der Pappscheiben hinein, zehn

Miniaturdias, die Mer de Glace. Eine weitere mit Landschaften von hier, fünf Ansichten von Le Val-des-Seuls.

Ich fand einen toten Nachtfalter. Ich legte ihn auf den Tisch. Er war vertrocknet. Gibt es spezifische Schmetterlingskrankheiten? Können sie an Schnupfen oder Herzrasen leiden? An einem geplatzten Aneurysma sterben? Oder ist ihr Leben so kurz, dass sie keine Krankheiten bekommen können?

So war es vermutlich.

Ich nahm mir vor, mit Sam darüber zu reden.

Ich telefonierte mit den Mädchen.

Ich telefonierte auch mit der Concierge und wünschte ihr frohe Weihnachten. Sie erzählte mir, sie habe die Heizung in der Wohnung höher gestellt. In Absprache mit den anderen Eigentümern habe sie dem Clochard erlaubt, die Nacht im Warmen zu verbringen, neben der Heizung am Ende der Eingangshalle. Sie fragte mich, ob ich einverstanden sei, denn auch wenn ich nicht da sei, gehöre ich doch der Eigentümergemeinschaft an.

Ich fegte die Krümel vom Tisch und warf sie den Tieren hin, irgendwann würde eins vorbeikommen, eine Ratte, ein Vogel.

Am Ende ihres Lebens gab meine Mutter den Blumen Krümel. Die Pflanzen gingen eine nach der anderen ein, nicht wegen der Krümel, sondern weil sie nicht gegossen wurden, und sie redete dann mit ihrem Spiegelbild, das sie in ihrem Spiegel sah. Die Menschen, die allein leben, fangen früher oder später an, solche Dinge zu machen.

Meine Mutter sprach mit allem.

Eines Tages jedoch hörte sie auf zu reden.

Sie schrieb Worte auf. Die letzten Worte derjenigen, die sie besuchten, die Worte, die sie sagten, unmittelbar bevor sie sie verließen, bevor sie die Tür schlossen. Sie schrieb sie auf Zettel, die sie überall versteckte. Doch da ging es ihr noch gut.

Nach ihrem Tod fand ich ein paar von ihnen: *Ich komme Sonntag wieder. Wenn du etwas brauchst, lass es mich durch die Krankenschwester wissen. Ich werde der Friseuse sagen, sie soll zu dir kommen. Ciao Mama.*

Ich fand einen in einem ihrer Schuhe: *Was für ein Dummkopf, dieser Cupidon!*

Wer mochte diese Worte gesagt haben, als er gegangen war? Curtil?

Ganz am Ende hatte sie in einem weißen Zimmer gelebt und auf die Wände geschrieben. Sie machte kleine Löcher in den Gips und steckte Zettel hinein. Sie sagte, eines Tages, in ferner Zukunft, werde man all das finden. Sie nannte es das Versprechen der Wände.

Ich hatte mich mit dem Direktor geeinigt, dass sie schreiben und Löcher machen durfte, so viel sie wollte, ich würde das Streichen und die Reparaturen, die danach notwendig wären, bezahlen.

Ich hatte das Wort »danach« gesagt.

Ich unterschrieb eine entsprechende Erklärung, und man ließ sie gewähren. Ihr Gehirn hatte die Form der Buchstaben verloren, daher schrieb sie Dinge, die niemand verstehen konnte.

Dann kam eine Phase, in der sie ihre Kleider zerriss, um die Worte zu bedecken. Sie klebte den Stoff mit Tesafilm fest. Ich setzte mich auf den Bettrand. Ich nahm ihre Hand. Ihr Körper wog fast nichts mehr, er strömte einen Geruch aus, den ich nicht mochte.

Ich besuchte sie einmal im Monat.

Eines Tages brachte ich ihr einen Tapetenkatalog mit und sagte ihr, das sei Papier, das sie über ihre Worte kleben könne.

Sie blätterte die Seiten um und fuhr die Motive mit ihren Fingern nach.

Sie zerriss weiterhin ihre Kleidung.

Eines Morgens fand die Krankenschwester sie am Boden vor dem Bett.

»Manchmal weinen die Wände«, hatte sie gesagt. Das ist das Letzte, was Mama gesagt hat. Die letzten Worte, die sie sprach. Das letzte Mal, dass ihre Stimme zu hören war.

Danach sprach sie ein ganzes Jahr nicht mehr.

»Ich mag Weihnachten nicht, das verdüstert meine Gedanken.«

Gaby hob den Kopf.

Sie zertrennte die letzten Teile des Truthahns mit einem Wiegemesser und legte sie nebeneinander in eine Schüssel. Sie schob die Schüssel mit Butter, Pfeffer und Salz in den Ofen. Der Ofen war vorgeheizt.

Sie war wütend, weil Hunde den Truthahn ausgegraben hatten, den sie als Vorrat in der Erde vergraben hatte. Sie zeigte mir durch das kleine Fenster, wie sie unter dem Brett gegraben hatten. Sie schimpfte auf die Leute, die Tiere haben und sie herumstreunen lassen.

Sie öffnete die Trommel der Waschmaschine. Sie stopfte sie mit Wäsche voll, schüttete Waschpulver in den Behälter und schloss die Tür. Sie drehte den Programmknopf, es knackte mehrmals. Ein rotes Licht blinkte. Wasser sprudelte, und die Trommel begann sich mit der Wäsche darin zu drehen. Wir zogen unsere Stühle heran. Eine Stunde dauerte das Kurzprogramm, Waschen ohne Schleudern. Sie lehnte sich auf ihrem Stuhl zurück. Die Hände auf der schottischen Jacke.

»Ist dir bewusst, dass heute Weihnachten ist?«

»Ja, es ist mir bewusst.«

Sie begann sich wegen Ludo Sorgen zu machen, das war deutlich zu spüren.

»Ich verstehe nicht, wo er sein kann«, sagte sie schließlich.

Hinter der runden Scheibe vermischten sich die Stoffe, die Ärmel, die Riemen, alles verschlang sich in dem schäumenden Wasser, eine Socke klebte an der Scheibe fest, sie blieb einen Augenblick dort, bevor sie in die Tiefen der Trommel gerissen wurde.

»Es ist schon komisch, dass er nicht da ist. Möglicherweise ist er gar nicht draußen ... Es gibt Gerüchte. Wenn er draußen wäre, wäre er da. Bei dieser Kälte treibt man sich nicht draußen rum.«

Sie stand auf, um ein Glas Wasser zu trinken.

Ich entfernte die Pappe, die das Fenster zudeckte. Der Himmel war fahl, der Blick auf die Pfeiler und die Stromleitungen an der Straße eintönig. Der Bungalow war isoliert im Schnee. Die Schaukel war nur noch eine weich geschwungene Form.

»Hast du bemerkt, die Laternen gehen an, wenn es Nacht wird, und das ist jeden Tag ein wenig früher.«

»Es ist Winter«, sagte Gaby.

»Ja, es ist Winter.«

Sie saß reglos da und wartete, bis die Wäsche gewaschen war, die Hände auf den Schenkeln, die Füße in Pantoffeln, gekreuzt unter dem Stuhl.

»Magnard hat mir ein altes Laken gegeben, um Putzlumpen daraus zu machen. Was bei ihr alt ist, ist bei mir neu ... Ich werde mein Bett mit dem Laken beziehen.«

Die Maschine schleuderte noch immer nicht.

»Das ist ihr Schwachpunkt«, sagte Gaby.

»Du solltest mir deine Wäsche mitgeben, ich habe eine gute Maschine. Ich bringe sie dir trocken wieder.«

Es war nicht das erste Mal, dass ich ihr das anbot. Sie hatte es stets abgelehnt und vorgezogen, die Kleidung in der Wanne auszubreiten, sie sagte, eines Tages hätte sie genügend gespart, um ihre Schulden zu bezahlen, und mit den Ersparnissen würde sie eine neue Maschine kaufen. Sie hatte bereits eine in einem Katalog ausgesucht.

Sie nickte. Endlich nahm sie mein Angebot an.

Wir hörten ein Geräusch draußen, ein erstickter Laut, ungewöhnlich. Gaby öffnete die Tür einen Spalt.

Marius kniete bei der Schaukel, schob mit den Armen Schnee zusammen und formte ein Quadrat, dessen Oberfläche er glättete. Er sprach zu sich selbst, vielleicht sang er auch.

»Was macht er jetzt wieder?«

»Er spielt.«

»Bei dieser Kälte! Und am Weihnachtstag?«

Gegenüber, im Haus des Onkels, brannte helles Licht hinter dem traurigen Fenster.

Der Onkel rauchte auf der Türschwelle. Er beobachtete, was hier geschah.

»Glaubst du, dass Curtil ihn hasst?«

»Den Onkel? Keine Ahnung. Vielleicht, ja …«

Gaby blickte auf die Straße, in beide Richtungen.

»Ich werde in Varcès anrufen«, sagte sie.

»Jetzt? Aber es ist Weihnachten.«

»Dort ist nie Weihnachten.«

Sie hatte eine Telefonkarte und benutzte gewöhnlich das Telefon in der Kabine.

»Seit mehr als acht Tagen sagt man mir, dass er draußen ist. Wenn er frei ist, will ich es wissen.«

Sie faltete einen offiziellen Brief mit dem Briefkopf des Gefängnisses auseinander, die Nummer der Zentrale.

Am Fenster hatte man einen guten Empfang. Ich tippte die Nummer ein. Eine Frau meldete sich. Ich reichte Gaby das

Handy. Sie redete. Sie sagte nicht viel. Nur, dass sie die Frau von Ludo Ballutti sei und dass sie wissen wolle, wo ihr Mann sei.

Als sie mir das Handy zurückgab, war es nass. Ihre Stirn war gerunzelt, wie immer, wenn sie nachdachte.

»Und?«

»Er ist draußen.«

»Was hat man dir genau gesagt?«

»Vorzeitige Entlassung wegen guter Führung. Vor zehn Tagen.«

Sie setzte sich wieder. Die Lampe zeichnete einen Lichtkreis auf den Tisch.

»Ich weiß nicht mehr, wo er gerade ist.«

Ihre gefalteten Hände lagen im Lichtkreis. Sie hatte alles ertragen, die Fahrten, die Besuchszimmer, die Kontrollen, auch das Getuschel der Frauen von Le Val.

Ludo hatte das Gefängnis verlassen, und er hatte sie nicht angerufen. Nichts. Sie grübelte darüber nach.

»Er muss seine Gründe haben«, sagte sie schließlich.

»Das habe ich dich immer sagen hören, er muss seine Gründe haben.«

»Manchmal stimmt es!«

»Es stimmt, aber wir haben alle unsere Gründe, um die Scheiße zu entschuldigen, die wir bauen.«

Sie saß lange reglos da, wie eine Karyatide.

»Du glaubst, dass du alles verstehst … aber du verstehst nichts.«

Es machte mir nichts aus, dass sie das sagte.

Ich nahm meinen Blouson.

Sie hob den Kopf.

»Du gehst?«

»Ja.«

»Warum regst du dich auf?«

»Ich rege mich nicht auf.«

»Warte wenigstens noch fünf Minuten, bis die Maschine fertig ist.«

Sie öffnete den Wandschrank, griff ganz nach oben, hinter die große Salatschüssel, und holte einen Weihnachtsmann aus Schokolade in rotem Papier hervor, den ich sie im Tante-Emma-Laden hatte kaufen sehen.

Sie ging hinaus.

Marius hatte auf dem gefallenen Schnee ein Schneequadrat mit einer Seitenlänge von einem Meter und ein paar Zentimetern Höhe geformt. Die Ränder waren gerade. Die Ecken perfekt geformt.

Gaby ging zu ihm und hielt ihm den Weihnachtsmann hin, und da er ihn nicht nahm, schleuderte sie ihn von sich. Es gab nichts anderes als dieses weiße Quadrat. Glatt. Mit diesem scharlachroten Fleck in der Mitte.

Als die Wäsche fertig war, holte sie die Kleidungsstücke aus der Maschine. Legte sie klatschnass in eine Wanne. Sie schob die Wanne zu mir, und ohne sich weiter um Höflichkeit zu bemühen, sagte sie, sie habe letzte Nacht schlecht geschlafen und wolle sich ein bisschen ausruhen.

Wieder zu Hause, schleuderte ich die Wäsche und hängte sie zum Trocknen auf den Plastikständer neben dem großen Heizkörper. Es gab Hemden, Strümpfe, die Jeans der Göre, eine Pyjamahose, die an der Taille von einer Kordel zusammengehalten wurde, und die fusselnden Unterhemden, die Gaby winters wie sommers trug.

Es war gerade mal sechzehn Uhr. Francky hatte geschlossen.

Die Feiertagsessen waren vorbei, man ging nach draußen, um mit der Familie frische Luft zu schnappen, man machte ein paar Schritte, die Kinder vorneweg, im Sonntagsstaat.

Ich schickte Philippe eine SMS. Ich fragte ihn, ob ich zu ihm gehen könne, um das Herbarium zu restaurieren. Er antwortete mir sofort. Ich könne.

Ich nahm den Schlüsselbund.

Ich dachte, wenn Curtil kommt, dann geht er zu Philippe.

Ich war nicht allein. Zwei Frauen hatten die gleiche Idee gehabt, die gleiche Frage und die gleiche Erlaubnis, sie restaurierten Pflanzen, einander gegenübersitzend, mit den Herbarien um den großen Tisch.

Die Zusatzheizung funktionierte mit einer Gasflasche und verbreitete eine Wärme, die für eine angenehme Temperatur sorgte.

Ich sah ihnen beim Arbeiten zu. Ihre Hände. Ihre Bewegungen. Die Ältere trug ein Umhängetuch, sie saß nach vorn gebeugt da, ganz in Anspruch genommen vom Ablösen einer Pflanze mit gezackten Blättern. Wie die beiden da einander gegenübersaßen, hätte man sie für Nonnen in einem geschlossenen Raum halten können, beschäftigt mit geheimnisvollen Aufgaben. An einem Weihnachtstag.

Sie sagten kein Wort zu mir. Stellten mir keine Fragen. Sie schoben nur die Schachtel Kekse, die sie angebrochen hatten, in meine Richtung.

Ich öffnete ein Herbarium. Ich las die Etiketten: abgeschnittene flaumige Blätter, bläulich- oder tiefgrüne Blätter, glatte oder mehlige Blätter, rosettenförmig, gezackt, gespaltene Blütenblätter … Pflanzen, von denen es hieß, sie wüchsen auf Geröll oder Kies, an Gebirgsbächen, an Wegrändern, oder Gräser von zertrampelten Weiden, Pflanzen, gefunden zwischen Trümmern, oder geschützte Pflanzen wie die Beradie, Pflanzen der trockenen Hänge, runde Stiele, fast nackt, Blütenkrone mit tiefen, haarigen Kronblättern …

Ich dachte an Curtil.

»Wie lange werde ich noch auf ihn warten müssen?«, murmelte ich.

Die beiden Alten blickten auf.

Ich lächelte ihnen zu.

Sie wandten sich wieder ihren Aufgaben zu.

Es war mein erstes Weihnachten ohne die Mädchen. Mein erstes Weihnachten überhaupt ohne jemanden. Ich löste eine Pflanze ab. Ein weißer Mannsschild. Ein Stiel mit schmalen Blättern. Ich ließ die Klinge des Cutters zwischen Blatt und Papier gleiten. Ich schabte leicht.

Der Mannsschild löste sich langsam von seiner alten Unterlage.

Als ich zurückkam, fand ich ein Glas Honig vor meiner Tür, auf der höchsten Stufe, vor der Kälte geschützt durch einen dicken Papierumschlag.

Es war niemand zu sehen.

Ich vermutete, Jean hätte es mir gebracht.

Ich stellte das Glas auf den Schreibtisch. Auf dem Deckel die Zeichnung einer Biene. Ich probierte den Honig. Er war körnig, mit Wachsstücken, auf die man biss, er roch gut und hatte einen kräftigen, nachhaltigen Geschmack und eine goldbraune Farbe. Ich hatte das Gefühl, alle Wälder hier zu verschlingen, mit ihrem Moos, ihren Blumen und dem Fluss.

Ich hatte eine Nachricht von den Mädchen erhalten.

Eine SMS von Kathia. *Ich mag kein allzu langes Schweigen, also melde ich mich wieder… Um dir zu sagen, dass ich an dich denke. Ich hoffe, es geht dir gut. Erinnerst du dich, dass du eine Vertretung ab dem 7. hast? Hm? Denkst du auch daran?*

Mittwoch, 26. Dezember

Trotz des glühend heißen Heizkörpers war die Kälte in die Wohnung gedrungen. Ich hatte von Curtil geträumt, wir waren in einer Stadt, sprachen miteinander. Ich hätte mich gern erinnert, was wir uns zu erzählen hatten. Ich versuchte, Erinnerungsfetzen zu erhaschen, aber das Bild zerfaserte unter meinen Bemühungen.

Ich machte mich an die Arbeit. Konzentrierte mich auf den Text. Ich stand mehrmals auf und drehte Gabys Wäsche um, damit jedes Kleidungsstück von der Wärme des Heizkörpers profitierte, ich achtete sorgfältig darauf, dass alles vollständig trocken wurde.

Es wehte ein kalter Ostwind. Vielleicht lag es an diesem Wind, dass ich Kopfschmerzen hatte.

Ich las noch einmal die Seiten, die ich am Vortag übersetzt hatte. Christo überlässt seine vollendeten Werke dem Blick des Publikums, und nach ein paar Tagen baut er sie wieder ab. Das fertige Werk ist nie zu verkaufen, lediglich die vorbereitenden Zeichnungen, die Fotos, die Skizzen, alles, was zur endgültigen Realisation führt und nebensächlich zu sein scheint. Ich übersetzte den Gedanken, dass bei diesem Künstler die Arbeit am Werk das ist, was zählt.

Der Tag brach an. Ich öffnete die Tür. Minus sieben Grad auf dem Thermometer, das zwischen dem Beton und dem Holz angenagelt war.

Der Wagen des Hundeheims stand noch immer auf dem Erdwall, ohne Hunde und ohne Traktor. Ich sah meine farbigen Zeichnungen.

Ich beendete die Übersetzung von Kapitel 24.

Es gab Tage, an denen die Arbeit zu einer nervtötenden Pflicht wurde, Zweifel mich quälten, und ich dachte, ich würde es niemals schaffen. Und dann wurde die Übersetzung über Seiten hinweg wieder flüssig, und ich kam erneut gut voran.

Ich übersetzte einen Artikel, der 2005 erschienen war und in dem Christo die Verhüllung des Pont Neuf und des Reichstags beschreibt. »Als wir 1995 den Reichstag verhüllten und die Arbeiter noch damit beschäftigt waren, den Stoff anzubringen, war die Menschenmenge, die sich ringsherum angesammelt hatte, durch einen Zaun getrennt. Als alles fertig war und der Zaun entfernt wurde, sahen wir, wie die Menschen sich näherten und den Stoff und die Schnüre des Reichstags berührten und durch den Stoff tasteten, in dem Versuch wiederzuerkennen, was dahinter war und was der Stoff verhüllte. Beim Pont Neuf war es genauso.«

Der Wind schlug gegen die Fensterscheiben, es war ermüdend.

Ich schlief vor dem Bildschirm ein, den Kopf zwischen den Armen. Als ich die Augen öffnete, hatte der Computer in den Pausenmodus geschaltet, und Dutzende phosphoreszierender Fische trieben in einem Meer aus blasslila Algen.

Die Kellnerin war noch immer im Urlaub. Ich machte das Foto des Balkons und der geschlossenen Balkontür.

Ich ging hinaus. Le Val war ruhig. Es gab keine Menschenseele auf den Straßen, nur die traurigen Feiertagsüberreste.

Ich schickte Jean eine SMS, um ihm für den Honig zu danken. Er antwortete mir, er sei beruhigt, dass ich ihn gefunden hätte.

Ich ging am Fluss entlang in Richtung alte Brücke. Das Wasser dampfte zwischen den schneebedeckten Ufern.

Ich bemerkte drei Wildschweine, sie hatten ihr Winterquartier in der Nähe eines verrosteten Pfeilers bezogen, ihr vom Nebel feuchtes Fell war in der Nacht gefroren und hatte die gewaltigen Tiere in funkelnde Eisskulpturen verwandelt.

Ich ging die Straße weiter bis zum Schild am Ortsausgang. Die Pistenraupe stand auf dem Erdwall mit geschlossenen Türen und dunkler Kabine.

Curtil würde mit dem Zug kommen, dachte ich, er würde zwangsläufig kommen, er würde anrufen, um die Ankunftszeit und die Nummer des Waggons mitzuteilen, und ich würde ihn auf dem Bahnsteig erwarten, vermutlich in Modane. Ich würde sein Gesicht hinter der Fensterscheibe sehen. Die Reisenden würden sich auf ein glückliches Wiedersehen freuen, ein Vater und seine Tochter, das Natürlichste von der Welt, man würde Neid erwecken. Je nach Uhrzeit würden wir irgendwo zu Mittag essen. Er würde Geschenke für die Mädchen dabeihaben, würde ihr Alter vergessen haben, ich würde ihm Fotos von ihnen zeigen, ihm von Australien erzählen, Geschenke für zehnjährige Mädchen, er würde erstaunt sein, wie die Zeit vergeht.

Es sei denn, er käme mit dem Auto, ohne Tag und Uhrzeit mitzuteilen, und uns überraschen.

Ebenso gut konnte er auch gar nicht kommen.

Und wenn er nicht käme?

Er konnte auch da sein, ohne dass wir wüssten, wie er gekommen war, ich würde in Franckys Bar kommen, und er wäre da, am Tresen stehend mit den anderen, und ein schön geredetes Leben erzählen, das er gern geführt hätte und das er nicht führt.

Gaby war noch nicht von der Arbeit zurück, und die Göre war allein. Wir unterhielten uns auf der Türschwelle.

Ein grauer Wagen fuhr auf der Straße vorbei und parkte etwas weiter weg. Er stand ein paar Minuten da, ohne dass jemand ausstieg.

»Sie waren gestern schon hier«, sagte die Göre. »Sie haben beim Onkel gehalten.«

Der Wagen entfernte sich langsam.

»Wir könnten uns einen Transporter kaufen und Crêpes am Meer verkaufen«, sagte die Göre und wandte sich ab.

»Gaby wird niemals von hier weggehen.«

»Ich werde eines Tages weggehen.«

Ich ging weiter zum Laden des alten Sam. Ich war nicht mehr dort gewesen, seit ich Gabys Pinsel in der Vitrine gefunden hatte.

Der Schneefall vom Vortag hatte die Plastikstühle umgeworfen. Ein Zettel war mit Heftzwecken am Holz der Tür befestigt worden: *Bin abwesend, komme um 17 Uhr zurück, wenn Sie etwas brauchen, nehmen Sie es und tun Sie das Geld in die Kasse.*

Ich stellte die Stühle wieder auf.

Ich öffnete die Tür. Sie ließ die Glöckchen klingeln. Der alte Sam hatte eine Lampe über der Kasse brennen lassen.

Ich ging durch die Regalreihen.

Ich nahm mir Honigkuchen. Ließ meine Finger über das Glas der Vitrine gleiten.

Die Katze putzte sich sorgfältig auf ihrem Sessel. Es war eine wunderschöne Katze mit geschmeidigen Bewegungen. Ich legte meine Hand auf ihren Rücken, und sie schnurrte zufrieden.

Ein zweimal gefaltetes Zeitungsblatt lag unter einem Briefbeschwerer. Ein gelbes Post-it: *Für Carole.*

Ich hob den Briefbeschwerer hoch. Die Zeit hatte die Seite vergilben lassen. Als ich sie auseinanderfaltete, sah ich ein Schwarzweißfoto unseres Hauses in der Nacht des Brandes, das ein Viertel der Seite einnahm. Man sah die Feuerwehrmänner zwischen den schwarzen Trümmern, die die Schläuche zusammenfalteten und den Einsatz beendeten.

> Ein Feuer brach am Abend aus, kurz vor 23 Uhr, in einem Haus auf der Anhöhe von Malfondière. Das Feuer nahm seinen Ausgang in einem Zimmer im Erdgeschoss, ausgelöst vermutlich von einem Kurzschluss in einer elektrischen Girlande. Es breitete sich rasch über die oberen Etagen aus. Die Mutter und zwei ihrer Kinder, die sich auf dem Dachboden befanden, konnten das Haus vor dem Eintreffen der Feuerwehr verlassen. Die Feuerwehrleute konnten das dritte Kind, ein kleines Mädchen, herausholen, das vom Rauch leicht geschädigt war. Sein Zustand machte eine Einweisung in das Krankenhaus von Chambéry erforderlich.
> Der Brand wurde gelöscht. Die Feuerwehrleute sind bis zum Morgen vor Ort geblieben.
> Die Bewohner des Hauses sind alle unversehrt, dank des bemerkenswerten Mutes der Mutter und der Feuerwehrleute.
> Die Familie wird vorübergehend in den Räumen des Pfarrhauses untergebracht. Spenden in Form von Kleidern und Geld können im Sekretariat des Rathauses abgegeben werden.

Ich faltete das Blatt wieder zusammen.

Ich legte einen Schein in die Kasse, um zu bezahlen, was ich schuldig war, und nahm den Honigkuchen und den Artikel mit dem Foto mit.

Donnerstag, 27. Dezember

Ich erhitzte Wasser für den Kaffee. Zwischen den Feiertagen wurden die Werkstätten nur mit reduziertem Personalbestand betrieben. Jean hatte vermutlich bis spät in die Nacht gewalzt, es war fast elf, als er seinen Jeep parkte. Er ließ seinen Hund im Wagen und ging zum Sägewerk.

Ich presste mein Ohr an die Zwischenwand. Es kam mir so vor, als hörte ich Stimmen auf der anderen Seite.

Ein inneres Bullauge ging auf die Werkstatt, eine kleine Öffnung, in zwei Metern Höhe mit einem Fensterladen davor, das mit einem Vorhängeschloss verschlossen war. Das Fenster war mit einer geblümten Tapete bedeckt und kaum von der Wand zu unterscheiden.

Ich stieg auf einen Stuhl.

Der Fensterladen wurde von einer Kette gehalten, die nur einen zwei Zentimeter breiten Spalt zuließ. Ich zog an der Kette, um die Öffnung zu vergrößern. Es gelang mir, meine Hand dazwischenzuschieben. Das innere Fensterbrett war mit Staub bedeckt. Ich spürte einen Schlüssel unter meinen Fingern. Ich nahm ihn. Nach zwei Versuchen öffnete sich das Vorhängeschloss.

Hinter dem Fensterladen war eine schmutzige Scheibe, die auf die Werkstatt ging. Ich rieb mit den Fingern daran. Näherte mein Gesicht dem Glas.

Die Maschinen, die Bretter. Jean unterhielt sich mit drei Arbeitern. Er hatte seine Jacke ausgezogen. Darunter trug er einen rostfarbenen Wollpullover, den ich halbfertig bei ihm zu Hause mit den Stricknadeln im Korb gesehen hatte.

Ich erinnerte mich an den Vater der Mädchen in der letzten Nacht, er hatte nicht geschlafen, und ich fand ihn in der Küche. Sein Körper und sein Leben waren noch präsent, er war da, bei mir, und doch war ich bereits ohne ihn. Wir bleiben doch Freunde, hm? Ich wollte mich stark zeigen, also sprach ich davon, dass wir uns wiedersehen würden, eine Trennung ohne Streit, die Geburtstage der Mädchen, Restaurantbesuche. Er wollte eine Trennung ohne gegenseitige Ansprüche, hatte er gesagt. Dennoch hatte er fast neue Kleidung im Schrank zurückgelassen.

Bevor er ging, ein langer Kuss auf dem Treppenflur, eine herzliche Umarmung. »Siehst du, ich liebe dich immer noch.« Ich hatte Schmerzen, ich weiß nicht wo, sie waren überall. Mit erhobenem Kopf hatte ich gesagt: »Wir werden Weihnachten noch zusammen verbringen, wegen der Mädchen.«

Er hatte gelächelt, den Blick auf die Fassade gegenüber gerichtet. Ich hatte mich leer gefühlt, mir wurde schlagartig bewusst, dass das, was mir gegeben worden war, mir plötzlich wieder weggenommen worden war.

Ich stand immer noch an dem Bullauge, als die Tür aufging. Philippe kam herein und brachte die Kälte mit. Er musste am Abend zuvor zurückgekommen sein, ich hatte seine Rückkehr vergessen.

Sein Blick richtete sich auf mich und das Fenster.

»War es schön in Dijon?«, fragte ich.

»Ja, es war schön.«

»Wann bist du zurückgekommen?«

»Gestern Abend. Kann ich dich eine Minute sprechen?«

Ich schloss den Fensterladen. Stieg vom Stuhl. Langsam.

»Es geht um Ludo«, sagte er.

»Wie, Ludo?«

»Er hat eine Dummheit gemacht.«

Er setzte sich auf das Bett.

Ich ging zum Schreibtisch zurück.

Es war Viertel nach elf. Ich warf einen Blick zum Balkon. Die Balkontür war noch immer geschlossen. Die Kellnerin war vermutlich immer noch im Urlaub.

»Was für eine Dummheit?«

»Eine der Dummheiten, die man sein Leben lang bereut. Hast du einen Kaffee für mich?«

»Ich habe nur Instantkaffee.«

Er stand auf. Ging zum Fenster. Ich setzte Wasser auf. Sagte ihm, dass Gaby in Varcès angerufen hatte.

»Man hat ihr gesagt, Ludo sei vorzeitig entlassen worden wegen guter Führung.«

»Wegen guter Führung, von wegen ... Er hat jemanden verpfiffen, deswegen ist er draußen. Und deswegen versteckt er sich auch.«

Ich schob die Papiere beiseite und stellte zwei Tassen auf den Tisch. Tat einen Löffel Kaffee in jede. Ich warf einen Blick zum Balkon. Ich hatte das Gefühl, der Vorhang habe sich bewegt.

»Er hat was verpfiffen?«

»Wohl eher wen! Was weiß ich? Ehemalige Kumpel ...«

Die Balkontür gegenüber öffnete sich. Endlich tauchte die Kellnerin wieder auf! Sie schüttelte ein erstes Laken aus. Ich blickte zum Fotoapparat. Ich konnte das Foto nicht machen, solange Philippe da war.

Er musste gehen. Schnell gehen.

Ich goss kochendes Wasser auf den Pulverkaffee. In der Bewegung löste der Kaffee sich auf und färbte das Wasser dunkel. Ein heller Schaum bedeckte die Oberfläche.

»Die Göre und ich haben Kerle gesehen«, sagte ich. »In einem grauen Wagen. Es scheint, dass sie beim Onkel gehalten und mit ihm gesprochen haben.«

Er nickte.

»Ich kenne einen Typen, der Ärger mit denen gehabt hat, die ihn suchen.«

»Und?«

»Sie haben ihm beide Beine gebrochen und ihn auf einem Haufen Müll liegend sich die Seele aus dem Leib brüllen lassen. Um ihn zurückzubekommen, musste seine Familie bezahlen, was er schuldete.«

»Das ist immer wirkungsvoll.«

»Ja, mach dich nur lustig. Warum schaust du nach draußen?«

»Einfach so. Glaubst du wirklich, dass sie das Ludo antun könnten?«

Er trank seinen Kaffee in einem Zug aus. Ohne Zucker.

Die Kellnerin hatte ein zweites Laken herausgebracht und ließ es in der Kälte flattern. Sie berührte es kaum. Dieses zweite Laken wirkte wie die Verlängerung ihrer Hand. Anschließend klopfte sie ihre Kissen, die Kopfkissenrolle aus.

Philippe stellte seine Tasse ab.

»Wir leben nicht in einer heilen Traumwelt. Man muss immer quitt sein. Selbst eine Ohrfeige, wenn du sie schuldig bist, gibst du sie. Und wenn du jemandem Scherereien machst, bezahlst du dafür, und wenn du es nicht kannst, dann bezahlen die anderen für dich. Das ist der Lauf der Dinge.«

»Warum erzählst du mir das alles?«

»Weil Ludo, wenn er jemanden verpfiffen hat, ein Interesse daran hat, sich gut zu verstecken, deswegen.«

Er ging zum Fenster und blickte hinaus, die Kellnerin war verschwunden.

Er sagte, Emma fahre im Winter nicht gern mit dem Käfer, deswegen könne ich den Wagen noch ein paar Tage behalten.

Hätte er darauf geachtet, hätte er die Bewegung hinter der Balkontür sehen können, die sich wieder schloss. Das leichte Schwingen des Vorhangs.

Es wurde ein Tag ohne Foto.

»Honigkuchen von Sam …«

Gaby schielte mit lüsternem Blick nach den Scheiben.

Seit bald acht Tagen arbeitete sie jetzt wieder, sie hatte überall Schmerzen.

»Es ist dieses Bügeleisen«, sagte sie. »Vorher habe ich mir den Rücken ruiniert, indem ich Matratzen hochhob, jetzt sind es die Schultern.«

Sie ließ ein paar Tropfen Öl in die raue Hand tropfen, ein Spezialmittel aus der Apotheke, und massierte ihren Arm vom Ellbogen bis zum Schulteransatz.

»Magnard sagt, dass manche Mädchen gut falten könnten, aber keine guten Büglerinnen seien. Er sagt, nach einiger Zeit würde ich eine gute Büglerin sein.«

Sie massierte ihre Gelenke.

Nach dem Bügeln musste sie alles zählen, die Laken, die Servietten, die Kissenbezüge, und wenn sie damit fertig war, räumte sie die Wäsche in einen großen Wandschrank.

Die fleckigen oder zerrissenen Laken legte sie zur Seite, und Magnard bestimmte, ob sie weggeworfen werden sollten oder nicht.

»Der Raum, in dem ich arbeite, ist weiß gestrichen, das tut weh in den Augen, ich habe es Magnard gesagt.«

»Und?«

»Und nichts. Wenn ich komme, steht da ein Wagen mit Wäsche, wenn ich gehe, ist nichts mehr davon übrig. Während ich bügle, denke ich nicht, ich achte auf den Stoff und kämpfe mit dem Bügeleisen. Die Falten müssen scharf sein, Magnard überprüft sie.«

Sie massierte ihren Nacken.

Sie stand auf und stellte die Lotion aufs Regalbrett.

Sie schloss die Knöpfe und zog die lange Jacke an, die sie häufig trug, wenn sie drinnen war.

Ich probierte den Tee, den der alte Sam mir serviert hatte. Der Geschmack war anders als am ersten Tag. Er sagte, ich solle ihn schweigend trinken. Es sei notwendig, ein paar Minuten verstreichen zu lassen.

Er machte mir keine Vorwürfe, weil ich nicht bei ihm gewesen war, meinte aber, er habe von Jean erfahren, wie es mir ginge, und er habe gewusst, das ich noch in Le Val sei. Er habe mich auch häufig auf der Straße vorbeigehen sehen.

Seine Stimme klang freundlich.

Ich sagte ihm, ich sei am Tag zuvor da gewesen und hätte den Artikel über unser Haus in Malfondière gefunden, den er mir dagelassen habe.

Wir sprachen nicht über Gabys Pinsel, sondern über Bäume und Winter. Über Menschen, die sich verirren und die man, von den Gebirgsbächen mitgerissen, im Frühling findet, wenn das Tauwetter einsetzt. Über den Friedhof mit den drei weißen Kreuzen ohne Namen, Gräber mit leeren Särgen für Menschen, die niemals gefunden wurden.

Er sagte mir, Jean sei in einem dieser harten Winter geboren worden, und Le Val sei trotz des Klimas eine wunderbare Gegend.

Die Katze streckte sich, sprang vom Sessel und rieb sich an

seinen Beinen. Der alte Sam beugte sich hinunter, um sie zu streicheln.

»Die Katze bewacht den Laden, wenn ich nicht da bin.«

Er stand auf. Servierte der Katze den Inhalt einer Dose Sheba auf einem Teller, dessen Email Risse hatte.

»Haben Sie bemerkt, dass die Katzen, wenn man sie zu intensiv ansieht, den Kopf abwenden? Das tun sie, weil sie ein geheimnisvolles Wissen besitzen, das man in ihren Pupillen lesen kann. Angeblich ist dieses Geheimnis etwas Einfaches, das einem erlaubt, alle anderen zu verstehen.«

Ich nahm Emmas Wagen und fuhr zu dem großen See. Ich parkte am Straßenrand und ging zu Fuß weiter. Der Schnee wurde unter meinen Sohlen festgetreten. Das Laufen tat mir gut. Ich tankte neue Kräfte und bekam wieder Farbe ins Gesicht. Es kam mir vor, als gäbe es kein anderes Geräusch als den knirschenden Schnee unter meinen Sohlen und als liefe ich mit ihm. Als begleitete ich ihn.

Ich kam zum See. Die Sonne schien kräftig, sie brannte auf meinen Wangen. Alles funkelte. Im Sommer nimmt dieser Bergsee eine milchige Farbe an, man kann Boote mieten, um Graskarpfen zu angeln.

Im Winter friert er zu.

Eine Gemeindeverordnung verbietet den Autos, auf ihm zu fahren, Wächter patrouillieren, doch die Verbote sind wirkungslos. Bei großer Kälte kann man ihn überqueren, er wird zu einem Weg zwischen Frankreich und Italien.

Es wird erzählt, dass ein Junge aus Le Val einen Regenbogen über diesem See betrachtet habe und die Farben sich als Gefangene in seinem Kopf wiedergefunden hätten. Es sei ihnen unmöglich gewesen, ihn wieder zu verlassen. Man sagt, der Schädel des Jungen sei voller Farben und er weine bunte Tränen.

Um geheilt zu werden, müsse er eine große und schöne Wahrheit finden, und daher bleibe er in seinem Haus und suche danach.

Ich ging weiter.

Der See war mit einer Schicht glänzenden Eises bedeckt, die wirkte, als wäre sie aus Salz. Die lichtdurchflutete Luft ließ die Umrisse der Ufer verschwinden. Alles flimmerte. Am Rand gab es Gräser, Unterschlüpfe für Biberratten. Ein Boot steckte im Eis fest. Schilf. Am Ufer ein zweites Boot, funkelnd, bedeckt von einem durchscheinenden Schleier wie die flüchtigen Werke Christos.

Der Wind ließ das Eis singen. Ich wagte ein paar Schritte auf dem See. Ich fegte den Schnee mit meinen Handschuhen. Darunter war es dunkel, ein kalter Eisberg, Milliarden Bläschen stiegen aus dieser flüssigen Nacht auf.

Ich wartete, bis meine Augen sich an die Lichtverhältnisse gewöhnt hatten, und konnte unter der Eisschicht Gras und Staub erkennen.

Ich richtete mich wieder auf.

Auf der anderen Seite des Anlegestegs sah ich inmitten all dieses Lichtes einen Schatten. Im Gegenlicht wirkte er schwarz. Ich dachte an einen Baum.

Der Schatten bewegte sich auf der diamantenen Fläche. Eine subtile Luftspiegelung? Eine Täuschung, wie große Kälte und Wüsten sie hervorrufen?

Ich beschattete meine Augen mit einer Hand. In dem mineralischen Glanz erkannte ich eine ruhige schmale und hochgewachsene menschliche Gestalt, Hampelmann oder Skulptur?

Der Schatten drehte sich um, hob den Arm und winkte. Philippe stand am Ende des Pfads, gestützt auf die Motorhaube seines Pick-ups. Er erwiderte das Winken.

Ich fragte mich, was er dort machte, und dann erkannte ich

die Göre auf dem See, sie trug einen dicken Blouson und eine Hose, die eine Steghose sein musste, die Beine wirkten spindeldürr darin. Sie bewegte sich vorsichtig, eine zarte Seiltänzerin auf dem silbernen See.

Ich gab mich nicht zu erkennen.

Die Göre ging weiter, als wollte sie sich entfernen, den See überqueren, auf die andere Seite gehen. Ihre Gestalt wurde undeutlich. Sie ging immer weiter.

Freitag, 28. Dezember

Es ist diese besondere Woche zwischen Weihnachten und Neujahr, in der die Tage alle wie Sonntage sind.

Ich war gut vorangekommen mit meiner Arbeit über Christo. Die letzten Kapitel waren leicht gewesen. Das Glas Honig stand auf dem Schreibtisch, neben der Tastatur. Ich süßte meinen Kaffee mit ihm. Ich liebte seinen Geruch, die kristallisierte Beschaffenheit.

Ich strich ihn auf Brot. Die eingespeichelte Mischung fühlte sich köstlich an in meinem Mund.

Vor acht sah ich Gaby vorbeikommen, sie ging zu Fuß zum Hotel. Ich dachte, es läge am Glatteis und den glatten Reifen des Volvos.

Der Aufstieg war mühsam.

Sie war es nicht gewohnt zu laufen, die Anstrengung ließ sie schwanken.

Ich bin nicht immer das mittlere Kind gewesen. Ich wurde es erst, als Gaby geboren wurde. Drei Jahre lang war ich die kleine Letzte gewesen. Wussten meine Eltern, dass sie ein drittes Kind haben würden? Wenn sie es gewusst hatten, dann bin ich in ihrem Kopf immer das mittlere Kind gewesen, dann habe ich immer diesen Platz gehabt, im Gegensatz zu Philippe, der, ganz gleich, welche Gedanken unsere Eltern gehabt haben mögen, immer der Älteste gewesen ist.

Gaby verschwand aus meinem Gesichtsfeld.

Ich nahm meine Schlüssel.

Die Windschutzscheibe des Käfers war bereift, ich musste kratzen. Gaby bog zum Waschplatz ab, als ich sie einholte. Ich öffnete die Wagentür auf der Beifahrerseite.

»Soll ich dich bringen?«

»Da sage ich nicht nein …«

Sie setzte sich hinein, ihre Einkaufstasche auf den Knien.

»Und dein Volvo?«

»Kein Benzin mehr …«

Sie schimpfte auf das Pech, das sie verfolgte.

»Was hörst du da?«, fragte sie und deutete auf das Radio.

»Keine Ahnung, das ist Emmas Wagen.«

»Sky Rock, das ist gut …«

Seit zehn Jahren hörte ich Inter. Sie wechselte den Sender. Mit dem Wagen war die Strecke kurz. Wir waren schnell da.

Sie öffnete die Wagentür.

Eine Taube scharrte in den Mülleimern. In Grenoble hatte Curtil sie gefüttert, er hatte mehr als zwanzig auf dem Dach des Mietshauses gehalten.

Ich fragte Gaby, ob sie sich daran erinnere.

Sie erinnerte sich nicht.

»Ich pfeife auf Curtil und seine Tauben.«

Sie stieg aus dem Wagen. Sie ließ das Radio auf eine ungenaue Frequenz eingestellt, Musik, die stotterte. Ich sah ihr nach, bis sie an der Eingangstür war.

Ich rief ihr zu, dass ich sie mittags abholen würde.

Ich kaufte Lebensmittel und räumte Schnee vor der Tür. Ich sah die Göre, die um den Wagen herumstrich, sie nahm die schönsten Girlanden ab, diejenigen, die der Schnee nicht beschädigt hatte, die glänzendsten auch.

Die Kellnerin erschien. Sie trug ein langes Kleid, aus Samt vielleicht. Die Laken waren dunkel wie ihr Kleid.

Es gelang mir, das Foto zu machen, als sie sich bereits abgewandt hatte, ich hatte ihren Rücken und die Bewegung des Lakens eingefangen, das sie wieder in ihren Armen trug.

Die Wäsche war trocken. Ich nahm die Kleidungsstücke vom Ständer und legte sie in den Korb.

Ich fuhr wieder zum Hotel und wartete auf Gaby.

Sie sah abgespannt aus. Die Müdigkeit vom Bügeln. Sie saß stumm da, die Hände auf ihrer Tasche gefaltet.

Sie starrte auf die Straße. Es war deutlich zu erkennen, dass sie an Ludo dachte. Nach einer Weile sagte sie:

»Wo wärst du, wenn du er wärst?«

»Ich bin nicht er, Gaby.«

»Es wäre mir lieber, er wäre im Gefängnis, dann wüsste ich wenigstens, wo er ist.«

Ich gab keine Antwort.

Wir fanden einen Benzinkanister auf den Stufen des Bungalows. Diego hatte ihr Heizöl gebracht, Diesel ohne Besteuerung, regelwidrig. Damit heizte er den Speiseraum, und wenn er konnte, zweigte er an Francky vorbei heimlich ein paar Liter für sie ab.

Sie leerte den Kanister in den Tank des Volvos.

Ich trug den Korb mit der Wäsche hinein und stellte ihn auf den Tisch. Die Göre war nicht da. Sie hatte die Girlanden vom Wagen an die Fenster gehängt.

Das Kaninchen schlief auf seiner Pappe. Zusammengerollt. Zwischen seinen Pfoten ein Brotkanten. Die Kruste abgenagt. Die harte weiße Krume war übriggeblieben.

Gaby zog ihren Umhang aus. Auf dem Tisch lag eine Zeitschrift, geöffnet auf der Rezeptseite, »Kaninchen in Senfsauce«. Ein Foto des Gerichtes, appetitanregend, servierbereit, daneben das Rezept. Die Seite mit einem Eselsohr versehen.

Gaby folgte meinem Blick. Kurze Stille.

»Rechne nicht mit mir«, sagte ich.

Sie öffnete den Wandschrank.

Sie hatte Hunger.

Sie sagte: »Lass uns eine Kleinigkeit essen.«

Um Girlanden herzustellen, hatte die Göre die Etiketten von den Konservendosen abgelöst. Die Dosen hatten alle die gleiche grau-weiße Farbe und waren nicht mehr voneinander zu unterscheiden. So sehr Gaby sie auch in alle Richtungen drehte, es war unmöglich, ihren Inhalt zu erraten.

Sie wählte eine auf gut Glück.

»Es wäre schön, wenn es Ravioli wären …«

Es waren Aprikosenhälften, die in einem wässrigen Saft schwammen.

Sie stellte zwei Schalen auf den Tisch. Wir aßen die Aprikosen mit der Gabel. Tunkten den Saft mit Brot auf.

»Das ist nicht viel, aber immer noch genug für jemanden, der sich bescheiden kann«, sagte Gaby.

Der Wecker tickte neben dem Bett. Gaby fuhr mit einem Finger über meine Augenringe. Ich wich mit dem Kopf zurück.

»Nervt dein Steinmarder dich noch immer? … Man sieht es, du hast Augenringe.«

Sie blätterte in der Zeitschrift, eine Doppelseite mit dem Stift in der Mitte, ein Persönlichkeitstest, den sie bereits begonnen hatte.

»Kannst du mir die anderen Fragen vorlesen?«

»Kannst du sie nicht allein lesen?«

»Doch, aber ich verstehe sie besser, wenn sie mir jemand vorliest.«

Ich warf einen Blick darauf. Sie hatte fünf Fragen beantwortet. Es folgte ein Rätsel.

»Ich mag Rätsel«, sagte sie.

Sie zog den Korb mit der trockenen Wäsche zu sich, nahm ein erstes Küchentuch und begann es mit der flachen Hand zu glätten.

Ich las.

»Ein Jäger betritt ein Haus, in dem niemand mehr ist, nur gefrorene Träume. Er macht Feuer, die Träume tauen auf und lassen goldene Paläste, Edelsteine usw. erscheinen. Der Jäger legt Scheite nach, um auch die übrigen Träume aufzutauen. Je mehr Scheite er nachlegt, desto mehr Träume tauen auf und desto schöner ist, was er sieht … und ganz am Ende bleibt noch ein Traum. Ein einziger. Also facht er das Feuer ein letztes Mal an.«

»Ja und?«

»Man fragt dich, was er in dem letzten Traum finden wird.«

Sie neigte den Kopf zur Seite und kniff die Augen zusammen. Sie faltete ein zweites Küchentuch und eine rot-weiß karierte Serviette.

»Weißt du es?«

»Keine Ahnung.«

Sie faltete ihre Hände, drückte die Lippen dagegen und starrte auf die Wand.

Eine Weile blieb sie so.

»Es ist ein Wolf«, sagte sie. »Ein böser Wolf, der den Jäger frisst und die Geschichte beendet.«

Sie sah mich an.

»Ist es so?«

»Ich weiß es nicht.«

Die Antworten standen auf der letzten Seite.

»Sie sagen, es ist ein Oger … aber der Wolf ist nah dran.«

Sie nickte. Nahm sich wieder ihre Wäsche vor. Sie faltete die Strümpfe ineinander. Die Unterhemden, das, was sie übereinander anzog und was eine zweite oder dritte Haut bildete.

Sie glättete ein verwaschenes geblümtes Nachthemd.

Ich las die nächste Frage.

»Seit einer Woche haben Sie keine Energie, wenn Sie aufstehen:

A: Sie gehen in die Apotheke und kaufen Energy Drinks.

B: Sie achten nicht weiter darauf.

C: Sie treten kürzer.«

»Ich achte nicht weiter drauf«, sagte Gaby. »Und du?«

»Ich weiß nicht.«

Sie lachte.

»Du trinkst Energy Drinks.«

Ich kreuzte ihre Antwort an.

»Machen wir weiter?«

»Ja.«

»Ein junges Mädchen geht zur Beerdigung seiner Mutter, begegnet dort einem jungen Mann, den es noch nie gesehen hat, und verliebt sich in ihn, doch er geht, bevor es mit ihm sprechen kann. Ein paar Tage später tötet es seine Schwester.«

»Das Mädchen tötet die Schwester des Jungen?«

»Nein, sie tötet ihre eigene Schwester. Die Frage lautet, warum?«

Gaby runzelte die Stirn. Sie überlegte, während sie weiterhin den Stoff glättete. Sie faltete ein Hemd fast perfekt zusammen, so perfekt man es eben mit der Hand falten kann. Anschließend faltete sie ein kurzes Nachthemd, was nicht schwer war, und dann ein letztes Hemd.

Ich glaubte schon, sie hätte die Frage vergessen.

Plötzlich leuchtete ihr Gesicht auf.

»Ich weiß es! Sie hofft, dass der Kerl wieder auf der Beerdigung ihrer Schwester auftauchen und sie ihn so wiedersehen wird!«

Sie brach in Gelächter aus.

»Das ist die Antwort einer Psychopathin«, sagte ich.

Sie wusste nicht, was eine Psychopathin ist, ich musste es ihr erklären.

Es folgte eine weitere Frage. Zehn sehr einfache Additionen, eine Art Kopfrechnen: 4 + 8, 5 + 7, 7 + 11, 14 + 6, worauf man sehr schnell antworten musste. Egal, ob die Lösungen richtig waren.

Gaby beantwortete die Serie.

»Jetzt sag mir ein Werkzeug und eine Farbe. Ohne zu überlegen.«

»Was mir einfällt?«

»Ja, was dir einfällt.«

»Gelber Handbohrer.«

Ich war verwirrt.

»Was ist ein Handbohrer?«

»Eine Bohrmaschine. Liege ich richtig?«, fragte sie ängstlich. Sie schielte nach den Antworten.

Achtundneunzig Prozent der Bevölkerung antworten roter Hammer.

Zwei Prozent sagen etwas anderes.

»Ja, du liegst richtig.«

Ich hätte roter Hammer gesagt.

Und genau das ist mein Problem mit Gaby.

Als ich ging, rief ich die Mädchen an, um sie zu fragen, ob alles in Ordnung sei. Ich erzählte ihnen von Sam. Und ich erzählte ihnen von den Truthähnen. Sie haben sehr gelacht.

Philippe rief mich an. Er und Yvon wollten mir ihre Website zeigen.

Es war sofort zu erkennen, dass Emma zurück war. Die Küche

war aufgeräumt, nichts lag herum, die Schuhe standen ordentlich an der Fußleiste, und die Spüle roch nach Salmiakgeist.

Emma hatte Senf aus Dijon mitgebracht, mehrere Gläser, im alten Stil in Papier verpackt. Die Gläser standen nebeneinander auf dem Tisch. Sie bestand darauf, mir eins zu schenken.

Ich dankte ihr für den Senf und auch für den Käfer. Sie sagte, ich könne ihn noch behalten, bei diesem strengen Winterwetter fahre sie lieber mit dem Pick-up.

Ich umarmte sie.

Großartige Emma, dachte ich.

Sie verabschiedete sich, sie müsse in die Stadt fahren, um für ein Abendessen mit Freunden am nächsten Tag einzukaufen. Sie hatte es eilig.

Ich ging mit Yvon und Philippe in den Archivraum hinunter. Sie zeigten mir auf der Startseite ein Foto der alten Brücke im Nebel mit dem Fluss darunter. Die Logos der Firmen der Gegend. Verschiedene Rubriken auf Etiketten vor einem roten Hintergrund. Einen Fotobereich, auf den man nur zu klicken brauchte, um ihn zu öffnen.

Die offizielle Eröffnung war für den 1. Januar geplant.

Yvon war zufrieden. Philippe ebenfalls.

Wir sprachen über das Hundeheim. Philippe war einverstanden, eine Rubrik hinzuzufügen. Wegen der Fotos und Anzeigen müsse ich mit der Baronin reden. Yvon sagte: »Möglichst knapp, in der Art: Golden Border Retriever, Männchen, geimpft, kastriert, beißt Briefträger, völlig unerzogen, versteht sich mit niemandem …«

Wir mussten auch einen Namen für diese Rubrik finden. Jeder machte Vorschläge.

Philippe wollte alte Postkarten von der Gegend einstellen.

Yvon bekam eine SMS, Freunde, die ihn erwarteten. Er schloss die Seite.

Philippe blieb vor dem Computer sitzen.

Ich erzählte ihm, dass ich die Plünderung des Zuges letzte Woche miterlebt hätte.

»Es war an dem Sonntag, an dem du gefahren bist.«

»Ich weiß, man hat es mir gesagt.«

Er schimpfte, weil das Diebstahl sei, ein Verhalten von Wilden, anarchisch. Er brummte, diese Truthähne, die nicht mehr verkäuflich seien, hätten an Bedürftige verteilt werden können.

Er fügte hinzu, ich sei seine Schwester und man hätte mich dort nicht sehen dürfen.

Auf einem der Tische standen zwei ausgestopfte Raubvögel. Weitere kleine Tiere standen in einem Glasschrank, Ratten, Feldmäuse, Wiesel, kleine Vögel.

Ich streckte meine Hand nach dem Gefieder eines der Raubvögel aus.

Philippe drehte sich in seinem Sessel um.

»Fass ihn nicht an …«

Er schob die beiden Sockel in die Mitte des Tisches.

»Die Unterseite der Flügel ist von Würmern und Flöhen befallen, wir müssen uns darum kümmern.«

Ich ließ einen Finger über die Vitrine gleiten. Eine Ratte mit weißen, sehr spitzen Zähnen wirkte wie lebendig.

»Philippe?«

»Hmm …«

»Ich habe nie mit Curtil gestritten.«

»Er ist kein Mensch, mit dem man sich streitet.«

»Ich glaube, diesmal werde ich mit ihm streiten.«

Er putzte seine Brille.

»Das wirst du nicht. Du bist wie er, du streitest dich nicht.«

»Hör auf zu sagen, ich sei wie er!«

Er prüfte die Sauberkeit seiner Gläser im Licht der Lampe.

»Und wenn er bleibt?«, fragte ich.

Philippe drehte den Kopf.

»Wie, wenn er bleibt?«

»Wenn er für immer zurückkommt … Vielleicht hat er das beschlossen?«

»Wir werden es sehen, wenn er da ist.«

Vielleicht wollte er nicht mehr allein leben. Hatte das ständige Weggehen satt und bereitete die endgültige Rückkehr vor.

»Vielleicht ist er krank?«

»Ich sagte doch, wir werden sehen. Mach dir keine Sorgen.«

»Aber was machen wir mit ihm, wenn er bleibt?«

Er faltete seine Brille zusammen und schob sie ins Etui. Er schloss das Etui. Ich hörte den Druckknopf knacken.

Ich spürte Angst in mir hochsteigen. Ich musste es wissen. Jetzt wissen, sofort. Was wir machen würden, wenn er nicht wieder gehen sollte.

Ich hakte nach.

»Was werden wir machen?«

»Wir nehmen ihn zu uns, wir haben Platz.«

»Ich könnte ihn nicht nehmen … Die Wohnung in Saint-Étienne ist klein.«

»Ich sagte doch, wir werden ihn zu uns nehmen.«

Über uns waren Schritte zu hören, Yvons Stimme oben an den Stufen, er gab Bescheid, dass er gehen würde.

Philippe rief ihn zurück.

»Wenn du gehst, schau nach, ob Post gekommen ist!«

Wegen des Schnees kam der Briefträger immer später. Manchmal erst am Nachmittag. Der Briefkasten befand sich am Ende des Weges. Yvon schimpfte, denn das zwang ihn, noch einmal zurückzukommen.

Wir hörten, wie die Tür geöffnet und geschlossen wurde.

Ich betrachtete die Karte an der Wand, die verschiedenen Hypothesen über Hannibals Weg. Philippe hatte alle möglichen Wege studiert, über Champsaur, Dormillouse und den langen Aufstieg nach Freissinières. Tausendmal hatte er mir das erzählt. Mit einer solchen Kolonne und kurz vor Wintereinbruch wählt man nicht unbedingt den kürzesten Weg.

Die Tür ging erneut auf, die schweren Schritte oben von Yvon, der zurückkam.

Seine Stimme.

»Ich lege die Post auf den Tisch!«

»Kannst du sie mir herunterbringen?«

»Meine Schuhe sind voller Schlamm.«

Philippe schimpfte.

Stille.

»Was hast du herausgefunden?«, fragte ich und deutete auf die Karte.

»Fast alle Historiker sind sich einig, dass Hannibal bis Freissinières gekommen ist, danach gehen die Meinungen auseinander. Ich habe alles gelesen, aber die Berichte sind nicht genau genug. Er kann den Weg über die Durance gewählt haben, aber es war Oktober, und der Fluss führte Hochwasser.«

Er ging ans Ende des Raumes.

»Yvon wird eine Karte der verschiedenen Wege auf die Website stellen.«

Auf dem Tisch lagen ein Etui und sechs Messer. Er nahm eins und zielte, und die Klinge sauste durch den Raum und bohrte sich in den Col de Larche.

»Möglicherweise hat er die Alpen dort überquert, über den südlichsten Pass.«

Das waren extreme Wege, aber es gab noch andere.

Er nahm ein zweites Messer und warf es.

»Er kann auch den Weg über den Großen Sankt Bernhard genommen haben, ganz im Norden.«

Er schien die Messer wie seine Hand zu kennen, instinktiv

zu wissen, wie viele Drehungen bei jedem notwendig waren, damit es genau dort landete, wo er es wollte.

Die Messer sausten und blieben stecken. Bis zum letzten, dem Col du Montgenève.

»Warum wollte er nach Italien?«

»Ein Versprechen, das er seinem Vater gegeben hatte, bis zu seinem Tod gegen Rom zu kämpfen.«

Mein Bruder ist verrückt, dachte ich.

Das Handy klingelte, und er ging in seine Küche hinauf, um ranzugehen. Ich hörte seine Stimme, gedämpft durch die Decke. Ich löste die Messer. Jede Klinge, die ich herauszog, hinterließ einen fünf Millimeter langen Riss in der Wand.

Ich betrachtete die Stiche, die mit Heftzwecken an der Wand befestigt waren, die verschiedenen Etappen von Hannibals Reisen, der Marsch der Truppen durch die Schlucht von Dormillouse, Männer und Elefanten, die auf einer großen Wiese biwakierten.

Philippe kam mit der Post herunter.

»Du glaubst nicht an diesen Weg, aber du wirst sehen, eines Tages werden Wanderer von weither kommen, um die Strecke zu gehen.«

Seine persönliche Post war mit der beruflichen vermischt, die an das Forsthaus adressiert war. Die Tageszeitung. Er warf einen raschen Blick darauf.

Seit einer Weile blinkte eine der Neonleuchten. Das Licht flackerte in ganz kurzen Abständen. Unwillkürlich lauerte ich auf den Augenblick, in dem sie ihren Geist aufgeben würde.

Philippe sortierte die Umschläge.

»Wenn du Lust hast, komm morgen Abend zum Essen … Freunde aus Annecy werden da sein.«

»Ja, warum nicht … Ich sage dir Bescheid …«

»Sag es mir jetzt.«

»Okay, ich werde kommen.«

Ich nahm meine Jacke. Ging zur Treppe.

Er folgte mir.

»Du gehst?«

»Ja.«

Er hielt mich am Arm zurück.

»Ich mag deinen Pullover … Wenn du den gleichen in XXL findest, denkst du an mich?«

Es war mein schwarzer Pullover, mit dem Abdruck einer Bärentatze.

Ich begann die massive Treppe hinaufzugehen, deren eiserne Stufen Löcher aufwiesen, die verhindern sollten, das man ausrutschte.

»Warte …«

»Was?«

Er holte mich ein, als ich schon in der Küche war. Er hielt die Post in der einen Hand und in der anderen einen Umschlag mit vielen Briefmarken.

Das Papier war schmutzig und zerknittert, der Umschlag schien durch viele Hände gegangen zu sein. Mehrere Stempel. Er drehte ihn in alle Richtungen. Schwarze Schrift, mit breitem Filzstift. Unregelmäßige Buchstaben.

»Das kommt aus dem Ausland.«

Wir stellten uns nebeneinander.

Er öffnete den Umschlag.

Innen war eine Postkarte, ein Ortsschild, *El Calafate,* ein zweites Schild, das Entfernungen anzeigte:

Patagonia Argentina

Ushuaia	*985 km*
Tel Aviv	*15 001 km*
Paris	*13 371 km*
S. Paulo	*5198 km*

Philippe drehte die Karte um. Während er sie las, änderte sich sein Gesichtsausdruck.

»Das ist Curtil… Er ist in Patagonien.«

»In Patagonien! Was macht er dort?«

Er reichte mir die Karte. Ich las sie.

Kleiner Umweg… Ich werde mit ein wenig Verspätung kommen. Wartet auf mich.

PS.: Nutzt es, um Zeit miteinander zu verbringen.

Ich griff nach dem Umschlag, er war mit mehreren Stempeln entwertet. El Calafate. Dec 7 PM. Patagonia.

Die Karte hatte einen ganz schönen Weg hinter sich, von El Calafate bis Le Val-des-Seuls, vermutlich war sie fehlgeleitet worden, vielleicht verlorengegangen, um endlich in dieser fernen Gegend anzukommen.

»Seit drei Wochen dürfte er schon nicht mehr da sein.«

»Vielleicht ist er noch immer da…«

»Oder er ist unterwegs und wird bald kommen.«

Drei große Briefmarken bedeckten einen großen Teil des Umschlags. Eine 1-Dollar-, eine 75-Cent- und eine 25-Cent-Marke. Auf der 1-Dollar-Marke waren Rehe abgebildet. Auf der zu 75 Cent eine Panflöte.

Es gab auch eine blaue Vignette mit der argentinischen Fahne. Einen Barcode über die ganze Länge. Einen weiteren Aufkleber, *by air*. Der Poststempel, aus schwarzen Linien.

Ich wusste nicht mehr, was ich machen sollte, ob ich bleiben oder gehen sollte, jetzt, sofort, mich zum Bahnhof bringen lassen und den ersten Zug nehmen sollte. Es gibt das, was man will, und das, wovon man träumt. Es gibt auch das, was kommt, und das, woran man nicht gedacht hat.

Ich war wütend. Die Wut stieg ganz plötzlich in mir hoch.

Ich hatte stets das Gefühl gehabt, diese seltenen Wutanfälle seien notwendig, sie würden mir helfen, einen physischen Ort des Widerstands zu schaffen.

»Ruf ihn an«, sagte ich.

Philippe rief Curtil nie an, das war nicht seine Gewohnheit, außer es gab einen wichtigen Grund, wie bei Mamas Tod.

Ich beharrte darauf.

Schließlich griff er nach seinem Handy.

Wir hatten eine Nummer mit der Vorwahl von Nantes. Es klingelte. Irgendwo. Ins Leere. Keine Mailbox, und niemand ging ran. Was hatten wir auch gedacht?

Philippe ließ es lange klingeln. Während der ganzen Zeit blieb sein Blick auf die Karte gerichtet.

Curtil hatte mich einmal angerufen, ein paar Tage vor Mamas Beerdigung, weil ein unüberwindlicher Kummer ihn gepackt hatte.

Ich hatte ihn besucht, er lebte damals in Le Creusot, in einer schäbigen Zwei-Zimmer-Wohnung. Er gab sich großspurig, aber es war deutlich zu erkennen, dass er völlig abgebrannt war. Trotzdem bestand er darauf, mich in ein großes Restaurant auszuführen. Und er sparte an nichts, weder bei den Gerichten noch beim Wein.

Den Kaffee tranken wir bei ihm. Wir redeten über Mama. Nicht über ihren Tod. Über die lebendige.

Bevor wir uns trennten, in der halboffenen Tür, sagte er mir, ich solle nicht die Schuld der anderen tragen.

Als ich die Treppen hinunterging, schrie er mir, auf das Geländer gestützt, nach: »Die Fehler, die sie machen, ihre Schwächen, ihre Feigheit! Sieh dich vor, sie werden alles tun, damit du wirst wie sie!«

Seine Worte hallten durch das Treppenhaus. Ich sagte,

er solle still sein. Ich rannte die letzte Etage hinunter, seine Stimme folgte mir: »Solange man auf seine Kosten kommt, erträgt man die Dinge!«

Ein Nachbar kam heraus. Ich senkte den Kopf. Ging auf die Straße. Curtil beugte sich aus dem kleinen Fenster des Badezimmers. »Man sucht sich Gründe …«, schrie er.

Ich ging schneller, und alles, was er noch schrie, verlor sich in der eisigen Luft von Le Creusot.

Danach rief er mich nie mehr an.

Als ich ein paar Monate später nach Le Creusot zurückgekehrt war, war er weggezogen. Das Paar, das in seiner Wohnung lebte, gab mir seine Post, ein paar Quittungen, Rechnungen und unwichtige Briefe.

Die Göre machte Hausaufgaben für nach den Ferien, das Kaninchen lag auf ihren Füßen.

Gaby zuckte die Achseln. Ich hatte ihr die Karte mitgebracht, damit sie sie sah.

Sie drehte sie mehrmals hin und her.

»Also kommt er nicht?«

»Er sagt nicht, dass er nicht kommt. Er sagt nur, dass er sich verspätet.«

»Was heißt verspätet? Er hat ja nicht mal ein Datum angegeben.«

Sie gab mir die Karte zurück.

»Und wo ist El Calafate?«

»In Patagonien.«

Sie nickte.

Sie betrachtete den Himmel. Er war weiß. Es würde wieder schneien.

»Wenn es so viel schneit, wie sie sagen, dann werden wir von der Welt abgeschnitten sein.«

Ein Wagen hielt.

»Das ist die Sozialfürsorgerin …«

Sie seufzte.

Sie wollte, dass ich blieb. Weil ich die Tante, die Schwester, die Familie sei. Es sei gut für die Akten, wenn die Fürsorgerin mich sehe.

»Solange die Göre nicht achtzehn ist, ist es eben so, man wird überprüft.«

Die Fürsorgerin kam mit ihrer Aktentasche. Sie entschuldigte sich, dass sie erst so spät im Jahr komme, fast am letzten Tag.

Gaby räumte eine Ecke des Tisches frei, um Platz für die Papiere zu machen. Sie verstaute ihren großen Körper zwischen Wand und Kleiderschrank. Es war nicht einfach, sich zu bewegen, ich setzte mich in die Ecke des Sofas. Gaby sagte, es sei klein, aber man lebe ganz gut hier, man komme sich nicht in die Quere. »Stimmt's nicht, Carole?« Alles war in Ordnung, die Wäsche trocken, die Göre saß vor ihren geöffneten Büchern, sie zeigte ihre Noten und Hefte, den Computer, den das Gymnasium ihr geliehen hatte.

Sie stellte Bunny vor.

Gaby holte das Heft hervor, die Kassenbons und begründete die Einkäufe, die sie für die Göre gemacht hatte.

Ich sah sie an und dachte an unsere Mutter. Hinter dem Dachfenster waren wir ihre beiden Mädchen gewesen, und am Abend des Brandes hatte sie sich für eine von uns entscheiden müssen. Genau das ist geschehen. Wählen. Zurücklassen. Aufheben. Mitnehmen. Ich erinnere mich, dass ich mich an ihren Hals klammerte, sie wie ein Affenjunges mit meinen Armen umschlang. Ich erinnere mich an den Geschmack der Luft, als wir draußen waren. Und der Rest? Wo ist der Rest? All das, was das Gedächtnis nicht benennt und bewahrt, ohne es zu sagen?

Gaby wärmte die Reste des im Ofen gebratenen Truthahns auf. Der Raum war erfüllt von diesem Geruch. Die Fürsorgerin beugte sich vor, um die Stücke und die Sauce zu sehen, die brutzelte und die Scheibe mit appetitlichen Spritzern beschlug.

Gaby sagte ihr nicht, dass er aus der Plünderung stammte.

Sie verschwieg, dass die Waschmaschine nicht mehr schleuderte und dass Ludo sich irgendwo versteckte.

Sie zeigte ihren Vertrag als Büglerin, eine Stelle mit Beschäftigungsgarantie, fast ein Beruf, nicht das große Los, aber es erlaube ihr, ihren Lebensunterhalt damit zu verdienen.

Sie erzählte von den perfekten Wäschestapeln, Rand an Rand, den Handtüchern, ein Stapel für jede Größe, sie erwähnte nicht das schwere Bügeleisen und ihre schmerzenden Arme.

Die Fürsorgerin machte sich Notizen. Sie stellte der Göre, die sie Vera nannte, Fragen.

Sie fand nette Worte über die Girlanden an den Fenstern und wünschte uns ein schönes Jahresende, weil in zwei Tagen der 31. war.

Bevor sie ging, versprach sie, eine Sonderprämie herauszuschlagen, damit Gaby gut über den Winter käme.

»Vera ist ein hübscher Vorname«, sagte ich, nachdem sie gegangen war.

Gaby zuckte die Achseln, öffnete den Kühlschrank und nahm eine Flasche von Ludos Sixpack, und sie, die normalerweise kein Bier trank, leerte die Flasche auf einen Zug.

Die Göre lächelte.

»Eine Prämie! Du hast noch eine Gnadenfrist, Bunny«, sagte sie und schaukelte ihn leicht auf ihren Pantoffeln.

Das Kaninchen bewegte die Ohren.

»Das hättest du nicht tun sollen ...«, murmelte ich.

»Was?«

»Ihm einen Namen geben. Jetzt wirst du es nicht mehr essen können.«

Sie zuckte die Achseln.

»Ein Name ändert nichts.«

»Glaub das nur nicht.«

Das Sägewerk machte für vier Tage zu. Vor der ersten Werkstatt feierten die Holzfäller das Jahresende. Sie hatten die Maschinen und Werkzeuge weggeräumt. Gläser auf Bretter gestellt. Es war eine Ruhepause, die verdiente Erholung. Tage, welche die in der Kälte verbrachten Stunden, das Aufstehen am frühen Morgen und das nächtliche Ausgehen ausgleichen mussten.

Seit mehr als einer Woche stand der Wagen des Hundeheims im Schnee. Ich gewöhnte mich an ihn.

Ich wollte nicht mehr an Curtil denken. Mich nicht fragen, wo er war, in Patagonien oder anderswo. Mich auch nicht fragen, warum er uns das antat.

Ich ging hinaus.

Ich stieg in den Wagen. Ich zog meine Beine an den Bauch. Es roch nach Hund.

Durch die Öffnung sah ich das Hin und Her der Leute, die sich vor dem Tante-Emma-Laden begegneten, man begrüßte sich, ein Mann befreite sein Dach vom Schnee.

Ein Schneepflug räumte die Straße. Ich wusste nicht mehr, was ich denken sollte. Wo war mein Platz? Wo sollte ich sein?

Ich würde abreisen.

Ich sagte die Liste aller Worte für Schnee auf, die mir einfielen:

trockener Schnee,

Tiefschnee,

Pulverschnee von beträchtlicher Höhe,

Schneekruste (gefrorene Oberfläche einer Schneedecke),
Feuchtschnee,
Nassschnee, teilweise auf dem Boden geschmolzen,
Neuschnee, transformierter Schnee (der festgestampft wurde oder einem Frost-Tau-Zyklus ausgesetzt war),
Niederschlag von geschmolzenem Schnee,
ergiebiger Schneefall in dicken Flocken,
Schneesturm,
Reif,
Reifbeschlag (zum Beispiel auf Fensterscheiben),
Schneewehe,
schwere Schicht gefrorenen Schnees (dessen Gewicht gefährlich für Bäume und Dächer ist),
von den Menschen zusammengefegter Schneehaufen,
befahrener Schnee,
Oberflächenschnee,
Schneegestöber,
blauer Schnee auf der Oberfläche von Seen.

Die Holzfäller sammelten die Gläser ein. Sie verabschiedeten sich voneinander mit einem freundschaftlichen Klaps auf die Schulter, gingen zu ihren Autos, drehten sich um und machten letzte Scherze. Manche blieben noch etwas. Einer kam zurück, um seine Jacke zu holen, die er im Kran vergessen hatte.

Jean kam, zündete sich eine Zigarette an und lehnte sich an den Wagen.

Er schaute seinen Männern zu, wie sie gingen, während er langsam rauchte.

»Es gibt streunende Tiere, es ist nicht sehr klug, da drin zu bleiben. Ist es wenigstens bequem?«

»Es geht so …«, erwiderte ich.

»Es muss doch stinken?«

»Ein bisschen.«

Er nahm einen Zug und blies den Rauch weit von sich weg. Ich näherte meinen Kopf dem Bullauge.

Ich sah sein Profil, seine dicken Lippen. Seine Stimme klang ein wenig müde.

»Ich habe Besuch, die Familie meiner Frau, sie kommen von weither. Sie bleiben bis Montag…«

Die Männer gingen, einer nach dem anderen. Sie grüßten Jean, wünschten ihm ein gutes Neues Jahr, und Jean erwiderte ihren Gruß.

Sie mussten sich fragen, was er hier tat, ganz allein am Wagen rauchend.

Es gab keine Laster mehr, keine Geräusche. Die Lichter der Scheinwerfer, Gestalten mit Schatten. Und selbst in den Schatten gab es weitere Schatten. Weitere Lichter.

Der Aufbruch der Männer tauchte die Abenddämmerung in eine eigenartige Stimmung. Le Val wurde dunkel.

Jean suchte in seiner Tasche.

»Gib mir deinen Arm.«

Ich steckte meine Hand durch das Bullauge. Er band ein Armband aus geflochtenem Stoff um mein Handgelenk.

»Das soll dich vor den Bären schützen.«

»Es gibt hier keine Bären.«

Er warf die Kippe in den Schnee.

»Der Beweis, dass es funktioniert.«

Am Abend begann der Steinmarder wieder zu scharren. Ich wurde von dem Geräusch seiner lebhaften Krallen auf dem trockenen Fußboden wach. Er befand sich genau über meinem Bett und bewegte sich ruckweise, trippelte, blieb stehen und lief weiter.

Ich stellte mir einen langen Körper auf kurzen Beinen vor.

Im Herbst wechseln die Steinmarder ihr Fell, es beginnt am Rücken und setzt sich fort bis zum Kopf, ich hatte das in einem Buch gelesen. Den Schluss bilden die Ohren und die Augenkontur. Im Frühjahr erfolgt die Haarung in umgekehrter Richtung.

Beim Hasen wird nur die Spitze der Haare weiß, der Rest bleibt schwarz.

Samstag, 29. Dezember

Die Pistengegner hatten die Straße gesperrt. Seit dem Morgen war es ein einziges Hupen. Die Autos hatten Skier auf dem Dach, ich sah Gesichter hinter den Scheiben. Manche hatten den Motor abgestellt. Die Söhne des Onkels tanzten um die Wagen herum, gingen von einer Motorhaube zur anderen und schlugen mit der Hand darauf, um die Fahrer wütend zu machen.

Ich machte das Foto von der Kellnerin und ging hinaus.

Ich fand Philippe in der *Lanterne*.

Er bedeutete Francky, ihm etwas Wasser zu bringen. Er hatte Sorgen, der Ostwind hatte eine Berghütte beschädigt, ein Viertel des Daches fortgerissen und einen Teil der Dachschindeln.

»Das nennt man das Jeder-kennt-jeden-Gesetz«, sagte ich.

»Wovon redest du?«

Ich zeigte ihm einen Artikel in einer alten Ausgabe von *Geo*, in dem erklärt wurde, dass 6,6 Personen genügten, damit wir jemanden kennenlernen, der am anderen Ende der Welt lebt. Das Prinzip ist, dass jeder eine Person kennt, die eine andere kennt… was am Ende eine Kette von Bekanntschaften bildet, und die letzte verbindet uns mit einem Unbekannten mitten in der Wüste.

Philippe knurrte. Er nahm seine Brille ab und rieb sich die Augen.

»Ich pfeif auf die Unbekannten.«

»Angeblich sind wir sozial nicht so weit vernetzt.«

»Es ist ziemlich kompliziert, das mit denen zu machen, die man kennt.«

Er setzte seine Brille wieder auf.

»Und was würdest du mit einem Unbekannten machen? Du bist ja nicht einmal fähig, einen normalen Mann zu halten.«

»Und du, weißt du vielleicht immer, wie du sie halten kannst?«

Ich entschuldigte mich. Augenblicklich. Zu spät.

Er schob seine Dokumente in verschiedene Hüllen. Steckte alles in eine Umhängetasche. Ein alter Mann, der zwei Kartons bei sich hatte, auf denen *Zerbrechlich* stand, wartete, um mit ihm zu reden.

Diego war über seinen Tisch gebeugt, er versuchte, seinem unfertigen Puzzle fehlende Teile hinzuzufügen. Leute kamen herein, um zu Mittag zu essen.

Diego verließ sein Puzzle.

Die Söhne des Onkels spielten Flipper.

Philippe seufzte.

»Du solltest aufhören, zu Gaby zu gehen.«

»Warum?«

»Du langweilst dich zu Tode, wenn du zu ihr gehst ...«

»Woher willst du das wissen?«

»Sie sagt es.«

»Gaby sagt es?«

»Ja.«

»Sie sagt, dass ich mich zu Tode langweile?«

»Dass du da bist, aber eigentlich keine Lust hast ... Und du solltest aufhören, ihr Dinge zu erzählen ...«

»Was? Was sage ich ihr?«

»Du hast ihr gesagt, dass Curtil zwangsläufig wissen musste, dass das Haus nicht versichert war ... Dass er das nicht nicht wissen konnte. Schau mich nicht so an, sie hat es mir gesagt, weil sie wissen wollte, ob ich auch so denke.«

»Und?«

»Und nichts.«

Auf der Straße fuhren Autos zu den Wintersportorten hinauf.

Der Alte wartete noch immer mit seinen Kartons.

»Siehst du den Typen da… Den mit dem rotkarierten Hemd.«

Ich drehte mich um.

»Das ist ein Kumpel von Ludo … Fällt dir nichts auf?«

»Was soll mir auffallen?«

»Sein Mund …«

Er lehnte sich auf seinem Stuhl zurück.

»Wähl eine Platte.«

»Ich habe keine Lust.«

»Tu, was ich dir sage.«

Ich ging zur Jukebox. Als ich zurückkam, sah ich den Mund des Kerls, er hatte drei Löcher auf jeder Seite.

»Und?«, fragte Philippe.

»Man könnte meinen, der Mund von Emmanuelle Béart.«

Ich setzte mich wieder.

»Was hat er getan?«

»Er hatte Geld in ein Geschäft mit Cannabispflanzen gesteckt. Mit dreißig Prozent Kapital wollte er fünfzig Prozent vom Gewinn. Entweder das, oder er würde alles den Bullen verraten. Sie nähten ihm den Mund mit Angelschnur und einer Fleischernadel zu.«

Er schloss seine Tasche und behielt beide Hände darauf.

»Es sind keine Idioten, die das machen … Die Dreckskerle sind, wenn du es recht bedenkst, selten Idioten.«

Er winkte dem Alten, der mit seinen Kartons näherkam.

Bevor ich ging, gab er mir die Zeitung, damit ich sie Gaby brachte.

Es war sehr kalt, Gaby war von der Arbeit zurückgekommen. Sie wollte nicht mehr aus dem Haus gehen, nicht einmal, um ihren Kaffee zu trinken, und blieb in ihrem Bungalow.

Sie dankte mir für die Zeitung.

»Du hast weiße Haare«, sagte sie, über mein Haar gebeugt.

»Jeder hat welche.«

»Ich habe keine.«

Sie zerzauste mein Haar mit ihrer Hand. Ich mochte nicht, dass sie mich berührte. Ich stieß sie weg.

»Aber meine Schamhaare werden trocken«, sagte sie. »Das reinste Rosshaar. Ist das bei dir auch so?«

Ich antwortete nicht.

»Rosshaar oder Heu… Ist das bei dir auch so?« Sie ließ nicht locker.

»Nein, das ist bei mir nicht so.«

Sie lachte.

»Sei nicht so herablassend…«

Sie beugte sich über mich, um mir ins Gesicht zu blicken. Ich spürte ihren warmen Atem.

»Die weißen Haare stehen dir gut«, sagte sie, »das macht deine Augen weicher.«

Ich mochte nicht, dass sie das sagte. Die Göre lachte. Sie näherte sich dem Fenster. Marius war draußen, er entfernte sich nicht mehr von dort und schien das Gelände vor dem Bungalow zu seinem Spielplatz erwählt zu haben.

Wir stellten uns neben sie. Unsere Gesichter spiegelten sich in der Scheibe, das von Gaby zwischen uns beiden.

»Was macht er da?«

»Schneeteppiche«, erwiderte die Göre. »Er macht überall welche, aber es schneit drauf und sie verschwinden, und dann fängt er von vorn an.«

Dutzende dieser Quadrate hatte er um den Bungalow

herum modelliert. Ein riesiges Schachbrett aus Lichtfeldern. Soeben hatte er eines beendet und suchte einen Ort, um ein neues zu formen.

»Wenn du ihn noch länger draußen lässt, wird er noch als Schneewehe enden«, sagte Gaby.

Das war alles, was sie sagte.

Ich begegnete dem Blick der Göre im Spiegelbild auf der Fensterscheibe. Marius war der Nachkomme eines Verfluchten und selbst verflucht über sieben Generationen, ein schlechter Mensch wie sein Vater, das hatten wir immer gehört. Gabys Worte bekamen die Bedeutung einer möglichen Vergebung, einer Aufhebung des Fluchs.

Die Göre entfernte sich langsam vom Fenster, als erwartete sie unvermeidliche Blitze. Sie schlurfte zur Tür. Drehte sich um und sah Gaby noch einmal an.

Sie öffnete die Tür einen Spalt und kehrte zu ihrem Platz am Fenster zurück.

Mehr konnte sie nicht tun.

Nur das.

Gaby setzte sich an den Tisch. In den nächsten Sekunden passierte nichts. Dann hörte man leichte Schritte auf dem Beton der Stufen, ein Schatten, und der Verfluchte erschien.

Er blieb auf der letzten Stufe stehen, reglos wie ein Pflock.

»Glaubst du, ich habe die Mittel, den Mond zu beheizen?«, knurrte Gaby.

Er trat über die Schwelle und schloss die Tür hinter sich. Als er drinnen war, traute er sich nicht, uns anzusehen. Er ließ den Blick durch diesen Ort voller Geheimnisse wandern, den er nur von draußen kannte.

Seine Augen weiteten sich, als er die Eichhörnchen sah.

»Du hast nicht mitgekriegt, wie sie hergekommen sind«, sagte Gaby, da er mit offenem Mund dastand.

Das Kaninchen schnupperte an seinen Füßen.

»Das ist Bunny«, sagte die Göre.

»Draußen oder drinnen, so kannst du nicht angezogen sein, hat man dir das zu Hause nicht beigebracht?«, fragte Gaby.

Ihre Stimme klang schroff.

Er zog seinen Blouson aus, indem er ihn an den Ärmeln auf links drehte. Darunter trug er sein unvermeidliches Polohemd und Hosenträger, um die Hose zu halten. Ein unerwarteter Bubikragen ragte aus dem Polohemd.

Auf der anderen Straßenseite, im Haus des Onkels, hatte seine Mutter den Vorhang aufgezogen. Sie hatte ihren Jüngsten vermutlich in das Haus der anderen gehen sehen, und daher blickte sie herüber. Versuchte bestimmt, sich vorzustellen, was er machte.

Marius rührte sich nicht. Sein Oberkörper war im Verhältnis zum Rest des Körpers klein, die Brust schmal, schmächtige Schultern. Ein handgestrickter Pullover, kraus rechts gestrickt.

»Hast du Hunger?«, fragte Gaby.

Marius starrte die Göre an, als wäre es an ihr, das zu wissen.

Eine Waffenruhe in der siebten Generation, dachte ich.

Die Göre sagte, er habe Hunger, und daraufhin nahm Gaby aus dem Wandschrank einen Beutel mit fertigen Crêpes. Butter und eine Pfanne.

Marius näherte sich den Patronengirlanden. Er berührte sie und atmete den Geruch des Pulvers ein.

Die Göre erklärte ihm, dass sie ein elektrisches Kabel mit kleinen Glühbirnen kaufen wolle, das sie hineinschieben würde, damit es wie Plastik glänze.

Ich dachte an das Feuer. An den Brand. Unser Haus in Malfondière war dadurch in Brand geraten, wegen eines Weihnachtsfestes, das zu schön, zu sehr dekoriert hatte sein sollen.

Ich hatte Angst um diesen nicht sehr soliden Bungalow, das

Kunstledersofa, die Pappe, all das, was eine leichte Beute für die Flammen wäre.

»Man darf hier keine Girlanden anbringen«, sagte ich.

Die Göre verstand nicht.

Ich begegnete Gabys Blick. Für einen Augenblick war unsere Vergangenheit wieder da.

»Sie wird es nicht tun«, sagte Gaby, »das hat sie nur so gesagt … Hm, Göre? Sag Carole, dass deine Patronengirlanden reichen, dass du das mit dem Strom sein lässt.«

Die Göre nickte langsam. Sie zeigte Marius die Girlanden, die sie vom Wagen des Hundeheims mitgebracht hatte.

In den folgenden Minuten stellte ich mir den Bungalow in Flammen vor. Sollte das denn nie enden?

Während sie redeten, erhitzte Gaby die Crêpes. Sie hatte Puderzucker, die Marmeladengläser und Mont Blanc Crème auf den Tisch gestellt. Sie ließ eine heiße Crêpe auf Marius' Teller gleiten. Dann machte sie die nächste. Ein paar Sekunden Hitze von jeder Seite. Sie fügte Butter hinzu, damit die Crêpe goldbraun wurde.

Ich beruhigte mich.

»Du hast nicht zufällig das Rezept des Kuchens, den Mama für Curtils Rückkehr gebacken hat?«

Gaby drehte sich um und sah mich an.

»Das Rezept hatte sie im Kopf.«

Sie warf eine Crêpe in die Luft.

»Soviel ich weiß, waren drei Eier nötig. Als wir in Grenoble wohnten, schickte sie mich in das Lebensmittelgeschäft des Arabers direkt unter uns einkaufen. Drei tagesfrische Eier, sagte sie. Philippe und ich teilten uns immer die Eierschalen, du wolltest nicht. Wir legten sie in eine Schüssel mit Wasser, sie schwammen, und wir legten Reiskörner hinein, bis sie untergingen.«

»Ich habe nicht mit euch gespielt?«

»Nein.«

»Warum nicht?«

»Ich weiß nicht … Mama schlug Eischnee. Wenn die Schokolade geschmolzen war, fügte sie Milch hinzu, es roch gut.«

Sie drehte sich um und warf mir einen sanften Blick zu.

»Soll ich mich noch an anderes erinnern?«

»Nein, schon gut.«

Sie machte weitere Crêpes heiß.

»Tanzt du mit Francky Montagabend Walzer?«

»An Silvester? … Nein.«

»Ich schon … ich gehe hin.«

Ich zog mich aufs Bett zurück, mit dem Rücken an der Wand. Dieser Geruch würde ihr lange Zeit in Erinnerung bleiben. Marius lachte, weil die Crêpes wie Gummi waren und er mit seinen Zähnen daran ziehen konnte. Für sie war es ein schöner Augenblick ihrer Kindheit. Die Göre rieb eine Tafel Schokolade. Sie hatte rote Wangen. Es roch gut. Vielleicht hatte sie einen Bruder, einen Bruder, der ihr fehlte, ein kleiner Phantombruder, wie ein amputiertes Glied, der diesem Jungen ähnelte.

Ich begegnete Gabys Blick und hatte das Gefühl, dass sie das Gleiche dachte.

Marius war satt. Sein runder Bauch wölbte sich unter dem Pullover. Er rieb sich den Wanst, und es war zu erkennen, dass seine Hand wieder lebendig geworden war.

Wir freuten uns darüber.

Wir öffneten die Tür, um den Geruch zu vertreiben. Die Göre erzählte ihm von einem Land, in dem es so heiß ist, dass die Kinder nackt leben, und wo man keine Fenster hat, nur Öffnungen.

»Dort ist das ganze Jahr lang Sommer.«

»Sogar im Winter?«, fragte Marius.

»Ach, du sprichst?«, sagte Gaby spöttisch.

»Sogar im Winter«, sagte die Göre. »In diesem Land gibt es das Wort kalt nur, wenn von Kühlschränken die Rede ist.«

»Und es gibt keinen Regen?«

»Regen ist nur dazu da, um Kühle zu bringen.«

»Und Kamine?«

»Kamine sind nur Dekoration. Dort ist man immer in der Sonne und schläft ohne Decke.«

Die Crêpe, die Marius in der Hand hielt, fiel schlaff zur Seite. Die Marmelade lief über sein Handgelenk.

»Wo ist dieses Land?«

Die Göre streckte die Hand aus.

»Dort.«

»Im Wald?«

»Hinter dem Wald. Man muss eine Weile gehen.«

Er drehte den Kopf in die angegebene Richtung.

»Warum gehen wir nicht hin?«

»Man muss sehr lange gehen.«

»Und ich habe nicht die richtigen Schuhe an?«

Die Göre beugte sich hinunter und betrachtete unter dem Tisch die Plastikstiefel, die Marius trug.

»Nein, du hast nicht die richtigen Schuhe an.«

Der Fahrer des Streufahrzeugs hatte neben der Einfahrt zum Hundeheim einen großen Haufen Salz abgeladen. Es war graues Salz, unbearbeitet, schwer. Es musste zu den Käfigen transportiert werden.

Als ich ankam, hatte die Baronin gerade eine Schubkarre vollgeladen. Sie hatte ihren Blouson ausgezogen. Darunter trug sie mehrere Pullover. Sie rauchte den Rest einer Zigarette. Weihnachten war vorbei, und sie hatte noch immer keine Antwort wegen ihrer Nachbarwiese bekommen.

»Und Curtil, habt ihr was von ihm gehört?«

»Er kommt … aber er verspätet sich.«

Ich wollte ihr nicht von seinem Umweg über Patagonien erzählen. Ich fühlte mich nicht in der Lage, es ihr zu erklären. Dass er das getan hatte und dass ich es nicht ertragen konnte, hier zu bleiben und auf ihn zu warten.

Sie fragte mich nicht, wann ich abreisen würde.

»Wie geht's Gaby bei der Arbeit?«

»Geht so. Aber vom Bügeln tun ihr die Arme weh. Und sie muss die ganze Wäsche zählen, bevor sie sie einräumt, und das mag sie nicht.«

Die Baronin nickte.

»Mit Zahlen hat sie es noch nie gehabt. Und der Dampf des Bügeleisens?«

»Sie beklagt sich nicht.«

Sie nahm die Griffe der Schubkarre, schob sie aber nicht. Sie drehte sich halb um.

»Drei Typen sind ins Hundeheim gekommen, sie haben mich gefragt, ob ich wüsste, wo Ludo ist.«

»Und?«

»Und nichts.«

»Ich werde es Philippe sagen.«

Sie nickte. Schob die Schubkarre zwei Meter weiter.

»Die Näpfe müssen gespült werden, falls du Lust hast …«

Sie ging weiter, bis zum Ende der Allee, und warf Salz um die Käfige im Norden, dort, wo der Boden am stärksten gefroren war.

Ich ging ins Haus. Ich fand einen Schwamm, Spülmittel, keine Handschuhe. Ich krempelte die Ärmel hoch. Ich tauchte die Hände ins Wasser, die Näpfe waren fettig, das Wasser lief heiß aus dem Wasserhahn.

Ein Basset lag auf der Decke, er war am Vortag gebracht

worden, er war lange über den eiskalten Asphalt gelaufen, seine Fußballen waren wund.

Ich blickte nach draußen, während ich die Näpfe spülte.

Poum war an seiner Kette.

Man erzählt, dass vor langer Zeit eine Frau ihren toten Mann einen ganzen Winter lang in einem Pökelfass aufbewahrt habe, bis sie ihn im Frühling, als es wieder wärmer geworden sei, habe begraben können.

Ich trocknete die Näpfe ab.

Die Baronin hatte das Salz verteilt und kam in die Küche.

Sie wusch sich die Hände wegen des Salzes.

Sie hatte die Rechnung des Tierarztes bekommen, der den Basset behandelt hatte.

Sie wärmte Kaffee auf und servierte ihn in Pappbechern.

Ich erzählte ihr von Philippes Website, sie könne Anzeigen einstellen und Hunde zur Adoption anbieten. Sie wollte, dass wir es sofort machten, und wir begannen nachzudenken.

Sie gab mir ein Blatt Papier und einen Stift.

»Da sind zwei belgische Schäferhunde, die Mutter und ihr Junges, ein Welpe, sie hängen sehr aneinander, man sollte sie nicht trennen. Sie sind entfloht und geimpft. Man kann sie problemlos gemeinsam Gassi führen.«

Ich notierte, was sie sagte.

Sie wählte vier Hunde aus plus die beiden belgischen Schäferhunde. Ich las vor, was ich geschrieben hatte.

Bello, Foxterrier, fröhlich und sehr anhänglich, ähnelt Hergés *Milou*.

Haika, Typ Setter, ruhiger, umgänglicher Hund: Zieht nicht an der Leine. Er hört auf seinen Herrn.

Falva, Labradorhündin, wurde streunend gefunden, sehr schmusebedürftig, braucht Liebe, ist aber noch nicht mit Katzen getestet worden.

Gache, sehr charakterstark, dominant, braucht eine starke Hand, mag keine Kinder, ist aber ein guter Hund.

Für jeden Hund suchte sie mir das Alter heraus. Sie gab mir die Nummern der Käfige, damit ich sie fotografieren konnte.

»Weiß du, dass sie Hunde einsetzten, um die Radioaktivität in der Umgebung von Fukushima zu messen? Hunde und Affen, sie versehen sie mit GPS, lassen sie im Wald laufen und benutzen sie für ihre Berichte.«

Ich wusste es nicht.

»Die Tiere sind besser als die Menschen«, sagte sie noch.

Sie stand auf und warf die Becher in einen Müllsack.

»Ein Tier nimmt nur, was es braucht. Du hast keine Tiere?«

»Ich hatte einen Igel. Die Concierge kümmert sich um ihn.«

Sie verstand. Sie ging zu dem Basset und schmierte seine Pfoten mit Salbe ein. Damit er sie nicht ableckte, steckte sie sie in kleine farbige Schühchen, die sie mit einem Riemen zuband.

Der alte Sam winkte mir, als ich auf der Straße vorbeiging, er lud mich auf einen Tee ein.

Er nahm mich am Arm und sagte etwas über diesen unglaublichen Zug, der immer zu anderen Zeiten an seinem Laden vorbeifuhr.

Er erzählte mir, dass er vor langer Zeit Schmetterlinge gezüchtet habe, in einem Treibhaus direkt hinter dem Laden. Er zog mich mit sich, um es mir zu zeigen. Es war nur ein kleines Treibhaus, dessen Dach teilweise eingestürzt war. Bevor er die Schmetterlinge fliegen ließ, klebte er ihnen eine spezielle Vignette auf den Flügel, einen Aufkleber, der es ihm erlaubte, ihre Wanderungen zu verfolgen.

»Wenn die Schmetterlinge alle markiert waren, öffnete ich das Fenster, und sie flogen fort. Manche blieben in den Bäumen, das Merkwürdigste ist, dass es immer welche gab, die nicht wegfliegen wollten.«

Er machte ein paar Schritte im Schnee. Nahm Flocken in seine Hand.

»Mein Garten war voll von Töpfen, in denen Seidenpflanzen wuchsen. Das ist eine giftige Pflanze, die Schmetterlinge ernähren sich von ihr, und ihre Haut wird ebenfalls giftig. Nur Mäuse können sie fressen.«

»Sie sterben nicht davon?«

»Nein, sie spucken die Haut aus. Kein anderes Tier hat begriffen, dass man das tun muss.«

Er deutete auf einen Baum mit dünnem Stamm, dessen Äste gegen das Dach des Ladens rieben.

»Dieser Baum soll Sauerkirschen tragen. Er ist immer so schmächtig gewesen, als sei er kalziniert … Meine Frau liebte ihn sehr, sie liebte ihn mehr als alle anderen, obwohl er nur Früchte hervorbrachte, die nach nichts schmeckten. Trotzdem kümmerte sie sich weiter um ihn. Und jedes Jahr gelang es ihr, zwei oder drei Gläser mit seinen Früchten einzumachen. Mögen Sie Sauerkirschen?«

»Nicht besonders.«

»Sie mochte sie auch nicht, aber sie liebte diesen Baum. Seltsam, nicht?«

Wir gingen an den Straßenrand. Der Asphalt war weiß, die Autos fuhren auf dem Schnee, und ihre Reifen hinterließen Spuren.

Er wollte mich nach Hause begleiten. Er ging langsam, auf seinen Stock gestützt.

Ich hatte das Gefühl, die Zeit würde hier anders verstreichen als anderswo. Er erzählte mir die Geschichte des Chinesen, der in seinem Garten eingeschlafen war und geträumt hatte, er sei ein Schmetterling und fliege von Blüte zu Blüte. Erschöpft vom vielen Blütenstaubsammeln, schlief der Schmetterling ein, und im Schlaf träumte er, er sei ein Mensch.

Ich stützte mich auf seinen Arm.

Dann erzählte ich die Geschichte zu Ende.

»Als der Chinese aufwachte, wusste er nicht mehr, ob er ein Mensch war, der geträumt hatte, ein Schmetterling zu sein, oder ob er ein echter Schmetterling war, der träumte, er sei ein Mensch.«

Der alte Sam nickte.

»Wer ist real? Der chinesische Mann oder der Schmetterling?«

Er setzte seinen Weg fort.

»Ich habe das Gefühl, es geht uns allen so, wir wissen nicht mehr so recht, wer wir sind.«

Er sprach langsam, während er die verschneite Landschaft betrachtete. Er blieb stehen, um mir einen Vogel mit rotem Kropf zu zeigen, der scharlachrote Beeren fraß. Die Beeren sahen aus wie Johannisbeeren, sie waren trotz der Kälte an den Zweigen des Strauchs hängen geblieben.

»Haben Sie bemerkt«, sagte er, »dass wir alle unser Leben als Ei beginnen … Die Vögel, die Eidechsen, die Insekten, wir haben alle den gleichen Ausgangspunkt. Und danach ist es auch nicht viel anders, eine kleine Zeitspanne, die wir zwischen Geburt und Tod ausfüllen. Und wir müssen es schaffen, aus diesem Zeitraum einen Moment der Gnade zu machen.«

Wir machten einen Umweg durch die Gassen von Le Val.

»Wir wissen nicht, wie lange die Spanne ist, die uns gewährt ist. Und sie ist nicht für jeden gleich lang. Das Einzige, was man versuchen kann, ist, dass man sie so gut wie möglich verbringt.«

»Kinder machen, die fortgehen, von ihrem Vater verlassen werden, auf den eigenen warten und sich mit dem Leben arrangieren, ist das ›so gut wie möglich‹, Monsieur Sam?«

»Es ist nicht nur das, aber auch.«

»Die Baronin denkt, die menschliche Rasse sei nur eine unter mehreren.«

»Die Baronin hat die Sensibilität von Tieren.«

Wir sprachen über sie und die menschliche Rasse, ihre Gewalt und ihre unausweichliche Zerstörung.

Wir sprachen über Curtil, und ich erzählte ihm von seinem Umweg über Patagonien. Ich sagte ihm, dass Philippe Fotos von früher suche, um sie auf seine Website zu stellen. Er antwortete mir, das habe nichts mit unserer Unterhaltung zu tun, aber er verspräche mir, in seinen Schachteln nachzuschauen und etwas für Philippe herauszusuchen.

Wir kamen zu den Feldern. Buck ließ seine Kühe noch immer auf den Wiesen, sie drängten sich zusammen, um sich vor der Kälte zu schützen. Ein Stier stand gleichmütig abseits, fünfhundert Kilo Fleisch und ein niedriger Hals.

»Buck ist ein Idiot«, sagte Sam. »Er misshandelt seine Tiere. Es ist sehr schwer, so dumm wie Buck zu sein … und es ist gleichzeitig auch sehr leicht.«

Wir gingen zurück zum Sägewerk. Die Werkstätten waren geschlossen.

Er hob ein Schneckenhaus auf.

»Schauen Sie … Die Spiralen, die die Häuser zeichnen, ähneln denen, die das Farnkraut bildet, wenn es aus der Erde kommt, sie sehen aus wie Kardinalsstäbe.«

Es ging auf den Abend zu, als ich nach Hause kam. Ich machte es mir im Warmen gemütlich. Die Orangenschalen auf dem Regalbrett vertrockneten allmählich. Wie lange würde es dauern, bis sie vollkommen hart wären?

Ich legte mich ins Bett, die glühend heiße Wärmflasche auf dem Bauch. Wo war Curtil? Was machten die Mädchen? Ich hatte Lust, sie anzurufen. Ihr Lachen durch meinen Körper gehen zu hören und ihnen zu sagen, dass ich sie liebe. Ich dachte an ihren Vater, den es fortgetrieben hatte, im Haus war es viel zu still geworden, ihre Abreise hatte in ihm die Sehnsucht nach Sonne geweckt. Ihm vermutlich auch neue Leidenschaften geschenkt.

Der Steinmarder scharrte wieder.

Es kam mir vor, als wäre Tag, doch es war der Mond, der das Zimmer durch die Fensterläden, die ich nicht geschlossen hatte, erhellte.

Sonntag, 30. Dezember

Am Abend davor hätte ich zu Emma und Philippe zum Essen gehen sollen. »Am Samstag haben wir Freunde aus Annecy bei uns, wirst du kommen?«

Die Erinnerung daran weckte mich mitten in der Nacht.

Ich schaltete mein Handy ein. Philippe hatte mehrmals versucht, mich anzurufen, aber mein Telefon war nicht eingeschaltet gewesen. Er hatte eine Nachricht voller Vorwürfe hinterlassen, die Worte deutlich voneinander abgesetzt: »Du glaubst, du ähnelst Mama, aber du ähnelst ihm!«

Punkt.

Nichts weiter.

Er glaubte, ich hätte es absichtlich gemacht, aber ich hatte es wirklich vergessen. Jetzt machte ich mir Vorwürfe deswegen.

Ich machte mir einen Kaffee. Ich trank ihn am Fenster. Der Schnee erhellte die Nacht.

Curtil sagte immer, dass ich nichts wie die anderen machte, dass ich ihm ähnele, dass ich wie er fähig wäre zu erdulden, ohne schwachzuwerden, und dass er und ich daher auf die gleiche Weise sterben würden, mit weit offenen Augen und aufrecht.

Der Kummer macht die Größe des Menschen, sagte er.

Eines Tages hatte ich Mama am Tisch vorgefunden, sie weinte. Ich war auf dem Treppenabsatz stehengeblieben. Wo nahm sie nur so viele Tränen her? Welches außergewöhnliche Unglück hatte einen solchen Tränenausbruch auslösen können? Sie schien sich von einem unstillbaren Kummer zu befreien, der geräuschlos aus ihr herausströmte. Ich näherte mich ihr. Ich war erschüttert. Neugierig auch, und ich konnte es kaum erwarten, die fantastische Geschichte zu hören, die sie mir erzählen würde.

Endlich bemerkte sie meine Anwesenheit.

Ich wartete auf die wunderbare Geschichte.

»Das ist der Kummer der Zwiebeln«, sagte sie schließlich und trocknete sich die Augen mit ihrem Küchentuch.

Sie zeigte es mir. In der Salatschüssel lagen weiße Zwiebelstücke. »Sobald man sie schält, tränen einem die Augen …«, erklärte meine Mutter.

Ich verstand nicht, warum sie mir eine Zwiebel und ein Messer reichte. Ich drehte die Zwiebel in meiner Hand. Ich schob die Klinge unter die Haut. Ich schnitt vorsichtig. Es passierte nichts, also schnitt ich tiefer in das Fleisch, und nach ein paar Sekunden spürte ich, wie mir die Tränen in die Augen stiegen und zu fließen begannen.

Dieser außergewöhnliche Kummer war also nichts anderes als das? Keine Geschichte war für diese dicken, reichlich fließenden Tränen verantwortlich? Es fühlte sich merkwürdig an. Mir gingen Gedanken durch den Kopf, die mir unbekannt waren. Meine Tränen blieben in der Schwebe, am Rand der Leere. Das ist ein falscher Kummer, dachte ich.

Eine ganze Weile rührte ich mich nicht, damit die Tränen nicht überliefen.

Schließlich unterdrückte ich sie, und sie kehrten an ihren Ort zurück. Den Lebensort der echten Tränen.

»In jedem Menschen gibt es einen See«, sagte meine Mutter, »eine flüssige Traurigkeit, und die Zwiebeln helfen einem, sie loszuwerden.«

Am Vormittag brachte ich Emma den Käfer zurück. Alles war noch dunkel, ruhig, ich stellte den Wagen vor ihrer Tür ab, die Schlüssel darauf, und ging zu Fuß zurück.

Die Söhne des Onkels zofften sich auf dem Parkplatz bereits mit anderen Jungs. Der Älteste lag am Boden, einen Stiefel auf dem Nacken, die Backe auf dem Asphalt.

Ich arbeitete, bis die Kellnerin herauskam.

Sie hatte die Laken gewechselt, wie sie es an den beiden vorangegangenen Sonntagen getan hatte. Dieses war himmelblau mit großen geometrischen Mustern, und ich schloss daraus, dass es ihre Gewohnheit war, die Laken sonntags zu wechseln.

Das Licht war schön auf dem Balkon. Ich überlegte mir, auf ihr Gesicht, das rote Haar und die trotz der Kälte nackten Arme zu zoomen, nur das, doch seit dem ersten Foto hatte ich immer die gleiche Einstellung gewählt, auf den Zentimeter genau und ohne davon abzuweichen, ich durfte nichts ändern, es war besser, wie gehabt weiterzumachen.

Anschließend ging ich ins Hundeheim und reinigte die Böden. Ich entfernte die Scheiße und spülte die Näpfe.

Als ich fertig war, war es fünfzehn Uhr, und ich ging zu Francky. Zu spät für ein richtiges Mittagessen. Ich bestellte ein Sandwich und ein Glas Milch. Ich bezahlte die Miete für die kommende Woche.

Francky wollte den Winter nutzen, um die Wohnung zu streichen, er wollte wissen, wie lange ich noch bliebe.

Ich müsse am 7. in Saint-Étienne sein, sagte ich ihm. Die Wohnung würde also zwangsläufig vorher frei werden.

Er zögerte. Er machte ein paar Schritte und kam zurück, mit leicht geröteter Stirn.

»Ich habe sie bestellt«, sagte er.

Er deutete unauffällig auf die Jukebox.

»Sie wird Ende der Woche geliefert … aber ich lasse sie in die Wohnung bringen, das stört dich doch nicht?«

Diegos Pause hatte gerade begonnen. Er saß über sein Puzzle gebeugt, vertieft in die Betrachtung der Form eines Teils, das er eingehend musterte. Ein Teil in Rottönen, mit einer Einbuchtung auf jeder Seite.

»Dieses Teil ist ein Geheimnis, man könnte glauben, es ist überzählig«, sagte er, als ich mich näherte.

Die Teile waren nach Farbe sortiert. Er nahm ein neues, das seinen Platz rasch in dem begonnenen Himmel fand, ein größtenteils gelbes Fragment, das die Krümmung einer riesigen Sonne zeichnete. Er glättete die nicht sehr große Oberfläche mit der flachen Hand, um zu überprüfen, ob es sich an der richtigen Stelle befand.

Das Puzzlebild nahm allmählich Gestalt an. Eine riesige Brücke wurde erkennbar, über die man auf der anderen Seite des Flusses eine Stadt voller Lichter, die amerikanisch wirkte, erreichen konnte. Das Stützwerk hob sich schwarz vor dem orangefarbenen Hintergrund des Himmels ab.

»Das Problem, wenn du ein Puzzle legst, ist der Tisch … Der Tisch und das Licht … Man braucht eine gute Lampe über ihm … Das größte Puzzle der Welt hat dreißigtausend Teile und misst fünf mal zwei Meter, wie zwei Garagentüren.«

Er konnte jedoch nicht sagen, was darauf abgebildet war.

Der Computer war frei, und ich fand im Internet folgende Angaben zu diesem Puzzle: dreißig Bilder des Malers Keath Haring nebeneinander.

Mindestens dreihundert Stunden Geduld. Ein Video aus Hongkong zeigte einen Chinesen, der es fast fertig gelegt hatte.

Ich rief Diego.

Er kam zu mir.

»Zehnmal so groß wie meins …«

Er konnte es nicht fassen. Seine Augen glänzten neidisch.

Zwei Typen kamen herein, sie sagten, ein Schneemobil habe im Park einen Schneerutsch hinter Croix-Sainte-Marie ausgelöst. Die Lawine habe Felsen gelöst. Die Straße sei gesperrt.

Einer von ihnen hatte einen wilden Hahn gefangen und seine Beine mit einer Schnur zusammengebunden. Er legte ihn auf den Tresen. Lehnte sich mit dem Rücken an die Bar. Grüßte mich mit einer Kopfbewegung.

»Wenn ich zwei habe, machen wir einen Kampf.«

Hinten im zweiten Raum hatten die Tramps einen Wettkampf im Armdrücken improvisiert. Der Typ wollte sein Glück versuchen und vertraute mir seinen Hahn an. »Man muss nur die Hand auf ihn legen«, sagte er. Es war ein schönes Tier, mit furchtbaren Spornen.

Im Fernsehen sah man das Londoner Velodrom, in dem Radfahrer ihre Runden drehten. Sie schienen über die Piste zu gleiten, so schnell traten sie in die Pedale.

Ein Lieferant brachte Kartons für die Silvesterfeier. Er ließ alles mitten im ersten Raum stehen.

Gaby kam herein.

Es war nicht ihre Zeit.

Sie schlurfte, ihr Mantel war unten nass. Sie begrüßte niemanden.

Sie schielte auf mein Sandwich.

»Willst du eins?«

Sie nickte.

Ich gab Francky ein Zeichen.

Wir setzten uns an einen Tisch.

»Was machst du damit?«, fragte sie mich wegen des Hahns.

»Nichts, er gehört dem Typen da hinten …«

Francky brachte ihr das Sandwich. Sie aß die Hälfte, während sie auf die Radfahrer auf der Piste starrte. Sie hatte den ganzen Vormittag gearbeitet.

Es war schlechtes Wetter. Peitschende Böen trieben den Schnee auf die Straße und schlugen gegen die Scheiben.

Gaby legte ihr Sandwich hin. Sie trank etwas Milch.

»Es ist unmöglich … Bei dieser Kälte kann er nicht draußen sein. Es muss jemanden geben, der weiß, wo er ist.«

Sie stand auf, ging zum Tresen und nahm ein paar Stücke Zucker.

»Je mehr man nach Ludo sucht, umso weniger findet man ihn«, sagte sie schließlich.

Sie warf den Zucker in das Glas. Rührte mit dem Löffel.

»Er soll jemanden verpfiffen haben … und Schulden haben. Ich könnte nicht für ihn zahlen, ich habe kein Geld.«

»Sie wissen, dass du keins hast.«

»Das ist ihnen scheißegal.«

Sie richtete ihren Blick auf mich.

»Schau mich nicht so an. Ludo ist kein Dreckskerl.«

»Natürlich ist er es!«

Der Zucker schmolz.

»Philippe sagt, man könne in den Bergen drei Stunden ohne Feuer überleben, drei Tage, ohne zu trinken, und drei Wochen, ohne zu essen. Aber im Winter ist alles anders, da gilt das Gesetz nicht.«

Sie trank die Milch. Langsam.

Auf dem Bildschirm wurden die dreihunderttausend Nägel gezeigt, die nötig waren, um die Parkettstäbe zusammenzufügen, Holz aus Sibirien.

»Glaubst du an Versprechen?«, fragte sie.

»Ja.«

»Philippe sagt, Versprechen sind nichts als heiße Luft.«

Sie stellte ihr Glas ab.

»Wegen dir sagt er das.«

»Wegen mir?«

»Er sagt, dass du deine Versprechen nicht hältst. Du solltest zu ihm zum Essen kommen, aber anscheinend bist du nicht hingegangen.«

Sie lachte leise. Steckte den Rest ihres Sandwiches in die Tasche, zusammen mit den Zuckerwürfeln und der kleinen Papierserviette.

Der Typ, dem der Hahn gehörte, kam zurück.

Er nahm sein Tier wieder an sich.

»Kennst du Wild Bill Hickok?«, fragte er mich.

»Nein.«

»Das war der Kerl von Calamity Jane. Sie haben eine Tochter zusammen.«

»Calamity Jane hat kein Kind gehabt.«

»Was weißt du denn? Nur weil man den Sattel von Abrahams Kamel nicht gefunden hat, heißt das nicht, dass Abraham kein Kamel und keinen Sattel gehabt hat. Sprichwort von Rabbi Ken Spiro. Denk mal drüber nach …«

Er ging mit seinem Hahn.

»Kennst du ihn?«, fragte Gaby.

»Nein.«

»Er duzt dich …«

Yvon kam herein. Er hatte seinen Laptop dabei.

»Wollen wir sie uns anschauen?«

Wir setzten uns auf eine Bank.

»Hast du sie auf sechs Minuten gekürzt?«

»Fast … sie ist noch ein bisschen zu lang.«

Er schaltete seine Festplatte ein. Das Hintergrundbild war eine Gruppe von Freunden. Er öffnete eine Datei.

Die Göre kam aus dem Tante-Emma-Laden. Als er sie sah, klopfte Yvon gegen die Scheibe. Ein wenig schüchtern kam sie näher.

Er bestellte eine heiße Schokolade für sie.

»Die trinkt sie immer.«

Als sie hereinkam, stand die Schokolade auf dem Tisch.

Sie setzte sich uns gegenüber auf die Bank. Sie hatte Spuren von Pastellfarbe an den Fingern und Schwarz unter den Fingernägeln. Sie trank die Schokolade, die Tasse zwischen den Händen, die Wimpern im Dampf.

Yvon wartete, bis sie ausgetrunken hatte, um den Film zu starten.

Ich suchte eine Platte aus, C. Jérôme, *Et tu danses avec lui*, eine wunderschöne Melodie, ich sang den Text leise mit. Ich dachte an die Mädchen, an die letzten Ferien, die wir alle vier zusammen in Saint-Malo verbracht hatten, in einem Haus am Meer. Wir hatten diese Möglichkeit gefunden, um noch einen Sommer mit ihnen zu verbringen und dieses Band zu stärken, bevor sie größer würden und weggehen würden.

Als ich zurückkam, hatte die Göre meinen Platz eingenommen, und Yvon zeigte ihr seine Reportage. Sie saßen nebeneinander, Schulter an Schulter. Die glatte Hand der Göre um die Tasse gelegt, etwas hohe Wangenknochen.

Ich hörte mir das Ende des Liedes an und bezahlte ihre Getränke. Ich sagte Francky, er solle ihnen bringen, was sie wollten, und es auf meine Rechnung schreiben.

Um zwanzig Uhr begann der Steinmarder hin und her zu laufen. Ich hörte seine Krallen auf dem Fußboden. Er hörte sich an, als wäre er unmittelbar in meinem Schlafzimmer. Oder in meinem Schädel. Wie lebte er? Er musste doch auch nach draußen gehen? Jagen?

Ich dachte daran, die Falltür zu öffnen, Licht auf dem Dachboden zu machen und ihm endlich ins Gesicht zu sehen, doch ich hatte Angst, er könnte hinter der Tür sein und mir mit seinen Krallen das Gesicht zerkratzen.

Mir die Augen auskratzen.

Montag, 31. Dezember

Es war der letzte Tag des Jahres, und Curtil war nicht da.

Das Sägewerk war geschlossen. Die Holzfäller machten die Brücke, vier Tage, ohne zu arbeiten.

Es war elf Uhr dreißig, als ich das Foto von der Kellnerin auf ihrem Balkon machte.

Ich ging nicht hinaus. Ich verbrachte den Tag damit, Christo zu übersetzen.

Es wurde Abend. Einer der Tramps kam und machte seine Runde, um sich zu vergewissern, dass im Sägewerk alles in Ordnung war. Er ging durch die Werkstätten und verschwand wieder.

Es war kalt. Meine Lippen waren rissig, sie waren aufgesprungen, vernarbt und dicker geworden. Ich schmierte sie mit Lippenbalsam ein, um sie zu schützen.

Pierre rief an. Er war am Flughafen, er flog nach Bali. Sechzehn Stunden Flug mit einem Zwischenstopp in Singapur. Ich hörte ihm zu, während ich nach draußen schaute, auf den überfüllten Parkplatz, die Lichter und die Leute aus Le Val, die zu Francky strömten, um Silvester zu feiern.

Mit seinen drei erleuchteten Räumen wirkte die *Lanterne* wie ein Passagierdampfer mit tausend Lichtern.

»Ich hätte eine Übersetzung für dich, wenn du mit Christo fertig bist. Ein Gedichtband, interessiert dich das?«

»Gedichte liest man in der Originalsprache, das lässt sich nicht übersetzen.«

»Wir reden noch mal darüber.«

Ich hörte die Flugankündigungen hinter ihm, er musste sofort an Bord gehen. Er wünschte mir einen guten Jahresanfang. »Ich bringe dir Reis von dort mit.«

Diejenigen, die Silvester feiern wollten, strömten noch immer zu Francky. Paare. Gruppen. Die Autos waren auf dem Parkplatz, am Straßenrand oder weiter weg geparkt.

Das Orchester, zwei Gitarren, ein Kontrabass und ein Akkordeon. Ich hörte die Musik jedes Mal, wenn die Tür aufging.

Ich öffnete den Beutel mit den getrockneten Früchten. Rosinen, Aprikosen, Ananas … Ich holte die Zahnstocher hervor und spießte die Früchte auf. Der Vater der Mädchen hatte das immer gemacht, wenn die Mädchen traurig gewesen waren. Er nannte das den Ball der Trockenfrüchte.

Ein paar Tanzschritte, und er schob die Frucht zwischen ihre Zähne.

Je trauriger die Mädchen waren, desto öfter ließ er die Zahnstocher tanzen. Bei großer Trauer konnte ein ganzer Beutel Trockenfrüchte draufgehen.

Es klopfte an der Tür. Jean kam von draußen, in einer Tweedjacke, und brachte die Kälte mit herein. Er blieb stehen, sah zuerst mich an und dann den Computer und die Papiere. Das aufgeschlagene Buch.

»Du bist nicht fertig?«

»Fertig?«

»Das Fest! Wir feiern alle bei Francky Silvester.«

»Ich habe zu arbeiten …«

»Du sitzt doch schon ewig dran. Bist du immer noch nicht fertig?«

»Doch, bald.«

Er kam näher. Er sah die Zahnstocher mit den darauf aufgespießten Früchten. Ich hatte alle Kopfkissen und alle Decken aus dem Schrank geholt, das ergab einen riesigen Haufen auf dem Bett.

»Fehlen nur noch der Esel und der Ochse, und du hast eine schöne Krippe.«

»Ich halte Winterschlaf, wie die Bären.«

»Die Bären halten keinen Winterschlaf, sie überwintern.«

»Wo ist der Unterschied?«

»Der Grad der Wachsamkeit.«

Er nahm den View-Master. Schaute sich eine Scheibe an.

»Die Bären verbringen den Winter im Liegen, ohne zu trinken, sie fressen ihre Scheiße wie die Kaninchen, das gibt ihnen Proteinreserven.«

Er nahm eine andere Scheibe und ließ die Dias vorbeiziehen.

»Dieser Rückzug ist nur Lethargie, ein Dösen, kein tiefer Schlaf… Die Eichhörnchen machen das auch so.«

»Gabys Eichhörnchen?«

»Die von Gaby… und die anderen.«

»Es verlangsamt sich nur der Herzschlag?«

»Genau.«

Er zog die Scheibe heraus und legte den Apparat auf den Schreibtisch.

Er nahm meinen Pullover und reichte ihn mir.

»Für heute hast du genug gearbeitet.«

Bei Francky war es warm und laut. Die Musiker waren Kerle von hier, sie tranken ein Glas am Tresen.

Auf den Tischen standen Wein in Tonkrügen und dunkles Bier, kleine Plastiktannen und Kerzen in Gläsern.

Wir schlängelten uns durch zum Tresen, um zwei Essensmarken zu kaufen. Diego hatte sein Puzzle mit einer Platte aus

Plexiglas, einer gespannten Schnur und einem Schild »Nicht berühren« geschützt.

Franckys Kellnerin verteilte Hors d'œuvres, Galantine mit Aspik-Würfeln, sie trug ein Top ohne Ärmel, geschnürtes Leder.

Danach würde es Truthahn und Schinken mit Gratin geben, so stand es auf der Essensmarke.

An Gabys Tisch waren noch zwei Plätze frei. Ich setzte mich neben sie. Jean suchte sich einen Platz etwas weiter weg, zwischen uns saß eine ältere Dame, die allein war und kein Wort sagte. Jean fragte sie, ob sie sich umsetzen könnte, doch sie weigerte sich.

Das Orchester begann zu spielen. Drei Männer und ein Mädchen. Gaby lächelte mir zu. Ihre Wangen waren rot und ihre Lider blau geschminkt.

»Hast du gesehen, ich habe Ohrringe angelegt!«, sagte sie und berührte die Anhänger an ihren Ohrläppchen mit den Fingern.

»Habe ich gesehen.«

»Ist das Blau okay?«

»Ja.«

An unserem Tisch saßen zwei dickbäuchige Männer mit Frauen beim Essen, deren mit Make-up geschminkte Wangen an die trockenen Risse einer Wüste erinnerten.

Die Musik war laut, man konnte sich kaum verständigen.

Gaby stand auf, sie wollte tanzen. Sie trug Pumps. Einen knielangen Rock. Ein glitzerndes Sweatshirt. Sie schwankte ein bisschen wegen ihrer hohen Absätze. Es waren schlechte Schuhe, aus Kunstleder, bedeckt mit einer Schicht weißer Schuhcreme.

Unter ihrem Stuhl standen ihre Stiefel und eine Plastiktüte mit einer Tupperware-Dose. Sie hatte die Reste der Galantine eingepackt.

Jean beugte sich zur Seite, um hinter dem Rücken der Alten mit mir zu reden, doch seine Worte wurden vom Lärm geschluckt.

Der Truthahn wurde serviert. Weiße Sauce. Eine Blätterteigpastete. Wir reichten einander die Teller weiter. Wir tranken Rosé und mit grauem Schaum bedecktes Bier. Auf dem Podium ließ ein Junge, der ein T-Shirt trug, eine Glaskugel an seinen nackten Armen entlangrollen, die Kugel wechselte von einer Hand in die andere, sie schien ihn nicht zu berühren, schwerelos.

Das Mädchen, das gesungen hatte, kam zu Jean.

Ein paar Tische weiter saßen Sam und seine Cousinen, ohne ihre Mutter, ein merkwürdiges Quartett niemals lächelnder Frauen.

Jean stand auf und holte seine Mundharmonika heraus. Seine Hände bildeten zwei Flügel. Er presste seine Lippen an das Metall und warf mir einen raschen Blick zu. Das Mädchen ging zum Mikro, und er begann zu spielen, eine herzzerreißende Melodie stieg zwischen den Flügeln auf. Alle verstummten. Es war eine Mundharmonika, aber sie klang wie ein Saxophon.

Gaby saß wie erstarrt da und hörte zu. Niemand rührte sich. Selbst die Kellner und die jungen Leute im zweiten Raum saßen still, ebenso wie die Idioten. Solange er spielte. Bis zum letzten Ton.

Nach dem letzten Ton schien die Zeit stillzustehen. Er spielte nicht mehr, doch die Musik hallte noch in meinem Kopf nach. Wir standen alle auf und applaudierten. Gaby, kräftig und die anderen überragend, klatschte mit ihren kräftigen Händen.

Sie stieß mich mit dem Ellbogen an.

»Das war toll, hm?«

Sie stieß mich noch einmal an.

»Ja, es war toll«, sagte ich schließlich.

Der alte Sam lächelte am Ende seines Tisches.

Gaby stand noch da, als niemand mehr applaudierte, und blickte sich um, plötzlich verlegen geworden, und da sie nicht so recht wusste, was sie mit ihrem Körper machen sollte, ließ sie sich auf die Bank zurückfallen.

Jean sagte ein paar Worte zu ihr, sicher etwas Liebenswürdiges, denn seine Augen leuchteten.

Das Orchester fing wieder zu spielen an.

Die Kellner brachten eine Scheibe Tiramisu mit Eis, das bereits zu schmelzen begann. Gaby aß davon. Ein bisschen Creme lief über ihre Lippe, ich machte sie darauf aufmerksam, und sie wischte sie weg.

Kinder tranken die Reste in den Gläsern aus, die auf den Tischen standen. Man brachte uns Kekse, kleine Baisers auf einer Untertasse.

Mir war heiß. Ich zog meinen Pullover aus. Darunter trug ich ein ärmelloses Little-Marcel-T-Shirt mit schwarzer Spitze und schmalen Streifen und eine Halskette aus weißen Perlen, ein Geschenk des Vaters der Mädchen zu meinem dreißigsten Geburtstag.

Ich hatte das Schloss um meinen Hals zuschweißen lassen, um die Kette nie zu verlieren.

Jean tanzte mit dem Mädchen vom Mikrofon. Ich blieb neben der Alten sitzen. Man träumt niemals umsonst. Die Musik setzt etwas frei. Kummer. Schmerz. Sie setzt auch Glück frei. Und andere Dinge, die keinen Namen haben.

Ein Typ kam zu Gaby und machte ihr aufdringliche Avancen. Die Göre war im zweiten Raum mit Yvon und der Jugend von Le Val, die ich inzwischen vom Sehen her kannte.

Als der Tanz beendet war, kam Jean zurück. Er schlängelte sich hinter mir zwischen Bank und Wand durch. Dabei schob er den schwarzen Träger meines Little Marcel hoch. Ich spürte seine Hand auf meiner Schulter. Es war eine ganz einfache Geste. Natürlich.

Unerwartet.

Er beugte sich zu mir.

»Kommst du?«

Im zweiten Raum waren Spieltische aufgestellt und Karten verteilt, dorthin nahm er mich mit. An die Belote hatte ich vage Erinnerungen. Er erklärte mir die Trümpfe, das Trumpfen, die Einsätze.

»Wenn du meldest, klopfst du mit der Hand leicht auf den Tisch, das ist Mogelei, du musst diskret sein.«

Die Auslosung teilte uns zwei Brüder als Gegner zu. Jean verteilte die ersten Karten. Er mischte die Karten nicht, erklärte, das würde das Spiel vermasseln. Ich betrachtete seine Augen. Er betrachtete die Karten. Wir spielten. Ernst. Bei guten Stichen lächelten wir einander zu. Ich mochte es, wenn unsere Blicke sich begegneten. Manchmal waren seine Augen ernst, grau, blau.

Die beiden Brüder sagten nichts. Sie waren diejenigen, die die Punkte zählten. Sie taten es mit Spielsteinen aus Plastik.

Wir beendeten das Spiel, wir lagen zweitausend Punkte zurück.

»Du bist nicht aufmerksam genug«, sagte Jean.

Wir spielten weiter, aber gegen andere Verlierer, die Frau hatte Arthritisprobleme, sie ließ ihre Karten fallen, man konnte ihr Spiel sehen, wir verloren trotzdem.

»Wenn wir das dritte Mal verlieren, können wir nicht mehr weiterspielen«, sagte Jean.

So waren die Regeln.

Wir verloren.

Jean konnte es nicht fassen, dass wir so schnell ausschieden.

Er ärgerte sich nicht, dass er verloren hatte. Es schien ihn sogar sehr zu amüsieren.

»Es gibt acht Trümpfe, beim nächsten Mal müssen wir daran denken.«

Wir kehrten zur Piste zurück, um den Tanzenden zuzuschauen. Das Orchester spielte eine Musette. Einer der Musiker legte seine Gitarre weg und nahm eine Geige.

Jean reichte mir die Hand.

»Wollen wir es versuchen? Es ist einfach … So schlimm wird es schon nicht werden …«

Er zog mich an sich. Ich erstarrte.

»Das ist keine gute Idee.«

Ich spürte seine Hand auf meinem Rücken. Er sagte, es würde schon gehen.

An den Tischen wurden die Biergläser aneinandergeschlagen. Das Bier rann die Kehle hinunter. Hinten im Raum pfiff jemand laut, nach Cowboyart.

»Du musst dich festhalten …«

Er flüsterte es in mein Ohr, und ich sagte mir, das sei meine Minute Ewigkeit, diejenige, auf die alle ein Recht haben, der Anteil, den die Engel gewähren, ob man das Glück nennt oder nicht, spielt keine Rolle, also schob ich meine Hand in seine, legte die andere auf seine Schulter, meine Wange berührte seine Wange, ich atmete zwischen Kragen und Gesicht tief den intimen Geruch dieses Mannes ein, der mich verwirrte, seit ich ein kleines Mädchen gewesen war, und ich beschloss, dass ich für die Zeit eines Tanzes vollkommen glücklich sein wollte.

Er hielt mich fester.

»Die Geige ist das einzige Instrument, das den Teufel tanzen und die Wölfe heulen lässt.«

Ich hörte Gelächter und dann nichts mehr, alles wurde undeutlich, der Tanz begann. Ich ließ mich vorbehaltlos mitreißen. Mein Gesicht war in seinem Hemd vergraben. Ich spürte die Wärme seines Oberkörpers. Ich klammerte mich fest, überrascht, dass der Stoff seines Hemds so rau war. Um uns herum schlugen die Füße auf das Parkett. Der Bogen glitt über die Saiten, brachte sie zum Vibrieren. Ich berührte seinen Hals. Ich lachte. Ich glaube, er lachte auch.

Ich hatte sein Herz unter meiner Hand.

Sich erinnern erlaubt, den Verlust der Menschen wie der Dinge zu verlangsamen. Wenn ich einmal alles vergessen haben werde, werde ich mich an diesen Herzschlag erinnern, ein ganz besonderer Klang. Ich weiß nicht, wie lange dieser Tanz gedauert hat.

Und dann hörte die Musik auf, die Erde wurde langsamer und hielt an. Meine Hand verweilte noch. Glitt über seinen Oberkörper. Ich legte sie auf seinen Arm, seine Haut glühte.

Die Ewigkeit war zu Ende.

Die Gäste wurden unruhig, denn bald würde es Mitternacht sein.

Wir lösten uns voneinander.

Alle begannen laut rückwärts zu zählen, vollkommen synchron, fest entschlossen, diese Großpackung Tage, die sich uns präsentierte, in die Arme zu schließen. Ein neues Jahr, das ein schönes Jahr werden würde, man musste daran glauben, Dinge würden kommen, schöne und auch andere, man musste alles nehmen, sie lagen noch vor uns, Überraschungen, gut versteckt in den Tagen des neuen Jahres.

Um Mitternacht umarmten sich alle.

Ich versuchte, mich von dem Freudentaumel anstecken zu lassen. Ebenso unbeschwert zu sein wie alle. Ich tat mein Bestes. Es gelang mir nicht, und das Glück der anderen isolierte mich.

Ich begegnete Jeans Blick, er lächelte mir zu.

Wir umarmten uns.

Wir auch.

Die Musiker machten eine Pause. Die Musik, das waren jetzt die sechziger Jahre, und sie kamen aus Franckys Jukebox.

Jean und ich stellten uns an den Tresen.

Er bestellte zwei Cognacs. Sagte, das sei der einzige Alkohol, in dem man die Zukunft der Welt lesen könne.

Sie kam, ich weiß nicht, woher. Ich hatte meine Augen in den goldenen Verlaufsstreifen des Cognac, damit beschäftigt, mein Schicksal zu suchen. Als ich den Kopf hob, sah ich den hellen Pony, ein paar Augen und zwei hübsche Hände mit rotem Nagellack.

»Ein gutes Neues Jahr, mein Liebling.«

Die Lippen bemächtigten sich derjenigen von Jean. Ein Mädchen in einem Pullover, erschienen um Mitternacht, wie eine Fee.

Er erwiderte die Umarmung. Sein Mund verweilte auf der glatten Stirn.

Ich trat beiseite.

Was hatte ich geglaubt? Was hatte ich mir vorgestellt? Ein idiotisches Lächeln gefror auf meinem Gesicht, meine Wangen glühten. Curtil sagte immer, man müsse die Schocks aushalten, in jeder Prüfung aufrecht bleiben, die Nase im Wind und mit trockenen Augen, selbst wenn die Dominosteine im Innern umfallen.

Die Fee sagte, sie habe ihren Dienst um dreiundzwanzig Uhr beendet, rechtzeitig genug, um herzukommen.

Jean stellte uns vor: »Sandrine, Carole.« Sie wandte sich mir zu: »Jean hat mir oft von Ihnen erzählt…« – »Nur Gutes, hoffe ich?« Was kann ich doch für ein Dussel sein… »Ja, nur

Gutes. Ist Philippe nicht da?« – »Er feiert mit seinen Freunden in Modane.«

Das Orchester spielte laut, um sich zu verstehen, musste man fast schreien.

Jean lud uns zu einem Glas ein, sie wollte lieber tanzen.

Ich blieb am Tresen mit den beiden Cognacs. Es gab Eiswürfel in einer Schale, ich zerbiss welche. Die übrigen schmolzen langsam.

Sie war ein ziemlich hübsches Mädchen. Sie passten gut zueinander.

Ich behielt mein Lächeln bei, solange sie tanzten.

»Ein gutes Neues Jahr, Schwesterchen!«

Gaby tauchte auf, sie zog mich an sich, eine feste Umarmung, gefolgt von einem Klaps auf den Rücken.

»Sei glücklich«, sagte sie.

Das ist gar nicht so sicher, dachte ich.

»Ich werde alles dafür tun.«

Ich sagte ihr, dass ich hoffte, die Sache mit Ludo würde in Ordnung kommen und sie würde letzten Endes ihr Steinhaus bekommen. Sogar mit einem ersten Stockwerk! Und einen Haufen anderer Dinge. Alles, was sie wolle. Ich wollte auch etwas zu Curtil sagen, aber für ihn hatte ich nicht viele Worte, und sie auch nicht.

Mir sagte sie nichts. Sie konnte es nicht.

Yvon kam und umarmte uns.

Gaby wollte, dass wir Philippe und Emma anrufen. Wir riefen sie an. Wir konnten fast nichts verstehen. Wir wünschten uns trotzdem das Beste.

Diego erschien. Er trug eine Krawatte unter seiner Kochschürze. Er nahm die Schürze ab, um Gaby zu umarmen. Er wünschte ihr ein gutes Neues Jahr.

Mich umarmte er auch.

Francky stand hinter seinem Tresen.

Seine Kellnerin füllte Biergläser und schob mit einem Lachen alle zurück, die sie umarmen und die langen Bahnen ihres Rocks zerknittern wollten unter dem Vorwand, es sei Mitternacht des ersten Januar.

Diego ging in die Küche zurück.

Gaby war überglücklich auf ihren wackligen Absätzen. Sie blickte sich um, ganz Le Val übte sich im Verzeihen, solange man gute Wünsche austauschte, und gab der Versuchung nach, den Bann zu brechen und die Gnade Gottes zu erflehen. Mit Gelächter und Umarmungen. Worten.

Sie drehte sich zu mir.

»Kapsel dich nicht so ab.«

»Was?«

»Wie du sie anschaust… Als wärst du nicht fähig, über die gleichen Dinge zu lachen.«

Sie drückte einen Finger gegen meine Stirn.

»Du bist immer allein oder in deinem Buch, und dann glaubt man, du denkst nach, aber du denkst nicht nach. Oder du grübelst zu sehr über die Dinge nach… aber du musst dich auf die Dinge einlassen.«

Plötzlich klopfte sie mehrmals mit ihrem Finger gegen meinen Schädel, als wollte sie ein Loch bohren, um eindringen zu lassen, was sie sagte.

»Dich auf die Dinge einlassen…«

Und dafür zu sorgen, dass es auch drin blieb.

Plötzlich drehte sie den Kopf, eine schnelle Bewegung, denn jemand war hereingekommen, ein nicht sehr kräftiger Kerl, zusammen mit anderen. Vielleicht lag es am Aussehen, an der Stimme; sie hatte wohl geglaubt, es wäre Ludo. Sie musste es gedacht haben, einen kurzen Blick lang, sie schwankte ein wenig, fasste sich aber gleich wieder, doch ihr Gesicht war nicht mehr so fröhlich.

Ein Typ unterhielt sich mit seinen Freunden am Tresen. Ein schönes Gesicht. Er trug ein T-Shirt mit dem Porträt von Che. Sie waren auf der Durchreise und wollten nur etwas trinken, nicht zu Abend essen.

Ich bräuchte nur aufzublicken, ich könnte ihn anschauen, wie ich meine Mutter angeschaut hatte. Früher hatte ich es gemacht, mit ein paar Männern, die meine Liebhaber geworden waren. Ich konnte es immer noch tun.

Ein Glas mit ihm trinken.

Hinausgehen.

Die Nacht beenden.

Es gibt solche Dinge, die die Augen tun.

Ich betrachtete sein Gesicht und beobachtete seine Bewegungen. Ich habe die Männer in den Bars immer schon gemocht.

Er hatte meinen Blick wohl gespürt, denn er wandte sich von den anderen ab.

»Wo wohnen Sie?«

»In Saint-Étienne …«

»Das liegt in der Mitte von Frankreich, oder?«

»Fast …«

»Ewas näher an Paris?«

»Ja, so könnte man sagen.«

Seine Freunde wollten weiter, sie gingen zur Tür. Er schwankte zwischen bleiben und gehen.

»Wollen Sie mitkommen, wir feiern woanders weiter?«

Früher wäre ich mit ihm gegangen. In alten, fast prähistorischen Zeiten. Mit den Jahren bin ich rührselig geworden, ich brauche Gefühle.

Ich sagte, ich erwarte noch jemanden.

Gaby war nicht mehr da. Ihr Mantel war weg. Keine Stiefel mehr. Auch der alte Sam war gegangen. Jean tanzte noch immer mit seiner Frau. Ein kleines Mädchen war auf seinem Platz eingeschlafen, den Kopf zwischen den Händen, sein Haar lag im Eis. Mein Pullover war von der Rückenlehne geglitten und lag als Haufen auf dem Fußboden. Ich zog ihn, staubig wie er war, wieder über mein Little-Marcel-T-Shirt.

Ich ging hinaus.

Das blaue Licht des Schildes leuchtete über dem Parkplatz. Zwielichtige Typen boten mir Zigaretten an. Ich ging zehn Meter und kehrte zu ihnen zurück.

Ich wünschte ihnen ein gutes Neues Jahr. Nur das.

Der Schnee hatte sich in grauen, mit Erde vermischten Matsch verwandelt. Ich überquerte die Straße.

Ich erkannte Gaby im Licht einer Laterne, sie war auf dem Weg nach Hause, hundert Meter vor mir.

Sie hatte wieder die Stiefel angezogen und trug die Pumps in der Hand.

Die Tüte mit der Plastikdose, die die Galantine enthielt.

Dienstag, 1. Januar

Es war zehn, ich hatte keine Lust, den Kokon meines Betts zu verlassen. Ich zog die Decke bis zum Kinn. Es schneite noch immer. Die Schneepflüge fuhren vorbei, die Pflugschar schabte den Asphalt.

Einmal im Winter ließ unsere Mutter uns eine Flasche mit Schnee füllen, es war ein Ritual, sie sagte, wir sollten einen Wunsch hineintun. Einen Wunsch in Form eines Gedankens. Wir ließen die Flasche draußen auf dem Fenstersims. Wenn der Schnee schmolz, würde der Wunsch in Erfüllung gehen. Sie fand immer eine Erklärung für diejenigen, die nicht wahr wurden.

Sie sagte, unser Leben wäre trotz allem schön. Sie wollte, dass all die Geschichten, die sie uns erzählte, gut ausgingen, deswegen änderte sie das Ende von denen, die traurig waren.

Ich dachte an sie.

Ich fühlte mich leer, etwas merkwürdig. Ich schaute mich im Spiegel an. Die Sonne von Le Val hatte meine Haut gebräunt, hatte sie mattiert. Die Wangen und die Stirn. Ich fand mich normal. Sehr normal. Auch dieses Tal fand ich normal.

Ich schaltete mein Handy ein. Der Vater der Töchter hatte eine Nachricht hinterlassen: »Carole? … Ich bin's … Ich wünsche dir ein gutes Neues Jahr. Ich hoffe, dass es dir gutgeht. Die Mädchen haben mir gesagt, dass du in Le Val bist? Rufst du mich zurück?«

Er hatte gesagt: »Rufst du mich zurück?«

Es folgte eine SMS von Pierre: *Gut in Bali gelandet, 26 Grad, kannst du dir das vorstellen?*

Ich hängte den alten Kalender ab. Ich fragte mich, was ich mit all diesen vergangenen Tagen gemacht hatte. Ich rief mir den Auszug der Mädchen in Erinnerung, denjenigen ihres Vaters.

Ich legte den Kalender in eine Schublade und ersetzte ihn durch den neuen. Und jetzt?

Ich betrachtete die Tage.

Ich rief den Vater der Mädchen an. Wir redeten ein wenig über das neue Jahr und die Mädchen. Vor allem über die Mädchen. »Und Gaby?« – »Es geht ihr gut.« – »Dein Bruder?« – »Ihm auch.« Emma, die Göre, Francky …

Ich sagte ihm, wir sollten darüber nachdenken, die Wohnung zu verkaufen.

Ich hörte mich, wie ich zu ihm sagte: »Wir sollten darüber nachdenken, die Wohnung zu verkaufen.«

Mit ruhiger Stimme, während ich den Reif von der Fensterscheibe kratzte.

Es entstand eine Pause, in der ich das weiße Licht in den Kratzern im Reif glänzen sah. Draußen schien die Sonne. Die Wohnung hatten wir gemeinsam ausgesucht, hatten wir gemeinsam gekauft. Sie gehörte uns noch. Etwas, das wir zusammen besaßen und das uns gemeinsam war.

Ich hörte seine Stimme: »Ja … wenn du denkst, dass es besser ist.«

»Ich denke schon …«

In den Schränken waren immer noch Sachen, die ihm gehörten. Was würden die Mädchen sagen? Solange es die Wohnung gab, konnte ihr Vater zurückkommen. Das Leben wiederaufnehmen. Wir würden unsere Schlüssel zurückgeben, und das wäre der Punkt, ab dem es kein Zurück mehr gäbe.

Es ist falsch zu denken, mit der Zeit würde alles verschwinden. Manche Dinge bleiben, sie setzen sich fest. Andere gehen.

»Eines Tages müssen wir es tun«, sagte ich leise.

Er sagte, ja, ich hätte sicher recht.

Er sagte noch andere Dinge, die ich mir nicht gemerkt habe. Ich nahm die Glaskugel und drehte sie um, die großen runden Augen des Schaukelpferds schienen mich durch das Wasser hindurch anzulachen.

Er beendete das Gespräch.

Ich trank mehrere Kaffees hintereinander, das Koffein machte mich kaum munter.

Ich versuchte ein paar Zeilen zu übersetzen.

Ich rief die Mädchen an. Ich wünschte ihnen, glücklich zu sein. Für sie war dort früher Nachmittag, sie waren beim Shoppen. Es war auch Sommer, ich bat sie, mir von den Straßen, den Läden, den Bars zu erzählen, von denen, die an Plätzen lagen, den Terrassen.

»Erzählt mir von der Sonne! Was habt ihr an?«

»Röcke, leichte Hüte, ärmellose T-Shirts und Sonnenbrille, und du?«

»Mir geht es gut. Ich habe mit eurem Vater telefoniert.«

Ich hatte meine Rückfahrkarte im Koffer. Mir blieben noch zwei Tage. Sollte ich abfahren, ohne Curtil gesehen zu haben? Mama hatte immer gesagt, unser Vater sei der beste aller Väter, es könne passieren, dass man ihn nicht verstehe, doch alles, was er tue, tue er für uns, und er sei ein unendlich gütiger Mensch.

Euer Vater braucht Tapetenwechsel, sagte sie, deswegen geht er fort.

Elf Uhr. Franckys Kellnerin schüttelte ihre Laken nicht aus.

Kurz vor zwölf entschloss ich mich, das Foto von dem Balkon ohne sie zu machen.

Es war mein vierundzwanzigstes Foto.

Ich aß allein zu Mittag, eine schnelle Mahlzeit vor dem Bildschirm.

Am Nachmittag herrschte strahlender Sonnenschein, ich ging hinaus und marschierte mit großen Schritten, mit offenem Blouson, ich musste mich bewegen.

Die große Pfütze vor dem Bungalow war zugefroren, sie schloss ein Stück des Himmels und die Äste des Baumes und die Schaukel ein.

Nebeneinander kauernd, betrachteten die Göre und Marius ihre Gesichter in diesem Spiegel. Sie fuhren mit ihren behandschuhten Fingern über die gefrorene Oberfläche.

Die Göre drückte auf das Eis, so lange, bis es brach, schwarzer Schlamm stieg an die Oberfläche und überflutete alles, was sich darin spiegelte, den Himmel, das Dach, die Äste und die beiden Gesichter.

Ich wünschte ihnen ein gutes Neues Jahr.

Gaby schlief.

Ich kehrte um.

Das Sägewerk war geschlossen.

Hinter einem Bretterhaufen im überdachten Unterstand hörte ich ein Scharren. Ich dachte, das wäre vielleicht der Steinmarder und schlich hin.

Ich wollte ihn nur sehen, sonst nichts. Ich kletterte auf eines der Bretter, die lang und schmal waren. Ich glaubte, sie seien stabil gestapelt, gut gesichert, doch eines von ihnen geriet ins Rutschen. Ich konnte gerade noch abspringen, doch das aus dem Gleichgewicht geratene Brett wurde mitgerissen und fiel mit seinem ganzen Gewicht auf meinen großen Zeh. Es ging alles ganz schnell.

Ich spürte den Aufprall, ein blitzartiger, heftiger Schmerz.

Ich ging humpelnd hinaus.

Der Tramp, der den Wachmann spielte, kam und hob das Brett auf. Es war kalt, Dampfwölkchen segelten aus seinem Mund. Er fragte mich, ob alles in Ordnung sei. Ich sagte, es sei nichts.

Er beendete seine Runde und ging ins Lager zurück.

Bei jedem Schritt pochte der Nagel in meinem Schuh.

Als ich wieder zu Hause war, zog ich meinen Strumpf aus. Der Nagel war rot. Die Haut geschwollen. Ich legte mich ins Bett, die Beine angezogen.

Mittwoch, 2. Januar

In der Nacht sammelte sich das Blut unter dem Nagel, und morgens war der Zeh geschwollen und das Fleisch an der Stelle des Aufpralls eingebuchtet. Ein stechender Schmerz strahlte vom Fuß in die Wade aus. Ich beugte mich über den schwarzen Nagel. Schleppte mich zur Spüle.

Ich bot einen traurigen Anblick im Spiegel. Ein maulwurfgrauer Teint. Nicht gerade das Aussehen einer Prinzessin.

Im Sägewerk wurde wieder gearbeitet. Ich hörte Geräusche, Stimmen, den Lärm der Sägen, das Hin und Her unter meinem Fenster nach vier stillen Morgen.

Von dem stechenden Schmerz wurde mir übel. Ich kehrte ins Bett zurück. Das Kissen im Rücken.

Jean kam.

Das Schlafzimmer war unaufgeräumt, meine Kleidungsstücke lagen auf der Bank.

»Ein Holzfäller hat mir berichtet …«

Er kam näher. Ich verbarg meinen Fuß zwischen den Händen.

»Lässt du mich sehen?«

»Nein.«

»Warum?«

»Es ist hässlich.«

»Na und?«

Ich senkte den Blick. Ich mag meine Füße nicht. Ich finde sie traurig, und die meiste Zeit sind sie kalt.

»Und was willst du tun?«

»Ich werde zu einer Fußpflegerin gehen.«

Er setzte sich auf den Bettrand.

»Eine Fußpflegerin hier in Le Val?«

Er rieb seine Hände heftig, um sie zu erwärmen. Er schob meine beiseite.

»Lass mal sehen ...«

Mit seinen Daumen drückte er sanft auf die Seiten des Fußes. An der Fußsohle entlang ging er unter die anderen Zehen. Die Füße der Mädchen waren wunderschön gewesen, als sie gerade geboren worden waren, ich hatte sie in meine Hände genommen, weiße, ganz zusammengekrümmte Füßchen, die gut nach Seife rochen.

»Ich glaube nicht, dass er gebrochen ist.«

Er nahm ein trockenes Küchentuch vom Ständer und schob es unter meine Ferse.

An der Wand hing ein Apothekenschränkchen, er suchte darin und fand ein Fläschchen Betadine. Aus seiner Tasche holte er eine dünne Nadel aus glänzendem Stahl.

»Was willst du machen?«

Er gab keine Antwort.

Er knipste sein Feuerzeug an und ließ die Flamme über die Nadel wandern.

Ich schob seine Hand zurück.

»Ich will nicht ...«

»Es ist nicht sehr angenehm, aber es tut nicht weh. Meine Frau hat mir beigebracht, wie man diese Dinge richtig macht.«

Er nahm wieder meinen Fuß. Beugte sich über den dunklen Nagel. Ich sah sein Gesicht aus nächster Nähe, die Struktur seiner Haut, die Furchen der Falten und die harten Stoppeln des nachwachsenden Barts.

»Lehn dich in die Kissen und schau woanders hin.«

Ich wollte mich nicht zurücklehnen.

»Hast du Schmerzen?«

»Ja.«

Ich betrachtete die Wand, seine Schulter, die wie eine Düne aussah.

Er näherte die Nadel meinem Nagel.

»Erzähl mir was …«

»Was?«

»Eine Erinnerung.«

»Ich habe keine.«

Er lächelte.

Dann erzählte er.

»Ich hatte vor langer Zeit«, sagte er, »einen Freund, er hatte keine Freundin, die anderen Jungs hatten ihm Rosa Maria überlassen, nicht das hässlichste, aber das traurigste Mädchen von hier.«

»Und?«

»Rosa Maria, sagten sie, gehört dir, und alle anderen gehören uns …«

Ich sah nicht, was er machte. Ich spürte die Berührung seiner Hände.

»Wo arbeitet deine Frau als Krankenschwester?«

»In Grenoble.«

»Und sie fährt jeden Tag hin und her?«

»Nicht jeden Tag … So, ich bin fertig.«

Der starke Geruch von verbranntem Horn stieg mir in die Nase. Gleich darauf Erleichterung. Der Schmerz kam zurück, sofort.

Der an zwei verschiedenen Stellen durchbohrte Nagel ergoss schwarzes Blut auf das Küchentuch.

»Geht es?«

»Es geht.«

Er stellte das Fläschchen mit dem Desinfektionsmittel auf den Tisch neben dem Bett.

»Du musst es regelmäßig desinfizieren.«

Er nahm die Nadel und steckte sie in seine Tasche.

»Was ist aus Rosa Maria geworden?«, fragte ich.

»Ich weiß nicht, eines Tages ist sie gegangen, sie ist verschwunden, niemand hat je wieder etwas von ihr gehört.«

Ich verbarg meinen Fuß unter dem Laken. Er kam zu mir zurück. Setzte sich auf den Bettrand und schob eine Haarsträhne hinter mein Ohr.

»Du bist ein tapferer kleiner Soldat.«

Ich weiß nicht, warum, aber ich hätte heulen können.

»Du siehst müde aus.«

Er sagte das wegen meiner Augenringe.

»Versuch ein bisschen zu schlafen …«

Ich war weniger ehrgeizig, ich wollte mich nur ausruhen.

Ich schlief eine Stunde.

Ich wartete auf die Kellnerin. Ich machte das Foto.

Danach zog ich wieder meine Boots an und ging hinaus. Philippe parkte gerade vor der *Lanterne*.

»Die Baronin wird ihre Wiese nicht bekommen«, sagte er und schloss die Wagentür. »Sie haben ein anderes Projekt für diesen Platz vorgesehen … Ein Parkplatz und Läden.«

Er hatte das von einem Freund, der im Rathaus arbeitete und die Unterlagen gesehen hatte.

»Weiß sie es schon?«

»Ja, sie ist in der Präfektur.«

Die verlorene Wiese der Baronin war der Schwanengesang für Le Val. In der Bar redeten alle darüber. Francky sagte, man würde nicht mehr als die letzten Wilden gelten, die sich jedem Fortschritt verweigern.

Ein alter Mann hatte seine Krücke an den Tresen gelehnt, als er ging, stützte er sich darauf. Er wiegte den Kopf hin und her. Ein anderer folgte ihm.

Die Kellnerin nahm die Bestellungen auf. Sie kam zu mir.

»Und was wünschen Sie?«

Ich dachte an die Fotos.

Ich sagte ihr, sie könne mir bringen, was sie wolle. Sie machte einen spritzigen Cocktail auf Erdbeergrundlage für mich, ohne Alkohol und servierte ihn mir in einem großen, sehr dicken Glas.

Während ich ihn trank, blickte ich aus dem Fenster. Ich versuchte mir vorzustellen, wie es später hier aussehen würde.

Philippe würde sich anpassen. Gaby auch. Und ich? Eines Tages würde ich kommen und ein anderes Le Val vorfinden.

Gaby war auf dem Parkplatz. Seit sie in Varcès angerufen hatte, fragte sie die Fahrer aus. Sie hielt die Kerle an und fragte sie, ob sie nicht einen Mageren gesehen hätten, nicht sehr groß, auch nicht sehr gesprächig, mit einem kleinen Schnurrbart und der Narbe eines Knastbruders quer übers Kinn. Hände mit schmalen Fingern, einer von ihnen sei steif. So beschrieb sie ihn, ich hatte es gehört. Er ist ein harter Bursche, mein Kerl, erklärte sie, er hat einen Nagel im Inneren. Sie führte Details an.

»Philippe?«

»Hm?«

»Was machen wir mit der Zeit?«

»Mit welcher Zeit?«

»Mit unserer Lebenszeit? Hast du das Gefühl, wir haben verzichtet?«

»Auf was verzichtet?«

»Ich weiß nicht … Wir hatten Träume.«

»Wir haben alle welche.«

»Aber wir, was haben wir aus unseren gemacht?«

Er bezahlte die Schokoladen und alles, womit Gaby noch in der Kreide stand. Plus einem Trinkgeld für die Kellnerin. Er sah mich an.

»Hast du immer noch vor, morgen zu fahren?«

»Morgen oder am Freitag…«

Auf dem Parkplatz sprach Gaby mit einem der Fahrer.

Ich trank langsam meinen spritzigen Erdbeercocktail.

»Erinnerst du dich, als Mama die Falltür öffnete?«

Er antwortete nicht. Ich ließ nicht locker.

»Ich erinnere mich«, gab er schließlich zu.

»Dahinter war es mit all dem Rauch, als würde es keine Leiter mehr geben.«

»Das ist alles so lange her…«

»Als sie zu uns zurückkam, stieß sie gegen das Netz mit den Orangen. Blutorangen.«

»Ich erinnere mich nicht.«

»Sie hat dich hochgehoben. Danach hat sie uns angeblickt, Gaby und mich, alle beide. Gaby weinte.«

»Gaby hatte Angst.«

»Wir waren beide ihre Töchter, sie konnte nur eine nehmen.«

»Nicht schon wieder, Carole, bitte!«

Philippe war lauter geworden, Francky drehte den Kopf. Ich sprach leiser.

»Sie hat zuerst versucht, uns alle drei mitzunehmen… Obwohl wir klein waren, waren wir zu schwer. Also hat sie mich gewählt. Mit wem hast du darüber geredet?«

»Mit niemandem.«

»Mit Emma?«

»Ja, mit Emma.«

»Und mit Yvon?«

»Mit Yvon auch.«

»Ich mit niemandem. Niemals.«

Ich erinnere mich, dass ich mich an den Körper meiner Mutter geklammert und sie fest umschlungen hatte.

»Erinnerst du dich, als sie wählen musste?«

»Du nervst, Carole …«

»Mama hat dich mehr geliebt als uns beide zusammen.«

»Sie hat uns alle drei gleichermaßen geliebt.«

»Aber dich hat sie als Ersten genommen. Und als sie wählen musste, hat sie Gaby angeblickt.«

»Aber dich hat sie mitgenommen.«

»Aber sie wollte Gaby.«

»Carole … bitte …«

»Ich mag es nicht, wenn du *Carole* in diesem Ton sagst …«

»Wie sage ich denn *Carole*?«

»Du dehnst die Silben.«

Er atmete tief ein. Machte eine Pause. Bemühte sich, sich nicht aufzuregen.

Wäre es möglich, dass die zögernde Geste meiner Mutter nur in meinem Kopf existierte?

Und danach, in den Tagen, die darauf folgten, an all den anderen Tagen, als das Leben wieder seinen gewohnten Gang ging, hatte niemand von dieser Geste, die sie sicher gemacht hatte, gesprochen. Und auch nicht von diesem Blick, den ich auf sie gerichtet und der sie gezwungen hatte, mich zu wählen.

»Hör auf damit … Das ist alles nur in deinem Kopf«, sagte Philippe schließlich.

Die Baronin war überstürzt weggegangen, sie hatte das Haus offen gelassen und die Schlüssel an der Tür.

Sie hatte alle Teppichbodenstücke an die Hundehütten genagelt, um sie gegen die Kälte zu dämmen.

Ich kümmerte mich um die Hunde. Der Beton der Käfige war eiskalt. Ich fegte die Böden. Die Hunde hatten Durst. Ich schleppte Wasser herbei und gab ihnen zu trinken.

Ich nahm die Fotos von den Hunden, die wir für die Website ausgesucht hatten: Bello, Gache, Falva, Haika und die beiden belgischen Schäferhunde.

Die Baronin kam nicht zurück.

Ich ging in die Küche und kochte Nudeln, vermischte sie mit Fleisch und füllte die Näpfe.

Ich fütterte die Hunde.

Streichelte Poum.

Sammelte die Näpfe wieder ein und spülte sie.

Ich heizte den Ofen ein, damit es in der Küche schön warm wäre, wenn die Baronin käme. Ich machte das alles nicht gern. Ich tat es für sie.

Dieser besondere Geruch von nassem Hund haftete an mir. Ich wusch mir die Hände. Das Seifenwasser floss dunkel vom Dreck. Nach dem Brand hatte ich schmutzige Hände gehabt, eine Mischung aus Erde und Ruß. Im Krankenhaus verlangte ich einen Spiegel, ich wollte meine Augen sehen, ich dachte, sie wären ebenfalls schwarz geworden. Man fand mich über ein Waschbecken gebeugt, meine Augen waren noch immer blau. Ich näherte mich dem Anblick meiner Augen im Spiegel. Ich suchte darin diese andere Sache, im Innern, in der finsteren Tiefe meiner Pupillen. Ich wollte wissen, was meine Mutter gezwungen hatte, ihre Hand in eine andere Richtung zu lenken.

Ich wollte meinen Blick sehen.

Ich war sechs. Ich hatte nicht mit der Wimper gezuckt, ich hatte den Blick ausgehalten, ohne wegzuschauen. Sie hatte mich mitgenommen. Obwohl sie etwas anderes gewollt hatte.

Ich besaß es. Etwas, das keine Worte waren und das Macht hatte. Ich entdeckte es. Es war unerwartet.

Ich habe danach oft Albträume deswegen gehabt. Ich hatte Angst vor diesem Blick. Ich misstraute ihm. Ich hasste ihn.

Noch heute zweifle ich, wenn man mich wählt.

All die Male, da man mir die Hand gereicht hat, hat man da wirklich mich gewollt? Auf den Schulhöfen, wenn man mich in einen Kreis aufnahm? Wenn man auf mich deutete? Wenn man mich mit einbezog? Der Kreis öffnete sich. Worte waren nicht nötig. Wählte man mich oder diesen Blick, der sie zwang? Und später beim Tanzen?

Mit elf trug ich eine getönte Brille, ich wollte meinen Blick auslöschen. Den Lehrern, die mir deswegen Fragen stellten, antwortete ich, ich hätte eine Augenkrankheit.

Ich blickte niemandem mehr ins Gesicht. Man hielt mich für falsch, ausweichend, hinterhältig. Mit der Zeit lernte ich, den Kopf zu heben. Ich nahm meine Brille ab und suchte in den Augen der anderen. Man sagte mir, ich solle nicht so schauen. Das tue man nicht. Das sei unhöflich. Ich setzte mich über das Verbot hinweg, und in manchen Augen fand ich manchmal einen Schimmer, berührte etwas. Eine Seele. Es kam selten vor. Wenn es vorkam, war es schön.

Mit sechzehn wollte ich Augenärztin werden, um das Innere der Pupillen zu erforschen, helles Licht in diese schwarze Tiefe zu schicken, mit dem Laser zu bohren und das Geheimnis aufzudecken. Mit den Augen betrügt man nicht, wenn man verliebt ist, ist das zu sehen. Und es ist auch zu sehen, wenn man es nicht mehr ist. Ich wollte Blicke-Pfleger werden. Aber ich hatte nicht das Zeug für ein solches Studium.

Ich dachte an die Männer, die ich verführt hatte. An die Jahre, in denen ich mich mit meinem Blick versöhnt und mich seiner bedient hatte.

Die Zeit verging. Die Baronin war noch immer nicht zurückgekommen. Ich musste ein Scheit in den Ofen legen. Die neu entfachte Hitze ließ das Rohr erzittern. Rings um mich her war alles aus Holz. Ich prüfte mehrmals, ob die kleine Ofenklappe auch gut verschlossen war.

Ich kümmerte mich um den Basset. Seine Ballen waren teilweise verheilt. Ich schmierte sie mit Salbe ein, wie ich es bei der Baronin gesehen hatte, und zog ihm neue Schühchen an.

Das Quietschen von Reifen veranlasste mich, den Kopf zu heben, die Baronin kehrte zurück!

»So hatte ich mir das nicht vorgestellt …«

Sie nahm ihre Mütze ab, während sie das sagte. Sie erzählte von ihrem kurzen Gespräch mit dem Präfekten. Die Entscheidung war unwiderruflich, getroffen im öffentlichen Interesse.

»Wusstest du es?«

»Ja.«

»Seit wann?«

»Seit heute. Philippe hat es mir gesagt.«

Sie war immer noch wütend.

Als sie den Basset sah, wurde ihre Stimme sanfter. Sie setzte sich auf ein Kissen neben ihm, den Rücken an der Wand.

»So ein Hund leidet«, sagte sie, »jeder auf seine Art … Alle, die hier sind … Und man gönnt ihnen nicht einmal ein Stückchen Land. Und all das für Geschäfte!«

Sie streichelte seinen Kopf. Der Basset schloss die Augen. Sie zog ihren Schal über ihre Schultern, die Teile, die sie einhüllten, bedeckten auch den Hund.

»Sie schenken mir Liebe, so viel Liebe. Eine Liebe ohne Furcht.«

Sie wiegte das Tier und wiegte zugleich sich selbst, während ich sie betrachtete, vermochte ich nicht zu erkennen, welcher Körper welchen tröstete. Nach einer Weile nahm sie den Geruch der Salbe wahr, die in seine Ballen einzog.

»Du hast ihn behandelt …«

»Ja.«

Sie sah den großen Topf und die umgekehrten Näpfe auf der Spüle.

»Du hast sie gefüttert?«

»Und zu trinken gegeben. Und ihre Käfige sind sauber.«

Sie drehte den Kopf und betrachtete den Ofen und das Feuer, das hinter der Scheibe brannte.

»Bist du schon lange da?«

»Eine Weile …«

Sie lächelte, als würde sie zum ersten Mal die Gesellschaft eines Menschen beruhigen.

Ich fügte ein Scheit hinzu.

Bevor ich ging, drehte ich mich um. Im Halbdunkel sahen die beiden aus wie ein Haufen alter Kleidung.

Ich öffnete die Tür und sah Gaby mit gespreizten Beinen auf meinem Bett stehen, wie eine riesige Statue. Mit einem Gewehr.

»Verdammt, du hast mir Angst gemacht. Was machst du hier?«

»Ich werde deinen Steinmarder töten.«

Die Falltür war offen, sie zielte auf die Öffnung.

»Du kannst doch nicht einfach so bei mir eindringen!«

»Das ist nicht bei dir, das ist bei Francky.«

»Es ist auch bei mir!«

»Bei dir ist bei mir, du bist immerhin meine Schwester …«

Sie rührte sich nicht in ihrem langen dicken Kleid, den Mantel darüber. Den Lauf auf die Falltür gerichtet.

»Ich will nicht, dass du ihn tötest«, murmelte ich schließlich.

»Er hindert dich am Schlafen.«

»Das ist kein Grund ...«

»Was willst du denn sonst machen?«

»Nichts. Er war vor mir da. Vielleicht störe ich ihn ja.«

Gaby sah mich mit gebeugtem Kopf an, als wäre ich ein Rätsel.

»Du störst den Steinmarder?«

»Ja ... Na los, komm jetzt da runter.«

»Du solltest wissen, was du willst.«

»Ich will nicht, dass er getötet wird.«

Sie zuckte die Achseln und ließ die beiden Patronen aus dem Lauf springen.

Sie stieg vom Bett.

»Ich habe dir Wäsche gebracht ...«

Ich drehte den Kopf. Der Korb stand auf der Maschine.

»Ich habe mir gesagt, da du sie ja doch schleuderst, kannst du auch das komplette Programm machen ... das ist weniger schwer zu schleppen. Habe ich recht?«

»Ja, du hast recht.«

Gaby ging.

Ich tat ihre Wäsche in die Maschine. Ich machte mir eine heiße Milch und süßte sie mit Honig. Ich ging ins Bett, um sie zu trinken. Die Tasse in einer Hand, den Löffel in der anderen, die Untertasse auf dem Laken.

Der Honig war fast alle.

Die Orangenschalen waren hart geworden.

Mein Nagel tat nicht mehr weh, die beiden Löcher waren im Horn sichtbar, und ich spürte sie, wenn ich mit den Fingern über den Nagel fuhr.

Ich könnte den Rest meines Lebens hier verbringen, und ich würde die Jahreszeiten, die Tage, die Morgendämmerungen, alle neuen Morgendämmerungen allein durch diesen Fensterrahmen sehen. Das wäre eine Wiederholung ohne Überraschung, bequem.

Und jedes Jahr würde es wie eine absolute Notwendigkeit an jedem ersten Januar von vorn beginnen.

Ich hinterließ eine Nachricht auf Kathias Anrufbeantworter, ich sagte ihr, ich könne die Vertretung vom 7. bis 15. nicht machen. Aber ich sei am 24. da. Auf jeden Fall. Sie könne sich auf mich verlassen. Ich versprach es ihr, es war das erste Versprechen in diesem Jahr.

Sie rief mich gleich darauf an. Sie schimpfte. Ich sagte ihr, meine Schwester sei krank, Krankheiten kündigen sich nicht vorher an, und sie schien mir zu glauben. Sie machte mich nur darauf aufmerksam, wenn ich sie am 24. ebenfalls sitzen ließe, müsse sie sich jemand anderen suchen, dann wäre es für mich in diesem Jahr vorbei.

Sie legte auf.

Ich hängte Gabys Wäsche zum Trocknen auf den Ständer.

Draußen war der Himmel schwarz. Eine Hirschkuh hatte den Wald verlassen und leckte vorsichtig das Salz am Straßenrand.

Ich tippte erneut Kathias Nummer.

»Wir verkaufen die Wohnung.«

Ich konnte sie mir vorstellen, ihre Meckifrisur, die leicht eingefallenen Wangen, aufmerksam, ins Leere blickend.

»Ich habe mich dafür entschieden.«

Ich hörte ihr Schweigen, ihr Atmen. Und diese unaussprechliche Sache.

Es ist schon erstaunlich, dass man das Lächeln von jemandem erraten kann, ohne es zu sehen, nur am Telefon.

Am Abend erhielt ich eine SMS von Philippe: *Könntest du mir, bevor du fährst, die Anzeigen bringen? Mit den Fotos?*

Ich rief ihn an, um ihm zu sagen, dass ich nicht fahren würde. Dass ich noch etwas bleiben würde.

Er sagte nichts dazu.

Stellte keine Fragen.

Wir vereinbarten, dass ich am nächsten Tag am frühen Nachmittag zu ihm kommen würde.

Donnerstag, 3. Januar

Am Vormittag machte ich einen Abstecher nach Valloire, der Leiter eines Altersheims gab all seine Decken ab, und die Baronin wollte sie für ihre Hunde. Ich nahm ihren Kombi, da ich Emmas Wagen nicht mehr hatte.

An einer Steilwand gab es eine *via ferrata*. Ein Klettersteig nach Süden, mit unsicheren Halterungen. Ich hatte ihn einmal mit dem Vater der Mädchen gemacht.

Ich hielt an.

Machte ein paar Schritte auf dem Pfad.

Ich dachte über die Wohnung nach. Nach Monaten hatte sich der Gedanke aufgedrängt, und ich hatte ihn als Selbstverständlichkeit akzeptiert.

Wir würden verkaufen.

Und danach?

Der Leiter des Altersheims half mir, die Decken in den Kofferraum zu laden. Sie waren aus Wolle. Völlig verstaubt.

Ich machte einen Umweg über Saint-Jean, um die letzten zehn Fotos des Balkons auszudrucken.

Ich kaufte ein Geschenk für Emma, eine Tasche mit vielen Fächern, um ihr dafür zu danken, dass sie mir ihr Auto geliehen hatte, und auch um mich dafür zu entschuldigen, dass ich das Abendessen am Samstag vergessen hatte.

Als ich nach Le Val zurückkam, war der Himmel sehr weiß, das Radio kündigte heftige Schneefälle noch vor dem Abend an.

Ich fuhr nach Hause und machte das sechsundzwanzigste Foto der Serie.

Ich brachte die Decken ins Hundeheim. Zusammen mit der Baronin schüttelte ich sie aus, und wir legten sie in die Hundehütten. Die meisten Hunde schnüffelten daran und legten sich dann drauf, aber manche wollten sie nicht und zerrten sie wieder hinaus.

Das Schild *Zu verkaufen* hatte sich gelöst und war in den Schnee gefallen. Ich hob es auf und legte es auf die Bank.

Der alte Sam hatte sich nach hinten in seinen Laden zurückgezogen. Die Katze schlief in ihrem Sessel.

»Ich hatte nicht damit gerechnet, Sie wiederzusehen. Sie wollten doch abfahren …«

Er hatte das mit der Wiese der Baronin erfahren. Die schlechte Nachricht hatte ihn traurig gemacht.

Er wollte nicht hinausgehen.

Er bat mich, ihm zu beschreiben, was draußen geschah. Ich gab mein Bestes.

Er ging hinter den Vorhang und machte Tee.

»Von jedem Tag, den das Leben uns schenkt, sollte man sich ein paar Minuten Zeit nehmen, um sich zu fragen, was man Schönes gemacht hat … Oder Richtiges …«

Er war einen Augenblick an einem Wandschrank zugange.

»Etwas Schönes und andere Dinge … Es wäre vielleicht nützlich, so etwas zu machen, das würde vielleicht den Lauf des Lebens ändern.«

Er kehrte mit dem Tablett zurück.

Erklärte mir, Steinmarder würden Hasen müde jagen, um sie zu töten. Er erkundigte sich nach dem, der meinen Speicher unsicher machte.

»Sam?«

»Hm …«

»Sie waren einer der Feuerwehrmänner damals.«

»Ja, war ich.«

»Woran erinnern Sie sich?«

»An alles. An Sie … An Ihren Bruder. An Ihre Mutter, die im Hof kniete.«

Er stellte das Tablett ab.

»Das Haar Ihrer Mutter war verbrannt … Und da war diese merkwürdige Decke, mit der sie Sie bedeckt hatte.«

Ich begegnete seinem etwas trüben Blick.

»Ihre Mutter war eine wunderschöne Pietà …«

Er schenkte Tee ein.

»Sie hat viel Mut bewiesen, wissen Sie …«

»Und Gaby?«

»Gaby war immer noch dort oben. Ihre Mutter wollte noch mal hinauf, um sie zu holen, wir mussten sie daran hindern.«

Wir tranken langsam den Tee.

Wenn Gaby nicht so sehr geweint hätte, hätte sie auch besser gesehen, hätte die Hand ergriffen, und dann wäre sie mitgenommen worden. Doch sie hatte nun einmal geweint.

Hat sich die Liebe meiner Mutter zu mir danach verändert? Wie hat sie mit ihrer Entscheidung gelebt? Hat sie sie bereut? War sie mir böse?

Ich hatte glauben wollen, dass ich die Lieblingstochter wäre, diejenige, die man erwählte, die man vor der anderen rettete.

»Ihr Vater war nicht da …«

»Nein. Er kam später. Ins Krankenhaus.«

Jemand hatte ihm Bescheid gesagt. Ich sah ihn in der Tür stehen. Eine Krankenschwester hatte gerade die Splitter, die in meiner Handfläche steckten, entfernt. »Ich glaubte, ihr wärt alle tot …«, sagte er, und ich hatte das Gefühl, er sei enttäuscht, dass man ihn wegen so einer Lappalie belästigt hatte.

Die Krankenschwester erklärte ihm, ich sei mutig gewesen, weil ich trotz der Schmerzen nicht geweint hätte.

Er betrachtete meine Hände: »Du hast nicht mehr die Stigmata von Jesus Christus.«

Danach ging das Leben weiter.

Das Leben geht immer weiter.

Als ich Sam verließ, schneite es etwas.

Philippe überspielte die Fotos von meiner Digitalkamera. Er ließ mich die Anzeigen tippen, die ich zusammen mit der Baronin geschrieben hatte. Er sagte, damit würde man Adoptiveltern für die Hunde finden können, es sei einfach, der Liste später weitere hinzuzufügen, wenn man wolle.

Yvon hatte einen Zähler integriert, es gab bereits dreiundzwanzig Besucher.

Emma war oben in der Küche beschäftigt, sie machte ein paar Kleinigkeiten zurecht und kam zu uns, stieg die Stufen hinunter, betrachtetete uns, ohne etwas zu sagen, ich weiß nicht, was sie dachte, ich hatte das Gefühl, ich wäre ihr gleichgültig, aber sicher war ich mir nicht.

Sie schwor mir mehrmals, dass sie die Tasche, die ich ihr geschenkt hatte, liebe.

Ich stellte die Anzeigen ein. Fünf Hunde. Fünf Anzeigen. Als ich den Kopf hob, sah ich die Karte aus El Calafate. Ich dachte an Curtil.

Als ich mit den Anzeigen fertig war, zeigte Philippe mir eine Rubrik: »Die Geschichte des Parks.«

Eine Karte der Region mit dem gestrichelten Verlauf des Wegs, den Hannibal genommen hatte.

Er hatte Textausschnitte aus Titus Livius eingestellt.

Ich las:

»Am folgenden Tage stießen seine Truppen, weil sich die Barbaren schon nicht mehr so hitzig in die Lücke drängten, wieder zusammen und legten den Pass nicht ohne Einbuße, doch mit größerem Verlust an Lasttieren als an Menschen zurück. Seitdem fielen die Bergbewohner nur noch in kleineren Haufen, und mehr nach Räuber- als nach Kriegerart, bald in den Vortrab, bald in den Nachtrab, je nachdem, ob ihnen die Gegend einen Vorteil bot oder ob ihnen der Zug durch sein Weiterkommen oder Zurückbleiben dazu Gelegenheit bot. Für den größten Zeitverlust, mit welchem die Elefanten über die engen steilen Wege weitergebracht wurden, gewährten sie, wohin auch immer ihr Weg sie führte, dem Zuge Sicherheit vor den Feinden, weil diese, ihrer ungewohnt, zu furchtsam waren, sich ihnen zu nähern.«

»Und wenn dir eines Tages jemand sagt, dass du dich geirrt hast, dass dein Weg nicht der ist, den Hannibal genommen hat?«

»Er müsste gute Beweise für seine Behauptung haben.«

»Was sind gute Beweise?«

»Gegenstände, Tongeschirr, Spuren, die beweisen, dass er einen anderen Weg genommen hat.«

Ich las, wie es weiterging.

»Am neunten Tag kam man auf den Gipfel der Alpen, meistens auf Umwegen und Irrgängen, weil sie entweder von den Wegweisern absichtlich irregeleitet wurden oder weil sie selbst, wenn sie diesen nicht trauten, sich auf gut Glück in Täler hineinwagten, wo sie einen Weg vermuteten.«

Es folgte ein Bild von Turner, *Schneesturm: Hannibal und sein Heer überqueren die Alpen*. Zwei Drittel des Gemäldes stellten einen ungeheuren Himmel und Menschengruppen dar. Ein Bild, das die ganze Stärke der Natur, ihre Macht zeigte.

»Ich würde gern eines Tages nach London fahren, um dieses Gemälde zu betrachten.«

»Das solltest du tun … Und Emma mitnehmen.«

Er hatte auch eine Rubrik »Lokale Spezialitäten« eingerichtet mit Kochrezepten und anderen für Le Val typischen Dingen.

Er plante, alle Ereignisse, Vorfälle, Zwischenfälle, die sich in Le Val ereignet hatten, einzustellen. Er hatte bereits eine große Anzahl von entsprechenden Artikeln in einem Weidenkorb gesammelt.

Wenn er die Zeit dafür fände, würde er sie einscannen.

Er zeigte mir ein paar davon.

»12. März 2007, ein Mann wurde in dem Weiler Les Forges mit dem Kopf in einer Kuhtränke gefunden. Er hatte seinem Sohn kein Geld geben wollen.«

»23. Januar 2009, ein sechsundsechzigjähriger Mann hat in dem Weiler Frinçon versehentlich seine Frau mit dem Wagen angefahren.«

»3. August 1996, Tod des Grundschullehrers, erhängt aufgefunden auf seinem Dachboden.«

»Februar 1999, ein dreiundzwanzigjähriges Mädchen nimmt den Wagen seines Vaters und schickt alle in den Graben, die ihm entgegenkommen.«

Ein einziger Klick auf die Überschrift öffnete den vollständigen Artikel.

Da ich Zeit hatte, schlug er mir vor, ihm zu helfen. Die Artikel mussten chronologisch geordnet werden, der Text eingescannt und in Spalten formatiert werden.

Er ließ mich an den Computer.

Für den nächsten Tag wurde ein Schneesturm angekündigt, er ging, um Buck und die anderen Bauern aufzusuchen, er wollte, dass kein Tier draußen blieb.

Bevor er ging, dankte er mir für das Geschenk, das ich Emma gemacht hatte.

In dem Korb lag alles Mögliche kunterbunt durcheinander, sehr alte Artikel und ganz neue.

Ich holte den Artikel über den Brand unseres Hauses hervor, den der alte Sam mir gegeben hatte. Ich legte ihn auf die Glasscheibe des Scanners. Der Lichtstrahl glitt langsam darüber.

Wieder zu Hause, machte ich es mir im Warmen bequem. Ein kalter Wind kam von den Bergen herunter und rüttelte an meiner Tür. Das Sägewerk wurde arg gebeutelt, die Böen ließen das Gebälk ächzen.

Im Radio sagten sie, jeder solle sich vergewissern, dass sein Nachbar keine Hilfe brauche.

Ich breitete die Fotos des Balkons auf dem Bett aus. Ich hatte jetzt sechsundzwanzig. Ich machte mir die Mühe, sie auf der Rückseite zu datieren, unten rechts, mit Kugelschreiber und ohne allzu sehr aufzudrücken, damit es sich nicht durchdrückte, auf diese Weise würde ich, sollten die Fotos durcheinandergeraten, schnell die exakte Chronologie wiederherstellen können.

Am Abend schneite es heftig.

Freitag, 4. Januar

Der in der Nacht gefallene Schnee hatte den Erdwall vor dem Sägewerk begraben. Für Le Val-des-Seuls galt Alarmstufe Rot, und draußen schneite es. Ich hatte schlecht geschlafen. Der Schlafmangel machte mich benommen.

Eine ganz neue Erfahrung vollkommenen Abgeschnittenseins. Von Finsternis auch. Der Wind hatte Schneewehen gebildet, es waren so viele Schneepflüge eingesetzt worden, dass sie sich immer wieder begegneten. Die Straße war eine Stunde lang unbefahrbar gewesen.

Jean kam und parkte direkt vor einem der großen Tore des Sägewerks. Der Blizzard presste den Mantel gegen seine Schenkel. Vermutlich musste er drinnen irgendetwas überprüfen. Er blieb nicht lange, kaum zwei oder drei Minuten, dann kam er wieder heraus, gegen den Wind gestemmt.

Eine Weihnachtsgirlande hatte sich irgendwo losgerissen, flog dicht über der Straße und blieb an der Stoßstange seines Jeeps hängen.

Kurz vor Mittag beruhigte sich der Wind. Die Sonne kam wieder hervor. Die Kellnerin kam heraus, und ich machte das Foto von ihr in diesem strahlenden Licht. Die Holzfäller räumten den Schnee vor den Werkstätten. Auf allen Wagendächern lag Schnee.

Am frühen Nachmittag wurde Francky die Jukebox geliefert. Sie stellten sie neben dem Eingang an die Wand, in einem großen Karton mit einem roten Aufkleber, auf dem *Zerbrechlich* stand.

Es gelang mir nicht, die Mädchen zu erreichen. Ich wollte ihnen vom Schnee und der fantastischen Landschaft erzählen. Das Netz war tot, es gab kein Freizeichen.

Ich nahm ein glühend heißes Brot.

Etwas Honig auf Brot.

Gabys Wäsche auf dem Ständer war trocken.

Ich musste laufen, meinem Körper Bewegung verschaffen, bevor er steif wurde. Die Sonne schien nur kurz. Bis ich mich entschlossen hatte hinauszugehen, war es neblig geworden.

»Ich bringe dir die Wäsche«, sagte ich.

Die Göre ließ das Blatt Papier mit einer raschen Bewegung verschwinden.

Ich stellte den Korb auf das Bett.

Ich näherte mich dem Tisch. Die Kreiden waren bereits ausgiebig eingesetzt worden, das Papier, das um die Stäbchen gewickelt war, war zerrissen.

Sie wollte mir ihre Zeichnung nicht zeigen.

Gaby stand an der Spüle, sie drehte ihren Ehering am Finger, versuchte, ihn abzubekommen, doch das Fleisch blockierte den Ring mit einer dicken Wulst.

»Warum tut du das?«

»Er schneidet ein.«

Sie versuchte es noch einmal mit etwas Seife auf der nassen Haut. Sie steckte den Finger in den Mund und zog mit den Zähnen daran, wir mussten lachen, doch der Ehering rührte sich nicht vom Fleck.

»Ich schaffe es nicht.«

Das ganze Gerümpel vor dem Bungalow war mit Schnee bedeckt.

»Zum Glück gibt es Planen«, sagte ich.

Es sollte erneut schneien.

Es war deutlich zu erkennen, dass Gaby an Ludo dachte, sie machte sich Sorgen, blickte immer wieder zur Straße.

Ludo konnte überall sein. Manche behaupteten, er sei in Le Val, verstecke sich bei jemandem, in einem Keller, auf einem Heuboden. Andere sagten, er sei in einem der höher gelegenen Weiler, in Climette oder Sourdeval. Und wieder andere wussten zu berichten, er sei weit weg. Manche meinten sogar, das seien alles nur Gerüchte und Ludo sei nie zurückgekommen.

Gaby wusste, dass er draußen war, aber sie wusste nicht, wo.

»Ich hatte dieser Tage genug Zeit zum Nachdenken …«

Sie brabbelte weiter leise vor sich hin.

Auf dem Blechdach knisterte es, das war der Schnee, der gefror. Draußen lag alles in einem kalten, dichten Nebel.

Sie setzte sich an den Tisch und stellte die Steine auf dem Damebrett auf.

»Ludo ist kein schlechter Kerl, man darf ihn nicht verurteilen.«

»Ich verurteile ihn nicht.«

In der Schachtel gab es weitere Steine und Würfel für andere Spiele. Karten auch.

»Machen wir eine Partie?«

Ich zögerte. Ich hatte keine große Lust. Sie loste die Farben aus. Ich bekam die Weißen. Wir begannen zu spielen.

Wenn sie dran war, ließ Gaby den Stein, den sie zu bewegen beschlossen hatte, über das Brett gleiten und ließ den Finger darauf, um sich Zeit zum Nachdenken zu geben. Sie bildete ihre erste Dame mit einem Spielstein und einem Knopf.

Sie gewann die Partie.

Ich wollte meine Revanche.

»Erst willst du nicht spielen, und dann willst du nicht mehr aufhören«, sagte sie.

Wir stellten die Steine wieder auf.

Gleich darauf hörten wir ein Geräusch. Ein ungewöhnliches Dröhnen, der Bungalow bebte, Gaby drückte das Gesicht ans Fenster.

»Was siehst du?«

»Nichts …«

Sie mummelte sich in ihren Mantel ein, und wir gingen hinaus. Man konnte keine zehn Meter weit sehen. Überall lag Schnee. Er dämpfte die Geräusche und Männerstimmen, die durch den Nebel zu uns drangen. Ein Laster hielt hupend. Wir gingen weiter, um zu sehen, was los war. Schatten kamen aus dem Schneenebel, eine Kuh, wie ein Gespenst, gefolgt von einer zweiten und noch einer, eine ganze Herde wurde von der Finsternis ausgespuckt und trottete die Straße hinauf. Das Geräusch der Hufe klang wie eine marschierende Armee.

»Verdammt, das sind Bucks Kühe«, sagte Gaby.

Die Kühe liefen eng aneinandergepresst. Sie schienen geradewegs aus der Hölle zu kommen, und ihr Muhen klang fürchterlich. Die Euter schlugen gegen ihre Flanken. Sie liefen an uns vorbei. Schließlich verschwanden sie am Ende der Straße.

Als sie weg waren, stank der Nebel nach Kuhfladen und Urin.

Die Stille kehrte zurück.

Ein verirrtes Kalb bewegte sich schwankend allein unter den Bäumen.

Als ich etwas später den Bungalow verließ, sahen wir das Kalb wieder. Ein kleiner weißer Fleck. Auf Knien, die Vorderbeine waren eingeknickt. Seine offenen Augen starrten nach vorn, sein Blick wirkte erstaunt.

»Nimm das«, sagte Gaby und reichte mir ein Küchentuch.

Der Saum ihres Mantels schleifte über den Schnee. Sie ging neben dem Kalb in die Hocke.

»Was machst du?«

Sie schimpfte.

»Es ist tot.«

Sie steckte die Schere ins Ohr.

Sie schnitt die ersten Haare ab. Die Klingen waren lang und dünn.

»Ganz hinten sind sie am weichsten.«

Sie legte die Haare in das Küchentuch, das ich in meinen Händen hielt. Ein Küchentuch wie ein Tabernakel. Sie schnitt ab, so viel sie konnte, und wechselte dann zum anderen Ohr. Es war sehr kalt. Ich hatte meinen Blouson bis zum Hals geschlossen. Ich hörte die Klingen klappern. Ich sah wieder die nutzlosen Pinsel in Sams Vitrine, die hellen Schäfte unter dem mottenzerfressenen Samt.

Sie schnitt sorgfältig.

Immer mehr Haare fielen.

»Was du da machst, ist sinnlos«, sagte ich.

Sie gab keine Antwort. Das nervte mich.

»Hör auf, Gaby!«

»Warum soll ich aufhören? … Es ist tot, es spürt nichts.«

»Das ist es nicht …«

Sie sah mich ein paar Sekunden an, sie spürte wohl, dass es da etwas gab, das sie nicht verstand, in diesem Schweigen, das ihr Rätsel aufgab.

»Was ist es dann?«

Sie wartete, die Spitze der Schere in der Luft.

»Nichts«, sagte ich.

Wortlos beendete sie, was sie tun musste. Sie richtete sich langsam auf, wobei sie beide Hände auf den Boden stützte.

»Reg dich nicht auf…«

Leise, fast unhörbar. Was hatte sie verstanden?

Sie nahm den Stoff und faltete ihn zusammen. Sie schüttelte den Schnee ab, der an ihrem Mantel klebte.

Sie schlug mir auf die Schulter.

»Du bist zu sensibel…«

Sie lachte leise und ging zum Bungalow zurück, das Küchentuch an sich gepresst.

Ich schaute ihr nach, bis sie an ihrer Tür angekommen war.

Die Tränen trübten meine Sicht, ich spürte sie, aufgequollen, Tränen mit schweren Bäuchen, die ihr Recht forderten, zu quellen, auszutreten und zu fließen. Tränen sind mörderisch, wenn sie fließen, gibt es eine Überschwemmung, und man sieht nichts mehr.

Trockene Augen brennen nur ein wenig.

Ich unterdrückte die Tränen, die sich hinter meinen Augen bildeten, und schickte sie zu den anderen zurück, zu all denen, die ich aufbewahrt hatte, die ich dort drinnen gesammelt hatte, sie hatten seither vermutlich irgendwo einen See gebildet.

Samstag, 5. Januar

Bei Tagesanbruch waren meine Fensterscheiben weiß bereift. Es hatte erneut stark geschneit. Ich holte die Schaufel und bahnte mir einen Weg zu Straße. Alle machten das in Le Val, es war die erste Arbeit des Tages. Schippen, und wieder von vorn anfangen. Der ödeste Teil des Winters.

In den folgenden Stunden übersetzte ich Christo. Die Land Art. Fünfundzwanzig Jahre Nachdenken, um am Ende den Reichstag zu verhüllen. Jahre, um die Stoffbahnen von *Gates* zu ersinnen, ein leichter safranfarbener Stoff im Central Park und zahlreiche Skizzen, die Christo verkaufte, um seine Projekte zu finanzieren.

Das nächste Kapitel übersetzte ich nach und nach, eine erste schnelle Rohübersetzung.

Marius kam, er kletterte auf einen der Stämme und lief über ihn. In perfektem Gleichgewicht, die Arme ausgestreckt und die Stiefel im Schnee. Als er am Ende des Stamms angekommen war, machte er kehrt und setzte die Füße dabei in seine Spuren.

Um elf öffnete sich die Balkontür, und die Kellnerin schüttelte ein erstes Laken aus.

Ein Laken mit geometrischen Motiven, ich hatte es schon gesehen, ein erstes Mal am Sonntag davor und an allen Vormittagen der darauffolgenden Woche.

Ich machte das Foto von ihr in ihrer ersten Bewegung, mit

dem Flug dieses blauen Lakens, das ich vermutlich nicht wiedersehen würde, eine Aufnahme vor dem Hintergrund des Schnees, die Geometrie der von den Bewegungen des fliegenden Stoffes gebrochenen Kurven und die zerzauste Kellnerin.

Es brauchte den ganzen Tag, bis Bucks Männer sich entschlossen, das Kalb zu holen. Durch die Kälte war der Nebel, der es bedeckte, gefroren, und sein Fell glitzerte von Kristallen, es sah aus wie eine Lichtskulptur.

Die Männer sagten es immer wieder, als sie um das Kalb herum standen, und später, am Ende des Tages, bei Francky, dass sie eine Menge Mist in ihrem Hundeleben gesehen hätten, doch ein Kalb mit gefrorenen Augen und steif wie ein Brett, das sei das erste Mal. Ich war da, mit meinem Buch, und hörte ihnen zu. Alle sagten das. Und sie sagten auch, dass es Buck recht geschehe, er hätte seine Tiere nur reinzuholen brauchen. Es sei nur schade um das Kalb.

Diego bot Spaghetti mit Bier als Abendessen an. Die Männer vergaßen schließlich das Kalb. Sie redeten von der Piste und den dicken Schneewehen, die der Sturm zurückgelassen hatte.

Jean schob sich hinter mich.

»Nicht nur in Jakutsk passieren erstaunliche Dinge.«

Er stellte sich zu den anderen an den Tresen.

Es ging das Gerücht um, die Straße würde verbreitert werden, sobald es die Piste gäbe, und es müssten Häuser abgerissen werden. Eine Frau schimpfte, wenn man ihres anrühren würde, würde sie drinbleiben und in ihren vier Wänden krepieren.

»Wenn sie die Piste machen, werden sie den Bahnhof wieder öffnen«, sagte Francky.

Ein Gegner kündigte an, dass sie die Räume des Rathauses besetzen würden. Jetzt gingen die beiden Lager aufeinander los, nur ein paar Unentschlossene wollten erst einmal abwarten.

Die Tramps waren nicht aus Le Val, sie spielten Karten und hielten sich aus der Diskussion raus.

Und ich, war ich von hier?

Ich übersetzte ein Kapitel, eine Seite, eine weitere.

Jean kam zurück und setzte sich mir gegenüber auf die Bank.

»Geht es voran?«, fragte er und deutete auf das Buch.

»Es geht voran.«

Ich arbeitete mit Methode. Rackerte mich ab. Ich wollte fertig werden.

»Und wovon ist jetzt die Rede?«

»Vom Flüchtigen.«

Er nickte.

Ich zeigte ihm ein Foto des Reichstags.

»Christo widmet sein Leben dem, was nicht von Dauer ist. Um ein Werk zu konzipieren, braucht er Jahre, das ist das Wesentliche seiner Arbeit. Der verhüllte Reichstag war nur ein paar Tage zu sehen, danach hat er alles abgebaut, als interessierte es ihn nicht mehr.«

»So wie Diego mit seinem Puzzle.«

»So in etwa …«

Wir blickten nach draußen. Alles war weiß verschneit.

»Christo macht es wie der Schnee, er enthüllt, indem er verbirgt. Und was er verbirgt, betrachtet man auf andere Weise.«

»Und wenn der Schnee schmilzt, werden all diese verborgenen Dinge wieder sichtbar.«

»Ja … Und in diesem Augenblick betrachtet man sie nicht mehr.«

Ich rief die Mädchen an und hinterließ ihnen eine Nachricht, um ihnen zu sagen, dass ich sie liebe.

Danach ging ich zu Gaby. Ich war bei ihrem Briefkasten angelangt, als ich den Wagen vorbeifahren sah. Er rollte langsam über den Schnee und hielt vor dem Bungalow.

Gaby kam heraus.

Es waren drei Typen. Derjenige auf der Beifahrerseite stieg aus. Ein Kleiner mit einem Kiefer, der gebrochen aussah, er trug einen gestreiften Anzug im Dandystil.

»Schönes Wetter, hm?«, sagte er wegen all des Schnees und des Lichtes, das darauf glänzte.

Gaby gab keine Antwort.

»Du brauchst Hilfe«, insistierte der Kiefer und deutete auf die dicke Schneeschicht, die auf das Dach des Bungalows drückte.

»Ich brauche niemanden«, erwiderte Gaby.

Der Mann machte ein paar Schritte und warf einen Blick auf den Volvo, auf die Pappe vor den Fenstern und auf das Gerümpel, das den ganzen Platz vor dem Haus zumüllte.

»Wir suchen deinen Mann ...«

Gaby verzog keine Miene.

Der Kiefer hob eine Plane hoch, um darunterzusehen.

»Er schuldet uns Geld.«

»Was habe ich damit zu tun?«

»Du bist seine Frau.«

»Das reicht nicht für alles.«

Er deutete auf das Dach.

»Du solltest den Schnee entfernen, bevor es durchbricht, sonst kriegst du Schwierigkeiten.«

»Die habe ich schon.«

Er nickte, den Verständnisvollen spielend. Er schlug mit

dem Fuß gegen die Wand des Bungalows. Der Schlag ließ die Wand erzittern, eine Schneeplatte löste sich, glitt herunter und zerschellte auf dem Boden.

»Und du, weißt du, wo Ludo ist?«, fragte er, sich zu mir umdrehend.

»Misch dich da nicht ein«, sagte Gaby.

»Ich sag's ja nur … Wir müssen ihn unbedingt finden.«

Er ging zum Wagen zurück, wo die beiden anderen auf ihn warteten. Er deutete noch einmal auf den Schnee auf dem Dach.

»Lass ihn nicht da oben liegen, Gaby, das Blech ist alt, und du hast schwache Wände.«

Gaby wollte nach diesem Besuch allein sein. Ich ging nach Hause.

Ich fühlte mich nicht gut.

Schließlich schaltete ich den Computer ein und las, was ich bei Francky übersetzt hatte. Mein Ausgangspunkt waren immer wieder die letzten Sätze: »Seit zweitausendfünfhundert Jahren benutzen die Künstler die Leinwand. Die ersten Terrakottastatuen sind in Stoff gehüllt. Stoff, der als eine zweite Haut begriffen wird. Diese Figürchen wurden häufig in die Gräber gelegt, man nannte sie Tanagras, sie bildeten das kleine Volk des Tons.«

Auf der gegenüberliegenden Seite befand sich eine Aufnahme mehrerer dieser Figuren. Ein paar Zeilen dazu erklärten, dass die Funktion dieser Terrakottaskulpturen nicht geklärt sei. Möglicherweise waren sie gedacht, um der Schönheit zu huldigen mit ihren feinen und anmutigen Formen. Möglicherweise waren sie aber auch Epheben oder dienten als Dekoration in den Häusern, wodurch sie das wurden, was man »kleine Regalfrauen« nennt.

Sonntag, 6. Januar

Um elf kam Franckys Kellnerin heraus. Sie hatte die Girlanden von ihrem Fenster entfernt.

Es war mein fünfter Sonntag, und sie hatte die Laken gewechselt.

Ich erkannte das knallgelbe mit den riesigen Blumen, das am Morgen des ersten Fotos ausgeschüttelt worden war.

Sie ließ das Laken am Balkon entlangflattern.

Ich knipste die Blumen und den Balkon ohne Girlanden.

Die Serie machte deutlich: Sieben Tage, und am achten Tag waren die Laken gewechselt.

Die Göre hatte mir Nachtwäsche zum Waschen gebracht.

»Gaby hat heute Mühe mit dem Atmen«, sagte sie, als sie den Korb auf den Tisch stellte.

Es war noch ganz früh am Nachmittag.

Ich stellte das Programm mit dem Schleudergang ein.

Sie betrachtete neugierig den Karton, der Franckys Jukebox enthielt.

»Angeblich hast du nicht gewollt, dass sie deinen Steinmarder erschießt.«

»Nein.«

»Sie sagt, du bist verrückt. Eines Tages wirst du mit deiner Gutmütigkeit den Steinmarder noch in deinem Bett finden.«

Sie deutete die scharfen Krallen an.

Sie klopfte auf den Karton.

»Was ist da drin?«

»Keine Ahnung. Ein Kühlschrank, glaube ich.«

Mit ihren feinen Gesichtszügen und ihren weich geformten Wangenknochen sah sie aus wie eine echte Tanagra. Ich sagte es ihr. Sie wollte, dass ich es ihr erkläre. Ich zeigte ihr Athen und Böotien auf einer Karte.

Sie hatte es nicht eilig zu gehen.

Sie blätterte in dem Buch über Christo und ließ die Finger über die Tastatur gleiten.

»Ich dachte, dein Ding sei das Kochen?«

»Ich bin Spezialistin für Backen, Krachgebäck.«

Sie trug gewaltige Treter am Ende ihrer dünnen Beine. Sie roch nach Milch, eine Lotion für Jugendliche mit perfekter Haut. Sie ähnelte meinen Mädchen. Eines Tages hatte ich meine Älteste, Julie, beim Austausch eines langen Kusses in einer Straße von Saint-Étienne überrascht. Ein paar Tage später hatte sie sich die Haare schneiden lassen, alle Poster in ihrem Zimmer ausgetauscht und neue Möbel haben wollen.

»Hast du gezeichnet?«, fragte ich.

»Ein bisschen.«

»Und?«

»Es ist schwer.«

Sie blätterte weiter. Verweilte auf einem Foto von Rodins *Balzac*. Ich erzählte ihr, dass Rodin zuerst Balzacs Körper modelliert habe, die dünnen Gliedmaßen, das welke Fleisch, und dass er dann einen echten Umhang in flüssigen Gips getaucht und alles, was er modelliert hatte, Rücken, Schultern, Bauch, unter diesem riesigen Umhang habe verschwinden lassen. Von der ersten Arbeit sei nichts mehr zu erkennen gewesen. Nichts mehr von der ursprünglichen Reflexion. Ich mochte diese Idee einer notwendigen und dennoch ausgelöschten Arbeit.

»So ist dieser *Balzac* entstanden.«

»In der Schule musste ich Balzac lesen, ich bin fast gestorben.«

Sie betrachtete die Glaskugel, die Curtil geschickt hatte, im Licht.

»Wohin ist er gegangen, als er wegging?«

»Curtil? Ich weiß nicht.«

»Er hat nichts gesagt?«

»Er ging, und er kam wieder.«

Sie drehte die Kugel um.

»Und wie war das für euch?«

»Wenn er nicht da war, war es in der ersten Zeit schwer, und dann lernten wir, ohne ihn zu leben. Ich glaube, wir dachten, alle Väter seien so.«

»Habt ihr ihm nie Fragen gestellt?«

»Nein. Heute warten die Fragen, die wir ihm stellen wollten. Es gibt andere, die sich darübergelegt haben.«

»Ist es schwer?«

»Ja.« Sie blickte zu mir auf.

»Gaby sagt, dass du wie Curtil bist, dass du gehst.«

Sie sah mich durch die Kugel an.

»Warum ist sie auf den Onkel wütend?«

»Das ist eine alte Geschichte.«

Sie wartete, dass ich weiterredete.

Ich erzählte ihr von dem Brand des Hauses, das nicht versichert war.

»Ist sie ihm deswegen so böse?«

»Ja, deswegen.«

»Das ist ein ganzes Leben.«

»Ein ganzes Leben und mehr.«

Sie stellte die Glaskugel hin. Der künstliche Schnee setzte sich auf dem blauen Boden ab.

»Er hält euch schon für kleine Regalfrauen, euer Vater.«

Dann sagte sie, sie habe Hunger. Ich hatte nichts Besonderes im Kühlschrank und schlug ihr daher vor, zu Francky zu gehen, er hatte an diesem Sonntag geöffnet.

Wir überquerten die Straße im fallenden Schnee. An der Bar standen ein paar Gäste. Diego fegte den Boden, die Stühle standen umgedreht auf den Tischen, der Speiseraum war aufgeräumt. Er hatte die Weihnachtsdekoration entfernt.

»Wir haben Hunger«, sagte die Göre.

Er deutete mit dem Finger auf die Uhr und dann auf den Automaten für heiße Getränke.

Die Göre lächelte ihn an. Dieses Mädchen war eine Lichterscheinung. Diego bewegte den Kopf hin und her und schimpfte, aber dann gab er nach, weil sie immer noch lächelte.

»Wenn das alle machen, kann ich meine Pause vergessen…«

»Ich werde Gaby sagen, wie nett du warst.«

Er errötete und verschwand in seiner Küche. Er kam mit zwei Tellern zurück, auf denen ein Ragout aus mehreren Fleischsorten dampfte. Er stellte die Teller ans Ende des Tischs.

»Das Dessert holt ihr euch selbst, im Kühlschrank stehen verschiedene Dinge.«

»Wir lieben dich, Diego«, sagte die Göre.

Er zuckte die Achseln, aber es war zu erkennen, dass er sich darüber freute.

Er schrieb das Abendmenü auf die große Schiefertafel. Er hatte eine runde und bemühte Schrift mit schönen Großbuchstaben. Leiser Mozart. Er pfiff die Musik mit. Er hängte die Schiefertafel an den Nagel. Zog seine Schürze aus und löschte das Licht.

Eine Lampe ließ er brennen, diejenige direkt über seinem Puzzle. Er setzte sich auf seinen Platz und begann in den Teilen zu suchen.

»Mozart, das war schon einer…«, sagte er.

Wir aßen das heiße Ragout.

Die Göre trug eine ausgeschnittene Bluse. Eine Kette mit einer runden Medaille, ein Engel, der seine Wange hält. Ich drehte die Medaille um. Auf der Rückseite stand ihr Vorname, Vera, und ihr Geburtsdatum.

»Achtzehn im September?«

Sie nickte.

Sie ging und holte Eis.

Dann ging sie und aß unterwegs ihr Eis.

Ich wollte ins Internet, aber es gab keine Verbindung.

Ich las die Zeitung vom Vortag.

Ein Typ an der Bar las die aktuelle Ausgabe.

Diego war mit seinem Puzzle vorangekommen. Er hatte einen Teil der Umrandung einer großen Sonne gelegt, und alle Teile, die den Rand zwischen den Dächern der Häuser und dem Himmel bildeten. Keine Personen. Nicht ein einziges Auto. Eine gewaltige beleuchtete Brücke. Die Ansicht einer Stadt, Nacht. Oder früher Morgen.

»Kann ich dir helfen?«

Er blickte auf. Zuckte die Achseln.

Ich nahm aufs Geratewohl ein Teil. Ein zweites, in dunkelblauen Tönen, das Wasser des Flusses vielleicht.

Zwei Fernfahrer kamen herein, sie stellten sich an den Tresen vor gewaltige, in Papier eingewickelte Sandwiches. Ein Mädchen war bei ihnen, jung, mit wasserstoffblondem Haar, sie trug ein Kleid mit Fransen und ein rosa Plastikkreuz um den Hals.

Über dem Tresen hing ein Schild: *In der Pause bis 16 Uhr.*

Um sechzehn Uhr füllte sich die Bar plötzlich. Francky bediente hinter der Bar. Die Kellnerin nahm die Bestellungen auf, ein Tramp baggerte sie seelenruhig an, er trug ein Bandana um die Stirn und einen Gürtel mit einer dicken Schnalle in Hufeisenform. Wenn sie an ihm vorbeikam, versprach er ihr einmal dies, einmal das. Sie hörte ihm zu und fuhr fort mit dem, was sie gerade zu tun hatte, ohne zu kokettieren.

Jean stand am Tresen und beobachtete sie. Amüsierte sich.

Philippe winkte mir, ich solle an seinen Tisch kommen.

»Alles klar?«, fragte ich Jean, als ich an ihm vorbeiging.

»Ja, alles klar … Ich arbeite im Augenblick zu viel, aber sonst geht's gut … Willst du was trinken?«

Ich zögerte.

»Mein Bruder erwartet mich.«

Er nickte.

Philippe hatte Papiere hervorgeholt, die mit seiner engen Schrift beschrieben waren, so etwas wie kleine Buchstabensplitter, die an explodierte Worte denken ließen und die nur er zu entziffern imstande schien.

Im Frühling würde er den Park mit einem Netz von Kontrollpunkten überziehen und Freiwillige an bestimmten Stellen postieren, die einen Tag und eine Nacht dort bleiben und die Tiere zählen würden. Es fehlten ihm noch Leute dafür.

Gaby trieb sich auf dem Parkplatz herum und betrachtete die Wagen. Sie befragte die Fahrer, die Hände in den Taschen, der Schnee fiel auf sie. Nach einer Weile stellte sie sich auf die Böschung, abseits von der Straße, sie sah aus wie eine Wache.

Oder ein Galgen.

Sie kam in die *Lanterne.*

»Ein Heizöllieferant hat in einem Restaurant vor Saint-Martin einen Typen gesehen, der Ludo ähnelt.«

Uns sagte sie es. Was konnten wir schon tun? Doch wohl nicht nach Saint-Martin fahren!

Sie wollte keinen Kaffee. Sie sagte, sie würde ihn später trinken.

Sie ging wieder hinaus.

Die jungen Leute von Le Val hatten sich im zweiten Raum versammelt, um Tischfußball zu spielen. Yvon war unter ihnen. Alle ein wenig genervt. Die Ferien waren vorbei, am nächsten Tag würde die Schule wieder beginnen. Man hörte die Kugel, die den Stand angab.

Diejenigen, die selbst nicht spielten, schauten den anderen zu.

Ich schaute der Göre zu, sie war ein bisschen ungeschickt in ihren Bewegungen. Nicht wirklich hübsch, es war etwas anderes.

Ich fragte Philippe, wie Gaby es gemacht hatte.

»Was meinst du?«

»Man adoptiert nicht einfach so ein Kind.«

»Sie hat sie nicht adoptiert.«

Er schloss das Eintragungsbuch und ließ die beiden großen Gummibänder knallen. Er hatte keine Lust zu reden. Ich ließ nicht locker.

»Als was hat sie sich bezeichnet? Als Pflegefamilie?«

»Ja, ganztägig …«

»Und dann?«

»Dann ist sie ihr gesetzlicher Vormund geworden.«

»Wie ist das vor sich gegangen?«

»In der Stadt, in den Büros, wir haben eine eidesstattliche Erklärung unterschrieben. Es war nicht einfach, aber wir haben es geschafft.«

»Du hast auch unterschrieben?«

»Ja.«

»Ist das alles?«

Er seufzte tief.

»Die damalige Leiterin des DASS war eine gute Freundin, das hat uns geholfen.«

Die Spieler schrien, weil der Ball ins Tor gegangen und wieder herausgekommen war. Sie diskutierten, ob das Tor gültig war. Sie wechselten den Platz in der Mannschaft, die Göre war jetzt vorn.

»Und wenn ihre Mutter eines Tages zurückkommt?«

»Das ist jetzt siebzehn Jahre her.«

»Na und?«

»Also wenn sie hätte zurückkehren wollen ...«

»Was würde dann geschehen?«

»Die Göre ist nicht ihre Tochter, das hat Gaby immer gewusst.«

Die Göre lachte lautlos.

»Woher kommt sie? Irgendwoher muss sie schließlich kommen. Niemand kommt von nirgendwo. Habt ihr nachgeforscht?«

»Machst du uns Vorwürfe?«

»Nein.«

»Was dann? Wäre es dir lieber gewesen, dass Gaby sie ins Waisenhaus geschickt hätte?«

»Das meine ich nicht ... Aber wie auch immer, es ist mir egal, Gaby macht, was sie will.«

»Genau.«

Er packte seine Sachen zusammen. Drei Parkwärter warteten auf ihn an einem Tisch hinter uns, sie hatten eine Karte von Le Val auseinandergefaltet und sprachen über einen Weg, den sie Chemin des Dames nannten und der tiefe Spurrillen hatte, die im Frühjahr geschlossen werden müssten.

Philippe stand auf, um zu ihnen zu gehen.

Im selben Augenblick parkte ein Wagen mit der Motorhaube direkt am großen Fenster. Einer, den wir nicht kannten, ein Mann saß darin. Wir drehten den Kopf. Dachten beide im selben Augenblick an Curtil mit dem gleichen Stich ins Herz.

Wir sahen uns an.

Ohne ein Wort.

Wir hätten uns gewünscht, dass er es wäre. Dass es anders wäre.

»Du bist nicht gekommen, um deinen Kaffee zu trinken.«

Gaby döste am Tisch vor sich hin, den Kopf zwischen den Händen, einen großen Schal über den Schultern. Sie öffnete die Augen langsam einen Spalt.

»Wir haben auf dich gewartet … Du hattest gesagt …«

»Mir war kalt.«

Sie streckte sich.

»Ich habe einen komischen Traum gehabt …«

Sie sagte nicht, was für ein Traum es war.

Sie richtete sich auf, indem sie die Hände auf den Tisch stützte.

»Das ist eine zugige Bude«, schimpfte sie und versetzte dem Scheuertuch unter der Tür einen Tritt.

An der Fußleiste standen Schuhe mit erdverkrusteten Sohlen. Der Wollmantel hing an der Wand. Handschuhe neben der Zusatzheizung.

Auf dem Tisch drei angefangene Pinsel, die sie aus den Haaren des Kalbs machte. Das ganze Material, der Leim, der Zylinder, der Draht.

Das Kaninchen Bunny nagte Brot.

Die Sauerstoffflasche stand in der Ecke. Die Maske lag daneben.

»Was ist los? Warum schaust du so?«

»Nichts.«

»Dann hör auf zu schauen …«

Sie deutete mit dem Kinn auf die angefangenen Pinsel.

»Sie werden schön werden.«

Sie ging zu den Käfigen und ließ Körner durch die Stäbe fallen.

»Auf den Pantoffeln von Aschenputtel war Eichhörnchenfell …«

»Als sie Prinzessin war oder als sie ein Schmutzfink war?«

»Als sie Prinzessin war.«

Sie schaltete die kleine Neonleuchte über der Spüle ein.

»Hast du meine Wäsche gewaschen?«

»Ja … Sie trocknet.«

»Hast du den Weichspüler genommen?«

»Ja, habe ich.«

Sie bezog ihr Bett. Die dünne Matratze war aus Schaumstoff, leicht hochzuheben. Sie legte die Kopfkissenrolle und die beiden Kopfkissen auf die Decke und zog das Laken straff.

Die Kleidung der Göre lag auf dem Sofa.

»Ich werde dir etwas zeigen«, sagte sie nach einer Weile.

Sie holte einen Karton unter dem Bett hervor und stellte ihn auf den Tisch. Sie öffnete ihn.

Sie nahm Lappen und zerknittertes Papier heraus. Darunter war der Karton voller Glaskugeln.

»Erinnerst du dich?«

Unsere Mutter hatte diese Kugeln in ihrem Schlafzimmerschrank aufbewahrt. Als sie einmal nicht da gewesen war, hatte ich die Schranktür geöffnet und sie gefunden.

»Was machen sie da drin?«

»Ich habe sie an mich genommen, als wir umziehen mussten.«

Sie gab sie mir eine nach der anderen. Ich stellte sie auf den Tisch. Wir leerten den Karton.

»Da oben sind noch mehr«, sagte Gaby und deutete auf den schmalen Raum zwischen Wandschrank und Decke.

Ich stieg auf einen Resopalstuhl. Dessen Füße bohrten sich

ins Linoleum. Bevor ich die Kugeln Gaby gab, hielt ich sie ins Licht, ein Engel, eine Rose, die Heilige Jungfrau von Lourdes, ein Maiglöckchen, ein Cabrio, eine Hirschkuh und ihr Kalb, ein Eiffelturm, der als Kalender diente und die Tage anzeigte, wenn man ein Rad drehte.

»Warum hast du das alles aufgehoben?«

»Für dich.«

»Für mich?«

Gaby sah mich mit einem schalkhaften Lächeln an.

»Sie macht nicht nur Unsinn, deine kleine Schwester, hm?«

»Nicht nur …«, erwiderte ich.

Wir setzten uns nebeneinander. Diese Glaskugeln waren unser Bilderbuch, unser Fotoalbum. Ich nahm sie in die Hand. Drehte sie. Ich betrachtete das Innere. Die Gläser waren staubig und voller Fingerabdrücke. Gaby holte einen Lappen aus dem Wandschrank, hauchte eine erste Kugel an und begann zu reiben.

»Ich lege sie ordentlich in den Karton, dann kannst du sie mitnehmen, wenn du willst.«

»Im Zug wird das nicht so einfach sein.«

»Wenn du mit dem Wagen wiederkommst.«

Nachdem sie mit dem Lappen darübergegangen war, glänzte das Glas. Sie sagte, sie werde die Kugeln an ihren Platz zurückstellen. Sie würde Handschuhe anziehen, um keine Spuren zu hinterlassen. Wir redeten über Curtil.

»Es wäre gut, wenn er käme, solange du noch da bist.«

»Das wäre gut, ja.«

Ich sah sie an.

»Ich denke manchmal an den Brand … Und du?«

»Wie, ich?«

»Denkst du manchmal daran?«

»Eigentlich nicht.«

Sie hauchte die Wölbung eines anderen Glases an. Polierte sie mit kleinen Bewegungen. Bei jeder Kugel überprüfte sie die Durchsichtigkeit im Licht.

»Woran erinnerst du dich?«

»An die Feuerwehrleute.«

»Und woran noch?«

»An die Leiter.«

Sie beendete das Polieren der Kugel und nahm eine neue.

»Möchtest du, dass wir darüber reden?«

»Nein.«

»Warum nicht?«

»Es lohnt sich nicht.«

»Es lohnt sich immer, Gaby …«

Sie bückte sich, um das Kaninchen zu verscheuchen, das sich auf ihre Füße gelegt hatte. Ihr Haar fegte den Tisch.

»Sie hat nicht dich zurückgelassen«, sagte ich.

Gaby rührte sich nicht. Als hätte sie nicht verstanden. Oder nicht gehört. Sie setzte ruhig die Reinigung der neuen Kugel fort.

»Nicht dich, Gaby.«

Ich hörte mich das sagen. In diesem Augenblick. Ich war an den Ort zurückgekehrt, von dem alles ausgegangen war. Das muss man tun. Immer. An den Ort zurückkehren, an dem der Fehler begangen worden ist. Und diesen Ort als Ausgangspunkt nehmen.

Obwohl sich drumherum, überall und in uns alles verändert hat.

Von vorn anfangen.

Wiedergutmachen. Oder es versuchen.

Ich war ganz ruhig.

In dem folgenden Schweigen erkannte ich alles, was ich verschwiegen hatte.

»Gaby, hast du gehört?«

Ihr Gesicht war glatt. Es drückte keine besonderen Gefühle aus. Ich sah sie wieder, an der Wand, ein vierjähriges Mädchen, ausgelöscht in den Brettern, an denen sie sich aufzulösen schien.

Das ist der Ausgangspunkt.

»Mama hatte dich gewählt, dich, Gaby, nicht mich …«

Die Erinnerung verband mich intensiv mit dem Heute. Mit den Worten, die ich sagte.

»Dich, Gaby …«

Sie stellte die letzte Kugel zu den anderen. Blieb sitzen. Strich lange den Lappen mit ihrer Hand glatt.

»Dich, Gaby«, murmelte ich.

Sie hob den Kopf. Langsam.

Gesichter altern, Körper werden schlaff, doch die Augen verändern sich nicht. Ich werde Dinge vergessen, ja, mit Sicherheit, doch niemals diesen Blick aus der Vorhölle, den sie auf mich richtete. Und dieser Blick sprach von mir. Er sprach von uns, von der gemeinsamen Kindheit, von allem, was durch uns hindurchgegangen ist, uns verbunden und uns getrennt hat. Plötzlich war es da. Zurückgekommen.

Eine Haarlocke fiel ihr ins Gesicht, spaltete es in der Mitte.

Ihr schwerer Kopf wackelte hin und her. Und dann erschien ein unbeschreibliches Lächeln auf ihrem Gesicht.

»Ich weiß«, murmelte sie.

Ich saß reglos da, den Blick starr auf meine Schuhe gerichtet. Eine Marmorkugel im Bauch, ich brannte innerlich.

Ich weiß. Das war alles, was sie sagte.

Ich weiß.

Sie hatte es immer gewusst. Seit dem Tag, an dem sie in ihrem Winterkleid geweint hatte, allein gelassen an den Brettern des Speichers, vollkommen verlassen. Als sie sich ebenfalls im Hof wiedergefunden hatte.

Ich verließ den Bungalow.

Ich lief.

Die Dinge geschehen.

Sie geschehen immer.

Das Wasser des Waschplatzes war gefroren.

Jahrelang hatte ich geglaubt, Gaby habe nichts verstanden, weil sie erst vier gewesen war und geweint hatte. Sie hatte so sehr geweint. Die ausgestreckte Hand der Mutter war auch in ihrem Gedächtnis, die nach ihr ausgestreckte Hand, die ich genommen hatte.

Was für ein seltsames Treffen. Man überschätzt stets seinen Wunsch nach Wahrheit.

Ich wiederholte das alles, während ich marschierte. Gaby hatte es gewusst. Sie hatte es immer gewusst. Ich stieß gegen die Steine. Als wir in die Schule gegangen waren, an jedem Weihnachen, wenn ich mit ihr gespielt hatte, beim Essen, in den Zimmern, während der unzähligen Umzüge, wenn sie mich angesehen hatte, hatte sie es gewusst. Sie hatte es immer gewusst. Und bewahrt. Dachte sie daran, wenn sie mich wiedersah? Wenn sie mir zuhörte?

Es war dunkel, ich hielt bei Philippe. Emma machte das Abendessen. Sie blickte auf. Warf einen Blick auf die Wanduhr.

»Philippe ist noch nicht da… Er schaut sich ein Spiel bei einem Freund an.«

Ich musste etwas Verstörtes im Blick gehabt und leicht verwirrt gewirkt haben.

»Darf ich?«, fragte ich und deutete zum Keller.

»Fühl dich wie zu Hause.«

Sie gab mir einen Schal. »Es ist immer ein bisschen kalt da unten.«

Auf dem Tisch standen zwei ausgestopfte Hermeline, der eine war auf eine Holztafel montiert. Eine Ente mit orangefarbenem Schnabel. Ein Waschbär, der nach Naphthalin roch. Daneben, weit offen, zwei Kartons, auf denen *Zerbrechlich* stand. Ich erkannte sie als diejenigen wieder, die der Alte gebracht hatte.

Ich nahm den ersten Hermelin und staubte ihn ab.

Emma stand auf halber Höhe der Treppe.

»Du darfst sie nicht mit bloßen Händen anfassen. Philippe sagt, diese Tiere seien mit Arsen präpariert worden. Selbst wenn es lange her ist, befindet sich das Gift noch in ihrer Haut, das hat er uns eingeschärft.«

In einer Schublade fand sie Spezialhandschuhe.

»Wenn du noch etwas brauchst …«

Sie ging wieder hinauf.

Ich hörte sie oben geschäftig hin und her eilen. Klirren von Geschirr. Der Fernseher.

Der Hermelin hatte sein weißes Winterfell und funkelnde schwarze Augen. Der Pinsel raschelte auf dem rauen Haar.

Die Postkarte aus El Calafate lehnte noch immer an der Wand.

Der Pinsel entfernte Staub. Ich bürstete das Fell. Ich dachte an nichts.

Als ich aufstand, um den zweiten Hermelin zu nehmen, blieb der untere Teil meines Pullovers an der Spitze hängen, die aus der Bank ragte.

Philippe rief an, um zu sagen, dass er sich etwas verspätete. Emma wollte nicht, dass ich zu Fuß nach Hause ginge, sie bestand darauf, dass ich den Wagen nehme. Sie sagte, ich könne ihn erst einmal behalten, solange Schnee liege, würde sie ihn nicht benutzen.

Ich machte mich auf den Rückweg. Im Scheinwerferlicht sah ich den Bungalow, er lag im Dunkeln. Wegen der Pappe und der Vorhänge drang kein Licht nach draußen.

Ich kehrte nach Hause zurück.

Ich erhitzte Milch. Ich hatte keinen Honig mehr, nur den Geruch davon im Glas.

Ich trank die Milch ohne alles.

Ich spülte das Glas und stellte es zum Trocknen auf ein Geschirrtuch auf der Spüle.

Die Spitze hatte eine Masche des Pullovers zerrissen, ein paar Zentimeter waren aufgetrennt. Die Wolle kräuselte sich unter meinen Fingern. Ich zog, bis sich eine Reihe aufgelöst hatte. Ich wickelte die Wolle um Curtils Glaskugel, ich zog erneut, der untere Teil des Pullovers löste sich auf, und ich wickelte, bis die Kugel vollständig verschwunden war.

Ich ließ die in Wolle gewickelte Kugel auf dem Schreibtisch neben der Tastatur liegen.

Der Himmel war schwarz.

Mama hatte uns immer von Sternen erzählt, die geboren werden. Sie sagte nie etwas über die, die sterben. Sie flüsterte all die schönen Dinge, die geschehen würden und die wir uns nicht vorstellen konnten. Oder die wir uns ein bisschen vorstellten, aber auf unsere Weise.

Ich lauschte der Nacht.

Ich nahm ein Bad.

Mein Bauch im durchsichtigen Wasser. Der Körper verlangt Pflege. Man muss sich um die Haare kümmern und gegen das Austrocknen der Haut kämpfen.

Ich feilte meine Fingernägel.

Ich betrachtete prüfend meine Beine. Die Epilation mit

Wachs war schon ein paar Wochen her, ich müsste sie wiederholen oder zur Pinzette greifen, das würde Zeit erfordern.

Oder darauf verzichten. Mir sagen, soll es doch wachsen, was soll's.

Ich nahm die Pinzette und entfernte die Haare, eines nach dem anderen. Ich entfernte alle, gründlich, die Lampe so nah wie möglich herangezogen.

Am Abend beendete ich den Krieg mit dem Steinmarder. Ich öffnete die Falltreppe. Ich schob hartes Brot und ein Apfelviertel für ihn hindurch.

Ich schloss sie wieder.

Am Morgen waren das Brot und der Apfel verschwunden.

Montag, 7. Januar

Nach zwei Wochen Ferien fuhr der Schulbus wieder vorbei.

Die Temperaturen waren milder geworden. Die Holzfäller nutzten das vorübergehend mildere Wetter, um zum Holzeinschlag hinaufzufahren.

Ich wusste nicht mehr, was ich von Curtil denken sollte. Wo war er? In Patagonien? Auf dem Rückweg? Irgendwo anders?

Kurz nach elf machte ich das Foto der Kellnerin.

Ich fuhr mit Emmas Wagen nach Saint-Jean und ließ die Fotos 26, 27, 28 und 29 der Serie ausdrucken.

Wieder zurück, befestigte ich alle Fotos mit Heftzwecken an der Wand, die erste Aufnahme am fünften Tag, die Kellnerin trug damals ein blaues Kleid und schüttelte geblümte Laken aus, und die folgenden, bis zum zehnten, bei dem meine Verspätung die Perfektion der Serie zerstört hatte.

Auf Foto 12 war die Kellnerin mit einem Mann zu sehen. Die Girlanden am Fenster. Auf dem vierzehnten lag Schnee, zum ersten Mal. Buntes Laken auf dem fünfzehnten.

Auf den folgenden Fotos tauchte die Kellnerin nicht auf, sie war im Urlaub, der Balkon war mit geschlossener Balkontür fotografiert worden.

Es gab kein Foto vom 27. Dezember, das war der Vormittag, an dem Philippe vorbeigekommen war, um mir zu sagen, dass Ludo eine Dummheit gemacht hatte. Ich ließ daher eine Lücke zwischen Foto 19 und Foto 20, einen gleich großen Platz, der die Stelle des Fotos markierte, das ich nicht gemacht hatte.

Dieses fehlende Foto würde eine Leerstelle in der Serie sein. Eine Leerstelle, die ihre eigene Bedeutung haben würde.

Der Platz auf der Wand würde diesem Umstand Rechnung tragen.

Das dreiundzwanzigste Foto war das vom 31. Dezember.

Am 1. Januar war sie nicht erschienen, oder zu spät, das Foto zeigte nur den Balkon.

Das achtundzwanzigste die geometrischen Zeichnungen.

Das neunundzwanzigste die knallgelben Laken mit den riesigen Blumen.

Der alte Sam servierte mir ungefragt Tee. Als wäre es eine Selbstverständlichkeit. Waren wir Freunde? Ich mochte seine zivilisierten und höflichen, etwas altmodischen Manieren.

Ich sagte es ihm.

Er lächelte.

Der Dampf, der vom Tee hochstieg, roch herb. Ich trank in kleinen Schlucken, ein Blatt blieb an meinen Zähnen kleben, es schmeckte nach Pfeffer.

»Ich bin bald fertig mit meiner Übersetzung.«

Er nickte.

Die Kekse zerkrümelten im Tee und nahmen die weiche Konsistenz von Brioche an, zerbrachen, und ich nahm die duftenden Stücke mit dem Löffel heraus.

Er holte eine Postkarte aus einer Vitrine, die den Steinhügel von Maldavie zeigte. Einen Haufen flacher Steine mit Bergen drumherum. Er schob die Karte zu mir.

»Sind Sie schon mal dort oben gewesen?«

»Noch nie.«

Er lehnte sich in seinem Stuhl zurück.

Seine spindeldürre Gestalt verschwand im Schatten, die mageren Schenkel zeichneten sich unter dem Stoff ab.

»Man kann sich das nicht vorstellen, nachts … Es ist ein wunderschöner Ort, eine Wüste … Man sieht kein menschliches Licht, nur die Sterne und den Mond. Es ist eine andere Welt. Sie sollten wirklich einmal dort hinaufgehen, bevor Sie abreisen. Sie müssen Jean bitten, Ihnen das vor Ihrer Abreise zu zeigen.«

»Er hat es mir angeboten …«

»Und? … Sagen Sie nicht, Sie haben abgelehnt.«

Er betrachtete mich mit den glasigen Augen des fortgeschrittenen grauen Stars, die langen Beine übereinandergeschlagen. Mit geradem Rücken, in der Haltung alter Männer.

»Niemand weigert sich, nach Maldavie zu gehen.«

Er schenkte sich Tee nach.

»Meine Frau wäre fast gestorben dort oben, mit Jean, das ist lange her … Interessiert Sie die Geschichte?«

»Ich glaube ja.«

Er stellte die Tasse ab.

»Im März war der Schnee etwas früher als in den anderen Jahren geschmolzen. Sie hatten den Pass geöffnet, und der Bus hatte ihn zum ersten Mal von hier nach Val-d'Isère überquert. Jean war zwei Monate alt, und meine Frau wollte ihn ihrer Familie zeigen. Auf halbem Weg wurden sie von einem Sturm überrascht. Der Schnee hat den Bus blockiert. Siebzehn Personen saßen in ihm. Acht beschlossen, zu Fuß weiterzugehen. Acht weitere wollten lieber auf Hilfe warten … Meine Frau nahm Jean auf den Arm und machte sich auf den Weg zurück zu uns. Sie lief stundenlang. Sie hielt Jean unter ihrem Mantel an ihren Körper gepresst. Als sie zu dem Steinhügel von Maldavie kam, war sie am Ende ihrer Kräfte, so erschöpft, dass sie sich auf einen Felsen setzte. Eine Pistenraupe war dort unterwegs, der Fahrer sah sie im Scheinwerferlicht, er glaubte, er habe einen Höhenkoller. Später sagte er, er habe niemals dort hinaufkommen dürfen, es sei ein Zufall gewesen, aber er habe einen Fuchs bemerkt und ihn aus der Nähe sehen wollen. Sie hatten ihr Leben der Anwesenheit dieses Tieres zu verdanken. Am nächsten Tag schien die Sonne, es war wieder Frühling.«

Er hatte das mit schleppender Stimme erzählt.

»Und die anderen?«

»Die anderen …«

Er ließ die Hand über den Tisch gleiten. Strich die rotkarierte Tischdecke glatt.

»Sie sind alle gestorben.«

Ein kurzer Satz, der jedes weitere Wort überflüssig machte, er blickte aus dem Fenster, in den Hof davor.

»An dem Tag habe ich begriffen, dass der Tod wirklich existiert und dass es sinnlos ist, sich darüber zu beklagen, dass man einfach genießen muss, was einem gegeben wird. Und ich verbrachte mein Leben damit, sie zu lieben, denn ich wusste, dass ich sie jeden Augenblick verlieren konnte.«

Er nahm ein Foto aus seiner Brieftasche und zeigte mir ein Schwarzweißporträt.

»Meine Frau … Ich habe sie jede Sekunde ihres Lebens geliebt, und trotzdem mache ich mir immer noch Vorwürfe, dass ich sie nicht noch mehr geliebt habe. Wir leben immer viel zu unbeschwert, haben es immer viel zu eilig … Haben Sie bemerkt, dass jeder Freund, jeder Verwandte, der stirbt, uns etwas hilfloser zurücklässt?«

Es war kalt in dem Laden. Er zog ein Plaid über seine Schultern.

Er erzählte mir von einem Unterschlupf, den er dort oben neben dem Steinhügel errichtet hatte, an dem Ort, an dem seine Frau sich hingesetzt hatte.

Ein Unterschlupf, den er eigenhändig errichtet hatte, um diejenigen zu retten, die sich verirren.

»Ich möchte, dass meine Asche, wenn ich tot bin, dort oben verstreut wird … Sicher, es wird nicht sehr bequem sein, dort hinaufzusteigen, Jean wird protestieren …«

Er legte seinen Löffel auf den Rand seiner Untertasse.

»Ich habe es ihm noch nicht gesagt, aber ich habe es aufgeschrieben. Wenn es so weit ist, müssen Sie es ihm sagen, wenn Sie hier sind und für den Fall, dass das Papier verlorengeht.«

Wir sprachen gerade von der Stille in Maldavie, als meine Cousinen hereinkamen, sie liefen zwischen den Regalen herum und kauften zwei kleine Lampen und Glühbirnen, Kerzen und einen schwarzen Stein zum Schärfen der Messer.

Sie grüßten uns mit einem Kopfnicken. Erkundigten sich nach Curtil.

»Sie sind Mädchen ohne Manieren«, bemerkte der alte Sam.

Nachdem sie gegangen waren, fügte er hinzu, bei näherer Betrachtung seien sie auch fantastisch.

Während wir den Tee austranken, sprachen wir von Jean und diesem Mundharmonikalied, das er Silvester gespielt hatte, eine den Gefangenen der Apartheid gewidmete Hymne.

»Er hat zehn Jahre gebraucht, um sie einigermaßen korrekt zu spielen. An manchen Abenden gelingt es ihm nicht, weil es so traurig ist.«

»Was traurig ist, finde ich schön, das ist ein Automatismus.«

Er schien mich zu verstehen.

Bevor ich nach Hause zurückkehrte, ging ich in den Tante-Emma-Laden und kaufte Schinken, Nudeln, Milch und Eier. Kiwis. Kiwis werden nur gegessen, wenn sie gefroren sind, wie die blauen Beeren, die an den Sträuchern wachsen.

Der Tag ging zu Ende.

Frauen unterhielten sich in der Regalreihe. Als ich vorbeikam, verstummten sie. Ich hatte mich an ihre Blicke, ihre geflüsterten Worte gewöhnt, dennoch hatte ich das Gefühl, dass sie mich nicht mehr so intensiv beobachteten wie an den ersten Tagen. Manche beachteten mich gar nicht mehr.

Ich brachte meine Einkäufe nach Hause.

Auf dem Erdwall wurden die drei großen Eichen auf einen Laster geladen. Marius kam angelaufen, mit seinen Brüdern, sie hatten ihre Schulranzen dabei, kamen aus der Schule.

Sie stellten sich etwas abseits.

Der Laster rangierte.

Jean stand ebenfalls mit den Männern des Sägewerks auf der Türschwelle.

Ich ging wieder in meine Wohnung.

Ich schaltete mein Handy ein, ich hatte eine Nachricht vom Schuldirektor, ich sollte ihn zurückrufen.

Das Honigglas stand auf der Spüle, der Deckel daneben. Ich wickelte ihn in Wolle, wie ich es mit der Glaskugel getan hatte, mit einem blauen Knäuel, das ich im Schrank gefunden hatte und das ich langsam abrollte.

Ich machte mich wieder an die Arbeit. Nach einer Weile sah ich zwei Hände auf der Fensterscheibe. Gabys Gesicht, ihre Stirn an die Scheibe gedrückt.

Den Mantel bis zum Hals geschlossen.

Sie wollte ihre Wäsche abholen, die trocken war.

»Das ist schon das zweite Mal, dass ich komme …«

»Ich war bei Sam.«

Sie sah meinen Pullover. Die aufgetrennten Seiten.

»Er ist aufgeribbelt, du musst den Faden festnähen … Hast du Nadeln?«

Ich hatte keine.

»Bring ihn mit, ich habe alles, was nötig ist.«

Sie löste die Kleidungsstücke von den Klammern und legte sie in den Korb.

Ich hatte sie seit gestern nicht mehr gesehen, seit sie mir gestanden hatte, dass sie es wusste. Ich betrachtete sie, musterte sie, versuchte zu erkennen, ob sich irgendetwas an ihr verändert hatte. Ob sie dieses Geständnis bereute.

Doch sie war wie immer.

Als hätte sie vergessen, was sie mir gestanden hatte, oder als hätte es keine Bedeutung.

Als hätte sie nichts gesagt.

Sie sortierte die Wäsche.

Betrachtete die Dinge auf meinem Schreibtisch, die Glaskugel und das Honigglas, beides in Wolle gewickelt.

Sie öffnete die Schachtel, in der sich die kandierten Maronen befanden.

»Die sind für Curtil«, sagte ich.

Nach kurzem Zögern stellte sie die Schachtel wieder hin.

Sie näherte sich den Fotos, die mit Heftzwecken an der Wand befestigt waren. Sie betrachtete sie alle, in ihrer Gesamtheit, und stellte sich dann wieder vor das erste.

»Ist das der Balkon gegenüber?«

Sie ging von einem zum anderen und betrachtete jedes aus der Nähe. Neugierig.

»Viel verändert sich nicht … aber immerhin das eine oder andere … Man glaubt, es sind die gleichen Fotos, aber es sind nicht die gleichen. Wenn man genau hinsieht … Am Anfang sieht man an dem Baum Blätter … Und es gibt immer die Kellnerin! Nein, da ist sie nicht. Und da ändert sich die Farbe des Lakens.«

Sie blieb vor der leeren Stelle stehen, diesem besonderen Ort in der Serie, wo es das Foto davor und das Foto danach gibt und dazwischen dieser perfekte Platz eines abwesenden Fotos.

Sie trat bis zum Bett zurück und setzte sich auf den Bettrand, die Hände flach auf den Schenkeln.

Sie saß eine ganze Weile nachdenklich da, die leere Stelle beschäftigte sie.

»Du machst jeden Tag eins?«

»Ja.«

Sie neigte den Kopf. Ließ erneut den Blick über die ganze Serie wandern.

»Es fehlt eins.«

Das war keine Frage, eher eine Feststellung.

»Machst du das gern?«

»Ja.«

Sie dachte nach. Ließ sich Zeit.

»Wie weiß man, dass man etwas gern macht? Ich meine, bevor du angefangen hast, woher hast du gewusst, dass du das gern machen würdest?«

»Ich habe eines Tages ein Foto gemacht, und dann ein zweites, es hat mir gefallen, und ich habe weitergemacht.«

Sie stand vom Bett auf und näherte sich der Wand. Mit den Fingerspitzen berührte sie die Tapete an der leeren Stelle zwischen den Fotos.

Nur diese Stelle.

Sie drehte sich um. Blickte mich an.

»Du bist eine Intellektuelle ... Pass auf, dass du mit deinen Einfällen nicht wie Mutter endest.«

Ich war verwirrt. Sehr.

Mama ist an dem Tag eigenartig geworden, an dem die Schatten sich zwischen sie und das Leben geschoben haben. Die Ärzte sprachen von »vorübergehender Depression« und dann von »leichter Depression«. Sie sprachen nie von verrückt oder von Wahnsinn. Sie sagten, das würde sich wieder geben, sogar zum Schluss, als sie die Wände weinen hörte!

»Ich werde nicht wie sie.«

»Na ja, doch … ein bisschen.«

»Die Tanagras sind einfache Statuetten, weit entfernt vom Marmor und den großen Dimensionen.« Ich übersetzte gerade diese Worte, als mein Handy klingelte. Es war Pierre. Er war aus Bali zurück.

Er rief mich aus einer Bar an.

»Wie steht's?«

Ich sagte ihm, dass ich bald fertig sei. Er musste lachen, denn seine Frage hatte sich nicht auf das Buch bezogen, sondern auf mein Leben.

»Über dich wollte ich sprechen.«

Ich sagte ihm, dass ich immer noch in Le Val sei. Ich beschrieb ihm die Tanagras. Er erzählte mir, dass er eine im Regal seines Büros stehen habe.

Er hatte Reis mitgebracht, den er direkt bei den Einheimischen gekauft hatte. Er beschrieb mir die Dörfer, die Landschaften. Ich versprach ihm, seinen Reis zu probieren, wenn er mir seine Tanagra-Skulptur zeigen würde.

Er war überrascht, dass ich immer noch in Le Val war.

»Was machst du heute Abend?«, fragte er.

Überall lagen fünfzig Zentimeter Schnee, Schneewehen hatten die Straße unbefahrbar gemacht, das schränkte die Möglichkeiten ein.

Er würde ins Kino gehen, der letzte Film von Alain Resnais. Danach würde er mit Freunden in ein indisches Restaurant gehen.

»Wie heißt der Film?«

»*Ihr werdet euch noch wundern.*«

Der Titel amüsierte mich. Einen kurzen Augenblick dachte ich an Curtil und dieses unvernünftige Warten.

»In welcher Bar bist du?«

»Ein irischer Pub, weißt du … Rue des Martyrs.«

Ich bat ihn, mich die Geräusche hören zu lassen. Er bewegte sein Handy, und ich hörte Stimmen, Leute, die auf dem Bürgersteig gingen. Das Lachen von Mädchen. Pfennigabsätze. Ich hörte Musik, eine Polizeisirene und dann Pierres Stimme.

»Bist du noch da?«

Die Straße vor mir war menschenleer. Die Lichter spiegelten sich auf dem Asphalt.

Pierre reiste leidenschaftlich gern, zweimal im Jahr brach er irgendwohin auf.

»Kennst du Patagonien?«

»Patagonien … Nein. Aber ich weiß, dass es dort Orte gibt, wo man Haie fängt.«

»Und El Calafate, sagt dir das was?«

»Nein. Warum?«

»Ach nur so.«

Ich versprach ihm seine Übersetzung für den 30.

Mit Kathias Vertretung waren das zwei Versprechen, und das war enorm.

Ich rief den Schuldirektor zurück. Natürlich war er nicht gerade begeistert. Trotzdem wünschte er meiner Schwester gute Besserung.

Dienstag, 8. Januar

Der Tag dämmerte an einem eiskalten Himmel. Ich hatte noch ein paar lange Kapitel, das nochmalige Lesen der Übersetzung und die Klärung einiger Punkte vor mir.

Ich las laut. »Das Wesentliche für mich, sagt Christo, ist, dass, wenn der Moment der Realisation gekommen ist und wenn das Werk endlich real und präsent geworden ist, auch seine Abwesenheit da ist. Dass man in seiner Präsenz auch seine Abwesenheit spürt. Denn wenn das Werk realisiert ist, gehört es uns nicht mehr.«

Ich musste eine Pause machen. Ich hatte eine schlechte Sitzhaltung, der Monitor war zu tief, meine Halswirbel schmerzten. Ich streckte mich am stählernen Türsturz.

»Dass man die Abwesenheit in der Präsenz spürt«, wiederholte ich, während ich am Türsturz hing.

Anschließend lag ich zehn Minuten im rechten Winkel da, die Beine an der Wand.

Dann war es Zeit für das Balkonfoto.

Ich überquerte die Straße. Ich wollte bei Francky zu Mittag essen, bevor es zu spät wäre und Diego mir nichts mehr servieren würde.

Ich hatte eine Nachricht von der Concierge, die beunruhigt war, weil ich nicht zurückkam. Ich rief sie an. Sagte ihr, alles sei in Ordnung, sie brauche sich keine Sorgen zu machen. Der Empfang sei hier nicht so gut wie in Saint-Étienne.

Sie erzählte mir, dass der Clochard den warmen Flur nicht mehr verlasse. Abends gebe sie ihm zu essen. Sie habe ihm erlaubt, ihr Badezimmer und den Rasierapparat ihres verstorbenen Mannes zu benutzen. Dank ihrer sehe er wieder wie ein Mensch aus.

Ich ging zu Fuß zum Hundeheim. Die Baronin war in ihrer Küche. Sie schnitt Hühnerbrust in Stücke, in denen sie vier blaue Tabletten versteckte.

Sie blickte zu mir auf, als ich eintrat.

Auf einer Decke eine kranke Cockerhündin.

Die Baronin ging zu ihr und sprach mit sanfter Stimme zu ihr. Sie streckte ihr die Hand mit den Fleischstücken hin.

Sie sprach weiter zu ihr. Die Hündin nahm die Stücke und kaute sie langsam. Schluckte alles, das Fleisch und die blauen Tabletten.

Sie leckte die Hand mit ihrer weichen Zunge.

»Jetzt hat sie es bald überstanden …«, sagte die Baronin.

Sie blieb bei der Hündin, bis sie eingedöst war.

Dann stand sie auf.

»Es war nichts mehr zu machen«, sagte die Baronin.

Sie wusch sich die Hände.

»Manchmal bleibt das Herz stehen, dann braucht man keinen Tierarzt.«

Sie zog Blouson, Mütze und Handschuhe an.

»Jeans Frau wird kommen … Wenn es nötig ist, bitte ich sie, sie macht es gut, nicht wie dieser Dreckskerl Jamard. Jamard mag keine Hunde.«

Wir ließen die Hündin friedlich einschlafen.

Gingen hinaus, um uns um die anderen zu kümmern.

Als Jeans Frau kam, schlief die Hündin. Sie stach oben ins Bein, und die weiße Flüssigkeit floss durch eine dünne Nadel.

Ich ging zu Gaby, damit sie den Wollfaden meines Pullovers vernähte. Dutzende von Stalaktiten hingen vom Dach des Bungalows, Eispfeile, die Lichtvorhänge zeichneten.

Die Göre war aus der Schule nach Hause gekommen. Sie schnappte draußen auf der Stufe noch etwas frische Luft.

Marius kam, sie brach zwei Stalaktiten ab und erschreckte ihn zum Spaß mit Draculazähnen.

Im Bungalow war es heiß. Die Zusatzheizung lief auf vollen Touren. Gaby hatte ein Problem mit dem Gerät. Sie hatte den Thermostat auf 4 gestellt, wenn sie ihn niedriger stellte, heizte er nicht mehr.

»Heute Nacht war es in meinem Bungalow kälter als im Kühlschrank.«

Sie trug ein sehr langes Sweatshirt mit eingerollten Ärmeln. Die Garnrollen lagen in einer Eisendose inmitten von Knöpfen und einem gelben Maßband. Sie kramte darin auf der Suche nach einer Nadel. Holte ein Stück blauer Wolle heraus.

Auf dem Tisch standen noch ein paar Glaskugeln. Die anderen hatte sie wieder in den Karton geräumt.

Sie nähte den Faden mit ein paar kleinen, engen Stichen fest. Sie prüfte, ob es hielt, und biss den Wollfaden ab.

Ich fragte, ob der Kiefer zurückgekommen sei, sie verneinte es. Ich erzählte ihr, was mit der kranken Hündin der Baronin geschehen war.

Draußen brach die Göre weitere Stalaktiten ab und gab sie Marius, der sie in seinen Händen zu einem großen Strauß vereinte.

Das Kaninchen machte seine Toilette nach Art der Katzen. Es schien deren Gewohnheiten angenommen zu haben.

»Eines Tages wird es dran glauben müssen …«, sagte Gaby, während sie die Nadel in die Dose zurücklegte.

Ich nahm meinen Kopf zwischen die Hände. Der Blick dicht

über dem Tisch. Philippe sagt, die Beine mancher Wildkaninchen seien innerhalb weniger Würfe ein paar Zentimeter gewachsen, wodurch sie schneller hätten laufen können und ihr Revier vergrößert und ihre Art vermehrt hätten, stärker geworden seien und alle anderen hätten aussterben lassen.

Gaby rieb den unteren Teil des Pullovers mit ihrer Hand.

»Man wird es ein bisschen sehen«, sagte sie und schloss die Dose.

Teller trockneten auf dem Abtropfgestell aus Plastik.

Die Göre und Marius kamen lachend herein. Sie hatten eine Vase gefunden und die Stalaktiten hineingestellt. Sie waren gelaufen, ihre Wangen waren hochrot von der Kälte.

Sie blieben an der Tür stehen, um Atem zu schöpfen. Die Göre stellte die Vase mit dem ungewöhnlichen Strauß auf die Spüle.

Sie öffnete das Tiefkühlfach, holte zwei Stäbchen Speiseeis heraus und gab eins Marius.

Gaby war müde, sie war früh aufgestanden.

»Entschuldigt mich fünf Minuten.«

Sie setzte sich aufs Sofa.

Marius ging nach Hause.

Die Göre aß ihr Eis, an den Kühlschrank gelehnt. Das Kaninchen schmiegte sich an ihre Beine. Sie hielt ihm das Holzstäbchen hin, damit es seine Zähne daran wetzte.

»Glaubst du, dass ihr es eines Tages essen könnt?«, fragte ich.

»Warum sollten wir es nicht essen?«

Gaby war eingeschlafen.

Auf der Spüle schmolzen die Eisblumen allmählich.

Die Göre setzte sich an den Tisch, die Füße auf der Stuhlsprosse. Sie fuhr mit der Hand über die Wölbung der Kugeln.

»Meine Lieblingskugel ist die hier«, sagte sie und deutete auf das glitzernde Paris.

Meine Lieblingskugel war die Landschaft mit einem Chalet und Tannen. Sie spottete, das sei ja banal, wohingegen Paris …

Sie wollte Karten spielen. Holte ein Spiel. Teilte aus. Sie spielte schnell, mogelte ein wenig. Es war ein Glücksspiel, das keine Zeit zum Nachdenken ließ.

Wir flüsterten, um Gaby nicht zu wecken.

Plötzlich blickte sie vom Spiel auf, eine Karte in der Luft.

»Möglicherweise hast du einen Haufen Geschwister anderswo?«

»Möglicherweise, ja.«

»Würde dir das gefallen?«

»Was? Andere Geschwister zu haben? Nein … Es ist schon kompliziert genug mit Philippe und Gaby.«

Sie legte die Karte ab und nahm den Haufen.

»Das sagen sie auch.«

»Was sagen sie?«

»Dass es kompliziert ist mit dir.«

Gaby schnarchte.

Wir spielten weiter. Ich gewann. Die Göre sammelte die Karten ein.

»Yvon wird nach Bangladesch gehen, er will die Waisenhäuser filmen.«

»Vorher muss er sein Abitur machen.«

»Du redest wie sein Vater.«

»Sein Vater ist mein Bruder.«

Sie zerquetschte einen Krümel mit dem Fingernagel.

»Er sagt, ich könne ihn begleiten.«

»Nach Bangladesch?«

»Ich brauche Geld für die Flugkarte, aber Gaby will nicht, dass ich arbeite.«

Sie sprach flüsternd, hastig. Sie blickte mich an, mit glänzenden, wunderschönen, bezaubernden Augen.

»Da hast du dir ja einiges vorgenommen …«

Ich glaube nicht, dass wir andere Geschwister haben. Curtil hat uns nicht wegen einer anderen Frau verlassen. Er hat uns verlassen, um sich nicht zu langweilen. Um uns zu überraschen. Um uns immer etwas erzählen zu können. Um nach Hause zurückkehren zu können, um uns Treffen zu gewähren und uns zu erstaunen.

Ich stellte ihn mir weit weg vor, in El Calafate. Und dann wieder nicht so weit weg, in einem schäbigen Hotel, wo er die Tage einfach nur verstreichen ließ, damit wir auf ihn warteten.

Ich sah Gaby am frühen Abend wieder, am Tresen bei Francky.

Sie warf einen Blick in die Küche. Im Speiseraum saßen bereits Männer, die warteten.

Nach Tagen ohne Internet war die Verbindung wieder möglich, und ich konnte meinen E-Mail-Account ausmisten.

Gaby blieb bei mir stehen. Dann ging sie zum Puzzle. Ließ ihre Hand über die zusammengefügten Teile gleiten. Sie nahm ein Teil vom Haufen, ein winziges Stück, das sie einzufügen versuchte. Sie versuchte es aufs Geratewohl an mehreren Stellen im dunklen Blau des Flusses.

»Diego sagt, es seien erleuchtete Fenster großer Mietshäuser.«

Sie hielt das Teil zwischen den Fingern. Ließ es gleiten. Schließlich gab sie auf und legte das Teil wieder hin. Nahm ein anderes. Sie sprach von den Möglichkeiten, den richtigen Platz zu finden. »Ein Teil von dreitausend, kannst du dir das vorstellen?!!« Sie sagte, Diego sei verrückt, er würde es niemals schaffen. Dreitausend Teile zusammenfügen ohne Vorlage …

Sie trug ihren Ehering nicht mehr. Nur noch der schmale weiße Abdruck.

»Hast du ihn abgekriegt?«

»Jean hat…«

»Jean hat deinen Ehering entfernt?«

»Ich habe ihn darum gebeten. Er hatte Zangen in seinem Kofferraum, er hat ihn abgeknipst.«

»Er hat das gemacht?«

»Sage ich doch. Warum wiederholst du es?«

Sie tauschte das Teil gegen ein anderes mit Orangenuancen, nicht mehr Details, aber eine andere Form.

»Der Onkel gegenüber kauft alles, er würde den Tod kaufen, wenn er könnte.«

Sie beugte sich vor, dachte, sie könnte ihr Teil an diejenigen anfügen, die bereits die Fahrbahnplatte der Brücke andeuteten.

»Das hättest du nicht tun sollen…«

»Ach ja?«

»Ein Ehering ist heilig.«

Sie zuckte die Achseln.

»Sie suchen Ludo, sie sind gekommen, und sie werden wiederkommen. Ich muss ihnen das Geld geben, das er ihnen schuldet. Er ist schließlich mein Mann… Ein Dreckskerl vielleicht… Aber trotzdem mein Mann. Ich habe das Geld in einer Medikamentenschachtel unter der Spüle versteckt. Als die Göre gesehen hat, wo ich sie versteckt habe, sagte sie, das sei die erste Stelle, wo die Diebe nachgucken würden. Also habe ich Ludos Krawatte aufgetrennt und die Scheine hineingeschoben, ganz flach. Du wirst sehen.«

Sie redete über das Puzzle gebeugt.

Auf dem Fernsehbildschirm präsentierte Chazal ihre Nachrichten in einer kleinen weißen Bluse. Der Ton war leise gestellt.

»Wenn du nicht willst, dass man es dir klaut, musst du es sichtbar platzieren, sagte die Göre. Ich habe die Krawatte über die Stuhllehne gehängt.«

Sie richtete sich auf.

Abrupt.

Das letzte Teil, das sie gewählt hatte, hatte sich einfügen lassen! Die richtige Einkerbung. Die Teile griffen ineinander. Das Teil füllte ein Loch aus und vollendete die Darstellung eines Mietshauses, das vom Licht des Sonnenaufganges orange gefärbt wurde. Sie glättete die Oberfläche mit der Hand. Brach in Gelächter aus. Jubelte.

Sie wollte, dass ich es überprüfte.

Dann rief sie Diego, sie brüllte mehrmals seinen Namen, bis er endlich aus seiner Küche trat, näher kam und sich vorbeugte, um sich schließlich selbst vom Ergebnis zu überzeugen.

Wir verließen gemeinsam die *Lanterne* und überquerten den Parkplatz bis zur Straße. Sie redete noch immer von diesem Teil, das sie an der richtigen Stelle eingefügt hatte. Sie konnte es nicht fassen!

Wir blieben stehen, um ein paar Autos vorbeizulassen. Das Sägewerk war in Dunkelheit getaucht. Ein Sattelschlepper stand davor, bereit, am nächsten Morgen beladen zu werden.

Es war kalt. Der Schnee hatte eine Eiskruste bekommen.

Sie sah mich plötzlich an. Alle Freude war aus ihrem Gesicht verschwunden.

»Wo mag er sein?«

»Ich weiß es nicht, Gaby.«

»Irgendjemand muss es doch wissen!!! Zwangsläufig! Hm???«

Die Typen, die auf dem Parkplatz rauchten, drehten den Kopf zu uns.

»Zwangsläufig, ja …«

Wir gingen über die Straße.

Als sie die Tramps hörte, sagte sie nichts mehr. Sie hatten ein Feuer gemacht in ihrem Lager, wir sahen das Licht der Flammen in der Nacht, ganz am Ende des Weges. Auf dem Rondpoint de l'Échafaud.

Wir hörten ihre Stimmen.

Gaby dachte nach.

»Wenn Ludo hier irgendwo ist, müssen die es wissen … Sie wissen alles … Ich werde sie fragen.«

»Es ist Nacht, Gaby.«

»Na und?«

»Wir gehen morgen.«

Sie zuckte die Achseln.

Sie ging allein zu ihnen. Die Hände in den Taschen. Ich konnte sie nicht mehr sehen, ich hörte nur das Geräusch ihrer Stiefel, die über den Kies scharrten.

Die Tramps waren keine schlechten Kerle, aber es gab unter denen, die geblieben waren, ein paar Unberechenbare, die der Frauenmangel gereizt machte. Dieser Mangel oder das Bier. Oder die Langeweile. Sie prügelten sich manchmal, ich hatte sie gehört, Rivalitäten wurden ausgetragen, nach einem Arbeitstag, manche hatten ein Hühnchen miteinander zu rupfen, ihre Ehre zu verteidigen.

Ich holte sie ein.

»Das ist kein guter Plan …«, sagte ich.

»Was ist ein guter Plan?«

»Gaby …«

»Diese Kerle sind zwar alte Trunkenbolde, aber sie sind nicht böse.«

Sie ging weiter unter den Bäumen. Zweihundert Meter ohne Licht.

Ich wollte sie zurückhalten.

»Geh nicht.«

Sie stieß mich weg.

»Lass mich … Und hör auf, den Großkotz zu spielen!«

Ihr Ton war schroff.

Ich ließ sie los.

Sie setzte ihren Weg fort.

Ich zögerte, dann ging ich mit ihr.

Der Regen hatte die Erde zerfurcht, tiefe Rillen gegraben, der Schnee verbarg die Löcher in einem unregelmäßigen Boden, und meine Füße stießen gegen Steine.

Die erste Baracke war leer. Ein Mann mit zotteligen Haaren rauchte vor der nächsten. Zwei Leichtbausteine dienten als Bank, er lehnte an der Tür.

»Hast du zufällig einen Typen gesehen, ganz allein, ein bisschen mager …« sagte Gaby. »Er hat eine Narbe.«

»Wie mager?«, fragte der andere.

»Wie ein Messer.«

»Nicht gesehen.«

Sie nickte und wiederholte die Frage ein Stück weiter, ein Rotgesichtiger, der ganz allein vor einem Teller unter einer gelben Glühbirne saß. Auch er hatte nichts gesehen.

Etwas weiter weg zwei Brüder. Ein kräftiger Rothaariger und ein Mannsbild mit enormem Bauch.

Sie ging weiter durchs Lager. Eine Gruppe von Holzfällern saß auf Stühlen um ein Feuer. Männer in dicken Blousons. Massige Gestalten.

Sie brieten Fleisch. Als sie uns hörten, drehten sie die Köpfe. Herdenaugen. Ihre Gesichter leuchteten im Schein des Feuers. Einer von ihnen scharrte mit einem Stock in der Glut.

Ich kannte sie alle, sie kamen gewohnheitsmäßig zu Francky. Sie mussten uns auch kennen.

Sie machten zwei Stühle frei. Gaby näherte ihre Hände dem

Feuer, sie trug Halbfingerhandschuhe. Sie wiederholte ihre Frage.

»Du hast uns das schon gefragt«, sagte einer von ihnen feixend.

»Wir haben deinen Mann nicht gesehen. Aber setz dich zu uns an Feuer.«

Ein Glatzkopf reichte ihr ein auf einer Spitzhacke aufgespießtes Stück Filet. In der Asche lagen Kartoffeln.

Gaby setzte sich auf den Stuhl, den man für sie freigemacht hatte. Sie nahm das Fleisch und aß davon.

Die Männer betrachteten sie.

»Wir müssen gehen…«, sagte ich.

Sie antwortete nicht. Es war, als wäre ich nicht da. Sie trennte die Fleischstücke ab, indem sie mit den Zähnen daran zog. Sie kaute langsam.

Ich berührte sie an der Schulter.

»Los, komm, Gaby…«

Sie knurrte.

»Hast du nicht verstanden?«

»Was?«

»Ich will bleiben.«

»Du siehst doch, dass Ludo nicht da ist.«

Sie kaute weiter.

Ich drückte ihre Schulter.

Plötzlich packte sie mit einer schnellen Bewegung meinen Arm, ein heftiger Griff.

»Lass mich in Ruhe!«

Ihre Finger schlossen sich, und ich hatte das Gefühl, sie wollte mir den Arm brechen. Schließlich ließ sie los.

»Du befürchtest immer das Schlimmste«, sagte sie.

Ein Rothaariger stellte sich zwischen sie und mich.

»Moment mal, Schmetterling…«

Gaby wischte sich den Mund mit dem Ärmel ab. Sie lächelte dem Rothaarigen zu.

»Moment mal, Schmetterling«, wiederholte sie.

Sie lachte, und die anderen stimmten in ihr Lachen ein, ein Lachen wie unangenehmer Staub. Ihre fröhlichen Gesichter glänzten im Licht der Flammen.

Es war eine allgemeine Ausgelassenheit, die mich kalt ließ.

Und sie mit Gaby verband.

»Moment mal, Schmetterling!«, wiederholte sie und schlug sich auf den Schenkel.

Sie deutete auf das Feuer, das Fleisch.

»Willst du?«, sagte sie zu mir.

Ich wich zurück. Einen Schritt. Noch einen.

Sie lachte noch immer.

Dann senkte sie den Kopf. Der Rothaarige setzte sich wieder auf seinen Platz. Eine Gestalt zeichnete sich am Ende des Weges ab. Reglos. Es war Philippe. Die Tramps erkannten ihn noch vor mir.

Sie hörten mit ihrem Gespött auf und unterhielten sich wieder ganz ruhig miteinander.

Ich ging zu Philippe.

Gaby blieb am Feuer sitzen.

»Was machen wir?«, fragte ich.

»Nichts.«

»Wir lassen sie hier?«

»Keine Angst … Sie werden ihr jetzt nichts tun.«

Ich zitterte bis in die Fingerspitzen hinein, ich hatte das Gefühl, es würde nie enden.

Wieder zu Hause, wickelte ich mich in eine Decke und wartete, bis Gaby vorbeikam.

Sie blieb bis spät in die Nacht bei ihnen. Irgendwann öffnete ich die Tür und hörte sie singen.

Mittwoch, 9. Januar

Die Kellnerin beendete ihre Morgenschicht.

Philippe hatte einen Teil der Nacht damit verbracht, den Wilddieben aufzulauern, und frühstückte.

»Die Baronin ist beunruhigt«, sagte ich.

»Worüber beunruhigt?«

»Sie hat Angst, dass man sie im Zuge des Pistenprojekts ausquartiert.«

»Man wird sie nicht ausquartieren.«

»Daran glaubt sie nicht. Sie sagt, wenn das geschähe, werde sie die Hunde töten, alle, einen nach dem anderen, und anschließend würde sie sich selbst töten.«

Er nahm ein Croissant aus dem Korb.

»Sie ist dazu imstande.«

Die Kellnerin säuberte die Tische hinter uns. Sie trug ein Trägerhemd mit Spitzen. Man sah ihre nackten Arme bis zu den Achselhöhlen.

»Eine der Hündinnen ist gestern gestorben.«

»Sie sollte keine mehr aufnehmen.«

»Sie liebt sie. Ein Hund, der stirbt, ist ein Teil von ihr, der geht, sie sagt, dass sie der Hunde wegen schon Hunderte Male gestorben sei.«

»Ein Hund lebt fünfzehn Jahre, manche sogar länger, was wird aus ihnen, wenn sie nicht mehr da ist?«

Ich antwortete nicht.

Er aß sein Croissant auf. Nahm sich ein zweites.

»Hast du nicht einen zu hohen Cholesterinspiegel?«

Er schnitt eine Grimasse. Zögerte. Sagte, all die guten Ratschläge, die man den Leuten gebe, damit sie gesund blieben, nervten ihn.

Trotzdem legte er das Croissant zurück.

»Gaby hatte Wasser in einem Topf gelassen, es ist in der Nacht zum Mittwoch gefroren.«

»Das Wasser ist im Bungalow gefroren?«

»Das hat sie gesagt.«

Er nickte.

»Du hast neulich Abend eine gute Arbeit mit dem Hermelin gemacht.«

Wir sprachen über die Website. Seine These über Hannibals Weg machte Fortschritte, ein Bürgermeister war einverstanden, dass er seine Gemeinde ausschilderte. Das war eine gute Nachricht. Es würde einer der schönsten Wanderwege der Region werden.

»Ein Weg ist nur lebendig, wenn Menschen ihn benutzen. Menschen oder Tiere. Es ist wie der Mond, ist dir das schon aufgefallen?«

»Wie, der Mond?«

»Man sieht den Mond mit anderen Augen an, seit Neil Armstrong seinen Fuß auf ihn gesetzt hat.«

Ich sah ihn an, ohne wirklich zu verstehen, was er meinte, also zog er mich am Arm, um mir durch die rechte obere Fensterscheibe den Umriss des Mondes zu zeigen.

»Dadurch, dass man weiß, dass ein Mensch dort oben gewesen ist und auf ihm gegangen ist, scheint er nicht mehr derselbe zu sein … Ich weiß nicht, wie es dir geht, aber mein Blick auf ihn hat sich durch dieses Wissen total verändert.«

»Weißt du denn, wie du den Mond vor Armstrong betrachtet hast?«

Er überhörte meine Frage.

»Wir werden Videos auf die Seite stellen … Kleine Filme von höchstens zwei Minuten Länge. Yvon ist einverstanden, dass ich seine Bilder verwende.«

»Du bedienst dich aus seiner Reportage?«

»Nicht aus seiner Reportage, sondern aus seinem Rohmaterial. Er hat Stunden von Material, das er nicht verwenden kann. Er hat es mir gezeigt, es gibt sehr schöne Dinge darin, er filmt gut, man muss nur auswählen.«

»Er filmt gut, aber seine Kamera ist zu schwer.«

»Wir stellen sehr kurze Sequenzen ein, mit einem Klick gelangt man zu dem Video, das ist modern.«

»Du solltest ihm eine weniger schwere Kamera schenken«, beharrte ich.

Er erzählte mir von den Karten, die er drucken lassen müsse, Faltblätter, Plakate … Die Fremdenverkehrsbüros würden als Verteiler dienen.

Man müsse sich das einmal vorstellen, Hannibal auf unseren Wegen mit seinen 10 000 Reitern, 50 000 Infanteristen und 37 Elefanten. Hannibal in Vorion, im Vallée du Drac, die Stadt La Mure plündernd, Tiere und Lebensmittel stehlend, Hannibal in Trièves, im Bas-Champsaur, am Col de Manse …

Er rezitierte auswendig, theatralisch:

»Bei der Nähe des Untergangs der Pleiaden lag schon viel Schnee auf den Höhen. […]. Anfänglich nun versuchte Hannibal die unwegsame Stelle zu umgehen. Da aber ein frischer Schneefall erfolgt war, welcher diesen Marsch unmöglich machte, so stand er von dem Versuch ab. Die Umstände nämlich waren eigener und ganz besonderer Art. Denn da zu dem vorher schon vorhandenen und von dem letzten Winter übriggebliebenen Schnee ein neuer diesjähriger gefallen war, so war dieser zwar ohne Mühe einzudrücken, teils weil er als frisch gefallen war, teils weil er noch keine Tiefe hatte.«

Auf den Schnee des letzten Winters war neuer gefallen … Dieser Satz gefiel mir.

Er hatte zu laut deklamiert. Um uns herum hatten sich alle zu uns umgedreht.

Sogar Francky.

Philippe fuhr fort.

»Hatten sie nun aber diesen durchgetreten und kamen auf den unteren und festgefrorenen, so drückten sie den letzteren nicht mehr ein, sondern fuhren auf beiden Füßen gleitend darüber hin […]. Was aber weiter folgte, das war noch weit schlimmer. Denn was erstens die Menschen betrifft, die den unteren Schnee nicht einzudrücken vermochten, so fuhren dieselben, wenn sie fielen und entweder mit den Knien oder Händen sich stützen wollten, um sich wieder aufzurichten, mit den Gliedern, die zur Stützte dienen sollten, noch weit rascher darüber hin, da der Boden sehr abschüssig war. Wenn dagegen die Lasttiere fielen, drückten diese den unteren Schnee beim Versuch aufzustehen ein; und nachdem sie ihn eingedrückt hatten, blieben sie samt ihrer Last wie festgefroren stecken.«

Philippe lachte über sich selbst und sagte, er habe sich einen weiteren Kaffee verdient.

Die Kellnerin war gegangen.

Francky spülte das Geschirr hinter dem Tresen. Ich ging zu ihm.

»Darf ich?«

Er machte mir Platz.

Ich stellte eine Tasse unter die Espressomaschine. Kaffee, die volle Tasse. Mit dem Dampfkolben zeichnete ich in die dicke Milchschaumhaube. Eine perfekte Lotusblume schwamm auf dem schwarzen Kaffee.

»Danke, Francky.«

»Gern geschehen, meine Schöne.«

Ich stellte die Tasse vor Philippe.

»Ich hätte dir lieber einen von Hannibals Elefanten gezeichnet, aber so weit bin ich noch nicht.«

Überrascht betrachtete er die Lotusblume auf dem Kaffee, die sich langsam auflöste.

Die Kellnerin schüttelte die Laken vor elf aus. Die Serie enthielt nur Fotos, die zwischen elf und zwölf aufgenommen worden waren. Was sollte ich tun? Die Regeln im Laufe der Serie ändern? Ich dachte darüber nach, während sie die beiden Laken ausschüttelte.

Sie schlug die Kissenbezüge und die Kopfkissenrolle mit der flachen Hand.

Ich hielt mich an das, was ich am ersten Tag beschlossen hatte.

Die Balkontür schloss sich wieder.

Um elf machte ich das Foto des Balkons ohne Kellnerin.

Ich arbeitete den ganzen Nachmittag.

Ich ging wieder hinaus, als der Abend anbrach. Die Pistenraupe stand neben den beiden Schneepflügen, die Motoren brummten, und die Scheinwerfer beleuchteten die großen Türen. Sie sahen aus wie Monster, die sich den Hängen zuwandten, bereit, die Gipfel zu erklimmen.

Drei Männer waren an ihnen zugange, die Fahrer, zwei andere, blieben zur Kontrolle in einem Raum, der als Büro und Kantine diente.

Ich ging zu ihnen.

Jean überprüfte die Pistenraupe. Er hatte die erste Schicht übernommen, von achtzehn Uhr bis Mitternacht. Ein Netz hatte sich auf eine beträchtliche Länge in den Gliedern der Raupe verfangen, und er zog daran, um es herauszuziehen.

Er sah mich einen kurzen Augenblick an. Lächelte. Deutete auf die Kabine.

»Du solltest deinen Blouson ausziehen, es ist warm da drin.«

Ich zog mich hinauf.

Ich zog meinen Blouson aus. Es gab einen Karton, Wasser, etwas zu essen und zwei Rettungsdecken. Die Scheinwerfer durchschnitten die Nacht und beleuchteten den Schnee. Ich sah die Männer, die Maschinen, das Gebirge. Die Lichter von Le Val hinter den Bäumen und die Straße.

Einer der Schneepflüge rangierte und entfernte sich. Der andere folgte ihm.

»Anschnallen«, sagte Jean und kletterte seinerseits in die Kabine.

Er schob fünf Scheite, die mit einer Schnur zusammengebunden waren, unter seinen Sitz. Eine Plastikdose.

Er schloss die Tür.

Ich schloss meinen Sicherheitsgurt. Die Kabine bot allen Komfort. Heizung, Lautsprecher.

Er überprüfte das Funkgerät.

»Wir werden nach Sourdeval hinauffahren, es ist niemand dort oben, aber es wird mit Schneeschuhen gewandert, es gibt Wanderer und Skilangläufer … danach fahren wir weiter zum Steinhügel.«

Die Pistenraupe setzte sich in Bewegung, fuhr ein paar Meter und hielt am Fuß des Hangs. Eine Mauer fast.

Wir mussten uns zur Windschutzscheibe vorbeugen.

»Wir fahren dort hinauf. Ein echtes Roadmovie … Diesel für sechs Stunden, das müsste reichen.«

Die Maschine war konstruiert, um die steilsten Hänge hinaufzufahren. Die Raupen hafteten am Boden. Wir krochen steil nach oben, im hohen Schnee, ein langsamer Aufstieg zu den Gipfeln.

Das Funkgerät knisterte.

Jean antwortete.

Er sagte lachend ein paar Worte.

»Sie machen sich über mich lustig, weil du bei mir bist.«

Die Schaufel schob Schneemassen vor sich her. Weiße Wülste schlängelten sich gegen die Schaufel und sackten an den Rändern zusammen.

Hinter uns blieb eine glatte weiße Straße zurück.

»Es ist nie der gleiche Schnee …«

Wir ließen die Häuser hinter uns und kamen immer höher hinauf. Jean lenkte die Maschine mit einem Hebel und ein paar Knöpfen.

»Meine Frau hasst diese Maschine … Sie mag es nicht, wenn ich ganz allein so hoch oben bin … Heute bin ich nicht allein.«

Die Scheinwerfer waren stark. Wir fuhren in der Nacht hinauf, es war ein merkwürdiges Gefühl. Er sagte, er habe das immer schon geliebt, losfahren und in die Stille eintauchen. In manchen Nächten nehme er seinen Hund mit.

»Als Kind kam ich immer, um die Pistenraupen losfahren zu sehen, ich sah ihnen nach, wie sie ins Gebirge hinauffuhren, und träumte davon, selbst eine zu fahren, wenn ich erwachsen wäre.«

Die Pistenraupe folgte den Wegen hinauf, fuhr über Wiesen. Dann fuhren wir an einem Wald entlang, eine schwarze Masse, nicht vom Dunkel der Nacht zu unterscheiden.

Wir erreichten den Weiler Sourdeval.

Die Schaufel räumte vor uns die schmale Passage des einzigen Gässchens zwischen erloschenen Häusern. Man kam sich vor wie in einem Geisterdorf. Uns in dieser Maschine mit eingeschlossen.

Früher hatten hier zahlreiche Familien gelebt, es hatte eine Schule und einen Pfarrer gegeben. Einen Bauernhof, den niemand hatte übernehmen wollen. Die Jungen waren fortgegangen. Später die Alten, auf andere Weise.

Wir fuhren an der Scheune vorbei, in der wir uns versteckt hatten. Ein Baum hatte in ihr Wurzeln geschlagen, die Äste überragten alte Wände, kamen beim Dach heraus. Die Pferde waren von den Höhen gekommen, wir hatten sie durch die Spalten betrachtet. Den verrückten Hengst und die anderen. In der Scheune roch es nach Stroh. Die Pferde schlugen aus gegen die Tore. Jean hatte Schicksal spielen wollen, er hatte eine Säerin geworfen. »Kopf, und ich küsse dich!«

Erinnerte er sich daran?

Das Raupenfahrzeug schob eine Ladung Schnee vor sich her und häufte sie etwas weiter weg auf.

Wir verließen das Dorf. Der Mond war in seiner abnehmenden Sichel, sehr hell.

Wir kamen auf ein Hochplateau. Keine Bäume mehr. Nichts mehr. Stille.

Die Atmosphäre einer anderen Welt.

Wir fuhren noch höher hinauf, eine ganze Weile, ohne zu reden. Der steile Hang drückte unsere Rücken in den Sitz. Jean suchte die Straße. Schließlich waren wir ganz oben, in der Nähe der Gipfel.

Es war eine Wüste. Eine ungeheure weiße Wüste.

Links ein Mast. Etwas weiter weg die Endstation des Sessellifts.

Philippe hielt die Pistenraupe an.

»Jetzt wird es kompliziert.«

Als er die Wagentür öffnete, drang kalte Luft in die Kabine. Es war dunkel. Die Gletscher funkelten, so weit das Auge reichte. Vereiste Platten, schimmernd vor Kälte. Der Abendstern. Der Mond im letzten Viertel an einem erstaunlich blauen Himmel. Man kam sich vor wie am helllichten Tag.

Jean befestigte ein Kabel der Winde am Mast. Er kletterte wieder in die Kabine.

Als er die Pistenraupe bewegte, spannte sich das Kabel. Ein kurzer, heftiger Ruck, der den Schnee spritzen ließ.

Es war sehr heftig.

»Das nennt man die Lebenslinie«, sagte er.

Die Scheinwerfer leuchteten weit in die Dunkelheit hinein.

»Das Kabel nutzt nichts, wenn man hinunterfährt... Es zieht uns, wenn wir hinauffahren.«

Er schob einen Hebel nach vorn, und die Maschine bewegte sich über die flache Ebene in Richtung Leere.

»Alles okay?«

»Ja, alles okay...«

Er hielt die Maschine an.

Auf der anderen Seite der Windschutzscheibe war ein Abgrund.

Ich näherte mich der Scheibe und sah sie. La Face. Eine der steilsten Pisten.

Wir würden in dieses schwarze Loch abtauchen. Ein schwindelerregender Steilhang. Zu walzen, damit am Morgen alles glatt war.

Er zog langsam am Hebel.

»Dann los.«

Die Schaufel über der Leere. Die Uhr zeigte zehn. Eine Außentemperatur von minus siebzehn Grad.

Für einen Augenblick packte mich echte Panik.

Jean drehte den Kopf zu mir.

»Hast du Angst?«

»Nein.«

Er lächelte eigenartig.

»Es dauert nicht lange.«

Sein Lächeln verschwand. Meine Hände klammerten sich an den Sitz. Ich drehte mich um. Die Lebenslinie war gespannt, schwarz auf dem weißen Untergrund.

»Wird sie halten?«

»Ich hoffe …«

Von nun an sagte er nichts mehr.

Er zog den Hebel noch ein bisschen.

Der Boden verschwand.

Und wir kippten. Der Ruck, plötzlich, Schwindel, keine Mitte mehr. Ich sah den Tod vor mir. Ein paar Sekunden lang raubte die Angst mir den Atem. Wir waren im Leeren. Im Loch. Ein anderer Raum. Senkrecht. Der Sicherheitsgurt hielt mich auf meinem Sitz, verhinderte, dass ich gegen die Windschutzscheibe prallte. Ich schloss nicht die Augen. Ich schrie nicht. Ich hatte das Gefühl, mit nichts mehr verbunden zu sein, ich starrte in die Leere, überschwemmt von Adrenalin. Ich hörte auf zu atmen. Zu denken. Wusste nicht mehr, wer ich war. Mein ganzes Leben hing von dieser Maschine ab und von dem Mann, der sie lenkte, und es schien mir unmöglich, dass wir nicht starben.

Und dann spürte ich den Boden, die Raupen berührten den Abhang, die Schaufel schabte den Schnee.

Ganz unten, sehr weit entfernt im Tal sah ich die Lichter der Häuser. Wir begannen die Abfahrt. Die Schaufel schob den Schnee vor sich her.

»Geht's noch?«

»Ja…«

»Dann kannst du ihn loslassen«, sagte er und deutete auf den Sitz und meine verkrampften Finger.

Jetzt wurde es leichter, wir fuhren den Hang hinunter und wieder hinauf. Mein Körper gewöhnte sich an den Schwindel.

Bei jedem Kopfsprung fragte mich Jean, ob ich Angst hätte, und ich verneinte jedes Mal. Er walzte über die ganze Breite, ließ in den Kurven absichtlich etwas Pulverschnee für die Skier, damit sie zischten.

Er musste mehrmals unterbrechen und aussteigen, um die Winde loszumachen. Das Rückwärtsfahren war brutal, es stank nach Diesel in der Kabine.

»Du bist blass …«

»Das ist der Geruch.«

Er nahm zwei Tabletten aus dem Handschuhfach und sagte, ich solle sie mit etwas Wasser schlucken. Er walzte den oberen Teil der Piste. Er zeigte es mir im Scheinwerferlicht, La Face war glatt wie eine weiße Straße.

»Das ist eine schöne Piste … sauber, glatt … es ist nicht so leicht hinzukriegen, aber wenn man es geschafft hat, ist es schön.«

Als er fertig war, hielt er neben dem Mast.

»Wir machen eine Pause.«

Auf den Hängen gegenüber sah man die isolierten Scheinwerfer einer anderen Pistenraupe. Einen Mann in seiner Maschine, der einsam seine Nachtschicht fortsetzte. Jean kannte ihn.

»Ich habe Glück heute Abend, ich bin nicht allein.«

Er fuhr die Pistenraupe noch ein paar Meter weiter. Stellte den Motor ab, damit ich die Stille hören konnte. Im Licht der Scheinwerfer sah ich den Steinhügel von Maldavie.

Ein Haufen Steine, der einer Stele ähnelte, drumherum glänzte der Schnee, vibrierte. Im Mondlicht wirkte es wie Diamanten.

Wir verließen die Kabine und gingen ein Stück. Es war, als wären wir die letzten Menschen an den Toren des Universums. Auf dem Dach einer anderen Welt.

»Hier treffen sich die Götter, um über das Schicksal der Menschen zu entscheiden.«

Die weite Landschaft machte einen schwindlig. Wir standen da, die Augen in den Sternen. Milliarden von Sternen.

»Weil die Menschen Angst vor dem Raum hatten, haben sie die Götter erfunden, haben sie etwas Lebendiges in die Wolken gesetzt.«

Der Himmel war dunkler geworden, ein mattes, schieferfarbenes Blau.

Neben dem Steinhügel, unter dem Schnee begraben, der Unterschlupf, den der alte Sam errichtet hatte.

Wir sprachen über seine Mutter, die bis hierher gelaufen war und sich hier hingesetzt hatte, und über den Mann, der sie gefunden hatte, weil er einem Fuchs gefolgt war.

Jean holte die Scheite aus der Pistenraupe und brachte sie ins Innere. Die Tür war mit einer Schnur verschlossen. Er löste sie. Dahinter lag ein kleiner niedriger Raum. Ein Tisch, eine Bank. Ein Kamin.

Er legte die Scheite auf den Tisch.

»Mein Vater will, dass immer Holz in diesem Unterschlupf ist, für den Fall, dass jemand sich verirrt.«

Er holte eine Schachtel Streichhölzer in einem luftdichten Beutel aus seiner Tasche. Legte sie neben die Scheite.

»Er will, dass seine Asche hier in Maldavie verstreut wird.«

Er sah mich an.

»Ich habe ein Papier bei ihm gefunden, in einer Schublade.«

»Und?«

»Ich finde es etwas weit weg. Gut, aber weit weg. Ein bisschen kompliziert vielleicht, wegen der Chrysanthemen an Allerheiligen …«

»Aber … wirst du es tun?«

»Natürlich werde ich es tun.«

Unsere Blicke begegneten sich. Hielten sich ein paar Sekunden fest.

Wir verließen den Unterschlupf wieder.

In der Plastikdose war Fleisch, er warf die Stücke auf den Schnee.

»Falls ein Fuchs vorbeikommt … Es gibt welche trotz der Höhe.«

Der Nebel fiel langsam und gefror am Boden. Die Feuchtigkeit hatte sich verdichtet und ließ die Gipfel verschwommen erscheinen.

»Das ist also das Leben eines Pistenraupenfahrers?«

»Richtig …«

Er blickte auf seine Uhr. Es war fast Mitternacht.

»Wir sind ein bisschen spät dran.«

Ich hatte Nebel in den Augen und die Stiefel voller Schnee. Unsere Kleidung war nass und das Haar ebenfalls.

Man konnte unseren Atem sehen.

»Ich mache diese Schicht schon lange, aber an die von heute werde ich mich immer erinnern«, sagte Jean.

Er legte die Hand auf meine Wange und wischte den Nebel fort.

»Es ist schön, dass du mitgekommen bist … dass wir beide hier sind.«

Ich legte meine Hand auf seine. Küsste sanft die Innenfläche seiner Hand.

Er nahm mein Gesicht zwischen seine Hände.

Wir waren weit weg von allem. Vielleicht die einzigen Lebenden. Über uns explodierten Sterne, andere wurden geboren, starben, Planeten, Kometen, eine leuchtende Mischung aus Gas und Staub, Asteroidenbruchstücke und unzählige andere Sonnen, und das geschah genau hier, in Reichweite.

Das Funkgerät knisterte. Eine kaum hörbare Stimme, die sprach, insistierte. Jean wandte den Kopf ab.

Er entfernte sich. Langsam.

»Wenn wir oben sind, müssen wir antworten, sonst machen sie sich unten Sorgen und schicken uns die Rettung.«

Er kletterte wieder in die Pistenraupe, nahm das Funkgerät, und ich hörte ihn unsere Position angeben, sagen, dass er fertig sei, dass alles gut gelaufen sei und dass er zurückkomme.

Donnerstag, 10. Januar

Ein Jäger fand den Wagen, er stand einsam und verlassen auf einem Weg, den die Förster nutzten, mitten im Wald, die Räder bis zur Hälfte im Schnee versunken. Ein winziges Kaff über der Gemeinde namens Les Bas-Fonds, eine halbe Gehstunde von Le Val entfernt. Der Vorderreifen war gegen einen Felsen gestoßen, er war verbogen.

Philippe hatte mich am späten Vormittag informiert.

Eine Umhängetasche auf dem Sitz. Darin Ludos Sachen. Die Gefängnishemden mit dem Etikett am Kragen, der Name mit Kugelschreiber geschrieben und die Häftlingsnummer.

Der Jäger hatte die Umhängetasche heruntergebracht.

Dadurch hatte man davon erfahren.

Philippe als Erster.

»Ludo hat sich ganz allein in die Scheiße geritten, jetzt ist er nass bis auf die Knochen«, sagte er zur Erklärung.

Gaby ging draußen auf und ab, die Hände auf dem Rücken. Sie ging bis zur Schaukel und wieder zurück, immer wieder. Berührte die Umhängetasche. Öffnete sie. Schloss sie wieder.

»Das ist seine, die hat er überall mit hingeschleppt.«

Zehnmal wiederholte sie das.

»Was hat er im Wald gemacht?«

Wir wussten es nicht.

Ludo war in Le Val gewesen, das stand jetzt fest. Aber das erklärte nicht, wo er vorher gewesen war. Bevor er den Wagen hatte stehen lassen. Nein, das erklärte es nicht. Und auch nicht, wo er jetzt war.

Es bedeutete nur, dass er hier gewesen war.

Sie machte noch ein paar Schritte.

»Seit wie vielen Nächten ist er draußen?«

Wir zählten die Nächte.

»Ein Mann ist kein Traum, er muss ein Versteck finden, sonst krepiert er ganz schnell bei dieser Kälte.«

Es gibt Tage, an denen das Gebirge brüllt, andere, an denen es stöhnt, und dann gibt es diejenigen, an denen es nimmt. Man erzählt sich, dass derjenige, der es ein Jahr und einen Tag im Wald aushält, die Gnade der Götter erlangt.

Erlangt er gerechterweise auch diejenige der Menschen?

Gaby wusste das alles.

»Manchmal gibt der Wald zurück, was er nimmt, manchmal nicht.«

Sie nahm die Unhängetasche.

»Wie lange werde ich noch in seiner Schuld stehen, hm, wie lange?«

Ich verstand nicht, warum sie das sagte.

Es war eine innere Wut, die ungenaue Gedanken hervorbrachte.

»Wie lange?«, wiederholte sie.

Sie warf die Umhängetasche ins Haus.

Philippe musste nach Hause, er hatte Emma versprochen, pünktlich zum Mittagessen zu kommen. Die Göre war in der Schule, er wollte Gaby nicht allein lassen.

»Kannst du bleiben?«

»Jeder besteht aus einer Mischung von Gold und Schlamm«, knurrte Gaby. »Wenn sie ihn finden, werden sie ihn lebendig in ein Loch werfen.«

Sie runzelte die Stirn. Sie dachte nach. Das Kaninchen lag auf seinem Stück Pappe. Auf dem Tisch lagen die Tasche und der Nylonkittel.

Sie hatte den Ofen vorgeheizt. Nahm eine Pizza aus einer gewellten Verpackung.

»Manchmal gibt es auch Versprechen, die einen an Wahrheiten glauben lassen.«

Die Pizza war von einer Plastikhülle umgeben. Es gelang ihr nicht, sie zu zerreißen. Ich half ihr.

Sie hängte den Kittel auf.

»Und Fehler, hm, Carole, wie viele Fehler kann man in einem Leben machen?«

»Ich weiß nicht …«

»Aber wenn du es sagen müsstest?«

»Ich würde sagen, Tausende …«

Ich schob die Pizza in den Ofen.

»Tausende? So viele?«

»Vielleicht sogar mehr.«

Ich drehte den Thermostat. Gaby setzte sich an den Tisch.

»Und Gemeinheiten … glaubst du, dass man viele Gemeinheiten begehen kann?«

»Kommt drauf an … Die kleinen zählen nicht wirklich.«

»Aber die kleinen werden schließlich zu einer großen …«

»Sicherlich.«

»Und kann man viele große begehen?«

»Große nicht so viele …«

»Nicht so viele, wie viel ist das?«

»Ich weiß es nicht, Gaby, ich weiß es nicht … Das hängt von den Leuten ab.«

Der Thermostat heizte stark, es roch angebrannt wegen eines alten Gratins, das über die Auflaufform gequollen war und die Sahne auf die Heizspiralen hatte fließen lassen.

Sie stand auf, öffnete den Ofen und kratzte die Wände mit einem Messer ab. Sie löste ein verkohltes Stück, eine schwarze Kruste.

Sie drehte den Kopf.

»Und glaubst du, dass man für die Gemeinheiten eines Tages bezahlt?«

»Man bezahlt für alles, Gaby.«

Sie schloss die Ofentür und richtete sich langsam auf.

»Ich glaube nicht, dass man für alles bezahlt. Wofür man immer bezahlt, das sind die wirklich schlimmen Dinge«, sagte sie. »Aber die guten Dinge, die wirklich schönen Gesten, sie müssten sie doch wieder gutmachen können.«

Diese Geschichte quälte sie.

Sie kehrte zu der Umhängetasche zurück, nahm sie, und suchte einen Ort, wo sie sie verstauen konnte. Sie öffnete den Kleiderschrank aus Plastik, es war kein Platz mehr darin, also legte sie sie oben auf den Schrank, zu den Taschen und Kartons, die dort bereits standen.

Sie sah nach den Eichhörnchen, sie waren nicht sehr munter, und sie gab ihnen Wasser.

Die Pizza wurde heiß, es roch nach geschmolzenem Gruyère.

»Weiß man, wem der Wagen gehört?«

»Keine Ahnung.«

»Und was hat Philippe gesagt?«

»Er hat nichts gesagt.«

Ludos Tasche hatte eine Dose aus dem Gleichgewicht gebracht, die Wolle enthielt. Die Dose fiel um. Runde Knäuel rollten auf das Linoleum. Ein paar Lappen auch, die aus alten rosa Baumwollpyjamas geschnitten waren.

Ich bückte mich. Hob alles auf. Tat es in die Dose zurück. Stellte die Dose auf den Schrank.

Gaby sprach noch immer von dem Wagen, der dort oben stand.

Ein Blatt Papier war zwischen Wand und Schrank geglitten. Ich schob die Hand, den Arm in den Zwischenraum, streckte den Arm, die Finger aus. Das Blatt war weit weg, doch schließlich berührte ich es.

Gaby wandte mir den Rücken zu, sie stand immer noch vor ihren Käfigen. Ich zog das Blatt heraus. Ein DIN A4 Blatt.

Ich drehte es um.

Es war die Zeichnung der Göre, das mit schwarzer Kohle gezeichnete Mietshaus, das ich an der Kühlschranktür gesehen hatte. Gaby hatte mir versichert, die Zeichnung sei nass geworden und sie habe sie weggeworfen, doch das Blatt war trocken. Wenn es nass gewesen wäre, wie Gaby behauptet hatte, hätte das Papier das Wasser aufgesogen und wäre schmutzig oder gewellt.

Gaby hatte einen Käfig geöffnet und holte die Schalen der geknackten Nüsse heraus.

Warum hatte sie mir gesagt, sie habe sie weggeschmissen? Hatte sie gelogen, oder hatte sie geglaubt, sie hätte sie weggeschmissen? Vielleicht waren es ja nur ein paar Wassertropfen gewesen?

Ich wollte sie nicht danach fragen.

Ich legte die Zeichnung wieder an ihren Platz, oben auf dem Schrank, neben der Dose mit der Wolle und den Pyjamalappen.

»Ich werde hingehen.«

»Wohin?«

»Dort hinauf.«

Sie zog ihren Mantel an.

Sie würde jetzt Ludo suchen, das hatte sie sich in den Kopf

gesetzt. So wie sie ihn unten in Le Val gesucht hatte. Ohne zu wissen, ob er noch dort war.

»Ich muss den Wagen sehen.«

Sie ging hinaus.

Ich folgte ihr. Bis zum Sägewerk. Weiter nicht. Ich ließ sie allein um die Werkstätten herumgehen, den Kopf leicht gesenkt, dahinter nahm sie den gewundenen Pfad, der an den Wiesen hinaufführte, und stieg dann den Hang hinauf, sich den Weg durch den Schnee bahnend.

Auf halbem Weg blieb sie stehen, ich dachte, sie würde aufgeben und wieder herunterkommen, doch sie musste nur Atem schöpfen. Sie setzte ihren Weg über den Steilhang fort. Eine dunkle Gestalt.

Sie verschwand weiter oben zwischen den hochgelegenen Wiesen und dem Wald.

Im Radio war von einem sechzehnjährigen Mädchen die Rede, das mitten in Paris tot aufgefunden worden war. Ich wechselte den Sender. Ging wieder ans Fenster. Auf dem Erdwall schliff ein Mann breite Bretter mit einem Motorhobel.

Es hatte letzte Nacht geschneit, die Schneedecke war sauber, die Luft heller.

Ich versuchte zu arbeiten.

Die Sekunden des Weckers klickten, eine ruckartige Bewegung. Diese Zeit, die in der Stille ruckweise vorrückte, hatte etwas Eigenartiges. Das Geräusch erinnerte mich an die große Uhr, die in unserem Haus in Malfondière gestanden hatte. Wenn Mama wegging, ließ sie mich davor zurück, und ich starrte auf das Pendel. Ich wusste, dass diese beruhigende Bewegung meine Mutter zu mir zurückbringen würde. Ich vertraute fest darauf.

Eines Tages saß ich davor, das Pendel blieb stehen, und so sehr ich es auch anstarrte, es mit meinen geschlossenen Lippen anflehte, es bewegte sich nicht mehr. Die Zeiger darüber bewegten sich nicht. Dadurch, dass ich sie so intensiv angestarrt hatte, hatte ich im Innern der Uhr vermutlich irgendetwas zerbrochen, ein paar Federn in diesem fragilen Mechanismus. Da das Pendel stehen geblieben war, würde meine Mutter nicht wiederkommen. Und ich war schuld daran. Ich fühlte mich verloren. Ich erinnere mich, dass ich eine Ewigkeit davor sitzengeblieben bin, erstarrt auf dem Resopalstuhl, und das Zifferblatt und das reglose Pendel anflehte. Tausende Stunden, so kam es mir vor. Ich dachte, ich könnte reparieren, was kaputt gegangen war.

Meine Mutter kam schließlich zurück, stellte ihren Korb auf den Tisch, zog ihren Mantel aus, und ohne meinen Kummer zu begreifen, ohne mir weitere Fragen zu stellen, zog sie den Mechanismus auf und versetzte das Pendel wieder in Bewegung.

Gaby war seit mehr als einer Stunde weg, und ich begann mir Sorgen zu machen, als ich sie zurückkommen sah, hoch oben, am Waldrand.

Ich wartete auf sie.

»Ich habe den Wagen gefunden«, sagte sie.

Die Anstrengung hatte ihre Wangen gerötet.

Sie hatte die Matte auf der Beifahrerseite hochgehoben. »Dort versteckt Ludo immer das, was nicht gefunden werden soll.« Sie hatte einen großen Umschlag gefunden und darin den Entlassungsschein mit dem Stempel des Gefängnisses, etwas Geld und ein paar Briefe, die sie ihm geschickt hatte.

»Die Schlüssel lagen im Handschuhfach. Ich konnte den Motor starten. Ich ließ ihn einen Augenblick laufen.«

Auf dem Sitz hatte sie einen Schal gefunden und eine Seemannsjacke aus dicker Wolle. Mit ankerförmigen Knöpfen. Nichts in den Taschen und im Futter.

Sie hatte sich noch in der Hütte der Jäger etwas weiter oben umgeschaut.

»Leer. Keine Spur. Kein Feuer.«

»Zwei Stunden Fußmarsch, und man ist in Italien.«

»Bei diesem Schnee kann man Italien vergessen.«

»Reg dich nicht auf, wenn er dort oben ist, wird die Kälte ihn schon heruntertreiben.«

Am frühen Abend war die einhellige Meinung aller bei Francky, dass Ludo irgendwo in den Wäldern sei und sich wohl einen argen Schlamassel eingebrockt haben müsse, weil er nicht nach Hause ins Warme komme.

Am Abend gab ich dem Steinmarder Brot und Apfel. Ich schloss die Falltür. Ich hörte ihn knabbern. Dann das leise Kratzen seiner Krallen auf dem Holzfußboden, als er sich entfernte.

Ich gewöhnte mich an seine Anwesenheit. Nachts störte sie mich nicht mehr. Ich hatte das Gefühl, dass die Geräusche seines Lebens sich in meine Träume mischten.

Philippe sagt, dass man dem, von dem man will, dass es existiert, einen Namen geben muss, also nannte ich ihn »der süße Kleine«.

Mir schien, als würde dieser wilde Steinmarder, nachdem er diesen Namen bekommen hatte, etwas zahmer.

Freitag, 11. Januar

Gaby ging arbeiten, wie gewöhnlich, und am frühen Nachmittag stieg sie noch einmal in den Wald hinauf.

Sie hatte zwei dicke Sohlen aus dem Reifen geschnitten, wie mir schien, und unter ihre Stiefel geklebt. Als sie vorbeiging, zeigte sie sie mir. Damit sei zwar das Gehen mühsamer, aber sie spüre die Kälte nicht mehr.

Ich beendete die Übersetzung des Kapitels, an dem ich gerade saß.

Es war schön draußen, ich hatte Lust auf frische Luft und folgte Gabys Spuren. Mein Aufenthalt in Le Val hatte mir neue Kraft verliehen, und ich ging recht zügig. Nach La Croix wurde ich langsamer, der Pfad wurde steil, der Schnee tief, und meine Schuhe versanken im Pulverschnee.

Ich hörte Gaby, bevor ich sie sah. Sie hatte eine Schaufel im Kofferraum gefunden und pflügte vom Wagen aus den Schnee um. Die Schaufel durchschnitt die Luft, ich sah, wie sie glitzerte, wenn das Licht die Kante traf.

Ich ging zu ihr.

Der Wagen war bis zu den Achsen begraben.

Auf dem Rücksitz stand ein Karton, der zwei Dosen Corned Beef und mehrere Portionen Streichkäse enthielt. In einer Plastiktüte zu einer Kugel zusammengeknüllte Alufolie, Brotkrümel und der Rest eines Sandwiches.

Gaby drehte sich um.

»Ach, da bist du ja …«

»Was machst du?«

»Ich weiß nicht so recht …«

Sie strich die Haare nach hinten, die ihr ins Gesicht gefallen waren. Sie deutete auf einen dicken Lederschuh auf der Motorhaube. Sie hatte ihn beim Graben gefunden, zehn Meter von der Wagentür entfernt und unter dem Schnee.

»Ein einzelner Schuh ohne den anderen.«

»Nichts beweist, dass es seiner ist.«

Sie drehte die Zunge um, das Etikett, Ludos Name im Innern.

»Bei dieser Kälte läuft man nicht lange mit einem Fuß ohne Schuh.«

Mit zusammengekniffenen Augen betrachtete sie die Schneedecke um sich herum.

»Ich muss den anderen finden.«

»Was hast du davon?«

»Nichts … Es würde beweisen, dass er hier war.«

Ich zuckte die Achseln.

»Ein Schuh, selbst mit einem Namen, beweist gar nichts.«

»Was denn dann?«

»Er. Wenn er eines Tages zurückkommt.«

Sie verzog das Gesicht.

»Wenn es auch kein Beweis ist, es schafft ein bisschen Ordnung.«

»Ordnung?«

»Um die Dinge zu verstehen. Ich kann nicht untätig herumsitzen. Es muss eine Erklärung unter diesem verdammten Schnee geben!«

»Und wenn du wartest, bis er schmilzt?«

Sie antwortete nicht.

Ein kalter Wind blies von den Höhen. Sie griff wieder zur Schaufel und ging ein Stück weiter. Sie trug ein Kleid und dicke

Strumpfhosen, bei jedem Schritt blieb Schnee am Saum ihres Mantels haften.

Ich hörte die Geräusche der Schaufel, in die sich ihr Keuchen mischte.

Ich fand Philippe bei sich zu Hause vor, in Pantoffeln und weitem Pullover vor dem Kamin. Er hatte seinen Arbeitstag beendet und war fix und fertig.

Ich auch.

Ich ließ mich in den Sessel neben ihm fallen.

»Du bist allein?«

»Emma ist auf einer Versammlung. Sie kämpft für die Piste.«

»Emma ist für die Piste!«

»Ja.«

»Tut mir leid …«

»Was tut dir leid? Was weißt du schon, damit es dir leid tun kann?«

»Ich weiß nichts.«

»Dann sag auch nichts.«

Ich streifte mit den Füßen meine Schuhe ab und wärmte mir die Füße am Feuer.

»Was für Gründe hat sie, dafür zu sein?«

»Mich zu ärgern …«

Ich musste lächeln.

»Ernsthaft?«

»Sie will Leute sehen, das Tal öffnen. Arbeit finden.«

»Was kann Emma denn?«

Er antwortete nicht.

Mit einem Handfeger fegte er die Asche zum Feuer. Er warf Orangen- und Nussschalen ins Feuer.

»Was macht ihr beiden dort oben?«

»Es ist Gaby … Sie sucht in der Nähe des Wagens.«
»Und was sucht sie?«
»Spuren von Ludo. Sie hat schon einen Schuh gefunden.«
Er legte den Handfeger an seinen Platz zurück.
»Ludo wird sich zeigen, wenn er sich dazu entschlossen hat, es ist sinnlos, nach ihm zu suchen.«
»Sie will den Wagen nach unten fahren, sobald der Weg frei ist.«
Er verbarg das Gesicht in seinen Händen.
Auf dem Tisch lag eine Layoutvorlage, der Entwurf eines Werbeprospekts für seinen Hannibalweg. Er hatte vor, einen ersten Abschnitt im Frühjahr auszuschildern.
»Wir werden Freiwillige brauchen … Wirst du uns helfen können?«
»Ich werde im Frühjahr nicht mehr hier sein.«
»Du wollest schon Weihnachten nicht mehr hier sein.«
Yvon kam herein, bevor ich antworten konnte. Er kam aus der Schule. Eine schnelle Begrüßung, er nahm sich Kekse aus dem Wandschrank und ging in sein Zimmer.
Philippe folgte ihm mit dem Blick.
Er kramte in seinen Taschen und holte ein Päckchen Tabak hervor, die Zeichnung eines Vogels auf der Lasche, Kentucky Bird. Aus derselben Tasche einen Beutel Gras.
Er zerkrümelte das Gras auf ein Blatt und vermischte es mit dem Tabak. Er rollte alles zu einem Kegel.
»Du kaufst das?«
»Ich kaufe es nicht … Es gehört Ludo … Er hat es angebaut … Er erntete jedes Mal mehr als ein Kilo, und er erntete dreimal im Jahr.«
»Und wenn Yvon dich sieht?«
»Er weiß es. Das interessiert ihn nicht, es ist ihm egal.«
Er leckte den Rand des Papiers.

»Drei Ernten, das ist nicht unbedingt üppig… Er hatte eine Wohnung in der Stadt, ein Zimmer mit Wärmelampen in Zelten und Filtern, damit man den Geruch nicht bemerkte.«

Er suchte in seiner Tasche nach dem Feuerzeug.

Er zündete sich die Zigarette an.

»Willst du probieren? Es ist nichts Schlimmes, nur Gras… Man sollte nur vermeiden, sich anschließend ans Steuer zu setzen.«

Ich machte einen Zug. Es war mild, leicht süß. Es kratzte in meinem Hals.

»Rauchst du oft?«

»Nur wenn man mich nervt.«

Wir rauchten abwechselnd. Das Papier war trocken, rau.

Wir lehnten uns in unseren Sesseln zurück, die Stehlampe war ausgeschaltet, es blieb nur das Licht des Feuers und der kleinen, niedrigen Lampe am Fenster.

Wir teilten uns die Züge. Bei der Kälte draußen war es schön, zu zweit zu rauchen. Er machte einen tiefen Zug, den er in die Lungen zog.

»Philippe?«

»Ja?«

»Wen magst du lieber, Gaby oder mich?«

Er blies den Rauch an die Decke.

»Du nervst, Carole.«

»Wenn du das sagst, heißt das, dass du Gaby lieber magst…«

Er reichte mir die Zigarette.

»Sie ist unberechenbarer.«

»Und ich bin berechenbar?«

»Ein bisschen, ja…«

Ich nahm die Zigarette. Der Joint machte meine Gedanken leicht. Ich fühlte mich seltsam, leicht betrunken.

»Was ist ein Großkotz?«

»Ein Großkotz? … Ein hochmütiger Mensch. Ein Wichtigtuer. Warum? Hat jemand gesagt, du seist ein Großkotz?«

»Ja.«

»Wer?«

»Gaby.«

»Gaby hat das zu dir gesagt?«

Er lachte.

»Diese Gaby …«

Mein Kopf rollte gegen die Rückenlehne. Meine Lider waren schwer. Das Bedürfnis zu schlafen.

Wir wechselten noch ein paar Worte über Curtil und Patagonien. Dann nichts mehr. Was konnten wir auch dazu sagen? Um etwas zu sagen, muss man etwas wissen. Oder die Vorstellung spielen lassen. Die Bedeutung meines Wartens hatte sich verändert. Es war kein Opfer, eher der Übergang zu einer versöhnlicheren Phase, in der ich akzeptiert hatte, was Curtil war.

»Wir hatten eine schöne Kindheit …«

»Ja, sie war schön.«

»Manchmal habe ich das Gefühl, dass wir gar nicht so erwachsen geworden sind.«

»Darüber können wir später reden …«

Philippe betrachtete das Fenster.

»Im Sommer hört man Grillen … Die Hühner fressen sie. Es gibt auch Libellen … Der Tümpel lockt sie an. Die Vögel fressen sie.«

»Die Vögel fressen die Libellen?«

»Ja … Weißt du, dass die Kaulquappen sich gegenseitig fressen? Deswegen hast du manchmal Kaulquappen in den Tümpeln und nie Frösche.«

Er stand auf, um Scheite nachzulegen.

Ich blickte nach draußen, als murmelte dieses undurchsichtige Fenster Dinge. Die Scheiben waren bereift, man konnte die Nacht nicht mehr sehen.

»Glaubst du, dass der Sommer zurückkommen wird?«

»Ich denke doch.«

Samstag, 12. Januar

Ich wachte früh auf wegen der Schneepflüge, die vor dem Sägewerk rangierten.

Ich arbeitete.

Um acht fuhr Gaby am Steuer ihres Volvos vorbei.

Ich trank eine heiße Milch in der *Lanterne*. Im Tante-Emma-Laden kaufte ich Brioches und eine Thermoskanne. Ich schnappte Blicke und leise Unterhaltungen auf, ich hatte das Gefühl, dass man unfreundliche Bemerkungen über mich machte.

Um elf machte ich das Foto der Kellnerin.

Marius kam und lief an der Stelle, wo die drei großen Eichen gelegen hatten, herum. Mit ausgebreiteten Armen, das Gleichgewicht haltend, als befänden sich die Stämme noch unter seinen Füßen.

Raben kämpften um ihren Platz auf einem Mast.

Der Wind hatte den Schnee vor sich hergetrieben und sanfte Wellen auf der großen Wiese gebildet, der Anblick erinnerte ans Meer.

Am Nachmittag ging Gaby zum Wald hinauf. Sie wollte weitersuchen, bevor neuer Schneefall den bereits umgepflügten Schnee bedecken würde.

Ich füllte Kaffee in die Thermoskanne, steckte sie in meine Tasche und ging am Ufer bis zur Brücke. Das Wasser des Flusses, wärmer als die umgebende Luft, verdunstete. Die Feuchtigkeit hatte sich auf dem Stützwerk der Brücke abgelagert, war gefroren und hatte die Brücke in eine feenhafte Skulptur verwandelt.

Die Jungs von Le Val hatten sich versammelt und veranstalteten ein Schlittenrennen auf einer von Bucks großen Kuhweiden. Sie sausten den Abhang hinunter, nahmen die Kurve auf einer Kufe und landeten in Reih und Glied in einem großen Sonnenfleck.

Ich nahm den Pfad in Richtung Wald.

Gaby hatte sich vom Wagen entfernt, sie schippte in einer Schlucht, dort, wo der Wald lichter war und ein Mann sich seinen Weg bahnen konnte.

Als sie mich sah, richtete sie sich auf, ihre ausgebreiteten Arme sahen in dem offenen Mantel wie zwei riesige Flügel aus. Die Stiefel waren im tiefen Schnee eingesunken.

Unter den Bäumen war es feucht.

Ich zeigte ihr die Thermoskanne. Sie rammte die Schaufel in den Schnee.

Ich goss Kaffee in den Verschluss, der als Tasse diente.

»Hast du Milch?«, fragte sie und schlug ihre Handschuhe gegeneinander.

»Nein …«

»Ich trinke Kaffee nicht ohne Milch.«

Sie zog die Handschuhe wieder an. Kehrte in den Schnee zurück. Der Wald war tief verschneit.

Ich trank den Kaffee in der Sonne. Die neue Thermoskanne hatte dem Getränk einen metallischen und muffigen Geschmack verliehen.

Gaby schimpfe.

»Es darf nicht wahr sein, dass ich den anderen Schuh nicht finde. Das gibt es doch nicht.«

Der Schnee hatte beim Gefrieren eine Kruste gebildet, die ich knacken hörte. Das und ihren keuchenden Atem.

»Ein einzelner Schuh, das ergibt keinen Sinn … Er muss irgendwo sein! An seinem Fuß oder verlorengegangen?«

Der Kaffee war heiß. Die Wärme drang durch meine Handschuhe. Ich schraubte die Thermoskanne wieder zu.

»Wohin kann ein Mann verschwinden, hm, weißt du das?«

Ein Mann verschwindet nicht, dachte ich. Ein Mann geht.

»Wenn du Schmerzen hast, lauf! Wenn du zu große Schmerzen hast, bewege dich nicht. Curtil hat das immer gesagt.«

Dann stellten sich weniger schöne Gedanken ein. Und dann löste sich alles auf.

Gaby war erschöpft. Sie war tiefer in die wirre Welt des Waldes eingedrungen. Ich wartete einen Augenblick, dann ging ich zu ihr.

Ich nahm ihr die Schaufel aus den Händen.

»Geh in die Sonne.«

Beim ersten Schaufelstich verspürte ich einen stechenden Schmerz im Rücken. Ich musste die richtige Bewegung, meinen Rhythmus finden. Ich schippte entlang des Hangs. Bis zum Gras. Motten stiegen auf.

Spuren von Pfoten waren dort sichtbar, wo der Schnee noch nicht umgepflügt worden war. Ich schwitzte vor Anstrengung. Ich zog meinen Blouson aus und hängte ihn an einen Ast. Was suchte ich? Einen Schuh oder einen Mann? Oder etwas anderes?

Und wenn wir Ludos Leiche fanden? Die Schaufel stieß gegen Steine, gegen Holz, gegen Wurzeln. Sie konnte auch gegen einen Mann stoßen.

Möglicherweise war Ludo weit weg. Oder hier, ganz nah, unter dieser weißen Schicht. Die Körper enthalten Salz. An der Stelle, wo sie sich befinden, schmilzt der Schnee schneller. Ich schippte weniger heftig, ich hatte Angst, vielleicht gegen den Kopf zu stoßen.

Ich drehte mich um und sah Gaby, sie hatte ihren Rock hochgezogen und pisste in den Schnee.

Ich schippte weiter.

Sie rief mich.

Sie hatte ein Sandwich mit dem Corned Beef gemacht, das sie in der Tasche gefunden hatte. Sie teilte es in zwei Hälften. Die tiefrosa Scheiben zwischen dem Brot schwitzten Wasser.

Wir lehnten uns aneinander und aßen. Im Sonnenlicht. Die Hälse gereckt, die Gesichter in der Sonne.

»Möglicherweise ist er in Italien«, sagte ich.

»Was sollte er in Italien machen?«

»Das Gleiche wie hier …«

»Er spricht die Sprache nicht.«

»Eine Sprache kann man lernen.«

»Mein Ludo ist ein kleiner Dieb, keine große Leuchte.«

Sie kaute einen Bissen.

Die Unterseiten meiner Lider waren voller roter Flecken.

»In Saint-Étienne wohne ich in der Rue Girouette …«

Gaby wartete, dass ich fortfuhr.

Ich erzählte ihr, dass man im Mittelalter die Straßenräuber an einen Pfahl gebunden habe, die Kerle seien den ganzen Tag angebunden geblieben und die Passanten hätten sie angespuckt. Manchmal wurden sie, je nach Schwere ihrer Diebereien, auch noch am darauffolgenden Tag an den Pranger gestellt.

»Warum erzählst du mir das?«

»Ich weiß nicht …«

»Denkst du, dass Ludo an einen Pfahl gebunden werden sollte?«

»Das wollte ich damit nicht sagen.«

Sie aß ihr Sandwich zu Ende, zerknüllte das Papier und warf es in den Schnee. Die Kugel prallte ab. Weiß auf Weiß.

Sie schlug mit der flachen Hand auf die Motorhaube.

»Wenn der Schnee geschmolzen ist, müssen wir wieder hier heraufkommen, bevor man uns den Motor klaut … Wegen der Reifen bitten wir Diego.«

Sie griff wieder nach der Schaufel.

Ich hob das Papier auf, das sie fortgeworfen hatte, und steckte es in meine Tasche.

Sie amüsierte sich. Kaum merklich. Nur ein schwaches Aufleuchten in ihren Augen.

»Du bist umweltbewusst, hm?«

»Nicht besonders …«

Sie nickte.

Ich zog meinen Blouson wieder an.

Wir schippten weiter, abwechselnd. Der Schnee war unglaublich tief. Wir bewegten Tonnen.

Ohne dass diejenige, die schippte, etwas sagte, löste die andere, die sich ausruhte, sie nach einer Weile ab. Auf diese Weise gaben wir uns mehrere Male die Schaufel weiter, damit jeweils eine sich zwischendrin ausruhen konnte.

Manchmal hob diejenige, die schippte, den Kopf und sah die andere an. Wir konnten eine Sohle finden oder einen Schnürsenkel, etwas Lebendiges oder etwas Totes. Etwas oder nichts. Möglicherweise gruben wir auch etwas aus, womit wir nicht gerechnet hatten.

»Wenn uns jemand sieht, muss er sich fragen, was wir hier machen oder was wir verloren haben, das so wichtig ist.«

»Wer soll uns sehen?«

Sie machte eine Handbewegung. Ringsum nur Wald ohne eine Menschenseele.

»Wir müssen aufhören«, sagte ich.

Sie senkte den Kopf.

»Nichts tun ist noch schlimmer. Sie wollen ihn, ich finde ihn, danach wird alles wieder wie vorher.«

»Nichts wird je wieder wie vorher, Gaby.«

Um ihren Durst zu stillen, nahm sie Schnee, hauchte über die erste Schicht und aß den Rest.

»Du solltest das nicht essen.«

»Ich habe eine trockene Kehle.«

Sie nahm wieder die Schaufel und ging ein Stück weiter weg, um zu schippen. Die zerzausten Bäume schienen in den Himmel zu wachsen. Plötzlich hielt sie an einer Erhöhung inne, die wie eine Böschung aussah.

Sie deutete nach Osten, wo Rauch aus dem Wald drang und mit den Wolken eins wurde.

»Wir müssen die Witwe fragen, vielleicht weiß sie etwas.«

Sie zog ihren Rock zurecht.

»Du könntest zu ihr gehen, du läufst schneller. Wenn du die Abkürzung über den alten Gletscher nimmst, geht es ziemlich schnell. Und du fragst die Witwe, denn die Töchter sind Biester, selbst wenn sie etwas wissen, sagen sie es dir nicht.«

Ich rieb meine Hände, sie waren eiskalt. Auch Gaby fror.

»Und du, was machst du?«

»Ich werde noch etwas weitersuchen.«

Um zur Witwe zu gelangen, musste ich einen Teil des Waldes durchqueren und an den Wiesen entlanggehen. Ein Bauernhof fernab von allen anderen Häusern. Ein ehemaliges Landschaftsbecken bildete die Grenze. Dahinter begann ihr Land. Ein zweihundert Meter langer Weg mündete in ihren Hof.

Ein angeketteter Hund. An der Mauer eine Parabolantenne. Obstkisten, aufgestapelte Holzscheite, Kalkblöcke.

Ich ging zu dem Hof.

Meine Cousinen standen da, vor der Scheune. Zwischen ihnen eine gehäutete Hirschkuh, an den Beinen aufgehängt, das Maul ein paar Zentimeter über dem Boden.

Der Hund bellte wütend.

Sie hoben den Kopf. Alle vier Schwestern ähnelten Gorgonen. Die Älteste trug eine Schürze, sie zerlegte das Innere mit einem Messer. Das Licht drang zwischen den Bäumen hindurch und beleuchtete das geöffnete Gerippe. Über ihnen trockneten Felle auf einem Balken.

Sie waren Wilddiebinnen, sie töteten ohne Erlaubnis. Alle wussten es. Die Jüngste, die die Nasse genannt wurde, hatte weiße Hände wie ein Priester. Ich ging ein paar Schritte auf sie zu. Die Eingeweide der Hirschkuh lösten sich und fielen dampfend in eine Wanne. Ich war im Pandämonium angekommen, der Hauptstadt der Hölle.

Ich begrüßte die Cousinen.

»Geht's gut?«

»Ja«, sagten sie.

Der Hund bellte noch immer, und sie brachten ihn nicht zum Schweigen. Ich sagte, dass schönes Wetter sei und dass die Wintersonne gut tue. Dass Gaby und ich im Wald seien.

Sie wussten es.

Sie warteten.

Ihre Münder waren verschlossen.

»Wir suchen Ludo. Er ist möglicherweise über den Weg gegangen …«

»Möglich.«

»Wenn er den Weg genommen hätte, hättet ihr ihn gesehen?«

»Außer, wenn er nachts hier war.«

»Wenn er nachts hier gewesen wäre, hätte der Hund gebellt und ihr wärt herausgekommen?«

Diejenige, die die Eingeweide herausgeschnitten hatte, wischte das Messer an ihrer Schürze ab.

»Nachts schlafen wir.«

Die drei anderen lachten hämisch. Der Wind ließ die Scheunentür in regelmäßigen Abständen gegen die Wand schlagen. Das Auge der Hirschkuh war voller Tränen. In der Pupille spiegelte sich das Messer.

Plötzlich verstummte der Hund. Die Türe des Hauses öffnete sich. Die Witwe erschien, einen Schal über den Schultern. Ich hatte sie seit Jahren nicht gesehen. Sie hatte einen kurz geschorenen Schädel und den gleichen kantigen Kiefer wie Curtil. Sie warf mir einen unfreundlichen Blick zu.

Der Hund winselte und legte sich unter den Baum, als sei er geschlagen worden.

Sie war die einzige Schwester meines Vaters. Man sagte ihr nach, sie sei hinterlistiger als der Teufel. Man sagte auch, sie sei gerecht.

Eines der Mädchen deutete mit dem Kopf auf mich.

»Sie sucht Ludo.«

Die anderen drängten sich um die Hirschkuh.

»Wir haben seinen Wagen auf dem Pfad hinter den vier Wegen gefunden«, sagte ich.

»Ich weiß«, sagte die Witwe.

Ihr Blick war nicht zu deuten.

»Er kann nicht weit gekommen sein«, fuhr ich fort. »Wir möchten wissen, wo … Falls du ihn siehst?«

»Falls ich ihn sehe?«

Die Fassade des Hauses hinter ihr war aus Stein. Sechs Fenster. Dunkle Vorhänge. Räume ohne Licht. Ein dunkles Stockwerk unter dem Dach.

»Und wie geht es meinem Bruder?«

»Wir warten auf ihn.«

»Wenn er da ist, sag ihm, er soll mich besuchen, das würde mich freuen.«

»Ich werde es ihm sagen.«

»Ich habe ihn lange nicht gesehen …«

»Wir auch nicht.«

Die Witwe machte eine Handbewegung, und diejenige, die das Messer in der Hand hielt, wandte sich der Hirschkuh zu. Sie schnitt ein dünnes Stück aus der Keule, das schlaff über die Klinge hing.

»Es darf nicht zu lange braten«, sagte sie.

Ich blickte der Cousine in die Augen. Ich nahm das Stück Fleisch, das sie mir reichte, lächelnd, mit zwei Fingern, das Fleisch war angenehm warm, ich legte es in meiner Hand zusammen.

Ein kurzes Winseln drang aus der Kehle des Hundes.

Ich dankte der Witwe und ging den Weg zurück. Als ich am Tor war, drehte ich mich um. Die Cousinen hatten sich nicht gerührt. Die Witwe ebenfalls nicht.

Mir war, als bewegte sich ein Vorhang in einem der Räume im oberen Stockwerk, aber es war vermutlich nur der Abendwind, der durch eine zerbrochene Scheibe drang.

Ich wartete, bis ich außer Sichtweite war, und öffnete die Finger. Das tote Fleisch klebte an meiner Handfläche. Ich schleuderte es von mir. Wusch mir die Hand mit Schnee. Ich schnüffelte an meiner Hand, ich dachte, der Geruch würde nie mehr weggehen, und ich winselte wie der Hund.

Ich ging zehn Meter und musste niesen. Ich hörte ein Knistern, und Milliarden von Eissternen wirbelten vor meinem Mund umher, schwebten in der Luft und fielen langsam auf den Schnee.

Der Nebel stieg plötzlich aus dem Tal auf, während ich noch dort oben war.

Beim Hinabgehen stieß ich gegen eine weiße Mauer, sobald ich den Wald verlassen hatte. Ich konnte den Weg nicht mehr sehen. Es war sehr beängstigend, vielleicht mehr noch als in der Nacht. Ich versuchte mich zu orientieren, indem ich dem Zaun folgte, von einem Pflock zum nächsten, der Stacheldraht zerfetzte fast meine Handschuhe.

Ich kam vom Weg ab und folgte meinem Instinkt. Unter meinen Sohlen rollten Steine. Der Nebel zog in Schwaden über den Schnee, alles war weiß, eins.

Ich sah einen Schatten auf dem Weg, ein verirrtes Tier. Ich hörte es laufen, dann nichts mehr. Unmöglich, es zu erkennen, eine Hirschkuh vielleicht. Oder ein verängstigtes Wildschwein.

Ich bemerkte Lichter zwischen den Bäumen, Bucks Wiese und seine Scheune. Ich erkannte die Abzweigung, das kleine Eisenkreuz, das den Weg zu seinem Bauernhof etwas weiter unter markierte.

Ich rannte den Rest des Hangs hinunter und schimpfte auf Gaby.

Ich bemerkte andere Lichter. Die Linie der Laternen. Voll Erleichterung hörte ich die Geräusche von Le Val. Ein Gittertor. Das Hundeheim.

Die Baronin war in der Küche. Sie musterte mein nasses Haar.

»Man könnte meinen, du bist zehn Kilometer durch den Regen gelaufen.«

Ich klapperte mit den Zähnen. Sie gab mir ein Handtuch, und ich trocknete meine Haare. Sie wollte, dass ich einen Schnaps trank, der so stark war, dass er Tote zum Leben erweckte und mir den Atem verschlug. Er wärmte mich eine Weile, und ich fühlte mich besser.

Sie sagte, am Nachmittag seien Leute extra aus Chambéry gekommen, um die beiden belgischen Schäferhunde zu adoptieren, die sie in der Anzeige auf der Website entdeckt hatten.

Es war ihre erste moderne Adoption, und sie freute sich darüber.

Ich machte einen Umweg über den Bungalow, um zu sehen, ob Gaby gut nach Hause gekommen war. Ein schwaches Licht drang durch die Pappe, die das Fenster des Bungalows versperrte.

Marius saß im Nebel rittlings auf der Schaukel. Ich näherte mich ihm geräuschlos. Er formte aus kurzen, dünnen Zweigen und Schnee kleine Wesen, die wie ein Bataillon von Trollen aussahen. Diese glitzernden Gnome steckten in einem kleinen Hügel.

Er lächelte mich freundlich an und streckte mir die Hand entgegen, dünne Finger in einem nassen Fäustling.

Ich nahm seine Hand und schüttelte sie.

Gaby war zurückgekommen. Sie saß auf einem Stuhl, die Füße im dampfenden Wasser einer roten Plastikschüssel.

Ludos Schuh stand im Eingang, aus dem Wald mitgebracht und zu den anderen Schuhen, den Stiefeln und hohen Pumps gestellt.

Gaby hatte auch die Seemannsjacke mitgebracht, die sie im Wagen gefunden hatte. Die Jacke hing über der Lehne des Stuhls, zusammen mit der Krawatte, in die sie die Scheine für den Ehering eingenäht hatte.

»Hast du sie gesehen?«

»Ja …«

»Und?«

»Nichts … Sie sagt, dass sie es nicht wisse.«

Es gab tausend Möglichkeiten für Ludo, woher sollte man

wissen, welche er gewählt hatte? Er hatte überall hingehen können, möglicherweise war er den Weg weitergegangen oder durch den Wald hinaufgestiegen, war wieder hinuntergegangen und hatte kehrtgemacht. Hatte sich erwischen, begraben lassen, oder es war ihm gelungen, die Entfernung zu überwinden und zu einer Straße zu gelangen. Der Wald war riesig, aber nicht endlos.

Ich setzte mich.

Auf dem Tisch stand nur noch eine Glaskugel, die letzte, die Curtil geschickt hatte, die anderen hatte Gaby weggeräumt.

»Du solltest es nicht auf dein Bett lassen«, sagte ich, weil das Kaninchen zwischen den beiden Kissen lag.

Sie zuckte die Achseln. Sie trocknete sorgfältig ihre Füße ab. Zog wieder die Strümpfe, die Schuhe an.

Sie hatte eine Kruste auf der Wade.

Die Eichhörnchen rührten sich nicht in ihren Käfigen. Sie fraßen kaum.

»Sie brauchen Dunkelheit«, sagte sie und bedeckte ihre Käfige mit großen Leinensäcken.

Mir taten die Arme weh vom Schneeschippen.

Gaby reichte mir das Fläschchen mit dem Öl, das sie verwendete, um die Schmerzen zu lindern, die sie vom Bügeln bekam. Ich tropfte mir etwas von dem Öl in die Hand.

Ich massierte mir Nacken und Schultern damit.

Sie schaute mir zu.

»Eigentlich müssten wir für all das belohnt werden …«

»Müssten wir«, sagte ich.

Meine Haut war trocken. Ich zog meinen Pullover aus und massierte meine Arme.

Gaby überlegte.

»Ich glaube nicht, dass die Witwe nichts weiß.«

»Das hat sie mir gesagt.«

»Was man sagt, stimmt nicht immer.«

Ich musste ihr beipflichten.

Ich war gerade nach Hause gekommen, als Kathia mich anrief. Sie wollte heiraten, und das sagte sie mir auch einleitend kurz und bündig: »Ich heirate!«

Es folgte das Übliche, sie habe es satt, allein zu sein, morgens allein aufzuwachen, allein in Urlaub zu fahren, sie habe sie satt, die einsamen Sonntage, die Restaurantbesuche unter Frauen, habe es satt, allein im Bett zu liegen. »Ich möchte Pläne machen können …« Sie wiederholte es mehrmals. »Pläne machen, verstehst du? Dinge teilen, reisen, ein Haus haben, einen Garten mit einer Bank … Seit zehn Jahren will ich eine Katze.« Sie machte eine Pause. Ich konnte mir Kathia nicht verheiratet vorstellen. »Du kannst trotzdem zu uns kommen, wir werden Freundinnen sein wie vorher.«

Vor zwei Monaten hatte sie ihn kennengelernt.

»Verdammt, Kathia, hast du dir das auch gut überlegt?«

Sie nannte mir ein Datum im Juni.

»Aber wir sehen uns ja sowieso bald … Wann kommst du zurück?«

»Ich weiß nicht … Ende der Woche …«

»Du wirst da sein, Carole, hm? Am 24.!?«

Ihre Stimme klang angespannt.

»Carole! Du musst!?«

»Ich werde da sein.«

Sie ließ es mich versprechen, schwören. Sie erzählte mir von der Vertretung, ein leichter Stundenplan, sehr angenehme Schüler. »Du wirst sehen! Auch die Kollegen sind dieses Jahr sehr nett. Soll ich dich für die Kantine am Donnerstag eintragen?«

»Wenn du willst.«

»Und was die Wohnung betrifft, bist du immer noch entschlossen?«

»Ja.«

Ihre Stimme klang so weit weg, als käme sie vom anderen Ende der Welt. Draußen sah ich Nebelschwaden vorbeiziehen.

Wir legten auf.

Ich sah, dass der Karton mit der Jukebox nicht mehr da war.

Ich stellte die Schachtel mit den Maronen auf den Tisch. Ich löste die beiden Laschen, die sie verschlossen hielten. Die Maronen waren in Goldpapier gewickelt.

Ich nahm eine. Entfernte das Papier. Die Maronen waren von einer dünnen Glasur überzogen, einem grauen Zuckerfilm.

Ich biss die erste durch, das Innere war weich, süß und zerging auf der Zunge.

Ich nahm eine zweite.

Die Verkäuferin hatte mir erklärt, durch diese spezielle Glasur würden die wertvollen Aromen der Kastanie bewahrt. Sie hatte das gesagt, während sie eine nach der anderen in die Schachtel gelegt hatte.

Ich aß bei Francky zu Abend, allein, an meinem Tisch, ich hatte feste Gewohnheiten entwickelt. Der Karton, der die Jukebox enthielt, stand im Flur.

Der Nebel klebte an den großen Fensterscheiben, man konnte draußen niemanden erkennen. Auch der Parkplatz war kaum sichtbar. Nur die Scheinwerfer der Autos. Das Sägewerk gegenüber war verschwunden. Die Bulldozer. Die Bretter.

Ein Laster parkte auf dem Erdwall vor den Werkstätten. Ein paar Augenblicke später überquerte ein gespenstischer Schatten die Straße, tauchte auf und kam herein. Es war der Fahrer, ein Italiener, er aß rasch zu Abend. Er war nach Mailand unterwegs bei diesem Hundewetter. Er verschlang seine Mahlzeit mit zwei Kaffees, um sich wach zu halten, und ging wieder.

Yvon kam, um ein paar letzte Bilder dieses dicken Nebels und der schlechten Sicht zu filmen, die die Häuser verschwimmen ließ. Jede Bewegung gespenstisch wirken ließ.

Sonntag, 13. Januar

Gaby hatte frei, und daher ging sie vormittags in den Wald hinauf, ich sah sie kurz vor zehn vorbeigehen. Ich war müde, ich hatte mich vom Schippen tags zuvor und der anschließenden Rückfahrt im Nebel noch nicht erholt. Ich dachte, sie täte etwas, was nur sie etwas anginge, und ließ sie gehen.

Ich setzte mich wieder an meine Arbeit. Ich wollte die Übersetzung fertig haben, bevor ich meinen Unterricht an der Schule begann. Ich sah noch einmal das letzte Kapitel durch.

Ich hatte beschlossen, den Zug, der am darauffolgenden Sonntag fuhr, zu nehmen, so hätte ich noch acht ruhige Tage in Le Val, und vielleicht wäre Curtil bis dahin gekommen.

Um elf kam die Kellnerin heraus. Sie hatte die Laken gewechselt, wie am vergangenen Sonntag und auch am Sonntag davor. Diese waren rot und mit Blumen bedruckt, riesigen Mohnblumen und kleineren, man hätte meinen können, ein Gemälde von Monet hinge da am Balkon.

Marius trieb sich vor dem Sägewerk herum. Er betrachtete ebenfalls die Laken. Und dann betrachtete er den Himmel, als erwartete er, die roten Mohnblumen würden sich lösen und fortfliegen.

Ich fand Gaby dort oben, wie am Tag zuvor. Sie hatte in allen Löchern der Schlucht, in allem, was wie ein Graben aussah, gegraben, überall, wo ein Mann hineinrutschen, sich verstecken, sterben kann. Man hätte meinen können, sie würde einen Krieg führen, dem Wald sein Recht auf sein Wissen, die Wahrheit streitig machen.

Ich hatte Kaffee in der Thermoskanne und Milch in einer Flasche mitgenommen.

Ich servierte ihr den Kaffee. Mit Milch. Sie schlotterte vor Kälte. Konnte kaum die Tasse halten.

»Der Schnee ist heute schwer«, sagte sie.

»Er ist jeden Tag schwer, Gaby.«

»Er ist nicht jeden Tag auf die gleiche Weise schwer.«

Der Schnee war sehr weiß. Ein paar Flocken wirbelten leicht durch die Luft. Es würde heftig schneien, vermutlich noch vor dem Abend.

»Wir müssten zwei Schaufeln haben«, sagte sie.

»Müssten wir, ja …«

Sie war erschöpft. Ich schippte für sie weiter. Ich spürte meine Zehen nicht mehr. Die Sonne schien nicht. Wir wechselten uns ab. Irgendwann setzten wir uns in den Wagen und starteten den Motor, zehn Minuten, nicht länger, wegen des Monoxids.

»Irgendwo muss er doch sein«, sagte sie. »Ich glaube nicht, dass er weit weg ist …«

Sie umklammerte die Tasse mit den Fingern. Trank mit leisen Geräuschen. Wir redeten über den Nebel vom Vortag und die Feuchtigkeit, die wir einatmen mussten.

»Und dein Mann, warum hat er dich verlassen?«

»Wer hat dir das gesagt?«

»Philippe, wir unterhielten uns …«

»Ihr habt nicht über mich zu sprechen.«

Sie zuckte die Achseln.

Wir saßen stumm da und blickten durch die Windschutzscheibe. Die Scheiben beschlugen durch die Wärme.

Gaby trank ihren Kaffee aus.

»Weißt du, wo Patagonien ist?«

»In Argentinien.«

Sie nickte. Gab mir die Tasse zurück.

»Und wo ist Argentinien?«

Ich zeichnete mit meinem Finger Amerika auf die beschlagene Scheibe. Argentinien und Patagonien ganz unten. Ushuaia kannte sie aus den Reportagen von Nicolas Hulot.

Sie betrachtete die komische Karte auf der Windschutzscheibe. Den Glanz der mit dem Finger gezeichneten Zeichnung.

»Und was gibt es dort zu sehen?«

»Landschaften.«

»Wo ist das Meer?«

»Dort.«

Ich fügte Meereswellen hinzu. Darauf ein Schiff und einen Leuchtturm. Wir träumten schweigend, bis unser warmer Atem die Zeichnung auslöschte.

Ich öffnete die Wagentür.

»Ich mache weiter …«

Sie hielt mich am Ärmel zurück.

»Warum tust du das? Du weißt doch, dass wir nichts finden werden.«

Ich machte mich von ihr frei und schippte noch eine Weile Schnee in diesem kleinen Tal, von dem wir wussten, dass es keinen Ausgang daraus gab.

Gaby blieb im Wagen sitzen, sie hatte den Motor abgestellt.

Die Anstrengung wärmte mich, ich löste meinen Schal mit einer etwas zu heftigen Bewegung. Meine Halskette verfing sich in den Maschen, die Schnur zerriss, die Perlen flogen wie Glühwürmchen und fielen in den Schnee. Sanken ein und verschwanden in den kleinen dunklen Gängen, die ihr Gewicht gegraben hatte. Geschosslöcher mit Perlmuttkugeln am Boden.

Ich suchte sie, im Schnee kniend. Ich fand nur zehn von den dreißig, aus denen die Kette bestanden hatte. Ich steckte sie in meine Tasche, zusammen mit der Schnur und dem Schloss.

Der Vater der Mädchen hatte mir diese Kette zu meinem dreißigsten Geburtstag geschenkt. Eine Perle für jedes Jahr. Wir hatten gelacht, weil sie länger geworden wäre, wenn ich älter gewesen wäre. Doppelreihig vielleicht? »Wirst du mich noch lieben, wenn ich hässlich bin?« Er hatte mir die Kette um den Hals gelegt.

Gaby stieg aus dem Wagen, sie betrachtete den Himmel zwischen den Ästen der dunklen Bäume. Es würde schneien. Bald würde man von unserem Schippen nichts mehr sehen. Alles wäre begraben. Sie nahm mir die Schaufel aus den Händen. Sie schielte vor Müdigkeit. Sie schippte weiter wie ein Sträfling.

Wenn sie Durst hatte, aß sie Schnee. Ich sagte nichts mehr. Ich fror so sehr an den Fingern, dass ich dachte, sie wären abgestorben.

Gaby hustete. Ein erster kurzer, heftiger Hustenanfall.

»Lass uns hinuntergehen.«

Sie wollte nicht.

»Lass uns gehen«, sagte ich.

»Noch fünf Minuten …«

»Fünf Minuten sind lang, Gaby.«

Den Fuchs sah ich unmittelbar darauf, auf einer Anhöhe sitzend, er beobachtete uns mit seinen lebhaften Augen. Bereit zu fliehen. Aber neugierig. Er hatte ein dickes rotbraunes Fell mit einem weißen Haarbüschel am Bauch.

Gaby hatte keine Kraft mehr. Sie hob den Kopf, als müsste sie jetzt oben suchen. Als wäre ihr Mann fortgeflogen oder gehenkt worden.

Sie rammte die Schaufel in den Schnee.

»Wir sind überall gewesen, es ist sinnlos.«

Hinter der Schlucht befand sich eine Höhle. Fünfhundert Meter Höhenunterschied. Sie wollte hineingehen.

»Du bist zu erschöpft«, sagte ich.

»Das ist der letzte Versuch …«

Sie nahm die Schaufel.

Ein Wasserfall floss neben der Höhle, die Quelle schwappte über das Moos, und das Wasser verwandelte sich in Eis, dicke Skulpturen, die der Kalk undurchsichtig machte.

Zehn Meter entfernt stand ein Baum, ein Reisigbündel hing an einem der Äste. Am Fuß dieses Baums war die Schneedecke gewölbt. Gaby berührte die Wölbung mit der Schaufel, steckte den Griff hinein, und ich hörte ein Klacken.

Es war eine Falle mit Eisenzacken.

»Wenn du drauftrittst, bohrt sie sich durchs Fleisch bis auf den Knochen.«

Sie sagte, sie würde die Falle in den Bungalow mitnehmen, damit diejenigen, die sie aufstellten, sie nicht wiederfänden.

Der Eingang der Höhle war ein dunkler Schlund mit ein paar kümmerlichen Büschen. Sie verschwand im Innern.

»Kommst du?«

Es roch nach Felsen, Tiere schliefen vermutlich dort drinnen oder suchten Zuflucht in der Höhle.

»Man darf keine Angst vor den Schatten haben«, sagte Gaby, »sie tun einem nichts.«

Sie ging tiefer hinein. Ich konnte sie nicht mehr sehen. Hörte nur das Geräusch ihrer Sohlen. Ein widerlicher Geruch hinderte mich am Atmen, je weiter ich ging. Es waren etwa zwanzig Meter, die ich gebeugt zurücklegte.

»Ich sehe nichts mehr.«

»Lass die Wand nicht los!«

»Ich weiß nicht, wo die Wand ist!«

»Du musst reden … Wenn du redest, wirft sie deine Stimme zurück, und du wirst wissen, wo sie ist.«

Ich redete. Und ich hörte meine Stimme. Ein Echo. Ich hörte, wo die Wand war. Ich streckte die Hand aus. Ich berührte den Fels.

Hinter mir war das Tageslicht, der Eingang der Höhle.

Sobald ich konnte, umklammerte ich Gabys Arm.

»Du siehst doch, dass Ludo nicht hier ist.«

»Ich weiß …«

»Und?«

»Pst …«

Über unseren Köpfen bebte die Decke der Höhle.

»Was ist das?«

»Fledermäuse.«

»Red keinen Unsinn …«

Sie redete keinen Unsinn. Etwas bewegte sich ein paar Zentimeter über uns. Meine Augen gewöhnten sich an das Halbdunkel, und ich erkannte hängende Schatten, eine lebendige, wimmelnde Masse.

»Gehen wir!«

»Nicht sofort.«

»Wir haben hier nichts zu suchen.«

»Pst … Man darf sie nicht wecken.«

»Scheiß drauf!«

»Nein, nicht Scheiß drauf. Sieh sie dir an … Sie sind schüchtern, sie haben vor allem Angst. Sie wissen nicht zu leben.«

Ich hörte Reiben, Kratzen, Flügelschlagen. Gaby sprach sehr leise, ich konnte sie kaum verstehen.

»Ihre Flügel sind zusammengefaltet, sie bilden so etwas wie einen Umhang, sie wickeln sich darin ein und schlafen.«

»Man sieht sie gar nicht …«

»Natürlich sieht man sie.«

Ich starrte an die Decke.

Es war glitschig unter meinen Sohlen.

Gaby entfernte meine Hand von ihrem Arm.

»Sie scheißen dir in die Augen, wenn du sie weit aufmachst.«

Sie waren überall, an den Wänden, in den Spalten, Trauben von Fledermäusen bedeckten den Fels.

»Diese Tiere haben die Haut des Teufels, sie sind verfluchte Wesen, verdammt zur Schande, weil sie die Hostie des Heiligen Abendmahls gegessen haben!«

Sie lachte.

Ich dachte an die prähistorischen Menschen, die hier in der Kälte gelebt hatten, mit den Unwettern und den Tieren. Vielleicht hatten sie auf den Wänden gezeichnet, weil sie Angst gehabt hatten? Vielleicht hat so die Zivilisation begonnen, mit Höhlenmenschen, die sich Geschichten erzählten? Doch wie haben sie das gemacht, bevor es Worte gegeben hat? Später konnten sie sprechen, aber davor?

»Gaby, Ludo ist nicht hier …«

»Ich weiß, dass er nicht hier ist, aber das hindert uns nicht zu schauen.«

Auf dem Rückweg, etwas weiter unten, sahen wir den Fuchs wieder, er folgte uns eine Weile in größerem Abstand. Gaby hatte ein Nuts in ihrer Tasche. Sie entfernte das Papier und warf ihm ein Stück zu, das in den Schnee fiel. Der Fuchs entfernte sich misstrauisch, lief zehn Meter und kam zurück. Er packte das Nuts mit den Zähnen und fraß es ein Stückchen weiter weg von der Fundstelle.

Er kam zurück.

Sie warf ihm ein zweites und ein drittes Stück zu.

»Fleisch wäre ihm bestimmt lieber, aber ich habe nur das …«

Sie gab mir das Stück, das noch übrig war.

Wir setzten unseren Abstieg fort. Flocken fielen, sie sahen wie Watte aus. Noch gab es nur ein bisschen Schnee.

Gaby redete nicht mehr. Sie lief mit fast geschlossenen Augen, als schliefe sie im Stehen. Sie trug die Eisenfalle, die bei jedem ihrer Schritte klapperte.

»Geht es dir nicht gut?«

»Halsschmerzen.«

»Ich hatte dir gesagt, du sollst keinen Schnee essen…«

»Ich hatte Durst.«

Marius hatte Reihen von kleinen dünnen Zweigen um die Schaukel herum in den Schnee gepflanzt, die eine Art großes Labyrinth bildeten.

Er sah uns kommen.

»Seine Mutter könnte sich schon um ihn kümmern«, sagte Gaby.

»Sie kümmert sich um ihn.«

Sie ließ die Falle draußen bei den anderen Sachen. Wir gingen in den Bungalow. Wir beobachteten Marius weiter. Kniend ordnete er Blätter und Steine in unregelmäßigen Abständen nach seiner ganz eigenen Logik an.

Nach einer Weile nahm Gaby Ludos Seemannsjacke, ging nach draußen und lief zur Schaukel.

Marius rührte sich nicht, sie drückte ihm die Jacke in die Arme. Sie schloss seine Hände über ihr.

»Eine Seemannsjacke, so etwas lehnt man nicht ab«, sagte sie.

Marius stand auf.

Er trug bereits einen Blouson.

Gaby nahm die Jacke und zog sie ihm über den Blouson. Sie war für einen Erwachsenen geschneidert. Sie trat zwei Schritte zurück, um zu sehen, wie sie an ihm aussah. Die Jacke reichte ihm bis zur Mitte der Waden. Sie rückte den Kragen hinter dem Nacken zurecht.

»Echte Kapitänsknöpfe!«

Sie rückte sie an den Schultern zurecht, wobei sie ihn etwas heftig anpackte.

»Wenn du reinpassen wirst, wirst du ein Mann sein. Bis dahin musst du einen Gürtel benutzen.«

Damit der Kragen hielt, schlang sie den Schal zweimal um seinen Hals, mit einem großen Knoten vorne, er musste das Kinn hochheben und danach so bleiben, ohne sich zu rühren.

»Gürtel habe ich nicht, dein Vater wird dir einen geben.«

Sie kehrte in den Bungalow zurück.

Sie schloss die Tür.

Die Luft brannte in ihren Lungen. Sie brauche keinen Doktor, sagte sie, das würde vorübergehen. Das gehe immer vorüber. Sie holte eine Schachtel mit Medikamenten hervor, die sie noch von ihrer letzten Erkältung hatte.

Ich bot ihr an, bei mir zu schlafen. Dort sei es wärmer. Trockener. Die Göre könne auch mitkommen, es gebe ein Zimmer mit zwei Betten übereinander und einem großen Heizkörper aus Gusseisen.

Sie sagte, sie ändere nicht gern ihre Gewohnheiten.

Kurz darauf kam Philippe. Er brachte einen Kuchen.

»Das ist der für Curtil. Emma hat ihn gemacht. Nach unseren Erinnerungen an ihn.«

Wir umringten den Tisch.

Ich beugte mich vor, um den Geruch einzuatmen.

Philippe sah Gaby an. Sie hatte rote Wangen und fiebrige Augen. Das Atmen fiel ihr schwer.

»Geht es dir nicht gut?«

»Doch, es geht schon.«

»Es sieht nicht so aus.«

Sie schnitt drei Stücke ab. Wir probierten. Jeder äußerte seine Meinung, die Kruste, der Geruch, die Höhe, es war alles da, alles, was wir gesagt hatten, die kräftige Schokolade mit dem leichten Aroma, der Zimt und der schmelzende Kern. Alles, was wir aus unserer Erinnerung hervorgekramt hatten, der Geschmack und die Gerüche.

Wir schnitten drei weitere Stücke ab.

Gaby hatte keinen Hunger, sie zwang sich zu essen, um uns eine Freude zu bereiten. Sie hustete. Mehrmals. Ihr Atem klang wie ein Fluss, der Kies beförderte.

»Bist du sicher, dass es dir gutgeht?«, fragte Philippe.

»Eine Nacht durchschlafen, dann geht es mir morgen wieder besser.«

Wir aßen unsere Stücke auf.

Der Kuchen war Emma ausgezeichnet gelungen. Selbst der leicht flüssige Kern. Alles war gleich. Alles. Aber es war trotzdem nicht unser Kuchen. Etwas fehlte. Im Geschmack oder im Geruch. Wir probierten noch einmal und kauten langsam, um das Geheimnis, das sich uns immer wieder entzog, unter unserer Zunge hervorzulocken.

Es war woanders.

Wir suchten.

Gaby schluckte hinunter, was sie im Mund hatte. Sie hob langsam den Kopf.

»Es ist die Kindheit … das ist es, was fehlt.«

Wir sahen sie an.

Die wunderschöne Kindheit, diese Jahre, die den Dingen einen so anderen Geschmack verleihen. Genau das war es. Dieser kostbare Teil, den die Zeit bis auf den Knochen wegkratzt.

Die Göre kam plötzlich hereingeschneit. Sie kam aus Franckys Bar.

Sie stellte ihre Tasche aufs Sofa. Als sie den Kuchen sah, streckte sie die Hand aus und nahm das letzte Stück.

»Übrigens, Francky hat seine Jukebox ausgetauscht!«

»Und?«

»Und nichts … Sie ist besser, der Klang ist gut …«

Sie kramte in ihrer Tasche.

»Er hat mir das für dich gegeben.«

Eine Vinylplatte. *Le Sud*. Auf der Hülle Nino Ferrer mit Hut und gelbem Schal, er posierte neben einem Mädchen von den Inseln, das nackt wirkte.

Der hereinbrechende Abend war wie lackiert, ohne Wind und ohne Geräusche.

Die Schneepflüge räumten die Straße und den Platz vor dem Sägewerk. Das Licht der Scheinwerfer schien durch meine Fenster herein, glitt über die Wand meines Schlafzimmers und beleuchtete mein Bett.

Ich fütterte den Steinmarder.

Ich öffnete die Schachtel, aß eine kandierte Marone und dann noch eine zweite.

Montag, 14. Januar

Es war meine letzte Woche. Eine Gruppe Schüler wartete an der überdachten Bushaltestelle.

Jean kam auf den Erdwall des Sägewerks, als das Angelus geläutet wurde. Ich überlegte, ihn zu rufen. Ihm einen Kaffee anzubieten und mit ihm über Maldavie zu sprechen.

Philippe rief mich an, als ich gerade das Foto der Kellnerin gemacht hatte. Gaby war arbeiten gegangen, aber sie hatte vor dem Wäschehaufen einen Schwächeanfall bekommen. Der Direktor hatte Philippe informiert, damit er sie abholte. Sie hatte das Bügeleisen nicht mehr halten können, ihr Rücken war schweißgebadet.

Philippe schimpfte, sagte, es sei meine Schuld, dass sie huste. Dass ich sie angestiftet hätte. Es stimmte nicht, und er wusste es, aber er musste schreien, um sich Luft zu machen.

»Du bist noch verrückter als sie!«, wetterte er.

Am Tisch sitzend, atmete Gaby Sauerstoff, den Mund unter der Maske.

Philippe ging auf und ab, sein Gewicht brachte die Wände zum Zittern und auch die Käfige, in denen die Eichhörnchen schliefen. Er hatte ein elektrisches Heizgerät mitgebracht und neben das Bett gestellt. Er weigerte sich, die Ölheizung anzustellen.

Als er Ludos Schuh sah, schmiss er ihn nach draußen.

»So werdet ihr vielleicht mit eurem Blödsinn aufhören!«

Er war auch auf Gaby wütend.

»Man läuft nicht durch den Schnee, wenn man keine Lungen hat.«

Es war fast Mittag. Im Kühlschrank fand er Salamischeiben mit Plastikpelle, die er mit den Zähnen abzog. Er aß sie mit einem Stück Brot, während er draußen die schmutzigen Schneewehen betrachtete, die die Straße säumten.

»Du brauchst sie mehr, als sie dich braucht«, sagte er schließlich zu mir.

Er sagte, dass er am frühen Abend wiederkommen und ihr was zu essen bringen würde, etwas, das Emma gekocht hätte. Ich solle zum Hotel gehen und den Volvo zurückbringen.

Gaby schleppte sich zum Bett. Ein nackter Arm schaute aus ihrem ärmellosen Hemd heraus. Ihr Atem hob ihren Bauch, setzte einen Augenblick aus und dann wieder ein.

»Ich muss mir eine Erkältung geholt haben«, murmelte sie.

Sie fror. Ich machte ihr eine Wärmflasche.

Sie schob die heiße Wärmflasche unter die Decke. Umschlang sie mit den Armen. Sie lächelte sanft. Ihre Lippen waren trocken, rissig vom Fieber.

»Schimpft er?«

»Ein bisschen.«

Sie schloss die Augen.

Ihr müder Mund endete in zwei Falten.

Ein Geruch von fettigem Wasser lag über der Spüle. Unter dem Schaum verbargen sich Teller, eine Schüssel, die Schalen vom Frühstück, ich suchte nach Handschuhen, es gab keine. Ich spülte mit bloßen Händen.

Danach blätterte ich in den Zeitschriften. Das Fernsehprogramm. Gaby schlief.

Ich gab den Eichhörnchen Zucchinisamen. Auf dem Tisch Gelatinekapseln, Sirup und die Glaskugel mit der Baie des Anges. Ich öffnete die Schublade. Darin Kartenspiele und Spielsteine, ein Durcheinander von Batterien, Umschlägen, Medikamentenschachteln, ein Plastikflugzeug, das mit einer Rolle Nylonschnur verbunden war.

Ich schloss die Schublade wieder.

Gaby schlief noch immer.

Ich goss Milch in ein Glas neben der Lampe. Ein Zettel auf dem Tisch: *Ich komme um 17 Uhr wieder.*

Ich nahm die Schlüssel aus der Tasche der Pelerine und ging den Volvo holen.

Ich kehrte nach Hause zurück und setzte meine Arbeit fort.

Als ich wiederkam, schlief Gaby noch immer.

Ich schaltete den Fernseher ein. Schaltete ihn wieder aus.

Ein Vorhang trennte den Raum vom Zimmer der Göre. Ich öffnete ihn einen Spalt. Dahinter ein ungemachtes Bett, die Matratze auf dem Boden, die Kopfkissenrolle im rechten Winkel, die Daunendecke zur Kugel zusammengeknüllt.

Ich ging hinein.

Kleidung lag auf dem Boden, dicke Wollhemden, sauber, aber kunterbunt durcheinander auf den Boden geworfen und zerknittert. Regale hinter Vorhängen mit Leopardenmuster.

Die Wände verschwanden hinter Postern. Indochina, Bruce Springsteen, die Scorpions.

Mit der Hand geschriebene Zitate auf mit Tesafilm festgeklebten Zetteln: »Die Vergangenheit ist ein Vorspiel.« – »Die Wahrheit hat ein ruhiges Gewissen.« – »Die Zeit verstreicht nicht für alle mit der gleichen Geschwindigkeit.« – »*Wake me up when september ends.*«

Kein Stuhl. Ein kleines Fenster. Ein Heizkörper. Die Schulbücher lagen auf dem Boden. Es war wenig Platz.

Eine flache Truhe diente als Schreibtisch.

Auf der Truhe die Farbkreiden, die große Schachtel weit offen. Die Göre hatte die Innenseite des Deckels benutzt, um Nuancen auszuprobieren. Manche Kreiden waren schon sehr aufgebraucht.

Die Hülle mit den Zeichenblättern. Ein Wörterbuch. Ich nahm es von der Truhe. Darunter lagen Zeichnungen. Städtische Straßen, ein öffentlicher Park mit Bänken. Ein Platz. Gebäude. Auf manchen waren Leute zu sehen, auf anderen ein Springbrunnen. Ein Frauenporträt, glatte Haare, ein eigenartiges Gesicht.

Auf einer Doppelseite hatte die Göre einen Deich am Wasser gezeichnet, mit der riesigen Skulptur eines Mannes, der ein Kind auf den Schultern trug und ihm den Horizont zeigte. An manchen Stellen war die Kreide zerdrückt und bildete einen schwarzen Fleck. Das Blatt zeigte die Spur der Mittelfalte und die Löcher der Heftklammern.

Ich sah sie mir alle an, bis zur letzten. Sie waren vermutlich die ältesten, die die Göre auf einem anderen Papier gezeichnet hatte, von weniger guter Qualität, Seiten, die aus einem großen Heft herausgetrennt worden waren. Sie ähnelten der nass gewordenen Zeichnung an der Kühlschranktür, die Gaby oben auf den Schrank verbannt hatte.

Ich hörte Schritte draußen.

Ich legte die Zeichnungen zurück und darauf das Wörterbuch und die Hülle mit den Blättern.

Ich schloss den Vorhang.

Gaby war nicht aufgewacht.

Ich setzte mich wieder an den Tisch vor die geöffnete Zeitschrift. Ich nahm mir vor, der Göre neue Kreiden zu kaufen, damit sie zeichnen konnte, so viel sie wollte.

Die Göre kam nach Hause. Sie warf mir einen raschen Blick zu. Einen weiteren zum Vorhang.

Sie zog ihre Jacke aus. Schnee klebte an ihren Stiefeln, sie stellte sie auf die Zeitungen.

Sie stellte ihre Tasche mit dem Computer, den die Schule ihr geliehen hatte, auf den Tisch.

Sie näherte sich Gaby.

»Wie geht es ihr?«

»Nicht gut.«

Ich wollte ihr Milch warm machen, aber es war keine mehr da. Sie fläzte sich auf das Sofa. Öffnete eine Schachtel Waffeln, weiß und fade, sie sahen wie Papier aus.

»Wie geht's dir? Wie war dein Tag?«, fragte ich.

Sie sagte, es gehe ihr gut.

Sie machte den Fernseher an. Ließ eine Sendung laufen, ohne sich dafür zu interessieren. Sie schlug eine Zeitschrift auf und schnitt zahlreiche Bildchen aus, auf denen ein Kätzchen zu sehen war, das hinter einer Libelle herrannte. Zehn fast gleiche Bilder. Sie heftete sie zusammen und blätterte sie ganz schnell durch, wie ein Zeichentrickfilm. Sie zeigte es mir: Die Geschwindigkeit erzeugte die Illusion der Bewegung, und die gezeichnete Katze schien die Libelle zu verfolgen.

Sie griff wieder zu den Waffeln.

Auf jedem Keks stand ein Satz. Erhabene Wörter.

Sie las vor.

»*Der Schmerz der anderen ist nur ein Traum.*«

Sie sah mich an.

»Was bedeutet das?«

»Dass derjenige, der Schmerzen hat, ganz allein ist.«

Ich setzte mich neben sie.

»So sehr man sich auch bemüht, Mitleid zu haben, Mitgefühl, zu verstehen, man kann den Schmerz, den der andere empfindet, nie wirklich nachempfinden, weder im Kopf noch im Körper … Und das ist vermutlich auch besser so.«

»Warum?«

»Weil man es vermutlich nicht ertragen würde, wenn es anders wäre.«

»Wenn man den Schmerz der anderen spüren würde?«

»Wenn man ihn tatsächlich spüren würde, nein, das wäre zu heftig.«

Sie drehte die Waffel in ihren Fingern.

»Aber ein bisschen spürt man ihn trotzdem …«

»Nur ein bisschen. Wie nachts, wenn man schläft.«

»Ich verstehe nicht …«

»Wenn du dir im Traum wehtust, spürst du es, aber es ist kein echter Schmerz. Und doch ist es Schmerz …«

Gaby hustete. Wir drehten uns um.

Das Kaninchen schnüffelte an unseren Füßen, und die Göre gab ihm ein Stück Waffel.

»Wir werden es niemals essen können, hm?«

»Ich glaube nicht.«

»Aber wir könnten es vielleicht töten?«

»Töten vielleicht, ja …«

»Aber essen nicht?«

»Essen nicht.«

Sie seufzte.

»Wenn ich erwachsen bin, werde ich sowieso Vegetarierin sein.«

Ich aß langsam eine Waffel. Es war ein komischer Keks, krümelig wie Sand mit einer Art Mandelcreme in der Mitte, die vollkommen künstlich schmeckte.

»Später«, sagte die Göre, »werde ich die Sterne studieren, all die, die man nicht sieht, ich werde neue entdecken, unbekannte, und ihnen Namen geben.«

»Namen geben ist kompliziert.«

»Philippe sagt, man muss den Dingen Namen geben, sonst existieren sie nicht.«

Wir sprachen über das Universum und die unbewohnten Planeten. Wir aßen die Waffeln auf. Teilten uns die letzte und auch die Krümel in der Packung.

»Ich kann nicht glauben, dass wir so allein sind …«, murmelte sie, und der Klang ihrer Stimme verwirrte mich.

Ich fragte mich, ob sie vom Universum sprach oder einfach von uns. Vielleicht meinte sie auch beides, das Universum und die Menschen, die gemeinsame Einsamkeit.

Wir hörten, dass der Riegel sich bewegte.

Die Tür quietschte.

Marius steckte seinen Kopf hindurch.

Er kam herein und schloss die Tür hinter sich.

Er trug die viel zu große Jacke, die Gaby ihm gegeben hatte. Ohne den Blouson darunter. Er hatte keinen Gürtel.

»Das ist eine Jacke mit Königsknöpfen«, sagte die Göre.

Er lächelte. Näherte sich dem Bett. Eine der Taschen war ausgebeult, er hatte seine Hand darüber gelegt.

Gabys Augen waren geschlossen, ihr Kopf lag auf dem Kissen. Er sah sie lange an.

»Wird sie sterben, weil sie krank ist?«

Die Göre richtete sich auf.

»Nein, sie wird sterben, weil das Leben kurz ist.«

»Sie wird nicht sterben«, sagte ich, »sie hat eine Angina, das ist alles!«

Die Göre zog die Beine an.

»Was versteckst du in deiner Tasche?«

Marius holte zwei Eier heraus.

»Sind sie frisch?«

Er nickte.

Die Göre nahm eins.

»Das andere ist für Gaby.«

Sie zerbrach die Schale und warf das Eiweiß weg. Das Eigelb tat sie in eine Schale, bestreute es mit Zucker, verrührte es lange und aß es, mit dem Rücken an die Spüle gelehnt.

Es wurde Abend. Es war noch Licht, also ging ich in Sams Laden.

Er schien sich zu freuen, mich zu sehen.

»Unsere freundschaftlichen Gespräche haben mir gefehlt…«

Er betrachtete mich im Licht.

»Sie sehen schlecht aus, Ihre Wangen sind eingefallen, Sie ernähren sich schlecht. Haben Sie Zeit?«

»Ja.«

»Ich werde uns Nudeln kochen.«

»Tee, das reicht…«

Er überhörte meine Bemerkung.

Er ging ins Hinterzimmer. Ich hörte ihn in Töpfen rühren.

»Seit drei Tagen habe ich ein Gerät«, sagte er und meinte damit die Hörgeräte, die hinter seinen Ohren befestigt waren. »Ich höre Sie ausgezeichnet. Haben Sie Nachrichten von Ihrem Vater?«

»Noch immer nicht.«

Er steckte den Kopf zwischen den Riemen hindurch.

»Darf ich Ihnen sagen, dass er ein verdammter Mistkerl ist?«

»Dürfen Sie, Sam…«

Die braunrote Katze schlief mit angewinkelten Pfoten auf ihrem Sessel.

»Und Ihre Schwester? Es geht das Gerücht um, sie sei krank.«

»Eine Angina… sie hat Schnee gegessen.«

»Und?«

»Nichts. Sie hat Fieber. Der Doktor muss heraufkommen.«

Ich ging zwischen den Regalen umher. Da standen noch Weihnachtskugeln in einem Karton, aus Glas. Eine war dünner als die anderen, durchsichtiger, fast wie eine Seifenblase. Ich legte sie auf meine flache Hand, sie wog so gut wie nichts.

Sam kam zu mir, während er sich die Hände mit einem Küchentuch abwischte.

»Sie sind schön, nicht wahr?«

»Sehr schön … aber zerbrechlich. Wenn sie zerbrechen, verteilen die Splitter sich überall.«

»Das ist gut, Sie scheinen mir heute sehr positiv zu sein. Wann reisen Sie ab?«

»Sonntag vermutlich.«

Er legte die Kugel in den Karton zurück.

Stellte den Karton auf einen Stuhl.

»Ich schenke sie Ihnen … Nehmen Sie sie mit nach Hause, nach Saint-Étienne oder wohin auch immer … Die kauft jetzt nach Weihnachten sowieso keiner mehr.«

»Es wird ein anderes Weihnachten kommen, Sam …«

»Ja, aber bis dahin ist der Laden verkauft. Hoffe ich jedenfalls …«

Ich konnte den Karton unmöglich im Zug mitnehmen und bat ihn, ihn mir für ein nächstes Mal aufzuheben.

Er nahm mich am Arm und zog mich in die kleine Küche.

»Wussten Sie, dass man die Tannenbäume früher schmückte, indem man echte Früchte an ihre Zweige hängte? In einem Jahr waren die Früchte wegen der Kälte schlecht geworden, und da hatte ein Glasbläser die Idee, sie durch Glaskugeln zu ersetzen. Sie waren so hübsch, dass im nächsten Jahr alle welche wollten.«

Er warf die Spaghetti in das kochende Wasser im Topf. Stellte zwei Teller auf den kleinen Tisch.

»Ich habe kein Brot, aber oben im Schrank müssen noch

irgendwo Kekse sein, ein kleines viereckiges Paket, wenn Sie nachschauen könnten …«

Ich öffnete den Schrank. Auf dem Brett fand ich inmitten eines bunten Durcheinanders die Kekse. Ich wollte ihn gerade wieder schließen, als mein Blick von etwas hell Glänzendem angezogen wurde.

Da lag ein silbern angemalter Schädel.

»Das ist eine Vanitas«, sagte der alte Sam, während er die Nudeln umrührte.

Er machte das Feuer aus. Ließ sie zugedeckt fertig kochen. Er nahm den Schädel in seine Hände.

Es war ein menschlicher Schädel, auf den drei künstliche Schmetterlinge mit ausgebreiteten Flügeln geklebt waren.

Ich näherte mich. Durch ein eigenartiges Phänomen war der Glanz verschwunden, und die Farbe wirkte plötzlich als Spiegel, in dem sich mein Gesicht auf dem Schädel spiegelte. Ich wich zurück, der Eindruck verschwand, und der blendende Glanz erschien wieder.

Bei jeder Bewegung wechselten die rosa Farbtöne in ein Blasslila.

Ich spiegelte mich in diesem Schädel wie in einem Spiegel. Und wurde wieder zu blendendem Licht, sobald ich mich entfernte.

»Ist das ein echter Schädel?«

»Ja. Aus Knochen, der verrotten kann … Und diese Schmetterlinge sind anscheinend ebenfalls echt, präpariert. Ich lebe schon lange mit ihm.«

»Wo haben Sie ihn gefunden?«

»Bei einem Cousin, der einen Trödelladen in Lyon hat. Ich zeige ihn niemandem, das erschreckt die Leute. Finden Sie das nicht gruselig?«

»Nein.«

Er nickte und streichelte den Schädel mit der flachen Hand.

»Ich auch nicht. Manchmal habe ich sogar das Bedürfnis, ihn hervorzuholen. Für mich ist er eine wertvolle Gedächtnisstütze, die mir hilft, niemals zu vergessen, was wir sind und wozu wir einmal werden.«

Und dann sagte er, die Spaghetti seien fertig. Er fügte Butter hinzu. Schnitt flache Streifen von einem Parmesan ab und sah mich auffordernd an, das Stück zu probieren, das an seinem Messer haftete.

»Dieser Parmesan kommt aus Italien, aus der Provinz Modena, ein echter Parmigiano reggiano, ein Lastwagenfahrer bringt ihn mir mit.«

Er stellte die Schüssel auf den Tisch, neben die Vanitas.

Ich war fasziniert von dem Schädel, der glänzte und mir zugleich ein verstörendes Bild des Todes bot.

»Der Tod macht mir Angst…«, sagte der alte Sam, »die Unsterblichkeit aber auch.«

Er nahm meinen Teller.

»Können Sie sich vorstellen, was ein Leben wäre, das nicht endet? Was für einen Geschmack dieser Parmesan bekäme, obwohl er hervorragend ist? Diese Notwendigkeit, das zu ertragen? Die Ewigkeit… Lassen Sie sich diesen Gedanken ein paar Sekunden lang durch den Kopf gehen, während ich Ihnen die Nudeln serviere, Sie werden sehen… Und dann erzählen Sie mir, was Sie diese Woche gemacht haben.«

»Wenn ich zu wählen hätte, wäre mir ein Stückchen Ewigkeit schon lieber.«

»Die Ewigkeit bekommt man nicht stückweise. Sie ist ein Ganzes. Wie Gott.«

Er tat uns auf.

Ich entfernte mich von dem Schädel, und mein Spiegelbild verschwand und löste sich in Licht auf.

»Glauben Sie an Gott?«

»An den Gott der Kirchen? Nein … Ich weiß nicht … Gott ist ein Ausdruck … schließlich muss man diesem eigenartigen Gefühl einen Namen geben, der Idee, dass es möglicherweise etwas danach gibt … Ich glaube eher an Kräfte. Und Sie?«

»Ich frage mich …«

»Es heißt, derjenige, der weder Gutes noch Böses macht, sei dazu verdammt, durch die Vorhölle zu irren, verfolgt von Hunderten, Tausenden von Bienen.«

»Vermutlich, weil Gott die Verhaltensweisen, die dazwischen liegen, nicht mag.«

Er lächelte. Holte zwei Bier aus seinem Eisschrank. Er bedauerte, dass er für eine solche Unterhaltung nicht einen hervorragenden Wein da habe.

»Probieren Sie dieses Bier … Langsam. Man entscheidet nicht darüber, wie viele Tage man zu leben hat, aber man kann es so einrichten, dass es schöne Tage sind.«

Ich trank.

Er beobachtete mich aufmerksam.

»Mein Sohn hat recht, er sagt, dass Sie alles erst noch lernen müssen. Also, wie finden Sie dieses Bier?«

»Sehr gut.«

»Besser als den Tee?«

»Besser …«, sagte ich errötend. »Aber ich fange an, mich auch an Ihren Tee zu gewöhnen.«

»Sehr gut! Perfekt! Also, was haben Sie die ganze Woche getrieben? Macht Ihre Übersetzung Fortschritte? Man hat mir berichtet, Sie trieben sich mit Ihrer Schwester im Wald herum.«

Ich sagte, dass ich mit der Übersetzung bald fertig sei. Ich erzählte ihm von Ludo und von der Schule.

Er rollte Spaghetti um seine Gabel.

»Jean hat mir gesagt, sie seien mit ihm zum Steinhügel von Maldavie hinaufgefahren. Er hat sich gut benommen, hoffe ich?«

Ich errötete erneut.

»Verzeihen Sie mir, ich bin ein alter Esel… Ich versuche Ihnen Dinge anzuvertrauen und stelle mich ungeschickt an. Essen Sie, bevor es kalt wird.«

»Jean weiß Bescheid wegen der Asche… Er hat das Papier gefunden.«

Der alte Sam saß da, die Gabel in der Luft. Er sah mich einen Augenblick schweigend an. Die Augen glänzten vielleicht etwas blauer als sonst.

»Und?«

»Er ist einverstanden. Er sagt nur, dass es ziemlich weit ist, um Ihnen an Allerheiligen Chrysanthemen hinaufzubringen.«

Ich rief die Mädchen an, sie würden den Juli in Frankreich verbringen. Julie wollte mir denjenigen vorstellen, den sie als ihren Verlobten bezeichnete.

Zoé langweilte sich ein bisschen.

Ich hatte eine Nachricht von Pierre erhalten, er wollte wissen, was es Neues gebe. Gleich darauf vibrierte das Handy. Ich meldete mich, aber niemand antwortete. Ich drückte auf Wahlwiederholung.

Dann tippte ich die einzige Nummer ein, die ich von Curtil hatte, und ließ es klingeln. Und dann ging ich über die Straße, um mir Franckys neue Jukebox anzuschauen.

Dienstag, 15. Januar

Ich wartete, bis die Kellnerin herauskam. Ich machte das Foto und verließ sofort die Wohnung.

Gaby ging es noch immer nicht gut. Als ich bei ihr ankam, lag sie im Bett, sie hatte gerade Sauerstoff geatmet und hielt die Maske noch in der Hand, die große Flasche stand neben dem Bett.

Ihr war schwindlig. Sie sah verschwommen.

»Der Doktor war da, das kommt vom Sauerstoff.«

Sie brachte nichts hinunter. Seit zwei Tagen hatte sie bereits Fieber. Ihr Bauch war schwer unter dem Hemd. Der Kiefer schlaff. Ihre Lungen pfiffen, und ihre Stirn war schweißnass.

Nach dem Brand hatte sie gespuckt. Sie sagten, sie habe zu viel von diesem schwarzen Rauch eingeatmet, so sehr sie auch ihr Leben lang hustete, es würde immer etwas davon bleiben.

Ihr Kopf rollte auf dem Kissen hin und her. Die Laken waren wie Windeln um sie gewickelt.

»Mein Hals tut schon nicht mehr so weh …«

Sie nahm ihre Medikamente.

Philippe hatte etwas zu essen gebracht. Ich kochte einen Pudding, indem ich Vanillepulver mit Milch vermischte. Drei Minuten bei mittlerer Hitze stand auf dem Päckchen.

Die Göre kam nach Hause, Gaby döste. Es war Mittag vorbei.

»Hast du heute Vormittag keinen Unterricht?«, fragte ich.

Sie antwortete nicht.

Sie trug die Plastiktüte, in die Gaby immer ihren Kittel und ihre Pantoffeln tat. Sie hängte sie hinter die Tür.

»Bist du an Stelle von Gaby bügeln gegangen?«

Sie hatte sich mit dem Bügeleisen verbrannt, eine rote Stelle an ihrem Unterarm.

»Magnard hat dich das tun lassen …«

»Ob Gaby oder ich, das ist ihm egal.«

»Du musst in die Schule gehen …«

Sie stellte den Fernseher lauter.

Sie öffnete eine Tüte Chips.

»Die Chips werden doch wohl nicht dein Mittagessen sein.«

»Für heute muss das genügen.«

»Emma hat Gratin gebracht … Wenn du willst, können wir bei Francky zu Mittag essen.«

Sie drehte den Kopf, weil ein Wagen vorgefahren war. Das Geräusch einer Wagentür war zu hören. Ich blickte aus dem Fenster, es war der graue Wagen mit den schwarzen Streifen.

Gaby öffnete die Augen.

Die Göre rührte sich nicht, woraufhin Gaby sie anblickte und ihren wirklichen Namen aussprach, Vera. Es war das erste Mal, dass sie die Göre so vor mir nannte.

Sonst sagte sie nichts, nur das, Vera.

Die Göre stand widerwillig auf, nahm die Krawatte, trennte die Öffnung auf und nahm die Scheine heraus, die im Innern versteckt waren.

Sie zog ihren Blouson an und ging hinaus, ohne Gaby eines Blickes zu würdigen.

Ich sah, wie sie draußen den Kerlen, die warteten, das Geld gab. Wortlos.

Dann ging sie in Richtung Franckys Bar.

Ich ging zu Gaby. Ihre Stirn glänzte vom Fieber. Säuerlicher Schweiß bedeckte ihren Hals und durchnässte den Kissenbezug.

»Ich werde deine Laken waschen … Und dann wasche ich dich.«

Ich fand eine Schüssel unter der Spüle. Ich füllte sie mit warmem Wasser. Ein Waschhandschuh, Seife. Ich stellte die Schüssel auf den Stuhl neben ihrem Bett. Mit dem nassen Handschuh erfrischte ich ihre Stirn. Ich hob ihre Arme hoch, wusch die Achselhöhlen, die schwieligen Handflächen. Der Ehering hatte eine weiße Spur an ihrem Finger zurückgelassen, so etwas wie einen Ring des Schweigens.

Ich spülte den Waschhandschuh aus.

Ich öffnete die Knöpfe des Hemds. Seifte ihren Hals ein. Die schweren Brüste fielen unter dem Stoff und glitten auf den Bauch. Ein verletzlicher Bauch. Zur Schau gestellt.

Ich wusch den Körper, der derjenige meiner Schwester war, gleiches, aber doch fremdes Fleisch.

Ich hatte das noch nie für jemanden getan.

Nicht einmal für meine Mutter.

Ich spülte den Waschhandschuh erneut aus.

»Ich bin hässlich …«

»Nein, du bist nicht hässlich.«

»Warum schaust du mich dann an?«

»Ich wasche dich, da muss ich dich anschauen.«

Ich schob den Waschhandschuh unter das schlaffe Fleisch ihrer Brüste. In die schwarzen Haare, die büschelweise unter ihren Armen wuchsen.

»Es ist in deinen Augen zu erkennen, dass ich hässlich bin.«

Ich spülte noch einmal.

Schließlich beruhigte sie sich.

Sie schloss die Augen.

Als sie sauber war, betupfte ich den Waschhandschuh mit etwas Kölnisch Wasser, das sie zu Weihnachten geschenkt bekommen hatte, und fuhr mit dem parfümierten Waschhandschuh über ihren Nacken.

Ich half ihr aufzustehen. Dann wechselte ich die Laken, den Kissenbezug und die Kopfkissenrolle. Schüttelte die Kopfkissen auf.

Sie hatte sich an den Tisch gesetzt und beobachtete mich ruhig lächelnd.

»Du bist lieb«, murmelte sie.

»Nein, ich bin nicht lieb.«

Sie nickte.

»Doch, du bist lieb.«

Philippe rief mich an, um sich nach Gaby zu erkundigen, er könne erst am späten Nachmittag vorbeikommen.

Gaby schlief, als die Baronin kam. Sie sagte, sie werde wiederkommen.

Ich löste ein Kreuzworträtsel.

Ich öffnete den Vorhang zum Zimmer der Göre einen Spalt. Dahinter herrschte noch immer die gleiche Unordnung. Die verstreuten Kleidungsstücke. Das ungemachte Bett. Der Laptop ihrer Schule lag auf dem Kopfkissen.

Auf der Truhe lagen das Wörterbuch und der Kasten mit den Kreiden, aber die Zeichnungen waren verschwunden.

Ich hob den flachen Deckel hoch. Die Zeichnungen lagen in der Truhe, zusammen mit verschiedenen Gegenständen, wertlose Ketten, ein Plüschtier, Hefte.

Ich rührte nichts an.

Ich wollte den Deckel gerade schließen, als ich ein kleines Album bemerkte.

Ich nahm es.

Blätterte darin.

Dreißig Fotos in Plastikhüllen. Der Eingang eines Mietshauses, das Portal und die Nummer 12 an der Tür. Es folgte eine breite graue Straße mit Leuten in Mänteln auf dem Gehsteig. Ein düsteres, armes Viertel. Ich blätterte weiter. Ein Monument, das wie eine Kathedrale mit Bogengängen aussah. Das gleiche Gebäude, aus größerer Entfernung aufgenommen. Ein Treppenhaus mit einem Treppenflur und drei Türen. Drei erstarrte alte Männer nebeneinander.

»Du stöberst herum?«

Ich drehte mich um.

Gaby stand in ihrem dicken Hemd hinter mir.

»Was machst du da?«

»Ich habe nur geschaut.«

Sie kam zu mir, nahm mir das Album aus den Händen und legte es in die Truhe zurück. Sie schloss die Truhe. Legte das Wörterbuch und die Kreiden darauf.

»Diese Fotos gehören Ludo, sie gehen dich nichts an.«

Sie ging zur Spüle und schluckte ihre Medikamente mit etwas Wasser.

Sie schlief, zusammengerollt in der weichen Mulde ihrer Matratze, als es klopfte. Ich hatte keine Schritte gehört. Kein Geräusch.

Ich dachte, es wäre Philippe. Ich öffnete.

Die Frau des Onkels stand unten vor den Stufen. Es war das erste Mal, dass ich sie so nah sah. Ich konnte sogar ihre Lider erkennen.

»Sie muss es heiß essen«, sagte sie und streckte mir eine Schale entgegen.

Der Inhalt war von einem geblümten Handtuch geschützt. Es roch nach Suppe.

Sie wollte noch etwas hinzufügen, aber ihre Lider schlossen sich. Um sie wieder zu öffnen, musste sie sich anstrengen, eine Anspannung ihres ganzen Gesichts, die Lider zitterten, die Muskeln arbeiteten, und mithilfe dieser Grimasse gelang es ihr, sie zu öffnen.

»Gaby schläft«, sagte ich.

Ihre Lider schlossen sich erneut. Und so sehr sie ihr Gesicht auch verzog, sie blieben geschlossen bis auf einen schmalen Spalt, durch den der weiße Augapfel erkennbar war.

Es war faszinierend.

Dieser Kampf dauerte noch ein paar Sekunden, dann öffneten sich die Augen wieder.

Diese seltsamen Lider machten es unmöglich, das ganze Gesicht zu betrachten, und ich hätte nicht zu sagen vermocht, wie diese Frau aussah, ob sie hässlich war oder nicht und wie alt sie war.

Auch ihre Augenfarbe hätte ich nicht angeben können.

Ich nahm die Schale, die sie mir hinhielt. Das Handtuch war gefaltet, die kochend heiße Suppe erwärmte das Steingut der Schale.

»Wir bringen Ihnen die Schale und das Handtuch zurück …«

Sie drehte sich um.

Ich ging in den Bungalow zurück.

Gaby richtete sich in ihren Kissen auf.

»Habe ich geschlafen?«

»Ein wenig.«

Sie atmete den warmen Geruch der Suppe ein.

»Hast du das gemacht?«

»Nein.«

»Emma?«

»Auch nicht.«

»Wer dann?«

Ich antwortete nicht. Ich wollte nicht lügen. Ich wusste, dass sie die Suppe ablehnen würde, wenn sie nicht erführe, wo sie herkam.

»Diego.«

Sie lächelte sanft, setzte die Füße auf den Boden und ging zum Tisch mit der Bemerkung, sie habe Hunger.

»Du müsstest in den Wald hinaufgehen und den Motor laufen lassen.«

»Heute?«

»Oder morgen. Aber heute wäre gut.«

Das Wetter war unsicher, aber es war noch heller Tag. Ich nahm die Abkürzung. In meinen Taschen befanden sich die Perlen meiner Halskette, ich ließ sie beim Gehen unter meinen Fingern rollen.

Der letzte Schnee hatte die Spuren unseres Schippens beseitigt. Es war nicht mehr zu erkennen, dass wir da gewesen waren. Dass wir das gemacht hatten.

Alles war ausgelöscht.

Der Wagen sprang beim dritten Versuch an, und ich ließ den Motor ein paar Minuten laufen. Dann ging ich zur Höhle, in der Hoffnung, den Fuchs wiederzusehen. Vielleicht eine Spur von Ludo zu finden.

Es wurde neblig, und ich machte mich auf den Rückweg.

Ich wählte den kürzesten Weg nach Hause, indem ich der Eisenbahnlinie folgte.

Ein Zug kam aus der Kurve und fuhr in Zeitlupentempo durch den Nebel. In Richtung Bahnhof. Langsam, ohne anzuhalten. Als wir mit Curtil in Grenoble gewohnt hatten, hatten wir die vorbeifahrenden Güterzüge betrachtet und gewettet, wie viele Waggons sie hatten.

Die Söhne des Onkels warteten an den Gleisen. Der Älteste nahm Marius' Seemannsjacke und schwenkte sie vor der Lokomotive. Wie die Capa eines Toreros. Er wich nicht zurück, als der Zug kam, er zog die Jacke erst im letzten Augenblick zurück, zog sie zur Seite, elegant, die perfekte Bewegung des Stoffs, der die Lokomotive fast streifte, ohne sie zu berühren.

Der Zug pfiff und fuhr vorbei. Der Junge sah mich herausfordernd an, sicher erwartete er, dass ich ihm Vorwürfe machte.

»Mit deinem Mut müsstest du eigentlich etwas Vernünftiges im Leben zustande bringen können«, sagte ich.

Ich begegnete seinem Blick und sah ein leichtes Zittern, und für einen kurzen Augenblick freute sich etwas in seinem Schädel eines Angebers, das verlorengegangen war.

Ich zog mir trockene Sachen an, machte mich ein bisschen zurecht und ging zu Francky, um eine heiße Schokolade zu trinken.

An einem Tisch sitzend, erzählte ein Typ in einem Rollstuhl jedem, der es hören wollte, dass er seine Beine in Afghanistan verloren habe. Er packte mich am Arm und zeigte mir seine Medaillen.

»Zwei Soldatenbeine, dort geblieben unter den Trümmern!«

Ich hatte keine Lust, mir die Geschichte seines Krieges anzuhören. Philippe war da. Ich ging zu ihm.

»Der Typ da war überhaupt nicht im Krieg, er hat Gicht gehabt, die Krankheit der Säufer, sie hat seine Kniescheiben kaputt gemacht, und man hat ihm die Beine amputiert.«

»Und die Medaillen?«

»Gekauft.«

Er kam von Gaby, sie hatte ihm gar nicht gefallen. Wenn es ihr morgen nicht besser ginge, würde er noch einmal den Doktor kommen lassen.

»Wann fährst du wieder?«

»Ich würde gern Sonntag fahren.«

Er nickte.

Wir verloren kein Wort über Curtil.

Die Tür ging auf, und zwei Männer kamen herein, sie lieferten eine Zapfanlage. Funkelnagelneu, für Biere von unvergleichbarer Qualität, sagte Francky, während er die Maschine hinter dem Tresen aufstellte.

Philippe stellte sein Glas genau in die Mitte seines Bierdeckels.

»Diese Zapfanlage ist Franckys Schleuse… Jetzt, da er sie hat, du wirst sehen, wird er endlich auch die Sitzbänke austauschen… und alles, was dazugehört. Er macht nur einen Umweg… nicht wahr, Francky?«

Francky drehte den Kopf.

»Nicht wahr was?«

»Dass du es behutsam angehen lässt. Du machst ganz kleine Schritte, verlierst aber dein Ziel nicht aus den Augen.«

Francky lachte.

Er überprüfte die Installation und das Funktionieren der Maschine und zapfte das erste Bier.

Auf der anderen Straßenseite gingen die Lichter des Sägewerks aus, und die Männer verließen die Werkstätten. Man konnte sie kaum erkennen, nur graue Schatten, die sich entfernten.

Mittwoch, 16. Januar

Als ich am Morgen beim Arbeiten war, sah ich den Volvo vorbeifahren und am Steuer die Göre, die ohne Führerschein fuhr.

Bevor ich draußen gewesen wäre, wäre sie schon auf und davon gewesen. Ich schaltete den Computer aus, nahm Emmas Wagen und erwischte sie auf dem Parkplatz des Hotels.

»Du hast mir doch gesagt, dass es dem Direktor egal ist, ob du bügelst oder Gaby?«

»Es ist ihm egal, ja …«

»Dann wird es ihm auch egal sein, ob du bügelst oder ich.«

Ich nahm ihr die Plastiktüte mit dem rosa Kittel und den Pantoffeln ab.

»Du gehst jetzt in die Schule.«

»Der Bus ist schon weg.«

Was konnte ich noch sagen!

»Dann gehst du nach Hause und wiederholst den Stoff.«

Im letzten Augenblick nahm ich ihr die Schlüssel des Volvos ab.

»Drei Kilometer zu Fuß ist nicht das Ende der Welt.«

Ich sah ihr nach.

Hinter der Tür lag ein langer Gang. Der Bügelraum befand sich im Keller.

Früher hatte ich die Kleidung der Mädchen und die Hemden ihres Vaters gebügelt, ich würde also auch ein paar Laken glatt bekommen.

»Die ganze heilige Familie gibt mir die Ehre«, sagte Magnard, als er mir auf der Treppe begegnete.

Ich bügelte den ganzen Vormittag. Das Bügeleisen war schwer. Es war die Hölle für die Unterarme.

Gegen Mittag brachte Magnards Frau mir ihre Klamotten und blieb da, an die Wand gelehnt, während ich sie bügelte. Sie nervte mich mit ihren Fernsehsendungen, *The Voice*, *Louis la Brocante*, sie kannte alle Episoden aus der Zeit, als Lanoux noch seine Stimme hatte, auswendig.

Sie wollte nicht eine Falte in ihrer Wäsche.

Ich kam zu spät für das Foto.

Der Tante-Emma-Laden war noch geöffnet, ich kaufte Brot und Schinken für Gaby. Eier und Milch. Ein paar Joghurts und Obst. Gebratene Putenbrust.

Ich musste zum Hotel zurück, um den Volvo zu holen.

Im Bungalow war es dunkel. Gaby wollte nicht, dass ich Licht machte. Das Licht tue ihren Augen weh. Ihr Gesicht war voller Schatten und blasslila Augenringen, die nicht verschwunden waren. Ich schnitt den Schinken auf einem Teller. Das Rosa wirkte schwarz.

Während sie aß, machte ich ihr Bett und entfernte die Pappe an den Fenstern. Ich vergewisserte mich, dass die Eichhörnchen Körner und Wasser hatten.

Die Schale, in der die Suppe gewesen war, stand noch auf der Spüle. Es war kein Geräusch zu hören außer Gabys rasselndem Atem. Und das Lachen von Marius und der Göre, die sich draußen eine Schneeballschlacht lieferten.

Ich ging zu Fuß zum Hotel hinauf, um den Volvo zu holen.

Die Göre kam mit Marius in den Bungalow, sie rempelten sich an und lachten, an ihren Kapuzen haftete Schnee. Marius ließ seine Handschuhe neben der Heizung. Er behielt seine Seemannsjacke an, seine Hände verschwanden in den Ärmeln.

Gaby öffnete die Augen einen Spalt.

»Was machen die beiden hier? Sind sie nicht in der Schule?«

»Es ist Mittwochnachmittag.«

Sie nickte. Wirkte ein wenig orientierungslos wegen des Fiebers.

Ich schlug die Eier in einem Teller und machte den beiden Arme Ritter. Ich öffnete das Fenster einen Spalt, um die Gerüche zu vertreiben.

Marius betrachtete Gaby und wollte wissen, in welchem Alter man alt würde und ob Kaninchen auch Karies bekämen.

Ich sagte ihm, Gaby sei nicht alt, nur krank. Was die Kaninchen betreffe, da wüsste ich nicht Bescheid.

Die Göre holte Teller aus dem Schrank. Sie trug einen buntgestreiften, sehr langen Pullover. Es war nicht genug Platz auf dem Tisch, daher verbannte sie die Kugel von Curtis in den Schrank, zusammen mit dem Senf, dem Salz und allen alten Zeitschriften.

»Bring das deiner Mutter zurück und sag ihr danke«, sagte ich zu Marius und stellte die Schale und das Handtuch zu seinen Handschuhen.

Er kniff die Augen zusammen.

Sie aßen das heiße Brot, das sie mit Zucker bestreuten. Marius war fröhlich. Ich versprach ihnen, einmal ein Krachgebäck für sie zu machen.

»Eine Torte aus mindestens dreißig Windbeuteln, gefüllt mit Creme mit Karamell, ihr müsst mir dabei helfen.«

Ich zeichnete ihnen ein Modell auf die Ecke einer Zeitung, einen pyramidenförmigen Turm.

Wir einigten uns auf den kommenden Samstag, ein Tag, an dem keine Schule war. Anschließend bereute ich es, weil es viel Arbeit war und auch, weil ich am Sonntag abreisen wollte.

Philippe kam, er brachte ebenfalls Schinken und Joghurt mit und eine Plastikdose mit Essen zum Aufwärmen.

»Du weitest dein Revier aus«, sagte er und fuhr Marius durchs Haar.

Er ging zum Bett und legte seine Hand auf Gabys Stirn. Sie öffnete die Augen.

Sagte, es ginge ihr besser. Sie würde das Licht ertragen.

Er nahm ein Bier aus Ludos Sixpack. Es war ein sehr dunkles, fast schwarzes Bier.

Gaby schaute ihm zu. Sie sagte nichts. Dabei handelte es sich um das Bier, das sie für die Rückkehr ihres Mannes gekauft hatte.

Dazu der Geruch der Armen Ritter, die Geräusche, das Gelächter, das Licht und die Wärme, sie hatte das Gefühl, wieder etwas zu Kräften zu kommen.

Philippe sah, dass die Jacke Marius viel zu groß war. Er nahm seinen Gürtel ab.

»Komm mal her…«

Es war ein echter Ledergürtel mit einer Schnalle in Form eines Pferdekopfs. Er band ihn um Marius' Taille.

»Das ist kein Geschenk… Du gibst ihn mir wieder, wenn du einen anderen gefunden hast.«

Gaby stand aus dem Bett auf. Sie blieb einen Augenblick auf dem Bettrand sitzen.

»Du wirst wachsen, und eines Tages wirst du so groß sein, dass die Jacke dir zu klein sein wird.«

Sie steckte die Füße in ihre Pantoffeln. Ging zu den Eichhörnchen und betrachtete sie, jedes einzelne.

»Im Frühjahr werde ich sie freilassen.«

Sie wirkte plötzlich riesig.

Marius sah sie auf sich zukommen, reglos.

»Pass auf, dass du keine Fliege verschluckst«, sagte sie, weil sein Mund weit offen stand.

Sie sah den Tisch, und ihr Gesicht verfinsterte sich, sie runzelte die Stirn, blickte sich um, schaute auf das Regal und öffnete den Schrank. Sie fand die Kugel. Stellte sie wieder an ihren Platz, mit Nizza darin und dem Schneegestöber.

Am Abend konnte ich nicht mehr klar denken, so müde war ich. Ich aß zu Hause, eine Dose Thunfisch mit Mayonnaise aus der Tube. Brot aus der Zellophantüte.

Ich aß ein paar kandierte Maronen. Die Schachtel war jetzt ein bisschen zu groß für die restlichen Maronen.

Donnerstag, 17. Januar

Ich ging hinaus, um Gaby den zweiten Vormittag zu vertreten. Als ich den Käfer startete, sah ich den roten Schulbus vorbeifahren. Die Göre saß darin.

Ich erinnerte mich an den Bus des Heims, mittwochs fuhr er die Patienten bei schönem Wetter zum Spazierengehen in die Chartreuse. Die Leute nannten ihn den Bus der Bekloppten. Meine Mutter weigerte sich bis zum Schluss, in ihn einzusteigen. Man zwang sie nicht, sie blieb im Park und schaute den anderen beim Wegfahren zu.

Der Wäschehaufen wartete auf mich. Ich bügelte schnell. Schneller als am Tag zuvor.

Magnard kam, um mich zu kontrollieren. Er erkundigte sich nach Gaby.

Es wurde auch heute nichts mit dem Foto.

Ich kaufte im Tante-Emma-Laden die Sachen ein, die ich bis zum Ende meines Aufenthalts brauchte, und auch die Zutaten für die Windbeutel und den Karamell. Die Kundinnen blickten zu Boden. Der Besitzer tat alles in einen Karton und wünschte mir einen schönen Tag.

Man erkundigte sich nicht mehr nach Curtil.

Ich ging nach Hause.

Auf dem Tisch standen noch die Schachtel, die ich am Abend zuvor geöffnet hatte, die leere Thunfischdose, der Teller mit den Ölspuren und dem Blumenmuster und die zerknitterte Serviette.

Ich ging zu Gaby, sie lag immer noch im Bett, hatte aber kein Fieber mehr.

Auf dem Rückweg machte ich Halt bei dem alten Sam. Er war nicht da, sein Laden war geschlossen.

Ich sah seinen Wagen vor Philippes Haus.

Ich fand ihn ganz allein in dem Raum der Herbarien.

Als ich hereinkam, lächelte er.

»Liebe Carole …«

Er trug eine Wolljacke, ein kariertes Hemd mit einer Weste darüber und einen komischen Hut. Die Neonleuchten brannten, und auch die Schreibtischlampe neben ihm war an.

»Ihr Bruder ist hinter den Wilderern her, Emma demonstriert vor der Präfektur, und Yvon … Diese Leute haben volles Vertrauen, sie legen den Schlüssel für mich hinter den Geranientopf.«

Ich freute mich, ihn zu sehen.

Ich zog meine Jacke aus.

Die Ente mit dem roten Schnabel war in einen Glasschrank gestellt worden. Auf dem Tisch stand ein Mikroskop. Niemand hatte die Hermeline angerührt.

Ich ging um den großen Tisch herum.

»Sie müssen entschuldigen, es gibt keinen Tee hier«, sagte Sam.

Er war dabei, eine Pflanze mit zahlreichen dunklen, gezackten Blättern mit der Klinge eines Cutters, die er zwischen Stiel und Papier geschoben hatte, abzulösen. Er legte sie auf eine neue Unterlage.

»Sie muss in das Herbarium der giftigen Pflanzen eingeordnet werden, zusammen mit der Herbstzeitlosen, der Schwarzen Tollkirsche, den Beeren des Schwarzen Nachtschattens, der Mistel, der Stechpalme, dem Liguster …«

Die Namen waren mit schwarzer Tinte geschrieben worden.

Weißdorn, Dill, Johanniskraut, schwarze Edelraute. Goldkrokus, Hirschkolbensumach, Glöckchen-Lauch …

Weitere Herbarien lagen aufgeschlagen auf dem Tisch, diejenigen der essbaren Pflanzen und der Gewürzpflanzen. Ein Herbarium mit Arzneipflanzen.

»Ich verstehe mich gut mit diesen alten Heften«, sagte Sam.

Nachdem er die Pflanze abgelöst hatte, blätterte er um.

»Die hier ist eine Schwalbenwurz. Ich liebe sie auch wegen ihrer Schönheit und der Brutalität ihrer Namen. Das ist ein Bazillenkraut, und hier haben wir die *Narcissus dubius*. Sehr bedrohte Arten.«

Er zeigte mir diejenige, die er als nächste restaurieren wollte, ein Stiel mit getrockneten Blüten, und nannte mir den französischen Namen, *muscari à grappes* (Weinbergs-Traubenhyazinthe) und den lateinischen, *Muscari neglectum*.

»Finden Sie das nicht wunderbar?«

Während er die Blume ablöste, erzählte er mir einen Film, den er am Abend zuvor gesehen hatte und in dem Vincent Lindon einen verheirateten Mann spielt, der in die Lehrerin seines Sohnes verliebt ist und alles aufgeben will, um diese Liebe zu leben.

»Ich war erschüttert … Ich habe geweint, wissen Sie, am Ende, wenn er verzichtet. In jedem Leben geht es nur darum, die Liebe, der Mangel, die Verbote. Wenn alles gutgeht, beendet man es mit ruhigem Gewissen. Aber es ist selten, dass alles gut geht.«

Er klebte die Pflanze auf, erst ein Blatt, dann ein zweites.

»Wären Sie bereit, eine solche Liebe zu leben? Alles für eine große Leidenschaft zu opfern? Man träumt davon, alle wollen es, aber wer ist schon dazu fähig?«

Die vorgebeugte Haltung war unbequem für ihn, er stand auf, um ein paar Schritte zu machen.

»Ich erinnere mich, als Jean geboren wurde, er war erst ein paar Stunden alt, und ich hörte sein Herz unter meiner Hand schlagen. Ich habe nie etwas gehört, das so bewegend war wie dieses Kinderherz … Danach bin ich nie mehr allein gewesen.«

Ich erinnerte mich an Julies Geburt, als ich sie das erste Mal auf meinem Körper liegen hatte, sie hatte sich an mich geschmiegt, sie hatte gewusst, dass ich ihre Mutter war. Instinktiv war sie auf mir bis zu meinen Brüsten gekrochen.

Er hob ein weiteres Blatt Pergamentpapier hoch. Darunter brüchige Blütenblätter, die zerkrümelten. Er sammelte sie unter einem Streifen Tesafilm.

»Das ist eine Beschäftigung, die viel Geduld verlangt, aber ich habe das Gefühl, wenn ich fertig bin, habe ich etwas Menschlichkeit gerettet.«

Er lächelte.

»Das muss Ihnen ein wenig anmaßend vorkommen.«

Er schob ein Herbarium vor mich.

»Ein Schopflavendel, wenn Sie sich darum kümmern wollen …«

Ein Cutter. Ein neues Blatt Papier. Er setzte seine Arbeit fort. Es roch nach Klebstoff.

Die Wurzeln, der Stiel, die Blüte. Die Pflanzen waren zerbrechlich, man musste vorsichtig mit ihnen umgehen. Bei manchen waren die Etiketten unvollständig, verblasst oder verschwunden.

»Die größte Einsamkeit«, sagte Sam, »ist, wenn keiner mehr Ihre Erinnerungen teilt … Wenn keiner Sie mehr als Kind gekannt hat, wenn niemand mehr Ihre Vergangenheit, ihre Jugend kennt. Sie können nicht mehr von sich sprechen, also ziehen Sie sich zurück und schweigen.«

Ein flüchtiges Lächeln erhellte sein Gesicht.

»Ich liebe das Leben unendlich … Und ich habe auch

schreckliche Angst, es zu verlieren. Ich kenne niemanden, der nicht Angst hätte.«

»Mir macht es Angst, alt zu werden. Man verliert die Lust an den Dingen.«

»Man müsste den Freitod wählen wie Dido, die sich in die Flammen stürzte …«

»Oder Eurydike, die sich erstach …«

»Iokaste hat sich erhängt, als sie begriff, dass sie ihren eigenen Sohn geheiratet hatte, und die schöne Ophelia hat sich aus Verzweiflung ertränkt, weil sie glaubte, ihr Geliebter habe sie verlassen.«

»Curtil sagt, die Langeweile sei schlimmer als der Tod, eines Tages löscht sie das Verlangen aus wie nasse Finger die Flamme einer Kerze.«

Er antwortete nicht. Er hatte keine Lust, über Curtil zu reden.

Er hielt inne, um die Pflanze, mit der er beschäftigt war, zurechtzurücken. Seine alten, dürren Hände arbeiteten behutsam und präzise.

»Kinder werden geboren. Menschen sterben, die Lebenden knien nieder und weinen. Und diejenigen, die weinen, werden etwas später ihrerseits beweint und das ewig so weiter.«

Er deutete mit dem Finger auf den Schopflavendel. Ich schob die Klinge unter den Stiel. Langsam löste ich die Pflanze ab, wie ich es bei ihm gesehen hatte. Mit kurzen Bewegungen. Der Cutter kratzte über das Papier, das wie mumifizierte Haut war.

»Als ich geboren wurde, grub meine Mutter ein Loch im Wald und begrub meine Nabelschnur. Dann nahm sie eine Handvoll Erde von dort und gab sie mir, als ich in dem Alter war, sie zu empfangen.«

Sam hob den Kopf.

»Was haben Sie damit gemacht?«

»Ich habe sie behalten.«

»Warum?«

»Es ist ein Ort. Ich komme von diesem Ort.«

Er setzte seine Arbeit fort.

»In einem Land, ich habe vergessen, in welchem, gibt es nicht genug Erde, um die Toten zu begraben, also überlässt man die Leichen den Raubvögeln, sammelt die Knochen ein und zerkleinert sie mit heftigen Schlägen in einem Sack, um sie zu Staub zu zermahlen. Anschließend verstreut man alles im Wind.«

»Haben Sie Angst vor dem Tod?«

»Es stimmt, dass ich mir manchmal Dinge vorstelle. Man darf vielleicht nicht zu viel Angst haben …«

Er klebte das obere Blatt der Pflanze mit Tesafilm fest. Ich klebte den Lavendel auf seine neue Unterlage. Wir arbeiteten eine ganze Weile, ohne zu reden. Vermutlich, weil wir in diesem Raum ohne richtiges Fenster, umgeben von all diesen Herbarien voller getrockneter Pflanzen, wie zwei Verrückte wirkten.

»Ich kann das nicht lesen«, sagte ich und zeigte ihm das Etikett.

»Mädesüß … und dann der lateinische Name, unleserlich. Wir werden ihn später heraussuchen.«

Er wandte sich jetzt den zerbrechlichen Dolden eines Schierlings zu.

Er hielt inne, um mich zu beobachten.

»Arbeiten Sie langsamer … Eine Seite nach der anderen. Man darf nicht zu schnell fertig werden wollen … Eines Tages wird jemand hier sein, an unserer Stelle, und die letzte Pflanze des letzten Herbariums aufkleben, aber ich bin mir nicht sicher, ob derjenige, der das tun wird, glücklicher sein wird als wir, die wir noch so viel Arbeit vor uns haben.«

Nachdem er mit dem Schierling fertig war, stand er auf, um das kleine Klappfenster zu öffnen, das auf die Wiese ging. Der Tag war fast vorüber.

»Wir sollten gehen.«

Er nahm mit der Fingerspitze ein paar Flocken auf und legte sie unter das Deckglas des Mikroskops.

»Kommen Sie und schauen Sie …«

Ich presste mein Auge an die Linse. Die Flocken auf dem Glas sahen aus wie Sterne oder Blüten. Ich drehte an dem Rad, um eine stärkere Vergrößerung einzustellen.

Der alte Sam nahm seinen Mantel.

»Keine zwei Flocken gleichen einander. Und sie schmelzen, wenn man sie berührt. Wenn Sie bleiben, werden Sie bemerken, dass die Leute hier wie diese Flocken sind …«

»Von unerhörter Schönheit?«

»Ja … und auch aus einer komplexen Legierung bestehend.«

Gaby zog sich an.

»Es geht mir besser. Ich huste nicht mehr.«

Sie schloss den letzten Knopf ihres Hemds.

»Philippe sagt, dass, wenn man alle Tiere der Erde in die Waagschale einer Waage tut und alle Regenwürmer in die andere, die Würmer schwerer wögen. Selbst wenn die Elefanten und Wale dabei wären!«

»Warum erzählst du mir das?«

»Weil ich nicht weiß, ob ich das glauben soll.«

Wir lachten.

Sie hatte Hunger.

Ich lud sie und die Göre zum Abendessen bei Francky ein. Ich rief Philippe an, ob er mit Emma kommen wolle. Gaby mummelte sich in ihren Mantel ein.

Paella mit echtem Lammfleisch stand auf der Karte, die Gerüche breiteten sich bis über den Parkplatz aus. Im Speiseraum waren fast alle Tische besetzt. Wir fanden einen Vierertisch und stellten noch einen fünften Stuhl dazu.

Als Gaby die Zapfanlage sah, musste sie lachen.

»Er wird sie schließlich doch noch austauschen, die Sitzbänke«, sagte sie.

Der Mann mit den falschen Medaillen winkte mir. Der Mann mit dem Zigarettenroller war ebenfalls da.

Philippe kam mit Yvon. Emma war noch auf einer Versammlung. Die Göre und Yvon setzten sich ans Ende des Tisches mit einer Freundin, die sich mit ihrem Teller zu ihnen setzte.

Francky servierte uns die Paella in Tellern, die wie Schüsseln aussahen. Er freute sich über seine Zapfanlage und die Jukebox. Er musste noch den präparierten Hirschkopf rausschmeißen, der an der Wand hing, das war sein nächster Schritt.

Gaby kaute langsam. Zwischen zwei Bissen hob sie den Kopf und betrachtete die Trophäe. Sie hatte keinen besonderen Hunger, aber ich sah, dass es ihr gut tat, unter Leuten zu sein.

Sie erkundigte sich nach der Baronin. Wollte wissen, ob der alte Sam seinen Laden verkauft hätte.

Sie sagte: »Morgen werde ich arbeiten gehen.«

Sie ließ die zu reichliche Portion Paella stehen und erhob sich, weil Diego aus der Küche gekommen war und sie ihm zeigen wollte, dass sie wieder gesund war.

Sie ging durch den Raum zu ihm.

Yvon, die Göre und das andere Mädchen sprachen über die Musik, die sie sich auf ihre iPhones herunterluden.

Ich blieb allein mit Philippe.

Diego grüßte uns mit einer Kopfbewegung. Gaby und er unterhielten sich miteinander. In dem allgemeinen Stimmengewirr konnte man nicht verstehen, was sie sagten, doch ich sah, dass Gaby lachte.

»Was wäre passiert, wenn ich dort, im Speicher geblieben wäre?«

Philippe hatte keine Lust, darüber zu reden. Ich insistierte.

»Wenn Mama Gaby mitgenommen und mich zurückgelassen hätte? Unser Leben wäre sicher anders verlaufen.«

»Nicht unbedingt.«

Gaby erklärte Diego irgendetwas mithilfe ihrer Hände.

»Sie muss sich entsetzlich im Stich gelassen gefühlt haben, als sie uns hintersteigen sah?«

Philippe antwortete nicht.

Gaby kam mit sechs in Papier eingewickelten Scheiben Eis zurück. Sie legte sie auf unsere Teller. Unter dem Goldpapier zwei Streifen Vanille-Erdbeere.

Yvon, die Göre und das Mädchen aßen ihren Nachtisch am Tischkicker.

Gaby setzte sich wieder zu uns. Sie faltete das Papier auseinander.

»Worüber habt ihr gesprochen?«

»Über nichts …«, sagte Philippe.

»Man spricht nicht über nichts!«

Sie sah mich fragend an. Ich war etwas verlegen.

»Ich habe Philippe gefragt, was sich in meinem Leben geändert hätte, wenn Mama dich als Erste gerettet hätte … Das ist nicht nichts! Diese Frage darf man sich doch wohl stellen?«

Gaby legte das Papier ganz flach auf den Boden ihres Tellers.

»Dann würdest du jetzt Sauerstoff atmen«, sagte sie.

Mit der Spitze ihres Löffels zeichnete sie Linien auf das Eis. Sie sah mich an, den Kopf zur Seite geneigt.

»Noch etwas?«

»Ja …«

»Was?«

»Was hast du gedacht, als du uns drei unten im Hof gesehen hast?«

»Und ich oben hinter der Dachluke war?«

»Ja.«

Die Wölbung des Löffels verharrte reglos auf dem Eis, das Gewicht ließ ihn langsam in die Vanillecreme einsinken, die weich wurde.

Gaby kniff die Augen zusammen. Sie zog eine Furche in das Eis.

Auf ihrem Gesicht erschien ein zartes, fast glückliches Lächeln.

»Meine kleine Schwester ist gerettet, das habe ich gedacht.«

Die Sanftheit ihres Lächelns schnürte mir die Kehle zu, und ich bekam kaum noch Luft.

Ich sagte, dass ich eine rauchen wolle. Ich gab Francky ein Zeichen und bezahlte das Essen. Philippe und Gaby blieben, um ihr Dessert aufzuessen und einen Kaffee zu trinken.

Ich ging hinaus. Vom Parkplatz aus sah ich ihre beleuchteten Profile hinter dem großen Fenster. Sie unterhielten sich miteinander. Sprachen sie über mich? Und wenn ja, was sagten sie?

Ich fühlte mich an den Rand gedrängt. Was war geschehen? Hatten wir uns so sehr verändert, seit wir sechs waren? Nein, man verändert sich nicht, oder nur wenig. Kaum. Ich dachte an Curtil, an meine Mutter. An die anderen, diese alte Quelle, aus der ich kam. All die anderen, sogar diejenigen, die ich geliebt hatte, die mich geliebt hatten, und die zu meiner Geschichte gehörten. Ich dachte an den Vater der Mädchen. Ich habe nie gehasst. Ich hatte Wutanfälle, die wie Gewitter waren, Ausraster, die alles mit sich rissen, aber sie dauerten nie lange.

Was also hatte ich letzten Endes gemacht?

Ich verbinde die Mädchen mit ihrer Vergangenheit durch meine Erinnerungen an sie, an ihre Kindheit, durch all die Dinge, die ich weiß und die sie mich eines Tages werden fragen können.

Diese winzig kleinen Dinge.

Ich habe Erinnerungen für sie.

Die Erinnerung an sie.

Ich habe alles bewahrt.

Auf der anderen Seite des Fensters trank Gaby ihren Kaffee. Philippe sprach zu ihr. Sie hörte zu. Ich überlegte, wieder zu ihnen zu gehen. Dieser Ort war rau, aber ich hatte mächtige Wurzeln hier. Wie hätte ich gelebt, wenn ich nach Le Val zurückgekehrt wäre? Ich wollte nicht daran denken. Man idealisiert stets jede Rückkehr.

Ich überquerte die Straße.

Die Umrisse der beiden Bulldozer zeichneten sich im Halbdunkel ab. Daneben der Baggerlader, die Transparente und die bunten Graffiti.

Trotz der späten Stunde fuhren immer noch ein paar Laster vorbei.

Ich würde abreisen. Nach Saint-Étienne zurückkehren. Was würde ich danach tun? Pierre hatte mir weitere Übersetzungen angeboten. Im Sommer könnte ich ein Haus am Meer mieten und arbeiten mit Blick aufs Meer, ich könnte auch Klavierspielen lernen, ich träumte schon lange davon.

Das Sägewerk lag im Dunkeln. In den Werkstätten brannte kein Licht, nur ein rotes Lämpchen leuchtete hoch oben. Ein flackerndes Licht, das der Wächter erst am Morgen ausschaltete.

»Müde?«

Ich zuckte zusammen.

Jean lehnte an der Wand, mit dem Rücken an den Brettern. Ganz allein, alle anderen waren bereits gegangen.

»Normalerweise machst du das nicht«, sagte er mit seiner trägen Stimme.

»Was mache ich nicht?«

»Du treibst dich nicht bei den Bulldozern rum.«

Meine Augen gewöhnten sich an das Halbdunkel, und ich konnte sein Gesicht sehen. Sein Jeep stand etwas weiter weg.

»Komm … Von hier aus sieht man den Mond zwischen den Dächern und den Polarstern direkt daneben.«

Er streckte die Hand aus. Er war zwei Schritte entfernt. Vielleicht drei. Ich hörte ihn atmen. Ich ging auf ihn zu.

Ich konnte ihn fast berühren. Ich hätte es nur zu gern getan.

Der Polarstern leuchtete hell.

Ich blickte dorthin, wohin er deutete, der Mond zwischen den Dächern.

»Man nennt diesen Augenblick des Abends wegen dieses erstaunlichen Himmels die blaue Stunde.«

Ich stand neben ihm. Ich betrachtete den Himmel und alle Sterne dort oben.

»Wann reist du ab?«

»Ich müsste eigentlich schon weg sein.«

»Dann habe ich ja Glück …«

Er lächelte. Ich nahm den Geruch seines Pullovers wahr. Ich war in die Vergangenheit zurückgekehrt. Als ich fünfzehn war in Sourdeval. Alles vermischte sich. Ich hätte mich nur zu gern an ihn geschmiegt. Mit meinem ganzen Körper, den Schenkeln, den Wangen, dem Bauch.

»Du zitterst?«

»Das ist die Kälte.«

Er drehte den Kopf, sein Blick richtete sich in die Ferne,

wo die Bretter waren, zum Ende des Lagers, ein Dach ohne Wände, das den Maschinen als Unterstand diente.

»Du hast mir nicht geantwortet … Wann reist du ab?«

»Am Sonntag.«

»In drei Tagen?«

»Ja.«

»Und danach?«

»Danach weiß ich noch nicht.«

»Werden wir uns wiedersehen?«

»Vielleicht.«

»Nur vielleicht? … Dann muss man nach allen Strohhalmen greifen …«

Sich an allen Strohhalmen festklammern, das bedeutete nicht viel.

»Man muss daran glauben«, murmelte er. »Denn sonst …«

An was glauben? Und sonst was? Nicht die geraden Linien sind interessant, dachte ich, sondern die Umwege.

Wir werden uns das ein andermal sagen.

An einem anderen Tag.

Er drehte den Kopf und richtete seinen Blick erneut auf diesen Ort in der Nacht. Ich hatte das Gefühl, jemanden zu sehen. Eine Gestalt. Nichts Sicheres.

Es war das Leben, dieses komische Leben, das weiterging.

Ich streckte ihm die Hand entgegen. Eine behandschuhte Hand. Es war nicht sehr elegant.

Nicht sehr wohlerzogen.

Er zögerte.

Ich kannte sein Gesicht, seine Art zu lächeln, zu rauchen. Das alles war in meiner Erinnerung.

Er wusste nicht, wie gut ich ihn kannte.

Er blickte noch immer zum Ende des Weges und zog mich an sich. Plötzlich. Er schloss seine Arme um mich wie ein

Schraubstock. Sein Parka war offen, ein Futter aus Wolle und eine Weste mit einem Reißverschluss. Futter, Weste, mein Gedächtnis speichert solche Dinge. Meine Wange stieß an den kalten Reißverschluss. Ich schob meinen Kopf etwas zur Seite, um nur die Wolle zu spüren, und vergrub mein Gesicht darin, atmete den warmen Geruch des Zopfmusters. Seine Herzschläge, die Wärme, ich nahm alles in mich auf, ließ alles in mich hinein, in mein letztes Gedächtnis, für später und für lange Zeit.

Ich dachte, wenn ich ihn anschaute, würde er mich küssen. Mit mir kommen. Die andere verlassen. Konnte ich diesen Blick noch einmal einsetzen? Den, der meine Mutter gezwungen hat? Konnte ich Jean zwingen, mich zu wählen? Das wäre vielleicht das Schönste und Richtigste in meinem Leben.

Aber wäre das wirklich eine Wahl für ihn?

Wie konnte ich mir dessen sicher sein? Wie konnte ich das wissen?

Oder ob es nur für einen Augenblick wäre, eine Schwäche.

Ich spreizte meine Finger auf diesem Rücken. Ein anderer Rücken als der des Vaters der Mädchen. Ich war immer noch fähig zu lieben. Erneut zu lieben.

Ich war innerlich nicht tot.

Einen Augenblick lang war ich in Versuchung.

In Versuchung, es zu tun.

Mit weit geöffneten Augen zu ihm aufzuschauen.

Und dann sah ich das Haus, die Tanne, die er gefällt hatte, das zweisitzige Sofa, den Schal, die geblümte Weste und auch die Fotos des Glücks in den etwas zu kitschigen Rahmen.

Ich hielt meinen Blick auf die Sterne gerichtet.

Er löste sich von mir und nahm mein Gesicht zwischen seine Hände. Ich spürte seinen Atem.

Ich starrte den Mond und den Polarstern an.

Seine zögernden Lippen verweilten auf meiner Stirn, ein sanfter, warmer Kuss, der ruhig fortging, um Liebe mit meiner Seele zu machen.

Freitag, 18. Januar

Die Nacht war kurz gewesen, ich beendete die Übersetzung des Buches. Das letzte Kapitel müsste ich vielleicht noch einmal lesen. Ein paar Unklarheiten, die ich am Rand mit einem Sternchen versehen notierte.

Ich schickte Pierre eine SMS: *Ich bin fertig, ich glaube, es ist ganz gut geworden, aber ich behalte sie noch etwas.*

Er antwortete kurz darauf: *Du hast den Job gemacht, ich habe neue Sachen für dich.*

Ich trank einen Kaffee am Fenster.

Der Tag brach an und beleuchtete sanft die Gipfel.

Ich fühlte mich gut.

Um acht fuhr Gaby vorbei, sie stützte sich auf das Steuerrad, den Blick starr auf die Straße gerichtet, wie es ihre Gewohnheit war.

Franckys Kellnerin kam vor zwölf Uhr heraus, sie trug ein Kleid, das dermaßen grün war, dass es schon fast gelb aussah. Mit ihren orangefarbenen Haaren wirkten all diese Farben fast wie eine Symphonie. Sie stand eine Weile da, auf die Brüstung gestützt, und blickte zum Sägewerk.

Ich hatte das Gefühl, sie blickte auch zu meinem Fenster.

Ich fuhr in die Stadt hinunter, um die letzten zehn Bilder vom Balkon auszudrucken. Die Serie war unvollständig, was den betreffenden Zeitraum betraf, denn es fehlten mir die beiden Fotos von den Vormittagen, an denen ich Gaby im Hotel vertreten hatte.

Auf dem Rückweg brachte ich Emma den Wagen zurück, ich würde ihn nicht mehr brauchen, Gaby war wieder gesund.

Anschließend marschierte ich zügig bis zur Brücke. Wegen der Kälte floss der Fluss langsamer, und die Forellen waren noch unter dem Eis gefangen. Der Wasserdampf verwandelte sich in Reifsplitter, die den Boden mit einem durchsichtigen Film bedeckten.

Es war eisig in den Schatten.

Ich sah die Otter wieder.

Noch ein paar Wochen, und der Schnee würde schmelzen, und man würde erneut das Wildgras und die Farben der Blumen sehen. Die Erde würde auftauen, und die Gerüche würden wiederkehren.

Ich würde nicht mehr da sein.

Am Nachmittag ging ich ins Hundeheim. Sieben Welpen waren geboren worden, alle lebten, eine Mischung aus einem Wolf und einer Hündin. »Eine Tragezeit von genau dreiundsechzig Tagen!«, sagte die Baronin und zog mich mit sich zum Käfig.

Ich ging zu Francky, um zu bezahlen, was ich ihm für die Miete schuldete. Diese unerwartete Vermietung würde es ihm neben dem Streichen auch ermöglichen, die Wand zu den Werkstätten schalldicht zu machen. Und er würde die Arbeiten auch nutzen, um das Bullauge zuzumauern.

Ich versprach ihm wiederzukommen.

Ich ging zu der neuen Jukebox und las die neuen Titel.

Diego war dabei, seinem riesigen Puzzle ein paar weitere

Teile hinzuzufügen. Er war glücklich, weil es ihm gelungen war, ein bisschen von dem Fluss zu legen, in Blau-Grau, aber trotzdem Ton in Ton.

Er glaubte, dass sein Puzzle eine Stadt in den USA darstellte, Manhattan oder Boston … Chicago vielleicht. Er wusste es nicht wirklich.

Wenn er fertig wäre, würde er es ein paar Tage lang für alle sichtbar liegen lassen, bis er in der Stadt ein neues gekauft hätte.

Danach würde er dieses gnadenlos wieder einpacken. Ein paar Sekunden würden genügen, um all die zusammengefügten Teile mit den Händen hochzuheben und umzudrehen, voneinander zu lösen und kunterbunt durcheinander in den Beutel zurückzutun. Er würde es ohne Trauer dabei zu empfinden tun, ein fertig gelegtes Puzzle interessierte ihn nicht mehr.

Ich ging ins Internet. Ich tippte »Puzzle Ravensburger« in die Suchmaschine und sah, wie die Abbildungen aller von der Marke angebotenen Puzzles auf dem Bildschirm erschienen.

Unter den Puzzles mit dreitausend Teilen die Brücke von San Francisco bei Nacht, dasjenige, das Diego gerade legte.

Ich schaltete mein Handy ein, als ich die *Lanterne* verließ. Philippe hatte mehrere Nachrichten hinterlassen, ich solle ihn anrufen.

Oder vorbeikommen.

Im Archivraum saßen Emma, Philippe, Yvon und auch die Göre vor dem Computer.

»Was ist los?«

Philippe stand auf. Er war angespannt.

»Wo warst du?«

»Im Hundeheim.«

»Seit einer Stunde suche ich dich überall! Und kannst du dein Handy nicht einschalten? Und drangehen, wenn es klingelt?«

»Ist Curtil da?«

»Nein.«

»Was dann? Das Ende der Welt?«

Yvon deutete auf den Bildschirm.

»Wir suchten Bilder für die Website aus … Und beim Sichten des Rohmaterials haben wir etwas gefunden.«

Er ließ die Bilder vorbeiziehen, uninteressante Einstellungen, zu lange Nebelszenen, Gestalten, ein Zug, der direkt an der Kamera vorbeifuhr.

»Warum zeigst du mir das?«

Er klopfte mit dem Finger auf den Bildschirm.

»Schau genau hin.«

Verschiedene Einstellungen zogen vorüber, Halbdunkel und Nebel. Das Sägewerk. Eine Aufnahme der Straße in der Abenddämmerung. Die Kamera bewegte sich und verweilte schließlich auf einem langen Laster, der auf dem Erdwall parkte. Yvon hatte ihn herangezoomt und war dann auf das Gebäude gegangen. Nebelschwaden zogen durch die Luft, ohne irgendwo hängen zu bleiben.

Yvons Finger ruhten regungslos auf der Tastatur.

»Hast du nichts bemerkt?«

»Was?«

»Der Laster …«

Er fuhr zurück.

Es war ein langer Laster mit einer Plane. Yvon deutete mit dem Finger auf die rechte Seite des Bildschirms. Am äußeren Rand der Aufnahme kam eine Gestalt aus dem Nebel, ein Mann ging mit vorsichtigen Schritten an den Baracken vorbei, zögerte, unruhig, blieb stehen, blickte nach links und rechts und lief zum Laster.

Yvon hielt das Bild an. Er zoomte näher. Ein paar Sekunden lang war alles verschwommen, dann wurde das Bild scharf.

Er zentrierte das Bild.

Eine magere, sich wiegende Gestalt, das Gesicht ein paar Sekunden im Licht der Scheinwerfer.

Es war Ludo.

Yvon ließ das Bild weiterlaufen, und wir sahen, wie Ludo die Plane hochhob, sich ein letztes Mal umschaute und ins Innere des Lasters schlüpfte.

Wir sahen uns an. Alle.

Yvon behauptete, er habe diese Bilder am letzten Samstag gefilmt. Das war der Tag, an dem ich auf dem Rückweg vom Wald bei der Witwe gewesen war.

Ich bat darum, die Bilder noch einmal zu sehen.

Ich erinnerte mich an den italienischen Fahrer, an die beiden Kaffees, die er nach dem Essen getrunken hatte, um nicht am Steuer einzuschlafen. Der Laster war seiner.

»Gaby … Ich bin's … Carole …«

Ich sprach ihren Namen sanft aus, Gaby … Mehrmals … Gaby, ich bin's … Carole …

Ich ging auf sie zu.

Sie bewegte sich vor und zurück auf ihrer Betonstufe. Stumm. Abwesend. Desorientiert.

Sie hatte Ludo auf den Bildern erkannt, die Yvon ihr gezeigt hatte. Der Schock hatte sie auf der Treppe festgenagelt, die Arme um den Bauch geschlungen, mit herabhängenden Schultern und den Blick zwei Meter vor sich in die Erde gebohrt.

Sie trug das kleine weiße Kleid, das Magnards Frau ihr gegeben hatte, ein viel zu enges Chanel, in das sie sich trotzdem hineingezwängt hatte, ohne es allerdings schließen zu können, man hätte meinen können, es sei im Rücken zerrissen.

Der Träger des BHs schnitt ins Fleisch. Der Bauch spannte den Stoff. Die Arme schauten heraus. Dick.

»Gaby, verdammt …«

Sie hob den Kopf. Ich berührte ihre Hand. Sie machte sich los. Ihre Haare fielen über ihr Gesicht einer Schiffbrüchigen.

»Bist du schon lange da?«

»Ich weiß nicht …«

»Du wirst dich erkälten.«

»Ich muss nachdenken …«

»Du kannst auch drinnen nachdenken.«

Sie bewegte die Lippen. Sie drehte sich im Kreis. Ich setzte mich neben sie. Ihre breiten Schenkel schauten aus dem Kleid hervor. Etuikleid oder Zwangsjacke. Sie bewegte sich vor und zurück, den Körper gebeugt in dieser schrecklichen Haltung. Die Hände auf dem Bauch. Verwirrt. Man hätte meinen können, sie sei tot oder in einem Leichentuch gefangen.

»Er ist abgehauen …«, murmelte sie.

Die Haut ihres Rückens war grau. Ich hätte mir gewünscht, dass sie sich aufrichten würde. Dass sie etwas anderes anziehen würde.

»Abgehauen …«, wiederholte sie mit brüchiger Stimme.

»Wohin fuhr der Laster?«

»Nach Italien.«

»Er hat sich nicht sehr lange versteckt …«

Sie redete weiter, Wortfetzen, manche kaum hörbar.

»Das bedeutet jetzt also, jeder für sich …«

Ich zog meinen Blouson aus und legte ihn über ihre Schultern.

»Wir haben das alles also umsonst gemacht?«

»Nicht umsonst, Gaby.«

Eine Träne lief über ihre Wange. Langsam. Aufgequollen.

»Soll ich dir was sagen? Ich pfeif drauf, dass er abgehauen ist …«

Weitere Tränen folgten, quollen, rollten und fielen zur Erde, ohne dass sie sie abwischte. Der Blick erschien in ihnen.

»Ich bin immer allein zurechtgekommen, ich werde es auch weiter schaffen.«

Ich hätte gern etwas für sie getan, Worte gefunden für ihre wunderbare Menschlichkeit. Und für die Dummheit der anderen, die einem wehtun und einen verletzen. Deren Blicke scharf wie Messer sind. Deren Worte Rasierklingen sind. Sie fügen uns ganz besondere Verletzungen zu, ewige Schmerzen, die bei jedem anders sind. Und bei jedem vorhanden sind. Und uns einander annähern.

Und diese ständige Notwendigkeit weiterzumachen.

Ich hatte nichts von alledem laut gesagt, und doch weinte Gaby nicht mehr. Es war deutlich zu sehen, dass es in ihrem Kopf immer noch rumorte, doch aus der Tiefe ihrer Seele stieg langsam ein Lächeln auf ihr Gesicht.

»Meine Schwester …«, sagte sie.

Ein schmaler Streifen Licht, der in ihrem gewaltigen Körper vibrierte.

Sie richtete sich auf. Ihre Augen waren tränenverschleiert, ebenso wie ihre Stimme.

»Wir werden uns doch nicht von der Traurigkeit unterkriegen lassen, hm?«

»Wir werden uns nicht unterkriegen lassen, nein …«

Sie seufzte, während sie in der Ferne, am Ende der Straße, die Masten und die langen schwarzen Leitungen betrachtete. Und den Wald darüber, in dem wir so hartnäckig gesucht hatten.

»Ich werde mich an den Bungalow gewöhnen müssen …«

Samstag, 19. Januar

Der Raum, in dem ich seit ein paar Wochen lebte, hatte meine Gerüche und meine Angewohnheiten angenommen. Ich räumte ein bisschen auf.

Um elf wartete ich darauf, dass die Kellnerin auf den Balkon trat. Sollte ich die Serie fortsetzen? Ich hatte vierzig Fotos, das war eine runde Zahl. Auf einer Wand vier Reihen mit jeweils zehn Fotos, acht Reihen mit jeweils fünf oder zwei mit jeweils zwanzig.

Ich konnte noch ein letztes machen. Aber dann hätte ich vierzig Fotos plus eines. Und was sollte ich mit diesem einen machen? Es wäre von den anderen isoliert. Würde der Serie ihre Schlüssigkeit nehmen.

Ich beschloss aufzuhören.

Als die Kellnerin herauskam, rührte ich mich nicht. Ich betrachte sie lediglich, so wie man jemandem an seinem Fenster bei einer alltäglichen Tätigkeit zuschaut.

Anschließend nahm ich die Fotos ab.

Am frühen Nachmittag ging ich zum alten Sam. Als er mich sah, holte er ein Glas Sauerkirschen, er hatte versprochen, mich vor meiner Abreise von ihnen probieren zu lassen.

Ich setzte mich an den Tisch, wie am ersten Tag, als wir Tee getrunken hatten.

Ich hatte nicht viel Zeit, die Göre und Marius warteten auf

mich, es war der Tag, den wir gewählt hatten, um das Krachgebäck zu machen.

Ich schlug ihm vor, am frühen Abend vorbeizukommen und ein paar Windbeutel mit uns zu essen.

Er tat so, als habe er mich nicht gehört. Der Deckel des Glases wurde von einem breiten Gummiband verschlossen, er zog stark an der Zunge, und das Gummiband schnalzte.

»Diese Sauerkirschen kommen von dem kümmerlichen Baum, der hinter dem Laden überlebte und den ich Ihnen gezeigt habe. Erinnern Sie sich?«

»Ich erinnere mich.«

»Dann setzen Sie sich.«

Er servierte die Kirschen in Tassen. Es waren kleine dunkle Früchte mit dicker Schale, der Alkohol hatte ihr Fleisch aufgeweicht. Der Saft war stark.

»Ich fahre morgen.«

Er blickte auf, den Löffel in der Luft.

»Ich weiß nicht, was ich sagen soll …«

Er aß ein paar Kirschen.

»Und Ihr Vater, warten Sie nicht mehr auf ihn? … Sie sollten ihn holen.«

»Ich weiß nicht, wo er ist.«

»Nicht zu wissen ist kein Grund.«

Er stellte seine Tasse abrupt ab.

»Ich verstehe nicht, wie Sie so untätig bleiben können! Fahren Sie los, suchen Sie überall, in allen Städten, allen Straßen, allen Bordellen … Was weiß ich. Irgendwo muss er ja sein! Hören Sie nicht auf, ihn zu suchen, bevor Sie ihn nicht gefunden haben. Und ich bitte Sie, verlangen Sie eine Erklärung von ihm!«

Er hob sein Gesicht, ich begegnete seinem Blick und hatte das Gefühl, Jeans Augen zu sehen.

»Das würde er nicht wollen.«

»Was würde er wollen?«

»Dass wir auf ihn warten.«

»Es sieht eher so aus, als wollte er Sie vor allem nerven.«

»Sie mögen ihn nicht?«

Er entschuldigte sich. Er lenkte vom Thema ab mit irgendwelchen Bemerkungen über den Wald, die starken Bäume, die die schwachen sterben lassen, diejenigen, die sich gegenseitig das Licht streitig machen, und diejenigen, die gewinnen, indem sie die anderen ersticken.

»Ich hatte mich daran gewöhnt, Sie hier zu sehen, und ich glaube, Sie werden mir fehlen.«

Ich wusste nicht, was ich sagen sollte. In meiner Tasse waren noch etwas Saft und ein paar Kerne.

Er stand auf.

»Wie haben Ihnen die Sauerkirschen geschmeckt?«

»Ein bisschen weich …«

»Ein bisschen weich, ja … Es war das letzte Glas.«

Er bat mich, einen Kern auszusuchen.

»Ich werde ihn einpflanzen, wir werden sehen.«

Die Göre und Marius warteten vor der Tür auf mich.

Auf dem Tisch stand alles bereit, Mehl, Butter, Zucker, die Eier und die Milch für die Creme.

Die Eier aufschlagen, vier Minuten rühren nach jeder Eizugabe. Vier Minuten, nicht mehr, nicht weniger. Auf die Zeit achten. Den Ofen vorheizen. Marius las das Rezept vor, er las noch etwas zögernd, stolperte über manche Worte.

Wir rollten mit einem großen Löffel Teigkugeln und legten sie auf das gebutterte Blech.

Während die Windbeutel im Ofen waren, machten wir die Creme. Wir kochten die Milch mit der Vanille auf, die Göre passte auf. Marius rührte. Wir vermischten den Zucker und das Eigelb. Wir hätten ein Rührgerät gebraucht, aber wir hatten keins. Wir rührten mit einer Gabel. Ich warnte sie, es würde nicht genauso gut sein. Dann setzten wir uns um den Tisch und füllten die Windbeutel. Die Creme war gelb, dick, wir hätten einen Spritzbeutel gebraucht, aber wir hatten nur Löffel.

Während sie die Windbeutel füllten, machte ich den Karamell. Die Göre suchte im Wandschrank und fand eine große Platte, auf die sie neun Windbeutel im Kreis anordnete, die die Basis der Pyramide bilden würden.

Während ich den Karamell überwachte, schaute ich aus dem Fenster.

Marius stellte Fragen: Wie bilden sich die Flocken? Wie wachsen die Pilze? Wie hoch kann ein Baum wachsen?

Die Göre antwortete.

Franckys Kellnerin brachte Kisten heraus, die sie vor der Taverne stapelte. Sie ging mehrmals hin und her. Dann machte sie eine Pause in der kleinen Sackgasse mit den Mülltonnen, um eine Zigarette zu rauchen. Ich beobachtete sie, während ich gleichzeitig auf den Karamell aufpasste. Sie trug ein rosa Kleid und eine offene Weste. Sie wähnte sich unbeobachtet und lehnte sich lässig an die Wand, die Beine leicht gespreizt.

Die Göre folgte meinem Blick.

»Ach, da ist ja Jeans Straßenmädchen.«

»Warum sagst du das?«

»Gaby nennt sie so …«

Sie legte den gefüllten Windbeutel zu den anderen.

»Sie treffen sich bei Sam, es gibt eine Hintertür, durch die gehen sie rein.«

Ich spürte, wie meine Knie weich wurden. Die Kellnerin hatte sich in ihrer Sackgasse mit den Mülltonnen nicht von der Stelle gerührt.

»Du tratschst, das ist nicht schön.«

»Ich tratsche nicht …«

»Dann wiederholst du Tratsch, das ist noch schlimmer.«

»Ich habe sie gesehen. Sie kamen aus dem *Formule 1* am Eingang von Modane … Ich saß in einem Bus, wir kamen mit der Schule vom Skifahren zurück.«

Ich begegnete ihrem Blick.

Sie log nicht.

Der Karamell hatte die Farbe gewechselt, ich nahm ihn vom Feuer. Ich goss ihn über die erste Schicht von Windbeuteln. Es ging darum, die zweite Schicht etwas versetzt darüber zu kleben, ein Kreis, der kleiner ist als der erste, und immer so fort, damit sich eine Pyramide bildet. Man muss sich beeilen, bevor der Karamell erkaltet. Im schlimmsten Fall neigt sich die Pyramide und bricht zusammen.

Marius klebte einen Windbeutel fest.

Ich warf einen Blick zum Fenster.

Er drückte zu fest, der Windbeutel zerbrach unter seinen Fingern, sie lachten, hörten gar nicht mehr auf.

Ich fühlte mich eigenartig, leicht geschockt. Ich wollte mit ihnen lachen.

Die Kellnerin machte ein paar Schritte. Ich sah sie wieder vor mir, sie und Jean. Erinnerte mich an die Blicke, die sie bei Francky gewechselt hatten. Eine ganz besondere Sanftheit in seinem Lächeln, ein Amüsiertsein, als sie sich auf etwas plumpe Weise hatte anbaggern lassen.

Tja, also …

»Wir haben kein Karamell mehr!«

Ich drehte mich um. Sie hatten die Reihe der nächsten Windbeutel gefüllt und warteten.

Ich fühlte mich nicht ganz bei der Sache.

Ich machte neuen Karamell.

Sie klebten die dritte Schicht.

Und wir machten weiter.

Marius setzte den letzten Windbeutel, etwas kleiner als die anderen, oben auf die perfekte Pyramide. Der Rest des Karamells härtete zu durchscheinenden Stalaktiten aus, durch die das Licht drang. Sie sahen aus wie Bernstein.

Gaby ging als Erste über die Schwelle.

Philippe kam danach. Yvon kam ebenfalls, mit seiner Kamera, er filmte uns alle. Wir hatten das Krachgebäck draußen auf die Stufen gestellt, damit die Creme gut abkühlte.

Gaby fragte mich, ob alles in Ordnung sei, ich sähe nicht gut aus. Ich sagte ihr, es sei alles in Ordnung, ja, natürlich, was denke sie denn!

Wir legten einen Windbeutel für die Baronin zur Seite. Fünf für die Familie von Marius. Einen für Emma.

Den Rest aßen wir.

Als Diego kam, gab es keine Windbeutel mehr, er kratzte den Karamell von der Platte, er pfiff auf die Windbeutel, freute sich, bei uns zu sein, und Yvon nahm wieder seine Kamera, um auch ihn aufzunehmen.

Gaby schob Marius zur Seite, um mit Diego auf dem Film zu sein.

»Rück zur Seite, Spatzenhirn«, sagte sie.

Man sah, dass ihr Lächeln gezwungen war.

Marius lachte, auf diese schüchterne, etwas verlegene Art.

Dann gingen alle, Yvon, die Göre, Philippe und Marius. Sogar Diego.

Alle außer Gaby.

Gaby blieb. Sie half mir, alles aufzuräumen. Sie fegte die Erde zusammen, die die Schuhe unter dem Tisch zurückgelassen hatten. Sie kratzte den Karamell ab, der auf dem Boden des Topfes klebte.

Ich drückte die Stirn an die Fensterscheibe. Der Tag ging zu Ende, und bei Francky brannte Licht. Die Kellnerin war da und bediente die Gäste.

Der Schnee war am Straßenrand geschmolzen. Der Schlamm spritzte unter den Reifen und unter den Stiefeln. Jeans Jeep stand vor den Werkstätten. Die Sirene, die das Ende der Arbeit ankündigte, ertönte, und die Holzfäller verließen das Sägewerk.

Jean kam als Letzter heraus. Mit eiligen Schritten. Er löschte die Lichter und schloss die Türen. Ich folgte ihm mit dem Blick. Ich sah ihn jetzt mit anderen Augen, als hätte das, was ich über ihn erfahren hatte, sein Gesicht, seine Physiognomie verändert.

Er rauchte eine Zigarette, an die Motorhaube seines Wagens gelehnt. Er blickte zu meiner Tür. Es fehlte nicht viel, und ich hätte über mich gelacht. Über meine Naivität. Ich war auch ein bisschen benommen. Ich fühlte mich, als hätte ich eine Ohrfeige bekommen, und erholte mich davon, indem ich den Jeep anstarrte und auch mein Spiegelbild in der Fensterscheibe.

Die Kellnerin war nicht mehr draußen, ich sah nur Francky hinter seinem Tresen.

Jean rauchte seine Zigarette zu Ende und zertrat die Kippe. Er stieg in den Wagen. Er fuhr nicht sofort los.

Lange Minuten saß er so da. Das Streufahrzeug fuhr vorbei, Autos folgten ihm. Ein Laster versuchte zu überholen und hupte heftig. Kunden standen vor dem Tante-Emma-Laden.

Jean fuhr nicht. Was wollte er? Worauf wartete er?

Mein Handy vibrierte. Er war es. Sein Vorname erschien auf dem Display. Ich antwortete nicht. Ich sah ihn undeutlich hinter der schwarzen Scheibe seiner Wagentür. Ich wollte, dass es aufhörte. Es hörte nicht auf.

Der Jeep bewegte sich nicht vom Fleck.

Kein Vibrieren mehr. Der Vorname ausgelöscht. Das Display grau und dann schwarz.

Fahr jetzt endlich …

Es tat sich noch immer nichts. Meine Wangen brannten.

Endlich startete er den Motor. Setzte langsam zurück, fuhr bis ans Ende des Erdwalls, wendete und kam zurück. Als er vorüberfuhr, beleuchteten die Scheinwerfer des Jeeps mein Fenster. Ich sah sein Gesicht, mir war, als blickte er zu der Ecke des Fensters, hinter dem ich mich versteckte.

Der Wagen fuhr ein paar Meter, dann blieb er erneut stehen. Ich ballte die Fäuste und presste sie gegen die Wand.

Der Jeep kam zurück.

Es war wahrscheinlich, dass wir uns wiedersehen würden, aber es wäre nicht mehr wie vorher.

Vielleicht bräuchte ich nur hinauszugehen, ich könnte es tun, mich zu ihm in den Wagen setzen, auf die Beifahrerseite, wie in den schönen Filmen.

Ich rührte mich nicht.

Er ließ mir Zeit.

Ich rieb meine Fingerglieder an der Wand. Ich tat mir weh, um meinen Schmerz an einer Verletzung abzulesen. Mein Atem hinterließ einen runden Beschlag auf der Scheibe, der langsam wieder verschwand. Es war zum Lachen. Am liebsten hätte ich mir gesagt, dass es Schlimmeres gibt. Dass Herzschmerz keine Fleischwunde ist! Aber man begreift es eben nicht. Man gewöhnt sich nicht daran. Selbst wenn man es tausendmal erlebt hat.

Sein Wagen fuhr ein paar Meter. Wir sagten uns auf diese Weise Lebwohl.

Was hätte ich mir gewünscht? Der wahnsinnige Schmerz ist derjenige der Gefühle. Ich presste meine Hand gegen die Scheibe. Ich bemühte mich, ruhig zu atmen.

Der Jeep fuhr ein letztes Mal an meinem Fenster vorbei und entfernte sich bis zum Ortsschild an der Straße. Ein Wagen kam ihm mit ziemlicher Geschwindigkeit entgegen, gefolgt von einem anderen, einem Sattelschlepper.

Der Weg war frei, er wartete noch immer.

»Fahr schon, bitte …«

Seine Rücklichter leuchteten auf, erloschen, leuchteten erneut auf und erloschen wieder, ein letztes Zeichen, ein paar Sekunden, und der Jeep reihte sich in den Verkehr ein, ich sah ihm nach, solange ich konnte.

Er verschwand.

Ich blieb allein zurück und starrte auf den Straßenrand, wo er verschwunden war.

Gaby kam zu mir. Ich hatte ihre Anwesenheit vergessen. Sie hatte die Küche geputzt. Alles gescheuert. Ich konnte meine Finger nicht ausstrecken. Meine Fingerglieder waren wund. Nur die Daumen waren verschont geblieben.

Sie nahm meine Hände. Sie streckte meine Finger einen nach dem anderen, ohne Fragen zu stellen. Sie holte das Desinfektionsmittel. Die Haut war aufgescheuert, Gipspartikel waren ins Fleisch gedrungen.

Sie reinigte die Wunden.

»Du weinst niemals, hm?«, fragte sie.

»Doch, wie alle.«

»Nicht oft.«

»Warum sollte ich weinen?«

Auf der Fensterscheibe war noch ein runder Beschlag, der langsam verschwand.

Wenn ich bewegt bin, atme ich umgekehrt, mehr Ausatmen als Einatmen. Gaby legte einen Finger auf jedes meiner Lider. Ein leichter Druck. Ich spürte, wie ihre Wärme durch die dünne Haut drang. Meine Tränen quollen. Begannen zu fließen.

»Du nervst, Gaby…«

»Ich weiß, Schwesterchen…«

Gaby nahm eine Plastiktüte, um Sägemehl aufzusammeln.

»Ich bringe dich morgen zum Bahnhof.«

»Ich kann zu Fuß gehen…«

»Ich bringe dich.«

Sie ging hinaus.

Ich beobachtete sie durch das Fenster, die Stiefel versanken in dem Haufen, sie füllte die Tüte mit Sägemehl, gebeugt, die Finger als Rechen, die Hand als Schaufel.

Als die Tüte voll war, richtete sie sich auf. Der Wind drückte den Mantel gegen ihren Bauch, ihre Haare auf ihr Gesicht, ließ Wolken von Sägemehl auf sie herabwirbeln, es sah aus wie Goldstaub, so sehr funkelte es. Im Gegenlicht sah sie aus wie ein außer Rand und Band geratener Baum.

In der Wohnung war es wieder still geworden. Ich leerte die Eisbecher, die noch im Tiefkühlfach waren. Dann machte ich mich über die Cookies her. Den Beutel mit Rosinen.

Es waren noch ein paar Maronen übrig.

Ich nahm die Fotos der Kellnerin aus dem Unschlag und betrachtete sie.

Ich aß die letzten Maronen.

Bevor ich hinausging, warf ich die Fotos weg.

Philippe saß im Sessel vor dem Fernseher. Im Kamin brannte Feuer. Emma machte das Abendessen.

»Du siehst aus wie Bambi, das sich im Wald verirrt hat…«

Als er meine aufgeschürften Hände sah, ging er in den Keller hinunter.

Emma bot mir an, die letzte Nacht bei ihnen zu schlafen.

Auf dem Tisch lag die aktuelle Zeitung mit einem Foto der Demonstranten vor der Präfektur, »Die Piste spaltet Le Val«.

Emma nutzte Philippes Abwesenheit, um mir den Artikel zu zeigen, sie wollte, dass ich ihre Petition unterschreibe. Sie wollte mich für ihre Sache gewinnen. Sie insistierte, sie brauche Unterschriften. Sie wollte einen Laden an der Straße eröffnen, einen Ort, an dem man Kuchen essen und heiße Schokolade trinken konnte, einen Ort, wo man Musik hören und stricken konnte, eine fantastische Idee! Sie hatte das in Lyon und Chambéry gesehen.

Ich unterschrieb nicht. Ich wusste nicht, was ich Le Val wünschen sollte.

»Sie reden davon, den Bahnhof wieder in Betrieb zu nehmen, damit mehr Züge halten ...«

Auf dem Schrank lagen Venedig-Prospekte.

»Wollt ihr verreisen?«

»Im April.«

Philippe kam aus dem Keller zurück. Er holte Gläser heraus. Hielt den Wein ins Licht.

»Ein Château La Garde 2003!«

Sonntag, 20. Januar

Mein Koffer war gepackt. Die Wohnung aufgeräumt. Das Bett an seinen Platz an der Wand zurückgeschoben. Die Decken, die Kopfkissen.

Die Glaskugel stand im Regal. Ich wollte sie in Le Val lassen. All diese Dinge, die man erlebt. Diese Menge von Dingen …

Ich drehte die Kugel um. Der Schnee wirbelte um das Schaukelpferd. Ein Pferd, das mir Dinge zu sagen, mein steiniges Inneres zu glätten schien. Eine Flocke setzte sich auf eines seiner Augen und verwandelte den Blick in ein Zwinkern.

Ich hatte dem alten Sam versprochen, aus den künftigen Tagen reine Momente der Gnade zu machen.

Ich warf die leere Schachtel in den Mülleimer. Holte die Fotos der Kellnerin heraus und steckte sie in den Umschlag zurück.

Ich schrieb Jeans Vornamen darauf.

Legte den Umschlag gut sichtbar auf den Tisch.

Tat die Glaskugel in meinen Koffer, gut geschützt zwischen die Hemden.

Ich strich Jeans Namen auf dem Umschlag aus und steckte den Umschlag in die Innentasche meines Koffers.

Mein Zug würde ein paar Minuten nach fünfzehn Uhr abfahren. Francky hatte mich angewiesen, es so zu machen, du schließt ab und lässt den Schlüssel an der Tür stecken.

Ich ging zu Fuß zu Gaby, den Koffer hinter mir her ziehend, den Computer darauf. Meine Tasche über der Schulter. Die Räder verursachten einen Höllenlärm auf dem harten Asphalt.

Mir blieb noch Zeit bis zur Abfahrt. Ich hatte mir überlegt, meinen Koffer im Kofferraum zu verstauen und einen letzten Spaziergang zur Brücke zu machen.

Als ich zum Bungalow kam, hing Marius an der Schaukel, den Kopf nach unten, das Brett in der Beugung der Knie eingeklemmt, sein Haar fegte die Erde, und er sah mich verkehrt herum auf sich zukommen.

Ich legte den Koffer in den Kofferraum des Volvos, zusammen mit meiner Tasche und der Umhängetasche, die den Computer enthielt.

Marius kam mit einem etwas ungelenken Gang auf mich zu. Er hielt eine Glaskugel in der Hand. Darin eine Szene aus *Unsere kleine Farm* mit Charles Ingalls, seiner Frau und seinen Töchtern.

»Wenn Gaby erfährt, dass du ihr eine Kugel weggenommen hast, bringt sie dich um.«

»Ich habe sie nicht weggenommen.«

»Hat sie sie dir gegeben?«

Er schüttelte den Kopf.

»Dann ist sie also vom Himmel gefallen?«

Er deutete auf die Schaukel.

Auf einem der Sitze standen eine Pappschachtel und ein Schutz aus Styropor. Keine Adresse auf der Schachtel. Keine Stempel.

»Du hast sie dort gefunden?«

»Ja.«

»Bist du sicher?«

Er nickte ganz ernst.

Ich fragte ihn, ob er jemanden gesehen habe. Einen Mann. Einen Wagen.

Er hatte nichts gesehen.

Der Karton war feucht, die verformte Schachtel hatte vermutlich seit Tagen im Schnee gestanden.

»Ich werde Gaby fragen.«

Ich ging zur Tür. Der Reif bildete einen Lichtkranz um den Bungalow.

Ich drehte mich um.

»Wenn du nicht die Wahrheit gesagt hast, rate ich dir, nach Hause zu gehen und dich gut zu verstecken.«

Ich ließ ihm ein paar Sekunden Zeit. Er rührte sich nicht.

Ich öffnete die Tür.

Gaby war mit den Eichhörnchen beschäftigt. Mit einem Handfeger fegte sie die Späne zusammen, die auf das Linoleum gefallen waren, sammelte sie auf einer Plastikschaufel und warf alles in den Mülleimer.

»Sie schlafen nicht mehr«, schimpfte sie.

Sie sah die Glaskugel in meiner Hand.

»Marius sagt, er habe sie auf einem der Sitze der Schaukel gefunden. Erkennst du sie?«

Sie kam näher. Entdeckte die Szene, die fünf Ingalls.

»Nie gesehen.«

»Bist du sicher?«

»Ganz sicher.«

»Ich dachte, du hättest sie ihm vielleicht gegeben ...«

Sie nahm die Kugel in die Hände und schüttelte sie. Die Flocken blieben am Hut von Charles Ingalls haften.

»Er sagt, er habe sie draußen gefunden.«

»In einer Pappschachtel.«

»Und die Schachtel?«

»Auf einem der Sitze.«

»Ich verstehe nicht …«

»Ich auch nicht.«

Sie drehte die Kugel in alle Richtungen.

»Glaubst du, das war Curtil?«

»Ich wüsste nicht, warum er das getan haben sollte.«

»Vielleicht hat er …«

»Er hatte keinen Grund dafür. Und Curtil schickt die Kugeln mit der Post, er stellt sie nicht einfach so hin. Vielleicht hat die Göre …«

»Wie, die Göre?«

»Sie könnte sie Marius gegeben haben.«

»Ich sage dir doch, ich habe sie noch nie gesehen.«

»Du hast so viele, vielleicht hast du sie vergessen …«

»Ich kenne sie alle, und die hier kenne ich nicht. Die Familie Ingalls, machst du Witze? Wenn ich sie auch nur ein einziges Mal gesehen hätte, würde ich mich daran erinnern, und zwar lange.«

Sie begann nachzudenken.

Die Göre kam aus ihrem Zimmer, ganz zerzaust, sie hatte geschlafen und schien noch immer zu schlafen.

»Hast du dem Jungen eine Kugel gegeben?«, fragte Gaby sie trotzdem.

Die Göre zuckte die Achseln.

Das war alles.

Sie goss sich ein Glas Milch ein und kehrte in ihr Zimmer zurück.

Gaby überlegte noch immer. Ich sah, wie sie nachdachte, kämpfte, all die Gedanken, die ihr durch den Kopf schwirrten.

»Es könnte Ludo sein«, sagte sie schließlich.

»Wie, Ludo?«

»Er könnte sie hier abgestellt haben, bevor er abgehauen ist.«

»Warum sollte er das getan haben?«

»Um mir zu sagen, dass er mich nicht vergessen hat. Dass er zurückkommen wird.«

Ihr Blick durchbohrte mich. Pupillen, die voller Hoffnung waren.

»Ich kann mir das bei Ludo nicht vorstellen«, sagte ich. »Er ist kein Romantiker. Wenn er dir etwas hätte sagen wollen, hätte er um drei Uhr morgens an dein Fenster geklopft ... Und wo hätte er sie kaufen sollen? Wird im Wald Handel mit solchen Kugeln getrieben?«

»Man verkauft sie in Modane.«

»Die Verpackung war durchnässt, möglicherweise stand sie schon wochenlang dort ...«

»Ich wüsste nicht, wer es sonst gewesen sein sollte ...«

»Es ist vielleicht einfach nur Zufall, ein Geheimnis, für das es keine Erklärung gibt.«

Sie lächelte, den Blick ins Leere gerichtet.

»Ich glaube, er war es.«

Sie öffnete die Tür und blickte auf die Straße.

»Mir ist klar, dass du das nicht glaubst«, murmelte sie.

Sie ging die Stufen hinunter.

»Aber ich verlange nicht von dir, dass du es glaubst.«

Sie ging zur Schaukel und nahm die Schachtel. Ich sah sie wieder in ihrem weißen Kleid. Ich sagte mir, dass sie warten würde, monatelang, jahrelang. So lange es notwendig wäre, und noch länger. Ich weiß nicht, ob es ungerecht war, so zu denken.

Sie kam zurück.

Ich dachte, es könnte auch Diego gewesen sein. Diego, der sie lieber glücklich als traurig sah, dem es lieber war, dass sie auf einen anderen wartete als auf gar nichts.

Diego, der ihr ein wenig Hoffnung geben wollte, weil Gaby sein Stück Himmel war.

Ich ließ es ein bisschen in der Schwebe.

»Es kann Ludo gewesen sein, aber ebenso gut auch irgendein anderer…«

Wir hatten noch Zeit, bevor mein Zug ging, und die Sonne schien. Ein sehr blauer Himmel. Gaby nahm die Schlüssel des Volvos.

»Wir werden doch nicht hier bleiben und Trübsal blasen. Sollen wir nicht einen Umweg über den See machen? Hm, bevor du fährst? Das ist doch besser, als auf dem Bahnsteig zu warten?«

Sagte sie.

Ich blickte auf die Uhr.

»Ich muss meinen Zug kriegen. Wenn ich ihn verpasse, gibt es keinen anderen, ich müsste bis morgen bleiben, oder du musst mich zum Bahnhof von Modane bringen.«

»Du wirst ihn nicht verpassen.«

Sie rief die Göre.

Die Göre pfiff Marius, er kam auf uns zu, ein Bein nach vorne schleudernd, wie ein Soldat ohne Waffe. Als er beim Volvo war, drehte er sich um und winkte. Seine Mutter war hinter dem Fenster versteckt. Das Gesicht zwischen den Vorhängen.

Er stieg in den Wagen, auf den Rücksitz, neben die Göre. Er holte Kekse in Form eines Schiffchens aus seiner Tasche. Er reichte jedem von uns einen. An den mit Marmelade gefüllten Vertiefungen klebte der Staub seiner Tasche.

Gaby nahm den Weg hinauf nach La Croix, eine lange, kurvenreiche Straße. An den Seitenrändern war der Schnee zusammengepresst.

Wir brauchten zwanzig Minuten, um den See zu erreichen. Gaby parkte auf der Südseite.

Die Berge ringsum wirkten blau.

»Eine märchenhafte Aussicht …«, sagte ich und ließ meinen Blick bis zur Grenze schweifen.

Die Göre und Marius liefen zum Ende der Brücke, sie ließen ihre Blousons im Schnee liegen, sie bildeten leuchtende Flecken auf dem Weiß.

Die Sonne brannte auf der anderen Seite der Windschutzscheibe. Wir stiegen aus und liefen ein Stück. Der Pfad, auf dem man um den See herumgehen konnte, war unter dem letzten Schnee verschwunden. Das Gras und das Schilf waren im Eis gefangen. Wir sahen ein paar umgekippte Boote.

Gaby holte ein Päckchen aus ihrer Tasche.

»Für dich …«

»Was ist das?«

»Mach auf.«

Dünnes Papier, wie man es in Schuhkartons findet.

Ich faltete es auseinander.

Darin meine Halskette. Dreißig Perlen, es fehlte nicht eine einzige.

»Du hast sie wiedergefunden! Aber wie …«

»Während du den Fuchs beobachtet hast. Ich habe auch in deinen Taschen gesucht, entschuldige.«

Ich schob die Hand in meine Tasche und tastete sie ab, es waren wirklich keine Perlen mehr da, die Schnur und das Schloss waren ebenfalls verschwunden. Ich fand den Papierdrachen, den Philippe vor meinen Augen bei Francky gefaltet hatte.

Ich behielt die Kette in meiner Hand.

»Mit dir ist es einfach, du merkst nichts«, sagte Gaby. »Soll ich sie dir umlegen?«

»Nein …«

Die Göre zog Marius über das Eis.

Raben flogen vorbei. Zwei Schwäne versuchten ungeschickt über den See zu gehen, sie hatten jede Anmut verloren.

Sonst war niemand da.

Gaby drehte den Kopf.

»Ich werde dir die Wahrheit sagen …«

Sie blieb stehen. Kratzte mit dem Schuh im Schnee.

»Die Wahrheit ist, dass ich immer mit Ludo zusammen sein werde, immer, ganz egal, was er tut, ich werde meine Meinung nie ändern.«

Ich begriff nicht, warum sie mir das sagte.

Marius schlug mit einem Stein auf das Eis, er benutzte ihn wie eine Spitzhacke. Die Göre war neben ihm.

»Wenn der See richtig zugefroren ist, ist er eine Winterstraße, die Autos fahren über ihn, man muss schnell fahren und darf nicht anhalten … Wenn man anhält, kommt man nicht mehr weg.«

Gaby ging an den Rand des Sees.

Ich steckte die Kette in meine Tasche. Zusammen mit dem Origami. Ich warf einen Blick auf meine Uhr.

»Schau nicht dauernd auf die Uhr, wir haben genug Zeit.«

»Ich schaue nicht.«

»Doch, tust du wohl.«

Sie machte ein paar Schritte und lehnte sich dann mit dem Rücken an die Motorhaube, das Gesicht in der Sonne.

Plötzlich schlug Marius heftiger, das Eis zerbrach, Wasser quoll hervor, und sie wichen schreiend zurück.

Gaby zog ihren Mantel fester zu.

»Es passierte ein paar Tage nach Weihnachten«, sagte sie leise.

Sie blickte in die Ferne, das gefrorene Wasser glänzte wie ein Spiegel.

»Dieser See war eine gute Abkürzung. Ludo fuhr den ersten

Wagen. Ich saß neben ihm. Wir hatten uns gedacht, während der Feiertage würden die Bullen hier nicht patrouillieren.«

Sie zögerte ein paar Sekunden, bevor sie fortfuhr.

»Wir brachten zwei Alte herüber, die hinten saßen … und ein Mädchen … Die beiden Alten sagten nichts, sie hielten sich an der Hand, ich glaube, es waren Serben … Sie waren vermutlich schon seit Tagen unterwegs, ich weiß nicht, wo sie anschließend hinwollten …«

Sie senkte den Blick. Vor ihrem Fuß war eine Pfütze zugefroren und hatte komplizierte geometrische Eisplatten gebildet. Ein kaleidoskopartiges Stück Himmel spiegelte sich darin. Sie drückte mit dem Schuh auf das Eis.

»Das Mädchen war nicht allein … Sie hatte einen Mann und zwei Kinder dabei, sie saßen in dem DS, der uns folgte, und deswegen drehte sie sich dauernd um, sie ließ sie nicht aus den Augen, murmelte Worte, die ich nicht verstand. Das ist die Regel, man muss die Familien trennen, sagte Ludo. Bevor er auf den See fuhr, stieg er aus, um die Dicke des Eises zu prüfen. Als er zurückkam, sagte er, das Eis sei einen Meter dick, und wir könnten hinüberfahren. Am Anfang drehten die Reifen durch, aber dann bekamen sie Bodenhaftung, und er folgte den Spuren eines Wagens, der vor uns hinübergefahren war. Wir fuhren als Erste, der DS wartete. Wenn man hinüberfährt, muss man fünfzig Meter Abstand zwischen zwei Wagen lassen. Wir hatten zwei Kilometer zurückzulegen. Auf einem See darf man nicht zu schnell fahren, sonst entstehen Wellen unter dem Eis, und es bricht. Man darf aber auch nicht zu langsam fahren. Und sobald man losgefahren ist, gibt es kein Zurück mehr, auch das sagte Ludo … Es war meine erste Fahrt hinüber, er wollte es mir beibringen, das war sein Plan, damit ich später allein zurechtkommen würde.«

Gaby schwieg.

Ich zitterte. Was wollte sie mir erzählen?

Die Schwäne bewegten sich nicht mehr, sie schienen zu frieren. Die Göre und Marius bewarfen sich mit Pulverschnee, Schneebälle, die auseinanderbrachen, bevor sie auftrafen, und im Glanz der Luft über ihnen zerstoben.

»Ich hatte keine Ahnung, welches Gewicht das Eis aushalten konnte. Ludo musste es wissen. Wir erreichten die Mitte des Sees … Unter uns waren zwanzig Meter gefrorenes Wasser, aber daran dachte man besser nicht. Der zweite Wagen fuhr los, das Mädchen begann zu stöhnen, da seine Kinder in ihm saßen. Ludo sagte ihr, sie solle still sein. Das konnte sie aber nicht, und das nervte Ludo derart, dass er mit der Hand gegen das Armaturenbrett schlug ... Die Alte zuckte zusammen und begann zu beten. Ich öffnete das Fenster, um dem See zuzuhören. Ludo hatte mir gesagt, das zu tun: ›Hör dem See zu!‹ Der See ist voller Geräusche, man könnte meinen, er ist lebendig. Noch ging alles gut. Ludo hielt die Geschwindigkeit. Der DS folgte. Das Mädchen war jetzt still. Fünfhundert Meter trennten uns noch vom Ufer. Ich sagte ihr, es sei bald vorbei, aber sie verstand nicht, also lächelte ich ihr zu, und sie lächelte auch, und in diesem Augenblick hörte ich das Eis. Es klang wie ein Reißverschluss, der aufgezogen wird.«

Gaby schwieg, in ihre Gedanken versunken. Sie schlug wegen der Kälte die Hände aneinander. Wir setzten uns in den Wagen, den Nacken an die Kopfstütze gelehnt. Marius und die Göre liefen über den Schnee.

So saßen wir einige Augenblicke und schwiegen.

»Gaby?«

»Hm …«

»Und was ist dann passiert?«

Sie legte ihre Hände auf das Lenkrad.

»Dann hielt der *DS*. Ich sah ihn mitten auf dem See, als ich den Kopf durch das offene Fenster steckte. Man darf nicht anhalten, niemals, Ludo hatte es immer wieder gesagt. ›Wenn du fährst und anhältst, kommst du nicht mehr weg!‹ Er hatte es mich Dutzende Male wiederholen lassen! Das Mädchen hinten klapperte mit den Zähnen, und er schrie sie an, damit aufzuhören. Einer solch panischen Angst kann man nicht mit Vernunft beikommen. Ich gab ihr mein Taschentuch, damit sie es sich zwischen die Zähne schob. Ludo hatte das Geräusch des Eises gehört, sein Gesicht verkrampfte sich, aber er wurde nicht langsamer … Das Mädchen drehte sich um und starrte durch das hintere Fenster auf die Mitte des Sees. Sie kannte sich bestimmt nicht mit den Geräuschen des Eises aus, aber sie spürte vermutlich, dass da etwas Schlimmes passiert war. Sie wollte aussteigen. Ludo verriegelte die Türen. Die beiden Alten waren so stumm, dass man sie für Mumien hätte halten können … Ludo wollte die Überfahrt beenden, dafür war er bezahlt worden, um dieses Grüppchen ans Land zurückzubringen, zwei Alte und ein Mädchen, zum Treffpunkt bei dem Grenzhäuschen, drei Kilometer entfernt. Er hatte den Umschlag genommen, der Rest war ihm egal. Schließlich fuhren wir auf das Ufer, die Äste der Tannen streiften das Dach. Schon komisch, manche Geräusche vergisst man nicht. Ludo sagte, dass wir in Frankreich seien, er wiederholte: ›Frankreich!‹, und die beiden Alten lächelten … Sie hatten am Klang seiner Stimme erkannt, dass es sich um eine gute Nachricht handelte. Das Mädchen stieg aus. Der DS stand immer noch in der Mitte des Sees, mit laufendem Motor und durchdrehenden Rädern. Das ging eine Weile so. Was konnten wir tun? Man hält nicht an, wenn man auf einem See ist. Schließlich starb der Motor ab, die Scheinwerfer gingen aus, die Wagentüren wurden zugeschlagen, und man hörte Stimmen, sie waren weit weg. Der Wind trug die

Stimmen heran. Ludo sagte, wir müssten weiterfahren. Das Mädchen wollte nicht wieder einsteigen, sie stand am Ufer, blickte zur Mitte des Sees und schrie etwas. Ludo ging zu ihr, er wollte sie zum Wagen zurückbringen, aber es war deutlich zu erkennen, dass sie nicht mitkommen würde … Dass sie vorhatte, zu den drei anderen zu gehen, die ein wenig sie waren und die dort hinten waren. Das war alles, was sie wollte.«

Gaby schwieg.

Die Göre war auf den umgekippten Rumpf eines Bootes gestiegen und reichte Marius die Hand. Der Rumpf musste bereift sein, Marius rutschte und versuchte sich festzuhalten, aber jedes Mal rutschte er wieder hinunter. Wir hörten ihr Lachen nicht, aber wir sahen ihre glücklichen Gesichter.

Unser Atem beschlug die Windschutzscheibe.

Gaby fuhr fort.

»Man darf nicht aufeinander warten. Was auch immer geschehen würde. Das war die Regel.«

Ihre müde Stimme war so heiser, dass ich fürchtete, sie nicht mehr zu verstehen.

»Das Mädchen wagte sich aufs Eis. Sie lief los. Ich schrie, sie solle zurückkommen. Sie antwortete nicht, also stieg ich aus dem Wagen und hielt sie am Arm fest. Sie trug einen langen, roten, sehr weiten Mantel, auch die Ärmel waren weit, aus dickem Stoff, mit einem Gürtel. Sie schrie, sie rief, es waren vermutlich die Namen der Kinder. Ich ließ sie rufen. Sie ging weiter, und ich folgte ihr nicht mehr. Ludo ließ den Motor brummen. Er war nervös. Er fuhr los. Ich ging zum Wagen zurück. Als ich mich umdrehte, sah ich das Mädchen, es ging immer noch zur Mitte des Sees. In diesem Augenblick hörte ich das Eis zum zweiten Mal krachen. Dieses Krachen war anders als das erste, kürzer, wie der Schlag eines Peitschenriemens, der gegenüber erstirbt und nicht zurückkehrt.«

Die Göre hatte ein Seifenblasen-Set aus ihrer Tasche geholt und pustete Seifenblasen, die in der eisigen Luft davonflogen und die Marius zu fangen versuchte.

Gaby zog die Decke zu sich, die auf der Rückbank lag, und legte sie sich auf die Schenkel.

»Ludo tat, was er tun musste, er fuhr weiter. Wegen des Mädchens hatten wir Verspätung, und als wir das Grenzhäuschen erreichten, war niemand mehr da. Ludo ließ die beiden Alten trotzdem mit ihren Taschen dort und sagte ihnen, sie sollten warten, man werde sie abholen, es war nicht klar, ob sie verstanden hatten, und auch nicht, ob sie ihm glaubten. Im Rückspiegel sahen sie aus wie Gespenster. Anschließend kehrten wir nach Le Val zurück. Ludo fuhr, den Blick starr auf die Straße gerichtet. Wir sagten nichts, nicht ein Wort, weder über die Alten noch über das Mädchen, und auch kein Wort über den Wagen, der mitten auf dem See stehen geblieben war.«

Ihre Hände strichen die umgeschlagenen Zipfel der Decke glatt.

»Wir fuhren schon eine ganze Weile, als ich spürte, dass etwas anders war als sonst. Ich drehte mich um und blickte nach hinten und sah eine schwarze Tasche auf dem Boden, dort wo die Schuhe des Mädchens gewesen waren. Das war es, was anders war. Eine Tasche, die mit Sicherheit ihr gehörte, sagte ich mir, denn die beiden Alten hatten jeder eine gehabt, und mehr als eine durfte man nicht haben. Und ich erinnerte mich an das Mädchen, das mit leeren Händen über den See gegangen war. Ich beugte mich nach unten und versuchte die Tasche an den Riemen zu mir zu ziehen. ›Was machst du da?‹, schimpfte Ludo, weil ich ihn beim Fahren störte. ›Das Mädchen hat seine Tasche vergessen …‹ Ludo warf einen Blick zu ihr. Ich zog am Reißverschluss, er hatte sich verklemmt, ich sagte mir, dass Geld drin sein müsste, oder Schmuck, wertvolle Dinge, aber ich glaubte es nicht wirklich, trotzdem dachte ich es und zog stärker. Schließlich gab der Reißverschluss nach.«

Gaby schloss die Augen für einen Augenblick, dann öffnete sie sie wieder.

»Manchmal geht alles gut, und dann entwickeln sich die Dinge nicht in der Richtung, die man gewählt hat. Sie entwickeln sich anders …«

Ich hatte eine vage Ahnung dessen, was sie mir noch zu sagen hatte. Ich warf einen Blick auf die Uhr, wir hatten noch etwas Zeit.

Die Göre und Marius glitten über die Pfützen, mit ausgestreckten Armen, man hätte glauben können, sie wollten mit ihren Händen nach dem Himmel greifen. Das Licht um sie herum war grell, funkelnd.

»In der Tasche lag ein Baby«, sagte Gaby. »Ich glaubte, es sei tot, weil es sich nicht bewegte, ich berührte es, es war warm. Ich wollte es mit meiner Hand dazu bringen, sich zu bewegen. Sie hatten ihm vermutlich ein Beruhigungsmittel gegeben, denn es war völlig benommen. Es wachte selbst dann nicht auf, als ich die Tasche hochhob und mit Gewalt zwischen den beiden Vordersitzen hindurchzwängte. Sie hatten es in der Tasche versteckt, um nicht für das Baby bezahlen zu müssen … Ludo hatte es noch nicht gesehen, er fragte mich, was ich da machte. ›Verdammt‹, sagte er, als ich es ihm zeigte. Ich nahm das Baby nicht aus der Tasche, ich ließ sie lediglich offen, damit es Luft zum Atmen hatte. Ludo wendete abrupt, und wir fuhren zum See zurück. Wir dachten, das Mädchen wäre noch dort und wir könnten ihr das Baby zurückgeben, doch als wir hinkamen, war niemand mehr da, weder am Ufer noch auf dem

See, überall tiefe Stille. Ludo schaltete die Scheinwerfer ein, und wir sahen ein großes Loch in der Mitte des Sees.«

Den Schluss, die letzten Worte, hatte Gaby fast geflüstert.

»Ich hätte mich niemals von dort weggerührt, wenn Ludo mich nicht geschüttelt hätte. Er fuhr, und ich hatte die Tasche auf dem Schoß, ich wusste nicht, wo er hinfuhr, als wir zum Grenzhäuschen kamen, begriff ich, aber dort war das Mädchen auch nicht. Es war niemand da. Niemand … Selbst die Alten waren fort … Ludo schlug mit der Hand gegen das Lenkrad. Ich nahm das Baby aus der Tasche und suchte im Futter, ich dachte, es gebe vielleicht Papiere, ich faltete die Decke auseinander … Und da sah ich, dass es ein Mädchen war, wegen des Kleides. Sie hatte auch eine Medaille um den Hals, Vera stand darauf. Sonst nichts. Nur dieses Mädchen, das vollkommen allein auf Welt war. Ludo hat es gerettet, denn ich wollte es in der Tasche vor dem Grenzhäuschen stehen lassen. Ich wusste, wenn man uns mit einem Kind anträfe, das nicht uns gehörte, würde das sehr schlimme Folgen für uns haben. Wir schrien uns deswegen an, aber Ludo gab nicht nach, und wir fuhren mit der Göre nach Le Val zurück.«

Sie machte eine Pause.

Die Göre und Marius waren zum Anlegesteg zurückgekommen. Sie warfen Steine, die abprallten, weiterglitten und sich auf der Eisplatte verloren.

Gaby blickte auf ihre Uhr.

»Wir müssen los«, sagte sie.

Sie hupte, und die Göre und Marius hoben ihre Blousons auf und kamen angerannt.

Während der Fahrt dachte ich über das nach, was Gaby mir soeben anvertraut hatte. Diese Geschichte, die sie mir tapfer erzählt hatte. Ich wollte verstehen, was sie empfand. Ich sagte mir, wenn ich sie verstünde, könnte ich auch alles über das, was den Abgrund zwischen uns ausmachte, begreifen, der für unsere Differenzen verantwortlich war.

Auf der Rückbank sagte die Göre zusammen mit Marius einen Abzählreim auf, wobei sie ihre flachen Hände aneinanderschlugen.

Wir waren eine Viertelstunde vor Abfahrt des Zuges am Bahnhof. Marius und die Göre wollten im Auto bleiben. Wir verabschiedeten uns noch am Wagen voneinander.

Gaby trug meinen Computer, die Umhängetasche, sie lief mit ihren schwerfälligen Schritten.

Ich zog meinen Koffer hinter mir her.

Wir gingen durch die kleine Tür auf der linken Seite des Bahnhofs. Auf dem Bahnsteig gegenüber eine einsame Dame.

Wir setzten uns auf die Bank, wie am ersten Tag, als ich angekommen war und wir den Hühnern beim Picken auf den Gleisen zugeschaut hatten.

Gaby starrte auf die Stelle, von wo der Zug kommen würde.

»Und so kam es dann zu der heutigen Situation. Wir sind wochenlang immer wieder zu dem See gefahren, in der Hoffnung, ihre Mutter wiederzutreffen, dass sie noch da wäre und nach ihrer Tochter suchen würde. Doch tief in unserem Innern wussten wir, dass wir sie nicht wiedersehen würden. Weder sie noch die aus dem zweiten Wagen. Dass wir keinen von denen wiedersehen würden. Wir wussten ja nicht einmal, aus welchem Land diese Leute kamen. Ludo und ich sind nach Modane gefahren, wir haben uns alle Leute angeschaut, in der Hoffnung, die beiden Alten wiederzufinden und dass sie uns etwas über die Herkunft der anderen sagen könnten.«

»Und dann?«

»Dann haben wir uns daran gewöhnt, die Göre bei uns zu haben. Wir sagten uns, wenn jemand sie suchen würde, dann würde er nach Le Val kommen, das nicht weit vom See entfernt ist.«

»Und ihr habt die Göre behalten …«

»Was sollten wir machen? Wir hatten uns geschworen, wenn jemand sie von uns verlangte, würden wir sie hergeben.«

Sie steckte die Hand in ihre Tasche.

»Das war auch in der Tasche.«

Sie holte das kleine Album hervor, das ich im Zimmer der Göre angesehen hatte. Gaby blätterte darin und ließ die Fotos vorbeiziehen. Sie verweilte bei dem eines dunklen Mietshauses, einer Fassade, und ich erkannte die Zeichnung an der Kühlschranktür wieder. Das Kreuz auf der Zeichnung war kein Balkon, sondern ein echtes Kreuz, gezeichnet mit der Spitze eines blauen Kugelschreibers, in das Glanzpapier geritzt.

»Sie hat sie alle gezeichnet. Alle Fotos, die in dem Album sind. Sie denkt, dass das ihr Zuhause ist, dass sie von dort herkommt.«

»Und was denkst du?«, fragte ich.

»Ich denke, dass sie von dort herkommen muss. Ganz sicher. Aber wo ist das, hm?«

Sie blickte auf, ihre Haare bildeten eine Art Vorhang.

»Da kommt dein Zug …«

Die Lokomotive kam langsam aus der Kurve hervor und näherte sich den Bäumen. Gaby klappte das Album zu.

Der Zug fuhr in den Bahnhof ein. Ich drehte mich um. Der Volvo stand auf dem Parkplatz, die Göre hatte das Fenster heruntergelassen und blickte nach draußen.

»Weiß sie Bescheid?«

»Ja.«

»Taucht sie deswegen in dem See? … Läuft sie deswegen auf dem Eis und blickt hinunter?«

»Sie will das Auto wiederfinden … Aber ich sage ihr, es gibt

Dutzende von Autos auf dem Grund … und es ist nicht einmal sicher, dass ihre Eltern da drin sind.«

Ich erinnerte mich, wie sie über den zugefrorenen See gegangen war und Philippe auf sie gewartet hatte.

»Weiß Philippe Bescheid?«

»Ja.«

Der Zug verlangsamte weiter mit kreischenden Bremsen die Geschwindigkeit und blieb schließlich am Bahnsteig stehen. Die Türen öffneten sich.

Ich stellte meinen Koffer auf das Trittbrett. Die Umhängetasche daneben. Alles, was Gaby mir soeben anvertraut hatte, schwirrte in Bildern durch meinen Kopf. Und alles fügte sich schließlich zu einem Ganzen zusammen.

Ein Zug kam in der Gegenrichtung, derjenige aus Modane, und hielt am gegenüberliegenden Bahnsteig. In den Waggons standen Reisende, bereit auszusteigen.

Ich ging zu Gaby zurück.

»Warum erzählst du mir das alles erst jetzt?«

»Vorher konntest du es nicht verstehen.«

»Und jetzt kann ich es?«

Sie neigte den Kopf zur Seite und betrachtete mich mit einem Lächeln, das sanft wie eine Umarmung war. Eine Liebkosung, die sich tief in die Wände meiner Seele grub.

»Ja, jetzt kannst du es.«

Ich schob meinen Koffer zu der Stelle, die für das große Gepäck vorgesehen war. Ein Platz am Fenster. Meine Umhängetasche und meine Tasche auf dem Sitz neben mir.

Der andere Zug fuhr wieder los, nachdem er eine Handvoll Reisende abgesetzt hatte.

Ich zog meinen Blouson aus und stellte mich ans Fenster. Gaby war nicht mehr da. Der Volvo war verschwunden.

Die Türen zischten. Sie schlossen sich.

Ich würde mein altes Leben wiederaufnehmen. Tage, die den Himmeln hier ähneln würden, mit Morgen, die in Dunkelheit beginnen, und gleich darauf erhellt die Sonne sie, und sie werden schön.

Ich würde wiederkommen.

Ich wusste nicht, wann.

Der Zug setzte sich in Bewegung. Es ruckelte etwas. Ich blickte hinaus. Der Wind blies den Pulverschnee vom Dach. Die Reisenden auf dem Bahnsteig gegenüber zerstreuten sich. Ich fragte mich, ob die Hühner zurückkommen würden, um das Gras zwischen den Schienen zu picken, sobald mein Zug weg wäre. Ich hielt Ausschau nach ihnen.

Am Ende des Bahnsteigs, ziemlich weit weg, ging ein letzter Reisender mit seiner Reisetasche zum Ausgang. Diese Gestalt kam mir vertraut vor. Ich drückte mich ans Fenster, die Hände aufgestützt.

Der Zug wurde schneller. Die Gestalt entfernte sich durch die Fensterscheibe.

Er sah aus wie Curtil.

Man hätte wirklich meinen können, er sei es.

Ich versuchte noch einmal, ihn zu sehen, doch er verschwand aus meinem Blickfeld. Ich drückte mich in meinen Sitz.

Er, vielleicht.

Oder vielleicht auch nicht.

NACHWEIS DER ZITATE

S. 386: Titus Livius, *Römische Geschichte – Von der Gründung der Stadt an*, 21. Buch, 35.

S. 441–442: Polybius, *Historien*, Buch 3, 54–55.

Die Zitate von Christo entstammen dem Artikel »Entretien avec Christo et Jeanne-Claude«, in *L'En-Je lacanien*, 2005/1 (Nr. 4), S. 159–185.

Claudie Gallay

Die Liebe ist eine Insel

Roman

416 Seiten, Broschur

btb 74471

Ein Sommer voller Geheimnisse

Avignon im Sommer: Zum weltberühmten Theaterfestival im Schatten des Papstpalastes reisen Tausende von Besuchern an. Unter ihnen ist die junge Marie. Auf dem Festival soll das Stück ihres Bruders Paul, der unter mysteriösen Umständen ums Leben kam, aufgeführt werden. Nur ein einziges Mal will sie sein Vermächtnis auf der Bühne sehen. Auch die gefeierte Schauspielerin Mathilde kommt in die Stadt. Niemand ahnt, dass Pauls Theaterstück für sie eine ganz besondere Bedeutung hat. Und während die sommerliche Hitze die Stadt fest im Griff hat, zeigt sich, dass sie alle Teil eines tragischen Geheimnisses sind, das sich um dieses letzte Werk des unglückseligen Autors rankt.

»Liebe, Leidenschaft und das Theater – eine explosive Mischung.«

Le Point

Claudie Gallay

Ein Winter in Venedig

Roman

256 Seiten, btb 74746

Von ihrem Liebhaber verlassen, flüchtet die Erzählerin nach Venedig. Es ist kurz vor Weihnachten, jene Zeit im Jahr, in der die Stadt ihr echtes Gesicht zeigt. Um ihren Kummer zu vergessen, spaziert sie durch die nebelverhangenen Gassen, vorbei an verlassenen Gondeln. Ihre einzige Gesellschaft sind die anderen Bewohner der kleinen Pension, in die sie sich eingemietet hat: Ein russischer Aristokrat mit bewegter Vergangenheit, eine junge Balletttänzerin im Taumel der Gefühle und ein Buchhändler, der Bücher wie die Luft zum Atmen braucht – und der allmählich in ihr die Hoffnung weckt, dass die Liebe auch ihr gebrochenes Herz wieder heilen kann.

»Venedig, die ewige Stadt, wo sich hinter jeder Kanalbiegung neue Geschichten auftun, bildet die ideale Kulisse für diesen einfühlsamen Streifzug durch die Ruinen eines gebrochenen Herzens. Ein Juwel!«

Le Figaro

»Die bewegende Geschichte einer Frau, die ihr Herz für andere öffnet und dabei sich selbst wiederfindet.«

Le Monde